KB166425

나는 걷는다

나는 걷는다

이스탄불에서 시안까지 느림, 비움, 침묵의 1099일

03
스텝에 부는 바람

베르나르 올리비에

고정아 옮김

효형출판

LE VENT DES STEPPES
by BERNARD OLLIVIER

© Éditions Phébus, Paris 2003
Korean translation copyright © Hyohyung Publishing co., 2003

This Korean edition was published by arrangement with
Éditions Phébus through Sibylle Books Literary Agency, Seoul.

이 책의 한국어판 저작권은 시빌 에이전시를 통해
Éditions Phébus와 독점계약한 효형출판에 있습니다.

감사의 글

대장정을 마치기까지, 수백 명의 사람들이 도움과 지원과 용기를 주었다. 모두에게 감사하며, 특히 이분들께 감사드린다.

2000년 주이란 프랑스 대사관에서 근무하신 필립 드 쉬르맹 대사, 2002년 5월까지 주중국 프랑스 대사관에서 근무하신 피에르 모렐 대사, 국제 중국문화 교류센터의 미 레롱 여사와 리우 밍 씨(베이징), 《시안 이브닝 뉴스》의 탁월한 사진기자 왕 핑 씨.

불랑제 가街의 천사들과, 이스탄불에서 시안을 여행하는 동안 마법의 인터넷을 통해 도움을 주고 격려해준 '실크로드의 오리엔트' 협회 친구들에게 감사한다. 이 불쌍한 도보여행자는 거대한 아시아에서 고립된 채 끔찍한 관료주의에 맞서고, 가슴을 무겁게 짓누르는 고독과 싸워야 했다. 또한 에밀리, 큰 소피와 작은 소피, 파스칼, 클레르, 안느, 장자크, 안토니에게도 감사의 말을 전한다.

베르나르 올리비에

나는 여행하고, 나는 걷는다.

왜냐하면 한쪽 손이,

아니 그보다 알 수 없는 만큼 신비한 한 번의 호흡이

등 뒤에서 나를 떼밀고 있기 때문에.

—본문 중에서

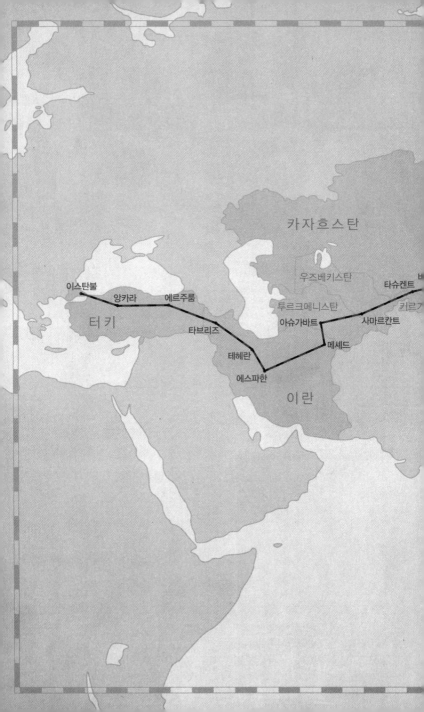

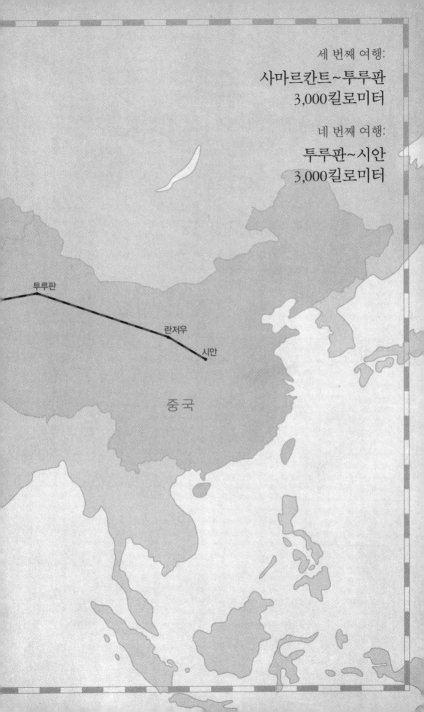

세 번째 여행:
**사마르칸트~투루판
3,000킬로미터**

네 번째 여행:
**투루판~시안
3,000킬로미터**

투루판

란저우

시안

중국

감사의 글 5

파미르 고원

1. 다시 출발 15

2. 윌리스를 수선해준 우마르 38

3. 기울어진 역사의 추 64

4. 젊은 여자 솔타나드 83

5. 토콘의 오두막 109

6. 상업 도시 카스 144

7. 사막 속의 웅덩이 158

8. 시골 사창가 182

9. 추돌 사고의 목격자 210

10. 선한 사람 류 씨 240

고비 사막

1. 모래바람 269

2. 가난한 사람들 280

3. 천상의 산, 톈산 290

4. 길 위의 주검 300

5. 경찰이다! 320

6. 중국식 장례 339

7. 만리장성 361

8. 좌절의 늪 374

9. 황허 391

10. 신성한 강, 웨이허 400

11. 환자 414

12. 천년의 중국 430

에필로그 481

증명서 485

쇠이유 486

옮긴이의 글 487

실크로드 정보

카자흐스탄공화국 492 | 키르기스스탄공화국 497
신장웨이우얼자치구 502 | 간쑤성 506 | 산시성 509

파미르 고원

세 번째 여행
2001년 여름~가을

일러두기

1. 본문에 등장하는 ( ) 안의 내용은 지은이가, 〔 〕 안의 내용은 옮긴이가 단 주석이다.
2. 『나는 걷는다』 3권에서는 한국 독자에게 익숙하지 않은 우즈베키스탄, 카자흐스탄, 키르기스스탄의 인명과 지명은 알파벳으로 표기한 대신, 한자가 익숙한 중국의 지명은 현대 표준중국어 발음에 따라 표기하고 번체 한자를 병기하였다.
3. 『나는 걷는다』 3권의 주 여행지인 중국의 위안(元, 약호 Y)을 당시 환율로 환산하면, 1유로는 약 8.5위안에 해당했다. 우리 돈으로 환산하면 1위안은 약 150원에 해당한다.

1. 다시 출발

출발이 제일 힘들다고 한다. 그러나 다시 출발하는 건 더욱 힘들다.

　　이틀 전 다시 사마르칸트를 출발해, 2년 전부터 날 사로잡고, 유혹하고 또 고통스럽게 했던 실크로드 여행길에 올랐다. 내 몸은 아우성치고 있다. 뻣뻣한 근육, 몇 킬로미터를 걷기만 해도 통증이 밀려오는 다리, 갑작스런 더위에 익숙하지 않아 아무리 물을 마셔도 가시지 않는 갈증, 어쩔 수 없이 감수해야 하는 금욕생활을 부정하며 야한 장면을 연출하는 꿈 때문에 잠을 설치는 밤……. 첫걸음을 떼는 것이 중요하다. 처음 며칠 동안은 매 킬로미터가 죽을 맛이었다. 그렇지만 제일 힘든 건 무엇보다도 사랑하는 사람과 떨어져 지내는 것이었다. 물론 도둑이나 달러를 밝히는 경찰, 앞으로 넘게 될 눈 덮인 파미르(Pamir, 중앙아시아에 있는 고원지대), 위구르어로 '다시 돌아올 수 없는 곳'이라는 뜻의

타클라마칸(Taklamakan) 사막이 2001년도의 120일 동안 맞
닥뜨려야 할 대상이다. 그렇지만 가장 겁나는 것은, 중국 사
람들이 '불의 땅'이라고 부르는, 불타는 오아시스 투루판吐
魯番(중국 신장웨이우얼 자치구 우루무치 남동쪽의 도시. Turfan,
Turpan이라고도 한다)에 닿을 때까지 겪을 끔찍한 고립상태
다. 나는 고독에 익숙하지 않은 사람이다. 나는 이전보다 더
욱더 이 길 위에서의 모험과, 만남과, 모든 행복에 갈증을
느낀다. 지금까지 이 길은 내 목을 축여주었다.

　　사마르칸트에 사는 추쿠로프 가족을 떠난 지 이틀이
되었다. 세심한 배려를 아끼지 않는 사비라는 출발할 때 나
를 도와주기는커녕 내 몸을 더욱 무겁게 만들었다. 그녀는
여행을 하면서 제대로 먹지 못할 것이라는 생각에, 교외에
있는 안락한 집에서 나를 보살피며 쉴 새 없이 내 입 안으
로 먹을 것을 쑤셔넣었다. 정원에서 딴 풍성한 과일로 만든
과일 조림, 끊임없이 따라주는 녹차, 기운을 나게 하는 플로
프〔쌀과 야채, 고기를 볶아 만드는 우즈베키스탄 전통 요리〕. 나
는 배가 터질 것 같았지만 더 먹어야 했다. "심장에 좋은 거
예요." 사비라는 한 수저씩 뜰 때마다 이 말을 덧붙였다. 자
상한 할머니의 두 눈은 얼굴을 덮을 듯 커다란 유리 안경
속에서 웃고 있었다.

　　내 지옥행을 앞두고, 사비라는 테라스를 천국으로 만
들어놓았다. 손녀 율두즈와 말리카, 아들 파루흐는 해가 저
무는 저녁나절, 맛좋은 체리가 담긴 바구니 앞에서 나와 동

무해주었다. 난 2000년의 도보여행과 나를 따뜻하게 환대해준 사비라의 가족에 대해 쓴 책 『나는 걷는다』의 둘째 권을 가져왔다. 무니하가 책 내용을 통역해주었다. 사비라는 감동에 북받쳐 눈물을 흘렸다. "남편(구소련에서 존경받던 문학평론가)이 살아 있을 때, 매년 전 세계의 작가 50여 명을 이 집에 초대했어요. 그 사람들 가운데 자기 책에 내 이름을 쓴 사람은 아무도 없었어요."

올겨울은 영하 25도를 기록할 만큼 혹한이었다. 벽 안의 수도관이 터졌다. 봄에는 가뭄 때문에 우물이 말라버렸다. 근처 주민은 물을 얻지 못했고, 살구는 한 달이나 앞서 익었다. 그저께부터는 상황이 더 심각해졌다. 넉 달간 계속되는 끔찍한 더위 쉴라(chilla)가 시작된 것이다. 2, 3일 후부터는, 여름의 불볕더위에서 정점에 달하는 사라폰(sarafon)이 한 달간 계속되어 내게 불화살을 날려대며 기운을 쏙 빼놓을 것이다.

출발 일정으로는 최악의 시기를 택한 꼴이다. 하지만 선택의 여지가 있겠는가? 이렇게 더위가 기승을 부리는 때에 페르가나(Fergana) 계곡을 오르며 땡볕 아래 걸을지, 아니면 좀더 일찍 출발해 가장 혹독한 계절에 타클라마칸 사막에 도착할지 결정을 해야 했다. 도착지인 투루판은, 여름에 무더위로 몸살을 앓는 중국에서도 가장 더운 곳이다. 나는 먼저 더위를 겪고 시원할 때 목적지에 도착하는 일정을 택했다. 어릴 때부터 안고 산 딜레마를 겪어야 하는 것이다.

빵부터 먹을까 코코아부터 먹을까……. 이밖에도 파미르를 8월이나, 아무리 늦어도 9월 초에 통과할 수 있게 계획을 세워야 했다. 이는 혹독한 계절이 다가오면서 만나게 될지도 모르는 눈보라를 피해 혹시나 세계의 지붕에 진입 못하는 일이 생기기 전에 도착하기 위해서다.

무니하 바히도바의 작은 아파트에서 출발 전날 마지막으로 포식했다. 무니하는 귀엽게 '에르(r)' 발음을 굴리며 훌륭한 프랑스어를 구사했다. 화기애애한 바벨 탑의 분위기 속에서, 타지크인과 우즈베키스탄인 친구들은 비슷한 구조를 가진 상대의 말을 알아들을 수 있기 때문에 각자 자기 나라 말로 얘기했다. 아이들은 놀면서 러시아어로 말을 했고, 무니하와 나는 프랑스어로 이야기했다. 중앙아시아 지역의 식탁에서 음식을 놓는 순서는 별로 중요하지 않다. 고기에서 야채로, 단 것에서 짠 것으로, 음식이 나오는 대로 먹으면 된다. 식사 때는 여러 가지를 조금씩 먹는다. 고기 튀김, 구운 꽃양배추, 당근, 바질과 회향풀을 섞은 흰 치즈, 감자, 돌마[dolma, 여러 가지 채소에 쌀, 양파, 양고기 등을 싸서 먹는 쌈 요리], 속을 채운 피망, 꼬치 요리…….

이제 다시 출발해도 좋은 때가 되었다. 사비라는 초목으로 싱그러운 정원에 크라바트(잠자리)를 마련해주었다. 평상처럼 마련한 이곳에서 사람들은 식사를 하고 이야기를 나누고 잠을 잔다. 난 이곳에서 여러 과일나무를 바라보았다. 복숭아나무, 체리나무, 자두나무, 나무딸기, 살구나무, 포도나무, 무화과나무, 마르멜로……. 여행하면서 산의 자갈길이나 사막의 모래를 맞닥뜨릴 때 떠올릴 수 있도록 내 기억 속에 새겨둔 극락의 모습. 잠에서 완전히 깨기도 전, 양파를 잔뜩 넣고 부친 티크바스(tikvas), 피로즈키스(pirojkis), 치즈, 꿀, 맛있는 살구 잼이 입 속으로 밀려들어왔다. 사비라가 전날 만든 살구 잼을 우즈베키스탄 빵 리피오슈카(lipioshka)에 발라 먹었다. 아마도 이곳이 전 세계에서 가장 맛있는 살구인 우르크(uruk)가 생산되는 곳일 것이다. 이 과일은 버릴 게 없었다. 도나크 쇼라크(donak shorakk)라고 부르는 씨는 오븐에 굽는데, 터지면 맛좋은 아몬드를 제공한다. 사비라는 내 가방 속에 아몬드를 쏟아부었다. 시장에서 아몬드랑 건포도를 샀다고 아무리 말해도, 사비라는 자기 아몬드가 최고라고 자신했다.

난 다시 모든 요리를 한 번씩 먹어야 했다. "심장에 좋기 때문에", 그리고 여행을 앞두고 단단히 준비해야 했기 때문이다. 올해도 아름다운 만남을 갖게 될까? 문화와 우정, 역사와 폭력, 정복, 무역, 부富와 노략질의 길, 실크로드는 이스탄불에서 발걸음을 내디뎌 지금까지 6천 킬로미터를 걷는 동안 서서히 베일을 벗었다. 난 지금 이 길의 중간에 있다. 3년째 여행을 하며, 모래나 녹아내린 아스팔트에 신발의 밑창 자국을 남기게 될 것이다. 넉 달 후, 풍요로운 페르가나 계곡, 키르기스스탄의 고원지대와 타클라마칸 사막을 지난 뒤 투루판에 도착할 것이다. 하지만 투루판에 도착하게 될까? 예순셋이 된 지금, 기력이 달리지는 않을까? 6월 28일 부드러운 아침 햇살 속에서, 추쿠로프 가족의 테라스에 앉아 현기증을 느끼며 이런 의문을 느꼈다.

아직 완전히 동이 트지 않았지만, 어제 집주인들과 작별 인사를 나누었기에 조용히 짐을 꾸렸다. 하지만 그건 그들의 끈질긴 친절함을 간과한 행동이었다. 하나둘 잠에 취한 눈을 비비며 나를 둘러쌌다. 모두 조용히 손바닥을 하늘로 올리며 서 있는 동안, 사비라가 짧은 기도를 바쳤고, 기도가 끝나자 모두 주기도문에 해당하는 '파티하(fatiha)'를 읊었다. 파티하는 식사를 끝내고 일어설 때도 읊는데, 이때는 손을 이마에서 턱까지 훑는다.

기도가 끝나자마자 우정의 손길에서 벗어나, 사마르칸트를 떠나 북쪽으로 향한 길을 따라갔다. 난 거실에 신발 먼지를 남겨두고 왔다. 하지만 사비라는 다시 친구가 돌아오지 않을 것이기에, 오늘은 빗자루로 그 먼지를 쓸어 담지 않을 것이다.

이 길은 직행로가 아니다. 적어도 150킬로미터를 돌아가는 우회로를 걸으며 올해의 여행을 시작했다. 원래 길은 타지키스탄과 우즈베키스탄 국경 사이를 굽이친다. 하지만 무자혜딘(mujahidin, 아프가니스탄의 무장 게릴라 조직)의 카라슈니코프 자동소총의 총탄과 우즈베키스탄 군대의 대포를 피하려면, 안전한 길을 택해야 했다. 공식적으로는 아무 일도 없다. 하지만 여행사는 관광객을 페르가나 지역에 보내지 말라는 명령을 받았다. 특히 이슬람 원리주의자의 총탄이 알라의 영광을 위해 빗발치는 베카바드(Bekabad) 지역은 여행 금지 지역이다. 사람들은 내게 경고했다. 모든 국경이 폐쇄되었고, 타지키스탄 쪽으로는 갈 수가 없다고.

북쪽으로 가면, 도시 안그렌(Angren)을 지나, 해발 2,300미터에 달하는 캄치크(Kamchik)의 협로를 통해 길게 뻗은 동쪽 길로 접어들게 된다. 사라폰이 맹위를 떨치는 가운데 달갑지 않은 여정이 될 것이다. 타지키스탄 때문에 두 쪽으로 나뉜, 우즈베키스탄의 두 조각을 잇는 좁다란 흙길 위에서, 아프가니스탄에서 훈련받고 매년 여름 이 나라에 잠입하는 원리주의자들의 게릴라 부대를 피할 수 있을지조차 확신할 수 없었다.

난 더위와 싸우는 방법을 이미 익혔다. 12리터가 들어가는 플라스틱 물통을 세 개 가져왔고, 몸의 수분을 많이 잃지 않기 위해 베두인족이 두르는 터번으로 머리를 둘둘 감았다. 월리스〔Ulysse, 오디세우스의 프랑스식 표기〕가 충실히 내 뒤를 따랐다. 자기 머릿속에 든 지식만으로도 충분해서 군이 지식을 찾아 세계를 횡단할 필요가 없는 친구 마르셀 르메트르의 도움을 받아 월리스를 만들었다. 창고에서 굴러다니던 오래된 골프 가방이 바퀴 두 개 달린 여행의 동반자로 변신해 에브니〔저자가 2차 여행시 짐을 나르는 데 사용한 수레〕를 대체했다. 에브니는 작년에 사마르칸트의 꼬마들에게 주었다. 마르셀은 신기한 용접기로 작은 접이식 수레를 만들었다. 함께 '대장정'에 나선 윌리스는 물 12리터와 옷, 한결 많아진 약, 식량을 잔뜩 넣은 가방을 나를 수 있다. 선원들이 쓰는 것과 같은 배낭에는, 별로 쓸 일이 없기를 바라며 캠핑용구를 넣었다. 캠핑보다는 호텔을 찾거나 마을 사람집에서 잠자리를 얻는 편이 훨씬 나았다. 영리한 마르셀과나는 윌리스에 달려 있던 고무타이어에 충분히 바람을 넣었다. 찢어진 부분은 없었다.

그러나 결과는 좋지 않았다. 도보여행 나흘째, 러시아사람들이 '끔찍한 스텝'이라는 별명으로 부르는 지자크(Dzhizak)라는 도시로 다가가며 땡볕 아래를 걷고 있는데, 수상한 소리가 들려 뒤를 돌아보았다. 윌리스의 바퀴 하나가, 말그대로 뜨거운 땅 위에 녹아내려 너덜너덜해져 있었다. 철사줄로 조각들을 연결했지만, 200미터를 더 가자 수레는 미친듯이 덜컹거렸다. 좋지 않은 징조였다. 멀쩡한 도로에서도 타이어가 구멍난다면, 산 속이나 사막에서는 어떻겠는가? 나는 4, 5킬로미터 떨어진 도시까지 가기 위해 윌리스를 접었다. 우리 둘은 쉰 쌍의 눈동자가 멍하니 바라보는 가운데, 북적거리는 버스에 자리를 잡았다.

중국에서 서쪽을 향해 출발한 '황색 여행단〔Croisière jaune, 시트로앵사가 자사 자동차의 우수성을 알리기 위해 조직한 팀으로, 무한궤도차로 중국을 횡단했다. 아프리카 횡단 여행단인 검은 여행단(Croisière noire)도 있었다〕'에는 유명한 고고학자피에르 테야르 드 샤르댕(Pierre Teilhard de Chardin)도 동행했는데, 이들은 무한궤도차의 브레이크를 너무 급하게 밟았던 것 같다. 무한궤도가 구멍나 유럽에서 공수해올 때까지 기다려야 했던 것이다. 사고는 140킬로미터를 지난 뒤에 발생했다. 윌리스가 우지끈 소리를 낸 것은 120킬로미터를 지난 뒤였다. 여행단과 같은 신세라고 생각하니 기분이 좋아졌다. 자, 그렇게 비관할 일도 아니지 않는가. 그렇지, 마르셀?

내가 묵게 된 호텔—이곳에서는 호텔을 가스티니챠(gastinitsa)라고 한다—은 가족 펜션 겸 악당 소굴이었다. 공산주의 정권하에 국가 소유물이던 이곳은 '민영화' 조치로 호텔로 변신했다. 호텔 주인의 직업 없는 대가족 10여 명이 모두 이 호텔 수입에 매달려 살고 있다. 서른 살쯤 된 주인의 아들은 지저분한 옷차림, 길쭉하게 생긴 외모에, 눈은 두꺼비처럼 튀어나왔다. 내가 도착하고 한 시간 뒤 그가 불쑥 질문을 해댔다.

"몇 호실이에요?"

"누나한테 물어봐. 누나가 방 열쇠를 줬으니까."

"얘기 안 해준단 말이에요."

내 방에 들어오고 싶다는 뜻을 너무나 분명히 밝혔기 때문에, 난 다음 날 아침 가방주머니 위에 자물쇠를 달아놓았다. 저녁에 와서 보니 자물쇠가 부서져 있었다. 날건달 녀석이 발코니 난간을 타고 들어온 것이다. 곧바로 녀석이 훔쳐간 것을 살펴보니 노트 몇 권이 전부였다. 그의 관심을 끌만한 모든 것—돈, 사진기, GPS—은 내 수중에 있었다. 다음

날 밤, 예전에 하던 대로 칼을 펴서 손에 쥔 채 잠을 잤다.

물은 사층까지만 올라왔지만, 나름대로 방법이 있었다. 백발인 머리카락에서 싸구려 향수 냄새를 폴폴 풍기는 불쌍한 할머니 가정부가 변기를 세척하기 위해 물병을 가지고 올라왔다. 그러나 뿌연 물 색깔을 보자, 씻고 싶은 마음이 달아나버렸다.

호텔 주인의 또 다른 아들은 후안이라는 이국적인 이름이었다. 지난번 녀석보다는 도둑놈 같은 인상이 덜했지만, 술에 훨씬 더 찌들어 있었다. 모든 것을 따져보면, 이 친구가 더 나았고, 우리는 서로 잘 통했다. 같이 플로프를 먹자고 초대했지만, 그는 음식에는 거의 손을 안 대고 빛의 속도로 맥주병을 비워나갔다. 여자 종업원이 새 맥주병을 나를 때마다 빠짐없이 엉덩이를 쓰다듬었다. 그는 내일 아침 시장이 문을 여는 여덟 시에 차로 데려다 주겠다고 약속했다. 거기에 가면 윌리스를 고치는 데 필요한 모든 장비를 구할 수 있을지도 모른다. 그는 출발하기 전에 호텔의 보일러를 관리하는 두 러시아 남자, 그리샤와 미샤를 소개했다. 보일러는 거대한 고철덩어리로 새지 않는 곳이 없었다. 아마 태멀레인〔14세기에 티무르 왕조를 창시한 정복자 티무르의 영어식 별명〕시대에 만든 것이 아닐까 싶었다.

다음 날 오전 열 시, 나와 헤어진 뒤에도 계속해서 술을 마셔댄 후안을 깨우느라 두 시간을 소비한 뒤 미샤, 그리샤과 함께 후안의 차를 타고 출발했다. 이 차는 훔친 거였다. 앞문은 잠겨 있었기 때문에 뒷문으로 들어가야 했다. 후안은 철사 두 개로 시동을 건 뒤, 차 주인을 만나게 될까 걱정하며 자기 '재산'을 지키려고 엄청나게 큰 칼을 변속기 옆에 두었다.

두 러시아 남자는 말은 없지만 솜씨는 좋았다. 그리샤는 슬라브인다운 모습을 하고 있었다. 보드카를 마시자 실제 나이 쉰 살보다 훨씬 많아 보였다. 흰 머리, 새까만 눈썹에 멋진 미소. 미샤는 좀 더 젊었는데, 이마 위로 쓸어올린 검은 머리에, 관자놀이는 벌써 희었고, 마르지는 않았지만 호리호리한 체격에, 신문에 만 담배를 계속 빨았는데 불이 금방 꺼지기 일쑤였다.

그들은 윌리스의 타이어와 크기가 비슷한 타이어 한 쌍을 금세 발견했다. 타이어는 팽팽하게 부풀어 있었다. 하지만 그 타이어에 적응하는 데 하루를 소비해야 했다. 그리샤는 사고를 일으켰던 원래 타이어를 가지고 가더니 뚝딱 고쳐서 저녁에 가지고 왔다. 비상용 타이어로 사용할 수 있게 한 것이다. 후안은 하루 종일 쭈그리고 앉아서 우리가 일하는 모습을 재미있다는 듯 열심히 쳐다보았다. 무위도식하며 따분한 일상을 술로 보내던 그에게는 운수 좋은 날이었다. 타이어를 고쳤으니 다시 출발할 수 있었으나 마음이 놓이지 않았다. 윌리스가 앞으로 지나게 될 키르기스스탄과 중국의 길에 익숙하지 않으니 말이다.

새벽 네 시, 온도계는 섭씨 32도를 가리키고 있었다.

정오에 더위로 멍해져서 식당 주인이 3백 숨(so'm, 우즈베키스탄의 화폐 단위)을 붙이고 내놓은 푸짐한 식사를 끝까지 먹기 힘들었다. 살코기가 뼈에 붙어 있는 걸 본 주인은 50숨을 거슬러주었다. 아마 다른 손님한테 그걸 팔지도……. 난 돈을 받으라고 고집을 부렸지만, 그는 나보다 더 고집불통이었다. 더위가 누그러지길 기다리며, 우리는 날씨와 관습에 대해 이런저런 이야기를 나누었다.

"우리 나라에서 제일 아름다운 신부는 어떻게 알아보는지 알아요?"

음흉한 주인장이 내게 물었다.

내가 대답이 없자, 그가 답을 말했다.

"보석을 너무 많이 걸치고 있어서 걷지 못하는 신부."

구소련 시기 이전에는, 여자가 언제든지 내쫓길 수 있었다. 어머니에게 물려받은 보석이 여자의 유일한 재산이었고, 혹시 소박을 맞아 혼자 살게 될 경우 생계수단으로 쓰였다. 영원히 가지고 있을 수도 있었다. 일방적으로 여자를 내쫓는 일은 이제 불가능하지만, 신부와 관련된 전통은 굳건히 남아, 결혼식 때 신부는 온몸에 보석을 휘감는데, 은이 대부분이다.

무화과나무 그늘에서 플로프를 만들고 있는 자그마한 노인들과 얘기를 나누려고 잠깐 멈춰서 나무 그늘 속으로 들어갔다. 머리에 네모난 전통 모자 도파(doppa)를 쓰고, 고생으로 찌든 얼굴에 턱수염을 기르고 윤이 나는 장화를 신은 노인들은 케셀(Kessel, 러시아 출신의 프랑스 작가)이 묘사한 '기사'의 모습을 생각나게 했다. 말馬도 권력도 없는 기사이기는 하지만.

파흐타코르(Pakhtakor) 마을에 도착하자, 코말이 하늘에서 뚝 떨어지듯 내 앞에 나타났다. 서른 살쯤 되고 살진 체격인 이 청년은 자기가 영어를 꽤 잘한다고 생각했다. 외국인의 등장은 그에게 일대 사건이었고, 자기 민족이 이 땅에서 가장 손님 대접에 극진하다는 사실을 증명해보일 절호의 기회였다. 나는 그날 침대 하나를 제공받기만 바랄 뿐이었다. 더위로 녹초가 된 몸은 아직도 의욕을 따르지 못하는 상태였고, 기진맥진한 나는 자고만 싶었다. 너무 지친 상태여서 먹고 싶은 마음도 안 들었다.

하지만 그건 매우 친절하지만 매우 성가시기도 한 코말을 계산에 넣지 않은 생각이었다. 그는 자기가 외국인과 영어로 대화를 나눌 수 있다는 사실을 모든 사람들에게 증명하기 위해서, 내 피난처인 여관에 동네 사람들의 절반을 모았다. 그 사이 코말은 엄청난 양의 플로프를 준비했다. 나는 쌀 몇 톨과 고기 한두 조각을 삼키고 방으로 가는 척했다. 하지만 그가 길을 막았다. "야시장을 구경해야지요."

작은 광장에 마련된 야시장에는 기름지고 가는 꼬치요리 샤실리크를 굽는 남자 하나와 유모차로 실어나른 빵을 파는 여자 셋이 전부였다. 내가 실망하는 표정을 짓자, 코말이 만회하러 나섰다. 타슈켄트에서 온 록밴드의 연주장으로 날 끌고 간 것이다. 10여 명의 무기력한 남자아이들과 엄마의 보살핌 속에 있는 열댓 명의 여자아이들 앞에서 기타를 긁는 사람들이 귀청이 떨어질 듯한 소리를 냈다. 내가 별로 관심을 보이지 않자, 코말은 창녀가 운영한다는 나이트클럽으로 데리고 갔다. 조악한 술집 같은 이곳에는 커튼이 쳐진 방이 몇 개 있었다. 그 안에서 웃음소리와 소곤대는 소리가 났지만 염려할 일은 없었다. 왕년의 밤의 여왕이 아가씨들의 행실을 감시하고 있었으니까.

내가 이런 풍경에 더더욱 관심을 보이지 않자 코말은 슈셰케밥(Chuchekebab)을 주문했다. 향기로운 소스에 익힌 이 고기 꼬치는 수프와 당근이 함께 나온다. 자정이 가까운 시각이었다. 난 자야겠다고 울부짖었다. 우리는 어둠에 잠긴 흙길을 따라 돌아왔다. 집집마다 문 앞에 무분별하게 던져놓은 쓰레기더미 때문에 갈피를 잡기 힘들었다. 코말이 내가 넘어질까봐 팔을 잡았다. 그는 이 기회를 이용해 슬쩍 나를 다른 쪽 문으로 이끌었다. 다른 친구들에게 소개하기 위해서였다. 사람들이 대접하는 차를 거절하는 것은 무례함의 극치였기 때문에 차마 거절할 수도 없었다. 난 쓰러지기 일보 직전이었다. 갑자기 내 친구가 탄성을 질렀다.

"이런, 생각해보니 씻을 시간도 주지 않았군. 같이 목욕하러 갑시다. 이 사람은 내 친구예요."

그가 데려간 곳은 숨이 막힐 듯 뜨거운 열기를 내뿜는 사우나였다. 때를 벗기느라 진이 더 빠진 나는 가능하다면 호텔을 향해 냅다 줄달음을 칠 준비를 했다. 코말이 다시 한 번 길을 막았다. "기술자 친구를 꼭 만나야 돼요."

마지막이기를 바라며 차를 마시는 동안, 우리를 대접한 주인은 밤에 철도에서 꼬박 열두 시간 일을 한다고 이야기했다.

"선로를 변경하는 일을 하는데 열두 시간 동안 계속 일을 한다고요? 사고 위험은 없나요?"

"없어요. 5년 동안 야간열차가 다니지 않으니까요. 난 영어를 배우며 시간을 보내요. 내 영어 어때요?"

우즈베키스탄식으로 발음하지 않는다면 알아들을 만할지 모르겠다고 생각했지만, 내가 워낙 친절한 사람이다 보니, 용기를 주는 미소로 대답을 대신했다.

마침내 호텔에 돌아오자 난 급히 방으로 들어갔다. 여기 사람들이 그렇듯 코말이 노크도 하지 않고 질풍처럼 들어왔을 때, 난 옷을 다 벗지도 못했다.

"외국인을 한 번도 본 적 없는 사람들이 식당에 있어요. 당신을 꼭 만나고 싶대요. 잠깐이라도 와주면 좋겠는데."

난 비몽사몽간에 그를 따라갔다. 흥청거리기 좋아할 듯한 사람들 10여 명이 벌써 보드카에 흠뻑 취해 있었다. 그런데도 그들은 외국인과 만난 것을 축하하기 위해 우즈베키스탄 샴페인 한 병을 주문하더니, 내게 맛이 어떤지 얘기해달라고 악을 썼다. 맛은 끔찍했다. 하지만 내가 여전히 그리고 항상 친절한 사람이다 보니, 프랑스 샴페인만큼이나 맛이 좋다고 말했다. 그들은 만족해하며 또 한 병을 주문했고, 내게 두 번째 잔을 마시게 했다. 자업자득. 거짓말을 하면 죗값을 치르는 법…….

새벽 한 시가 가까운 시간, 난 털썩 쓰러져 잠이 들었다. 누군가 날 흔들어 깨웠고, 나는 스피커에서 나오는 요란한 음악에 겨우 눈을 떴다. 술이 얼큰하게 취한 여자가 자기랑 같이 춤을 추자고 했다. 여자를 돌려보냈지만, 한 시간 동안 열 번이나 코말의 친구들이 방으로 들어와 윌리스를 살피고, 내게 말을 걸었다. 난 혼수상태 직전이었다. 새벽 두 시경, 소음은 멈추었지만 확성기 소리가 쩌렁쩌렁 울렸다. 나는 화가 머리끝까지 치밀어 자리에서 박차고 일어났다. 텅 빈 복도를 가로질러 마침내 빈방에서 재즈 테이프를 귀청이 떨어져라 돌리고 있는 스테레오를 발견했다. 코말은 의자에 앉아 있었다.

"아침 일찍 일어난다고 했잖아요. 그래서 새벽에 깨워 주려고 밤을 새는 거예요. 음악을 안 틀면 졸음이 쏟아져서 말이죠."

지옥은 그렇게 호의 때문에 만들어진 것이었다.

난 플러그를 뽑고 두 시간 동안 잠을 잤다. 턱없이 부족했다. 내가 떠날 무렵, 코말은 주먹을 쥐고 잠들어 있었다. 그를 깨우지 않으려고 조심했다. 하지만 아홉 시경, 그가 자전거를 타고 쫓아와서는 내가 들르기로 예정한 도시에 사는 친구들에게 나를 소개하겠다고 했다. 난 그를 파흐타코르로 돌려보냈다. 친절하지만 단호하게. 그와 함께라면, 사흘도 버티지 못하고 피로로 쓰러져 걷지도 못할 것이다.

풍경은 단조롭기만 했다. 과거의 '비참한 스텝'은 촘촘한 관개시설망을 갖추면서 풍요로운 곳으로 변해 있었다. 살구나무가 과일 무게 때문에 휘청거렸다. 땅에 떨어진 수많은 살구는 나무 주위에 노란색 양탄자를 수놓았다.

밤이 되어 이슬람 사원에서 안식처를 찾았다. 이 사원은 원래 공장으로 사용하던 건물에 아연으로 돔을 얼추 올리고, 그 위에 역시 아연으로 초승달을 올려 만든 것이었다. 나를 맞이한 이맘은 자기에 대해 말하지 말라고 부탁했다. 우즈베키스탄에서 이슬람교도는 모습을 드러내지 않았다. 공산주의 체제는 말로만 민주주의로 전환한 채 여전히 같은 경찰 조직과 잔혹한 관행을 지속하고 있다. 우즈베키스탄의 정부 조직은 탈레반과 '이슬람 학생회'가 굳건한 체제를 유지하고 있는 이웃 국가 아프가니스탄에서 세력을 펼치는 근본주의 운동의 발흥을 촉진해서, 권력에 어두운 그림자를 드리울 수 있는 유일한 존재, 즉 종교 세력을 두려워하고 있다.

나는 지금까지 북쪽으로만 올라갔는데, 곧 카자흐스탄 국경에 닿을 것이다. 이 지역의 국경은 스탈린이 통치하는데 편리하도록 나누면서 생겼다. 스탈린이 '공화국'들을 너무나 촘촘히 배열했기 때문에, 국경을 폴짝폴짝 넘어다녀야 한다. 중앙아시아의 공화국들은 사실상 러시아의 지방과 같았기 때문에, 이런 사정은 대수롭지 않았다. 하지만 독립국가로 갈라지면서, 모든 것이 복잡해졌다. 우즈베키스탄 영토의 어느 부분은 이웃 나라의 국경에서 20~30킬로미터 안쪽에 뚝 떨어져 있다. 사마르칸트에서 타슈켄트로 가려면, 카자흐스탄 땅 50킬로미터를 가로질러 가야 한다. 자동차 운전자들은 국경이나 검문소에서도 속력을 늦추는 법이 없고, 러시아 군은 차를 멈추려는 것 같지도 않았다.

가가린 마을에서, 내가 갈 길의 사정이 어떤지 알게 됐다. 카자흐스탄에서 하룻밤을 보내려면, 그전에 타슈켄트에서 비자를 요청했어야 했다. 운이 좋으면, 3주 후에 비자를 받을 수 있다고 한다. 하지만 그건 생각할 수도 없는 일이었다. 그러니 다시 길을 돌아가서 국경을 따라 걸으며 안그렌 쪽으로 올라가야 할 것이다. 그 생각만으로도 기운이 빠져서 그늘진 테라스에 자리를 잡고 앉았다. 미지근한 맥주를 주문하고 지도를 살피고 있는데 호탕한 남자가 내 앞에 떡하니 섰다. 시퍼런 문신으로 덮여 있는 건장한 팔이 뜨개질한 옷 때문에 더욱 도드라졌다. 덥수룩한 수염은 반짝거리는 대머리를 만회하려는 듯 숯처럼 검었다. 그는 내 눈앞에 열쇠 꾸러미를 흔들며 자기 택시를 가리키더니, 갑자기 어린아이나 머리가 모자란 사람한테 말하듯 얘기했다.

"내 이름은 아슈르 무하마디예프야. 사람들한테 얘기를 들었어. 걸어서 40킬로미터를 가려고 한다면서? 그런데

당신을 한번 봐. 피곤하고 더러워. 목욕도 하고 잠도 자야
지. 우리 집에 가자. 스베틀라나가 옷도 빨아주고 먹을 것도
만들어줄 거야."

나는 가차없이 그를 내쫓았다. 하지만 그는 눈을 자글
거리며 따뜻한 미소를 지었다. 난 잔을 들어 남자 앞에 놓고
맥주를 반쯤 따랐다. 몇 분 후, 윌리스는 차 트렁크에 실렸
고, 아슈르는 커다란 문 앞에서 차를 세우고 독재자처럼 경
적을 울렸다. 다리가 길고 젊은 여자가 아찔한 미니스커트
를 입고 나와 문을 열어주고 내게 눈부신 미소를 던졌다.

"내 딸 자리나."

아슈르가 간결하게 말했지만, 어투에서 자랑스러움이
배어나왔다. 또 다른 아리따운 여자아이가 다가왔고, 아슈
르가 역시 딸을 소개했다. 시모나.

잠시 후, 스베틀라나가 일터인 기차역에서 돌아왔다.
금발의 세 여자는 푸르스름한 빛에 옥색이 감도는 매력적
인 눈을 가지고 있었다. 선녀의 눈처럼 보였다. 여인들의 얼
굴은 외국 손님을 맞이하게 됐다는 행복으로 빛났다. 아슈
르는 시큰둥한 척했지만, 뽐내는 표정이 역력했다. 중앙아
시아에서 러시아 남자는 절대 자기 나라 여자와 결혼하지
않는다. 그러나 중앙아시아 남자는 러시아 여자와 결혼하는
예가 빈번하기에, 타지크인인 아슈르가 슬라브 여인을 아내
로 맞이했다는 사실에 그다지 놀라지 않았다.

눈 깜짝할 사이에 아름다운 스베틀라나는 남편의 옷

을 내게 가져다 주었다. 난 그녀의 남편이 몰아넣은 한증실에서 때를 벗기고 있었다. 그리고 스베틀라나는 딸들과 분주하게 식사를 준비했다. 세탁한 내 옷이 빨랫줄에서 마르는 동안, 난 아슈르의 큼직한 옷을 입고서 점심을 먹었다. 배를 채우는 동시에 천사들의 눈길을 마주 보며 마음도 넉넉해졌다. 식사를 마치자, 주인장은 내게 택시를 타라고 했다. 자리나와 천사 같은 얼굴의 막내 시모나도 함께했다. 아이들 엄마는 집에 남아 있어야 했다. 오이절임을 통에 담고, 뒷마당에 있는 여덟 마리의 돼지에게 먹이를 주고, 채소밭 통로에 암탉이 낳은 달걀을 모아야 했기 때문이다. 우리는 더위로 지친 도시를 가로질러 높은 벽으로 둘러싸인 집 앞에 도착했다. 안뜰의 나무 그늘 아래에 있던 우즈베키스탄 여자가 다가왔다.

"집사람이에요." 아슈르가 소개했다.

"그러면 스베틀라나는?"

"집사람이 둘이에요."

이 여자가 적법한 아내였다. 아슈르의 종교는 아내를 여러 명 두는 것을 허용하지만, 우즈베키스탄의 법은 일부다처제를 금했다. 하지만 아무도 이런 상황을 불편해하는 것 같지 않았다. 두 번째 가정에서는 아이가 셋 있었지만, 이 집의 어린 꼬마는 여자들과 아버지가 자기 응석만 받아준다는 사실을 잘 아는 것 같았다. 아이의 눈빛과 행동은 이미 작은 독재자처럼 보였다.

돌아오는 길에 아슈르는 나를 손님으로 맞이하게 돼 정말 기쁘다고 말했다. 그는 몇 년 전에 카자흐스탄에서 불도저를 몰면서 대여섯 명의 인부들과 좁은 공간에서 함께 생활했다고 한다. 열악한 환경이었다. 기분이 너무 울적한 어느 날, 카자흐스탄 사람 하나가 자기 집에 가서 몸도 씻고 쉬면서 빨래를 하자고 제안했다. 그는 그 일로 더할 나위 없는 감사의 마음을 품게 되었고, 다음에라도 남에게 베풀 기회가 있으면 그 친구에게 받은 은혜를 갚는 마음으로 도움을 베풀자고 다짐했다고 했다. 나는 아슈르에게 그 기회를 제공한 셈이었고, 그는 알라에게 감사를 드렸다. 예전의 경험을 통해, 그의 따뜻한 환대가 얼마나 내 영혼을 즐겁게 하는지 알게 된 것이다.

밤이 저무는 가운데, 테라스에서 자리나와 얘기를 나누었다. 자리나는 가는 다리에, 매력적인 미소, 바다색과 하늘빛이 섞인 눈을 가진 아가씨였다. 자리나에게 나이를 물었다.

"열일곱이에요. 2년 후면 결혼할 거예요." 자리나가 대답했다.

"애인 있니?"

"아뇨. 아빠가 남자들 만나지 말라고 했어요."

난 그들이 측은했다.

"아빠가 신랑감을 골라주니?"

"그게 전통이에요."

자리나는 대학 친구 중 마음에 둔 남자가 있다고 털어놓았다. 지금은 대학에서 법학을 공부하며 어머니를 도와 집안일도 한다. 아슈르는 남자라서 집 안에서는 손끝도 까딱하지 않기 때문에 집안일은 전적으로 여자들 몫이었다.

"남편이 두 번째 아내를 맞이한다면 뭐라고 하겠니?"

자리나는 예쁜 금빛 어깨를 으쓱거렸다.

"아무 말도. 그게 전통이에요."

우리는 침묵하고 생각에 잠겼다. 난 너무나 아름다운 이 아가씨를 보며 혼혈이 좋은 결실을 맺는 일이 많다고 생각했다.

아슈르와 스베틀라나의 따뜻한 환대로 청결함과 원기를 되찾은 나는 동이 트기도 전에 출발했고, 길을 가는 내내 이들에 대한 추억이 내 동반자가 되었다. 나는 즐겁게 길을 걸었다. 아름다운 만남으로 기분이 한결 좋아졌다. 몸을 단련시킨 지 일주일이 되었다. 다리의 근육은 도보훈련으로 탄탄해졌고, 생체 조직도 더위에 적응했다. 도보여행자에게 행복감을 안겨주는 천연의 마약 엔도르핀이 용솟음치면서 콧노래가 나왔다. 닭장 철망으로 상징되는 카자흐스탄 국경을 따라 걷고 있는데도 말이다.

자리나와 나눈 대화로 확인한 것은, 이슬람교가 러시아 공산당이나 기독교 때문에 후퇴하긴 했지만, 이슬람 문화는 여전히 아무다리야 강과 시르다리야 강 사이에 강하게 남아 있다는 사실이다. 특히 사회 구성에 있어서 더욱 그러하다.

아랍인이 사마르칸트를 점령한 712년부터, 이슬람은 차츰 세력을 확장해 20세기 초까지 단일교로 자리 잡았다. 아랍인이 들어오기 이전에는 조로아스터교(페르시아 제국의 국교)와 네스토리아교가 주된 종교였다.

두 강을 오가며 이루어지는 무역과 돈의 중요성을 간파한 정복자들은 이슬람교로 개종한 모든 이들에게 세금을 감면하겠노라 선포했다. 아주 효과적인 발상이었다. 옛 종교를 포기하는 사람이 많아지자, 몇 년 만에 국고가 바닥이 났다. 그래서 다시 과세를 하기로 결정하자, 이에 반대하는 시위와 동요가 계속되다가 750년경에야 잠잠해졌다.

2. 윌리스를 수선해준 우마르

정오에 꽃이 만발한 차이하나(차와 간단한 음식을 파는 곳)에 들러 차를 주문했다. 여주인이 내 테이블에 앉아 프랑스어로 말했다. "내 이름은 사딘사예요." 어릴 때 안디잔(Andizhan)에 살면서 학교에서 배운 프랑스어 문장 중에 기억하고 있는 건 이것뿐이었다. 잠시 후 주문하지도 않은 음식을 10여 가지나 가져와 마음껏 먹으라고 하면서, 이번에는 러시아어로 "공짜예요."라고 말했다.

저녁에 미르자쇼 마을에서, 좋은 연료가 좋은 결과를 낳는다는 사실을 확인했다. 사마르칸트를 출발하고 처음으로 힘들이지 않고 50킬로미터를 주파했다. 저녁식사 장소로 고른 차이하나는 엄마와 세 딸이 운영하는 곳이었다. 네 여자는 웃고, 노래하고, 재잘거리고, 하나도 알아듣지 못하는 우즈베키스탄어로 이야기를 늘어놓았다. 막내딸 마디나는 딸 마라하드를 소개했는데, 이모와 할머니가 받들어 키우는 응석받이였다. 마다나는 아이를 가리키며 검지로 눈썹 위를 그었다. 내가 이해를 못하자, 이번에는 손가락을 코 밑으로 넣으며 "파파, 니에트(아빠가 없어요)."라고 말했다. 미혼모! 처녀가 책임질 남자의 이름을 말하지 않은 죄는 더욱 무거웠다.

나는 테라스에 마련해준 침대에 누워 잠들기 조금 전 아이의 아빠를 얼핏 보았다. 그는 살금살금 걸어들어와 살짝 문을 두드리더니 동이 트기 전 다시 나갔다. 내가 깨어 있는 걸 본 마다나가 공모의 윙크를 보냈다. 정말 기이한 나라였다. 아슈르는 두 아내를 두고 있는데, 바로 옆 마을에서는 한 남자가 자기 아이의 엄마와 자러 오는 걸 숨기는 나라! 떠날 때가 되어 여주인들의 사진을 찍으려 하자, 차를 마시던 대여섯 명의 남자와 아이들이 렌즈 앞으로 와서 자리를 잡았다. 난 남자들을 몰아냈다. 여자들이 얼마나 반겼는지 믿어주시라! 이렇게, 그것도 외국 사람한테 경배를 받는 귀부인이 되었으니⋯⋯.

중앙아시아에서 가장 큰 운하 중 하나인 시르다리야 강에 가까워졌다. 작년에 지나왔던 아무다리야 강과 마찬가지로, 시르다리야 강도 아랄해로 흐른다. 두 강이 아우르는 넓고 비옥한 땅을 가리켜 로마인은 트란스옥시아나(Transoxiana)라고 불렀고, 아랍인은 무와란(Mouwaranh)이라고 불렀다. 강을 연결하는 다리의 100미터 앞에서 경찰의 통제선에 막혔다. 지금까지 한 번도 검문을 받아본 적이 없었다. 하지만 지난 여행의 경험으로 단련된 터였다. 우즈베키스탄 경찰은 달러에 혈안이 되어 있었고, 페르가나 계곡의 경찰은 도둑이라고 모든 가이드북에 적혀 있었다. 그들은 예전에 달러를 훔치려고 여행객의 옷을 벗기기까지 했다. 경찰 막사 앞에서 차례를 기다리는 운전자의 행렬로 오라는 신호를 보내왔을 때, 난 이미 방어 태세를 갖추고 있었다. 작년에 사람들 눈을 피해 나를 경찰서로 데려가려고 했던 경찰에 맞서 방어를 한 적도 있었다. 그들이 나를 수색하려는 의도는 자명했다. 올해 놀란 것은, 지금까지 내가 만난 경찰들이 거의 무관심해보였다는 것이다. 이제 상황이 개선되고 있는 것일까?

운 없는 운전사들은 돈을 내야 한다는 사실을 알고 있었다. 모두 한쪽 손에는 운전면허증을 들고, 다른 손에는 짭새들에게 줄 돈을 쥐고 있었다. 표정 없는 땅딸보 대장은 햇볕을 가려주는 천막 아래 의자에 편안하게 앉아 있는데도 연신 굵은 땀방울을 흘리며 앞의 탁자에 산더미처럼 쌓인 지폐를 상자에 넣고 있었다. 그는 부하에게 현금으로 들어온 '기부금'을 건넸고, 부하는 뒤에 있는 작은 건물에 상자를 차곡차곡 쌓았다. 대장은 돈을 빼앗긴 사람들이 서서 자기를 내려다보는 것이 무례하다고 생각한 것 같다. 자기 눈높이로 천 조각을 낮추었기 때문에, 운전사들이 대장의 눈높이 아래에서 말을 하려면 쭈그리고 앉다 못해 무릎을 꿇어야 했다. 어떤 식이든 이런 권력 남용을 보면 화가 치밀어 오르는데, 이 인간의 경우는 더더욱 그랬다. 난 분노했다.

내 차례가 되었을 때, 난 결심을 한 터였다. 이 돼지 같은 놈 앞에서 무릎을 꿇는 일은 없을 것이다. 난 신경질적으로 뻣뻣하게 굳은 채 놈들이 몸을 뒤지며 모욕하는 행위에 반항했다. 난 천 조각을 멀찌감치 밀고, 뚱땡이 쪽으로 다가가 여권을 집어던졌다. 그는 나를 쳐다보더니, 여권을 들춰보지도 않고서 내게 건넨 뒤, 부하에게 보내라는 신호를 했다. 이 순간 확신이 들었다. 경찰은 외국인은 그냥 통과시키라는 명령을 받은 것이다. 이 피둥피둥 살찐 경찰은 지금까지 돈을 긁어낸 사람들을 모두 합친 것보다 내가 돈이 더 많다는 걸 알고 있다. 그런데도 내게 돈을 쥐어짜려고 하지 않은 이유는 엄명을 받았기 때문이었다. 우즈베키스탄 경찰이 여행객들을 대상으로 벌이는 달러 사냥은 끝난 것일까? 경찰들이 마음껏 활개치는 바람에 금달걀을 낳는 암탉을 죽여버렸다는 것을 이 나라의 책임자들이 마침내 깨달은 것일까?

시르다리야 강은 작년에 지나왔던 분신分身 아무다리야 강과 비교할 만한 게 못 됐다. 아무다리야 강이 성난 바다였다면, 시르다리야 강은 개울에 불과했다. 수심이 얕은 맑은 물이 포플러나무로 둘러싸인 두 개의 높은 지류 사이로 한가롭게 흘렀다. 물총새들이 잔챙이를 찾아 두리번거렸다. 아마도 관개를 목적으로 상류에서 상당량의 물을 다른 곳으로 분산시켰을 것이다. 파루흐가 얘기했던 가뭄 역시 낮은 수심 때문에 생겼을 것이다.

강의 다른 편에서 검문을 또 받게 되지 않을까 잠시 걱정이 됐다. 유니폼을 입은 10여 명의 경찰이 나무 밑에 마련된 테이블에 앉았다. 이 차이하나의 주메뉴는 생선 튀김이었는데, 시간이 시간인 만큼, 참을 수가 없었다. 내 테이블 옆에 있던 호기심 많은 커플이 여행에 대해 물었다. 같이 얘기를 나누다가 남자가 일어나 경찰 쪽으로 가더니, 이번에도 땅딸한 외모의 대장에게 말했다. 계급이 높아질수록 빨리 살이 찌는 것일까 아니면 몸무게로 계급을 정하는 것일까. 남자와 대장이 오더니, 곧이어 다른 경찰들이 따라왔다. 대장이 끝도 없이 질문을 해댔고, 난 서로 자기가 돈을 내겠다며 제공하는 생선요리를 끈질기게 거절하며 식사를 끝냈다. 그들이 내겠다는 돈은 분명 갈취한 돈일 것이다. 내가 아무리 쌀쌀맞은 모습을 보이려 해도, 그들은 절대 누그러지지 않았다.

그중 두 명이 카메라를 꺼내 동료들과 포즈를 취해달라고 졸랐다. 대장이 나이를 묻기에 대답했더니 딸꾹질을 했다. 확인을 해야겠다며 증거로 여권을 보여달라고 했다. 그는 내 이름을 읽는다면서, 줄을 혼동했다. "베르나르, 앙드레, 미셸⋯⋯" 그는 혼란스러워 하며 내 서명을 읽어보라고 했다. 그에게 혼동을 주지 않기 위해 또박또박 읽었다.

"베르나르, 앙드레, 미셸." 계산을 하려고 하자, 다른 사람들이 벌써 냈다고 주인이 말했다. 강 왼쪽에는 날강도 경찰이, 강 오른쪽에는 너그러운 경찰이 있었다. 이 나라는 어디에 가나 대조적인 모양이다.

친절은 여기에 그치지 않았다. 이틀 후, 알말리크(Alma-lik)라는 작은 마을에서, 경찰 세 명이 저녁때 내가 묵는 호텔에 와서 이 지역의 북을 두드리며 내게 잘 자라는 인사를 했다. 역시나 강 건너편과는 대조적인 모습이었다.

친절함의 모범을 보여주는 사람들은 경찰뿐이 아니었다. 몇 마디 얘기를 나누었던 남자는 내게 커다란 수박을 주었다. 마을 이름은 소셜리즘(Socialism)이었다가 파흐타코르로 개칭되었다. 왜 카피탈리즘(Kapitalism)이라고 짓지 않았는지 물어보자, 질문이 재미있는지 웃음을 터뜨렸다. 그리고는 이제 사람들이 정치 얘기에 몸을 사린다고 설명해주었다. 턱에 깊은 골이 있는 젊은 아가씨 나피사는 물주전자 두 통을 가져다 주었다. 미지근한 물은 세탁용, 차가운 물은 헹굼용. 이곳에는 물이 부족했다. 내가 외국인이기 때문에 펑펑 물을 쓸 수 있었던 것이다. 고마워요, 매력적인 아가씨 나피사.

관개된 면화밭과 방금 벤 밀. 키가 큰 짚이 베어져 있었다. 단조롭고 굴곡 없는 이 풍경의 수평선으로 곧 넘게 될 민둥산이 나란히 줄지어 있었다. 일하는 가족을 보려고 멈쳐 섰다. 남자아이가 쟁기를 끄는 말 위에 올라타고 있었다. 아이의 아버지는 단단한 손으로 쟁기를 잡고 곧게 이랑을 그었다. 또 다른 남자아이와 여자아이가 입을 커다랗게 벌리고 있는 이랑에 씨를 뿌렸다. 뒤에는 쇠스랑을 든 여자가 정확한 손놀림으로 이랑을 덮었다. 나무 아래에서 식사를 준비하던 여자와 딸은 차를 권했고, 내 '모험담'에 넋을 잃었다. 지옥불 같은 태양 아래 꼼짝 못하고 맨살을 태우며 일하는 그들과 비교하면, 내 도보여행이 얼마나 수월한 일인지 설명하기에는 내 러시아어가 너무 짧았다.

수 킬로미터를 걸으면서, 첫날 들었던 의구심과 후회가 사라졌다. 나는 차츰 여행 속으로 들어가고 있었고, 한 걸음 한 걸음 뗄 때마다 파미르에 다가갔다.

아름다운 만남은 계속해서 이어졌다. 차이하나에서 새벽부터 밤까지 일하는 열다섯 살의 울루그베그. 아이는 공부와 여행을 꿈꾸었다. 하지만 다섯 아이 중 장남이라는 이유로, 동생들을 키우고 학교도 보내야 했다. 아이는 일주일 내내 테이블에서 테이블로, 어린아이다운 미소를 잃지 않고 음식과 차를 날랐다. 가끔 식당 주인이 하루 휴가를 준다. 꿈같은 일이다.

도로에서 나를 보자마자 잡아세우고, 윌리스를 움켜잡고는 자기 식당으로 데려간 사람은 후스니딘 렌쿨로프다. 마지막으로 만난 외국인은 1999년 자전거 여행을 하던 덴마크 사람이었다고 한다. 하지만 그것도 한물 지나간 이야기. 이제 사람들에게 새롭게 내 얘기를 들려줄 수 있다며 반가워했다. 음식을 기다리는 동안 후스니딘이 자기 얘기를 해주었다.

그는 공산당 대표단과 3, 4일 동안 프랑스의 보르도에 머무른 적이 있다. 돌아오는 길에 비행기를 갈아타기 전 세 시간의 여유가 있었다. 그는 오를리 공항을 나와 미친 사람처럼 쉬지 않고 걸었다. 프랑스의 수도를 보고 싶었기 때문이다. "파리는 아름다워요. 그런데 에펠 탑은 못 봤어요." 그가 하늘을 바라보며 말했다. 아마 앙토니(Antony)나 크레믈랑 – 비세트르(Kremlin – Bicêtre)를 봤던 것이겠지만(두 도시 모두 파리와 오를리 공항 사이에 있다), 차마 그 얘기를 할 수 없었다. 아프가니스탄 전쟁 중에, 후스니딘이 소련군 전차 안에 있을 때 스팅어(stinge) 미사일의 폭격을 받았다. 유일한 생존자인 그는 21일 동안 혼수상태에 있다 깨어났지만 성한 곳이 없었다. 연금으로 받는 몇 푼 안 되는 돈으로는 생계가 막막했다. 그래서 식당을 열어 하루에 열여덟 시간씩 일하고 있다. 그는 이런 상황에 대해 영광도 회한도 갖지 않았다. 할 일이 없었고, 불면증에 시달리기도 했다. 그리고 아들 둘과 딸 하나를 교육시키고, 하루에 세 갑 피는 담뱃값을 마련하려면 돈을 벌어야 했다. 나는 캄치크 협로에 텐트를 칠 수 없었다. 아프가니스탄의 탈레반에게 훈련받은 무자혜딘을 잡기 위한 지뢰가 설치되어 있다는 얘기를 들었기 때문이다. 후스니딘은 불운한 자신의 과거를 얘기하며 메밀로 만든 구야슈(gouyash), 당근, 가지 퓨레에 달걀을 두 개 얹은 요리를 준비했다.

아름다운 딜리아라는 걸음을 잠시 멈추고 들렀던 뷔유크 이페크 욜루(Buyuk Ipek Yolu, 거대한 실크로드) 식당의 여종업원이다. 그녀의 미소와 친절에는 사심이 섞여 있었다. 가끔 백마 탄 기사(기사가 예순셋의 고령이지만, 완벽한 사람은 없는 법이다)가 자기를 서구의 천국으로 데려갈지도 모를 일이니, 잘 보이고 봐야 할 일이었다. 그녀에게는 강력한 라이벌이 있었으니, 같은 식당에서 일하는 파티마가 그 주인공이었다. 딜리아라는 자기 주소를 적은 작은 종이를 내게 슬쩍 내밀며 행운을 시험했다. 그녀를 만나러 오면, 내 옷도 빨아주겠다고 약속했다. 그렇다면 호텔로 가는 편을 택해야지…….

델바 압둘라예바는 안그렌의 부시장으로, 도시는 50년 전 커다란 석탄 광산의 발견으로 '비참한 스텝'에서 17만 인구를 자랑하는 도시로 부상했다. 사람들은 유일하게 외국어를 하는 델바에게 나를 데려갔다. 스무 해 전 정치계에 발을 들이기 전에는 영어 교사였다고 한다. 그녀는 필요한 조치를 취하겠다고 약속하더니 곧장 《안그렌스카야 프라우다》 기자 둘을 불렀고, 나는 끝날 줄 모르는 인터뷰에 응해야 했다. 델바는 10년 전만 해도 다른 사람과 마찬가지로 공산주의 선전에 세뇌가 되어, 모든 서구 사람들이 이기주의와 어리석음으로 뭉친 괴물인 줄 알았다고 했다. "우리만 착한 마음을 가진 사람이라고 생각했어요."라며, 유럽 사람 두세 명을 만났을 때 짐작했던 것과 너무나 다르게 생겨서 깜짝 놀랐다고 한다.

우즈베키스탄의 민주주의는 희한했다. 시장이 해고되었던 것이다.

"누가 해고해요?"

"하킴(Hakim)."

하킴은 안그렌이 속한 지방에서 절대적인 힘을 가진 주지사이자 도지사였다.

"새 시장을 뽑게 되나요?"

"네."

"후보는 있어요?"

"아직요. 하킴이 한 명 추천할 거예요."

"한 명?"

"네."

"과반수를 얻지 못하면?"

"그런 일은 없었어요. 만약 그렇게 된다면, 하킴이 또 다른 사람을 추천하겠죠."

"……"

난 안그렌 시장에서 길을 잃었다. 돌탁자 위에 앉은 시골 아낙네들은 정성껏 윤을 내어 닦은 야채를 가운데에 진열하고 금니를 한껏 드러내며 웃었다. 옷차림에 공을 들인 러시아 여자 가운데에 있는 우즈베키스탄, 타지크, 카자흐스탄 여자들은 품이 넉넉하고 얼룩덜룩한 옷을 입었고, 허리가 굽은 노인이 잿빛 긴 외투에 요란한 색깔의 스카프로 허리를 묶고 단호하게 걸어갔다.

델바는 가스티니챠로 날 찾아왔다. 이곳에서 하룻밤 묵는 데 1.5유로 하는 제일 비싼 스위트룸을 빌렸다. 이 가격으로, 고장난 샤워기 대신 물이 가득 든 플라스틱통을 실컷 얻어 쓸 수 있었다. 샤워기는 수도꼭지가 하나밖에 없었다. 뜨거운 물은 처음부터 안 나오게 할 모양이다. 부시장은 시내의 한 기관에 인터넷이 연결된 컴퓨터가 있다고 알려주었다. 우리는 그늘을 찾으며 그쪽으로 걸어갔다. 인터넷이 연결된 장소는 성당 맞은편에 있었다. 우즈베키스탄 꼬마들은 교회에서 준 싸구려 사탕과 영화에 넋이 빠진 모습이었다. 분명 녀석들을 기독교로 개종하려는 것이다. 한국계 미국인 단체가 재정을 지원한다고 한다. 정치의 길과 신의 길은 이해할 수 없는 영역이다.

안그렌을 떠나면 사마르칸트부터 따라온 광활한 평원을 벗어나 여행에서 겪게 될 첫 번째 고비, 즉 해발 2,300미터의 캄치크 협로를 넘어야 한다. 우즈베키스탄은 코안경 같은 모양이다. 커다란 두 부분의 땅이 북쪽의 좁은 협로로 이어져 있는 것이다. 우즈베키스탄 정부는 타지키스탄을 통해 영토의 두 부분을 잇고 있는 지금의 도로가 장애물이었다는 사실을 깨달았다. 그래서 비용을 많이 들여 북쪽의 카자흐스탄 국경과 남쪽의 타지키스탄 국경 사이에 있는 산속 오솔길에 새 도로를 내기로 결정했다. 작업장의 거대한 기계는 바위를 조각조각 깨뜨렸다.

정오에, 윌리스의 축이 갑자기 부러졌다. 갖고 있던 막대기로 고쳐보려 했지만 허사였다. 방법이 없었다. 식사시간이 다 되어, 300미터 떨어진 차이하나에 들어가 주문을 했다. 우선 허기부터 채우고, 갑자기 닥친 일로 놀란 가슴을 진정시키고 싶었다. 어떻게 문제를 해결해야 할지 알 수가 없었다. 하지만 내 옆자리에서 식사하던 카말이 확실한 방법이 있다고 했다. 식사를 마치기도 전에, 카말이 자기 트럭 짐칸에 윌리스를 싣고, 뒤쪽으로 10킬로미터를 가자, 거기에서 고장난 불도저를 손보던 용접공이 몇 분간 하던 일을 접고 철사로 수레 보강 작업을 한 결과, 피라미드도 실을 정도로 튼튼해졌다. 민첩한 수리는 공학계의 119 구조 작업이라 할 만했다! 용접공이 작업하는 동안, 절대 터지지 않을 거라 생각했던 타이어 하나가 터졌다.

계획대로 걷는다면, 이틀 뒤에 키르기스스탄 국경에서 비자가 만료될 것이다. 빌어먹을 비자. 속력을 더 내야 하는데, 윌리스의 바퀴를 다는 데 하루는 필요하다. 이렇게 위험천만한 모험에 뛰어들다니 미친 짓이야……. 노르망디 지방의 장미나무를 떠올리며 중얼거렸다. 종이 쪼가리로 모든 걸 결정하는 관료주의자와 왜 맞서야 하는 거지? 하루도 더

보태지 않고 딱 한 달 동안 자기네 나라의 훌륭한 유산을 볼 권리가 있는데. 후스니딘에게 파리를 볼 수 있는 시간이 정확히 세 시간밖에 허락되지 않은 것처럼.

코말과 나는 윌리스의 성공적인 수술에 만족해서 안그렌의 젖줄인 호수에 수영을 하러 갔다. 수영이라는 표현은 너무 지나쳤다……. 수심이 너무 낮았던 것이다. 그나마 다행이었다. 코말이 수영을 못했기 때문에 커다란 웅덩이에서 절벅거렸다. 나는 이틀 안에 국경에 도착하고, 윌리스의 문제를 해결해야 한다는 두 가지 고민 때문에 점점 불안해졌다. 더위와 충격에 잘 버틸 수 있는 커다란 공기 주입식 타이어를 반드시 장착해야 한다.

내가 넘을 고개의 비탈면 아래 식당 주인이 저녁식사 주문을 못 받겠다고 거절했다. "군인이 아니면 안 돼요." 단호했다. 어디나 있는 군대는 신경질을 부리고 심문을 하듯 했다. 2킬로미터마다 있는 군인들은 날카롭고 의심 가득한 눈으로 내게 서류를 요구하고 윌리스 주위를 돌며 속에 뭐가 들었는지 궁금해 죽을 듯한 눈치였지만, 선뜻 짐을 뒤지지는 못했다. 군인들은 '테러리스트'가 잠입할까 두려워했다. 걸어서 하루도 안 걸려 남쪽으로는 타지키스탄, 북쪽으로는 카자흐스탄으로 갈 수 있는 이 좁은 길이 사실 테러리스트에게 이상적인 곳으로 보이기는 했다. 난 식당 주인에게 인사도 하지 않았다. 이곳에 하나뿐인 식당에서 거절당했기에, 빈속에 언덕길을 걷기 시작했다. 물통에 다시 물을 채운 건 다행이었다. 늦은 시간이었지만, 몸에는 비 오듯이 땀이 흘렀기 때문이다.

날이 저물어 힐롤라의 오두막집 옆에 텐트를 치기로 했다.

힐롤라는 마흔 살이었는데, 젊었을 때의 미모가 아직 남아있었다. 하지만 나이에 비해 훨씬 지치고 늙어보였다. 그녀는 지나가는 트럭과 자동차 운전사들에게 과일 주스와 담배를 팔았다. 하지만 너무 비탈진 곳에 있어서 차를 세우는 사람이 거의 없었다. 힐롤라 곁에는 스물세 살 된 아들이 돕고 있었고―그런데 무슨 일을 돕는다는 건지!―열두세 살 된 딸이 음식을 준비했다. 힐롤라는 의자에 걸터앉아 단조롭고 애처로운 어조로 말했다. 식사시간이 되자, 어디서 왔는지 아이들이 나타났는데, 그중 몇 녀석은 아기 예수처럼 발가벗었고 꾀죄죄하기 이를 데 없었다.

"전부 당신 아이에요?"

"스무 명이에요."

"스무 명?"

"두 아이는 지금 뱃속에 있어요. 애 낳기 지긋지긋해요."

그녀는 빈정거리는 웃음을 띠며 카리모프 대통령이 우즈베키스탄에서 아이를 제일 많이 둔 엄마라며 훈장을 주었다고 했다. 이제 쌍둥이를 낳으면 또다시 자신의 '기록'을 경신하는 것이다.

"자르카, 자르카(덥다, 더워)!"

힐로라에게 아이를 갖게 한 장본인이 연신 이마의 땀
을 닦으며 새벽에 돌아왔다. 그는 깜깜한 길을 환하게 밝히
며 언덕길에 아슬아슬하게 걸려 있는 자동차에 큰아들을
태웠다. 엄청난 괴성을 질러대는 차 소리는 아랑곳하지 않
았다. 자동차에는 지붕까지 낡은 기름통과 물통이 실려 있
었다. 남자는 아내에게 아이를 갖게 하지 않을 때는, 고철
수리 일을 했다. 남자가 하는 말은 '자르카, 자르카'가 거의
전부였다. 임신한 아내는 본척만척했다. 이런 곳에서 쉬고
있자니 기분도 우울해지고 도리도 아닐 듯싶었다. 여자가
저렇게 고통스러운데 나는 아무것도 해줄 수 없었다. 그런
비참함에 늘 낙담하게 된다. 이런 벌레 같은 생활과 비교하
니, 차라리 하루살이의 삶이 부럽게 느껴졌다.

다시 캄치크 협로를 올랐고, 경찰의 단속이 있을 때만
걸음을 멈추었다. 힘껏 윌리스를 잡고 작은 걸음을 떼며, 천
천히 고개를 올랐다. 방금 해가 떴는데 물통은 벌써 뜨겁게
달구어졌다. 소금을 아무리 빨아도 갈증은 가시지 않았고,
때가 두껍게 끼어 빳빳했던 옷이 땀으로 흐물거렸지만, 땀
속의 염분이 살갗을 문질러 허리, 넓적다리, 엉덩이에 찰과
상을 입었다. 다섯 시간 동안 매 일 분을 영원처럼 느끼며,
드디어 정상에 도달했다.

협곡에서 약 50미터 아래 터널이 뚫려 있었다. 군인 두 명이 서류를 요구하더니 별다른 기재를 하지 않았다. 그들은 대장에게 보고해야 한다며 통과시켜주지 않았다. 난 바위 위에 앉아서 끝도 없이 펼쳐진 평원이 태양열에 익고 있는 모습을 내려다보았다. 시선은 어느덧 나무도 없는 깊은 계곡에 머물다가, 계곡을 둘러싼 눈 덮인 봉우리로 옮겨졌는데, 카자흐스탄 쪽인지 타지키스탄 쪽인지 알 수 없었다. 나는 간신히 화를 참았다. 최대한 빨리 아래로 내려가고 싶었지만, 군인들은 장난하는 분위기가 아니었다. 마침내 군인들이 하사관과 함께 왔다. 금니가 세 개인 하사관은 다시 한 번 서류를 뒤적거리고는 얼굴을 빤히 쳐다봤다. 얼마나 가까이 다가왔는지, 아침부터 마셔댄 보드카의 상표가 짐작될 정도였다. 마침내 부하 둘에게 명령을 내려 나를 데리고 가서 가두더니, 긴장한 손으로 총을 겨누었다. 얘기를 하려고 했지만, 군인들은 대답하지 않았다. 터널 한가운데에 있던 다른 군인 두 명이 교대하러 오더니 나를 감시했다. 그들은 출구에서 내 여권을 다른 상관에게 건넸고, 그는 한참 동안이나 뒤적였다. 얼마나 오래 보았던지 내용을 다 외울 것 같았다. 드디어 여권을 돌려받고, 종종걸음으로 길을 떠났다. 이번에는 대부분 칼을 무기로 가지고 있는 군인들이 있었다. 도로가 내려다보이는 요새의 감시탑에서는 두 군인이 망을 보고 있었다. 단속은 끝났다고 생각하던 터였다. 그런데 20미터를 더 가니 또 한 명의 경찰이 나를 멈춰 세웠다.

"여권."

"조금 전에……."

"여권!"

언쟁을 벌여야 소용없었다. 군인들은 겁을 먹고 있었다. 인내심을 갖자. 내 판단이 옳았다. 아무 문제도 일어나지 않았다.

윌리스가 뒤에서 미는 바람에, 나도 바퀴에 굴러가는 것처럼 달렸다. 가파른 내리막길이어서 다리가 부러질 수도 있었지만 상관없었다. 최대한 빨리 이 길을 지나고 싶었다. 가파른 비탈길을 급히 내려가자, 드디어 석양 속에 빛나는 광활하고 평평한 페르가나 계곡이 나타났다. 이 계곡은 실크로드를 지나는 사람들이 반드시 거쳐야 했던 통행로다. 파미르의 험준한 얼음 비탈길에 이어 타클라마칸의 뜨거운 사막에 들어가기 전에 만나는 낙원과 같은 곳이었다. 중국 국경을 넘지 않는 많은─혹은 절반의─상인들에게는 여행의 종착점이기도 했다. 2세기에 프톨레마이오스가 지리책에 묘사한 돌탑 근처에서, 상인들은 물건을 팔거나 교환하고 두둑하게 챙겨 푸근한 집으로 돌아갈 수 있었을 것이다. 페르가나의 비옥함은 정평이 나 있었다. 말의 품질은 세계 곳곳에 명성이 자자했다. 이 때문에 많은 적이 군침을 흘렸다.

평원에 텐트를 쳤다. 다음 날 정오, 점심식사를 하기 위해 나무 그늘에 자리를 잡았다. 그 뒤에 있는 식당의 테이블은 나무 그늘 아래 여기저기 놓여 있었다. 코칸드(Kokand) 의 자전거 상점 주인에게 윌리스를 어떻게 손봐야 할지 설 명하기 위해 지도 뒷면을 펼쳐 대충 설계도를 그렸다. 식사 를 마친 뒤에도 빨리 일어나지 않았다. 어제 우려했던 대로, 비탈길을 내려오면서 다리를 다쳤다. 엄청난 피로에, 닿는 것이면 무엇이든지 익혀버리는 강렬한 태양열까지 더해져, 나도 모르게 슬며시 낮잠이 들려는 순간, 옆 테이블에 앉았 던 사람 중 키가 홀쭉하고, 수세미로 뒤범벅한 것 같은 헝클 어진 머리의 남자가 내게 물었다.

"이 그림이 뭐예요?"

중앙아시아 사람들은 조심성이 없고, 궁금하면 아무 거리낌없이 물어본다. 기술적인 문제를 얘기하기보다는 자 고 싶었지만, 나를 똑바로 쳐다보는 남자의 시선이 마음에 들었다. 그래서 설명했다. 이 괴이한 남자는 잠시 생각에 잠 기더니 윌리스 옆으로 가서 살펴보고는 자전거에 올라타며 불쑥 말을 던졌다.

"난 2킬로미터 떨어진 쉬나바트(Chinabad)에서 살아요. 내 이름은 우마르요. 그리로 와요. 수박 나눠 먹읍시다."

생각은 자유지. 한시가 급한 마당에, 비자 만료일이 눈 앞에서 깜박거리는 악몽을 떨쳐버릴 수 없는 지금 수박 먹 을 시간도, 그럴 생각도 없었다. 난 삼십 분간 잠을 자고 일 어나, 어느새 방해꾼에 대한 생각은 잊어버리고 불타는 거 리로 나섰다. 그런데 쉬나바트를 지나가고 있을 무렵, 그 남자가 교차로에서 한 손에는 수박을, 다른 손에는 커다란 칼을 들고 서 있었다.

"기다렸어요. 어서 와요. 50미터만 가면 우리 집이에요."

"내가 좀 바빠서……."

"잠깐이면 돼요."

그의 목소리는 나직하고, 확고하고, 따뜻했다. 어떻게 거절할 수 있겠는가? 수박 한 쪽만 먹고 바로 길을 떠나리라 다짐하며 남자를 따라갔다. 넓은 문을 지나, 물건들이 뒤죽박죽 섞여 있는 창고 같은 곳으로 들어갔다. 우리 집 창고처럼 엉망진창인 모습을 보자, 남자가 친근하게 느껴졌다. 낡은 아동용 자전거가 벽에 걸려 있었다. 남자가 자전거를 가리켰다.

"당신 수레에 쓸 바퀴예요."

온갖 크기의 연장이 먼지 속에서 나왔다. 피복이 벗겨진 전선을 푸는 릴, 칠한 부분에 녹이 슬고 기름때가 낀 전기 용접 기계가 유일한 장비였다. 우마르는 큰 동작으로 수박을 자르고 한 쪽을 내게 건네며 작업실 구석에 쿠션 속이 드러난 채 놓여 있는 트럭 의자를 가리켰다.

"저기 앉아요. 정리할게요. 오래 안 걸려요."

하기야 여기든 코칸드든 무슨 차이가 있겠는가? 나는 대충 그린 설계도를 꺼냈지만, 우마르는 별로 신경 쓰는 것 같지 않았다. 그는 자기가 뭘 원하고, 뭘 할 것인지 완벽하게 아는 것처럼 보였다. 우마르는 정원 구석으로 가서 우당탕거리며 고철더미를 뒤지고는 녹슨 철사 몇 개를 들고 왔다. 어린 소년이 뛰어오더니 내 손을 잡고 악수했다. 우마르의 아들 라지즈였다. 열네 살 된 라지즈는 똘망거리는 눈에 외향적이고 사교적이었다. 올해 들어 한 번도 빨지 않았을 듯한 티셔츠를 입고, 끈으로 대충 수선한 헌 고무신을 질질 끌었다. 아이 아버지는 간단한 말로 사정을 설명했다. 라지즈는 벽에 걸린 자기 자전거를 꺼내 바퀴를 분리할 준비를 하고 중앙 부분을 확인한 뒤, 바퀴의 살을 다시 죄었다. 아버지처럼 능숙하고 주의 깊었다. 우마르는 몇 분 만에 윌리스의 바퀴를 떼어냈다. 난 조금 걱정이 되기 시작했다. 내가 설명한 걸 잘 이해한 것일까? 라지즈가 내 눈에서 이런 생각을 읽은 것 같았다.

"아빠는 코칸드 중학교에서 기술 선생님이었어요."

왕년의 선생님은 치수를 따로 재지도 않고 자르고, 용접하고, 철사를 구부렸다. 그는 타고난 기술자였다. 머릿속에서 설계도를 그리고, 확신에 찬 손과 머리로 실행에 옮겼다. 아크 전등이 어두운 작업실 구석을 날카롭게 비추었다. 약 두 시간 동안, 아버지와 아들이 부산하게 움직이더니, 몇 분 만에 퍼즐 조각들이 끼워 맞춰져서, 이제 윌리스에 직경 60센티미터 가량의 두 바퀴가 장착되었다. 높다란 바퀴를 단 내 수레는 경주용 1인승 2륜마차처럼 우아하고 아슬아슬한 모습을 갖게 되었다. 수레가 튼튼할까 의심하는 것처럼 보였던지, 우마르가 그 나이답지 않게 잽싸게 튀어올라 내 여행 친구 위에서 춤을 추었다.

"이 수레라면 아무 걱정 없이 산을 오를 수 있어요."

우리는 또다른 수박을 잘라 먹고, 두 주전자의 차를 마시며 즐겁게 축하 파티를 벌였다. 라지즈가 불을 지폈다.

"제가 저녁을 대접할게요. 출발하기는 너무 늦었으니, 여기에서 주무세요."

그러고는 포도 덩굴 아래에 있는 크라바트를 가리켰다.

우리는 삼십 분 만에 준비된, 맛좋은 갈색 소스로 만든 양고기요리를 허겁지겁 먹었다. 디저트를 준비하려고 라지즈가 의자 위에 올라가, 머리 위에 대롱대롱 걸려 있는 알이 굵고 탐스러운 청포도 세 송이를 땄다. 우마르는 일이나 휴식의 분위기를 자유자재로 만드는 재주가 있었다. 용접할 때는 집중을 했지만 작업을 끝낸 뒤에는 긴장을 풀고 손님 대접에 정성을 쏟고 있다. 그는 가장 하고 싶은 일 한 가지를 털어놓았다. 바로 파리에 와서 루브르 박물관을 구경하는 것이었다. 그는 박물관에 대해 온갖 질문을 쏟아냈다. 나는 안심이 되었다. 윌리스가 행군할 준비가 되어서 계곡은 물론, 키르기스스탄의 산을 넘을 수 있게 되었기 때문이다.

갑자기 정원 문이 열리고 경찰이 나타났다. 난 몸이 굳어졌다. 하루에 열 번의 단속이면 충분했다. 하지만 여기까지 날 쫓아온 것은 아니지 않는가! 우마르의 말에 안심했다. 지금 온 경찰에게 겁낼 필요가 없었다. 그는 매일 저녁

우마르와 체스를 하러 온다는 것이었다. 그들이 체스판을 정돈하는 동안, 라지즈가 스무 번의 공격 끝에 날 무찔렀다. 언제나 그렇듯 우마르가 이겼고, 아들과 경찰이 라지즈의 실추된 명예를 위해 같은 편이 되었다. 경찰은 금니로 가득 찬 입을 활짝 벌리며 웃었다. 중앙아시아 사람들은 태어날 때부터 금니를 가지고 있는 것이 아닐까 가끔 의심이 들기도 했다.

나는 기술자 주인의 크라바트에 누워, 포도나무 가지 사이로 보이는 별을 바라보며 평화롭게 단잠에 빠졌다. 아침에 우마르가 김이 모락모락 나는 커다란 찻주전자를 가지고 왔다. 그는 동트기 전에 일어나 윌리스에 짐을 싣고 실험을 해보았다고 했다. 이제 대가를 치러야 하는데, 또 한차례의 전투가 벌어질 것이다.

"얼마죠?"

"사진 찍어준 걸 보내주면 족해요."

"꼭 사례를 하고 싶어요. 일 때문이 아니라, 나를 위해 엄청나게 애써준 것 때문이에요."

그는 망설이다가 대답했다. 그가 제시한 가격은 2유로에 해당하는 금액이었다. 나는 20달러짜리 지폐를 주었다. 헝클어진 더부룩한 머리 밑으로―분명 이 집에는 빗이 없을 것이다―그의 얼굴이 붉어졌다.

"숨으로 계산해줘요."

라지즈가 날 도우러 왔다. 시장의 환전상을 알고 있으

니 아무 문제도 없다고 했다. 아버지는 물었다. 이게 얼마나 되는 거냐? 라지즈는 아빠가 한 달 동안 버는 돈과 비슷하다고 알려주었다. 우마르가 내 앞에 지폐를 내밀었다. 그는 받으려 하지 않았다.

결국 라지즈에게 돈을 주고, 우마르에게 작별 포옹을 해야 했다. 천재 기술자가 준 수박 한 통을 윌리스에 싣고 출발했다. 우마르와의 기적적인 만남으로, 역사의 도시 코칸드를 비켜가게 되었지만, 별다른 흥미가 없었다. 코칸드는 부하라(Boukhara)와 히바의 칸과 마찬가지로 잔인하고, 반계몽주의적이고, 폭압적인 칸이 통치하던 18, 19세기의 수도였다. 세 도시에 군림하던 칸은 시간이 갈수록 점점 잔인해졌다. 코칸드는 중앙아시아에서 가장 성스러운 종교도시 중 하나로, 문헌에 따르면 60여 개의 이슬람 학교 마드라사(madrasah)와 함께 500개에서 600개의 이슬람 사원이 있었다.

이 도시의 부는 2000년 전으로 거슬러 올라간다. 기원전 1세기, 중국 북부에 살았던 유목 민족 흉노匈奴는 끊임없이 제국을 공격했다. 그들은 '위대한 빛'이라 부른 중국 제국의 풍요로움에 매혹당했다. 이런 이름에 걸맞은 기병대가 필요했던 중국의 한무제漢武帝는 사신에게 페르가나의 말을 사오라는 명령을 내렸다. 페르가나 말의 명성은, 중국에서 처음으로 실크로드의 '문을 연' 장본인으로, 군사 동맹을 맺기 위해 서쪽으로 떠났던 장건(張騫, ?~기원전 114, 중국 사상

최초로 서역 교통로를 개척한 한나라 때의 여행가)을 통해 중국 황제에게 전해졌다.

파미르 계곡 너머의 튼튼하고 끈기 있는 말은 중국 군과 '붉은 군대'가 타던 스텝 지역의 조랑말보다 훨씬 강인했다. 당시 중국 황제는 훈족과의 결투에서 10만 마리의 말을 잃었기 때문에, 보충할 말이 더더욱 필요했다. 여행가들의 상상과 이야기를 전해들은 중국인들은 페르가나의 말을 '마룡馬龍' 혹은 '천마天馬'라고 부르며 신성시했다. 이 말은 암말과 용 사이에서 태어났다고 한다. 말굽이 단단하고, 닳지 않기 때문에 편자를 박을 필요도 없고, 영혼에 불을 지피는 신통력도 있다고 했다. 말이 피땀을 흘린다는 것이었다. 나중에 밝혀진 바에 따르면, 이런 현상은 피부 밑에 숨어 있는 작은 기생충에게 물린 자리에서 피가 흐르는 것이다.

다반(Davan)의 왕과 페르가나의 정치인들은 가까이에 있는 몽골족과 껄끄러운 관계를 만들고 싶지 않았고, 먼 곳에 있는 중국인을 두려워하지 않았다. 그래서 말을 팔지 않겠다고 거절했다. 한무제는 화가 났다. 취사병과 하인을 대동한 6만 명의 부대가 정벌에 나섰다. 10만 마리의 소와 5만 마리가량의 말, 낙타 혹은 노새 등 간단한 식사로 만들 것도 몰고 갔다. 군대의 절반인 30만 명이 풍요로운 계곡에 도달하자, 주민들은 성문 뒤로 피난을 갔다. 포위당한 사람들의 목을 타게 하려고, 기술자를 대동하고 온 중국의 장군들은 도시의 젖줄인 강줄기의 방향을 다른 곳으로 돌렸다.

40일 만에, 저항 조직은 와해되었고, 승자는 광장을 점령하고 적장들의 목을 벴다.

하지만 책임자들은 중앙의 요새로 피신해, 만일 공격할 경우, 가장 아름다운 말을 죽이고 자살하겠다고 위협했다. 또한 동맹군이 오고 있다는 소문과 함께 로마의 기술자들이 요새로 와서 우물을 파고 식수 문제를 해결할 것이라는 소문이 돌았다. 따라서 협상이 이루어졌다. 중국인들은 '천마' 중 가장 우수한 품종 수십 마리와 그보다 등급이 낮은 말과 암말 3천 마리를 몰고 되돌아갔다. 특수 종마 사육장이 만들어졌다. 한무제는 비싼 대가를 치러야 했다. 출발할 때 60만 명이었던 군인 중, 시안西安에 돌아온 병사는 1만 명이 전부였던 것이다. 하지만 한무제는 이제 유목민을 물리칠 수 있는 군대를 갖게 됐다고 생각했다. 한무제는 또한 하늘로 올라갈 때 같이 갈 말을 갖게 된 것이다.

코칸드가 겪은 두 번째 비극은 최근의 일이다. 페르가나 계곡은 19세기 말 차르의 군대에 점령당한 뒤, 풍요롭고 광활한 목화밭으로 바뀌었다. 1917년, 볼셰비키 혁명이 성공하자, 코칸드 주민들은 러시아의 감시에서 벗어나 이슬람 공화국을 세웠다. 붉은 군대는 극악한 폭력으로 대응했다. 수만 명의 주민이 가차 없이 학살당했고, 도시는 약탈당했으며, 사원은 불타거나 초토화됐다. 그 뒤로 도시는 다시 일어서지 못했다. 현재 도시에 남아 있는 것이라고는 마지막 칸―러시아인이 보낸 꼭두각시―의 궁전으로, 110여 개의 방을 갖춘 이 건물을 짓느라 계곡의 주민들은 기아 상태에 빠졌다.

계곡을 따라 난 남쪽 길을 포기하고, 첫 번째 집들이 보이자마자, 동쪽으로 방향을 돌렸다. 저녁에는 아프가니스탄 사람 미샤의 집에서 묵었다. 그는 술을 좋아했고 둔한 하사관과 꼭 닮은 꼴이었다. 미샤는 술집 주인이었다. 나는 이곳에서 저녁을 먹었다. 길가 하수구에 빠진 발이 몹시 아팠다. 사람들은 하수구에서 필요한 물을 긷고, 손에 있는 모든 것을 그 안에 던졌다. 내가 도착할 무렵 거의 술에서 깬 미샤는 보드카 두 병을 가지고, 아프가니스탄 전쟁의 전우와 함께 왔다. 다시 술에 취하자 내게 자기 집에 와서 자라고 말하고는, 윌리스를 끌고 작은 도시의 길 위를 비틀거리며 걸어갔다.

집에 도착하자 그는 아내와 딸들을 거칠게 다루었고, 아들에게 겁을 주었으며, 나를 깜짝 놀라게 하겠다며 군복을 입고는 자전거에 뛰어올라, 영어 선생을 데리러 갔다. 아프가니스탄에서 자기가 얼마나 혁혁한 공을 세웠는지 자세히 통역해줄 사람이 필요했던 것이다. 나는 밖에서 모기떼에 둘러싸인 채, 내 침대를 원형 도로 삼아 밤 산책을 즐기고 있는 쥐를 바라보다 잠이 들었다.

3. 기울어진 역사의 추

전형적인 식민 시대풍의 하얀색 집 앞에 있는 차이하나에
서 식사를 막 주문했을 때, 집주인 탈리브는 자기 집에서 저
녁을 먹고 잠을 자도 괜찮다고 말했다. 그는 이곳과 어울리
지 않는 사람이었다. 더러움이 지배하고, 나를 포함해 모든
사람들이 얼룩 투성이의 옷을 입고 있는 곳에서, 탈리브는
걸어다니는 세제 선전 간판 같았다. 저녁 여덟 시인데도, 그
의 푸르스름한 턱은 말끔히 면도가 되어 있었다. 모시로 된
챙 없는 모자와 상의 모두 얼룩 하나 없이 깨끗했다. 집 안
에서 자라고 계속 권했지만, 나는 넓은 나무 발코니에 텐트
를 치기로 했다. 모기의 공격도 피하고, 신선한 밤 공기를
더 가까이에서 마실 수 있기 때문이었다. 우리는 그의 아내
와 딸들이 분주히 움직이고 있는 불 주변에서 두 아들과 함
께 식사를 했다. 그는 말수가 적고, 명령을 많이 내리는 편
도 아니었지만, 그가 손이나 눈으로 하는 미세한 동작에 따

라 식구들은 일사불란하게 움직였다. 이 남자는 외모에서 볼 수 있는 것처럼, 주위 사람들에게도 엄격한 것 같았다. 그는 찻잔에 세 번 차를 부은 후 주전자에 붓는 '카이타르마(kaitarma)' 의식을 아무에게도 맡기지 않았다. 첫 번째는 악과 위험과 불을 뜻한다. 두 번째는 이를 중화하는 물을 뜻한다. 세 번째는 선함을 뜻하는 것으로, 주인이 손님에게 대접할 수 있는 차다.

너무 많이 걸어서 피곤했던지, 저녁으로 양고기와 호박을 넣은 작은 만두 요리 펠메니(pelmeni)를 실컷 먹는 도중 앉아서 잠이 들었다. 새벽 네 시 반에, 텐트 문을 열었을 때 탈리브가 서 있었다. 깨끗하게 면도를 하고, 새 모자와 막 다린 새 상의를 입고 있었다. 그의 말에 따르려면, 나는 여기에서 하루, 한 주, 한 달을 있어야 할 판이었다. 그는 끝도 없이 친절하고 호기심도 많았다. 다시 출발하려면 전투를 치러야 할 것 같았다. 나는 그가 내오라고 한 차를 함께 마시고, 맛있는 과즙이 든 수박 한 조각을 빨며, 그의 아들과 연합해 여행의 어려움과 국경에 기한 내에 가야 한다는 점을 설명했다. 그런데도 그의 태도는 여전했다.

"우리 수박 농장을 구경하러 가요."

"고마워요, 탈리브. 하지만 떠나야 해요. 왜냐하면 꼭 ……."

"그만 그만. 급하다는 말은 하지 말아요. 이제……."

"걸으려면 선선한 시간을 이용해야 해요. 한창 더운 오후에 내가 걷기를 바라지는 않겠죠?"

"아니죠. 내일 가면 되잖아요. 농장에 같이 가요. 수박이랑 과일나무가 많아요. 또 멋진 이슬람 사원도 구경하고, 친구들이랑 점심도 먹고……."

"탈리브, 난 지금 출발해야 해요."

그는 말이 없었다. 다른 사람들이 자기가 바라는 바에 반대하는 상황에 익숙하지 않았던 것이다. 그의 명령에는 더더구나 그랬다. 내가 자기 상의에 똥을 싼 버릇없는 녀석이라도 된 듯, 그는 분노했다. 그래서 나는 아들 쪽으로 몸을 돌렸다. 아들이 설득했지만, 탈리브는 내 갈 길을 막았다.

"내가 당신 나라의 법을 잘 따라야 한다는 걸 잘 알잖아요. 만료된 비자 때문에 국경에서 체포되면 좋겠어요? 자, 당신과 아들 사진을 찍고 출발할게요."

조금 뻣뻣하긴 했지만, 그는 사진을 찍어도 좋다고 했다. 사진을 찍자마자 출발하겠다고 이미 말했기 때문에, 그는 마지못해 뜻을 굽혔다.

"좋아요. 수박 농장만 보고 가요."

"그럼 제일 가까운 곳으로."

"더 아름다운 데가 있어요. 십 분만 더 가면……."

"아뇨, 탈리브. 분명히 가까운 밭의 수박도 훌륭할 거라 믿어요."

시간이 흘렀다. 해가 떴고, 내 시계 온도계는 섭씨 32도를 가리키고 있었다. 마침내 주인의 옥죄이는 우정에서 벗어나 길을 갈 수 있게 되었다. 눈을 두는 곳은 어디에나 목화밭으로 덮여 있었고, 가끔 포플러나무도 보였다. 편안한 밤을 보내 기운을 차린 나는 힘차게 걸었고, 오후 한 시에 예정된 지점에 도착했다. 하지만 제시간에 국경을 통과하려면 아직 갈 길이 멀었다. 커다란 접시에 담긴 국수를 허겁지겁 먹고, 햇볕이 조금 누그러지자마자 다시 길을 떠났다. 잠시 머물렀던 차이하나의 주인은 러시아어로 알렉상드르 뒤마의 작품을 줄줄 외우며, 『몬테크리스토 백작』의 내용을 하나도 빠짐없이 얘기했다. 이야기 중간에 아무리 "이야 즈나이유, 이야 즈나이유(Ia znayu, ia znayu, 알아요, 알아)." 라고 말을 해도 그는 아랑곳하지 않았기 때문에, 끝까지 듣는 수밖에 없었다. 손님 중 한 사람이 작년에 실뱅 테송(Sylvain Tesson)과 프리실라 텔몽(Priscilla Telmon)〔말을 타고 중앙아시아 3천 킬로미터를 여행한 뒤 책을 냈다〕이 말을 타고 지나가는 모습을 본 적이 있다고 했다. 나는 프랑스 남자로서 약간의 오만함을 뽐내고 싶었다.

"프리실라를 보면서, 우즈베키스탄에 예쁜 여자가 없다는 사실을 확인할 수 있지 않았나요?"

그는 유감스럽게도 프리실라의 미모를 확인하지 못했다고 했다. 더위와 먼지 때문에, 내가 자주 그렇게 하듯이, 프리실라가 셰쉬(shesh)로 머리를 둘둘 말고 있었기 때문이었다.

그는 사라졌다가 십오 분 후 새 칼을 가지고 와서 내게 내밀며 '호신용'으로 쓰라고 했다. 내가 가진 라기올(Laguiole, 병따개가 달린 접었다 폈다 할 수 있는 휴대용 칼)로 충분하다고 설득하는 데 시간이 꽤 걸렸다. 나는 무기를 갖기도 싫었고, 윌리스와 수레를 바꾸는 조건으로 주는 선물을 받아들일 수도 없었다. 나는 좀 더 먼 곳으로 가서 울창한 숲속에 텐트를 쳤다. 땅이 있는 곳이면 어디에든 목화가 심어져 있는 것이 놀라웠다.

시간에 쫓겨 강행군을 한 결과, 예정보다 이틀 일찍 안디잔에 도착했다. 폭염이었다. 갈색 피부의 아이들이 발가벗고 관개 운하에서 나왔다가 따가운 햇볕을 피하려고 곧바로 물속으로 뛰어들어갔다. 여자아이들은 옷을 입은 채 물속으로 뛰어들어갔다. 아이스크림이나 탄산수를 파는 가게 앞에 긴 줄이 구불구불 이어져 있었다.

내가 머문 호텔은 괴이하고, 엉뚱한 곳이었다. 어쨌든 이스탄불을 출발한 후, 이와 같은 호텔은 본 적이 없었다. 깨끗한 양탄자와 뜨거운 물이 나오는 빨간 점이 붙은 수도꼭지와 차가운 물이 콸콸 나오는 파란 점의 수도꼭지를 상상해보라. 창문에는, 구멍 하나 나지 않은 방충망이 모기를 막아주고, 시트도 앞의 손님이 떠난 뒤 깨끗한 시트로 바뀌어 있었다. 게다가 달러가 아닌 이 나라의 화폐를 받았고, 숙박료도 정직했다. 이 모든 것이 너무도 믿기 어려워서, 깨끗한 환경을 만끽하기 위해 예정보다 이틀 당겨진 일정 중 하루를 이 호텔에서 보내기로 했다. 또한 기운도 되찾아야 했다. 몸무게가 너무 빨리 줄었고, 캄치크 협로부터 축적된 피로가 아직까지 완전히 가시지 않았다.

새 타이어와 튜브를 사기 위해 손에 윌리스의 바퀴를 들고서, 시장에 가려고 택시를 탔다. 라지즈의 자전거 바퀴는 고무와 자전거 바퀴 수선용의 둥글납작한 접착 고무를 아주 예술적으로 이어붙인 것이었다. 우마르 부자父子의 집을 떠난 뒤, 두 번이나 타이어에 펑크가 났는데, 다행스럽게도 그때마다 '불카니자챠(vulcanizatsyia)'가 옆에 있었다. 길가에서 쉽게 볼 수 있는 이 타이어 수리공들은 휴업하는 일이 없었다.

죽이 잘 맞는 택시 기사의 도움으로 시장에서 러시아제 타이어를 샀다. 택시 기사는 중국제는 싸기는 하지만 오래 가지 않는다면서 사지 말라고 했다. 그럼 러시아제를 보러 가야지…….

이곳에는 주의하지 않으면 언제라도 터질 수도 있는, 뇌관이 장착된 폭탄이 두 개 있다. 하나는 국적이라는 폭탄이고, 다른 하나는 물이라는 폭탄이다. 국경과 국적의 문제는 '발칸' 반도에 만연한 위협으로 남아 있다.

스탈린 시대에는 이 문제가 중요하지 않았다. 타지키스탄인이 대다수인 이 도시를 인위적으로 우즈베키스탄 땅으로 바꾼 마당에 무엇이 중요했겠는가? 모든 주민은 영광스러운 소비에트 연맹의 일원이었다. 모스크바에서 하달된 정치 체계는 철권통치로 자리 잡았고, 우두머리로 이곳에 오는 러시아인의 체류를 수월하게 했다. 이들은 지역 주민을 희생시켜 포장한 도로 위에 자리 잡고, 아파트와 사무실을 차지했다. 독립국의 새로운 지도자들은 국제주의의 자양을 먹고 자랐지만, 소련 붕괴 뒤에는 과도한 국가주의에 기대는 것보다 더 나은 방법을 찾지 못했다. 이곳의 국가주의는 정말이지 비정상적이다. 키르기스스탄만 해도 민족이 80개가량 된다. 역사의 변동에 따라 한데 섞인 우즈베키스탄, 타지키스탄, 키르기스스탄, 카자흐스탄, 투르크메니스탄 사람들에게는 뚜렷한 국경의 개념이 없다. 예기치 못한 일이나 작업, 자의적 혹은 강제 이주로 이곳에 정착해서 여기저기에 흩어져 살고 있다. 우즈베키스탄에 살고 있는 타르타르족이나 소수민족인 고려인의 대부분이 그 예다. 아프가니스탄 전쟁이 발발한 이후, 수백만 명의 피난민이 국경을 넘었기 때문에 혼란은 더욱 가중되었다. 러시아인을 제외하고 어떤 민족이든 대부분의 주민이 같은 종교와 같은 가치관을 가지고 있다. 하지만 경제적인 위기나 긴장이 조성되는 경우, 그때도 차이가 없다고 누가 말할 수 있겠는가? 1990년 오슈(Osh) 지방에서 두 민족 중 한 민족에게 우선권을 주기로 결정을 내렸을 때, 즉각적으로 우즈베키스탄인과 타지키스탄인이 맞서는 폭력사태가 발생해, 300명에 가까운 사망자를 냈다.

러시아인들은 우즈베키스탄 정부가 우즈베키스탄어를

하지 못하는 사람은 공공기관에서 일할 수 없다고 선포한 이후 대량으로 이민길에 올랐다. 타슈켄트의 아미르 티무르 공원에서, 이 나라의 우두머리였던 러시아인이 아파트의 면적과 달러로 집값을 적은 작은 판지를 목에 걸고 골목길에 있는 것을 보았다. 최대한 빨리 러시아로 도망가려는 것이다. 우크라이나 할머니는 부모님이 묻힌 마을에 죽으러 가기 싫다고 말했다. 이들은 중앙아시아의 피에 누와르(pied-noir, 알제리 독립 이전에 알제리에서 태어난 프랑스인)이다. 이들이 지방어를 배워야 할 이유가 있겠는가? 예전에는 현지인들에게 러시아어를 가르쳤다. 커다란 역사의 추는 비스듬히 기울어졌다. 어디에 가나, 구소련 출신의 공화국은 폭약을 안고 있다. 뇌관이 장착된 채.

물 역시 국적만큼 심각한 문제다. 수자원 전문가인 미국인 조프와 그의 협력자이자 애인이며 투명한 눈—회녹색의 눈은 너무도 깊어서 마음을 어지럽힐 지경이다—에 금발의 키 큰 러시아 여자 니나와 저녁식사를 했다. 파벨 룽긴의 영화〈결혼식(The wedding)〉과 크리스 마르케가 각주를 단 사진집『내게 단봉낙타 네 마리가 있다면(Si j'avais quatre dromadaires)』을 다시 보시라—혹 아직—모르고 있는 작품이라면 빨리 비디오 대여점과 서점으로 달려가시길. 아! 이 러시아 여인의 눈을 보고 있으면 어떤 무모한 짓이라도 하게 될지 모른다……. 하지만 조프는 진지한 남자였고, 지금 그가 관심을 기울이는 것은 니나의 눈이 아니었다.

그는 왜 여기에서 근무하게 되었는지 한참을 얘기했다. 정리를 하자면 1861년, 미국 북부에서 남북 전쟁이 일어났을 때, 세계는 미국 남부 지역에서 생산되는 면화를 제대로 공급받을 수 없었다. 이 때문에 러시아인이 이곳에서 목화 재배를 발전시켰다. 면화 재배는 태양과 아주 많은 물을 필요로 한다. 파미르와 거대한 톈산天山—천상의 산이라는 뜻으로 중국 사람들이 붙인 이름이다—의 물이 아무다리야 강과 시르다리야 강, 두 강을 통해 내려온다. 구소련 정권은 점점 커지는 '하얀 금'의 수요를 충족시키기 위해 닥치는 대로 강물을 펌프로 끌어올렸고, 이 때문에 아랄해의 물이 말라 생태계에 문제를 초래하였다. 우둔한 모스크바의 곰들이 대책은 세우지 않고 위협만 가했기 때문에 '동무로서' 물을 나눠써야 했다. 지금은 자기 사정만 생각한다. 물을 끊는 것은 목숨을 끊는 것이다. 조프는 이런 상황을 유감스럽게 생각한다. 하지만 하류에 사는 사람들에게 어떤 결과가 초래하든 '하킴이 물을 끊으라고 하면, 수문을 낮춘다'고 한다. 이러한 정치 문제에 기술 문제까지 겹쳐 있다. 즉 10년 전만해도 공평하게 분배된 시장이어서 경제적인 양상은 지금과 판이하게 달랐다. 그래서 히바 지방에 사는 50만 명의 주민들을 위해 강 하류의 물을 끌어올릴 수 있는 강력한 펌프를 설치했다. 제대로 관리하지 않은 기계는 하나씩 수명을 다하고 말았다. 관개 파이프에는 때가 끼었다. 예전과 같은 양의 물을 끌어올리기 위해서 계속 펌프의 압력을 높였고, 그 결과 펌프에 더 큰 힘이 가해지자 관개 수로가 터지고 말았다. 이 모든 것으로 엄청난 대가를 치렀다. 다시 관개망을 설계해 새로운 운하를 파고 돈을 구해야 한다.

하지만 귀한 물이 공짜로 제공되는 이 나라에서 누가 지불할 준비가 되어 있겠는가? 중앙아시아에서 여름 내내 수십억 입방미터의 물이 매일 저녁 새어나가고 있다. 모든 사람들이 더위를 식히느라 마당에 물을 뿌려대기 때문이다. 주州마다 농업을 다양화하고, 면화 생산을 줄이기 시작했지만, 이런 것들이 하루 만에 이루어지지는 않는다. 또한 누군가 상류에서 물을 차지하려 한다면, 이는 틀림없이 전쟁으로 연결될 것이다.

키르기스스탄의 국경에 가까워오자 마음이 놓여서 발걸음이 가벼워졌고, 관청의 서류 문제가 걸릴 때마다 나를 사로잡는 어렴풋한 불안에서 벗어나게 되었다. 서류라면 알레르기가 생길 지경이다.

이제야 주변 풍경이 눈에 들어왔다. 멀리 북쪽과 남쪽으로 보이는 두 산맥이 점점 가까워졌다. 페르가나의 광활한 계곡이 녹색의 오솔길로 좁아졌다. 캄치크 협로부터 편히 쉬고 있던 고도계를 다시 사용할 때가 되었다. 발 아래로는 높은 산록지대가 있었다. 몇 주 후에 저 높은 산들을 넘을 생각을 하니 감회가 남달랐다. 여기에서는 비탈에서 포도를 재배한다. 좀 더 높은 곳에는 겨울의 얼음과 여름의 불이 모든 생명을 앗아갔고, 바람은 땅은 물론 바위까지 닳게 했다. 관개된 포도밭에, 마지막 살구가 땅에 떨어져 있었고, 마르멜로는 탐스러운 과일을 주렁주렁 달고 있었다. 작은 골짜기 여기저기에, 튼튼하고 커다란 새가 천천히 부리를 쪼았다. 원유를 끌어올리는 펌프는 있지만, 파이프라인이 부족해서 수출할 수가 없다.

쿠르간테파(Kurganteppa)에 다가섰을 때, 자동차 한 대가 내 옆에서 급브레이크를 밟았다. 차에 타고 있던 두 사람이 내게 여행에 대해 묻더니, 놀라고, 경탄하고, 말 그대로 날 낚아채서는 가까이에 있는 콜호즈[집단 농장]에서 일한다며 거기에서 자라고 했다. 흰 턱수염을 기른 자그마한 남자가 옆에 칼을 놓고는, 내게 뽕나무 그늘에 앉으라고 하면서 빵과 과일을 내왔다. 우리는 나무로 된 예쁜 집 앞에 있었다. 테라스에 있는 테이블에 앉아 있던 남자가 장부를 보고 계산기를 두드렸다. 회계사인가? 내가 도착하는 것을 보며 그가 환영한다는 몸짓을 했기 때문에, 나도 입을 다물고 있을 수는 없었다. 하지만 일에 너무 열중하는 그의 모습을 보자 감히 방해할 수 없었다. 숫자는 오늘날 신성한 것이니까. 나를 맞이한 주인 두 명이 사라졌다. 한 시간 후 내가 떠나려고 할 무렵, 두 사람은 싹싹하고 순해보이는 젊은 남자와 함께 나타났다. "친구 데미르가 자기 집에서 재워주겠대요." 한 문장의 말과 시선에서, 어떤 일이 있었는지 금방 눈

치챌 수 있었다. 두 사람은 나를 초대해 예쁜 나무집으로 데려왔는데, 계산기를 들고 있던 콜호즈의 주인이 여기에서 절대 외국인은 재울 수 없다고 말을 했던 것이다. 콜호즈의 주인은 내가 자기 장부를 훔쳐볼까 겁이 났던 것일까? 마치 구소련 시대에 모든 외국인을 스파이로 보았던 것처럼 말이다. 두 남자는 체면을 구기지 않으려고 마을을 돌며 사람들에게 물어보다가, 나를 재워주겠다는 사람을 마침내 발견했다. 누구에게 감사를 해야 할까? 두 남자? 아니면 데미르? 돌아가는 상황이 마음에 들었는지 주인이 내게 다가와서 손을 내밀었다. 난 못 본 체했다. 스파이로 의심받는 상황에서 악수하고 싶은 생각은 없었다. 그건 그의 앞일에도 누를 끼칠 수 있는 행동이다.

데미르 아슈로프는 천사 같은 얼굴을 하고 있었다. 내게 있어 천사 같은 모습이란 바로 이런 것이다. 데미르와 많이 닮은 꼬마 물루지는 개양귀비와 피 흘리는 심장 노래로 내 심금을 적신 적이 있었다. 내 집주인으로 정해진 데미르는 소를 끌고, 나는 윌리스를 끌면서 콜호즈 직원이 거주하는 마을의 진흙탕길을 가로질러 갔다. 고인 물에서는 역한 퇴비 냄새가 풍겼다. 데미르는 작은 두 건물로 이루어진 집에서 아내와 세 아이와 살고 있었다. 작은 건물에는 부엌이, 두 번째 건물에는 거실이 있었는데, 집주인은 거실로 안내하며 방석을 권했다. 데미르는 가족이 거주하는 공간을 자기가 직접 만들었다고 자랑스레 말했다. 가족들은 여기에서 생활하고, 먹고, 잠을 잤다. 가구라고 해야 나무 상자가 전부였는데, 그 위에 있는 텔레비전은 하얀색보다는 검은색이 훨씬 많은 영상을 내보내고 있어서 거의 알아볼 수가 없었다.

집주인과 차를 마시는 동안, 그의 아내는 부지런히 식사 준비를 했다. 집주인 말로는, 요즘 농장에 일이 아주 많다고 한다. '부르다이(bourdai, 밀)'를 베고, 그루터기를 태우고, 가을에 추수하게 될 '쿠쿠루스(kukurus, 옥수수)'를 심는 일이었다. 데미르가 키우는 암소의 젖으로 아이들을 먹였다. 콜호즈에서는 데미르에게 문 앞에 벽으로 둘러싸여 있는 작은 텃밭 15소티(sotis)를 경작해도 된다고 허가했다. 50제곱미터 정도 되는 면적이었다. 경작지의 임대료는 돈이 아닌 곡물로 계산했는데, 거대한 땅에서 이 곡물을 재배하는 데는 엄청난 수고가 들었다. 구소련이 붕괴된 시대에도 콜호즈는 기업이라기보다 종속 관계에 바탕을 둔 시스템을 가지고 분명 이익이 남는 장사를 하고 있었다. 이런 말을 해도 되는지 모르겠지만, 데미르에게는 아주 다행스럽게도, 사고를 당한 뒤 매달 연금으로 3천 숨(4.5유로)을 받는데, 이 돈을 쪼개고 쪼개서 몇 가지 생필품을 살 수 있었다.

그의 아내가 플로프를 가져와 바닥에 깐 작은 천 위에 내려놓자, 온 가족이 음식 둘레로 모여와 방석을 깔고 앉았다. 숟가락이 다섯 개뿐이라, 두 아이가 숟가락 하나로 함께 먹었다. 잔 다섯 개와 오목한 대접 세 개가 살림의 전부인 것 같았다. 난 벌써 식사를 했으니 맛만 보겠다고 했다. 아이들이 플로프를 해치우고 싶어하는 모습이 역력했기 때문이다……. 식사 후, 농기구 창고에서 담요를 깔고 잠을 잤다. 아침이 되어 가족들에게 작별 인사를 하고 떠나려 하자, 데미르의 아내가 전날 나에게 주려고 만든 둥글납작한 빵을 가져다 주었다. 난 아이들에게 지폐 몇 장을 주었다. 데미르 부부에게 돈을 건네자 단호하게 거절했다. 가난한 그들은 날 배려했고, 부자인 나는 마음이 편치 않았다. 사마르칸트를 떠난 이후, 지금까지 쓴 돈은 겨우 160유로였다. 주로 여행길에 묵었던 두세 곳의 호텔에서 쓴 것이었다. 나머지는 식당이나 가정집에 있는 크라바트 위에서 잠을 잤고, 주인들은 한결같이 돈을 받지 않겠다고 했다. 지금 남아 있는 2만 2천 숨은 그들에게는 상당한 돈이지만, 내게는 22유로밖에 되지 않는 푼돈이었고, 키르기스스탄의 국경에 닿기 전에 다 써버려야 한다.

하나바트에서 우즈베키스탄에서의 마지막 저녁식사를 하게 되었기에, 차이하나에서 음식을 푸짐하게 시켜서 배부르게 먹었다. 자그마한 종업원 라파엘과 식당 주인 이오르켄은 서양에서는 볼 수 없는 정중한 태도로 앞다투어 서빙을 했다. 저녁 날씨가 쌀쌀하다고 하자, 그들은 쿠르파차(kourpatcha)라고 하는 모직 이불을 가져왔다. 크라바트 위에 이불을 깔고 있으니 깃털더미에서 자는 느낌이었다. 아침이 되자, 이오르켄은 돈을 받지 않겠다고 했다. 설득에 설득을 한 끝에, 라파엘에게 돈 뭉치를 안겼다. 아마 그의 한 달 수입보다 많은 돈일 것이다. 내일부터는 우즈베키스탄의 숨이 아닌, 키르기스스탄의 솜(som)이 필요하다.

결국 비자 만료일보다 하루 전에 도착했지만, 사마르칸트를 떠난 이후 실크로드의 흔적을 하나도 찾을 수 없었다는 사실에 씁쓸한 기분이 들었다. 중앙아시아 국가들은 사원을 제외하고는 실크로드의 흔적을 지워버렸다.

칭기즈 칸이 몰살시킨 투르크메니스탄의 대표적인 도시 메르프는 죽은 도시로 남아 있었다. 우즈베키스탄에서, 사마르칸트의 영광은 태멀레인이 전쟁으로 얻은 전리품이지, 무역으로 얻은 부가 아니었다. 사정이 그렇다 보니 무역과 관계된 것은 대부분 잊혀졌다. '군주의 영광에는 관심을 가졌지만, 백성의 물질적인 생활은 무시되었다.' 뤼스 불누아의 역사서를 기억할 일만 남았다. 전투, 위업, 배반, 조약 등 우리 선조들의 삶이 군사적인 사건과 정치적인 결정으로 축소되는 것 같았다……. 그리고 '절름발이 악마'의 도시가 폐허가 되었을 때 현대 건축물로 레기스탄이 살아났고, 비비 하님 사원은 사실상 재건축되었다. 어제는 레닌과 스탈린이 이슬람 사원을 허물고 영화관을 세웠고, 오늘은 두 인물의 동상을 무너뜨리고 슈퍼마켓을 세웠다. 역사의 바퀴는 빠르게 돌아갔다. 곡괭이를 꺼내기 무섭게, 삽을 내놓고 정렬한 것처럼.

몇 분 후에 국경을 넘어 도착할 키르기스스탄에서는 무엇을 발견하게 될까? 어디에 가든 난관에 부딪힐 것이고, 수천 장의 서류를 보여줘야 할 것이다. 러시아 군인들이 탐욕스럽고 편협하다는 얘기를 귀가 따갑도록 들었다……. 몸이 쇳덩어리처럼 굳는 기분이었지만, 통관 의식은 너무나 싱겁게 끝나버렸다. 귀찮다는 듯 빨리 지나가라는 손짓을 하는 세관원에게 오히려 내 쪽에서 여권에 도장을 찍어달라고 요구했다. 나는 경계를 늦추지 않았다. 도장이 없으면, 편안한 여행은 기대할 수 없다. 키르기스스탄 군인도 게으르기는 마찬가지였다. 십 분 만에 통관 절차가 끝나자, 나는 시계를 한 시간 뒤로 맞추었다. 하지만 성가신 서류 절차가 끝난 것은 아니었다. 호텔에 도착하기도 전에 외국인 담당 기관(OVIR)에 등록비를 내야 했다. 이는 구소련의 모든 공화국에서 적용되는 법으로, 외국인들은 자신을 감시하는 경찰에게 돈을 내야 한다.

국경을 넘으려면 700킬로미터나 떨어져 있는 수도 비슈케크(Bishkek)에서만 발급받을 수 있는 서류를 제출해야 한다. 되돌아가는 일은 생각할 수도 없었기에 프랑스 영사를 만나려 했지만, 주말이라 연락이 닿지 않았다. 내일 월요일이면, 나는 산을 오르고 있을 것이고, 연락할 방도도 없을 것이다. 파리에서 만났던 중앙아시아 전문가이자 명예 영사인 르네 카냐(Rene Cagnat)에게 이메일을 보냈다. 이 나라 사정에 밝고, 미로 같은 행정 절차를 잘 알고 있는 그였기에 귀중한 통행증을 발급해줄 수 있기를 바랐다.

키르기스스탄에 들어와 처음 지나는 도시 잘랄아바트(Jalal-Abad)는 고도高度 때문에 한풀 기세가 꺾여, 할퀸다기보다 쓰다듬는 것 같은 햇살 아래에서 가르릉거렸다. 이 나라에서는 발을 내딛는 곳마다 좋은 사람들을 만났다. 포도나무 덩굴의 그늘 아래 앉아 있던 한 무리의 쾌활한 아크사칼(노인)들은 플로프를 만들고는 날 불렀다. 윌리스를 끌고차이하나 앞을 지나가던 나에게 손님들은 차를 같이 들자고 했다. 사람들은 나를 보며 내 나이로 보이지 않는다고 했다. 자기 나이로 보이지 않기는 그 사람들도 마찬가지였다. 내리쬐는 햇볕 아래에서의 힘든 노동과 험한 기후 조건, 과도한 보드카로 그들은 실제 나이 쉰다섯보다 훨씬 많아 보였다. 중앙아시아에서 노인은 존경을 받고, 원한다면 일도하지 않고, 자식들의 공양을 받는다. 키르기스스탄에서는젊은이나 노인이나 끝이 뾰족하고, 흰색 겉감에 갈색 안감을 댄, 이상하게 생긴 칼파크(kalpak)라는 펠트 모자를 쓰고, 말 타는 사람들이 신는 근사하고 부드러운 장화를 신는다. 장화는 얇은 양말이자, 윤기나는 제 2의 피부와 같아서, 나막신을 신을 때 발이 다치지 않게 보호해준다. 이곳은 어디에 가나 말소리와 웃음소리가 흘러넘친다. 태양빛을 훔쳐낸것처럼 눈부신 금발에, 초록색 눈을 가진 여자아이가 지나간다. 우즈베키스탄에는 러시아 사람이 훨씬 많다. 사람들이 왜 칼을 가져가라고 했는지 이제야 알 것 같다. 여기 남자들은 하나같이 몸에 칼을 지니고 다녔던 것이다.

　하루 쉬려고 멈춘 도시에서, 나는 다시 몸무게를 불리기 위해서 단 것을 계속 입 속에 쑤셔넣었다. 이곳에서 새로 알게 된 과자로는, 설탕에 절인 산딸기와 건포도를 속에 넣어 바삭하게 구운 삼스키 카프리크(samski caprik), 녹인 설탕을 발라 바삭하게 구운 프리아닉(prianic), 초콜릿에 딸기와 크림을 얹은 룰리크(roulik)가 있었는데, 룰리크는 아주 맛있었지만 먹고 나니 약간 메스꺼웠다. 알록달록한 색깔의 꽉 끼는 실크 드레스를 입은 호텔 여주인은 내 성姓을 듣고는 반갑게 웃었다. 여기에서 '올리비에(Ollivier)'는 샐러드 이름이었다. 얘기를 더 나누고 싶었지만, 주인 여자는 올리비에라는 성이 그렇게나 재미있는지 자지러질 듯 웃어댔다.

　아침이 되자, 내 얘기를 들은 캐스와 로스 커플이 나를 꼭 만나고 싶다며 찾아왔다. 삼십 대의 이 커플은 파키스탄까지 자전거로 여행하고 있었다. 여자는 오스트리아, 남자는 영국 사람이었다. 두 사람은 탄탄한 체격에 간결한 차림을 하고 있었는데, 몸에서나 목소리에서나 힘이 넘쳐흘렀다. 작년에 여기에 와서 호수 근처에서 한 가족의 사진을 찍으며 생활했다고 한다. 이들은 우편으로 현상한 사진을 보내는 대신 사진을 가지고 다니기로 결심했다. 주로 텐트 생활을 했지만, 전자 제품을 충전할 때가 되면 호텔에서 묵었다. 캐스는 디지털 카메라로 신세를 진 사람들에게 사진을 찍어줬다. 찍은 사진은 즉석에서 모델이 된 사람들에게 화면으로 보여주면서 감상하도록 한 뒤, 지우고 카메라의 메모리를 넉넉하게 남겨두었다. 내 사진의 모델이 된 사람들이 자신의 모습을 보려면 오래, 어쩌면 아주 오래 기다려야 할 것이다.

잘랄아바트를 떠나며 발을 내딛게 될 동쪽 산 정상까지의 거리를 머릿속으로 계산했다. 길은 토담 사이로 가파르게 이어져 있었고, 담 위에는 사람들이 담뱃잎을 널어 말리고 있었다. 테라스 위에 쫙 펼쳐 햇볕에 말리고 있는 살구는 겨울에 거둬들일 것이다. 말린 살구는, 러시아어로는 코바르가(kovarga), 키르기스스탄어로는 투르샤크(tourshak)라고 한다. 또 다른 월동越冬 준비로, 길 위에서 쇠똥을 말리고 있었다.

이제 기수騎手들을 소개할 차례다. 무기력한 이들은 칼파크 모자에, 야한 색의 셔츠를 입고, 걸음도 느릿느릿하다. 이곳에서 시간은 돈이 아니다. 포장된 길은 없었고, 화강암과 조약돌을 길 삼아 디디며 언덕을 올랐다. 윌리스가 덜컹거리는 길을 무사히 건너주기를 바랄 뿐이었다. 꽤 높은 곳이었지만 더웠다. 시계를 보니 높이 1천 미터, 기온은 섭씨 36도를 가리키고 있었다. 비탈길 위로 수천 헥타르의 해바라기가 바람에 살랑거리며, 탐스러운 황금빛을 던지고 있었다. 이제 산을 오르기 시작했다. 앞으로 수백 킬로미터를 올라야 내리막길에 접어들 수 있고, 중국에 닿을 수 있다. 하지만 그러려면 비슈케크의 서류를 받아야 한다.

4. 젊은 여자 솔타나드

하라초, 하라초(Kharacho, kharacho, 덥다, 더워). 고개를 젖혀 하늘을 보는 농부들은 여름의 불볕더위가 시작되면서 내리는 빗방울을 마시려는 것처럼 보였다. 하지만 행복도 잠시. 고원의 바람이 구름을 몰아냈다. 길가에서 여자들이 플라스틱통에 조금씩 담고 있는 귀한 물은, 개천에서 악취를 풍기며 흐르는 물이었다. 평원과 마찬가지로 이곳에서도, 누군가에게는 하수인 물이 다른 이에게는 샘물이 된다.

미하일로프카(Mikhaylovka)에 다가서자, 썩은 늑대 시체가 길가에 있었다. 사람들은 시체 주위에 돌을 놓아, 운전자들이 피해갈 수 있도록 해놓았다. 늑대는 허리에 총을 맞고 죽어 있었다. 프랑스에서 곳간 문에 올빼미를 달아놓는 것처럼, '본보기'로 가죽을 진열한 것이 분명하다. 살아 있는 늑대는 올빼미처럼, 동료의 가죽이 있건 말건 아랑곳하지 않는다. 사람들만 가죽을 보고 겁낼 뿐이다. 며칠 밤 동안 시체의 모습을 지우지 못하는 아이들은 훗날 총을 잡을 수 있는 나이가 되면 또다시 늑대를 죽일 것이다. 잘랄아바트부터 귀가 따갑도록 들은 말이 있다. 산 위에 사냥개 무리가 있다는 것이다. 그러니까 다른 사람들처럼 최소한 칼 하나쯤은 가지고 다녀야 한다고 했다. 하지만 낙관주의와 무감각으로 무장된 나였기에 이 계절에 늑대 때문에 겁을 먹지는 않았다. 어쨌든, 늑대보다 더 무서운 존재는 사람이었다.

윌리스와 나는 계속해서 정상을 향한 채, 걷는 것보다는 말을 타고 가는 게 적당한 이 지형의 바위 사이로 나 있는 길을 따라, 사방에 흩어져 있는 커다란 돌멩이를 요리조리 피하며 걸었다. 하기야 이런 길을 누가 걸어가겠는가? 아무리 가난한 사람이라도 타고 다닐 짐승 하나쯤은 있었다. 참나무 숲속에 숨어 있는 좁은 계곡을 엉금엉금 기어 올라가고 있을 때, 말 두 마리의 발굽소리를 듣고 몸을 돌렸다. 이셴베크와 동료 압덴베이가 여름 방목을 하려고 산에 오르는 중이었다. 두 사람 모두 과도한 햇빛과 보드카로 인해 피부색이 변해 있었다. 이셴베크는 말의 속도도 늦추지 않은 채, 내게 어디에 가느냐고 물었다.

"페레발(Pereval) 고개를 넘나? 오늘 저녁은 우리 집에서 자. 이 줄을 잡게."

그러더니 밧줄의 한쪽 끝을 말 안장머리에 묶고는 내게 던졌다. 밧줄로 윌리스의 손잡이를 묶고, 갑자기 손이 자유로워진 나는 신나게 말꽁무니를 쫓아 걸어가며 말을 모는 사람들과 얘기를 나누었다. 망아지를 키우는 이들은 여름에는 고원에서, 눈이 내리기 시작하면 잘랄아바트에 내려와 지낸다.

야영지에는 여러 개의 오두막이 있었다. 집주인들은 제일 큰 오두막으로 안내했다. 촌장은 자신이 늘 차지하고 있는 입구 맞은편 안쪽의 상석上席을 내게 양보하고, 내 옆에, 남자들 쪽에 앉았다. 여자와 아이들은 우리 왼쪽에, 남자들은 오른쪽에 자리 잡았다. 밖에서는 망아지들이 어미 젖을 빨지 못하게 하려고 밧줄로 꼼짝 못하게 묶었다. 말 젖을 발효시켜 만드는 키르기스스탄의 대표 음료 쿠미스(koumis)를 만들기 위해서였다. 사람들이 몇 잔을 권했다. 시큼하고 약간 술맛이 났다. 난 일찍 자야 한다고 말했다. 말을 따라서 언덕을 뛰어다니느라 몸이 지칠 대로 지쳐 있었다.

아침이 되자 걱정이 들었다. 비상식량이 충분치 않아서였다. 높은 산 위에서 유목민을 만난다는 보장도 없는데, 전에 산 국수는 상당한 분량을 해치운 상태였다. 초목이 우거지고 비좁은 이 계곡은 급류가 대부분의 자리를 차지하며 흐르고 있고, 아찔한 절벽으로 둘러싸여 있다. 모퉁이를 돌자, 텐트촌이 나왔다. 그중에서 가장 큰 텐트 위에는 UN-HCR(United Nataions High Commissioner for Refugees, 유엔 고등난민 판무관)이라고 씌어 있었다. 텐트 안에는 테이블이 두

세 개 있었다. 식당으로 마련된 이곳에서 맛있는 국수 수프를 먹을 수 있었다. 키가 아주 작은 몽고족 얼굴의 키르기스스탄 아가씨 자이누라가 캐스와 로스를 어제 봤다는 얘기를 해주었다. 나보다 하루 앞서 간 두 자전거 여행족은 장비를 가득 실은 자전거를 끌고 산을 오르느라 고생을 하고 있을 것이다. 하지만 그들은 대단히 운이 좋았다. 자이누라는 '울라크(Oulak)'라고 했지만, 중앙아시아에서는 '부즈카쉬(Buzkashi)'로 더 잘 알려진 축제를 어제 볼 수 있었기 때문이다. 가축을 기르며 사는 이곳 사람들은 자식이 태어나면 축제를 벌인다. 물론 사내아이를 낳았을 경우에 해당된다. 딸을 낳으면, 잔치를 벌일 이유가 없다. 울라크 때면 말을 탄 한 무리의 남자들이 머리를 자른 암양의 가죽을 서로 갖기 위해 시합을 벌인다. 원 안으로 죽은 양을 끌고 오는 사람이 승리한다. 승리를 위해서는, 어떤 방법도 용인되었다. 기수들은 채찍을 입에 물고, 간단한 발동작으로 말을 이끌며 뒤얽힌 무리 속으로 들어간다. 사람과 말은 하나가 된다. 시합은 대단히 폭력적이다. 다른 울라크는 한 달 조금 안 남은 이 나라의 국경일에 볼 수 있다. 하지만 그때쯤 나는 중국에 있을 것이다. 예정대로라면…….

다시 오르막길에 올랐다. 이번에는 더욱 경사가 심한 길이 이어질 것이다. 바위 사이로 난 길은 군데군데 깊은 구렁이 있었다. 안쪽 구석에 있는 작은 흰 점들은 암양일까, 바위일까? 둘 다일 수도 있다. 절벽, 포효하는 급류, 눈이 덮여 있거나 구름으로 포근히 싸여 있는 산봉우리 등 눈앞에 펼쳐진 갖가지 야생의 아름다움에 넋을 잃었다. 그다지 덥지는 않았지만 계속해서 돌에 걸리는 윌리스를 잡아끄느라 비 오듯 땀을 흘렸다. 난 느릿느릿 거북이걸음을 할 수밖에 없었다. 독수리 두 마리가 슬로우 모션처럼 바람을 타고 미끄러지며 날았다. 이따금씩 돌과 진흙더미를 건너야 했다. 날렵한 트럭이 나를 따라잡더니 추월해갔다. 어떤 곳에서는 오른쪽 바퀴가 구렁을 가까스로 피해갔다. 노련한 운전사는 산길을 손바닥 보듯 잘 알았다. 잠시 후, 협곡 구석에 뒤틀어진 채 있는 몇몇 해골은, 이 산행길이 늘 성공적으로 끝나지 않는다는 사실을 보여주었다. 트럭 화물칸에는 다양한 연령대의 일꾼들이 가득 있었다. 알고 보니, 이들은 카자르만(Kazarman)에 일거리를 찾으러 가는 사람들이었다. 트럭에 탄 일꾼들은 내게 같이 타고 가자고 했지만, 내가 거절하자 유쾌하면서도 도발적인 손짓을 하며 작별 인사를 했다. 바이 바이……. 트럭을 타고 간다고 뻐길 입장은 아니었다. 삼십 분 후 나는 기름을 토해내고 있는 트럭을 추월해갔다. 운전사와 조수는 엔진 밑에 누워 있었다. 풀 위에 앉아 있던 일꾼들은 따분한 표정이 역력했고, 꽤 높은 곳이었기에 얇은 셔츠만 입은 사람들은 덜덜 떨고 있었다. 그들은 얘기하고 싶어했지만, 나는 땀에 흠뻑 젖었기 때문에 감기에 걸릴지도 모른다는 생각에 계속 오르막길을 따라 걸었다. 한 시간 후, 정상에 가까워질 무렵 트럭이 다시 나를 따라잡았다.

하지만 멀리 못 가서 다시 고장이 나버렸다. 다시 트럭을 볼 일은 없을 것이다.

꽃이 가슴 높이까지 자란 들에서 가축떼들이 비탈길을 자유롭게 다니고 있었다. 산은 세 가지 색의 옷을 입고 있었다. 햇볕 때문에 갈색으로 변한 둥근 형체, 거의 물이 말라버린 강물이 이따금 졸졸거리는 초록의 계곡, 저 위 흐릿한 구름이 걷힌 산 정상에서 살짝살짝 보이는 순백의 눈과 광채가 번득이는 얼음덩어리.

페레발의 정상에 닿은 시각은 오후 네 시 반이었다. 페레발이란, 내가 제대로 알아들은 것이라면, 산과 고개를 모두 지칭하는 이름이다. 눈앞에 펼쳐진 풍경은 그야말로 장관이었다. 거대한 풍경을 위에서 바라보는, 심오하고 은밀한 기쁨이 어떤 것인지 다시 한 번 자문해보았다. 몸이 당겨지는 것처럼, 말문이 막히는 강렬한 환희. 이 세상의 '위인'들은 군중을 다스릴 때 이처럼 억누를 수 없는 기쁨을 맛보았을까? 통치권자들이 자기 자리를 계속 차지하기 위해 물불 가리지 않는 것을 보면 그럴 것이라 짐작된다.

삼십 분 동안, 웃옷을 조여 입고, 풀들을 사정없이 때리며 불어대는 칼바람의 추위에 덜덜 떨면서, 말린 과일을 오물거리며, 오르막길을 걸으면서 흘린 땀을 말렸다. 나는 산이 좋다. 산이 가진 힘과 다양성과 가혹함도 좋아한다. 산에는 바람과 비와 사람의 통행에도 때묻지 않고 남아 있는 옛 세상의 모습이 있고, 수십억 년 전 이 바위가 만들어졌을 때의 야생 그대로의 모습이 남아 있다. 이 산은 헐벗고 메마른 캄치크 협로가 아니다. 풀과 꽃이 자라고, 생명이 가지마다 달려 있다. 동쪽으로 까마득히 보이는 톈산과 파미르의 정상은 누가 제일 높은지를 다투며, 그 위를 오르려는 인간들을 두렵게 하려고 하늘에 닿을 듯 말 듯 우뚝 솟아 있었다.

이틀 동안 카자르만까지 거의 구르듯 내리막길을 가는 동안에도 이런 풍경이 계속 눈에 들어왔다. 사람들은 매년 1.5톤의 금을 생산하는 이 작은 광산촌에 호텔이 하나 있다고 했다. 나는 호텔에서 하루 푹 쉬면서 산을 오르내리며 켜켜이 쌓인 때를 벗겨낼 생각이었다. 어젯밤을 보낸 마을에서는 퇴비더미 근처 말고는 텐트를 칠 곳이 없었다. 다시 길을 나선 후에도 퇴비 냄새가 온몸에 밴 것 같았다. 세상에나, 조그만 호텔의 주인은 단 한 마디로 내 희망을 산산조각 냈다.

"방 찼어요."

"다른 호텔 없어요?"

"없어요!"

차가운 보슬비가 떨어지기 시작했다. 나는 진창 속에서 윌리스의 손잡이를 잡은 손을 흔들거리며 서 있었다. 어떻게 해야 할까? 어디로 가야 하지? 바로 그 순간, 수호천사가 내게 자신의 분신分身을 보내주었다. 젊은 여자가 다가왔던 것이다. 여자는 옆 가게 주인이었다. 솔타나드는 러시아 여성처럼—미국 여성 쪽에 더 가까웠다—몸에 꼭 달라붙는 티셔츠에 청바지와 야구모자를 쓰고 있었지만, 얼굴은 키르기스스탄 여성처럼 새까맣고 탐스러운 머리에, 햇볕에 그을린 섬세한 피부와 약간 찢어진 눈을 하고 있었다. 목소리는 크면서도 조금 불분명하게 들렸다. 여자는 세련된 영어를 구사했고, 나를 만난 것이 반가웠는지 쉴 새 없이 말을 해서 귀가 멍멍해질 정도였다.

삼십 분 후, 여자가 만들어준 커다란 파스타 한 접시를 깨끗이 비우고, 남동생 다카와 두 사촌이 함께 살고 있다는 그녀 부모님의 작은 아파트에서 모직 담요를 깔고 잠을 잤다. 그러고 나서 내 가이드를 따라 공중목욕탕으로 가서 김이 모락거리는 욕탕에 몸을 담그고 있는 동안, 아파트의 세탁기에서는 빨래가 돌아가고 있었다. 솔타나드와 나눈 대화는 간단했다. 질문을 하면 여자가 지치지도 않고 쉴 새 없이 말을 했다. 똑똑한 학생인 솔타나드는 국가고시에 선발되어, 상금으로 일 년 동안 미국에서 체류할 수 있었다. 아버지는 기술자, 어머니는 교수로 잘랄아바트에서 일하고 있다. 부모님은 모두 카자르만 출신이라고 한다. 아버지는 형제가 열두 명, 어머니는 열 명이다. 대부분의 형제들은 이곳에 정착해 결혼을 했다. 시내를 구경하는 동안 솔타나드의 삼촌이나 숙모를 소개받느라 열 발자국 이상을 떼기 힘들었다. 가족들의 결혼으로 이곳에만 숙모가 40여 명이었고, 사촌은 손에 꼽기 힘들 정도로 많았다. 언젠가는 이 도시가 솔타나드 가족의 씨족 사회가 될지도 모른다.

부모님은 가족을 만나기 위해, 그리고 잘랄아바트의 지독한 여름 더위를 피해 카자르만에 왔다. 솔타나드는 이곳에서 남동생과 즐거운 나날을 보내며 음료수와 사탕, 과자를 파는 작은 가게를 운영하고 있다. 하지만 제일 중요한 일은 술주정뱅이들이 여기저기에 버린 빈 보드카 병을 시내 꼬맹이들에게 사들이는 것이었다. 꼬맹이들이 병을 팔고 받은 돈을 곧바로 솔타나드 가게의 사탕을 사는 데 재투자하는 동안, 남동생 다카의 예리한 눈은 녀석들이 가져온 병에 깨진 곳이 있는지 유심히 살폈다. 자루에 넣은 병을 비슈케크로 싣고 가는 사람은 트럭을 가진 삼촌이었다.

시내에서 중학교 교사로 일하는 다른 삼촌이 내게 잠자리를 마련해주었다. 도시에 비가 내리기 시작했고, 나는 휴식시간을 잠을 자거나 가게에서 친구들과 얘기를 나누는 데 할애했다.

솔타나드는 스물한 살로 비슈케크에서 강의를 듣는다. 나는 그때까지 물어볼 수 없었던 키르기스스탄 사회에 대한 모든 질문을 했다. 그녀는 기꺼이 대답했다. 미국에서 생활해본 탓에 자기 나라와 사람들에 대해 거리를 두고 차분하게 평가를 내릴 수 있었던 것이다. 솔타나드와 남동생은 카자르만에서 만난 사람 중 유일하게 금니가 없는 사람이었다. 이 도시의 유일한 산업인 금광을 캐나다인이 경영한다는 얘기를 듣자 갑작스럽게 웃음이 터졌다.

"광산에서 나오는 건 별로 없어요. 금이 제일 많은 곳은 근처에 있는 광산이 아니라 무덤 속일 걸요."

키르기스스탄 사람들은 금니를 무척이나 좋아하는데, 대부분의 젊은이 역시 조금이라도 일찍 금빛 미소를 과시하려고 충치 관리를 하지 않는다. 특히 앞니에 충치가 생길 경우는 더욱더 그러하다. 이곳에서는 친한 사람의 생일에 1그램이나 2그램의 금을 선물하는 경우가 많은데, 이는 아름답게 반짝거리는 이를 사기 위해서다. 솔타나드는 서랍에서 네 개의 이를 발견한 적이 있다고 했다. 엄마는 외할머니의 이라고 말해주었다고 한다. 내 생각이 틀렸다. 죽은 사람들은 무덤에 가기 전에 치과를 거쳐 가는 것 같다.

키르기스스탄 사람들은 일부일처주의자고 이슬람 신도다. 솔타나드가 아는 한, 공식적인 정부情婦를 가진 남자는 내가 만났던 아슈르뿐이었다. 남자친구와 성관계를 가지는 약삭빠른 친구들이 비슈케크에 있다고 하지만, 대부분의 여자들은 결혼까지 순결을 간직한다. 여자들이 순결을 간직하는 것은, 남자들이 혼외정사를 하더라도 자기 아내는 신혼 첫날밤에 처녀이기를 바라기 때문이다. 관습대로 신혼 초야를 보낸 다음 날 남편은 한자리에 모인 가족들에게 가서 아내가 처녀였다는 사실을 보증한다. 그렇지 않으면 불쌍한 신부는 하녀 신분으로 추락해, 평생 시댁 식구들에게 모욕을 당하게 된다.

솔타나드는 늘 웃는 눈에 립스틱을 바르지 않아도 새

빨간 입술, 튀어나온 광대뼈가 매력적인 아름다운 외모에, 상대의 마음을 편하게 해주는 여자였다. 미국에서 입던 습관대로 착 달라붙는 옷을 입어서 드러난 몸매도 아름다웠다. 키르기스스탄 여자들은 보통 헐렁한 옷을 입어서 아름다운 몸매를 가리는데 말이다.

솔타나드에게 애인이 있는지 물어보았다. 미국에서 사귄 위구르족 대학생 남자친구가 있다고 했다. 부모님도 이 친구의 존재를 알고 있지만, 솔타나드가 마음에 두고 있는 건 모르고 있다. 키르기스스탄 남자와 짝을 지어주려는 아버지에게 차마 다른 민족 남자를 좋아한다는 말을 하지 못했던 것이다. 우즈베키스탄 사람과 달리, 키르기스스탄 사람들은 자식들에게 나이순으로 결혼할 것을 고집하지 않는다. 자리나처럼 솔타나드도 외국 문물을 경험했지만, 배우자 문제에 있어서는 아버지의 뜻을 따를 것이다. 중앙아시아에서 부모의 권위는 여전히 침범할 수 없는 영역이다. 하지만 피라미드의 정점은 노인들이다. 키르기스스탄, 우즈베키스탄, 투르크메니스탄 사람들은 누구나 자신이 늙게 될 날을 꿈꾼다. 천국은 얼마나 오래 사느냐에 달려 있는 셈이다. 아크사칼은 모든 권리를 가진다. 그들의 조언은 곧 법이며, 수없이 변덕을 부릴 수도 있다. 솔타나드는 멀리 떨어져 있는 수도 비슈케크에서 열리는 축제에 가고 싶어했던 노인 이야기를 해주었다. 숙박을 비롯한 노인의 여행 경비와 쇼핑 비용을 대느라, 모든 부족이 기꺼이 돈을 각출하고 허리띠를 졸랐다고 한다.

잠자리를 마련해준 솔타나드의 삼촌은, 나린(Naryn) 쪽
으로 연결되는 동쪽 길로 가겠다고 했더니 그 길로 가면 안
된다고 극구 말렸다. 그래서 나는 남쪽 길을 택해서 갔다.
노천 금광 근처에 텐트를 쳤다. 예전에 중앙아시아의 산골
마을 사람들은 천연 금괴를 양가죽에 넣어 급류 안쪽에 숨
겼다고 한다. 그리스 신화에서 이아손이 빼앗은 황금 양털
의 기원은 이런 풍습에서 나온 것일지도 모를 일이다.

유목민들이 아침으로 먹고 있던 우유와 치즈를 함께
먹자고 하면서 빵을 내밀었다. 큰 도시가 아닌 다음에는, 이
런 산골 마을에 빵집은 찾아볼 수 없다. 여자들은 식사시간
직전에 빵을 구워내는데 3, 4일마다 밀가루, 베이킹파우더,
소금, 터키에서처럼 아이란이라고 부르는 요구르트를 섞은
빵 반죽을 만들어 냄비에 담아 보관한다. 젊은 키르기스스
탄 남자 우트벡과 그의 여동생이 세 시간 동안 나와 동행해
걸었다. 남매는 가족이 사는 텐트에서 주말을 보내는데, 토
요일에 집까지 23킬로미터를 걸어왔다가 일요일이 되면 다
시 똑같은 거리를 걸어 학교에 돌아가 기숙사에서 한 주를
보낸다. 두 사람은 계곡에 있는 숙모의 텐트를 가리키더니
멀어져갔다. 조금 멀리 떨어진 곳에서 양털을 깎던 농부가
양가죽 부대에 들어 있는 쿠미스를 두 잔 떠서 함께 마시자
고 했다. 양의 머리를 자르고 가죽에 낸 구멍에 앞다리를 박

아 만든 부대였다. 할머니는 커다란 대접에 든 요구르트를 마시라고 했다. 할머니는 아주 가난해보였고, 계속 돈을 내겠다고 하자 지폐를 받아들었다.

유목민을 만나 그들의 투박하고 소박한 정을 느끼고 따뜻한 인심을 맛보는 것이 좋았다. 이들이 사는 텐트가 커튼 같은 간단한 문을 단 것만 봐도 이 점을 알 수 있다. 모든 여행객은 텐트에 들어갈 수 있고, 환영을 받는다. 스텝을 벗어나자 인심이 각박했다. 저녁에 도착한 코슈도바(Kosh Doba)처럼 사람들이 사는 마을에서는, 주인이 집을 비울 경우 문에 러시아제 굵은 철자물쇠로 꽁꽁 잠갔다. 여자들은 내가 나타나자 다급하게 아이들을 집으로 불러들였다. 가는 집마다 다른 곳으로 가라고 해서 이 집 저 집 다니는 통에 동사무소에 온 기분이었다. 나는 화가 나서 읍장인 마나스의 집으로 가서 문을 두드렸다. 그는 없었다. 그의 아버지 나시르가 문틈으로 내다보더니 면전에서 문을 닫았다. 하지만 손녀 굴잔느는 달랐다. 할아버지를 나무라더니 내게 차를 내온 뒤 식사를 준비하러 갔고, 그동안 나는 할아버지에게 지금까지 키르기스스탄의 여행 이야기를 들려주었다. 이야기를 듣던 노인은 어깨의 총을 바꿔 메고 마을로 가더니 은퇴한 노인 친구들을 데리고 와서, 집에 와 있는 괴짜를 보여주며 자기가 얼마나 도량이 넓은지 보여주려 했다.

굴잔느는 가구 하나 없는 방에 잠자리를 마련해주었다. 아침이 되니 마나스가 있었고 나를 따뜻하게 맞았다. 체격이 좋고, 역시나 머리에 칼파크 모자를 쓰고 있었다. 그는 읍장인 동시에 러시아로 '구역(rayon)'이라고 부르는 행정 구역의 우두머리였다. 나는 그에게 즉각 '매장 주인(rayon은 프랑스어로 행정 구역을 뜻하는 동시에, 백화점의 매장을 뜻하기도 한다)'이라는 별명을 붙여주었다. 시시한 농담이긴 하지만, 그날은 뭐라도 위안거리가 있어야 했다……. 우리는 우유와 밀가루, 요구르트를 섞은 자르마(jarma)라고 하는 짜고 차가운 수프 한 사발을 나누어 먹었다. 마나스가 하얀 무늬에 방울 술이 달린 검정색 칼파크를 가지라고 해서, 나는 대신 내 낡은 모자를 내밀었는데 받지 않겠다고 했다. 사실 내 벙거지 모자를 쓴 그의 뒤를, 내가 그의 칼파크를 쓰고 따라갔다면 우스꽝스러웠을 것이다. 하지만 이렇게 쌀쌀한 산에서 칼파크를 쓰면 머리가 따뜻할 것이기에 받아들고, 내 모자를 가방에 넣었다. 아버지와 딸은 아주 잘 통하는 듯 보였는데, 아마도 굴잔느가 어제 할아버지가 나를 문전박대했다는 말을 했던 것 같았다. 칼파크를 선물한 것도 어제의 불쾌한 기억을 지우라는 뜻일 것이다.

마나스는 내가 제대로 길을 찾아갈 수 있게 도와주려고 마을 건너편까지 바래다 주었다. 우리는 그가 교사로 일하는 학교 앞을 지나갔다. 오늘 집에 없었던 그의 아내는 영어 선생님이라고 한다. 주민이 3,500명인 코슈도바의 학생 수가 약 800명에 이르는 것을 보면, 키르기스스탄 인구층이 얼마나 젊은지 잘 알 수 있다.

집주인의 이름은 키르기스스탄에서 제일 유명한 이름이다. 마나스는 음유시인인 마니쉬(Manishi)들이 만들어낸 국가 영웅으로, 이들은 이 부족 저 부족을 다니며 마나스의 업적을 이야기했다. 꼬리에 꼬리를 물고 이어지는 마나스의 위업은 백과사전 분량과 맞먹을 정도여서 사람들은 이 이야기를 '스텝의 일리아스'라고 불렀다. 우즈베키스탄의 경우 태멀레인을 위인으로 선택했고 그를 기리기 위해 그가 저지른 죄악에 대해서는 함구했다. 키르기스스탄의 마나스는 좀 더 호의적이었다. 아들 세메티(Semety), 손자 세이테크(Seitek)와 함께 무찌른 군대는, 긴긴 겨울 동안 천막에서 마나스의 위업을 전했던 마니쉬의 상상 속에서만 존재한다. 몇몇 정통주의자들은 마나스가 정확히 키르기스스탄 사람이 아니고, 그의 이야기가 모든 중앙아시아 국가에서 전해졌다는 사실을 강조한다. 하지만 이곳에서는 그를 자기네 위인으로 만들어버렸다.

이 지역에서 국경은 역사적으로 볼 때 최근에 생긴 것이기 때문이다. 유목민에게 자신의 영토는 칼이 닿는 거리까지였다. 몇몇 역사적인 사건에 대해, 오늘날 우리가 키르기스스탄에 대해 말할 수 있는 것이라고는, 단순히 지리적인 위치 정도에 불과하다. 또한 구소련의 그림자가 거의 한 세기 동안 드리워졌기 때문에, 이 나라의 존재가 다시 일반인에게 알려진 것은 극히 최근의 일이다. 유럽 사람 중 몇 명이나 키르기스스탄이 세계 지도의 어디에 있는지 가리킬

수 있을까? 하지만 프랑스 역사와 상당한 관계가 있는 사건
이 이곳에서 일어났다.

키르기스스탄의 역사는 강력한 이웃 국가인 중국과
연결된다. 중국은 실크로드에 대상들이 다니기 시작할 때
부터 결혼을 통해 외교 관계를 공고히 하려 했다. 교양과
미모를 자랑하는 수많은 중국의 공주들이 '야만인' 족장과
결혼을 했다. 마르코 폴로가 칸의 궁전을 떠날 수 있었던
것도, 서쪽의 왕인 아르군(Arghun)에게 아내로 '주어야' 하
는 원나라 공주를 안내하겠다고 나섰기 때문이었다. 젊은
아내가 궁에 도착했을 때 '남편'은 죽고 없었다. 결혼하기
로 한 왕이 죽은 터라, 공주는 그의 아들과 결혼한다. 그렇
게 조국을 떠나 중국인의 가슴에 소중하게 남은 또 다른 운
명의 주인공으로 리우 시준(Liu Xijun) 공주도 있다. 말을 기
르고, 지금의 카자흐스탄과 키르기스스탄 사이 어딘가에서
유목 생활을 했던 종족의 족장이었던 우순(Wusun)은 중국
공주를 아내로 맞이하고 싶어서 약혼 선물로 천 마리의 말
을 보냈다. 젊은 리우 시준은 타국 생활을 하며 느끼는 슬
픔과 정착 생활의 안락함을 누릴 수 없는 신세를 감동적인
시로 노래했다.

둥근 천막은 나의 궁전
펠트 벽이 두르고 있네
유일한 음식은 마른 고기

마실 것은 쿠미스

끝도 없이, 조국을 그리네

멍든 내 가슴……

어떤 중국 공주는 추방된 땅의 추위 속에서 꺼칠꺼칠한 모직 옷만 입은 채, 목숨을 걸고 비녀에 숨겨온 누에가 만들어내는 비단의 부드러운 감촉을 느끼며 마음을 달래려 했다는 전설이 내려오는데, 타향에서 늘 향수를 느끼는 처지에 있었으니 그럴 만도 했을 것이다.

위구르족의 땅이던 신장新疆을 정복한 당나라 황제는 계속 정복욕을 불태웠고 그의 군대는 부하라까지 진군했다. 하지만 황제의 야심은 엄청난 손실을 초래하고 말았다. 중국인들은 2000년 이상 비단 제조법의 비밀을 간직해왔다. 8세기 초까지였다. 나방이나 알을 중국 밖으로 내가려는 자는 사형에 처했다. 현재 키르기스스탄 국경 너머에서 벌어진 불행한 전쟁으로 비법을 사수하려던 모든 시도가 수포로 돌아갔다. 서양력으로 751년, 중앙아시아의 면모를 바꾸었던, 저 유명한 전투가 벌어진 곳은 중국의 북부 지역이었다. 황제의 군대는 탈라스(Talas)에서 가장 치욕적인 패배를 당하고 만다. 수천 명의 중국 병사가 포로로 잡혀 사마르칸트에 이어 바그다드로 끌려갔다. 바로 이들이 그때까지 철저하게 비밀로 간직해온 제조법, 즉 비단, 도자기, 종이 제조법을 서구 세계에 누설했다. 특히 종이 제조법은 서구 세계에 엄청난 변화를 초래했다. 이제 종이가 양피지를 대신해 지식과 기술을 보급하는 수단이 되어 종이 혁명을 일으키고, 이어 인쇄 혁명을 가져온다. 종이와 인쇄 기술의 연륜이 제일 짧은 서구는 같은 시기, 이 분야의 창시자인 중국이 쇄국주의를 고수하는 동안 최고 수준의 기술을 갖게 되었다.

몇몇 역사학자들이 석탑이 있었다고 주장하는 곳 역시 키르기스스탄이다. 고대 그리스의 지리학자인 프톨레마이오스는 2세기에 이를 언급했다. 이 유명한 탑 아래에서 중국과 페르시아에서 온 상인들이 물물교역을 하고 다시 각자의 나라로 돌아갔다는 것이다. 몇 세기 동안 이 탑 아래에서 거대한 시장이 열렸음을 쉽게 짐작할 수 있다. 하지만 그 시장이 있던 자리가 현재 어느 곳인지는 정확하게 알 길이 없다. 어떤 이들은 키르기스스탄이라고 하고, 어떤 이들은 시장이 섰던 두 곳 중 하나가 중국의 어딘가라고도 하고, 타슈코르간(Tashkorgan)에 시장이 섰을 것이라고 생각하는 사람도 있다.

코슈도바를 지나 접어든 길에서 모하마드와 함께 걸었다. 그의 장화는 낡았지만, 걷는 속도는 아주 빨랐다. 코슈도바에서 8킬로미터 떨어진 곳에서 물을 길러 매일 걸어서 왕복하면서 단련이 되었기 때문이었다. 다음에는 로를란을 만나 함께 걸었다.

여덟 살에서 아홉 살쯤 되어 보이는 이 아이는 자기 나이를 몰랐다. 아이는 자기 몸보다 엄청나게 큰 모피를 덧댄 외투 속에 파묻혀 있었고, 마나스가 입은 망토처럼 조랑말의 엉덩이를 덮었다. 장화는 285밀리미터가량 될 듯했지만, 어쨌든 작은 발을 따뜻하게 해주고, 말을 타는 데 신발 크기가 뭐 그리 중요하겠는가? 안장에 최대 높이로 올려 단 등자에 닿기에는 다리가 너무 짧아서, 로를란은 등자에 달려 있는 가는 가죽끈 안에 발을 밀어넣었다. 호기심이 엄청 많은 아이는 내가 있는 곳에서 몇 미터 떨어진 채로 말을 타고 족히 삼십 분은 갔다. 내가 있는 쪽으로 오라는 신호를 보냈지만 아이는 망설였다. 내가 카메라를 보여주자, 아이가 다가오더니 환한 미소를 지었고, 사진을 찍자마자 쏜살같이 달려가 멀리 사라져버렸다. 아이는 삼십 분 후 자기처럼 말을 잘 타는 사촌 두 명을 데리고 왔고, 나는 아이들 사진을 한 장 더 찍었다. 로를란은 멋을 부리려고 커다란 망토를 꺼내 안장 옆으로 던졌다.

오소아비아(Osoavia) 마을에서 만난 바케트는 신이 나 있었다. 아들이 태어난 기념으로 잔치를 벌여 손님 20여 명을 초대한 터였다. 그런데 아이보다 깜짝 손님이 된 내가 관심의 초점이 되었다. 아이는 실로 묶어 굽는 고기처럼 옷으로 꽁꽁 쌓인 채 할머니 품에 안겨 있었다. 손목에는 검은 점으로 장식된 가는 유리 진주 팔찌가 채워져 있었다. 이 진주는 '눈眼의 진주'를 뜻하는 고즈 만초크(goz mantchok)라고 한다. 고즈만초크를 차고 있는 사람에게 나쁜 주문을 걸면,

진주가 깨지면서 저주도 깨져버린다고 한다. 이 때문에 아이들뿐만 아니라 어른들도 이것을 부적삼아 팔찌, 목걸이, 발찌 등으로 만들어 차고 다닌다.

이 마을에 도착해서부터 자정까지 식사를 세 번 했다. 식간에는 말린 과일을 곁들여 쉴 새 없이 건배를 하며 차나 보드카를 마셨다. 얼근하게 술에 취한 바케트는 세 줄로 된 기타처럼 생긴 코무스(komus)라는 악기를 연주했다. 난 너무 지쳐서 자도 되는지 허락을 구했다. 바케트는 집 뒤에 웅장한 자태를 뽐내고 있는 거대한 오두막에서 잠을 자라고 했다. 집주인은 결혼식이나 잔치 등 행사가 있을 때마다 이 오두막집을 사람들에게 빌려준다. 오두막은 여러 종류가 있는데, 이곳이 가장 크고, 일 년 계약으로 열다섯 명까지 세를 줄 수 있다. 텐트는 쉬다크(shydak)와 투슈투크(touchtouk)로 멋지게 장식이 되어 있었다. 이 양탄자들은 키르기스스탄에서 만든 것으로 중간색의 펠트 카펫에 화려한 색깔의 양모 모티브가 들어 있다.

바케트는 오두막의 여러 부분에 대해 강의를 해주었는데, 특히 툰두크(tunduk)라는 것은 텐트 꼭대기에 있는 나무 고리로 이 위에 막대기 세 개로 된 묶음 둘을 엇갈리게 연결한다. 툰두크는 키르기스스탄 국기에도 그려져 있다. 이는 지붕을 받치는 나무기둥 우흐(oukh)를 결합시키는 것처럼, 사람들을 결합시켜 단일체를 이루는 것을 상징한다. 가장 작은 오두막은 50여 개의 우흐가 있고, 가장 큰 오두막은

110개의 우흐가 있다. 낮에 툰두크의 입구는 빛이 들어올 수 있게 틔어 있다. 밤이 되면 밧줄을 이용해 툰두크의 입구에 펠트 덮개가 미끄러지게 해서 열이 빠져나가지 못하도록 한다. 이는 이곳 생활에 필요한 장치다. 이 정도 고원에서는 여름에도 해가 지면 아주 춥다. 나는 집주인이 가져다준 쿠르파차를 몽땅 둘둘 말아서 둥지 속에 있는 새 같았다. 아침이 되자 바케트는 마나스가 준 칼파크가 겨울용 모자라 너무 덥다고 하면서, 아무리 괜찮다고 해도 얇고 하얀 여름용 모자를 주었다.

나는 키르기스스탄에 매료되었다. 나는 서부영화를 꽤나 좋아하는데, 이 나라에서 아주 독특한 분위기를 발견했다. 풍경, 말, 화려한 셔츠, 거리낌없는 기수들. 카우보이 모자가 칼파크로 대체된 것만 빼고, 모든 것이 서부영화 그대로였다. 시내 우체국 앞에 네다섯 마리의 말들이 솔타나드가 사는 집의 안뜰에서처럼, 주인이 돌아오길 참을성 있게 기다리고 있었다. 나는 말들이 용감하게도 보드카에 취한 주인 남자들을 오두막 앞까지 실어나르는 것을 보았다.

나는 혼자 산길을 걸었는데, 번번이 말을 탄 사람이 스텝에서 나타나 언덕에서 계곡으로 전속력으로 달려와서는 담배를 달라고 했다. 기사들은 이런 식으로 사람을 사귀는 것 같았다. 나는 담배를 피우지 않지만, 사람들이 달라고 할 경우를 대비해 미리 두 갑이나 사놓았다.

고개를 넘고 있는데, 칠흑같이 검은 암말을 탄 마나스

라는 청년이 눈앞에 나타났다. 남자는 말에서 내려 암말 한 마리가 사라져서 걱정이라고 말했다. 말을 찾으려면 하루가 걸릴 수도 있고, 일주일이 걸릴 수도 있다고 했다. 담배를 피우고, 말에 올라탄 뒤, 아찔하게 경사가 진 비탈길에 꽁초를 던졌다. 꽁초는 키 큰 풀숲으로 떨어지다가 어디론가 사라졌다. 말 탄 남자 네다섯 명의 포위 속에 거대한 양떼가 고개를 넘어서 북쪽으로 완만하게 이어진 비탈길을 따라 내려갔다. 저 멀리, 양떼의 검은 등이 산등성이를 천천히 미끄러져가는 흔들리는 담요처럼 보였다.

바람 소리 말고는 아무 소리도 들리지 않았다. 날아가는 독수리를 따라가다가, 이 굴곡진 배경 속에서 놀랍게도 수평으로 고원 같은 것이 나타났다. 멀리 푸르스름한 빛 속에 잠긴 봉우리가 눈으로 덮여 있었다. 어떤 기사가 언덕 쪽으로 다시 내려가면서, 커다란 협죽도夾竹桃를 밟으며, 파란 꽃이 달린 소관목 사이를 헤치고 전속력으로 내 쪽으로 왔다.

바에토바(Baetova) 쪽으로 난 길은 꿈속의 길 같았다. 나는 꽃으로 만발한 계곡에 둥지를 틀고 있는 작은 마을을 지나, 개울가의 좁은 오솔길을 따라 걸었는데, 길이 너무 좁아서 윌리스가 오히려 커 보였다. 위로는 삐쭉삐쭉한 봉우리가 하늘을 찌르고 있었다. 빨간 돌로 된 원곡圓谷이 길을 막아섰다. 수직으로 우뚝 선 매끈한 바위가 한 치의 틈도 없이 앞을 가로막듯 버티고 있었다. 그런데 구석에 아주 좁은 길이 보였다. 이번에는 정찰에 나서야 했다. 가파른 협로를 기어오르기 위해 세 번이나 왔다 갔다 해야 했다. 길을 오를 때마다 굵은 돌멩이들이 신발 아래로 굴러서 엄청난 소리를 내며 전속력으로 절벽을 향해 떨어지다가 100미터 아래에 있는 풀숲에서 둔탁한 소리를 내며 부서졌다. 나는 배낭에 이어, 캠핑 도구를 담은 선원 배낭을 위로 올렸다. 마침내 윌리스를 접었다. 이제 평평한 길이 시작되겠구나 생각해서 수레에 너무 일찍 실은 것이 실수였다. 다시 가파른 길이 나왔고, 나는 수레 손잡이에 몸을 기댄 채 앞으로 나갈 수가 없었다. 목동 세 명이 멈춰서 사정을 묻더니 꼭대기까지 날 밀어주기로 했다. 그중 한 명은 커다란 망원경을 가지고 있었다. 이 목동들 역시 잃어버린 짐승을 찾고 있었다. 이들이 가진 식량이라고는 가장 어린 목동이 점퍼 안에 품고 있는 우유 1리터가 전부였다.

'물의 여왕'이라는 뜻의 바에토바 마을은 전화나 우편으로 연락하기가 무척이나 힘들었다. 금요일이니 비슈케크에 있는 프랑스 영사가 분명 업무를 할 것이다. 이 서류를 얻지 못하면, 토루가르트(Torugart) 길을 통과해 키르기스스탄의 영토를 나갈 수가 없다. 이유는 잘 모르겠지만, 중국으로 갈 때 이곳을 꼭 피하라고들 한다. 이 국경은 9월부터 5월까지는 눈이 많이 내려서, 혹은 주말이기 때문에 문을 닫는다. 국경 이쪽저쪽으로 조그만 축제라도 있으면, 세관원들끼리 공모의 신호를 주고받는다. 얼마 전에는 비가 올 것 같다는 이유로 국경 초소의 문을 닫기도 했다.

사람들 말로는, 양편의 국경 초소 근무자들이 그 어느 곳보다 여행자들에게 까다롭다고 한다. 사람들은 이들을 믿지 않는다. 비슈케크에서 700킬로미터에 이르는 고된 여행을 하고 나서, 통관하는 데 필요한 서류가 미흡하다는 이유로 되돌아가야 했던 사람들도 부지기수라고 한다. 어떤 사람은 이 짓을 몇 번이나 한 적도 있다고 한다! 그렇지만 고집쟁이로는 둘째가라면 서러울 내가 바로 여기를 통과하려고 와 있다. 바로 이곳이 과거 실크로드에서 가장 가까운 곳이기 때문이고, 무엇보다 내가 세운 여정을 엄격히 따르기 때문이었다. 큰 명성을 떨쳤던 중국 여행가 중 승려 현장玄奘(602~664)은 지금은 폐쇄된 코카르트(Kök-Art)에서 이곳과 가까운 파미르를 넘었다. 마르코 폴로도 이 길을 통해 갔으리라 추정되는데, 어떤 사람들은 그가 아프가니스탄까지 갔을 것이라고 주장하기도 한다. 결국 페르가나 계곡에서 나올 때 가장 자연스럽게 밟게 되는 길이 바로 이곳인 것이다.

양쪽의 국경 초소 모두 번거로운 행정 절차를 요구하기는 마찬가지였다. 하지만 중국 쪽에는, 파리에 있는 친구들이 필요한 조치를 해놓은 터였다. 이제 남은 것은 비슈케크에서 못 받아온 서류뿐인데, 서류를 찾으러 가는 건 말도 안 되는 일이었다. 프랑스 영사관에 전화를 걸면서, 이 지방 사람들이 번거로운 행정 절차 때문에 얼마나 고생할지 생각했다. 물론 내가 통화를 하려는 영사는 프랑스 사람이지만, 지금 전화를 받고 있는 굴체바 카가바세바는 프랑스식으로 수정되고 교정된 러시아 관료주의의 전형이었다. 그녀는 관료주의자란 어떤 것인지를 보여주는 표본이었다. 늙은 영국 가정교사처럼 건조한 어투로 프랑스어를 했다.

"지난 주에 이메일을 보냈는데……."

"받은 거 없습니다."

"르네 카냐 영사께 보낸 거였는데……."

"그저 명예 영사일 뿐이죠. 제게 메일을 건네주지 않으셨습니다."

"어떻게 해야 이 서류를 얻을 수 있죠?"

"외무부에서 신청을 해야 하고, 소요 기간은 보름입니다. 이 나라의 법이니, 따르셔야 합니다."

나도 그 말에는 동의하지만, 그런 법이 있는지 알아야 했다. 나는 이런 서류가 있다는 사실조차 아주 우연한 기회에 알게 되었던 것이다. 여자의 목소리가 너무 날카롭고 차가워서 내 귀가 얼어붙는 것 같았다.

"비슈케크에 가지 않고 최단기일에 서류를 받을 수는 없을까요? 돈을 내야 한다면, 낼 준비는 되어 있는데요……."

"비슈케크에 오실 것을 요청합니다."

"하지만 700킬로미터를 걸어왔습니다. 그러니……."

"이것 보십시오. 원칙대로 하지 않으시면……."

이 고약한 여편네는 나를 무장해제하기 위해서 공갈

협박을 했다.

"이 서류 없이 통과할 생각일랑 꿈도 꾸지 마십시오. 대사님도 서류가 없어서 되돌아오셔야 했습니다. 아무리 외교관이라고 해도, 서류를 발급받는 데 사흘이 걸립니다. 안녕히 계십시오."

그러고 나서 완벽한 관료주의자인 굴체바는 전화를 덜컥 끊어버렸다.

파리에 있는 소중한 친구들에게 사정하는 수밖에 없었다. 기적처럼 일을 처리한 이 선녀 같은 친구들은 비슈케크에 연락해서 문제의 서류를 다섯 장 마련해 국경 근처의 작은 마을에 팩스로 보내겠다고 약속했다.

그것 보시오, 굴체바. 이렇게 간단하잖소.

5. 토콘의 오두막

바에토바를 지나자 구불구불한 길이 연이은 산악지대에 나 있었는데, 사흘 후에 내리막길을 볼 수 있기를 바랐다. 열 시쯤, 2,200미터의 고도에서, 낮은 키의 향긋한 구릿빛 히드로 덮인 땅이 산에 벨벳 옷을 드리우고 있었다. 2,700미터 지점을 통과하자마자 빵과 치즈로 점심식사를 하려고 멈춰서, 길가에 자리를 잡고 앉아 다리를 허공 속에 흔들거렸다. 끝도 없이 펼쳐진 경관은 장엄했다. 하늘과 경계가 흐려진, 저 멀리 보이는 눈 덮인 산 정상은 여기에서 얼마나 멀리 떨어져 있는 것일까? 60, 80, 100킬로미터? 이처럼 광활한 지평선을 어떻게 형용해야 할까? 이처럼 광활한 지대가 한눈에 보이는 곳에서, 이렇게 깨끗한 공기를 마셔본 적은 없었다. 우선 수백 미터 아래로 얼핏 보이는 키 작은 풀밭 위로 가축떼가 자유롭게 돌아다니는 모습이 보였다. 바람이 부는 대로 미끄러지듯 흘러가며 다양한 형태를 만들어내는 구름을 넋 놓고 바라보았다. 여러 가지 모습이 차례로 나타났다. 긴 수염의 꼬마 악마, 여우, 말을 타고 달려오는 마나스〔Manas, 키르기스스탄 구전 전설의 영웅〕, 이즈노굿 대신大臣〔『꼬마 니꼴라』와 『아스테릭스』로 국내에 잘 알려진 프랑스의 대표적인 만화가 르네 고시니(Rene Goscinny)의 작품 『대신(Le Grand Vizir)』에 나오는 주인공으로, 항상 왕좌를 노리지만 이름 그대로 늘 실패로 끝난다. 이즈노굿(Iznogoud)은 영어의 It's not good을 변형한 말이다〕, 아프리카 지도……. 예리한 면도날이 살을 깊이 베어낸 듯, 핏빛 암벽의 협곡이 스텝을 갈라놓았다. 더 멀리로는, 해가 뜨기 전 떠났던 바에토바의 양철지붕 물결이 깨진 거울 조각처럼 반짝거렸다. 뒤로는 백악질 돌산의 거대한 장벽이 큰 원을 그리다가, 저 멀리 끝에 검은 바위와 하얀 눈으로 뒤덮인 높은 산꼭대기가 지평선을 가로막았다. 시원한 바람이 산을 쓸고 지나갔다. 풀을 뜯어먹느라 정신없는 암양과 염소는 웅장한 풍경에도 무관심했고, 나를 본 척도 하지 않은 채 옆으로 지나갔다. 아래쪽으로, 두 아이가 버려진 트럭 안에서 놀고 있었다. 트럭은 아마 내가 있는 곳에서 커브를 잘못 틀어서 150미터 아래로 곤두박질친 것 같았다.

하루 종일 1천 미터 이상을 오르느라 지친 상태로, 저녁에 토콘이 사는 오두막에 도착했다. 초록 풀 위에 있는 살진 하얀 짐승처럼, 오두막집은 길이 내려다보이는 골짜기의 움푹 들어간 곳에 서 있었다. 연기가 굴뚝을 통해 올라왔다.

풀밭에 앉아 있는 두 여자의 모습이 먼저 눈에 들어왔는데, 등을 돌리고 있었지만 친절한 사람일 것 같았다. 북쪽으로는, 말을 탄 남자가 텐트에서 멀어져 가는 조랑말을 도로 데려오려고 급히 달렸다. 태양이 저물면서, 골짜기의 정상을 핏빛으로 물들이더니 묵빛의 그림자로 바꾸어 놓았다. 암벽을 배경으로 한 전원의 웅대하고 장엄한 풍경 속에서 시간이 멈추었고, 이 행복한 나그네는 영원의 공기를 들이마셨다. 고갈되지 않는 아름다운 자연의 그림 앞에서, 순간적인 것의 부동성을 성공적으로 포착해, 영원성을 잘 묘사하고, 천진무구하게 태고의 것과 일상을 공존시키려 한 페르시아의 세밀화가 생각났다.

고도계 시계가 3,400미터를 가리켰다. 태양이 사라지자 곧 날씨가 싸늘해졌다. 오늘 밤에는 밖에서 자고 싶지 않았다. 아침부터 골짜기를 오르느라 위로 끌고 다녔던 윌리스가 이번 내리막길에서는 나를 밀어주어 단숨에 내려갔다. 등 뒤에서 허겁지겁 내려오는 내 소리를 듣고 놀라서 약간 겁먹은 두 여자에게 인사를 건넸다. 할머니와 손녀는 인사를 받고 곧 미소를 지었다. 황마로 된 부대에는 불을 지필 때 쓸 말린 쇠똥이 가득 들어 있었다. 별다른 말을 하지 않았는데도, 여자들이 같이 식사를 하자고 했다. 우리는 험한 길을 따라 오두막을 향해 갔다. 나는 할머니의 무거운 가방을 윌리스 위에 올려놓았다. 멀리에서 보았던 말을 탄 남자가 재빨리 와서 말에서 내리더니 여자아이의 가방을 들었다. 남자는 여자아이의 남동생이었다.

토콘은 펠트로 만든 집 근처에서 우리를 기다렸다. 토콘은 나와 같은 나이에 지금까지 본 키르기스스탄 남자의 평균 키보다 더 컸다. 얼굴은 고지대의 태양에 그을려 있었고, 날카로운 눈은 너무나 밝은 푸른색이어서 안에서 빛을 내는 것같이 보였다. 토콘은 여름 내내 부인과 손자손녀, 양 떼와 소, 말 몇 마리를 데리고 이곳에 와서 지낸다고 한다. 남자아이가 구석에 가방을 던져 놓고 할아버지 곁으로 왔다. 열두 살쯤 되어 보이는 아이는 러시아 전 차병이 쓰는, 끈으로 조절하게 되어 있는 가죽 모자를 썼고, 빨간 스웨터 위에 모피를 덧댄 소매 없는 조끼를 입고 있었다. 조랑말은 아이가 명령을 내리지 않았는데도 뒤를 따라갔다. 아이는 근처에 있는 말뚝에 말을 묶었지만, 이따금 말 위로 껑충 뛰어 올라타 숲으로 달려가, 근처 언덕 비탈에서 풀을 뜯어 먹느라 흩어진 가축을 제자리로 불러 모았다.

남자아이보다 몇 살 위인 듯한 누이는 살림을 거의 도맡아 하고 있었다. 노쇠한 할머니는 자잘한 일밖에 할 수 없었다. 여자아이는 할아버지와 소젖과 말젖을 짜고, 밤에 동굴에 있는 우리로 돌아오는 양의 숫자를 세고, 프라이팬에 빵을 굽고, 쇠똥으로 지핀 불에 낡은 물통을 얹어 끓였다. 우리는 오두막 가운데에 있는 원형 탁자의 작은 의자에 자리를 잡고 앉았다. 옆에서 프라이팬이 가르릉거리며 음식을 익히는 동안, 밖의 산에는 추위가 엄습해왔다. 음식은 간소

했다. 납작하고 둥근 빵 낭을 토콘이 잘라서 모두에게 나누어주었는데, 제일 큰 조각은 손님인 내게 주었다. 우리는 이 빵을 식탁 위의 두 종지에 담겨 있는 크림과 고약한 냄새가 나는 버터에 차례로 찍어서 먹었다. 토콘과 나는 식사가 끝난 뒤 쿠미스 한 잔을 마셨다.

밤이 되었다. 사람들은 바람에도 꺼지지 않는 석유 램프로 불을 밝혔다. 여자아이는 식탁을 밖으로 내달라고 하고는 모직으로 안을 댄 커다란 돗자리를 촘촘히 깔고, 커다란 모직 이불을 폈다. 우리는 양말은 벗었지만 옷은 입은 채로 잠을 잤다. 침대는 따뜻했지만 이불이 짧아서, 나는 발이 얼지 않게 몸을 잔뜩 웅크리고 자야 했다.

아침에 마신 차는 짠 맛이 났는데, 사람들은 거기에 우유(말라카)를 넣었다. 이스탄불을 떠난 이후, 차에 무언가를 넣어서 마시는 것은 이번이 처음이었다. 토콘의 아내는 나를 위해 크루트(krout) 혹은 쿠르토브(kourtob)를 담은 커다란 가방을 준비해주었다. 크루트는 작고 단단한 치즈로 크기가 당구공만 한데 손으로 꾹 눌러서 모양을 낸다. 하지만 버터나 크림이 가방 속에서 쏟아지기 때문에 가져갈 수 없다고 설득하기 위해 무진장 힘을 빼야 했다.

높은 곳에서 내려다보이는 경치는 꿈만 같았다. 날씨가 약간 쌀쌀하고 해가 나서 걷기에 좋았다. 며칠 동안 노력한 덕분에 몸에 탄력이 생겼고, 전날의 피로도 순식간에 떨쳐버렸다. 마치 육상선수들이 컨디션을 유지하는 것처럼 말이다. 풀로 뒤덮인 계곡에는 마르모트가 많이 살고 있었다. 녀석들은 내가 지나가는 길에서 휘파람 같은 소리를 내더니 자기네 땅굴 속으로 들어가버렸다. 구경하기 좋아하는 들쥐는 자기네 구멍 근처에서, 내가 피난처를 찾기 위해 가까이 다가오기를 기다리고 있었고, 팔짝팔짝 뛰어다니는 작은 산토끼 라고니(lagonny) 몇 마리도 보였다. 새벽이 되어 해가 뜨고, 가축떼들이 언덕을 오르느라 부산하게 움직일 때, 하늘로 곧게 올라가는 연기가 보였다. 계곡에 둥지를 튼 유목민의 텐트가 여럿 있다는 것을 알려주는 표시였다. 열한 시경, 온통 짧은 풀로 덮인 거대한 계곡 쪽으로 내려갔다. 안쪽에 웅크리고 있는 마을이 눈에 들어왔다. 마을까지 가려면 두 시간은 걸어야 할 것이다.

날씨는 맑았고, 이곳의 자연은 너무 아름다워 천천히 음미하며 걷고 싶었다. 그래서 서두르지 않고 걸으며, 천천히 걷는 데서 느낄 수 있는 미묘한 기쁨을 되찾았고, 엄청난 엔도르핀이 솟구쳐 도보여행자들이 얻을 수 있는 최고의 기분을 맛보았다. 관대한 키르기스스탄 관청이, 따로 간곡히 부탁한 것도 아닌데 3개월짜리 비자를 발급해주었기 때문에 누릴 수 있는 여유였다. 하지만 천국은 이 세상 것이 아닌 바, 기쁜 와중에도 걱정거리가 생겼다. 허기였다. 육체적으로 많은 힘을 쏟은 결과, 내 몸은 먹을 걸 달라고 아우성이었고, 토콘이 챙겨준 크림에 찍어 먹는 빵 조각으로 기운을 차리기에는 역부족이었다. 나는 공평하게 음식을 나누어 먹으려고, 토콘이 내게 준 빵의 일부를 손자들에게 나누어주었던 것이다……. 모든 식량이 동이 난 상태였다. 동결 건조된 바스크식 닭요리—닭고기도 토마토도 피망도 없는 이 혼합물에 붙인 이름 치고는 꽤나 거창했다—까지. 이것은 파리에서부터 늘 가지고 다니던 최후의 비상식량이었다. 하지만 오늘 아침, 배가 고픈 상태지만, 나는 행복하다.

아르베이트(Arbeit) 마을에는 식료품 가게가 없었다. 젊은 키르기스스탄 청년 우루마트는 먹을 걸 만들어주겠다고 하더니 곧장 그 일을 여동생들에게 맡기고는, 정오의 태양을 피해 시원한 곳에서 쉬면서 내게 여행에 대해 이것저것 물었다.

저녁에 갑자기 내린 폭풍우에 젖은 몸을 덜덜 떨면서 쿨라크(Koulak, 키르기스스탄어로 '귀'라는 뜻) 고개 근처에 있는 집 안으로 몸을 피했다.

"보름 전에 프랑스 사람 네 명이 자전거를 타고 여기를 지나갔어요."

집주인이 이렇게 말하고 목에 검지를 갖다 댔다.

나는 펄쩍 뛰면서 물었다.

"목이 잘렸어요?"

내 말을 듣더니 남자가 깔깔댔다. 키르기스스탄에서 목에 검지를 갖다 대는 동작은 음식이 목까지 차도록 많이 먹은 사람을 뜻하는 것이라고 한다.

집에는 호기심에 가득 찬 사람들이 줄을 이었다. 그중 한 사람은 초췌한 얼굴에 상처와 팬 자국이 있었다. 사람들 설명으로는, 이 사람은 제철공인데 말이 발길질을 해서 머리가 박살이 난 적이 있다고 했다. 전투복 차림에 소총을 든 남자 네 명이 말을 타고 산을 내려왔다. 탈영병을 찾는 중이라며 더 이상의 말은 하지 않으려 했다. 그중 한 사람은 우리가 차를 마시는 동안 계속 칼날을 갈았다.

아무리 해도 몸이 따뜻해지지 않았다. 영하 15도에서도 보온이 된다던 침낭에서 덜덜 떨기도 했다. 쿨라크 고개를 지난 뒤 토루가르트까지 이어지는 거대한 골짜기를 발견했다. 하지만 지금 당장의 목표지점은 타슈라바트다. 몇 주 전부터 꿈에 그리던 곳이다. 타슈라바트는 올해 지나게 될 길에서, 실크로드와 직접 관련이 있는 유일한 건물이 될 것이다. 최근 며칠 동안 폐허가 된 두 채의 대상 숙소를 보기는 했지만, 흙으로 만든 것이라 흔적이 거의 사라져버린 채였다. 타슈(Tash)는 터키어로 '돌'을 의미한다. 벽을 펠트로 만드는 이 지방에서 돌로 된 집은 드물기 때문에 그런 곳에는 돌을 강조하는 특별한 이름이 붙는다. 우즈베키스탄의 수도인 타슈켄트(Tashkent)는 '돌의 수도'라는 뜻을 갖고 있다.

급류가 루비 색의 붉은 바위를 깎아 생긴 골짜기를 따라 타슈라바트에 닿았다. 험한 지형의 풍경이 아름다웠다. 중국으로 가는 대상들은 이 계곡을 따라 갔다. 현재 중국의 도로는 산을 끼고 나 있고, 이 옛길은 막다른 길이 되어버렸다. 건물에 도착하자 숨이 멎는 듯했다. 대상 숙소가 허허벌판의 험준한 원곡 가운데에 우뚝 서 있었다. 유목민들은 관광객에게 달러를 받고 유목 생활을 체험할 수 있도록 한 오두막 몇 채를 근처에 지었다.

10세기까지 거슬러 올라가는 타슈라바트는 중앙아시아를 통틀어 이 시대의 가장 웅장한 건물 중 하나다. 45제곱미터가량의 사각형 건물은 검은 현무암으로 만들어졌다. 서른 개의 방이 있는 이 거대한 건물은 눈에 완전히 덮여 있었다. 예외적인 경우이지만 10월부터 내리는 눈이 1년에 6개월 이상 쌓여 있는 곳이니 놀랄 일도 아니었다. 이 건물의 기원에 대해서는 의견이 구구하다. 1980년대 초 고고학자들이 발견한 이곳은, 침하로 진흙더미 속에 묻혀 있었다. 사람들은 사원으로 건축되었다가 대상 숙소로 이용되고, 다시 요새로 이용되다가 버려졌다고 주장했다. 옆 농장의 딸이 가이드를 맡았다. 여자아이는 건물에 대한 설명을 영어 발음으로 외워 단숨에 내뱉었다. 그러다 누가 중간에 방해라도 하면, 다시 처음부터 시작해야 했다. 설명 도중 무슨 말인지 알아듣기 힘든 부분이 꽤 있었다. 여자아이는 땅에 묻힌 작은 방을 가리켰는데, 그 위로 구멍 뚫린 커다란 돌이 있었다. 이 구멍을 통해 죄수들에게 음식을 넣어주었다고 한다. 감옥이었다. 하지만 건물의 반대쪽에는 두 개의 구멍이 있었는데, 구멍 난 돌은 없었다.

대수롭지 않다는 듯, 깜찍한 여자아이는 감옥이 둘인데, 하나는 남자용, 다른 하나는 여자용이라고 말해주었다. 10세기에 대상 숙소에 여자가 아주 많아서, 여자용 감옥을 특별히 지어야 했다는 듯이 말이다. 직선거리로 100여 킬로미터 떨어져 있는 카스까지 갈 수 있는 지하도가 있다고 하는데, 아무도 몇 미터 이상을 탐사하지 못했다. 여자아이는 대상들이 물건을 내려놓는 방을 '부엌'이라고 했다. 모든 방위에는 돌로 된 돔이 있었다. 지진 때문에 그랬는지 무너져버린 몇몇 돔은 개축되었다. 위엄 있는 산속에 자리 잡은 대상 숙소는 아주 위풍당당해 보였다. 처음에 이 건물이 정말 사원으로 건축되었다면, 아마 네스토리아교의 사원이 아니었을까 생각되었다. 이층 높이에 돔이 있는 제일 큰 사각형의 방 가운데에 불 피우는 장소는 조로아스터교의 사원을 떠올리게 했다. 바로 이곳에서 사제들이 영원의 불을 보존했을 것이다.

건물을 방문한 뒤 되돌아온 골짜기 입구에서, 무하마드 누르페이소프와 그의 아내 아이굴이 작은 자기네 집과 옆에 있는 오두막에서 지나가는 여행객을 맞이했다. 열 명의 자식 중 굴리나가 부모님을 도와 일을 하면서, 활달하고 약삭빠른 여동생 인디라와 알리나를 돌보았다. 막내 알리나는 단조롭고 심각한 목소리에 무표정한 얼굴을 하고 기타를 퉁기며 동요를 부르면서 시간을 보냈다. 인디라는 장난기 가득한 눈에 불룩한 광대뼈가 새빨개서 화장이라도 한 것 같았다. 나는 이곳에서 엉뚱하면서도 신나는 3주간의 휴가를 보내려고 온 프랑스 젊은이 두 사람과 마주쳤다. 이들은 타고 갈 말 두 마리, 짐을 실을 말 한 마리를 싼값에 사서, 유목민처럼 식량과 텐트를 가지고 다니며 키르기스스탄 남부를 여행할 생각이었다.

　나는 하루 동안의 휴식시간을 이용해 빨래를 하고, 옷을 꿰맸다. 특히 매년 그렇듯, 1,500킬로미터를 걷고 나면 너덜거리는 바지를 꿰매야 했다. 그리고 택시를 불러 나린 도로를 달려, 40킬로미터 떨어진 아트바시(At Bashi, 키르기스스탄어로 '말의 머리'라는 뜻)라는 작은 도시에 갔다. 우체국에서 파리로 전화를 걸어 굴체바에게 중요한 그 서류를 비슈케크에서 팩스로 보내달라고 부탁했다. 우체국 직원은 컴퓨터가 어떤 것인지도 몰랐기 때문에, 주판으로 통화료를 계산했다. 계산서를 보니 내가 수중에 가지고 있는 이 나라 화폐 솜보다 많이 나왔다. 그래서 직원에게 돈을 지불할 수가 없었다. 근사한 모습의 직원은 내가 걱정한 것처럼 소리를 지르며 난리를 치지는 않았다. 단지 달러를 받을 수 없다고 하면서 나를 은행으로 안내했다. 하지만 이 은행에서는 환전 업무를 하지 않았다. 그래서 우리는 시장으로 갔다. 시장은 아무리 작다고 해도 환전하는 데 문제가 없었다. 아시아 사람들은 장사를 하고 문제를 해결하는 데 뛰어난 감각이 있었다. 높은 벽으로 둘러싸인 광장에 팔려고 내놓은 말과 양이 있었고, 어느 시장에나 있는 화로 위에는 군침을 돌게 만드는 샤실리크가 익고 있었다. 돈을 바꾸겠다는 사람은 많았지만 내가 50달러짜리 지폐를 꺼내자 겁을 먹은 표정이었다. 그렇게 엄청난 지폐를 바꿔줄 만큼 많은 돈을 가진 사람이 없었던 것이다. 곧이어, 사람들이 옹기종기 모여서 해결책을 찾느라 온 시장이 웅성거렸다. 말 장수 두 명이 돈을 합쳐서 내 지폐를 사겠다고 나섰다. 나는 그 돈으로 우체국의 통화료와 택시 대여비를 지불하고, 키르기스스탄에서 남은 여정을 탈없이 마칠 수 있었다.

7월 8일, 다섯 시 반, 출발 준비를 마쳤다. 하지만 무하마드와 아이굴은 신성한 아침 차이를 마시지 않으면 보낼 수 없다고 했다. 찻주전자에서 김이 끓어오르는 데 한 시간이나 걸렸다. 나는 발을 동동 굴렀다. 몇 주 전부터 걱정을 하며 이날을 기다렸는데, 그럴 만한 이유가 있었다. 앞으로 넘어야 할 파미르의 이쪽저쪽에서 많은 어려움에 부딪힐 것이기 때문이다. 세계의 어느 곳에서나 그렇듯, 이곳 국경에도 세관이 있다. 하지만 하나를 더 덧붙여야 했다. 60킬로미터 전에 있는 키르기스스탄 쪽의 초소에 이어 100킬로미터 앞에 있는 중국 쪽의 검문소가 그것이었다. 이 무인지대에서는 걸어서 가는 것은 물론, 자전거를 타고 지나가는 것도 금지되어 있었다. 이는 8개월 전, 마지막 여행 구간을 마친 이후 계속 생각해온 것이다. 또한 나는 두 나라 모두에서 아주 특별한 조치를 취하기로 결심했다. 키르기스스탄 쪽에서는 설득을 해볼 것이다. 이 나라에서 만난 경찰이나 군인과 좋은 관계를 맺었기 때문에, 오늘 만나게 될 카르겐타슈(Kargentash)의 검문소 사람들도 걸어가게 해달라고 설득할 수 있을 것이다.

사람들은 이런 방법이 중국 사람들에게 통하지 않을 것이라고 했다. 파리에서 중국 대사를 여러 차례 만나려고 했지만, 그는 나를 무시했다. 대사에게 보낸 편지는 수령증조차 받지 못했다. 전화를 걸어도 교환원의 선을 절대 넘을 수가 없었다. 그래서 문제를 거꾸로 생각해보기로 했다.

지난 1월, 사마르칸트로 떠나기 6개월 전, 나는 특별히 피에르 모렐 주중 프랑스 대사를 만나러 베이징에 갔다. 대사는 키가 크고, 약간 등이 굽었고, 우아했으며, 나비넥타이를 매고 있었다. 대사는 나를 반갑게 맞이하면서 낙천적인 모습을 보였다. "놀라운 계획입니다. 국경에서 투오파 초소까지 걸어가게 허락해달라고 중국 관청을 설득해보도록 합시다. 거절할 수는 없을 거예요." 그런데 몇 주 후, 중국 외무성은 '메이유沒有(안 됩니다)'라는 대답을 보내왔다〔중국어로 '메이유'는 '없다' 또는 '아니다'라는 의미다〕. 그래서 좀 더 '정치적인' 조치를 취하기로 했다. 예전에 텔레비전 방송국에서 함께 일했던 기자 친구 프랑수아 롱클이 국회 외무위원회 회장으로 있다. 그 친구에게 손을 써달라고 부탁했다. 적극적인 성격인 이 친구는 상원 의장인 레이몽 포르니에게도 같은 부탁을 했다. 두 사람이 같은 직책에 있는 중국 정치인에게 편지를 썼다. 이번 여행을 떠나기 전까지 답변을 듣지 못했는데, 두 사람의 편지가 힘을 발휘해, 중국 국경 초소의 군인들에게 허가 명령이 전달되기를 바랐다. 이 밖에도 내 가방 안에는 플라스틱 봉투 속에 곱게 접어넣은 피에르 모렐 대사의 편지가 들어 있다. 중국어로 번역된 편지의 내용은 중국 국경 초소에서 나를 통과시켜주기를 부탁하는 것이었다(번역된 편지는 부록에 실려 있다).

그 때문에 완전히 희망을 접지는 않았다. 나는 얼음덩어리처럼 단단한 군인의 마음을 녹여야 한다.

이런 이유 때문에, 차를 마시고 무하마드와 아이굴의 집을 떠날 때, 낙천적인 생각을 할 수 있었다. 아이들은 아직 자고 있었고, 굴리나는 어제부터 아파서 누워 있었다. 비는 많이 내렸지만, 날은 푸근했다. 국경까지 이어지는 계곡은 넓고 아름다웠다. 거의 메말랐지만 맑은 개울이 자갈 위로 튀었다. 끝도 없이 펼쳐진 키 작은 풀밭이 떠오르는 햇살에 금빛으로 물들었다. 걷기 시작하자 마음도 평온해졌다. 소와 말떼가 무슨 명령을 듣고 따르는지 알 수 없었지만, 느린 걸음을 떼어 상류 쪽으로 움직였는데, 길쭉한 그림자는 그 뒤를 미적거리며 따라갈까 말까 망설이는 것처럼 보였다. 길은 완만한 오르막길이었고, 공기가 점점 맑아졌다. 늘 꿋꿋한 윌리스는 울퉁불퉁한 자갈길 위를 덜컹거리며 따라왔다.

정오가 되자, 해발 3,200미터의 고개 근처에 있는 아크 베이지트(Ak Beijit) 마을에 도착했다. 젊은이들이 덫을 걸고, 포획해서 죽인 대여섯 마리의 마르모트를 보여주었다. 이들 설명으로는, 어떤 부위는 먹고, 나머지 부위는 보관해두 었다가 약으로 쓴다고 한다. 그들은 함께 점심을 먹자고 했지만, 나는 빨리 가려고 안달을 하며 차 한 잔만 마시겠다고 했다. 카르겐타슈 가까이에 있는 지금, 초소병들이 날 걸어 가도록 해줄지 말지 분명히 알고 싶었다.

오후 세 시, 병영이 보이는 곳에 도착했다. 천편일률적 으로 단층짜리 집만 있는 이 고도에서 커다란 삼층짜리 흰 색 건물이 나란히 붙어 있는 병영은 의외였다. 병영 둘레는 가시철망이 둘러쳐져 있었고, 두 개의 큰 바리케이드가 도 로를 막고 있었다. 나는 단단히 마음을 먹고 "외교관처럼, 외교관처럼, 미소 짓자."라고 중얼거리며 다가갔다. 심장 박 동수는 100 이상이었는데, 고도가 높거나 많이 걸었기 때문 이 아니었다.

내가 오는 것을 보고 있는 네다섯 명의 키르기스스탄 군인 옆에 도착해서 상냥한 모습을 보이려고 애를 쓰며 차 례로 악수를 했다. 중앙아시아를 여행하면서 지금처럼 다 정한 표정을 지은 적은 없을 것이다. 군인들이 여권을 보여 달라고 하기도 전에 대장으로 보이는 남자의 눈앞에, 러시 아어로 이스탄불 이후의 여정을 요약한 작은 종이를 내밀 었다. 내가 원하던 대로 이루어졌다. 남자는 큰 소리로 종이에 적힌 내용을 읽었고, 그의 동료들은 하나같이 엄지를 들어올리며, 지금까지 내가 한 여행에 대해 존경의 표시를 보였다. 키르기스스탄 여행에 대한 질문에 모두 대답하면서, 여권을 꺼내서 대장에게 건넸는데, 그는 내 얘기를 조금이라도 놓칠까봐 여권에 거의 눈길도 주지 않았다. 이제 제일 까다로운 일이 남아 있다. 국경까지 걸어갈 수 있게 그들을 설득하는 일이었다. 설득을 하려고 막 준비를 마칠 때, 중국 쪽에서 온 차가 멈춰 섰다. 차에서 내린 키르기스스탄 운전사는 화가 나서 세관원들에게 욕설을 퍼부었다. 세관원들은 나를 까먹었다. 자동차에 타고 있던 스페인 여자와 일본 남자는 국경 초소에서 문제가 있어서 다시 되돌아가야 한다고 설명해주었다. 나쁜 징조였다. 비슈케크의 여행사 소속으로 두 관광객을 안내하는 가이드는 어찌나 화가 났는지 세관원과 치고받을 태세였다. 유리한 순간이었다. 덥수룩하게 턱수염을 기른 사람 좋아보이는 세관원이 싸움판에서 떨어져 있었다. 나는 그에게 한 사람 정도는 보내줄 수 있지 않느냐는 뜻을 담은 공모의 신호를 보내고 환한 미소를 지으며 도망쳤다. 잡힌다고 해도 나쁜 뜻으로 그런 것이 아니라고 말할 수 있을 것이다. 나는 '걸음아 날 살려라' 뒤돌아보지도 않고, 귀를 쫑긋 세우고 떠났다. 계속 언성이 높아지는 소리가 들렸다. 좋은 신호였다. 운이 좋으려는지, 세관원을 실은 트럭 두 대가 도착했다. 나는 최대한 빨리 달아났다.

마침내 안전한 곳에 왔다고 느꼈을 때, 차 소리가 점점 가까이 들려왔다. 바로 내 옆에 차가 멈춰 섰다. 턱수염이 차에 타고 있었다. 그가 문을 열었다. 내 수고는 실패로 돌아갔다. 결국 그는 내가 몰래 도망치려 했다고 기록하고, 나를 바리케이드까지 무력으로 다시 데려갈 것이다. 하지만 아니었다. 그는 내게 올라타라는 신호를 보냈다. 그건 명령이 아니라 초대였다. 모두 마찬가지였다. 그들은 '이론적으로는' 내가 걸어간다는 사실을 이해했지만, 집요하게 자기네들 차에 타라고 권했던 것이다. 나는 진심으로 감사 인사를 했다. 남자는 늑대가 있어서 아주 위험하다고 단언했다. 그는 턱을 딱딱거리며, 내가 늑대한테 와작와작 씹혀 먹힐지도 모른다고 말했다. 나는 허허 웃고 몸을 굽혀 몇 번이나 감사의 인사를 했다. 트럭이 다시 떠났다. 휴우!

다시 놀라운 경치가 펼쳐졌다. 왼쪽으로는 오제로샤티르켈(Ozero Chatyrkel) 호수 바로 위로 정상의 높이가 5천 미터가량인 봉우리가 있었고 그 아래로, 헐벗은 언덕이 도로의 방향을 남쪽 평야 쪽으로 돌리고 있었다. 하늘이 맑아졌고 백열하는 태양이 거대한 스텝을 불태우는 것처럼 보였다. 스텝 위로 네모난 자갈길이 끝도 없이 이어졌다. 고도계를 흘깃 보니까 3,300미터를 가리켰다.

해가 지자 바람이 일었다. 바람이 추위와 거대한 먹구름을 몰고 오자, 또다시 비가 쏟아질 것 같았다. 어디에 텐트를 칠 수 있을까 마땅한 곳을 고르다가 두꺼운 콘크리트

판으로 된, 총구멍이 없는 작은 벙커들이 땅에 묻힌 채 언덕 위에 층층이 있는 것을 발견했다. 구소련과 중국이 총을 겨누고, 시베리아 국경에서 전투를 벌였던 시기에 다시 올린 소보루小堡壘였다. 나는 철저하게 조사한 뒤 선택을 했다. 텐트를 칠 곳은…… 쓰지 않는 화장실이었다. 나는 마른 쇠똥으로 불을 피웠는데, 엄청나게 연기가 나서 나와야 했다. 하지만 조금 후, 숨을 막히게 하는 것이 아니라 안온한 열기를 발산하는 불 위에서 내 마지막 국수를 삶았다. 비가 올지도 모르는 오늘 밤, 나는 빗물과 늑대의 위험에서 안전한 피난처에 있을 것이다.

오늘은 키르기스스탄을 떠나기 이틀 전이고, 길은 계속해서 높아만 갔다. 해발 3,500미터가 넘는 새로운 협로 쪽으로 가고 있다는 걸 알고 있었다. 날씨는 선선했고, 나는 조약돌에 코를 박고 걸으며 내일 나를 기다리고 있는 문제에 몰두했다. 잘 될까? 안 될까? 나를 추월해 멈춘 버스 때문에 이런 생각에서 벗어났다. 캠코더와 카메라로 무장한 관광객 무리는, 내가 이탈리아 사람처럼 보였는지 몰려들어 이탈리아어로 뭐라고 재잘거렸다. 그 사람들이 놀라는 표정을 보는 것이 즐거웠다. 분명 서양 사람처럼 보이는데, 사막 같은 스텝에서 걷고 있는 이 남자는 도대체 뭐 하는 사람이지? 이들은 자기네 친구들에게 들려줄 이 독특한 이야기에 촉각을 곤두세우며, 빨리 얘기해달라고 졸라서 정보를 얻고, 놀라고, 소리를 지르고, 사진을 찍고, 캠코더에 녹화하고, 손짓 발짓으로 말했다. 모든 것이 계획대로 짜여져 있는 빡빡한 프로그램 중에 나타난 이 막간극에 기뻐하고, 비슈케크를 출발한 새벽부터 움푹 팬 의자에 묻혀 있는 엉덩이를 마침내 움직일 수 있다는 데 만족해했다. 마르코 폴로에 대한 존경심으로 베네치아에서 출발했고, 내가 쓴 책의 첫째 권이 이탈리아에서 번역되고 있다고 말하자, 그들은 다시 한 번 웅성거렸다. 이탈리아 관광객들은 떠나기 전 내게 뭐 필요한 게 없느냐고 물었다.

"있어요. 배가 고픈데 제게 팔 음식 없나요?"

어떤 여자가 나서서 한 바퀴 돌며 음식을 거의 강탈해 가지고 왔다. 나중에 보니 그중에는 누가 먹던 것인지 튼튼한 이빨 자국이 선명하게 남아 있는 샌드위치도 있었다.

오후 세 시경, 길이 갑자기 동쪽으로 휘어졌고, 언덕 뒤쪽으로 나타난 경관이 너무도 장관이어서, 나는 윌리스에서 손을 떼고 그 자리에서 쓰러지듯 앉았다. 엉덩이를 풀밭 위에 대고, 자유로움을 느끼며 경치를 바라보았다. 여전히 네모반듯한 도로는 서리와 햇볕에 탄 풀밭 위로 길게 뻗어 있었다. 휘몰아치는 바람에 풀밭이 짧은 파도를 일으키며 물결쳤다. 왼쪽으로는 거대한 호수가 햇빛을 받아 번쩍거렸고, 그 위로 너무 멀리 떨어져 있어 어떤 종인지 알아보기 힘든 새들이 날아다녔다. 하지만 나를 감동시킨 것은 이런 것이 아니었다. 저 아래, 아주 먼 곳에, 거대한 흰 벽 위에 있는 역시나 거대한 검정색 벽에 눈이 빨려 들어갈 듯했다. 막 파미르에 다다른 것이다. 고원은 너무 높고 인상적이면서, 너무나 위협적이어서, 구름과 바위와 눈으로 둘러싸인 이 바리케이드를 향해 감히 모험에 나섰던 초기의 여행자들이 공포를 느끼며 여행을 계속한 것도 이해가 갔다.

이런 높이에서, 그들은 박트리아낙타를 포기하고, 야크로 대체해야 했다. 긴 털을 가진, 느리고 무딘 동물은 훨씬 믿음직한 다리를 가졌고, 미끄러지지 않고 얼음 위를 헤쳐나갈 수 있어서 짐을 잃어버리거나 파손시킬 염려가 없었다. 하지만 야크는 훨씬 가벼운 짐을 지기 때문에 산을 넘자마자, 상인들은 다시 자기네들이 좋아하는 낙타를 되찾았다. 가축 거래소에서 낙타 한 마리는 야크 여덟 마리, 말 아홉 마리, 양 마흔다섯 마리 값과 맞먹었다.

몽골과 그리 멀지 않은 이곳에서, 물물교환은 유일한 거래 방법으로, 같은 값을 매긴 대상이 놀랄 만했다. 예를 들면 이런 식이었다. 소 한 마리는 양 다섯 마리, 말 한 마리는 소 두 마리, 여자 한 명은 말 다섯 마리, 총 한 자루는 여자 두 명과 같은 값이었다.

장대 같은 비가 폭풍우처럼 평원을 쓸고 갔다. 옷매무새가 단정치 못한 러시아 병사 둘이 전기가 통하게 되어 있는 이중 가시철망을 점검하고 있었다. 물이 모자랄 것 같아서 차를 세우려고 했지만, 지나다니는 차가 거의 없었다. 간혹 있다고 해도 내가 무임승차를 하거나, 태워봐야 하나도 이로울 것이 없는, 짧게 자른 머리에 너덜너덜한 옷을 입은 나 때문에 방해받고 싶지 않아 하는 여행객을 태운 전세 버스가 전부였다. 마침내 택시 한 대가 섰고, 손에 캠코더를 든 동글동글하고 땅딸막한 이탈리아 남자가 튀어나와 내 주위를 뱅글뱅글 돌면서 질문 세례를 퍼부으며, 뒷자리에 앉아 있는 작은 모자를 쓴 갈색 머리의 예쁜 부인에게 계속해서 고함을 질러댔다.

"Ma cé forrmidablé, forrmidablé, noté, prrends des notés(세상에, 세상에, 어서 적어)!"

"Inoutile pouisque tou enregstrée(당신이 찍고 있는데 뭐하러 적어)."라고 부인이 대답했다. 맞는 말이었다.

두 부부를 태우고 온 거대한 몸집의 키르기스스탄 운전사가 트렁크에서 커다란 물통을 꺼내 내 물통 하나를 채우는 동안, 이탈리아 남자는 계속 캠코더로 촬영하며, 커피 알갱이를 먹고 소화불량에 걸린 염소처럼 흥분해서 요란스런 몸짓을 해댔다.

나는 키르기스스탄 국경에서 10여 킬로미터 떨어진 곳에 텐트를 쳤다. 두 나라 사이에 5, 6킬로미터 구간에 중립 지대가 있고, 중국인들이 자기네 영토를 표시하려고 지은 아치가 있다는 내용을 읽은 적이 있다.

오늘은 40킬로미터 이상을 걸었는데도, 잠을 푹 자지 못했다. 날씨가 몹시 추웠다. 여러 짐승이 텐트 주위를 돌아다녔다. 그중 하나가 돌 위에 얹어 놓은 그릇에 부딪혀 그릇

이 떨어졌다. 소리에 놀란 짐승이 줄달음질을 쳤다. 나는 달도 없는 밤, 텐트 앞에 켜둔 램프 빛으로 모기장 사이를 내다보려고 했다. 짐승은 빛 속에서 뛰어올라 어둠 속으로 사라졌지만, 그 짐승이 분명 늑대라는 확신이 들었다. 늑대가 달아난 뒤였지만, 무섭기는 마찬가지여서, 눈을 동그랗게 뜨고 컴컴한 밖을 계속해서 쳐다보았다. 혼자 여행하면서 겪는 불편 중 하나가 바로 이런 것이다. 든든하게 옆을 지켜주거나 위로해줄 사람이 없기 때문에 나약해지는 것이다 ……. 조금 후 망아지 한 마리가 텐트 쪽으로 와서 코를 쿵쿵거렸고, 날이 밝아왔다. 나는 소리를 지르고, 최대한 빠른 속도로 길을 떠났다. 손과 발이 얼얼했다. 텐트 지붕이 뻣뻣하게 얼어서 텐트를 접을 때 찢어지지 않을까 걱정이 되었다. 몸을 덥히고 평원 위를 뛰어가면서 솟아오른 해가 서리를 녹여주기를 기다렸다.

길 위에 다시 윌리스를 올려놓았을 때, 빨리 여행을 계속하고 싶은 생각뿐이었다. 통과시켜줄 것인가 말 것인가? 중국인들은 돈 많은 서양인들에게 다른 편 국경의 중국 여행사를 기다리라고 명령했다. 강매였다. 만약 찾으러 오지 않으면 기다리고 있을 수밖에 없는 것이다. 중국 국제여행사 CITS(China International Travel Service)는 파리에서 온 메시지를 받았을까? 신장 지부장인 왕 완핑 씨는 친절하게도, 내가 그리 환영할 만한 고객은 아니었지만, 자기네 관광객 명단에 이름을 올려주겠다고 했다. 그는 나를 '워킹맨(walking man)'이라고 불렀다. 내 여행 계획을 들었으니, 나를 위해 변호해줄까? 그 순간, 내가 이런 상황을 제어하고 세관 서류를 처리할 능력이 없다는 사실을 깨달으며 너무나 고립되고 미약한 존재라는 생각이 들었지만, 우루무치와 파리에서 나를 생각해주는 사람들이 있다는 생각에 위안을 얻었다.

하지만 중국 국경과 관련된 질문을 받기 전에, 나는 키르기스스탄 국경을 넘어야 했다. 내가 도착했을 때, 사무실은 닫혀 있었다. 첫 번째 세관원 쪽으로 황급히 달려갔다. 그는 '조금 이따가요'라는 뜻의 제스처로 나를 잠재웠다. 나는 지루한 기다림과 초조함을 잊기 위해서, 나처럼 차례를 기다리고 있는 십 대 남자아이들과 대화를 나누기로 했다. 녀석은 나를 거만하게 쳐다보더니 대답도 하지 않고 등을 돌렸다. 그래, 어느 나라에나 나이를 가리지 않고 돼먹지 못한 놈들이 있지. 이런 태도는 어디에나 이런 인간 유형이 있다는 사실을 확인해줄 뿐, 다른 의미는 없었다.

마침내 사무실 문이 열렸을 때, 세관원이 여권에 이어 요구한 서류는 중국인들이 바로 오늘 내가 오기를 기다린다는 사실을 증명하는 팩스였다. 내가 6월 22일 이후로 걸어서 와서, 이런 팩스를 받을 수가 없었다고 아무리 설명을 해도 소용없었다. 그건 내 사정이라는 것이다. 곧이어 내가 지금까지 전전긍긍했던 문제의 통행증을 요구했다. 물론 세관원들은 원본을 달라고 했다. 정확히 이십오 분 동안의 설전 끝에, 그들은 중국으로 통하는 문을 가리켰다. 늘 내 자신에게 철저한 나는, 모두 차에 타라고 사정을 하는데도 못 알아들은 척했다. 난 대단히 운이 좋았다. 그렇다고 하루 종일 운이 좋은 건 아니었다. 꽤나 깐깐해보이는 군인이 경기관총을 길 옆으로 겨누고, 내게 차량을 가리켰다. 두 국경 초소 사이에 있는 무인 지대를 지나려면 탈 수밖에 없었다. 건방진 십 대 아이들을 데리고 가는 것이 분명해 보이는 부부에게 그들 여행사 차량에 날 태워줄 수 있는지 물었다. 남자는 거만한 투로 말도 안 되는 이유를 대며 거절했지만, 그에게는 있을 수 없는 일이었다.

"말도 안 돼요. 우리는 외교관~안이오!"

뜨거운 음식이라도 먹은 듯 입을 한껏 벌려서 말을 했다.

"휴가 중이잖아요."

내가 감히 근무 중이 아님을 꼬집어 말했다.

"그렇지만 외교관~안이오."

이런! 그가 '우리'라고 말하는 것이 놀라웠다. 이 세 녀석처럼 특권층 의식이 몸에 배어 있는 외교관 자식들은 태어날 때부터 외교관 여권을 물려받은 것 같았기 때문이다. 나는 별다른 얘기를 덧붙이지 않았다. 전권을 휘두르는 멍청한 인간 때문에 심기가 불편했다.

친절한 이탈리아 관광객—여기에는 이탈리아인들이 엄청나게 많았다—이 우리, 즉 윌리스와 나를 자기네들이 타고 있는 미니 버스에 태워줘서 6킬로미터를 건너갈 수 있었다.

토루가르트 협로는 초현실적인 곳이었다. 높이가 15미터에 분홍색으로 칠해진 거대한 아치가 3,700미터 고도의 꽁꽁 언 광물질의 배경 한가운데에 솟아 있는 장면을 상상한다면…… 두 개의 철책이 통행을 막고 있었고, 경기관총을 손에 쥔 중국 보초병 둘이 꼿꼿하게 부동자세를 하고 서 있어서, 한꺼번에 통과하려는 엄두를 못 내게 했다. 우리는 관광객을 태운 키르기스스탄 여행사의 서른 대의 '후보' 차량이 행렬하는 것을 보았다. 차량들은 운전사들이 자신의 승객이 통과했음을 확인할 때까지 그 자리에 서 있었다. 그 증거로 전문 여행사를 통해 온 승객이라고 해도, 국경을 통과할 수 있다는 허락을 미리 받는 건 아니었다. 우리는 풀밭 여기저기에 흩어져 앉았다. 외교관들도 귀하신 엉덩이를 우리가 앉아 있는 풀밭에 대고 앉았다. 애석하게도 외교관용 잔디가 마련되어 있지 않았기 때문이었다. 외교관들은 끝도 없이 기다리다 지쳐 잠이 오는 모양이었다. 하지만 그들도 우리처럼 아치 건너편에 신경을 썼다. 거기에 주차장과 작은 건물이 있었는데, 건물 앞에 세워진 깃대에 별이 그려진 붉은 중국 국기가 걸려 있었다. 사회적 지위에 관계없이 우리를 싣고 갈 차들이 이곳에 도착할 것이다.

열한 시쯤, 첫 번째 사륜구동차가 주차장에 도착했다. 온통 하얀색으로 된 복장에 골프 모자를 쓴 젊은 여자가 아치 쪽으로 오더니 내 이름을 제일 먼저 불렀다. 왕 완핑 씨가 날 잊지 않았던 것이다. 감사합니다, 왕 완핑 씨. 난 경쾌하게 윌리스를 잡고 여자 쪽으로 걸어갔지만, 보초병 하나가 손동작으로 나더러 제자리에 있으라고 지시했다. 보초병이 여자에게 무언가 말을 한다기보다 고래고래 소리를 지르자, 조용히 있던 여자가 뒤로 돌아 세관으로 갔다. 여자는 십 분쯤 있다가 나오더니 내게 눈길도 주지 않고 다시 차에 올라탔다. 떠나버리려는 것일까? 아니었다. 차는 그 자리에 있었다. 운전사가 창문을 닦을 준비를 했다. 보초병은 우리를 더 기다리게 할 것이다. 얼마나 기다려야 할까? 하지만 졸업 결과를 기다리는 학생처럼 취급하며, 이렇게 끝없이 기다리게 하는 처사가 있을 수 있는 일인가?

정확히 정오가 되자, 젊은 여자가 다시 차에서 나와 내게 오라고 손짓했다. 난 외교관에게 복수하듯이 빈정거리며 잘 있으라는 짧은 동작의 인사를 하면서 아치를 넘었다.

"로사예요."

젊은 여자는 자신을 이렇게 소개했다. 여자는 한족 출신의 중국인이 아니라, 터키 몽골계 출신의 위구르인이었다. 로사는 아주 예쁜 미소를 지으며, 같이 출발했지만 아직 작성해야 할 서류가 있다고 했다. 우리는 사무실에 다시 갔다. 나는 대사의 편지를 꺼내려고 했지만, 사무실에 혼자 있는 군인이 나를 보더니 짧게 명령했다.

"나가야 해요. 여기 있을 권리가 없어요."

로사가 말했다.

로사는 잠시 뒤 나왔다. 운전사가 윌리스를 사륜구동차에 실었다. 어떻게 할 것인가? 로사는 걷는 것은 불가능하고, 세관원이 피에르 모렐 대사의 편지를 보려 하지 않았지만, 10여 킬로미터 떨어진 곳에 또 다른 초소가 있다고 말해주었다. 나는 마지못해 차에 올라탔지만, 실망스럽고 화가 났다. 하지만 달리 어떻게 할 것인가? 전화기가 없어서, 다시 도움을 줄 수 있을지 모를 왕 완핑 씨와 통화할 수가 없었다. 나는 다음 중국 초소에 희망을 걸었다. 어쩌면 그쪽 사람들이 이쪽 사람들보다 덜 답답할 수 있을 테니까.

다음 초소의 층계에서 우리를 맞이한 두 장교에게 로사가 세관 서류를 제시하는 동안, 나는 대사의 편지를 장교 면전에 들이댔다. 그중 하나가 큰 소리로 편지를 읽었다. 그들은 웃었지만, 내게 차를 가리켰다. 할 수 있는 일이 없었다. 나는 차 유리창에 코를 박고 앞으로 남은 90킬로미터의 경치가 펼쳐지는 것을 바라보았다. 그리 많은 걸 잃지는 않았다. 실망을 했기 때문일까? 키르기스스탄 쪽의 경치는 눈부셨지만, 풀 한 포기 없는 돌투성이 계곡이 보이는 중국의 경치는 음울하기 그지없었다.

사륜구동차는 눈이 녹으면서 급류에 밀려온 진흙과 돌을 치우지 않아 진창이 된 비탈길을 오르기도 했다. 겨우 운전사를 설득해서 차를 세우게 했을 때, 계곡을 따라 내려오는 키르기스스탄 커플을 보았다. 남자는 노새를 끌고 가고 있었고, 그 뒤로 박트리아낙타 두 마리가 매달려 있었다. 첫 번째 낙타 등에는 광주리가 아닌 품에 아이를 안은 할머니가 타고 있었고, 다른 녀석은 할머니 뒤에서 외투를 움켜잡고 바짝 붙어 있었다. 첫 번째 낙타의 꼬리에 연결된 두 번째 낙타에는 커다란 짐이 실렸다. 두 노인이 손자들을 데리고 이사를 가는 풍경이었다. 이들도 입국이 금지된 채 추방되는 것일까? 나로서는 영원히 알 수 없는 일이었다. 신경질적인 운전사는 나더러 즉시 차에 올라타라고 했다. 만약 운전사가 정지한 사실이 적발되면, 중국 군에게 처벌받을 수도 있다는 생각이 들었다.

진정한 국경 초소인 투오파(Touopa)가 토루가르트 아치에서 100킬로미터 떨어진 곳에 있었다. 보초병은 우리가 돈이나 물건을 가지고 들어오는지 묻지 않았다. 그들의 관심을 끄는 것이라고는 책과 카세트테이프뿐이었다. 중국 정부는 무기보다는 사상을 더 경계했다. 그들의 생각이 정말이지 옳다는 데 여러분도 동의할 것이다. 우리는 어떻게 혁명이 태어나는지 알고 있다. 로사가 잠시 후 들려준 얘기로는, 직업적인 이유 때문에 콤팩트디스크에 사진을 저장해갔는데, 글씨를 읽을 줄 모르는 세관원이 간단히 CD를 부숴버렸다고 한다.

나는 로사에게 이제 군사 지역을 지나왔으니 여기부터는 걸어가겠다고 말했다. 운전사는 경악했다. 운전사는 정기적으로 토루가르트로 찾으러 가는 모든 관광객들처럼, 나를 카스(Kashi, 중국 신장웨이우얼 자치구에 있는 오아시스 도시. 옛 이름은 카슈가르)까지 태워주려고 했다. 나는 그럴 수 없다고 알렸다. 그는 왕 완핑 씨에게 전화를 걸었고, 왕 완핑 씨는 당연히 워킹맨이 걷게 내버려두라고 명령을 내렸다. 로사는 떠나기 전 '정치적인 행사'를 경계하라고 당부했다. 나는 못 알아들은 척하며 더 말 안 하게 하려고 했지만 소용없었다. 어쨌든 그녀는 위구르인이었고, 모든 지방에서 제기되는 문제를 잘 알고 있었다. 중국 정부의 체계적이고도 잔인한 식민주의 정책에 저항하는 자치독립운동이 일어났다. 1955년 이 지역에서 인구의 90퍼센트를 차지한 위구르인은 이제 겨우 50퍼센트밖에 되지 않는다. 이들은 몽골족으로 동쪽 지방의 한족 중국인과 달리 이슬람교도다. 소문으로는 자치독립운동의 투사가 아프가니스탄의 탈레반에 근거를 두고 있다고 한다. 중국 경찰은 이 문제에 촉각을 곤두세우고 있다. 나는 이런 문제를 친절한 로사에게 말하지 않으려고 조심했지만, 만약 위구르 독립운동 투사를 만나서, 그들의 현재 상황을 알 수 있다면 반가울 것이다.

자동차는 떠났고, 나는 우리가 막 떠나온 산 정상 쪽을 한 번 쳐다보았다. 지금은 오후 세 시다. 이제 나는 중국 땅에 와 있다. 잘 있어라 빵이여, 어서 와라 밥이여. 그러고 보니 갖고 온 식량도 떨어졌고, 이탈리아 음식도 끝이었다. 세관 근처에 있는 중국 식당에 들어가자 누군가 다른 설명이 필요 없을 만큼 분명하게 문을 가리켰다. 영업시간이 아닌

것 같았다. 나는 다른 나라에 들어온 것뿐만 아니라, 예절과
도 작별한 것 같았다.

투오파까지 이어진 가파른 내리막길 다음에 나타난 도
로는 험준한 협곡을 따라 나무가 무성한 비탈길이었다. 날
씨는 더웠지만 당연한 일이었다. 해발 1,200미터가 넘는 곳
에서 막 내려왔으니까. 길은 포장이 되어 있었고, 몇 주 전
부터 키르기스스탄 길 위에서 요동을 치던 윌리스는 신나
게 다닐 수 있게 되었다. 한 시간 정도 겨우 걸었을 무렵, 이
상한 장비가 앞에 보였다. 쇠시리 장식의 트레일러가 달린
자동 경작기 같은 기계 주위를 두 남자가 맴돌고 있었다. 쇠
갈고리가 달려 있고, 양털 뭉치가 있는 걸로 미루어 어디에
쓰는 기계인지 짐작이 갔다. 중국식 소모기梳毛機〔양털을 고르
는 방적용 기계〕였다. 사실 지금은 양털 깎는 시기였던 것이
다. 기계는 계속 연기를 내뿜었고, 물이 없었다. 나는 조금
전에 물통을 채웠던 터라, 그중 두 개의 물을 냉각수통에 부
어줬다. 소모기가 다시 작동했다! 한숨 돌린 두 남자는 내게
손짓으로 자기네 집에 와서 차를 들라고 했다. 나는 초대에
응하고, 전동기의 좁은 판자 위에 윌리스를 올리고 소모기
뒤에 매달았다. 우리는 희한한 모양의 수레를 만든 뒤 함께
집으로 갔다. 거만한 '조정자'이신 외교관들이 꼭 자기네같
이 생긴 자동차를 타고 우리를 앞질러 갔을 때, 얼마나 즐거
웠던지! 그들은 나 같은 괴짜를 집에 재워주려고 하지 않은
것을 자축했을 것이다.

양털 깎는 남자들은 내 지도에는 나오지 않는, 4킬로미터 떨어진 마을 입구에 살고 있었는데, 마을 이름은 해독할 수 없었다. 나는 차를 마시고, 물통을 채운 뒤 다시 길을 떠났다. 여기에서 60킬로미터 거리에 있는 카스는 내일 저녁이면 닿을 것이다.

나는 천천히 가면서, 이스탄불을 출발한 이후 여섯 번째로 발을 들여놓은 이 나라를 살펴보았다. 어제 계산을 해보았다. 나는 중국에서 올해 1,500킬로미터를, 내년에 3천 킬로미터를 횡단할 준비가 되어 있다. 국경에서 제국의 도시 시안까지는 실크로드 전체 거리의 3분의 1 이상이다.

중국어 배우기를 포기했기 때문에, 불편한 일이 한두 가지가 아니라는 사실을 의식하고 있다. 지난 몇 년 동안, 여행에서 만나는 사람들과 조금이라도 대화를 나눌 수 있도록, 아나톨리아 고원 횡단에 앞서 터키어를 공부했고, 이란 여행에 앞서서는 페르시아어 강의도 들어서 철자 정도는 읽을 수 있었기 때문에 도로 표지판을 읽을 수 있었고, 문장 몇 개도 외웠다. 이란을 여행할 때는 아무리 작은 마을이라고 해도 외국에 나가기를 꿈꾸며 계속 영어를 배운 학생을 만날 수 있었다. 내가 막 지나온 세 나라에서 쓰는 러시아어는 다른 외국어보다 조금 더 쉬웠다. 나는 예전에 모스크바 여행을 하기 전, 프랑스어를 유창하게 하는 러시아 친구 세르게이의 초대로 몇 차례 러시아어 강의를 들은 적이 있다. 그 강의 덕에 키릴 자모와 단어 몇 개는 아직 기억에 남아 있다. 나는 고등학교 선생님과 걸으면서 다시 몇 차례의 강의를 들어서 단어의 폭을 넓힐 수 있었다. 나는 정말 러시아어로 말을 하고 싶었는데, 생각이 나지 않는 단어는 포켓 사전에 의존했다. 왜 그런지는 모르지만, 러시아 단어는 그들의 눈빛만큼 매력적으로 느껴졌다. 내가 어미변화를 제대로 소화하지 못한다고 할 수도 있겠지만, 그건 아무래도 상관없었다. 실생활에서 사용할 수 있는 것으로 만족했으며, 다른 사람의 말을 이해하고, 내 말을 이해시킬 수 있게 하려고만 했다. 그러니 내가 가장 빈번하게 사용했던 두 문장은 당연히 "ia nie znayou(모르겠어요)"와 "ia nie panimay-ou(이해가 안 돼요)"였다.

중국어를 배워보려고 노력은 해보았다. 그런데 나처럼 은퇴를 하고 머리가 녹슨 사람에게는 엄청난 시간이 요구되는 언어였다. 제일 먼저 부딪친 문제는 중국어가 사성四聲으로 되어 있다는 사실이었다. 난 특별한 음감을 가진 귀를 갖고 있지도 않고, 똑같이 'ma'라는 소리가 어떻게 mā(엄마, 母), mǎ(말, 馬), má(삼베, 麻), mà(욕하다, 罵)로 구분될 수 있는지 도저히 알 수가 없었다. 두 번째 장애물은 수백 개의 한자를 배워야 한다는 사실이었다. 내 기억은 수백만 개의 추억으로 가득 찬 여과기 같아서, 강렬한 감동이나 몇 가지 이미지만을 간직할 수 있다. 어떻게, 왜 그런 건지는 나도 잘 모른다. 이렇게 생소한 수백 개의 한자를 기억 속에 저장해두어야 한다는 말은 인상적이었지만, 누군가 장수長

壽라는 단어가 100가지의 부수로 이루어진다고 얘기했을 때
는 제발 살려달라고 소리를 질렀다. 세 번째 문제가 가장 심
각해보였다. 누군가 나에게 이렇게 물었다. "어떤 말을 배우
고 싶으세요? 표준 중국어, 광둥어, 상하이 중국어, 아니면
56개의 소수민족이 쓰는 사투리 가운데 하나?"

　　앞으로 여행할 중국 땅의 절반은 위구르족의 땅이라는
생각이 미치자 중국어를 배우겠다는 일말의 의지마저 와르
르 무너졌다. 위구르족 역시 중국 국적을 가진 사람들이지
만, 그들이 사용하는 언어는 터키어다. 글씨나 표현, 그 어
느 것 하나 중국어와 거리가 먼 것이다. 그런데 터키 사람들
은 이렇게 멀리 떨어진 사촌이 쓰는 말을 알아듣지 못한다
고 했다! 숫자 세는 것만 비슷할 뿐이었다. 내가 도착한 신
장웨이우얼新疆維吾爾 자치구〔중국 북서부에 있는 자치구로 중국
에서 가장 넓은 행정단위〕에 사는 사람의 절반은 위구르족이
고, 나머지 절반은 한족이다. 아쉽지만 중국어나 위구르어
모두 배우기를 포기해버렸다. 사전을 하나 샀지만 별로 도
움이 되지 않았다. 영중英中사전인데, 중국어 단어를 읽기는
커녕 어떻게 발음하는지도 알 수가 없었다. 어쨌든, 마음의
언어와 손짓 발짓으로 하는 언어가 통할 수 있는 사람을 만
날 수 있기를 바랐다. 그밖에는 일상생활에 필요한 간단한
표현, 즉 먹고 자고 길을 찾는 데 필요한 단어와 문장을 외
웠다.

　　중국에 온 첫날에는 아무 문제도 없었다. 하나밖에 없

는 길이 카스로 이어지기 때문이었다. 토루가르토의 아치를 지나면서 친절함은 국경 뒤에만 남아 있는 것 같다고 말했는데, 사는 모습 또한 달랐다. 느린 걸음의 말이나 눈에 띄는 색의 셔츠를 입은 기사는 사라지고 폭음을 내는 오토바이와 트랙터가 있었다. 석유 램프 대신 어디를 가나 전기가 들어왔지만, 엄청나게 큰 소음을 내는 데 사용되었다. 창문은 열려 있고, 깃대 위에 달린 확성기는 소리지르고, 노래하고, 암송하고, 일장 연설을 했다. 사람들 얼굴도 달랐다. 키르기스스탄에서는 눈이 약간 째진 사람들을 보고, 중국에서는 그들보다 눈이 더 째진 사람들을 볼 것이라고 기대했다. 그런데 기대와 정반대로, 나는 과거로 되돌아간 것 같은 느낌이었다. 남자든 여자든, 여기 사람의 대부분은 2년 전 아나톨리아에서 만났던 터키인의 사촌이기라도 한 것처럼 터키인과 닮았다.

집들은 모두 같은 모양이었다. 흙이나 벽돌로 된 높은 벽으로 둘러싸인 안뜰의 구석으로 바로 연결되었다. 집 하나하나가 많은 자리를 차지하고, 모두 도로를 향해 있어서, 사실상 내가 지나친 첫 마을은 경계도 없고 사거리도 없는 도로였다. 10킬로미터 구간 동안, 나는 벽과 닫힌 문 사이로 걸었다. 키르기스스탄의 거대한 공간에 이어, 이번에는 중국의 복도가 나를 기다리고 있었다.

나는 텐트를 칠 만한 장소를 찾았다. 흙벽돌로 된 건축물 사이에 마땅한 곳이 있었다. 남자들은 땅에 구멍을 파고,

흙에다 물과 짚을 섞어서, 그 반죽을 나무로 된 틀에 다져넣었다. 틀에서 꺼낸 벽돌 반죽은 몇 주나 몇 달 동안 햇볕에 말린다. 투오파에서 산 국수가 들어 있는 수프를 휘휘 저으면서, 나는 울적한 마음으로 앞으로 혼자서 떠날 긴 여정을 준비해야 한다는 생각을 했다. 이제 남은 몇 킬로미터의 거리는 참고 걸을 수 있다는 걸 알고 있다. 절대 고독은, 확인해볼 일이다.

6. 상업 도시 카스

중국 군인들이 억지로 나를 차에 태워서 나는 군인들에게 화가 나 있었다. 카스로 가는 길에서 군인들이 또다시 나타나 길을 막았고, 이번에는…… 몇 킬로미터를 더 걸어가게 했다. 왜냐하면 군대가 직선 도로에서 훈련 중이었기 때문이었다. 분기점이 나오자, 작은 깃발 두 개를 흔들어 자동차들을 우회시키고 있는 병사가 나를 불러세웠다. 지나갈 수가 없다고 했다. 언제까지 교통 통제가 계속될지 알아보려고 했다. 하지만 이 인간에게는 코브라의 눈처럼 인간미라고는 찾아볼 수 없었다. 그는 손짓으로, 자기가 가리키는 방향으로 가는 것이 이로울 것이고, 자기 말대로 안 하면 재미없을 거라고 했다. 농담 한 번 했다가 나는 쓸데없이 내가 있는 곳에서 15킬로미터나 돌아가야 했다.

도시에 들어가기 조금 전, 경찰들이 다시 통행을 막고 걸어가는 사람들조차 갓길로 가지 못하게 했다. 군인을 실은 300대가량의 트럭과 대포, 로켓 발사기 행렬이 도시 쪽으로 이동해갔다. 카스로 가는 큰길 위는 아주 더웠다. 행렬이 지나간 뒤, 보행자들을 통과시켰다. 우리들 수백 명은 좁은 인도에서 일렬로 걸었다. 나는 한두 번 다른 사람들과 아스팔트 위로 가려고 했지만, 창문에 색을 입힌 일본제 사륜구동차 60여 대가 다가오는 바람에 밀려났다. 이번에는 병영으로 돌아가는 대장들이었다. 대장들이 지나간 도로를 정성껏 닦는다고 해도, 강력한 두려움의 대상인 그 유명한 '인민의 군대'는 그 자신이 지칭하는 대로, 모든 것을 제자리로 돌려놓았다. 군대는 대로에, 인민은 쓰레기더미 속으로. 오늘 겪은 일은 리허설에 불과하다. 군대 행렬을 위해 내일은 어떤 일이 벌어질 것인가!

카스는 실크로드의 역사에서 중앙아시아에 있는 도시 중 가장 번창한 곳의 하나다. 이곳은 모험가와 상인들의 눈을 번쩍이게 한 것뿐만 아니라, 차르의 러시아 제국과 절정의 국력을 자랑하던 대영제국 사이에 일어난 최초의 냉전이라 불린 격전의 중심지였다. 중국에서 가장 넓은 지역으로, 프랑스보다 세 배나 넓은 신장 극서부에 위치한 카스의 인구는 1,600만 명에 불과하다. 이 도시는 1세기, 중국의 반초班超(32~102, 중국 한漢나라의 장수이자 식민지 통치자) 장군의 침략을 받았고, 반초는 이 지역을 30년 이상 통치했다. 이 철의 남자는 말 한 마리 때문에 전쟁을 했다. 군대를 이끌고 중앙아시아에 있는 이 도시에 들어가도 되겠냐고 묻자, 몽골의 봉신封臣이던 도시의 지배자들은 허락을 했지만, 그 대가로 장군의 말을 희생시킬 것을 요구했다. 장군은 자신의 말을 잃지 않으려고 이를 거부했고, 이 때문에 일어난 전쟁에서 자기 부하 몇 명을 희생시켰다.

신장은 7세기까지 중국의 점령에서 벗어나 있었고, 카스는 실크로드 무역에서 가장 중요한 역할을 했다. 실제로, 현재 키르기스스탄과 아프가니스탄 혹은 파키스탄에서 오는 여행객들이 북쪽이나 남쪽을 통해 거대한 타클라마칸 사막을 돌아가는 길로 접어들려면 반드시 이곳을 거쳐야 한다.

7세기에 당나라 황제들은 중앙아시아로 가는 행렬의 안전을 보장하기 위해 이곳에 다시 발판을 마련하고, 여세를 몰아 군대를 부하라까지 진출시켰다. 정복욕에 불타오른 아랍인들은 8세기 초에 오아시스까지 침투했다. 하지만 어느 편도 파미르의 반대쪽에 영구히 정착하지는 못했다. 자연적으로 만들어진 이 만리장성이 훌륭한 울타리 역할을 해서 두 세계를 갈라놓은 것이다. 중국인들은 탈라스 전투〔751년 당나라의 석국石國 정벌을 보복하기 위해 서역 각국과 사라센 연합국이 쳐들어왔고, 당나라는 고구려 유민 고선지高仙芝 장군을 중심으로 7만 대군을 출정시켰으나 패배하였다〕 이후, 다시는 중앙아시아 정벌을 감행하지 않았다. 713년 이곳까지 침입한 아랍인들은 안심할 만한 곳이 아니라는 것을 알고 철수했다. 하지만 14세기 말, 티무르족이 카스를 약탈했고, 이슬람교가 맹위를 떨치면서 불교와 네스토리우스교, 조로아스터교를 몰아내고 유일한 종교로 자리 잡았다. 다른 종교의 사원들은 파괴되었고 사원에 있던 그림은 긁히고 조각품은 망치 세례를 받았다.

카스는 20세기 초, 러시아와 영국이 각자 제국을 확장하려고 신장을 두고 줄다리기를 하고 있을 때 그 중심에 있었다. 힘을 잃은 중국은 당시에 중국의 투르케스탄('투르크인의 땅'이라는 뜻)을 방어할 능력이 없었다. 카스에 주재한 러시아와 영국 영사관은 진짜 스파이들의 은신처로, 배후를 조종하고 음모를 꾸몄다. 영국인들이 '큰 게임'이라고 별명을 붙인 이 은밀한 전투는 영국과 러시아의 무승부로 끝이 났고, 결국 중국이 먹이를 낚아채는 것으로 막을 내렸다.

이 도시의 낭만주의에 매료되고, 또 '큰 게임'이 이루어졌던 당시의 향수를 느껴보기 위해서, 나는 과거 영국 영사관이 있던 자리에 세운 쉬니 바 호텔에 묵었다. 여기에서 조금만 가면, 과거 영국의 경쟁 상대였던 러시아 영사관 자리 역시 호텔로 변했기에 그곳의 근사한 스위트룸에서 숙박을 할 수도 있다.

대상의 만나(manna)는 조금씩 퇴색했지만, 카스는 한번도 상업 정신을 잃은 적이 없었다. 일요 시장은 내가 지금까지 실크로드를 따라 여행하면서 본 가장 경탄할 만한 볼거리 가운데에서도 으뜸이었다. 시장을 제대로 보려면, 해가 뜨기 전에 아주 일찍 일어나야 한다. 나는 당나귀가 끄는 차를 빌렸다. 우리는 구시가지의 골목 속으로 돌진했다. 발 디딜 틈도 없이 엄청나게 많은 인파가 있었고, 이 세상에 존재하는 모든 운송 수단을 이용해 물건을 나르고 있었다. 당나귀 수레나 손수레, 전동기나 페달을 이용하는 삼륜차, 자전거, 오토바이, 자가용, 트럭, 외바퀴 손수레가 나란히 가다가 서로 떼밀었다. 운송 수단 중 빠진 것은 낙타뿐이었다. 자리를 차지하려면 최대한 빨리 서둘러야 하고, 그렇지 못하면 장사도 망치게 된다. 그렇기 때문에 남자들은 '자리'라는 뜻의 "포슈, 포슈(posh, posh)"를 외치며 길을 트고 다녔다. 이 외침 소리는 한 사람에서 시작해 여러 사람으로 번져 웅성거리는 소리가 되다가, 사람들의 통행이 빈번해지면 어느덧 배경음이 된다. 매주 토요일과 일요일이면, 6만 명의 사람들이 모여드는데, 이는 유명한 시장을 보려고 카스를 찾은 여행객들은 뺀 숫자다. 농부들은 농작물을 팔려고 며칠 동안 걸어서 오기도 하는데, 그럴 경우 좋은 자리를 놓치는 것은 두말하면 잔소리다.

너무나 희한하고 현란한 구경거리여서, 나는 카메라의 셔터를 쉴 새 없이 눌러댔다. 인파 사이에서 말을 몰아 질주하려는 남자, 식당에서 음식을 나르는 여자아이의 터키옥빛 눈, 짙은 밤색 천으로 얼굴을 가리고 이슬람교도들이 쓰는 모자를 여러 개 겹쳐 쓰고 모자 사라고 외치는 여자……. 카메라를 어디에 대야 할지 몰랐지만, 곧 사진 찍기를 그만두었다. 그 어떤 사진도 장사의 열기, 우글대는 인파, 점점 커지다가 휩쓸고 가버리는 색과 소리와 향기의 소용돌이를 담을 수 없을 것이다. 몰려와서 밀었다 당겼다 들어올리는 파도에 휩쓸리지 않는다는 것은 생각도 할 수 없는 일이었기에, 원하든 그렇지 않든 사람들은 용암의 일부가 되어버리고 만다. 사람들은 그것을 원하기도 한다. 왜냐하면 그들은 바로 이곳에 삶이 있다는 것을 알고 있어 점잖게 옷을 차려입고 규칙과 소소한 관습으로 문명화된 유럽의 시장을 비판적인 눈으로 보기 시작했기 때문이다. 아마도 사람들은 이곳에서 아직도 공동체라는 것이 의미를 가지고 있다고 느낄 것이다. 흥정이라는 게임을 하지만 그 속을 들여다보면 각자가 동등하다고 느끼고 있고, 지위라는 것이 우리 사회에서처럼 몸에 배어 있지 않다. 이곳에는 서양의 여행가들을 그렇게나 매료시켰던 동양의 마법이 아직도 남아있다. 땀, 양의 몸에서 분비되는 기름, 유황 처리한 숯 위에 올린 샤실리크에서 타는 기름, 동물의 배설물, 구석에서 썩는 과일이나 야채 냄새를 비롯해 향신료 가게가 즐비한 곳에서 떠다니는 좀 더 미묘한 냄새 등 수만 제곱미터에 이르는 시장에서 풍기는 수천 가지의 냄새를 어떻게 사진에 담을 수 있겠는가? 잘 익은 과일이나 가죽 가게 등을 냄새에 따라 알 수 있을 테니, 눈을 감고도 시장을 다닐 수 있을 것 같다.

서른 곳가량의 구두가게가 몰려 있는 거리에서, 양말 바람의 손님들이 작은 의자에 앉아 가게 주인과 얘기를 나누고 있었다. 구두 수선공들은 작은 작업대 위에서 망치를 두드리거나 아주 오래된 재봉틀을 탁탁거리며 돌렸다. 좀 더 떨어진 곳에는 칼 가는 사람들이 숫돌 위에서 칼날을 갈면서 내는 소리로 지나가는 사람들의 귀를 아리게 했다. 이따금씩 숫돌을 돌리느라, 축을 둘러싼 끈을 당겼다. 자그마한 키에 영리한 남자는 버팀대에 놓은 자전거의 회전 장치에 숫돌을 연결했고, 제자리 경주를 하느라 비질비질 땀을 흘렸다. 수백 마리의 당나귀가 참을성 없는 사람들이 울리는 경적 소리 사이사이로 비장한 울음소리를 냈다. 다른 곳에서는 정지되어 있는 시간이 이곳에서는 돈이었다. 오디오 장비를 파는 거리에서 나는 소리는 참기 힘들 지경이었다. 모든 상인들이 하나같이 텔레비전과 오디오 장비의 볼륨을 최대로 높여서 고막이 터져라 크게 틀어대고 있었다. 여기 사람들은 큰 소리를 좋아했다. 한결같이 소란스러운 소리는 인파 속에서 나왔다. 사람들은 몇 가지 말로 얘기를 나누는 것일까? 가장 이국적인 언어는 같은 복장을 하고서 서로를 알아보는 관광객들의 언어였다. 관광객들은 주머니가 많이 달린 긴 바지나 무릎까지 내려오는 바지, 창백한 얼굴 위에 고정한 모자, 어깨에서 허리로 비스듬히 캠코더나 카메라를 메고 이런 장면과 요란한 색깔들을 간직하려고 열심히 찍어댔다. 여행이란 그림을 곁들인 이야기가 있어야 완성될 테니 말이다.

　카스의 시장에 한족은 별로 없었다. 하지만 중앙아시

아의 여러 민족을 만날 수 있었다. 위구르인들은 서양식으로 옷을 입었다. 하지만 다른 종족, 즉 키르기스스탄, 카자흐스탄, 몽골, 타지키스탄, 우즈베키스탄, 아프가니스탄 사람은 주로 전통 복장을 입었다. 똑같은 옷감으로 된 바지에 긴 셔츠를 입은 파키스탄 사람 여럿이 물건을 팔거나 사러 이곳에 왔다.

나는 일찌감치 카메라를 짐 속에 정리하고 소란한 군중의 물결 속에 몸을 맡긴 채, 내 모든 모공과 감각을 열어 물밀듯이 밀려오는 감동과 감각들을 빨아들였다. 그것은 너무나 강렬하고 거대하며, 함축적이었다. 카메라 렌즈 뒤에 있을 수가 없었다. 이 군중 속으로 잠수해 들어가 부대끼며 녹아들어야 했다. 나는 허기를 느껴, 사람들이 재빨리 그리고 조용히 라그만(lagman, 양고기, 파, 채소 등을 넣어 만든 국수)을 먹는 식당에 들어가 배를 채우고 나서, 인파 속으로 다시 잠수해 들어갔다. 이곳에서는 모든 것을 사고팔 수 있다. 각 구역은 아시아 시장의 전통대로 특화되어 있었다. 식칼, 사탕, 모자, 신발, 옷 등 종류별로 50여 개의 가게들이 나란히 같은 물건을 팔고 있었다. 물건값이 붙어 있는 경우는 결코 없었다. 모든 가격은 물건을 파는 장사꾼과 물건을 사는 손님의 흥정 여하에 달려 있었다. 카메라와 렌즈를 파는 구역에서는 세 명의 일본 군인이 큰 소리로 커다란 망원경 가격을 흥정하고 있었다. 저쪽에서는 말린 과일만 팔고, 이쪽에서는 오토바이의 낡은 타이어에서 가죽까지 다양한 재료를 이용해서 대충 만든 노새나 당나귀의 목끈만 진열되어 있다. 낡은 타이어라고 해도 문제될 건 없었다. 왜냐하면 타이어의 닳은 부분은 도로면에 닿은 표면이고, 당나귀 목에 거는 부분은 타이어의 안쪽이었기 때문이다.

작은 골목에는 피부를 벗긴 인체의 사실적인 묘사를 바탕으로 모든 질병에 대한 그림이 그려져 있는 천 앞에 한 의사 혹은 약제사들이 약병과 약초, 말린 두꺼비, 전갈, 뱀들을 진열해놓고 있었다. 손님들은 쭈그리고 앉아 그림을 유심히 보면서 자신들의 병이 이 끔찍한 그림 속에 있지 않다는 것을 확인하며 마음을 놓으려 했다. 그 옆의 도로에는 이곳에서 몇 번째일지 모를 또 다른 삶을 연명하고 있는 파편, 폐물, 부스러기, 찌꺼기들이 있었다. 고철 조각, 녹슨 부속물, 낡은 양동이, 가죽이나 플라스틱 조각, 이 빠진 병과 꽃병, 철사, 기름때가 낀 걸레 조각들이 있었는데, 이것 역시 모두 파는 물건들이었다. 놀랍고 초현실적인 모습이었다. 두 다리가 있는 어떤 남자가 장화 한 짝을 가지고 열심히 흥정하는 동안, 두 다리가 없는 앉은뱅이 노인은 노새의 목에 매달려서 "포슈, 포슈"라고 외치며 그 옆을 지나갔다.

하지만 시장에서 가장 매혹적인 모습은 바로 이것이리라. 250명에서 300명 정도로 보이는 여성들이 무리 지어 원피스와 치마를 비롯해 여러 블라우스 등 옷가지를 팔 위에 얹거나 두 손으로 감싸 앞으로 내밀며 팔려는 모습 말이다. 사람들이 너무 많이 지나다녀서, 여자들은 땅 위에 놓은 물건들을 다른 곳에서처럼 전시할 엄두도 내지 못했다. 물건은 그 자리에서 꼼짝 못 했다. 모든 여자들은 물건을 파는 사람이자 사는 사람이기도 했다. 여기저기에서 산 예쁜 옷에 싫증을 낸 여자들은 최대한 높은 가격에 처분해서 또 다른 옷을 사려고 했다. 물건을 팔아 손에 돈을 쥐자마자 주변을 살피면서 어떤 물건을 살지 찾는 것이었다. 가격은 귀에다 대고 속삭이고, 손은 비단이나 양털을 쓰다듬었다. 입보다 눈을 통해 많은 얘기가 오갔다. 돈이 돌고 돌았다.

과거나 지금이나 실크로드에서 가장 큰 시장으로 남아 있는, 수많은 물건들이 넘실대는 이 카스의 시장에서 찾지 못할 것이 무엇이겠는가? 팔려고 내놓은 밧줄과 비닐봉투, 복권 등 모든 것들이 엄청나게 쌓여 있었다. 어떤 노인은 참새를 잡으려고 덫 위에 옥수수알을 놓았다. 다른 남자는 참외와 커다란 칼을 보란 듯이 들고서 사람들 사이를 다니며 주문대로 참외 조각을 잘라 팔았다. 머리 위에 커다란 쟁반을 이고 다니는 어린아이들은 설탕이나 꿀을 바른 빵을 사라고 외쳤다. 키르기스스탄 모자를 쓴 수염 기른 남자는 염소를 끈에 묶어 쥐고서 삽을 사려고 흥정하고 있었다.

강렬한 햇살과 피로 때문에 시장에서 나와야 했다. 그래도 나는 하루에 30, 40킬로미터를 걷는 데 익숙해져 있었다. 그런데도 한곳에서 맴돌며 촉수를 곤두세우다 보니, 키르기스스탄의 비탈진 고갯길을 오르는 것보다 훨씬 힘이 들었다.

노르베슈 거리에서, 시내 중심에 있는 이드 카(Id Kah) 이슬람 사원 뒤에, 공원 쪽으로 난 작은 문 하나가 보였다. 이곳에는 안온한 고요함이 있었다. 인파와 열기에 취한 나는 이곳에서 잠시 휴식을 취했다.

조수의 도움을 받아 시뻘겋게 단 구리 대야를 망치로 두드리고 있는 대장장이 옆에는 위구르인이 운영하는 작은 식당이 있었는데 손님들로 넘쳐났다. 밖에서는 네 명의 남자가 쉴 새 없이 고깃덩어리를 작게 자르고 꼬치를 끼웠다. 안에서는 손님들이 의자에 몸이 눌릴 정도로 다닥다닥 붙어 앉아 있었다. 깨끗한 찻잔을 기다릴 필요도 없이, 식사를 끝내고 일어나는 옆 사람의 잔을 뜨거운 차로 씻어서 그 물을 바닥에 탁탁 털어버리면 그만이었다. 텔레비전 소리가 너무 커서 손님들은 얘기를 나누거나 토끼처럼 바쁘게 뛰어다니느라 정신이 없는 종업원에게 주문을 하려고 소리를 질러댔다. 요란한 소리를 내는 숯불 아래로 꼬치에서 나오는 기름이 흘러 불꽃이 일면 노릇한 냄새가 진동했다. 식당에서는 알루미늄으로 된 커다란 주전자에 몇 리터씩 녹차를 담아 날랐다.

이슬람 사원 주위에 있는 대장간 구역의 작은 도로들이 마치 천장에 걸린 끈끈이가 파리를 유혹하듯, 그렇게 날 잡아끌었다. 나는 보도에 못 박힌 듯 서 있거나 도로 중간에 우두커니 서서 이 장관을 넋을 잃고 바라보았다. 이곳에서는 아득한 옛날부터 쇠, 천, 구리, 금, 돌, 유리, 나무 등을 재료로 수백 가지의 물건을 만들고 있다. 도끼에서 시작해 보석이나 빵을 거쳐 전통 모자에 이르기까지 모든 것들이 탈의실처럼 비좁은 가게에서 만들어지고, 가게는 물건들로 흘러넘친다. 장인과 조수들은 온 신경을 집중해 얼룩을 묻힌 채 도로에서 일했다. 목재 가공 기술자, 재단사, 빵 장수, 대장장이, 모자 제조인, 칼 장수, 금은세공사, 기술공의 가게 옆으로 식당, 서점, 치과, 구두수선집, 고물상이 즐비했다. 여기가 바로 직업학교였다. 교재는 존재하지 않지만, 공책에 적는 대신 눈으로 작업 과정을 익힌다.

사막에 들어갈 준비를 하려고 수염과 머리를 자르러 간 미용실에서, 미용사가 내 머리를 이발하는 동안, 그 뒤로 세 명의 견습생들이 스승의 날렵한 동작에 감탄하고 유심히 작업 과정을 지켜보았다. 나 역시 만족스러웠다. 수염과 머리를 밀어버리지 않았다면, 불필요한 수천 가지의 잡동사니를 사야 했을 테니 말이다. 1997년, 바로 이 카스의 시장에서, 기수들이 말을 탈 때 신는 장화에 얇은 밑창 박는 일을 막 끝낸 늙은 장인 앞에 멈춰 선 적이 있었다. 그때 재료가 너무나 아름답고, 장인의 모습이 너무나 감탄스러워, 내게 필요도 없는 그 장화를 사고 말았다. 말을 타본 적도 없는데 말이다. 하지만 이 장화는, 이곳에서는 흔하지만, 프랑스에서는 보기 힘든, 손과 눈이 일체가 되는 이 순간을 간직하는 수단이었다. 프랑스에서 어쩌다 이 장화에 시선이 멈출 때면, 컴컴한 가게에서 작품에 몰두하던 늙은 장인의 모습이 선명한 사진 속 풍경처럼 떠오른다.

옛 구역을 싹 밀어버린 베이징北京에서 멀리 떨어진, 지난 세기말 흉포한 전쟁의 침략자 때문에 고립되고, 소련에 이어 중국의 혁명 때문에 파미르와 텐산으로 막힌 국경으로 둘러싸여 있는 카스는 놀라울 정도로 옛 거리와 가게, 상업 전통과 시장을 고스란히 간직하고 있다. 나는 이곳에서 여행자들을 매혹시켰을 실크로드의 분위기를 느꼈다. 그리고 다른 곳에서도 이처럼 실크로드 시대 그대로의 분위기를 맛볼 수 있을지를 의심했다. 카스는 아마도 이스탄불과 시안 사이에서 실크로드 시대의 풍경을 그대로 간직한 유일한 도시가 아닐까 싶다. 고급 호텔을 피할 수 없었다는 사실이 얼마나 유감스러운지. 이곳 주민의 집에서 묵게 되는 기쁨을 누릴 수 있었다면, 한순간이나마 과거로 되돌아간 상상을 해볼 수도 있었을 것이다.

행정은 좀 더 '현대적'이었다. 실크로드 기념물 문화 전시회(Silk Road Cultural Relic Show)라는 거창한 이름을 가진 박물관을 가보려고 했다. 박물관을 찾기는 했지만……

"지금은 열한 시라 문을 닫았습니다."

수위가 말했다.

"안내 책자에는 개장시간이 정오까지라고 되어 있기는 하지만, 사정이 그렇다면 오후 세 시에 다시 오죠. 가이드에 나와 있는 걸 보니까……"

"아! 오늘 오후는 예외적으로 문을 닫습니다."

"그럼 내일……"

"내일도 못 열어요. 열쇠를 잃어버려서요."

어쩔 수 없이 '기념물'을 못 보고 도시를 떠나게 되었지만 상관없었다. 일요 시장으로 충분했으니까.

나는 다음 여정을 준비하면서 나흘 동안 푹 쉬었다. 이전까지 누려보지 못한 호사였다. 토루가르트를 넘느라 마음을 졸인 데다 피곤이 겹쳐서 위험 신호로 생겼던 입술 언저리의 물집도 조금 가라앉았다. 난 돼지처럼 하루에 여섯 끼를 먹었다. 노르베슈 거리의 꼬치 장수들이 날 알아보고 인사를 했다. 서양 사람들이 이런 싸구려 식당에 선뜻 찾아오는 경우는 거의 없었을 것이다.

식당 주인은 위구르 사람한테 받는 가격을 받았고, 난 매번 국수와 고기를 곱빼기로 시켜 먹었다. 강연가이자 중국 그림의 전문가인 엠마누엘 랭코가 이끌고 온 한 무리의 프랑스 관광객들이 카스에 들렀다. 그 사람들에게 메모와 필름 몇 통을 주며 파리에 가져가달라고 했다. 우리는 저녁 식사를 함께했다. 사마르칸트를 떠난 이후 처음으로 프랑스어로 말할 수 있다는 데서 오는 즐거움 같은 걸 느꼈다. 이 순간이 아름다운 도시 카스에서 1,500킬로미터 떨어진 타클라마칸 사막을 넘어 올해의 종착지인 투루판에 도착할 때까지 프랑스어로 말할 수 있는 처음이자 마지막 순간이 될 것이다.

7. 사막 속의 웅덩이

관광에 할애할 만한 시간은 없지만 카스를 떠나기 전, 박물관을 볼 수 없었기 때문에 대신 향비묘香妃墓에 가보고 싶었다. 이 무덤의 주인은 위구르 이름으로는 이크파르한(Ikparhan)이지만, 중국인들은 샹페이香妃(향비, '향수를 뿌린 애첩')라는 이름으로 알고 있다. 이 여자의 인생은 특별하고도 비극적이다. 위구르의 지도자였던 남편은 18세기 중반, 중국 황제에 대항해 반란을 선동하고 이끌었다. 반란은 실패로 돌아갔고, 남편은 처형당하고, 아내는 베이징에 포로로 끌려왔다가 얼마 후 건륭제(중국 청나라의 4대 황제)의 애첩이 된다. 비결이 무엇이었을까? 남자들에게 최음 효과를 일으키는 천연 향수 때문이었다. 이 향수는 특히 건륭제를 사로잡았다. 건륭제의 모후는 포로로 잡혀온 여자가 아들에게 정욕의 올가미를 씌우는 것을 용납할 수 없었기에 종지부를 찍기로 결심했다. 그래서 향비에게 자살을 강요했다. 그녀는 아주 아름다운 이슬람 사원에 무덤을 갖게 되었다. 사원은 17세기 말 그녀의 할아버지를 위해 지은 것으로, 돔과 네 개의 첨탑으로 이루어져 있다. 그녀의 관을 가마에 실어 카스로 옮겨오는 데, 3년간 120명이 동원되었다.

나흘간의 휴식을 마치고, 8월 14일 카스를 떠났다. 앞에는 음산한 분위기의 타클라마칸 사막이 펼쳐져 있었다. 사막은 거대했다. 프랑스 면적의 절반에 해당하는 30만 제곱킬로미터의 사막을 상상해보라. 타클라마칸은 위구르어로 "이곳을 뚫고 지나가는 자, 다시 돌아오지 못하리라."라는 뜻대로 비극적인 곳으로 유명하다. 고문서와 마르코 폴로의 견문록에는, 여행자들이 길을 잃게 만드는 악마에 대해 기록되어 있다. 지리학과 역사 서적도 타클라마칸의 전설을 부정하지 않는다. 오아시스에 물을 대는, 톈산이나 히말라야에서 내려오는 수많은 물줄기가 말라버렸다. 물을 구할 수 없는 주민들은 이 죽은 도시를 떠나는 것 말고는 살 방법이 없었다. 12세기부터 오아시스가 모두 사라져버렸다. 모래 속에 묻힌 도시와 마을이 300곳에 이른다고 한다. 사람들 말로는, 19세기에 360곳의 도시가 단 하룻밤 사이에 사라졌다고 한다. 발굴 작업으로 몇몇 지역이 드러났는데, 그 안에 묻힌 보물 대부분은 유럽이나 미국의 '도둑' 손아귀에 들어가, 서구 박물관으로 넘어갔다.

여름의 사막 날씨는 무척 덥다. 겨울에는 일교차가 커

서 낮에는 섭씨 40도에 이르지만, 밤에는 영하 20도 이하로 내려간다. 이 사구砂丘의 바다를 뚫고 지나가려고 하는 여행자는 아주 드물었다. 대상들은 현대 도로가 그렇듯, 북쪽으로 투루판을 경유하거나 남쪽의 허톈和田을 경유해 사막을 우회했다. 나는 지금 북쪽으로 난 길을 따라가고 있다. 두 도로 모두 카스에서 출발해 위먼玉門〔중국 간쑤성 서부에 있는 도시〕에서 합쳐진다. 옥玉의 관문인 위먼은 과거 중국이 신장을 합병하기 전 서구의 경계로 삼았던 곳이다.

출발일로 택한 날은 걷기에 적합했다. 6월부터 8월 중순까지는 기온이 너무 높아 여기에서 걸을 수 없기 때문에, 사막의 모래보다는 페르가나 계곡의 더위를 택했다. 계획은 8월 말에 사막으로 오는 것이었지만, 늘 그렇듯, 사마르칸트를 출발해서 예정보다 열흘 빨리 도착했다.

나는 잠깐 오아시스에서 휴식을 취하고, 기운을 차린 뒤 씩씩하게 걸었다. 왼쪽으로는 흙색의 벽 같은 것이 있었다. 그것은 1,500킬로미터를 걸은 뒤 도착할 투루판까지 이어지는 톈산의 버팀벽〔扶壁〕이었다. 오른쪽 남쪽 방면에 있는 사막은 끝도 없이 이어지는 고형의 바다와 같았다. 기이한 느낌이었다. 보통 지면이 평평하면 지평선이 둥글게 휘어져 보인다. 그런데 이곳은 그렇지 않았다. 하얀 안개가 하늘과 땅을 몽롱하게 감싸안은 저 끝까지 지면은 완전히 평면이었다. 도로는 양털구름이 덮인 듯하다가 산에 가까워지면 살짝 올라왔지만, 대부분은 직선에 완벽한 수평으로 지표도 시선을 끌 만한 것도 전혀 없었다. 가끔 두세 채의 집이 허허벌판 속에서 나타났다. 길가에 세워진 진흙 건물들은 장사를 하는 가게였다. 식당, 기계 부품 가게, 음료수나 수박을 파는 가게 등이 텐트 아래 옹기종기 모여 있었다.

사막에 발을 들여놓은 첫날 오후부터, 타클라마칸은 내게 메시지를 보내왔다. 사막을 건너는 일이 절대 녹록치 않을 것이라는 메시지…… 북쪽에서 불어온 바람이, 손에 잡힐 듯 말 듯한 분말 같은 모래를 싣고 와서 시야를 가리고 태양을 감추었다. 첫날부터 모래바람을 너무 많이 맞았다. 바람 덕에 온도는 조금 내려갔지만, 무장을 단단히 해야 했다. 모자로 머리를 꽁꽁 싸고, 터번으로 얼굴을 가리고, 안경으로 눈을 보호하며 길을 걸어갔다. 가끔 짙은 먼지 속을 가르고 대형 트럭이 나타났다.

하지만 컨디션이 나빠지지는 않아서, 그리 무리하지 않고 50킬로미터를 걸었다. 걸음을 멈춘 마을에는 호텔 하나 없었다. 마당문 앞에 앉아 있던 위구르 노인에게 돈을 낼 테니 하루 묵어갈 수 있겠는지 물어보았다. 노인은 한 마디도 하지 않고 일어나더니, 위구르 사람들이 즐겨 먹는 작고 동그란 빵 낭饟을 가지고 와서 내밀었다. 화덕에서 갓 구운 빵은 맛있었지만 금세 돌처럼 딱딱해졌다. 노인은 좀 더 멀리 가서 동냥해서 먹으라는 손짓을 했다. 거만한 제스처였다. 나를 거지로 취급하며 상대하지 않겠다는 노인에게 화가 치밀었다. 나는 과장되게 격식을 차려 딱딱한 빵을 돌려주고, 또 모욕을 당하지 않기를 바라며 단숨에 마을을 건너 갔다. 2킬로미터 떨어진 곳에서, 아무도 없기를 바라며 구석에 텐트를 쳤다. 그러나 텐트를 치고 수프를 데우려고 불을 지피자마자 호기심으로 가득한 한 무리의 아이들이 들이닥쳤다. 아이들이 갑자기 몰려와 깔깔거리며 웃는 소리를 들으니, 부모들의 거만한 태도에 상한 마음이 가라앉는 것 같았다.

저녁 여덟 시쯤, 몇 방울의 빗물이 떨어졌다. 놀라운 일은 아니었다. 여름이면, 신장에 뜸하지만 가끔 비가 내리기 때문이다. 하지만 새벽 한 시에 돌풍을 동반한 폭우 때문에 잠을 깼다. 텐트는 방수가 제대로 되지 않는지, 밖이나 안이나 똑같이 비가 퍼부었다. 더군다나 움푹 팬 곳에 텐트를 세워서, 텐트 안에 개울이 만들어지더니 물이 계속 불어났다. 급해진 나는, 비를 맞으며 어둠 속에서 벌거벗은 채, 조명이라고는 이마에 끼운 램프에만 의지한 채, 서둘러 이사 준비를 했다. 예순네 살이 다 되었지만, 캠핑 여행에는 초보자였다. 하지만 이런 자연 환경 속에서 나는 빨리 배웠다. 텐트는 방향을 잘못 잡아 폭풍우에서 낙하산처럼 부풀었고, 불은 아무리 지피려고 해도 붙지를 않았다. 엉성하게 쌓은 식기는 장작 위에 쏟아져 불씨를 꺼뜨리고, 제대로 동여매지 않은 덧지붕이 날아가서 그걸 잡느라 단거리 육상 선수처럼 숨이 끊어져라 뛰어다니는 등 실수를 하며 배우고, 요령도 빨리 늘었다.

판쇼우이노의 식당에서 내게 말을 건 이뫼르라고 하는 위구르 남자의 관심은 온통 돈에 있었고, 나를 서양에서 온 갑부로 취급했다. 그는 손님들 앞에서 거드름을 피우며 내가 가진 모든 물건의 가격을 물어보았다. 윌리스, 바지, 카메라…… 남자는 계속해서 값을 물었지만, 나는 말해주지 않았다. 남자는 내 시계를 보더니 전술을 바꾸었다.

손목에 차는 컴퓨터라고 할 만한 이 시계는 고도계, 기압계, 온도 측정기까지 있는데, 많은 사람들이 너무 탐을 내서 벌써 꽤나 걱정이 되었다. 이뫼르는 종이 끝에 '100위안 元'(17유로, 시계값은 230유로다)이라고 적었다. 그는 진짜 시계값을 알아내려고 나를 떠본 것이다. 나는 장단을 맞춰주었다.

"그것보다 더 나가요."

"200위안?"

"더 나가요."

"400위안?"

나는 그의 종이를 잡고 0을 하나 더 붙였다.

"4,000위안?"

그는 자기 눈을 믿지 못했다. 그에게는 어마어마하게 큰돈이었다. 이뫼르만 빼고 모두 웃음을 터뜨렸다. 나는 그렇게 위기를 넘겼다. 그 자리에 있던 사람들에게 이처럼 어마어마한 금액은 짐작조차 불가능했던 것이다.

이곳 사람들은 병적으로 돈에 집착한다. 도보여행을

한 첫 두 해는 모든 사람들의 후한 인심 때문에 힘이 들었다. 모든 사람들처럼, 나 역시 선물 받는 것을 좋아하지만, 나보다 가난한 사람들이 주는 경우 덥석 받기가 힘들었다. 중앙아시아의 대부분 지역에서는 가끔 호텔이나 식당을 포함해서, 아무리 내가 우겨도 절대로 돈을 받지 않았다. 아이들에게 배지나 사탕은 주었지만, 내가 하는 여행의 특성상 그 많은 친구들에게 줄 선물을 들고 다닐 수가 없어서 어른들에게 줄 것은 없었다.

그런데 중국에서 겪는 문제는 그와 정반대였다. 투오파부터 지금까지 다니며 목격한 바에 따르면, 식당에 서양 사람이 나타나면 봉이라도 만난 양 한몫 챙기려 들었다. 국경을 넘고 처음으로 저녁을 먹으러 들어간 식당에서, 식당 주인은 계산서에 10위안이라고 음식값을 적었다. 서너 명의 손님이 와서 무언가 설명했는데, 어떤 얘기가 오고 갔는지 금방 알 수 있었다. 식당 주인은 작은 종이를 다시 가져와 20위안이라고 썼다. 중국에서는 외국인에게 과세 명령이 내려져 1990년대까지 관청을 중심으로 널리 적용되었다. 외국인에게 적용되는 요금은 중국 사람이 지불하는 돈의 두 배에서 다섯 배까지 이르렀다. 중국 정부는 몇 년 전부터 공식적으로 '코쟁이'에게 바가지 씌우는 것을 금지했다. 하지만 이번 명령은 제대로 하달되지 않았다. 호텔에서는 외국인에게 숙박료를 공시 가격 그대로 받지만, 직원들은 중국 사람에게 공시 가격의 2분의 1, 3분의 1 혹은 4분의 1을 받는다. 식당에서 외국인에게 받는 음식값은 정상 가격의 두 배다. 돈이 문제가 아니라 원칙 자체가 짜증스러운, 이런 도편추방법을 적용하지 않는 사람은 노점상인뿐이다.

항상, 특히 실크로드가 전성기를 누릴 당시, 상인들 역시 세금을 물었다. 지방 관리들은 대상들에게 통행세로 공물을 받았다. 공물이 성에 차지 않으면, 대상을 약탈했다. 여행객들은 통행세를 낼 방도가 있었다. 장사를 해서 남는 이윤이 1,000퍼센트까지 이를 정도로 상당했기 때문이었다. 플리니우스(Plinius, 23~79, 로마의 학자)는 이렇게 적었다. "이 고장에 엄청나게 많이 사는 사람들 가운데 절반은 장사를 하고, 나머지 절반은 강도질을 한다. 결국 세계에서 가장 부유한 나라는 바로 이곳이다. 로마와 파르티아에서 온 보석들이 몰려들기 때문이다." 서쪽으로 떠나는 상인들은 비단 두루마리는 물론, 모피, 도자기, 청동 무기, 계피와 약용으로 쓸 대황大黃을 싣고 갔다. 이들이 다시 돌아올 때는 금은보화와 유리, 상아, 향수, 산호, 사프란, 향신료, 화장품 등을 가지고 왔다. 이들이 날라온 이국적인 동물 중에는 시안의 황실에서 탐을 내는 앵무새, 공작새, 매, 영양과 함께, '낙타새'라고 불리며 황제와 신하들의 혼을 쏙 빼놓았던 타조도 있었다. 공물 중에는 서양에서 '수입해온' 난쟁이, 곡예사, 재주 부리는 광대 등 사람도 있었다.

내가 사람들 눈에 봉으로 보이고, 대화도 나눌 수 없는 상태여서, 여행의 성격이 바뀐 것 같았다. 마을 주민의 환대를 기대할 수 없었기 때문에, 나는 산책자에서 일주여행자로 바뀌어버렸다. 걷고, 텐트 치고, 먹고, 자고, 또 걷고, 오늘 여행은 그렇게 이루어졌다. 중앙아시아에서는 친구들이 사는 곳에서 산책을 했다. 지금은 공급업자가 사는 곳에서 일주여행을 하고 있는 것이다. 하지만 일반화하지 않으려고 했다. 앞으로 아름다운 만남을 가질 수 있을 것이라고 확신했다.

예를 들어, 내 앞에서 멈춘 우체국 트럭을 들 수 있다. 나는 운전사를 알아보았다. 어제 저녁 내 물통이 비었을 때, 이 사람한테 물을 달라고 했었다. 그의 물통에는 차茶밖에 없었기 때문에, 차를 절반 따라주었다. 구안罐이라고 부르는 이 물통은 한족 중국인의 집에 어김없이 있는 물건이다. 일을 나갈 때면 반드시 이 구안을 가지고 나간다. 아침에 찻잎 몇 장을 넣고 우려낸 차를 다 마시면 또 물을 붓는다. 저녁이 되면 거의 맹물에 가까워지지만, 별로 신경 쓰지 않는다. 모든 식당에는 구안에 담을 뜨거운 물이 가득 담긴 보온병이 늘 준비되어 있다. 식사를 하지 않더라도, 누구나 뜨거운 물을 떠갈 수 있다. 중국인들은 물통을 들 때 손가락을 데지 않게, 끈을 달아 그 끝을 든다. 대부분 구안은 인스턴트커피를 넣는 통으로 사용된다. 하지만 어떤 것은 꽤 신경을 써서, 작은 보온병을 가죽이나 철로 된 덮개로 씌우는 것도 있다. 어제 저녁에 내게 도움을 주지 못한 게 못내 마음에 걸렸던지, 운전사는 생수를 사주었다. 다행스럽게 그 사이 나는 문제를 해결할 수 있었다. 그에게 물 4분의 1리터를 받은 다음, 한 시간에 4리터나 되는 물로 목을 축인 것이다! 호의적인 이 남자가 동료들에게 내 얘기를 했는지, 이 사람을 만난 다음부터 차이나포스트 트럭 운전사들이 모두 내게 짧게 두 번의 경적을 울리며 우정에 찬 신호를 보냈고, 지나가면서 손을 흔들었다.

그날 아침, 세폴라와 그의 오토바이를 만났다. 위구르 남자 세폴라는 오토바이를 타고 바람에 날려 헝클어진 머리를 하고 나타났다. 이곳에서는 아무도 보호 헬멧을 쓰지 않았다. 면도를 한 지 언제인가 싶게 덥수룩한 수염을 길렀지만, 아주 우아한 검정 넥타이를 매고 있었다. 이탈리아 칼라브리아 지방의 농부〔메마른 땅처럼 마른 체구에 짙은 피부색으로 유명하다〕가 이런 모습이 아닐까 생각했다. 칼라브리아 농부를 본 적은 없지만 말이다. 그는 오토바이를 세우고 인사를 하더니 윌리스를 둘러보았다. 내 수레를 보고 감탄한 모든 사람들이 그렇듯, 세폴라 역시 윌리스를 만지고 쓰다듬고 타이어를 두드리며 압력을 확인했다.

"오른쪽 바퀴에 바람이 빠졌네요."

이렇게 말하는 세폴라의 손가락이 고무타이어에 쑥 파묻혔다.

그는 오토바이로 돌아가 끈으로 꼼꼼하게 묶어둔 펌프를 꺼냈다. 그런데 중국제 펌프의 공기 주입구는 러시아제 밸브에 들어가지 않았다. 세폴라는 단 일 분도 낭비하지 않았다. 그는 다시 오토바이의 시동을 걸고는, 손짓 발짓으로 조금 있으면 타이어가 납작해질 거라며, 시간이 아직 있으니 자기 뒤에 타서 너무 늦기 전에 마을까지 가자는 뜻을 전달했다. 그래서 우리는 함께 출발했다. 윌리스는 시속 50킬로미터의 속도로 달리는 오토바이 뒤에 매달려 날아다녔다. 나는 타이어에 바람이 너무 많이 빠져서 타이어 휠이 고무를 베지 않을까 걱정하며 타이어 상태를 살폈다. 정비공이 바퀴를 고치는 동안 나는 세폴라에게 점심을 함께 하자고 청했지만, 그는 시간이 없다고 말하며 요란한 소리를 내는 오토바이를 타고 멀어져갔다. 그래서 혼자서 피망과 가지, 고추를 곁들인 국수요리를 먹었다. 식사하는 동안 나는, 윌리스 주위를 동그랗게 둘러싸고 진정한 스타가 된 내 여행 동반자를 두고 엇비슷한 해석을 내리는 사람들을 관찰했다.

마을 출구에는 위성류나무에 연한 보랏빛 꽃이 검은 하늘에 형형색색의 줄무늬를 수놓는 축포처럼 활짝 피어 있었다. 산도 희한한 색깔로 장식되어 있었다. 하얀 색깔, 굽다가 탄 빵 색깔, 초록색의 유리병 색깔, 초록색 무화과나무 색깔, 빨간색 등등의 바위가 동쪽을 향해 펼쳐진 모양이 태양의 각도에 따라 미세하게 색조가 변하는 거대한 팔레트처럼 보였다. 가끔 오르막길이 나오면 남쪽으로 타클라마칸에서 처음 만났던 사구들의 모습을 가늠해볼 수 있었다. 이 죽음의 공간에서 멀리, 아주 멀리, 금빛 잎이 달린 유프라테스산産 포플러나무가 살고 있었다. 나무 뿌리는 물을 찾기 위해 지하 15미터까지 내려간다. 사람들 말로는, 나무가 자라는 데 100년, 죽는 데 100년이 걸리고, 완전히 쓰러지기 전까지 또 한 세기가 걸리는데, 그때까지 그대로 서 있는다고 한다. 또한 나무가 너무 단단해서 가루로 변해 모래와 섞이기까지 또 3세기가 걸린다고 한다.

시간이 지나면서, 내가 자초한 고독 속에서 캠핑하는 것이 좋아졌다. 주위를 살핀 다음 텐트를 세우고, 갑작스런 폭풍우를 대비해 커다란 돌로 이중지붕을 단단하게 고정하고, 나무를 주위 모아 불을 피우고 밥을 하는 생활이 계속 이어졌다. 이곳 생활의 장점은 설거지하는 데 시간을 뺏기지 않는 것이었다. 한 방울이라고 해도 물이 너무 귀했기 때문에 설거지나 화장실용으로 쓸 수가 없었다. 그래도 오랜 부르주아적인 습관 때문에, 양치질만큼은 호사스럽게 물을 사용했다. 모든 일을 정리하고 몇 자 적은 다음, 밤이 내리는 것을 보려고 저녁에 사막으로 갔다. 밤은 마치 시간을 끌려는 듯 살며시 내려앉았다. 남쪽에서 수평선이 차츰차츰 희미해지는 동안, 서쪽의 산봉우리들이 불그스레한 광채로 둘러싸였다. 모래에 누워서 달콤한 참외 한 조각을 천천히 먹으며 황홀한 기분에 휩싸여, 산이 이글거리는 이빨로 한입에 베어문 태양이 몸부림치는 모습을 지켜보았다. 산이 완전히 삼켜버리지 않은 태양은 여전히 빛을 내뿜어 하늘을 붉게 물들이고 구름을 불태웠다. 시간이 멈춰버린 것 같았다. 잠이 서서히 몰려올 무렵, 첫 번째 별이 신호를 보내자 수많은 다른 별들이 불을 켰다. 이 순간, 기온이 섭씨 40도까지 올라갔던 오후에 비해 상대적으로 선선한 기운이 사막으로 내려앉는 것을 음미했다. 마침내 근육이 풀리고, 힘든 오후를 보내느라 에너지를 다 불태우고 녹초가 된 나는 휴식을 취하려고 텐트 속으로 미끄러져 들어가, 단단한 땅 위에서 곯아떨어졌다. 노르망디의 조용한 집에서 안락한 매트리스에 누워 길고 긴 불면의 시간을 보내던 것을 생각하면 얼마나 역설적인 일인가……

　새벽빛이 들 무렵 사막의 시時가 나를 어루만지면, 동트기 전인데도 텐트를 박차고 나와 그날 하루치 전투를 향해 돌진했다. 저녁이 되기 전 내 지도 위에 있는 작은 점을 점령하는 것, 아무리 덥고, 물통이 녹아내려도, 이 시간 내게 적대적으로 보이는 거대한 사막에 맞서 승리하는 것을 목표로. 다시 길 위로 돌아왔을 때에야 사막은 더 친근하게 다가오고, 지금까지 그래왔듯이 살아나기 시작했다. 미세한 움직임은 사막을 잘 아는 사람들만 알 수 있다. 용광로 같은 더위를 피해 기적적으로 돋아난 풀들은 딱딱하지만 살아 있었다. 거기에, 이 광활한 땅 위에 사마귀처럼 올라와 있는 작은 언덕이 모래 위로 보잘것없는 그림자를 드리웠다. 어떻게 여기까지 실려왔는지 모를 자갈더미가 가끔 노란 모래 위에 펼쳐 있었다. 저 멀리 강렬한 빛이 약해지다가 구름과 섞이며 지평선과 합쳐졌다.

어느 날 아침, 하나밖에 없는 냄비에서 물이 끓는 동안, 늘 아침식사로 먹는 국수를 사가지고 텐트 쪽으로 오다가, 투명에 가까운 아름다운 초록색의 거대한 거미가 침낭 위로 기어가고 있는 것을 보았다. 투르크메니스탄의 카라쿰 사막에서 공포를 느낀 이후, 기어다니거나 쏘아대는 이런 동물들이 내게 주는 두려움은 끔찍했다. 나는 잽싸게 침낭을 들고 모래 위로 던져버렸다. 하지만 아무리 텐트를 뒤지고 들었다 뒤집었다 해도 거미의 흔적은 없었다. 나도 모르게 자꾸만 소심해지는 자신을 나무라며 조심스럽게 텐트로 가서 꼼꼼히 살폈다. 거미는 신발 안에 없었다. 식량 가방에도 없고, 땅 위에서 탈탈 털어낸 배낭에도 없었다. 거미가 있을 만한 곳은 모두 골라서 뒤졌는데도 말이다. 거미가 있을 법한 물건 중 마지막으로, 모자를 다시 뒤졌다. 여전히 없었다. 거미는 대체 어디에 있는 것일까? 나는 다시 한 번 빈 텐트 안을 샅샅이 뒤졌지만 끝내 보이지 않았다. 거미가 나온 구멍으로 다시 돌아간 것이 분명했다.

나는 급히 식사를 마치고, 매일 아침 그렇듯 끔찍한 더위가 몰려오기 전에 최대한 멀리 걷겠다는 생각으로, 물건을 정리해서 윌리스에 싣고 길을 나섰다. 다행히 저녁까지 나를 공포로 몰아넣었던 녀석을 잊고 있었지만, 텐트를 다시 펼친 순간 거미 생각이 다시 났다. 왜 그런지는 몰라도 계속해서 의심이 들었다. 나는 보금자리인 텐트의 지퍼를 열어 안을 유심히 살폈다. 아무것도 없었다. 그래도 경계를 늦추지 않으며 텐트 속으로 들어가 구석구석을 점검했다. 머리를 들어봐야지 생각한 순간…… 거미가 거기 있었다. 그 많은 다리를 텐트에 걸치고 꼼짝하지 않고 살아 있었다. 돌돌 만 텐트 안에서 어떻게 살아남았는지 깊이 생각할 시간도 없이, 텐트에서 탈출해 샌들 한 짝을 찾아서 텐트 위를 냅다 쳐서 거미를 땅에 떨어뜨렸다. 거미가 땅에 떨어지자마자, 나는 엄청난 공포를 느끼며 온 힘을 다해 거미를 짓이겨 뭉개버렸다. 다시 평정을 찾았지만 내가 한 짓이 한심하게 느껴졌다. 내가 무슨 짓을 한 거지? 이 거미 녀석이 뭐가 그렇게 위험하다고……. 공포의 대상이 죽어버린 지금, 애석함과 후회가 몰려왔다. 처음으로 사막에서 발견한 생명체였는데…….

마을이 내 마음을 끌었다. 무슨 뜻인지는 모르지만, 마을 이름이 아름답다는 것을 느낄 수 있었다. 안슈이모(An-shouïmo), 시케르쿨레(Xikerkulé), 우다오반(Wudaoban)……. 소피가 그 중 몇 가지를 해석해준 적이 있었다. 예를 들어 산카쿠(Sankakou)는 '세 갈래의 문'이라는 뜻이다. 산티엔팡(San Tien Fang)은 울창한 산림이 아름다운데, 정작 그 뜻은 '3번 감옥'이었다. 마을의 현실은 아쉽게도 이름의 울림이 주는 시적인 감흥을 전혀 찾아볼 수 없는 모습이었다. 도로를 따라 있는 몇몇 집은 상점이었다. 처마 밑에는 두세 개의 테이블이, 들보에는 암양 가죽이 걸려 있었고, 안에서는 주문에 따라 고기를 잘라주었다. 이곳은 식당이었다. 내가 식당에 들어가면 미소를 지으며 맞이하는 경우도 있었지만, 무관심한 것처럼 나를 대하는 경우가 많았다. 사실 사람들이 쌀쌀해보이는 건 수줍음을 많이 타서 그런 경우가 대부분이었다. 그 증거로, 식당 주인이 내 기이한 장비들에 대해 호기심을 나타내지 않는 한 손님들은 움직이지도 뭐라고 말을 보태지도 않았다. 하지만 식사를 마치고 돌아가기 직전, 윌리스 쪽으로 와서 만지작거렸다. 외국인에 대한 중앙아시아인의 강렬하고도 정감 어린 호기심은 어디 있단 말인가? 터키와 이란 혹은 우즈베키스탄에서 마주쳤던 아름다운 만남은 어디에 있는 것일까? 나는 다른 세계로 떨어졌다. 떨어졌다는 단어는, 우물에 빠진 것 같은 지금의 심경을 표현하는 데 적절한 말이었다.

점심식사를 끝낼 무렵 어떤 남자가 다가왔다. 그가 곧장 나를 향해 왔기 때문에, 같이 온 사람들은 그를 찾아야 했다. 수염을 기르고, 종교인의 모자에, 불타는 눈빛. 나는 이런 종류의 사람들을 수백 번이나 만났다. 남자가 단도직입적으로 물었다.

"이슬람교도요?"

꽤나 불쾌해보이는 사람이었지만, 대답을 해야 했다.

"메이유."

"어디서 왔소?"

나는 작은 종이를 꺼냈다. 그가 큰 소리로 읽었다. 손님들이 다가와서 듣고는 호기심 어린 표정으로 나를 쳐다보았는데, 나쁜 의도는 없어 보였다. 하지만 수염을 기른 남자가 사람들에게 장광설을 늘어놓았다. 통역이 없어도 짐작이 갔다. 이 남자에게 나는 거짓말쟁이였다. 내가 중국 국경부터 그 먼 길을 걸어서 왔다는 건 있을 수 없는 일이었다. 이 무지렁이는 사마르칸트가 어디에 있는지 짐작도 못하는 것이 분명했다. 아! 내가 이슬람교도였다면, 아마도 여기까지 걸어오는 일이 가능했을지 모른다. 하지만 알라의 도움도 받지 않고, 어떻게 그 먼 길을 걸어올 수 있단 말인가? 그는 내가 테이블 위에 펼쳐놓은 지도를 들고는 30킬로미터 거리에 있는 우다오반을 가리켰다.

"여기까지 걸어서 갈 수 있다는 말이야? (그는 트럭을 운전하는 시늉을 했다.) 차를 얻어타는 거잖아."

나는 일어나 남자 옆으로 다가가, 납작한 내 배와 불룩한 남자의 배를 가리킨 뒤, 빨리 걷는 동작을 하면서 제안했다.

"나랑 같이 갑시다. 날씬해질 테니까."

구경하던 사람들이 깔깔거렸다. 그는 사람들과 자리를 잡고 앉아, 자기가 장기를 발휘할 수 있는 얘기를 시작하더니 보란 듯이 나를 무시했다.

오늘 아침 출발할 때, 45킬로미터를 걸어야 도착하게 될 우다오반에 저녁까지 꼭 가리라 다짐을 했다. 힘은 들겠지만, 마을에 호텔이 있을 수도 있다. 그리고 누가 알겠는가? 혹시 물이 있을지.

길이 막혀 있었다. 이처럼 곳곳에 숨어 있는 뜻밖의 문제 때문에, 새로운 여명을 맞이하며 신이 나서 꼼꼼하게 세웠던 계획을 망쳐버릴 수 있다. 사람들은 다시 길을 내기로 결정했다. 불도저가 산자락의 자갈에 길을 냈다. 트럭이 일으키는 먼지 때문에 숨이 막히는 것 같았다. 물이 떨어져갔다. 윌리스는 삐죽삐죽한 돌 위에서 요동을 쳤다. 아무리 가도 마을은 나오지 않았다. 어두워지기 시작하자, 비탈진 도로 옆에 텐트를 치기로 했다. 트럭이 기어를 1단으로 놓고 파헤쳐진 땅을 오르느라 윙윙거리는 소리 때문에 잠을 설쳤다. 아침에 오르막길이 끝이 났다. 우다오반은…… 바로 아래쪽에 있었는데, '마을'의 집은 두 채가 전부였다. 나를 위한 식당과 윌리스를 위한 '차고'. 조금 전에 아침식사를 했지만, 홧김에 국수를 주문하고, 물도 달라고 했다. 누군가 처마 밑에 있는 쇠주전자를 가리켰다. 정비공도 식당에서 물을 따라갔는지, 무지갯빛의 기름덩어리가 이 탐스럽고 순수한 물의 표면에 떠다녔다. 하지만 나는 꼬치꼬치 따질 방법이 없었기 때문에 그대로 물통을 채우기만 했다.

끝날 줄 모르고 계속되는 우회로에서, 윌리스는 자갈과 구멍 사이를 덜컹거리며 굴러갔다. 방금 내 옆을 지나쳐 간 운전사가 그걸 알아보았다. 길도 파헤쳐져 있고, 트레일러를 끌고 가는 중이었지만, 운전사는 무사히 유턴을 해서 내 쪽으로 오더니 떨어진 물통을 돌려주었다. 나는 한참 동안 운전사에게 감사 인사를 하면서 돈을 주려고 했지만, 그는 받지 않았다. 이 5리터짜리 물통이 없었다면 불편이 이만저만 아니었을 것이다. 잠시 후, 관광 버스에 이어 가족들이 빽빽하게 탄 자동차가 와서 날씨가 나빠질 거라고 하면서 태워주겠다고 했다. 사람들 말 그대로였다. 아스팔트길에 들어서자, 모래바람이 불기 시작했다. 바람이 얼마나 세찼던지 조약돌이 날리며 달려들었다. 깊이가 꽤 되는 웅덩이 속으로 몸을 피해야 했다. 폭풍우가 다시 들이치는데, 운전사가 바람에 몸을 휘청거리며 내게 수박을 갖다 주고는, 바람 소리 때문에 어차피 들을 수도 없었겠지만, 고맙다는 말을 하기도 전에 피난처인 트럭으로 뛰어갔다. 모래 구름이 하늘로 올라가 태양을 가리자, 사막은 밤처럼 캄캄해졌다. 아무것도 보이지 않아 방향을 잡을 수가 없어서 자동차들이 멈춰 섰다. 미친 듯이 바람이 몰아쳤다. 갑자기 얼음장 같은 비가 억수같이 내렸다. 비는 땅 위를 구르더니 내가 몸을 피한 웅덩이로 마구 들어왔다. 평상시에 가방을 덮는 데 사용하는 방수포를 쓰고 웅덩이 속에서 윌리스 옆에 쭈그리고 앉아서, 내 피난처로 쏟아지는 물줄기가 그치기를 기다렸다. 윙윙대는 바람 소리는 타클라마칸의 악마가 비웃는 소리처럼 들렸다.

십 분 후 비가 하늘을 씻어내고 물러나자, 이글거리는 태양이 다시 나타나 금방 모든 것을 말려버렸다. 하늘을 비추는 웅덩이가 없었다면, 조금 전에 무슨 일이 있긴 있었나 고개를 갸우뚱했을 것이다. 빗줄기가 약해지자마자, 아까 그 운전사가 다시 출발했다. 수박을 같이 먹자고 하기엔 너무 늦어버렸다. 수박을 크게 쪼개 먹었다. 그렇게 하길 잘한 것이, 조금 후 윌리스 위에 올려놓은 수박이 소리도 없이 미끄러져 떨어졌다. 정말이지, 오늘 난 이렇게 내 '재산'을 잃어버렸다. 놀라울 정도로 엄청나게 많은 짐을 싣고 다니는 트럭에서 볼 수 있는, 중국인의 기술을 나는 가지고 있지 못했던 것이다.

산카쿠에 닿기 훨씬 전부터, 광산에서 나오는 연기가 마을이 있음을 알리고 있었다. 거대한 노란색 기계가 돌을 가마 쪽으로 실어날랐다. 재가 마을을 뿌옇게 덮었다. 사막 쪽의 도로가에 10여 채의 집이 나란히 있었다. 다른 쪽으로는 길 끝에 우뚝 선 산이 있었다. 멀리서 보면, 머리는 모래에 박혀 있고, 삐쭉삐쭉한 비늘이 돋아 있는 몸은 땅에 웅크린 커다란 괴물이라고 할 만했다. 사람들은 플라스틱통에 담긴 물을 주었다. 우물물은 짜기 때문에, 사람들은 먼 곳까지 가서 물을 길어온다. 작은 식당에서 기운을 돋우는 국수 요리를 주문했는데, 옆 테이블에 앉아 있던 경찰 두 명이 나를 불러 세웠다. 족제비 눈에, 입술 주위에 가느다란 수염을 기른 경찰이 내 옷을 가리키며 코를 틀어쥐었다. 내가 고약한 냄새를 풍긴다는 것쯤은 나도 알고 있다. 하지만 어쩔 수가 없다. 빨래를 하려면 아커쑤阿克蘇에 도착할 때까지 기다려야 한다.

키가 작은 경찰은 절대 그렇지 않다고 말했다. 그는 오 분 후 한 여자를 데리고 왔다. 여자는 1유로를 받고, 나를 어떤 방으로 밀어넣으며 옷을 갈아입으라고 하더니, 내 옷을 거품이 인 대야에 집어넣었다. 더운 데다, 공기도 건조해서 국수를 겨우 다 먹었을 때, 여자가 내 옷을 가지고 왔다. 셔츠를 하얗게 빨지는 못했지만, 여자가 너무나 열심히 때를 뺐기 때문에 그것까지 기대하기는 무리였다. 붉은 먼지가 땀과 뒤범벅이 되어 옷이 염색을 한 것처럼 물이 들었다. 난 새로 나온 중국 동전처럼 깨끗해져서 다시 길을 나섰다. 하지만 그다음 날부터, 땀이 흐르고, 또 한 번의 모래폭풍을 맞아서 깔끔해보이려던 노력은 도로아미타불이 되었다. 그런데 깔끔해보일 필요가 있을까? 이제는 내게 일상이 되어버린 불결한 상태 때문에 이곳 사람들과 풍경에 쉽게 동화할 수 있다는 데 생각이 미쳤다. 길을 가다 만나는 사람 대부분은 나와 마찬가지로 땟국에 까맣게 절어 있었다.

사진시에 도착해 나무를 보자 아주 즐거워졌다. 숲으로 둘러싸인 노르망디 집의 모습이 떠올랐기 때문이었다. 한 그루의 나무가 주는 기쁨이란 얼마나 큰가! 수많은 나무를 보며 얼마나 황홀했던지. 그런 풍요로움 속에 살 수 있으니 얼마나 다행스러운가. 하지만 이곳에 나무는 있어도 호텔은커녕 합숙소 하나 없었다. 도보여행자나 '도시' 물건을 팔려고 멀리 떨어진 마을에서 온 농부들에게 숙소를 제공하는 이런 곳을 여러 차례 보았는데, 나 나름대로 합숙소라는 이름을 붙였다. 서양에 있는 호텔과 비슷한 숙소는 대도시나 규모가 어느 정도 되는 도시가 아니면 찾을 수가 없었다. 이런 합숙소를 중국에서는 여관旅館이라고 한다. 하룻밤에 1유로도 되지 않는 여관의 숙박료는, 적어도 내게 엄청나게 싼값이었다!

여관의 구조는 어디에 가든지 똑같다. 스무 대가량의 트럭이 넉넉히 들어갈 수 있는 커다란 마당이 있고, 입구는 철책으로 닫는데, 밤이면 자물쇠를 채운다. 둘레에, 높은 벽으로 구분된 2제곱미터의 정사각형 방 스무 개가량이 창문 하나로 채광이 된다. 방마다 가구라고는 침대 세 개가 있는데, 그 침대라는 것도 나무상자를 뒤집어놓은 것이었다. 여관 주인은 돗자리나 베개, 담요를 빠는 데 많은 돈을 쓰지 않았다. 청소는 쓰레기 때문에 문을 닫기 힘들 때만 어쩔 수 없이 했다. 자물쇠가 거의 깨져버려서 문이 수시로 열렸다. 트럭 수리소로 이용되는 마당에는 기름때가 계속 흘러내려 신발 뒤창에 들러붙어 끈적거렸다. 하지만 사막에서 텐트를 치는 것보다 여관에서 자는 것이 더 좋았다. 침낭을 바닥에 깔고, 누빈 이불을 덮고 자기 때문에 주변의 더러운 때를 피할 수 있었다.

여관은 구조로 볼 때, 중앙아시아의 대상 숙소와 먼 친척 관계다. 실크로드 시대에 있던 공관公館이라는 곳은 어떤 모습이었을지 생각해보았다. 더럽기는 마찬가지였을 것이다. 쿵콴은 황제의 사신이나 사자使者가 묵던 곳이었다. 순례객과 상인은 빈 방이 있을 때에만 묵을 수 있었다. 중국 계급 사회에서, 상인은 농민보다 낮고 여자보다 높은 위치였다. 그러니까…… 하인이 계급 사회에서 프롤레타리아였다.

또다시 폭풍우가 몰려올 것 같았다. 마을 출구에 버려진 집이 보였다. 오늘 밤은 저 집에서 보내면 될 것이다. 나는 윌리스를 처음 보이는 방에 두었다. 문도 없고 창문도 없었지만 지붕은 양호한 상태여서 먹구름이 몰려와도 비를 피할 수 있었다. 나는 안뜰로 향한 방을 살폈는데, 거기에는 무단 거주자 가족이 있었다. 이들의 트럭이 고장 나 안뜰 구석에 세워져 있었고, 남자 둘이 고치는 중이었다. 그 옆에는 여자 하나와 십 대 아이들 세 명이 있었다. 이들 중 누구도 서양 사람을 만나본 적이 없기 때문에 자기네 피난처를 함께 나눠 쓰는 것을 더욱 반기며 그동안 못 본 구경거리를 실컷 보려고 했다. 저녁 시간 내내, 차례로 나를 염탐하러 와서 웃으며 내 행동 하나하나를 살핀 다음 호들갑스럽게 논평을 했다. 잠자리에 들기 전 확인할 수 있었던 것은, 이 사람들이 한 번도 이를 닦는 사람을 본 적이 없다는 사실이었다. 이들이 웃을 때 이가 빠져 있는 것을 보면 알 수 있다. 이들에게 양치질은 대단한 볼거리였다. 내가 이를 닦기 시작하는 것을 본 꼬마 녀석의 보고로, 여섯 식구 모두 내 앞에 일렬로 섰다.

나는 내 노천 목욕탕으로 침범해 들어온 사람들 때문에 불편해서 등을 돌렸지만, 이들은 내 앞으로 뛰어와서 다시 일렬로 줄을 섰다. 이렇게 기가 막힌 구경거리를 막지 않기를 바라는 것이 분명했다. 그래서 이들이 원하는 대로 해주기로 했다. 하지만 입 속에 든 것을 뱉어야 할 순간, 이들이 있는 쪽으로 뱉고 싶지 않았다. 그래서 몸을 돌렸지만, 우습게도 다시 이들이 뛰어와서 입을 쩍 벌리고 헹구는 나를 쳐다보았다. 아침이 되자 전날 저녁 특별공연에 대한 감사의 표시로, 여자가 와서 아침식사를 함께 하자고 했다. 하지만 난 이미 한참 전에 식사를 마친 터였고 떠날 준비가 되어 있었다. 나는 폐가 앞에서 이들의 사진을 찍고 길을 나섰다. 안타깝게도 이들이 자기네 주소를 쓸 줄 몰랐기 때문에, 사진을 보내줄 방법이 없었다.

8. 시골 사창가

평평하고 단조롭고 밋밋한 이 길을 계속 걷고 있다. 북쪽의 가파른 산과 남쪽으로 끝도 없이 이어진 사막 사이를 걸으며, 테야르 드 샤르댕(1881~1955, 중국에서 고생물학과 지질학을 연구한 철학자)이 쓴 대로 "신장은 아마도 지구에서 가장 폐쇄된 지역일 것이다."라는 말이 이해가 됐다. 중국 말을 모르는 나는 깊은 고독에 갇혀 있었다. 다른 사람과 말을 할 수 없어서, 나는 내게 말을 걸었다. 사람들이 자주 묻지만 대답하기가 꽤 곤란한 질문에 대답해보려고 애썼다. 즉 이 사막과 파미르에, 기쁜 일과 아름다운 만남이 있기도 하지만, 두려움과 고통도 감수해야 하는 이곳에 무엇을 찾아왔느냐는 질문 말이다. 물론 지혜라고 답할 수 있다. 하지만 지혜란 어떤 것일까? 조상이 가졌던 마음의 평정? 어쨌든 나는 사회를 떠난 '은퇴자'이니, 은둔자의 이런 덕목이 내 운명에 예정되어 있는지도 모를 일이다. 꿈을 꾸고 고독을 느끼며, 느릿느릿 달팽이처럼 걸은 보람이 조금씩 나타났다. 보람이라고 할 만한 것이 아닐 수도 있겠지만 나는 보람이라고 느꼈다. 지나쳐가는 풍경과 생각과 만남으로 이루어진 보람. 우리 사회를 뒤덮은 듯한 광기에서 벗어나려고 했던 것이 사실이다. 우리가 사는 세계는 미친 듯이 빠른 속도로 달려가고 있다. 그렇기 때문에 긴박하게 속도를 늦추어야 한다. 나는 생각의 속도로 살기를 바랄 뿐이다. 걷기는 소위 문명화되었다고 하는 우리 사회를 뒤덮고 있는 죽음—사람들은 삶과 혼동하고 있다—의 달리기에 브레이크를 건다. 내가 느끼기에 우리 사회는 텔레비전이 내미는 일그러진 거울을 통해서만 존재하는 것처럼 보인다.

　　내가 어디로 가고 있는지 자문하기 전에, 사마르칸트를 떠난 이래 오랫동안, 매일매일 짧은 여정 속에서 떠난 이유를 내 자신에게 물었다. 무엇보다 시급히 알아야 할 것은 내가 어디에서 온 것인지 깨닫는 것이다. 나를 떠나게 부추긴 것은 우선 너무 오래도록 얌전히 생활하면서 억눌러온 모험에 대한 갈증이었다. 공부, 일, 가족, 아이들. 대부분의 사람들이 그러하듯, 나는 유연하지만 질긴, 부드러운 끈으로 온몸이 매여 있었다. 나는 습관과 평범한 일상과 안락함과 친한 친구들의 모임과 '8시 뉴스'와 기념일과 돈을 마저 지불해야 하는 집 등 모든 것을 끊어야 했다. 이 모든 것에서 해방되고, 내 아이들이 사춘기 시절에 나를 사랑하면서도 멀어졌듯이 나도 아이들과 떨어져야 했다. 그것이 첫 번째 이유다. 두 번째 이유는 아내 다니엘이 꿈에 그리던 여행을 실현하기 위해서라고 할 수 있다. 오랜 시간 동안 내 곁에 있었던 아내의 죽음으로 여행에 걸었던 희망이 단번에 날아가버렸다. 나를 버리고, 이 모든 요란한 옷을 벗고, 벌거벗어야 했다. 여행은 또한 죽음의 신이 휘두르는 거대한 낫이 생의 밧줄을 끊어버릴 때, 최후로 출발하는 법을 배울 수 있게 해주기 때문이다. 죽음이라? 그렇다. 모든 사람들이 거쳐야 하는 죽음의 통로를 나라고 해서 벗어날 이유가 있겠는가……. 하지만 마지막 순간이 오기 전, 나는 다시 뛰어오르고 싶다. 사람들이 턱을 바르르 떨면서 말하는 '나이'를 먹어감에 따라 늙어서 쇠약해지다가 죽음으로 이어진다. 내게도 그 순간들이 다가오고 있다. 나는 노인들이 하나둘 가입하는 클럽에 들어가기 전, 다시 한 번 내 젊음을 누리고 싶었다. 아직 다리도 튼튼하고, 눈도 밝다는 것을 내 자신에게 증명해보이고 싶었다.

광활한 실크로드의 종착점까지 가겠다는 계획을 세우면서, 나는 두 가지 목표를 따랐다. 첫째는 근육은 나이를 먹지 않고, 살갗도 아무리 약하다 해도 강인한 정신력을 따른다는 사실을 증명하는 것이었다. 의지만 있으면 아무리 정신 나간 것처럼 보이는 계획이라도 달성할 수 있다. 나는 또한 거리를 가늠하며, 성급한 태도를 비웃고 싶었다. 죽음이 성큼 다가오고 있고, 시간이 지나고 있다는 이유로 급하게 굴 필요가 있을까? 시간이 기다려주기를 바랄 수밖에!

그리고 무엇보다 자신을 소외시키고 싶지 않았다. 내 존재의 권리를 가치 있게 만들고 싶었다. 갖고자 하는 욕망의 덫이 어떤 것인지 알기 때문이다.

서구 국가에서, '노인'은 사회에서 '은퇴' 당했다. 길 밖으로 밀려난 것이다. 동양에서처럼 노인을 공경해서가 아니라, 효율성 때문이다. '젊은 세대의 취향'이 노인을 사회로부터 소외시켰다. 이른바 자신감에 넘치는 서구의 젊은 세대는, 중국의 문화혁명에 버금가는 폐해를 끼쳤다. 문화혁명 당시, 중국의 십 대는 손에 붉은 책을 들고 다니며 동족의 삶과 죽음을 쥐락펴락하며 자기네가 감당하기 힘든 엄청난 사태를 야기했다. 광고업자들은 제일 어린 세대가 제일 다루기 쉬운 상대라는 점을 재빨리 간파했다. 우리는 매일 그 결과물을 본다. 젊은이들이 단지 '메이커'라는 이유로 필요하지도 않은 물건을 꾸역꾸역 사서 멋을 부리려는 것 말이다.

우리 사회에서는 거추장스러운 존재지만, 이곳에서는 웃어른으로 공경받는 노인. 나는 두 가지 모두 거북하기만 한 노인이라는 딱지를 붙이고 싶지 않다. 각자가 자신의 계획에 따라 삶에 이바지할 수 있기를 바란다. 나는 모든 장애물을 끊어버리고 미래를 걸었다. 텐트나 동굴로 물러나 완전히 소외된 것이다. 내게 있어 지혜는 참여를 뜻한다. 행동이 따라야 한다. 더 좋은 모습으로 세상에 되돌아오기 위해 가끔 고독이라는 치료법을 쓰고, 고립이라는 약을 먹어야 하지만 말이다.

쇠이유(Seuil, 뒤에 자세히 소개할 것이다) 협회를 창설하면서, 이제부터 내 온 힘을 쏟게 될 프로젝트를 실현했다. 나는 '효율적인' 우리 사회에서 밀쳐진 노인과 축출된 젊은이들을 거부하는 사회구조의 부조리를 보여주고 싶다.

아니다, 내게 지혜란 파미르의 눈 덮인 언덕이나 동양의 사막을 달구는 뜨거운 모래에 있는 것이 아니다. 내게 지혜란, 좀 더 나은 사회를 만들기를 바라는 사람들의 활기차고 따뜻한 삶이다. 은퇴한 사람은 잠자코 쉬라고? 그러고 싶은 사람에게 할 말은 없다. 하지만 다른 사람들은? 어릴 때부터 배운 모든 것, 직업적인 노하우, 사람과 삶에서 얻는 경험을 던져버려야 한다? 나는 은퇴할 준비가 되어 있지 않다. 오히려 내 모든 것을 쏟아 참여하면서 인생을 곱씹어볼 만반의 준비가 되어 있다. 그렇다. 나는 지혜를 찾았다. 내게 있어 지혜란 잠자코 물러나 있는 것이 아니다.

8월 25일, 몇 킬로미터나 걸었는지 꼼꼼히 따져보았다. 이제 열다섯 번째 경계를 지나면 사마르칸트를 떠난 이래 2천 킬로미터대를 통과하게 될 것이다. 그 사실을 알게 되자 나는 윌리스를 놓고, 몸을 날려 펄쩍펄쩍 뛰었다. 그리고 가방에서 사과를 꺼내 엄숙하게 껍질을 깎은 뒤 야금야금 베어 먹었다. 나는 이 작은 경사를 말린 과일과 따뜻한 물 한 모금으로 축하했다. 아직도 1천 킬로미터를 더 가야 한다. 하지만 제일 힘든 여정을 끝낸 터였다. 적어도, 그러 길 바랐다.

26일, 내 몸이 한계를 넘어섰다는 신호가 왔다. 엄청난 설사를 시작으로, 여기저기에서 경보가 울렸다. 급격하게 살이 빠지면서, 왼쪽 발과 허벅다리, 엉덩이에 극심한 통증이 느껴졌다. 몸을 회복하는 데 걸리는 시간이 나날이 길어져서, 매일 아침 전날의 피로가 풀리지 않는 상태로 출발했다. 목표 지점까지 도착하려면, 지금이라도 멈추어야 한다. 그동안 무리한 것이 사실이다. 카스와 아커쑤 사이의 500킬로미터 구간을 18일 안에 주파할 계획을 세웠지만, 나는 제대로 쉬지도 않으며 12일 만에 주파했다. 다행히 아커쑤에서 30킬로미터도 채 안 남았으니 오늘 저녁이면 따뜻한 물로 몸을 씻고 면도도 할 수 있을 것이다.

거품이 보글보글 일어나는 욕조, 몸에 풍기는 은은한 향기, 얼룩 하나 없이 하얗게 세탁된 옷이 나오는 꿈속을 헤매고 있을 때, 누군가 나를 불렀다. 현실로 돌아와보니…… 도로 바깥쪽에 주차한 차 옆에서 경찰 두 명이 가까이 오라고 손짓을 했다. 중국에 들어온 이후 처음으로 경찰의 심문을 받게 되었다. 혹시 강도일지도? 나는 경계를 늦추지 않았다. 내가 틀렸다. 인심 좋은 경찰들은 커다란 수박을 같이 먹자고 부른 것이었다.

아커쑤의 입구는 역했다. 매캐한 디젤 연기를 토해내는 트랙터와 트럭 무리 때문에 더럽기도 했지만, 더 견디기 힘든 건 귀청을 찢는 소음이었다. 운전사들이 자기한테 경적을 울리는 상대방에게 계속 죽일 듯이 경적을 울리는 것 같았다. 아커쑤는 건축학적으로 볼 때 흥미를 끌 만한 것이 하나도 없었다. 중국의 대도시가 대부분 그러하듯, 사람들은 옛 건물을 쓸어버리고 구소련식으로 새것이긴 하지만 음울하기 짝이 없는 건물들을 세웠다.

1931년 9월, 황색 여행단의 무한궤도차 두 대가 바로 이 도시에서 다시 만났다. 서쪽에서 온 차량은 베이징에서 온 차량보다 훨씬 먼 길을 왔다. 하지만 베이징에서 온 차량이 먼저 고장이 났다. 무한궤도의 고무가 갈기갈기 찢어졌던 것이다. 또한 4개월간 중국 정부에 의해 우루무치烏魯木齊에 억류되었다. 같은 시기, 아마도 '큰 게임'의 주동자에게 조종을 받았을 전 지역의 전쟁 지휘관들이 서로의 목을 쳤다.

이곳에서 노르망디의 가을 날씨가 느껴졌다. 쌀쌀한 기온에, 끈질기게 내리는 이슬비로 보행로가 반짝거렸다. 거기에 중국인과 위구르인 할 것 없이 엄청나게 뱉어낸 가래가 그대로 널려 있었다. 내가 묵은 호텔은 중국식 관료주의가 어떤 것인지를 보여주는 전형적인 사례였다. 외출을 하려고 하는데, 직원이 친절하게 손님용 우산을 가져가라고 권했다. 나는 기꺼이 제안을 받아들였지만, 직원이 50위안(8유로)을 내라고 했다.

"우산 대여료 치고는 비싸군요."

여직원은 무슨 말인지 알아듣지 못했다. 십 분 후, 마침내 통역사가 도착했다. 나는 얼마든지 시간이 있었다. 대여료가 비싸다는 말을 다시 했다.

"대여료는 무료입니다. 50위안은 보증금입니다."

"체크인할 때 보증금으로 200위안을 냈는데요."

"같은 창구가 아닙니다."

사정이 그렇다고 하니 돈을 지불하고 나오려는데……200미터나 갔을까, 또 다른 여직원이 숨이 턱에 차서 왔다.

"영수증 가져가셔야죠."

시간과 인건비가 무궁무진한 놀라운 나라다. 한 가지 일을 처리하는 데 이십 분 동안 세 명의 직원이나 동원되다니.

몸에 쌓인 때를 박박 밀어낸 뒤, 저녁에 식당으로 갔는데, 사람들이 생선을 권했다. 나는 주문을 한 뒤 종업원이 생선요리를 서빙하고, 그걸 젓가락으로 먹어야 한다는 사실을 알게 될 때까지 얼떨떨한 상태로 있었다. 밥의 대부분을 무릎 위로 떨어뜨리던 처음보다는 젓가락질이 많이 나아졌지만, 이번에 제대로 할 수 있을지 겁이 났다. 젓가락질을 해보니 전보다 많이 나아졌고, 음식이 너무 맛있어서 다음 날에도 그 식당으로 갔다. 식당 주인 내외와 종업원은 내가 다시 온 걸 보고 무척이나 반기면서 연신 절을 하며 맛있게 식사하라고 말했다. 저녁을 먹고 나자 젊은 여자가 들어와 주인과 얘기를 나누더니 내게 다가왔다.

"저는 영어 통역사인데, 사장님께서 절 보냈습니다."

"나랑 얘기를 하라고 보낸 거라고요? 그렇게 신경을 써줘서 감사하다고 전해……"

"그게 아녜요. 오늘 생선이 어제 것보다 훨씬 크니까 식대가 두 배라는 말씀을 전해달라고 하셨어요."

여자는 임무를 완성하고 가버렸다……. 생선이 어제보다 크지는 않았지만, 훌륭한 낚시꾼인 주인장은 코쟁이한테 낚싯밥을 제대로 던진 셈이었다.

하루 동안의 휴식으로 충분했다. 의지만 있는 사람이라면 내가 하는 여행을 할 수 있다고 했던 말을 다시 한 번 확인해야겠다. 그 말을 꼭 강조하고 싶다. 3년 전 이스탄불을 떠난 이래로, 나는 분명 전보다 늙었지만 도보여행 덕분에 몸은 더 단단해졌다. 12일 만에 막 주파한 500킬로미터라는 거리는 3년 동안의 훈련으로 지구력이 확연히 늘었다는 증거다. 나는 24시간 만에 운동선수처럼 기운을 되찾았고 고통도 말끔히 사라졌다. 아커쑤를 떠나서 44킬로미터를 걸었지만 조금도 피곤하지 않고 기분이 상쾌했다. 도시를 빠져나오자, 동화에 나올 법한 풍경을 보고 발길을 멈추었다. 관개용 저수지를 채운 고요한 물 위로 비치는 포플러나무가 옆으로 펼쳐져 있었다. 나뭇가지 사이로, 톈산의 도도한 봉우리가 이름값을 하려는지 당당한 자태를 뽐냈다. 장관이었다. 해발 7천 미터의 산봉우리에 해가 막 떠올라 만년설이 반짝거리고, 빙하를 빛나게 하는 아침나절의 맑은 공기는 하늘에 닿을 듯 보였다.

도로에는 학교에 가려고 자전거를 탄 수백 명의 학생들이 재미있는 얘기 때문인지 느릿느릿 페달을 돌렸다. 아니면 아직도 꿈에 잠겨 있는 것인지도…….

나를 보고 경악한 여자아이가 저수지 도랑 위로 가방을 질질 끌며 도망가다가 기우뚱거리며 물속에 빠졌다. 도와주려고 다가가자 아이는 더 크게 소리를 질러댔다. 다른 꼬마 여자애가 자전거에서 내려 넘어진 아이를 일으켜 세우며 위로했다. "겁낼 것 없어. 코쟁이가 잡아먹지 않을 테니까." 다른 아이들도 나를 보고 겁을 낸다는 사실은, 다르게 생긴 존재, 즉 라오 와이老外(lao wai, 외국인)에 대한 공포와 증오가, 과거에는 그럴 필요가 있었다고 해도, 이 나라에 얼마나 깊숙이 뿌리 박혀 있는지 증명해주었다.

아커쑤에서 본 어떤 남자아이는 내 흉내를 내면서, 같이 있던 두 친구와 아버지를 웃기려고 했다. 아이는 내 뒤에 최대한 바짝 붙어서 걸으면서 내가 무슨 행동을 할 때마다 흉내를 냈다. 그걸 알아채고 진열장 앞에 멈춰 섰더니, 아이도 똑같이 멈추었다. 고개를 돌려 같이 웃으려고 하자 아이도 고개를 돌렸다. 아이의 친구와 아버지는 웃음을 터뜨렸다. 그 정도면 됐다. 나는 아이에게 한 수 가르쳐주기로 결심했다. 나는 속도를 더 내서 보도 위를 걸었고, 아이도 내 뒤를 바짝 따라왔다. 갑자기 멈춰서 "아아아아" 소리를 지르며 뒤돌았다. 아이는 겁을 잔뜩 집어먹은 눈빛과 공포로 일그러진 얼굴을 하고 '걸음아 날 살려라' 도망을 치더니 절뚝거리며 친구와 아버지 곁으로 갔다. 그 모습이 하루 종일 머리에서 떠나지 않았다. 나를 제외하고 웃는 사람은 아무도 없었다. 네 사람 모두 겁을 내고 있었다. 그러더니 갑자기 경멸에서 증오로 바뀐 표정을 지으며 지나갔다. 나는 그들에게 미소를 지으며, 내게 말을 걸라고 손짓했다. 그들은 첫번째 왼쪽 골목으로 방향을 틀더니 뒤도 돌아보지 않고 가버렸다. 위구르인이라면 외국 사람을 놀리려고 일부러 저러지 않았을 것이다. 중국인들은 파미르 너머 이슬람 형제들처럼 손님을 환대하지도 않는 것이 분명하다. 하지만 그럴 만한 이유가 있기는 하다. 50년 전부터 낯선 사람에게 말을 거는 것이 금지되어 있었다. 그런 금기 사항을 쉽사리 떨쳐버릴 수 없을 것이다.

오후가 되면서, 나는 긴 당나귀 수레 행렬을 따라잡았다. 마지막 수레에 토티가 타고 있었다. 우리는 손짓 발짓을 하거나, 그의 아들이 읽어주는 쪽지로 대화를 나누었다. 토티는 발육이 제대로 되지 않은 사십 대 남자였다. 모양 없는 웃옷은 꽉 끼었고, 연두색 모자 아래로 가늘고 뾰족한 얼굴이 보였다. 앞니 두 개가 빠져있었다. 토티 역시 내 나이가 예순세 살이라는 사실을 믿을 수 없다고 했다. 이 나이면 이가 하나도 없는 것이 당연하다고 생각하기 때문이었다. 토티는 자기 집에 가서 차를 마시자고 했다. 중국에 들어와서 누가 집으로 초대한 것은 처음이었기 때문에 너무나 기뻤다. 위구르 농부인 토티의 집은 마을 한가운데에 있는 작은 마당 안쪽에 있었다. 처마 밑에는 요란스럽게 매연을 풀풀 쏟아내는 작은 트랙터들이 놓여 있었다. 토티는 수레를 세우고 당나귀를 묶은 다음 집으로 들어오라고 했다.

이 집의 유일한 방은 35에서 40제곱미터 정도로 넓었고, 바닥은 흙을 다져서, 벽은 가공하지 않은 시멘트로 만들었다. 집주인은 자기가 손수 집을 지었으며, 납작한 지붕을 받치고 있는 어린 포플러나무도 심었다고 말했다. 두 개의 작은 창문이 희미하게 방을 비추었다. 방의 절반을 차지하고 있는 나무 평상 위에는 회색 펠트 양탄자가 깔려 있었다. 평상 둘레에는 기하학적 무늬의 빨간 천을 압정으로 박아 높이 1미터의 벽을 장식했다. 방의 나머지 부분은 이불 더미, 가족들의 겨울 옷가지들을 넣는 작은 함, 재봉틀 같은 초라한 가재도구가 차지하고 있었다. 전기가 들어오지 않아 석유로 불을 켰다. 토티 부부는 열두 살에서 열여섯 살 사이의 아이들 세 명과 이 방에서 먹고 자고 생활했다. 큰딸 아키즈는 왼쪽 발에 중상을 입었는데, 곪아서 원래 크기의 두 배로 퉁퉁 부어 있었다. 2유로짜리 동전 크기의 노란 종기 주변은 빨갛게 변해 있었고, 고름이 상처 부위에서 흘러내렸다. 아키즈는 며칠 전부터 사용한 것 같은 더러운 천으로 고름을 닦았다. 아이는 조용히 있었지만, 잿빛 얼굴 위로 극심한 고통이 배어나왔다.

"아이를 병원에 데려가야 해요."

토티는 엄지를 검지에 비벼대며 돈이 없다는 뜻을 전했다. 그 사이 막내딸이 엄마를 도와 차를 준비해서 가져왔고, 우리는 평상 위에 놓인 낮은 상 앞에서 차를 마셨다. 아이의 상처가 너무 심해서 계속 신경이 쓰였다. 나는 물을 끓여서 상처를 씻어내고, 더러운 천을 버리고 깨끗한 것으로 닦아야 한다는 말을 전달하려고 했다. 내가 한 말에 아무도 관심이 없는 것 같았다. 아무리 해도 통하지 않자, 진료비가 얼마인지 물어보았다. 토티는 20위안이라고 말하며 갑자기 관심을 기울였다. 나는 바보 같은 짓을 해버렸다. 바지 주머니에 돈이 얼마 없어서 셔츠의 안쪽 주머니에서 지폐 뭉치를 꺼내 아이 아버지에게 주었는데 50위안이나 되었다. 토티는 돈을 주머니에 넣었다. 그 돈으로 의사를 찾아갈지 의심스러웠다. 모든 가족이 나를 에워쌌다. 토티가 정중하게 말했다.

"우리랑 저녁 먹고, 여기에서 자요."

나를 보는 눈길이 달라졌다. 토티는 아들에게 명령을 내렸다. 아들은 잠시 후 돌아와 토티의 가죽 칼집에 칼을 집어넣었다. 나는 못 본 척했다. 토티가 나쁜 생각을 하고 있는 것일까? 그런 의심이 들자, 나는 망설이지 않았다. 많은 돈은 아니었지만, 한번 돈을 보고 나자 자기도 모르게 돈 욕심이 났을 것이다. 칼에 찔리는 것은 물론이고, 가죽까지 벗겨지지 않으려면 당장 떠나야 한다. 나는 모두에게 서둘러 인사를 하고는, 국도로 돌아가기 위해 쓰레기가 가득 쌓인 마을의 좁은 흙길을 따라갔다. 나는 몇 번이나 뒤를 돌아보며 아무도 따라오지 않는지 살폈다. 다시 한 번 확인한 사실은, 혼자 여행을 하다가 사람들을 만날 수 있지만, 이렇게 위험한 일이 생길 수도 있다는 것이다. 지붕 밑에서 잘 수는 있겠지만 말이다.

밤새도록 물이 텐트 위로 넘실대다가 안쪽까지 들어왔고, 바람은 텐트를 이리저리 흔들었다. 폭풍우가 잠잠해진 새벽녘에야 겨우 눈을 붙였다. 텐트에서 나오는데, 차가운 보슬비가 내렸다. 셔츠 차림의 목동이 추위로 덜덜 떨며 나무 뒤로 몸을 피하고는 비닐봉투로 머리를 감쌌다. 한 시간 뒤, 암양들이 움직이기 시작하자 목동이 양 뒤를 따라갔다. 나는 웃옷을 입었다. 타클라마칸 사막에서 더위로 고생할까 겁이 났는데, 지금 나는 여기에서 추위에 떨고 있다. 옆에 있는 포플러나무가 휠 정도로 강한 돌풍을 동반한 빗속에서, 마르코 폴로가 얘기한 악마의 웃음이 들리는 듯했다.

불을 피울 수가 없어서, 빗속에 다시 길을 나섰다. 여기에서 2킬로미터를 가야 마을이 나온다. 지도에 나온 대로라면, 140킬로미터의 긴 여정이 될 사막에 들어가기 전 마지막으로 들르게 될 마을이다. 다시 기분이 좋아졌다. 열 시에 늦은 아침으로 아주 매운 음식을 먹는 동안, 말레이시아 석유회사의 협찬을 받은 서른 대 가량의 지프 행렬이 지나갔다. 앞에는 오토바이 넉 대가, 뒤에는 부속품을 실은 트럭을 앞서가는 경찰차가 호위했다. 차에는 'Team Adventurers' 라는 문구가 둥근 모양으로 새겨져 있었다. '모험가'들은 수십 개의 주머니가 달린 회색 단체복에 장갑, 빠져서는 안 될 검정 선글라스까지 패션에 신경을 많이 썼다. 이들보다 더 모험가처럼 보이는 사람은 아시아를 통틀어 찾지 못할 것이다. 석유회사에서는 이들에게 별 네 개나 다섯 개짜리 호텔도 제공할 것이라는 생각이 들었다.

마을을 벗어나자, 갈림길이 나와서 선택을 해야 했다. 왼쪽으로 가면 산을 통해서, 오른쪽으로 가면 사막을 통해 쿠처庫車에 가게 된다. 나는 사막을 택했고, 거기에서 자전거를 타고 가는 사람과 마주쳤다. 매년 지금처럼 오지에서 자전거 여행을 하는 사람을 만나게 된다. 주머니가 여러 개 달린 단체복이나 검정색 선글라스 차림은 아니었지만, 이 사람이야말로 진정한 모험가였다. 우터 부스마커라는 이름의 서른두 살 된 이 네덜란드 남자는 금발의 더벅머리에 얇은 안경 너머로 새파란 눈을 한 컴퓨터 기술자다. 그는 모든 것을 떠나 자전거를 타고 모험에 나섰다. 그리고 파키스탄에 도착했다. 좋은 컨디션을 보이고 있는 그는 10월 말 전에 베이징에 갈 생각이다. 이 사람도 예정보다 앞당겨 여행을 한 것 같았다. 열과 심한 탈수, 햇볕에 과도하게 노출되어 피로의 신호인 커다란 뾰루지가 입술 아래에 부어올라 있었기 때문이다. 전 세계적으로 커뮤니케이션 수단이 점점 다양해지고 현대화될수록, 이 친구처럼 느리고 구식인 생활방식을 찾아나서는 사람이 많아진다는 사실이 흥미로웠다. '고효율적'이라고 말하며 안주하고, 속도가 중요한 미덕이 된 이 세계에 대한 반란과 저항이 필요하다는 신호일지도 모른다.

내가 택한 길은 정말이지 사막처럼 황량했다. 나는 톈산에서 멀어져갔고, 굴곡 없는 이 땅 위로 솟아올라온 건 아무것도 없었다. 모래가 조금씩 자갈이나 붉은 흙을 대체해갔다. 몸을 돌려 둘러본 어딘가에는 끝도 없이 평평한 모래길이 이어졌다. 마치 내가 바다에 있는 것 같은 느낌이었다. 출발한 이후 한 번도 걸은 적이 없는 것처럼, 신기해하며 모래 위를 걸었다. 너무나 편안한 느낌이어서, 내 자신을 잊어버릴 정도였다. 나는 미래의 계획을 세우며 꿈속을 걷는 것처럼 앞으로 나아갔다. 윌리스가 스르르 따라왔다. 나홀치 식량을 사서 가방 속에 꽉꽉 채웠고, 물이 필요하면 지나가는 트럭 운전사에게 부탁하면 될 것이다. 내 몸에 번지고 있는 이 느낌이 기쁨이라는 것이 아닐까? 여러 대의 차량이 멈추어, 역시나 태워주겠다고 했다. 내가 거절하자 뭐라도 줘야 할 것 같았는지 수박, 야채나 고기를 넣고 쪄서 만든 모모라고 하는 빵, 물병, 탐스러운 포도송이 등을 주었다. 며칠 동안 이처럼 사람들과 사막은 내게 호의적이었다.

정말 놀랍게도, 마을에서 30킬로미터 떨어진 곳에 지도에 나와 있지 않은 세 채의 건물이 모여 있었다. 길 쪽으로 난 건물 가운데 두 개는, 무슨 규칙이라도 있는 것인지 이번에도 식당과 타이어 정비소였는데, 하나같이 손바닥처럼 작았다. 그 뒤로 작은 방들이 잇대어 있는 긴 건물이 있었는데, 방마다 문과 창문이 하나씩 있었다. 이 건물을 보니 여관이 생각났다. 오후가 저물어가고 있었지만, 뜻밖의 행운을 놓칠 수 없어 젊은 중국 남자한테 음식을 주문했다. 남자는 나를 보고 어리둥절해서 한동안 못 박힌 듯이 서 있다가 결국 화덕 쪽으로 갔다. 집 앞의 커다란 주차장에서 예쁘장한 여자 세 명이 처마 밑에 놓인 평상에 앉아 수다를 떨고 있었다. 두 명은 여기에서는 흔치 않은 짧은 원피스를 입고 있었고, 다른 한 명은 몸에 꼭 끼는 바지와 티셔츠를 입고 있었다. 사막의 구석진 곳에서 이런 차림을 하고 있는 위구르 여자를 본다는 사실이 놀라웠다. 아마도 주차장에 있는 세 트럭 운전사의 부인일 것이다.

고구마, 가지, 피망을 곁들이고 진한 양념을 쓴 양고기 스튜를 먹으면서, 역시나 예쁜 여자 두 명이 햇볕에 속옷을 널러 가는 것을 보았다. 종업원일까? 예전에 본 종업원들은 덜 예쁘고 치장도 부자연스럽고, 절대 화장하는 법도 없이 씩씩하게 일을 했는데, 이 여자들은 아마 휴가 중인 것 같았다. 뒤에 있는 건물의 어떤 방에서 또 다른 여섯 번째 여자가 운전사와 같이 나오는 것을 보는 순간 모든 의구심이 사라졌다. 내가 유곽에 있다는 걸 한참 후에야 깨달았다. 공산주의 국가인 중국에도 유곽이 있었다. 허허벌판의 사막에. 신장은 중국 정부가 만들고자 했던 사회답게 모든 것이 적절히 배치되어 있었다. 계산하는 남자는 분명 한족 중국인이고, 여자들은 위구르인이다. 아주 드문 경우를 제외하고, 어느 곳에 가든 중국인은 2차 산업과 3차 산업의 일을 차지하고, 위구르인에게 남는 일은 농사나—아니면 여기처럼 매춘이다. 중국인이 돈줄을 쥐고 있었다.

작은 마을에 이르러 최근 추수한 밀의 탈곡장으로 사용된 곳에 텐트를 쳤다. 언제나 그렇듯, 젊은이들이 어슬렁거리며 나를 보려고 다가왔다. 마오쩌둥 모자에 이는 누렇고, 콧수염을 기른 남자가 소문을 듣고 나타났다. 남자는 농부였는데, 내 장비에 커다란 관심을 보였다. 반가운 표정이었다. 너무나 만족해하며 돌 위에 앉아 노래를 부르기 시작했다. 멋진 바리톤 목소리였다. 아이들과 나는 남자 주위에 웅크리고 앉았다. 아이들과 남자의 표정을 보니 슬픈 노래인 것 같았다. 그의 청아한 목소리를 들으며, 러시아 합창단 속에서 노래 부르는 그의 모습을 상상했다. 삼십 분이 지나자, 사람들의 관심을 받는 대상은 나뿐이 아니었다. 하지만 그것도 잠시, 내가 노래를 감상하고 있다는 소문이 퍼졌다. 마을 사람들이 나를 찾아왔다. 열댓 명의 사람들이 모였다. 남자들이 차례로 나와 노래를 불렀고, 여자들은 듣고 있었다. 아무도 박수를 치지 않았다. 그러자 사람들이 남자아이 하나를 불렀고, 그 아이는 콧소리를 내며 노래했다. 아이는 목이 터져라 소리를 질러댔고, 성대가 망가질 것 같았다. 하지만 모든 사람들이 아이가 노래를 잘 부른다고 생각하는 모양이었다. 그래서 나도 만족한다는 표시로 머리를 끄덕거렸다.

　신허新和에 닿기 조금 전, 친절한 노인 한 명을 만났다. 아무르 튀뮈르(Amur Tumur, 사마르칸트에서 아미르 티무르Amir Timour라고 쓰는 이름이 중국식으로 변형된 것이다)는 여든한 살이었는데 아직도 정정했다. 그는 자전거로 나를 추월하더니 자기 집 앞에서 나를 기다렸다. 우리는 차를 마셨고, 그의 딸이 사다리를 타고 올라가 포도 두 송이를 따서 가져다주었다. 아무르는 내가 하루나 이틀 머물다 가길 바랐다. 하지만 쿠처에서 비자를 한 달 연장할 수 없는 한, 파리에서 받은 비자 만료일 전에 투루판에 가려면 하루라도 지체할 시간이 없었다. 최악의 경우를 대비해야 했다!

　시장에서, 이곳 사람들이 카루(karoue)라고 부르는 만두와 루두(rhoudoue)를 맛보았다. 이 중국식 만두는 밀가루 반죽에 동그랗게 빚은 고기를 넣어 양파와 마늘로 양념한 감자 국물에 익힌 것이다. 마늘은 어느 음식에나 들어가고, 식당에 가면 테이블 위에 어김없이 있다. 중국인과 위구르인은 마늘이 무엇보다 훌륭한 살균 효과가 있다고 믿는데, 예전에 프랑스 사람들도 그렇다고 확신했다. 지중해 유역의 사람들은 예로부터 마늘이 치료약, 질병 예방, 최음제에 주술 효과(마늘을 먹으면 시력이 좋아진다……)가 있다고 하며 널리 이용하였다. 마늘은 키르기스스탄의 광활한 스텝에서 카스피해를 통해 유럽에 들어오기도 했다. 그러니까 이 지역에서 지금도 마을을 이렇게 많이 소비하는 것이 놀랄 일은 아니다.

이곳에서는 쿠처의 빵, 즉 윌리스의 바퀴만한 납작한 빵을 먹는다. 그리고 기르드 난(girde nan)이라고 부르는, 속살이 아주 단단하고 모양은 둥근 작은 빵도 먹는다.

경치는 별로 달라지지 않았다. 이곳에서도 여름이면 오아시스에서 추수를 한다. 사람들은 손으로 밀을 자르고 타작했다. 평평한 바닥에 방수포를 깔고, 그 위에 빨간 고추를 펼쳐놓고 햇볕에 말리는 풍경은, 다시 모습을 드러낸 회색 산을 배경으로 새빨간 조각보처럼 보였다.

어느 날 저녁, 마을 근처에 텐트를 치고 있는데, 어디에서나 그렇듯, 텐트 치는 의식을 보러 온 한가한 아이들이 내게 옥수수를 가져다 주었다. 이걸 어떻게 해야 한다? 아이들은 내가 어떻게 해야 할지 모르자 웃더니 구멍 안에 나뭇가지를 놓고 불을 활활 피웠고 평평한 숯 위에 옥수수를 놓고 구웠다. 그 덕에 매일 지겹도록 먹던 국수 대신 새로운 음식을 먹을 수 있었다. 아이들은 코쟁이한테 한 수 가르쳐줬다는 데 만족해하며, 한참 동안 텐트 옆에 앉아서 자기네들끼리 떠들어댔다.

쿠처 입구는 재미있었다. 도로가 높은 흙언덕 위에 나 있어서 아래쪽 평지에 있는 교외 건물의 지붕 위를 걷는 느낌이었다. 이 도시에는 당나귀나 말이 끄는 수레가 넘쳐났다. 가볍고 안락한 수레는 자전거 바퀴 네 개가 달려 있었고, 옷 장식 밑단으로 꾸민 기괴한 양산이 수레의 덮개로 사용되었다. 당나귀나 말은 빨간색과 파란색 털실로 된 방울을 주렁주렁 달아 장식했다. 천으로 된 덮개가 있는 삼륜차三輪車도 많이 있었다. 어떤 승객은 비밀리에 여행을 하기 위해 작은 커튼 뒤에 몸을 가리기도 했다.

쿠처에서 볼 만한 곳은 시내가 아닌 교외에 있었다. 이곳은 이슬람교가 세력을 떨치기 전까지 불교문화가 번성한 곳이다. 쿠처를 둘러싸고 있는, 폐허로 변한 네 도시가 과거의 영화를 증언하고 있었다. 특별히 하루를 내서 가장 가까이에 있는 치우시(Qiuci)를 방문했다. 서쪽으로 몇 킬로미터 떨어진 치우시는 과거 이 지역의 수도로 옛 이름은 얀쳉이다. 승려이자 여행가였던 현장이 들렀던 7세기에는 도시 이름이 일루올루(Yiluolu)였다. 현장의 묘지는 시안에 도착하면 가볼 것이다. 이 승려가 기록한 바에 따르면, 서쪽 문에 높이 30미터의 불상 두 개와 수많은 절이 있었다. 그 밖의 세 도시 수바쉬(Subashi), 우슈카(Wushka), 통구시바쉬(Tonggusibashi)는 너무 멀어서 갈 수가 없었다. 이 지역에 많이 있는 동굴도 가볼 시간이 없었다. 제일 유명한 것은 키질(Kizil) 석굴이다. '천불동千佛洞'이라는 별명이 붙은 동굴(동굴이 아주 많이 있다)을 파내고 장식하는 데 500년 가까이 걸렸다고 한다. 실크로드 시대, 이 동굴은 그림과 조각의 수준에 있어서 둔황 석굴과 자웅을 겨루었다. 전문가들은 이 동굴의 예술품에서 중국의 영향력을 찾지 못했다. 이 동굴이 형성된 당시까지는 이 지역이 아직 한족의 지배하에 있지 않았던 것이다.

독일인 알베르트 폰 르 콕(Albert von Le Coq)과 알베르트 그륀베델(Albert Grunwedel, 1856~1935, 1900년대에 중국과 중앙아시아 지역의 불교미술품을 발굴, 답사했다)은 제일 아름다운 작품 몇 점을 베를린으로 가져갔다. 20세기 초, 독일 '도둑들'과 영국인, 스웨덴인, 프랑스인, 미국인들이 자기네 나라로 조각, 그림, 서예 작품을 가져갔고, 이는 오리엔탈리즘을 부활시켜서 동양에 대한 심미안을 불러일으켰다. 아니 이미 그 이전부터 있던 오리엔탈리즘을 일깨우게 했다. 두 독일 동양학자가 이 지역을 발굴했을 때, 이곳은 아직도 아주 야생적인 곳이었다. 폰 르 콕이 전한 이야기 중에는, 열두 살 난 어떤 여자아이가 예순 먹은 남자와 결혼식을 올리고 도망갔다는 내용이 있다. 늑대들이 여자아이를 잡아먹었는데, 아이의 흔적으로 남은 것이라고는 장화뿐이었다. 더 끔찍한 것은, 아이의 다리가 장화 속에 있었다는 것이다. 아직도 관광객을 맞이할 준비가 되어 있지 않은 야생지대였다.

천불동을 가보지는 못했지만, 쿠처에서 하루 쉬면서 오늘날 실크로드란 이름으로 명성이 높은 그 길을 생각하며 공상에 빠졌다. 지금으로부터 2000년 전 한족이 개척하고, 14세기 명나라가 굳게 빗장을 잠근 길이 이렇게 다시 반쯤 그 모습을 드러내고 있는 것이다. 하지만 당시와 현재를 비교하는 것은 이 정도로 그치겠다. 7세기 제국의 수도였던 인구 200만 명의 시안西安은 9×8킬로미터의 면적으로 세계에서 가장 큰 도시인 로마와 함께 쌍벽을 이루었다고 한다. 터키, 인도, 한국, 일본, 몽골, 아랍, 아르메니아를 비롯해 말레이시아에서 온 외국인 5천여 명이 머무르기도 했다. 이들은 종교의 자유를 가질 수 있었기 때문에, 네스토리우스교, 조로아스터교, 불교, 마니교, 유대교의 신도들이 자신들의 사원을 마음대로 지을 수 있었다.

네스토리우스교는 그리스도교의 한 종파다. 에페소스 공의회(430년 8월) 때, 이 종파는 예수의 신성神性을 부정했다. 이들에게 예수는 메시아였지만, 인간이지 신은 아니었다. 이단으로 규정된 이들은 동쪽으로 도망가면서 실크로드를 따라 성소聖所를 지었다. 그리스도교도에게 발칸 반도에서 처형당했던 마니교도들 역시 피난처로 사마르칸트에 이어 중국을 발견했다. 마니교는 페르시아에서 생긴 종교로, 빛(영혼)과 어둠(육신)을 대립시켰다. 폰 르 콕은 투루판 근처에서 죽은 사람의 넋을 기리는 모습을 담은 희귀한 프레스코를 발견했다. 마니(Mani, 216~274)라는 이름으로도 불렸던 이 사람은 자신이 마지막 메시아라고 주장했다. 조로아스터교도들이 의문을 제기하자, 설전을 벌이다가 져서 십자가형에 처해졌다.

또한 인상적이었던 것은, 실크로드를 따라가면서 신전과 이슬람 사원을 보면서 여러 번 생각하게 된 것이지만, 실크로드를 통해 자유롭게 전파되었던 종교가 한쪽 방향으로

만 전파되었다는 사실이다. 불교와 유교는 한 번도 서구에 전파되지 않았다. 다른 종교들은 얼마간 중국에서 꽃을 피울 수 있었는데 말이다. 그 이유는 대서양에서 파미르까지 퍼져 있던 두 종교, 즉 이슬람교와 기독교가 경쟁 상대를 인정하지 않았고, 꽤나 가혹하게 빗장을 걸어닫았던 데 있다.

가장 좋은 예로, 조로아스터교가 알비파(Albigenses, 12~13세기경 프랑스 알비 지방을 중심으로 퍼진 가톨릭의 이단 종파)의 전도로 이미 청산되었던 카타리파(Cathari, 풍속의 극단적 순화를 주장했던 중세 가톨릭의 이단)와 함께 프랑스에 침투하려고 했던 것을 들 수 있다. "모두 죽여라. 신께서 당신의 자식을 가려내실 것이다." 이 말은 알비파 정벌을 지휘한 시몽 드 몽포르(Simon de Montfort, 1175~1218)가 1209년 기독교 정교회 교도가 도시 베지에(Béziers)를 점령했을 때, 여자와 아이들의 목숨을 살려주어야 할지 결정해야 할 순간 한 말이었다. 페르시아나 지중해에서 생긴 종교가 중국으로 건너가게 된 이유는 이 종교를 믿는 사람들이 중앙아시아나 서양에서 학대받고 박해받았기 때문이었다. 중국에서 만들어져 유럽으로 전파된 학문, 비단, 화약, 나침반, 종이는 종교보다 더 잘 수출될 수 있었다.

오늘날 이 실크로드를 통해 오가는 것은 어떤 것일까? 물론 상품들이 다시 거래되고 있다. 이제는 낙타의 등이 아닌 트럭을 통해서. 하지만 당시와 현재의 비교는 이 정도로 그치겠다. 종교의 자유는 아프가니스탄과 이란에서 금지되어 있고, 이슬람교가 주류를 이루는 모든 나라에서는 제한 되어 있다. 정치적인 자유는 베이징에서 이스탄불까지 거의 찾아볼 수 없고, 겨우 터키에서 그 싹이 트고 있는 것을 확 인할 수 있었다. 다른 곳에서는 기대할 수 없다. 그리고 천 안문사태 때 가해진 무지막지한 진압이나, 세관이 그와 관 련된 책과 카세트테이프를 집요하게 추적한 사실은 중국에 서 정치적인 자유에 미래가 없다는 사실을 증명해준다.

이 모든 나라들이 2000년 전부터 변함없는 상태를 유 지하고 있다. 이란 혁명이나 구소련 공화국들의 운명을 180 도로 바꿔놓은 혁명은 최근에야 일어났다는 사실이 이를 증명한다. 현재 그나마 이곳에서 볼 수 있는 표면상의 평화 는 군대와 정치적인 성향을 띤 경찰과 총의 그늘에서만 존 재한다. 아프가니스탄과 타지흐스탄에서 내전이 일어나고 있다. 다시 말해, 내가 지금 걷고 있는 길이 대단히 불안정 한 상태로 겨우 열리기는 했지만, 앞으로 몇 년 후 지구상에 서 가장 불안한 격전지가 되지 않을까 두렵다.

치우시 호텔의 방탄유리로 된 진열장에는 서양의 부자 관광객만이 살 수 있는 진품으로 보이는 비싼 물건들이 진 열되어 있었다. 부처상과 비단 및 금으로 된 제품 옆에는 두 루마리 휴지도 있었다. 모두 알고 있듯, 물건의 가치는 희소 성에 있다. 유명한 삼단논법으로 얘기해보자. 모든 귀한 것 은 비싸다. 값이 싼 말은 귀하다. 고로 비싼 말은 싸다. 이 화장실용 두루마리 휴지의 가격은 얼마나 될까? 가격을 보려고 가까이 갔더니 8위안으로, 국수 두 그릇 값이었다.

나는 비자 연장 허가증을 받으려고 경찰서의 외국인 창구로 갔다. 경찰은 비자 연장신청은 기존의 비자 만료기간 일주일 전에 해야 한다며 정중하게 거절했다. 그런데 비자를 연장하려 기다린다면, 난 여정을 마칠 시간이 없다. 또 다른 형태의 귀류법〔歸謬法, 어떤 명제를 증명하기 위해, 결론을 부정하면 모순이 생긴다는 것을 보임으로써 그 결론의 옳음을 증명하는 방법〕이다. 파리에서 취득한 비자의 만료기간인 9월 말 이전에 도착지까지 가겠다는 계획을 세웠다. 비행기 예약날짜는 28일이다. 만약 투루판에서 2, 3일, 우루무치에서 이틀간 관광을 하려면, 적어도 오아시스에 9월 23일에 도착해야 한다.

이날 저녁에 내린 결론은, 오아시스에 도착하려면 카스부터 계속해온 것처럼 전속력으로 길을 따라가야 한다는 것이었다. 결국 나는 걷는 것이 아니라 '관료주의와 벌이는 경쟁'을 따르는 것이다.

우체국 앞에서 모하마찬 쿠르반을 알게 되었다. 그는 대서인代書人으로, 짝이 안 맞는 판지로 만든 건들거리는 탁자에서, 높이 10센티미터의 의자에 앉아 근엄하게 업무를 보고 있었다. 네다섯 명의 동료 대서인들도 계단 아래에 자리를 잡고 있었다. 모하마찬의 탁자가 제일 상태가 나빴다. 하지만 그는 괘념치 않았다.

그의 관심사는 시대의 변화에 늘 앞서가는 것이다. 이미 중국어와 위구르어, 러시아어를 말하고 쓸 줄 아는 그에게 시대를 앞서가는 일이란 영어로 말하고 인터넷을 할 줄 아는 것이다. 그는 이것이 바로 미래라고 말한다. 올해 쉰 살이 된 모하마찬은 미래에 열중한다. 그는 티우베테크 (toubetek) 혹은 토키(toki)를 보란 듯이 머리에 쓰고 있었다. 이 네모난 모자에는 이슬람교도가 좋아하는 녹색과 파란색 톤으로 수가 놓여 있었다. 그는 밤색 모자에, 주머니가 많이 달린 흰색 조끼를 입었는데, 주머니에는 그의 작업도구인 만년필이 가득 들어 있었다. 주로 그가 하는 일은, 글씨를 읽거나 쓸 줄 모르는 수많은 사람들이 가져오는 편지를 해독해주거나 써주는 것이다.

그는 자랑스럽게, 자기가 편지를 보냈던 '다양한' 나라의 주소를 보여주었다. 중국 내로 보내는 편지야 그리 이국적일 것이 없었고, 다른 주소는 구소련이나, 그가 동경하는 유일한 나라 미국뿐이었다. 지금 이 자리에 있는 그의 단골 손님은 아들을 미국으로 보낸 여자였다. 매달, 여자는 우체국으로 효자 아들이 보내는 우편환을 찾으러 온다. 그리고 집으로 가는 길에 모하마찬에게 들러 감사 편지를 받아쓰게 한다.

모하마찬이 인터넷에 관심이 있다고 했으니, 이메일을 확인할 수 있는 컴퓨터를 어디에서 찾을 수 있는지 알지 않을까? 그는 짧은 수염을 쓰다듬으며 내게 조건을 제시했다.

도움을 주고받자는 것이었다. 자기가 컴퓨터 있는 데를 알려줄 테니, 먼저 러시아로 된 몇몇 표현을 내게 영어로 해석해달라고 했다.

내가 볼펜으로 적어준 문장을, 그는 펜촉을 가지고 가는 글씨체로 공책에 정성스럽게 옮겨 적었다. 도자기 연적은 명나라 시대 물건이 틀림없었다. 쓰기를 마치고는, 영악한 모하마찬은 거기에서 겨우 50미터 거리에 있는 PC방으로 날 데리고 갔다. 그는 내가 하는 것을 보면서, 마치 시험을 걱정하며 준비하는 학생처럼 정보를 얻고 익혔다.

9. 추돌 사고의 목격자

9월 1일 쿠처를 떠나면서 24킬로미터라는 지극히 합리적인 거리를 그날의 목표로 정했다. 저녁에 사막에 텐트를 치는 순간, 목표치보다 두 배나 먼 거리를 주파했다는 사실을 확인했다. 늦게 도착할지 모른다는 공포감이 다시 한 번 들면서 마음이 급해졌다. 그런데 이상하게도 걱정이 되기는 했지만, '기한'을 지키지 못할 것 같은 생각은 들지 않았다. 마감시간(예를 들어, "오늘 저녁 일곱 시까지 서른 줄짜리 기사를 완성해야 한다"는 식)을 지키며 보낸 기자 생활의 틀이 아직도 나를 옭아매고 있기라도 한 것처럼 말이다. 기사의 줄은 킬로미터로, 마감은 국경으로 바뀐 것이나 마찬가지였다.

다음 날 달라오바에서 잠자리를 준비하고 있을 때 누군가 문을 두드렸다. 하지만 망가진 문을 왜 두드리는 것일까? 문을 두드린 사람은 술에 잔뜩 취한 트럭 운전사였는데, 정말 내가 걸어서 쿠처에서 왔는지 물었다. 나는 그렇다고 했다. 그는 폭소를 터뜨리고는 네온등이 음산하게 비추는 방으로 갔다. 그 방은 식사하는 곳으로도 사용되었다. 십 분 후 또 다른 취객이 왔는데, 내가 걸어서 왔다고 하자 믿으려 들지 않았다. 그는 내 신발을 보겠다고 했다. 실컷 구경을 하고는 만족스러워하며 어깨를 건들거리며 방으로 돌아가, 게걸스럽게 청주 몇 잔을 마시고 곤드레만드레 취했다. 다른 사람들이 그의 얘기를 듣고 웃음을 터뜨리는 소리가 들렸다. 세 번째 남자가 문 안쪽으로 들어와서 윌리스를 보려고 목을 휙 돌렸다. 이 남자도 믿으려 들지 않았다. 이 남자를 포함해 많은 트럭 운전사가 지치지 않고 나를 데리고 투루판까지, 내가 원한다면 베이징까지 갈 수 있는 마당에, 걸어가려는 사람은 코쟁이밖에 없었다.

룬타이輪台에는 반갑게도 호텔이 있었다. 몸을 씻고 푹 쉴 수 있다는 생각에 서둘러 호텔로 들어가 맨 먼저 짧게 자른 머리 위에 미지근한 물을 뿌려대며 행복을 느끼는 상상을 했다. 홀에 들어서자 젊고 우아한 한족 여자가 계산대 옆에 있었다. 나는 여자에게 다가가 상냥하게 물었다. "빈 방 있을까요?" 여자가 입을 꼭 다물고 나를 뚫어져라 쳐다보는 표정에 기분이 상했다. 내 몸에서 악취가 나기는 했지만, 이렇게까지 굴 건 없었다. 갑자기 여자는 소리를 지르며 손으로 문을 가리키면서, 당장 자기 눈앞에서 꺼지라는 신경질적인 손짓을 해댔다. 여자가 보기에 내 행동이 굼떴던지 잘 차려입은 젊은 남자에게 도움을 요청했고, 직원으로 보이는 이 남자는 나더러 나가라는 손짓을 하고는 밖으로 날 떼밀 태세였다. 어이가 없었다. 외국 사람한테 이렇게까지 혐오감을 보이는 모습은 처음이었다. 이 여자는 더 이상 혐오감을 억누르지 못했다. 가끔 외국인을 혐오하는 눈길이나 몸짓을 본 적은 있어도 이렇게까지 거칠게 구는 모습은 처음이었다. 나는 한동안 너무 놀라서 복도에서 꼼짝도 못하고 서 있었다. 해결사 남자는 내가 다시 돌아오기라도 할까봐 나를 밀어내고 문을 잠가버렸다.

나는 잠시 후 엄청나게 더러운 여관을 발견했다. 여관은 나를 반갑게 맞이했다. 물론, 여관에 있던 사람들이 모여들었다. 문은 잠기지 않았지만, 난 계속 자물쇠를 가지고 있다가 일주일 만에 턱을 뒤덮을 정도로 자란 수염을 깎으러 가면서 짐을 자물쇠로 채웠다.

이발소는 너무 작아서 한 번에 한 명밖에 들어갈 수 없었다. 사람들은 밖에 있는 의자에서 차례를 기다렸다. 이발사가 조명을 아끼는 바람에 나는 어둠 속에서 면도를 받아야 했고, 이 때문에 얼굴 두 군데에 칼자국이 남았다. 이미 똑같은 서비스를 받고 돈을 낸 적이 있는데, 그 가격의 네 배나 되는 돈을 내라고 하자 나는 목소리를 높이고, 달라는 돈의 절반만 주었다. 그는 두말없이 돈을 받았다. 룬타이는 나를 가장 달갑지 않게 맞이한 곳으로 기억될 것이다. 마지막으로 공중목욕탕에 가기로 마음먹었다. 뚱뚱한 목욕탕 주인 여자는 들어가기도 전에 보증금 100위안(16유로)

을 내라고 하면서, 가격을 알려주지 않았다. 여자는 이발사가 한 것처럼 하려고 했다. 정말이지, 룬타이 사람들은 손님을 환대하는 법이 거의 없었다. 얼간이로 보이느니 대얏물에 고양이 세수를 하는 편이 훨씬 나았다. 동양과 마그레브 〔Maghreb, 모로코, 튀니지, 알제리를 포함하는 북아프리카 지방〕의 시장에서 성행하는 흥정이 놀라운 이유는, 그 안에 규칙이 있다는 사실 때문이다. 잘 속는 사람은 멸시를 받지만, 파는 사람과 사는 사람이 합의에 이르면 정중하게 악수를 하고, 서로에게 존중의 표시를 보낸다. 그런데 여기에서는 절대 그런 모습을 찾아볼 수 없었다.

엔지사르(Yengisar)는 꽤 칙칙한 시골 마을이다. 그 이유는, 이곳의 모든 사람들이 석탄 장사를 하기 때문이다. 석탄더미가 쌓여 있지 않은 마당은 하나도 없었다. 사람들은 엄청난 양의 석탄을 트럭에 싣고 내렸다. 광산에서 곧장 나오는 석탄덩어리는 손으로 나르기도 한다. 이 어두운 세계에서, 셴만은 하얀색으로 뒤덮여 있었다. 방앗간 주인이었던 것이다. 나는 파리에 전화해서 비행날짜를 확인해야 했다. 그래서 이 하얀 분칠을 한 피에로에게 물어보기로 했다. "공중전화가 어디에 있나요?" 그는 대답을 하지 않고, 친절하게 내 팔을 잡더니 기계들이 요란한 소리를 내는 작은 방을 가리켰다. 남자의 불룩 나온 배와 소탈한 웃음, 머리가 벗겨지기 시작해서 더욱더 넓어진 이마를 보니 믿음이 생겨서 그냥 끌려가기로 했다.

그는 당나귀 수레에 밀가루 푸대를 싣는 손님을 보내고는, 나를 데리고 안뜰을 거쳐 좁은 숙소로 갔다. 역시 한족인 부인은 나를 보자마자 벌써 찻물부터 뜨겁게 데웠다. 어느새 아들이 이웃사람들을 데려왔다. 아이를 따라온 예닐곱 명은 열다섯에서 스물다섯 살 사이의 나이로, 한눈에 보기에도 셴과 그의 함박웃음과 대문이 활짝 열린 작은 집을 좋아하는 것 같았다. 셴을 중심으로 친구들의 무리가 여기에 모였다. 내가 이 나라에 들어와 걷기 시작한 이래, 한 번도 한족 중국인이 코쟁이인 나에게 우정을 보이거나 관심을 보인 적이 없었다. 나는 그저 호기심의 대상이거나 현상일 뿐이었다. 셴은 자기 이야기를 들려주고, 내 작은 종이에 적힌 것을 읽고, 영어를 대충 할 줄 아는 꼬마를 은근히 들볶아서 빨리 통역을 하라고 재촉했다. 그러고는 내 수첩을 달라고 해서 한자로 한 쪽 가득 적었는데, 나중에 알고 보니 내가 한 일에 대한 감탄의 표현이었다. 우리는 마른 과일을 먹으며 차를 마셨다.

"여기 있다가 우리 집에서 자는 거요."

방앗간 주인 남자가 공포했다.

모두가 웃었다. 특히 그의 부인이 많이 웃었다. 나를 어디에서 재우려는 것일까? 셴은 내가 파리에 전화를 걸고 돈을 내겠다는 제안을 받아들이겠다고 약속했다. 셴은 약속만 해놓고 지키지 않았다. 자동응답기에 메시지를 남기느라 통화료가 많이 나오지는 않았지만, 셴이 돈을 받겠다고 할 때까지 나와 그의 부인은 엄청나게 고집을 부려야 했다. 일곱 시간의 시차 때문에 파리는 아직 너무 이른 시간이었고, 사무실은 아직 문을 열지 않았다. 이렇게 친절한 사람들과 함께 있어서 기분이 좋았다. 토루가르트를 떠나서 처음으로 이렇게 서로의 감정을 나누고, 중앙아시아 어디에나 있었던 따뜻한 우정을 다시 느낄 수 있었다.

내가 가장 놀란 것은 한족 중국인인 셴이 위구르 이웃과 형제처럼 지내는 모습이었다. 어디에 가든 한족과 위구르인이 나란히 살지만, 여기에 올 때까지 한 번도 두 민족이 어울려 지내는 것을 보지 못했다. 종교, 역사, 음식 등 모든 것들이 두 민족을 갈라놓았다. 음식이라고 해서 무시할 것이 아니다. 이슬람교도들은 돼지를 먹는 한족이 음식을 타락시켰을까봐 한족이 경영하는 식당은 철저히 피해 다닌다. 새로운 땅을 동화시키기 위해서 오래전부터 사용해온 방법대로 한족이 대거 몰려왔는데, 이 거대한 신장 지방의 터줏대감이나 새로 온 사람 그 어느 쪽도 만족하지 못했다. 정치적인 회유나 이익 때문에 이곳으로 밀려온 한족은 조상들의 땅을 억지로 떠나야 했다. 위구르인들이 모두 무장봉기에 가담하는 것은 아니지만, 그래도 새로 온 한족이 좋은 자리를 차지하는 것을 달가워하지는 않는다.

최근 거대한 유전油田이 발견되면서, 이런 현상은 더 심화되었다. 서구 국가들은 한족의 티베트 식민화 정책에는 동요하지만, 이곳에 대해서는 유럽이나 미국의 대중매체는 대부분 침묵을 지키고 있다. 오히려 위구르인의 문제가 심각한 이슈가 되어야 한다. 이 상황은 위험요소를 내포하고 있기 때문에, 앞으로 위태로운 사태가 닥칠 수 있다. 아프가니스탄에서 훈련을 받는 것으로 알려진 위구르 민병대가 주도하는 폭탄 테러를 중국 정부는 공식적으로 감추거나 부정한다. 사형을 당하는 독립 민병대원의 수 또한 많지만, 그 수를 정확히 파악할 수가 없다.

나는 친구 셴에게 애틋한 작별 인사를 고하고 다시 길을 나섰다. 시간이 지나 밤이 되었다. 옌지사르에 여관이 없어서, 텐트를 치기로 했다. 밭에서 일하고 있는 청년들에게 도로에서 떨어져 있는 밭 구석에 텐트를 쳐도 되겠느냐고 물었다. 청년들이 어찌할 바를 몰라서 아버지를 부르자, 아버지가 조용조용 다가왔다. 청년들의 아버지는 숱이 많은 곱슬머리에, 넓고 단단한 턱, 건장한 어깨의 위구르 남자였다. 그는 복숭아나무 가운데에 있는 과수원에서 일을 하는데, 정성스럽게 왁스칠을 한 도시풍 구두에 푸른 셔츠를 입고, 소매를 근육질의 팔 위까지 말아올리고 있었다. 나는 그에게 다시 허락을 구했다.

"나는 위구르인이오. 우리 집이 바로 저기인데 문 밖에서 재울 수는 없지. 우리 집에 갑시다."

그가 도도하게 말했다.

그는 빨간 벽돌로 된 높은 벽으로 둘러싸인 커다란 집

에서 아내, 아들 셋, 딸 하나와 살고 있었다. 주 건물에는 방이 네 개 있었고, 조금 작은 다른 건물에는 부엌과 손님을 맞는 거실이 있었다. 또 두 개의 건물을 짓고 있는 중이었다. 아브디힐은 미래를 생각해서, 열넷에서 열아홉 살 사이의 세 아들 카이저, 메플란, 아브두 레니가 살 집을 옆에다 짓고 있는 것이었다. 아주 예쁘장한 십 대 소녀인 딸 아르주겔리는 청바지와 파란 바둑무늬 셔츠를 아무렇게나 입고, 아주 커다란 샌들을 신고 있었다. 머리는 검은 스카프를 써서 보이지 않았지만, 아버지가 엄격한 이슬람교도는 아니었다. 그의 아내 자나탄이 맨머리를 보이고 있었기 때문이다. 부인은 라그만을 준비하고 있었다. 6인분이었던 음식은 7인분이 되었다. 이들은 내게 큰 방을 내주고, 모든 가족들이 환대하며 서양에서 온 손님을 반겼다. 나 역시 똑같은 날, 똑같은 마을에서 한족과 위구르족 남자가 나를 따뜻하게 맞이해서 정성을 다하는 모습을 보고 무척이나 흐뭇했다. 아브디힐 가족은 내가 편안히 잘 수 있게 커다란 새 침대에 비닐로 포장된 매트리스를 준비해주었다. 더위 때문에 땀을 비 오듯 흘리는 통에 제대로 잘 수가 없었다. 이 나라에서 쓰는 두 언어 중 하나도 말할 수 없다는 사실이 이렇게 후회스러운 때가 없었다. 아브디힐이 나를 초대하면서 보였던 도도함은 위구르인으로서 느끼는 자부심에서 나온 것이었다. 같이 얘기를 나눌 수 있었다면 좋았을 것이다. 그의 자식들은 모두 학교에서 공부를 하며, 농장일을 도왔다.

이 집안에는 온화하고 우애 있고 평화로운 분위기가 퍼져 있었다. 두 아들은 자기 부인을 정중하게 대했고, 아버지를 공경했다.

늘 그렇듯, 이런 아름다운 만남은 문자 그대로 내게 힘을 주어, 그다음 날 충만한 형제애로 용기를 얻어 가볍게 걸을 수 있게 해주었다. 38킬로미터를 가서 텐트를 치려면 이제 속력을 내야 한다. 밤이 되면서, 하늘에 별이 불을 밝혔고, 남쪽으로 다른 빛들이 하나둘 켜졌다. 이 지역은 미국의 전체 석유 비축량의 세 배로 추정되는 거대한 석유층을 감추고 있다. 낮에는 보이지 않지만, 컴컴한 밤이 되면 탐사 중인 유정, 크리스마스트리처럼 불이 환하게 켜진 시추 탑과 깜깜한 밤에 노란빛을 던져주는 거대한 굴뚝 시설물을 볼 수 있다. 중국인들에게 곤란한 일은 이 거대한 석유 저장고에서 생산된 기름을 소비하는 연안 도시가 멀리 떨어져 있다는 것이다. 석유를 실어나를 파이프라인이 없기 때문에, 기차가 꼬리에 꼬리를 물고 달린 화물차에 원유를 싣고, 여기에서 4천 킬로미터가량 떨어진 시안 방향으로 하나뿐인 철로를 이용해 다닌다. 매일, 수백 대의 탱크 트럭이나 시추관 선적 트럭이 신장에서 허가된 원유 탐사와 개발을 위해 동원된다.

원래 이름은 '투안창 29(29번 여단)'이지만 사람들이 간단하게 '29'라고 부르는 마을에는 에펠 탑의 축소판이 있다. 나는 이 마을을 지나쳐서 밤에 굉음을 내며 쌩쌩 달리는 트럭에서 될 수 있는 대로 멀리 떨어져 있으려고, 도로에서 100미터가량 떨어진 사막에 텐트를 쳤다. 갑자기 거센 폭풍우가 몰아쳐 잠이 깼는데, 지금까지 이런 일이 꽤 있었다. 탁탁거리는 소리가 나는 것을 보니, 이중지붕이 텐트를 버리고 달아난 것 같았다. 재빨리 나와보니 지붕이 어두운 밤하늘을 날아다니고 있었다. 한 짝뿐인 샌들을 챙겨 신고, 손목시계를 찬 다음, 내 재산을 찾기 위해 미친 사람처럼 달렸다. 그렇게 뛰었는데도, 바람이 지붕을 날려서 도로 쪽으로 싣고 갔다. 나는 단 일 초도 망설이지 않고, 헤드라이트가 비치는 가운데 벌거벗은 몸으로 지붕을 따라갔다. 숨이 끊어져라 100미터를 더 뛰어가서야 날아가는 지붕을 잡아 가시덤불 위로 떨어뜨렸다. 나는 내 이중지붕을 토가(toga, 고대 로마 시대 시민들이 입었던 긴 겉옷)처럼 몸에 둘둘 감고서 마치 로마 황제나 된 것처럼 근엄하게 국도를 다시 넘어갔다.

9월 12일, 쿠얼러庫爾勒에 도착했다. 2001년 내 여행이 끝나는 지점인 투루판 이전에 있는 마지막 대도시였다. 이제 투루판까지 열흘 정도밖에 남지 않았다. 쿠얼러는 나를 어리둥절하게 만드는 도시였다. 수 킬로미터 동안, 나는 먼지투성이의 공장 사이를 걸었다. 그 뒤로 나온 기계 작업장은 보도에 차체와 기름찌꺼기를 뱉고 있었다. 완전히 새 건물로 재건축된 도심은 정반대로 구석구석까지 깨끗했다. 나는 이처럼 초현실적인 모습을 사진에 담았다. 새로 깐 아스팔트 도로 위를 마포로 닦는 시청 직원이라니⋯⋯.

나는 처음으로 간 호텔에서 거절당했다. 그 호텔은 외국인을 맞이할 수 없는 곳이었다. 나를 맞이한 호텔에서, 경찰관 한 명이 당혹스러울 정도로 깍듯하게 예의를 갖추며 내 여권을 확인했다.

나는 쿠얼러에서 반나절만 쉬다 가기로 마음먹었다. 내게 허락된 시간 안에 투루판에 도착하려면, 매일 평균 37킬로미터를 걸어야 한다. 투오파부터 힘든 여정을 계속해왔기 때문에 적신호가 켜졌다. 다리에 느껴지는 작은 통증은 내가 위험한 선을 지나고 있다는 사실을 알려주는 경보였다. 하지만 '관료주의와 벌이는 경쟁' 때문에 이렇게 할 수밖에 없었다. 비자 만료일 일주일 전에 비자를 갱신하는 것이 무슨 소용이 있겠는가? 그 시간이면 투루판에 거의 도착할 텐데 말이다. 어쨌든 여기에서 종착지인 투루판 오아시스까지 대도시가 없기 때문에 비자 연장을 해줄 수 있는 외국인 대상 경찰 부서를 찾을 확률은 희박했다. 다시 한 번 확인한 사실은, 차로 이동하면 비자 때문에 골치 썩을 일이 없지만, 걸어가면 문제가 된다는 것이었다.

그래서 서둘러 정오에 쿠얼러를 떠나 작은 산 위로 난 비탈길을 올라갔다. 산 위에는 여러 개의 탑이 있었는데, 거미줄처럼 얽혀 있는 실루엣이 푸른 하늘 위로 뚜렷이 드러났다. 동쪽에서 불어오는 거센 바람 때문에 윌리스의 손잡이를 꽉 잡고 가야 했지만, 날씨는 좋았다.

난 한 시간 전에 마지막 집들을 지나쳤고, 멋진 풍경 가운데로 오르막길이 나왔다. 도로는 바위 속이나 흙더미 위로 팬 구덩이 사이를 빙빙 돌아 나 있었다. 조금만 더 가면 다시 사막이 나오겠지만, 잠깐이나마 단조로운 사막을 벗어날 수 있어서 기뻤다. 나는 경쾌하게 길을 걸었다. 반나절 동안의 휴식으로 기운이 났다.

내 습관대로, 도로의 왼쪽을 따라서 걸었다. 이렇게 하면 대부분의 트럭 운전사들이 차를 태워주려는 생각을 못하기 때문이다. 하지만 이 남자는 아니었다. 그의 차는 덮개가 없는 새 소형트럭이었다. 이런 차는 보통 앞의 실내 공간에는 세 명이 탈 수 있고, 뒤는 난간이 달린 편편한 화물칸이 있다. 오십 대의 한족 운전사는 멈춰 서서 나를 불렀다. 나는 미소와 작은 손짓으로 대답했다.

"괜찮아요. 걸어가겠어요."

그가 더 이상 고집부리지 않고 다시 기어를 1단에 넣었을 때, 뒤에서 다른 트럭이 전속력으로 뒤를 따라왔다. 운전사는 대체 무슨 생각을 하고 있었는지, 앞의 트럭을 못 보고 브레이크를 밟으려고 하지도 않았다. 끔찍한 추돌 사고가 일어났다. 대포알처럼 튕겨나간 소형 트럭이 도로를 가로질러 골짜기로 빠져들어가 자취를 감추었다. 트럭은 너무 빨리 달렸기 때문에, 추돌 뒤에도 계속 날아올라 자동차 뒤에 견인되어가는 것처럼 이 트럭 역시 도로를 가로질러갔다. 트럭은 잠시 허공에 떠 있는 듯하다가 코를 박고 떨어지며 자동차 위에서 으스러졌다. 나는 두 트럭이 추락해서 부딪치는 모습을 겁에 질려 지켜보았다. 골짜기 안쪽에서 연기와 먼지 구름이 피어올랐다. 나는 윌리스를 내려놓고 비탈길을 쏜살같이 내려갔다. 두 트럭의 잔해 가까이 가서 바람이 먼지를 가를 때까지 몇 초간 있어야 했다.

그런데 다행스럽게도 트럭은 운전석 쪽이 아니라 뒤쪽으로 뒤집혀 있었다. 엄청난 충격 때문에 운전석이 앞으로 기울어졌다. 앞 유리창이 깨지면서, 두 운전사 모두 튕겨나왔다. 나는 내게 차를 태워주겠다고 했던 남자 쪽으로 갔다. 그가 움직였다. 문을 열려고 했지만 잠겨 있었다. 그가 유리창을 내렸다. 운전사가 밖으로 빠져나올 수 있게 돕는 동안, 옆에 있는 여자를 보았다. 의자에 기대서 자고 있었던 것 같았다. 여자는 눈을 뜨고 있었는데, 고통스러운 모습이 역력했다. 창문을 통해 나온 남자는 별로 다친 데가 없었다. 기적이었다. 내가 여자가 앉은 쪽의 창문으로 가서 보니, 트럭에서 튕겨나온 두 남자 역시 살아 있는 것 같았다. 세 번째 남자는 얼굴이 피로 범벅이 되어 있었다. 여자는 등이 아프다면서 신음소리를 냈다. 나는 남자들이 여자를 옮기지 못하게 하려고 했지만, 여자의 남편과 조수석에 앉았던 남자 중 한 명이 여자를 잡고 10여 미터 떨어진 흙더미까지 들고 갔다. 얼굴이 피로 범벅이 된 남자도 살아 있는 것 같았다.

그는 피를 많이 흘렸지만 상처는 그리 큰 것 같지 않았다. 죽은 사람이 한 명도 없었다. 믿어지지 않았다. 나도 모르게 사진을 찍듯 정확하게 세세한 것을 기록하고 있었다. 소형 트럭 안에는 끈으로 묶은 새 책 꾸러미가 있었다. 부부는 기술자나 농부는 아닌 것 같았다. 지식인일까? 그럴지도 모른다. 상처를 입은 트럭 운전사를 같이 탄 사람들의 그림자가 드리우는 쪽으로 끌어냈다. 그는 마비 상태에 있는 것 같았다. 책상다리로 앉아 있는 그의 몸과 얼굴에서 움직임이라고는 없었고, 마치 이 끔찍한 모습을 보고 싶지 않다는 듯 이따금 눈썹만 껌벅거렸다. 그는 추돌 사고를 다시 떠올리며 모든 일이 어떻게 일어났는지 파악하려고 했다. 내가 이곳에서 한 시간 이상을 머물렀지만, 그는 자세도 자리도 바꾸지 않았다. 그는 멈춰진 시간 속에 있었다. 사고 현장에서 꼼짝도 못 하고 있는 여러 차량 때문에 교통 혼잡이 일어났다. 사람들은 차에서 내렸지만, 도우려는 시늉도 하지 않고 그 자리에서 구경만 하고 있었다.

여자는 등이 너무 아프다고 호소했다. 여자의 남편은 트럭에 탔던 두 남자와 말다툼을 했다. 그들은 다시 도로로 올라가 마침 그곳을 지나가고 있던 경찰차를 세웠다. 각자 자기 관점에서 얘기를 했다. 나는 가방에서 영중 사전을 꺼내서 병원이라는 단어를 찾아 소형 트럭을 운전한 남자에게 보여주며 그의 아내를 손으로 가리켰다. 하지만 그는 경찰과 얘기하는 데 열중하느라 내 말은 듣지도 않고, 내 존재조차 잊어버렸다. 부인의 고통보다 자기가 하는 일이 더 급한 것처럼 보였다. 아마 이런 재수 없는 사고의 책임을 내게 돌리는 것일지도 몰랐다. 나는 경찰관 가운데 한 명에게 다시 환자를 가리키며 응급차라는 단어를 보여주었다. 하지만 경찰 역시 차량과 관련된 서류를 확인하느라 너무 바빴다. 손에 사전을 들고 있는 내 자신이 무능하고 불필요하게 느껴졌다. 나는 전보다 더 심하게 신음 소리를 내고 있는 여자 옆으로 다시 내려가서, 추돌시 트럭에서 튕겨나온 쿠션을 받쳐주었다. 다시 비탈길 위로 올라와, 이번에는 두 번째 경찰관의 눈앞에 사전을 들이대고 응급차라는 단어를 강조하면서, 내 시계를 가리키며 시간이 가고 있다는 뜻을 전했다. 서둘러야 했다. 그는 동료 경찰에게 얘기를 나누게 하고는 나와 함께 비탈길을 내려갔다. 경찰관은 여자의 상태를 보고 구경꾼 남자 두 명을 동원해, 여자를 흙더미 위로 실어 날랐고, 거기에 있던 자동차에 여자를 태워 즉시 쿠얼러 쪽으로 출발했다.

내가 할 수 있는 일이 또 뭐가 있을까? 운전사는 여전히 부처상처럼 꼼짝도 하지 않고, 필름을 거꾸로 돌리고 있었다. 주인공들은 계속해서 싸움을 해댔다. 나는 내 자신이 무능력하게 느껴졌고, 무엇보다 엄청난 책임감을 느꼈다. 나는 가슴을 조여오는 죄책감을 떨쳐버릴 수가 없었다. 조금씩 구경꾼들의 차가 흩어졌다. 경찰들은 충돌 지점 위에 표시를 했고, 나는 사고 현장을 사진으로 찍었다. 나는 종이에 내 이름과 주소를 적어 소형 트럭 운전사에게 주었다. 난 전전긍긍하지 않았다. 운전사가 나를 질책한다면, 아마 그대로 듣고 있을 것이다. 그런데 그는 내게 진심으로 고맙다는 인사를 했고, 감사의 마음을 가득 담아 내 손을 꼭 잡았다. 아마 내가 자기 부인을 보살펴주었기 때문인 것 같았다. 나는 무슨 말을 해야 할지 몰랐다. 이 순간 그에게 한 마디도 할 수 없다는 사실 때문에 미친 듯이 화가 났다.

나는 결국 떠나기로 했다. 남자가 다시 와서 감사의 인사를 몇 번이나 쏟아냈다. 나는 부상당한 부인과 망가진 차를 남자 혼자한테 떠맡기고 도망간다는 생각에 고통스러웠다. 하지만 내가 해줄 수 있는 일이 아무것도 없다는 사실을 자각했다. 경찰관들도 내 손을 잡고 엄지손가락을 들어올리며 잘했다는 뜻을 전했다. 부조리했다.

길을 걸으며, 나는 트럭 운전사처럼 사건의 필름을 다시 돌렸다. 추돌할 때 나던 소리와 아스팔트 위에서 타이어가 마찰하며 내던 소리, 골짜기 아래로 차가 쿵 하고 떨어진 후 울리던 메아리가 들리는 듯했다. 하지만 머리에서 떠나지 않는 장면은, 한순간 허공에 떠 있던 트럭이 아래로 곤두박질치던 모습이었다. 만약 내가 도로 오른쪽으로 걸었다면, 이 사고로 죽은 사람은 나밖에 없었을 것이다. 눈을 감고 잠자지 않는다면 밤새도록 끔찍한 장면이 계속 머릿속에서 떠오르고, 이 소리가 계속 나를 따라다니며 괴롭힐 것이다.

이 사고는 내가 알고 있던 사실을 확인시켜 주었다. 내가 길을 다닐 때 겪는 가장 큰 위험은 차에 치이는 일이다. 이런 공포감은 끝까지 나를 따라다닐 것이다. 항상 오른쪽으로 걸으라고 하는 경찰의 말은 생각할 수 없는 일이다. 만약 죽음에 맞서야 한다면, 정면으로 맞이하고 싶다. 어느 날 라디오에서 프랑스 경찰이 한 말이 생각났다. "고속도로를 걸어가는 사람의 평균 수명은 사십 분입니다." 그렇다면 실크로드에서는 얼마나 될까? 저녁에 텐트 속에 들어가는데, 지금 내 경우에 해당되는 또 다른 문장이 생각났다. 이 문장은 최근 프랑스를 발칵 뒤집어놓았던 '감염된 피 사건' 때 나온 말이다. "책임은 있으되 유죄는 아니다." 나는 도로가에 있었다는 이유만으로도 책임감을 느낀다. 하지만 죄책감이 느껴진다고 하기는 어려웠다.

다시 폭풍우가 일었다. 아침에 텐트를 무사히 접을 수 있으려면 삼십 분간 사투를 벌여야 한다. 무쇠같이 단단한 손으로 텐트를 붙들고, 돌풍의 손아귀에 뺏기지 않으려고 안간힘을 썼다. 도로는 비좁았다. 나는 바람을 마주하며 좁은 길을 걸었다. 월리스가 몇 번이나 뒷걸음질쳐서 도랑에 빠졌고, 손잡이 위 용접 부위에 금이 갔다. 구름 한 점 없는 하늘에서, 톈산은 말 그대로 천국의 산 같았고, 순백과 음울한 검정색이 어우러진 아름다운 장관에 탄성이 절로 나왔다. 산맥은 말굽의 앞부분처럼 갈라져, 한 줄기는 쿠얼러 쪽으로, 다른 줄기는 옌치焉耆 쪽으로 이어졌다.

나는 바람과 싸우며 가면서, 도로의 움푹 팬 부분에 타르를 붓는 일꾼들 곁을 지나갔다. 시커먼 액체가 내게 튀어, 바람막이로 입은 하얀 재킷에 얼룩을 만들었다. 얼굴에도 튀었을 것이라 생각하고, 손으로 얼굴을 문질러 확인하려고 했다. 일꾼 한 명이 웃으며 아니라고 했다. 얼굴에는 묻지 않았다. 나는 늪지 옆에서 이름 모를 작은 새들과 초록색 고개, 진창을 걸어다니는 오리를 보느라 조금 전에 있었던 일을 잊어버렸다.

오후 세 시경, 바람이 잠잠해졌다. 미니 버스가 내 앞으로 지나가더니 100미터쯤 가서 멈추었다. 여자 셋과 남자하나가 내렸다. 남자는 나를 보려고 와서 목소리가 전달될 수 있는 거리가 되자 심한 프랑스 억양이 섞인 영어로 내게 물었다.

"Are you Bernard Ollivier(베르나르 올리비에 씨예요)?"

나는 같은 어조와 같은 억양으로 대답했다.

"Yes, I am(그래요)."

그리고 마음속으로 리빙스턴(David Livinston, 1813~1873, 영국의 선교사이자 탐험가로, 아프리카에 간 뒤 행방이 묘연해지자 한 기자가 찾아나섰다. 기자가 처음 만난 백인에게 "리빙스턴 박사님이시죠? 제 짐작에는……(Dr.Livingston? I presume……)"라고 한 말이 기사에 소개되면서 유명해졌다)에게 윙크를 하고 이말을 덧붙이고 싶었다. "I presume……(제 짐작으로는……)"

그는 동료 여자들에게 뒤돌아가더니 이번에는 프랑스어로 이렇게 말했다.

"네 말이 맞아, 실베트. 그 사람이래."

이 실베트라는 여자한테 어떻게 나를 아느냐고 했더니 이렇게 말했다.

"그거야 간단하죠. 선생님이 쓰신 『머나먼 사마르칸트(Vers Samarcande)』〔이 책『나는 걷는다』의 2권〕를 사서, 그 여정대로 따라가고 있는 중이거든요. 너무 재미있어서, 『아나톨리아 횡단(Longue marche)』〔같은 책의 1권〕이랑 다시 읽었어요. 미니 버스에서도 읽고 있어요. 선생님을 보고 친구들한테 그랬어요. '저기 걸어가는 사람이 있어. 이 계절에 걷는 걸 보면 그 사람이 틀림없어'라고요."

실베트는 즉석에서 자기한테 책에 헌사를 써달라고 부탁하면서, 바로 이 실크로드 위에서 서명했다는 말을 확실히 넣어달라고 했다. 그들은 뉴욕의 무역센터 빌딩이 폭탄 테러를 당했다는 놀라운 소식을 내게 들려주었다. 우리가 만난 날은 9월 14일이었으니, 비행기가 빌딩에 충돌한 지 사흘째였다. 하지만 신장에는 소식이 빨리 들어오지 않는다. 나는 이 소식에 너무나 충격을 받아서 내 이름을 알고 있는 이 여행자들의 이름을 묻는 것조차 잊어버렸다. 그날 오후, 나는 조금 전에 들은 소식으로 너무나 망연자실해서 주변의 야생미野生美에 관심을 기울일 수가 없었다. 세계는 정녕 살인적인 광기 속으로 빠져들고 있는 중일까?

한 사회에 내재된 힘과 허약함이라는 상반된 측면이 이런 자살 테러를 일으킨 것이다. 우리 사회가 그 두 가지를 조종하면서 그랬던 것처럼. 어떻게 이처럼 큰 증오가 쌓일 수 있었던 것일까? 어느 날 저녁, 나는 텔레비전에서 2초 간격으로 비행기가 쌍둥이 빌딩과 충돌하는 모습을 보았다. 이 소식은 뉴스의 마지막에, 공산당 회의 보고를 끝도 없이 늘어놓은 다음에 나왔다. 이곳에서 주요 뉴스는 공산당 회의였던 것이다. 분명히 중국의 공공매체는 이 사건에 대해 별로 신경을 쓰지 않는다. 나는 목표물을 공격한 비행기가 아닌, 테러 때문에 숨진 사람들을 상상해보았다. 비행기 안에서는 어떤 일이 벌어졌을까? 우리는 절대 알 수 없을 것이다. 조종사도 죽고, 재앙이 닥칠 상황에서 항공기 납치범에게 맨손으로 덤비며 희망 없는 전투를 벌였던 승객의 모습을 그려보았다. 절망 속의 영웅주의? 승객 중에 몇 사람이나 납치범에게 맞서 싸웠을까? 아니면 그들이 탄 비행기가 계획대로 백악관과 충돌할 것이고, 어쩌면 자신들이 미국 대통령의 목숨을 구하게 되리라는 것을 예상이라도 했을까? 사람들은 비행기에 대해 별로 얘기를 하지 않는다. 바로 이 비행기 안에 그렇게 많은 사람이 타고 있었는데도 말이다. 양들의 항거가 일어났던 것이다. 이들은 납치범들에게 둘러싸여 순교자가 되기를 선택했고, 이 사형집행관들은 자기네가 죽이려고 했던 승객들과 마찬가지로 자기 자신의 광기에 희생당하고 말았다.

엔치에서 강물을 보려고 멈춰 섰다. 그러고 보니 흘러가는 물을 보는 것도 참으로 오랜만이었다. 하지만 기관총으로 무장한 군인이 움직이라고 지시했다. 분리 독립을 주장하는 이들의 행동에 두려움을 느끼는 것일까? 중국 정부는 9·11 테러가 나기 훨씬 전부터 위구르 무자헤딘들을 축출했다. 지난 봄, 작년에 처형당한 사람의 수를 1만 명으로 추정했는데, 그중 3~4천 명은 신장의 분리주의자들이라고 한다. 나중에 프랑스에 돌아와 알게 된 사실인데, 쌍둥이 빌딩 폭탄 테러가 일어난 이후, 반反테러라는 이름으로 전투를 개시한 미국 측이 테러분자 소탕에 반대하지 않는 것에 안심한 중국 정부는, 수백 명의 위구르 민병대 관련 재판에서 모두 총살형을 언도했다. 과거 제국의 전통에 충실한 현 정부는 극악무도하게 '본보기로 죽이는' 법을 시행하고 있다. "원숭이를 겁주려면 닭을 죽여야 한다."는 말은 그 철학을 집약해서 보여준다.

호텔에서 욕실 거울을 보니 꼴이 말이 아니었다. 바람에 날린 타르덩어리가 묻어 있었고, 이마와 볼에 밀가루가 덕지덕지 붙어 있어서 아무리 비누로 문질러 닦아도 지워지지 않았다. 네 명의 프랑스 사람들은 너무 예의가 발라서 아무 말도 해주지 않았던 것이다……

길은 계속 오르막이었지만, 경사가 완만했다. 내 앞에 펼쳐진 언덕은 나무 하나 없이 매끈하고, 계속 높아졌다. 언덕을 오르면서 방목지에서 내려오는 양떼와 마주쳤다. 양떼들이 일으키는 먼지 구름이 멀리에서도 보였다. 2~3백 마리의 양이 한 무리를 이루었다. 양들은 자기네들이 여름을 보낸 초록색 풀밭을 마지못해 떠나야 한다는 듯 고개를 숙이고 나아갔다. 대부분 말을 타고 있는 목동들은 올해 태어난 망아지들이 어미 주위를 깡충거리며 뛰어다니는 동안 긴 채찍을 휘둘렀다. 걸어서 뒤를 따라오는 남자들은 두 손에 막대기를 쥐고 목덜미 뒤로 넘긴 채, 양들처럼 고개를 숙이고 몽상 속에 빠져 있었다. 아마 다시 만나게 될 아이들이나 사랑하는 여자 생각을 하는 것이겠지……. 탄이라는 이름의 남자아이는 집에 돌아가려면 열흘 동안 걸어야 한다고 말했다. 나도 마을을 향해 돌아가고 있다. 올해 여행의 종착지에 도착하는데 열흘 이상은 걸리지 않을 것이다.

넉 달 전부터 햇볕과 더위에 익숙해진 몸은 기온이 떨어지자 잘 견디지 못했다. 섭씨 25도의 기온에 오한을 느꼈고, 오늘 아침에는 섭씨 16도의 기온에 몸을 덜덜 떨었다. 삶은 국수를 내게 판 여자도 그랬고, 모든 사람들이 길가에 있는 오두막에서 잠을 잤다. 여자는 낮이나 밤이나, 매일매일 오두막을 떠나지 않을 것이다. 이런 조건에서 살아남기 위해 겨울에는 어떻게 할까? 부지런한 중국인과 일벌레의 이미지는 과장이 아니었다. 끈기야말로 이민족에게 제일 중요한 미덕이다.

내 꼴은 갈수록 가관이었다. 왼쪽 신발의 밑창에 틈이 생기기 시작했다. 내 바지는 솜씨 좋은 재단사라야 수선할 수 있을 정도였다. 카스에서 이미 너덜거렸기 때문에, 이슬람 사원 구역의 구멍가게에서 반짇고리를 사서 기운 적이 있다. 그 이후, 1,500킬로미터를 걸으면서 바지는 끝장이 났다. 마찰 때문에 바지 가랑이 안쪽 부분은 아예 사라져버렸다. 3천 킬로미터를 걷느라 팬티 아래쪽이 닳아서 미니스커트처럼 변해버렸기 때문에, 내 뒤에 사람들이 있을 경우 몸을 구부리는 일을 피했다.

양말은 4분의 3이 구멍이 나서 거의 사라질 지경이었다. 가방의 지퍼 두 개는 수명을 다했고, 텐트를 닫는 지퍼도 사정은 마찬가지였다. 나는 셔츠를 세탁하는 일을 완전히 포기하고 땀에 절은 소금기를 빼내기 위해 물에 헹구는 것으로 만족했다. 내 몸도 '이제 그만하면 됐어.'를 외쳐댔다. 나는 이틀 전부터 요통을 참으며 걸었고, 몸이 너무 피곤해서 2킬로미터마다 십오 분씩 멈춰서 왼쪽 허벅지와 다리 뒤에 느껴지는 통증을 가라앉혀야 했다. 오직 목표점이 가까이 있다는 사실만으로 이 모든 것들을 잊었고, 원기왕성하게 걸었다. 사마르칸트를 떠난 이후 여러 차례 용접과 개조를 해서 알아보기 힘들 정도로 변한 윌리스는 상태가 아주 좋았다. 정비공이 눈 깜짝할 사이에 약해진 용접 부위를 튼튼하게 만들었다.

모자를 잃어버렸다. 내 오래된 모자는 지금부터 4년

전 콤포스텔라에 첫발을 디딜 때부터 비와 햇볕 속에서 함께했던 내 친구다. 아마 나 때문에 당해야 했던 일이 지긋지긋해져서 도망을 간 것이 분명했다. 끈까지 낡고, 땀 때문에 그을린 진(jean) 모자는 원래의 예쁜 파란색을 잃어버렸다. 앞에는 구멍까지 나서 『럭키 루크(Lucky Luke)』(르네 고시니가 그린 만화로, 카우보이 루크가 주인공이다)에 나오는 인물들의 카우보이 모자에 총알이 박힌 모습과 비슷해보였다. 모자는 내 휴대용 칼과 함께 1만 킬로미터 이상을 함께했던 물건이다. 오늘 아침, 태양이 이글거리며 떠오르기를 기다리며 평소처럼 수레 위에 모자를 올려놓았다. 그런데 태양이 떠올랐을 때, 모자가 없었다. 나는 택시를 호출했는데, 그 택시는 내가 있던 마을에서 막 승객 하나를 태워서 무덤에 묻고 오는 길이었다. 운전사와 나는 길 위를 샅샅이 살피며 천천히 15킬로미터를 되돌아가면서 호텔까지 갔다. 헛수고였다. 나는 모자의 빈자리를 채우기 위해 코를 터번에 박고 걸었다. 오래된 친구는 아니지만, 터번 역시 실이 풀어질 정도로 닳아버렸다. 나는 물건들에 너무 집착했다.

사람들이 면화를 수확하고 있었다. 밭에서는 남자, 여자, 아이들이 짙은 청동색 잎에 매달려서 하얀 공처럼 생긴 것을 하나씩 땄다. 도로를 지나가는 수레는 엄청나게 많이 실은 이 흰색 금보따리 아래에 파묻혀서 보이지 않았다. 제일 높은 보따리 위에 편안히 배를 대고 누운 농부들은 장대로, 고집 세고 무기력한 소를 몰면서 협동조합 쪽으로 갔다.

우시타라烏什塔拉는 오늘 걸어갈 36킬로미터 지점에 있다. 마을이 어떻게 생겼는지는 모른다. 처음으로 나온 집이 호텔이었는데, 빨리 쉬고 싶어서 곧장 호텔로 들어갔기 때문이다. 어제 걸은 40킬로미터에 더해진 오늘의 여정으로 나는 녹초가 되었다.

"방 없어요."

호텔 여주인은 주저 없이 말했다. 그런데 어떤 남자가 와서 도보여행에 대해 묻고는 하루에 36킬로미터를 걸을 수 있다는 말에 깜짝 놀라서 무슨 말인지도 모를 질문을 쏟아냈다. 마법의 '열려라 참깨' 종이를 꺼내는 동안, 두 번째 남자에 이어 세 번째 남자가 도착했다. 그들은 여주인한테 끈덕지게 달라붙어서 내게 방을 주라고 압력을 넣는 것 같았다. 여자는 오래 버티지 못하고 더블 침대가 있는 넓고 깨끗한 방의 문을 열어주었다. 나는 기뻤다.

"얼마죠?"

"무료예요."

"돈 낼 수 있는데요……."

여자는 1편分(fen, 1위안의 100분의 1)도 받지 않으려고 했고, 모든 사람들은 당연하다고 생각하는 것 같았다. 여자는 잠시 후 대야와 차가운 물과 끓는 물이 담긴 보온병을 가지고 왔다. 여자의 이름은 셴 슈펑이었는데, 신경을 많이 써주었다. 내가 씻을 수 있게 배려하고 난 뒤, 이번에는 국수와 야채요리로 차린 식사를 가져다 주고 선물도 줬다. 호텔 손님이 모두 와서 성가시게 굴자, 내게 말을 건 첫 번째 남자가 경고를 했다. 나는 이런 식의 모습에 익숙해져 있었다.

사람들이 흩어지자, 세 남자가 차를 마시려고 갑자기 들이닥쳤다. 남자들이 셴에게 말을 했는데, 내 얘기를 하고 있는 것을 알 수 있었다. 그들 중 한 사람이 와서 몇 가지 영어 단어를 동원해서, 프랑스어와 중국어로 내 여행 얘기를 적은 종이를 읽어달라고 부탁했다. 그러고는 신분증을 보여주며 경찰서에서 왔는데 내 여권을 보고 싶어한다고 했다. 조금 후 세 남자가 나갔다.

어디에 가면 모자를 살 수 있는지 묻자 조금 멀리 있는 마을에 가면 있다고 셴이 대답했다. 그 마을을 향해 떠나려는 순간, 군복을 입은 거구가 운전하는 지프에서 경찰관 한 명이 나왔다. 2미터 가까운 키에, 돌처럼 단단해보이는 얼굴을 한 이 경찰관한테는 애정을 가질 수가 없었다. 설인雪人〔히말라야에 살고 있다는 전설적인 존재로, 여러 나라의 탐험대가 현지에서 실체를 규명하려고 했으나 밝히지 못했다〕 같은 데다가 까다로웠다. 그는 정정당당하게 처신하지 않고, 내 쪽으로 다가와 살이 피둥피둥 찐 두 번째 손가락으로 내 물건에 이어 자기 차를 가리키더니 자기가 아는 유일한 영어 단어를 내뱉었다. "고(Go, 갑시다)."

나는 중국어를 거의 몰랐지만, 잽싸게 대답했다.

"메이유(싫소)."

그가 눈살을 찌푸렸다. 이 회색곰은 이런 일에 익숙하지 않았다.

영어 단어 세 개를 아는 다른 경찰관이 와서 알아들을 수 없는 말과 몸동작을 섞어가며 얘기했는데, 나를 위해서 더 안락한 호텔로 데려다 주겠다는 뜻임을 알 수 있었다.

"이 호텔도 아주 편해요."

"그럴 리가 없어요. 우리를 따라와야 해요."

"아뇨. 나는 그냥 호텔이 아니라 친구 집에 있는 겁니다. 그 증거로, 호텔 여주인은 돈을 안 받겠다고 했어요. 친절을 거절하라는 겁니까? 말도 안 돼요."

셴 슈핑은 내가 자기 얘기를 하자 아주 거북해하는 표정이었다. 이 나라에서 경찰의 말은 곧 신의 말이었다. 그러니 나 혼자서 방어해야 할 것이다. 하지만 내게는 무기가 많지 않다. 사막에서 자는 것보다 더 고립될 호텔로 옮겨야 한다는 이 웃기는 명령에 따를 이유가 뭐가 있겠는가? 영어 단어 열 개를 아는 세 번째 경찰이 호출을 받고 지원하러 왔다.

"외국인용 호텔의 매트리스는 더 안락합니다."

"나는 매일 밤 돌 위에서 잤습니다. 안락함 따위는 상관없어요. 내가 중요하게 생각하는 건 나를 환대하는 사람들이 있다는 사실입니다. 이 호텔에서는 내게 아주 친절하게 대해줍니다."

하지만 나는 고집불통들한테 걸려들었다. 호텔 여주인

에게 피해를 주지 않으려면, 내가 결단을 내려야 한다. 그래서 나는 크로마뇽인같이 생긴 군인이 의기양양하게 내려다보는 가운데 가방을 버클로 채우기 시작했다. 셴이 재빨리 나와서 모자를 구해보겠다고 말했다. 우리는 셴을 기다려야 했다. 잠시 후, 군인이 지프에 올라타더니 몇 분 후 호텔 주인 여자와 훌륭하게 영어를 구사하는 젊은 여자가 함께 왔다. 젊은 여자의 이름은 투 샨, 셴의 딸이었다. 투 샨과 그 엄마는 모자를 찾지 못해서 골프 모자를 가져다주었다. 나는 골프 모자는 별로 좋아하지 않지만, 일사병에 걸리는 것보다는 이것이라도 쓰는 편이 나았다. 투 샨은 아주 호감이 가는 아가씨였는데, 한 번이라도 누군가와 말을 할 수 있을 때에 떠나야 한다는 사실이 안타까웠다. 나는 또한 마지막 설전을 개시하기로 마음먹었다.

"이 경찰 분들께 통역해주겠소? 이 사람들 태도에 아주 실망했다고. 명령을 받았다는 건 알고 있지만, 내가 중국을 여행하는 건 아가씨나 아가씨 엄마, 호텔 손님과 같은 중국인을 만나기 위해서지 편안함을 찾으려고 하는 게 아니란 걸 알아야 한다고 말이오. 내게 유일한 편안함이란 사람들의 환대입니다. 아가씨 엄마는 나를 손님이 아닌 친구처럼 맞아주었소. 그런데 외국인용 호텔에 영어나 프랑스어를 할 줄 아는 사람이 있나요?"

경찰들은 모르겠다고 대답했다.

투 샨은 내 말을 모두 통역했다. 경찰들은 난처한 표정이었다. 구경꾼들은 투 샨이 통역하는 걸 입을 헤 벌리고 들으면서 완벽한 영어 구사에 놀랐다. 투 샨은 열다섯 살쯤으로 보이는—나중에 열여덟 살이라고 말해주었다—소녀였고, 짧은 머리에 둥글고 생기 있는 얼굴이었다. 그런데 날렵한 손과 긴 손가락을 보고 놀랐다. 눈이 매서웠고, 교복이 잘 어울려 우아해보였다. 그리고 파란색과 흰색이 섞인 외투에, 대부분의 중국 사람들이 신는 가벼운 천 샌들을 신고 있었다. 투 샨은 아주 발랄했고, 십 대 아이 치고는 놀라울 정도로 다른 사람들을 배려했다. 마지막으로 온 경찰이 멀리 떨어져서 휴대폰으로 통화를 했다. 이번에는 우리가 경찰을 기다렸다. 나는 노여움이 가시지 않았다. 마지못해 윌리스를 지프에 실으려는데 전화를 하던 경찰이 되돌아왔다.

"여기 있어도 돼요. 서장님이 좋다고 했어요."

아무도 대놓고 좋아하지는 않았다. 경찰의 체면을 잃게 하지 말아야 했으므로. 나는 그들에게 감사 인사를 전했다. 벌써 지프에 올라탄 건장한 경찰만 빼고.

저녁에 나는 투 샨과 한참 동안 얘기했다. 아버지는 6년 전에 교통 사고로 세상을 떠났다고 했다. 보상은 너무 늦게 나왔다. 남동생은 세 살, 여동생은 여섯 살이었다. 셴은 혼자서 세 아이를 키우며 호텔을 경영했다. 아이들이 일을 돕는데, 특히 투 샨이 많이 도왔다. 아버지의 죽음으로 너무나 힘든 시련을 겪어야 했기 때문에, 투 샨은 의사가 되기로 결심했다. 남자친구가 있지만 공부를 끝내기 전에는 결혼하지 않겠다고 했다. 투 샨은 작은 키에 힘이 넘치고 상냥한 소녀였다.

저녁에 청주를 너무 마셔 취한 손님 두 명이 치고받고 싸웠다. 나는 투 샨이 능숙하게 중재를 해서 술 취한 남자들을 아무런 동요 없이 잠재우는 것을 지켜보았다. 분명 앞으로 아주 훌륭한 의사가 될 것이다.

셴 슈펑은 사건이 잘 마무리되어 기뻐하며, 자기 딸이 코쟁이와 영어로 얘기하는 것을 보고 아주 뿌듯해했다. 셴 슈펑은 내 셔츠에 때가 덕지덕지 앉았다고 하면서—맞는 말이었다—빨아야겠다고 고집을 부렸다. 나는 괜찮다고 했지만, 셴 슈펑의 말에 항복할 수밖에 없었다. "당신은 우리 가족이에요. 그 증거로, 둘째와 셋째 아이가 당신을 예예爺爺(할아버지)라고 부르고, 투 샨은 수수叔叔(삼촌)라고 부르고 싶어한다구요."

10. 선한 사람 류 씨

우시타라의 출구에서, 언덕 꼭대기에 있는 커다란 오보
〔Ovoo, 성황당처럼 소원을 비는 돌무더기〕가 계곡을 내려다보
고 있었다. 이 신성한 작은 산에는 돌무더기와 기도문을 적
은 끈이 묶여 있는 마른 나뭇가지들이 꽂혀 있었다. 몽골인
들은 지나갈 때마다 돌무더기 위에 돌멩이 하나를 올렸다.
시멘트로 지은 오두막의 문은 남향으로 나 있었는데, 세 채
모두 비어 있었다. 도로를 보수하는 인부가 두 손을 모으며,
매년 샤먼이 종교 의식을 주재하러 온다고 말했다. 거기에
서 보니 멀리 오아시스가 보였고, 내가 오늘 아침 떠난 평원
도 보였다.

힘들었지만 해발 1,700미터의 고개도 넘으면서 34킬
로미터를 걸었다. 이 고개는 이름 없는 곳이 아니었다. 세계
최대의 내륙 분지인 타림 분지塔里盆地를 떠나 투루판 분지를
향해 갔다. 투루판은 타림에 비해 훨씬 작은 분지지만, 그

중심이 해수면보다 낮은 게 지리학적 특성이다.

내리막길 중간에서, 작은 구멍이 뚫린 유약 바른 기와가 있는 길쭉한 건물 10여 채가 나란히 있는 것이 보였다. 다오방팡의 옛 감옥이었다. 감옥에 수용할 수 있는 인원은 천 명 정도나 되었다고 한다. 이 지역에 있는 다른 옛 감옥들은 고통스럽고 추한 기억처럼 붕괴되어 있었다. 나는 감옥이 즐비한 이 중국의 시베리아를 지나갔다. 건조한 사막에 험준한 산이 있으니, 감옥을 짓는 데 여기만큼 훌륭한 조건을 갖춘 곳도 없었다. 또한 혹독하게 추운 겨울과 타는 듯이 더운 여름도 빼놓을 수 없다. 결국, 도망가려는 사람들은 반드시 내가 있는 이 길을 지나가야 했다. 산등성이에 있는 이 길은 너무 좁아서 따라가기가 여간 어렵지 않다. 다오방팡의 어떤 가족은 도로 가까운 데에 있는 옛 간수 집에 살면서 작은 석고 채석장에서 일했다. '재교육'을 받기 위해 얼마나 많은 사람이 이곳으로 보내졌을까?

다시 오르막길이 시작되었는데, 경사가 상당히 높았다. 해가 저물자, 산은 놀랍도록 다양한 광물을 드러내면서, 흑갈색, 회색, 반암班岩의 녹색, 검정색, 빨간색, 혹은 오렌지색 등 부드러운 색조의 팔레트로 치장했다. 나는 46킬로미터를 걷고 나서 텐트를 쳤다. 그래도 허리 통증은 가라앉지 않았다.

다음날 쿠미선庫米仕에서, 여관 주인은 하룻밤에 30위안을 달라고 했다. 원래 숙박료보다 여섯 배나 비싼 값이었지만, 유로로 계산하면 싼 편이었다. 내가 잠자코 있자, 남자는 가격을 두 배로 불렀다. 샤워기가 있는지 물어보자 있다고 했지만, 샤워기를 사용하려면 20위안을 더 내야 했다. 그가 말한 '샤워기'는…… 대야였다. 그렇게 호락호락 당할 수는 없어서 단호하게 거절하고 다음 여관으로 갔다. 덜 탐욕스러운 여자들이 경영하는 이 여관에서 앞서 본 여관의 4분의 1 가격으로 먹고 씻고 잘 수 있었다.

다음날 아침은 바느질을 하기로 했다. 나는 이렇게 가끔 현대판 페넬로페(Penelope, 그리스 신화에 나오는 오디세우스의 아내로, 출정한 남편을 기다리며 구혼자들을 물리치기 위해 아버지의 수의를 짜며 시간을 벌었다)가 되어야 했다. 그리고 구두도 고쳐야 한다. 길가의 구두 수선공은 본드와 못으로 갈라진 밑창을 말끔히 수리했다. 나는 사람들이 너무 눈살을 찌푸리지 않게 하려고 바지를 다시 꿰매는 일에 전력했고, 일주일 전부터 곱슬거리기 시작한 턱수염도 밀기로 했다. 키가 작은 여자 미용사는 손잡이가 달린 면도날을 능숙하게 다루며 면도했다.

나는 새롭게 기운을 차리고 이른 오후에 다시 출발했다. 저녁에 텐트 친 곳 근처에 있는 마을은 유난히 가난했다. 아이들은 때와 누더기로 덮여 있었다. 몇몇 부모는 북쪽의 광산에서 일을 하는데, 광산 쪽에서 돌을 실은 트럭이 돌아오는 것이 보였다. 내가 텐트 치는 것을 보려고 사람들이 모여들었다.

기진맥진한 나는 여덟 시에 자리에 누웠지만, 마을 사람 중 한 명이 가이드를 하겠다고 나서며 열한 시까지 꽤나 시끄럽게 관광 일정대로 끌고 다녔다.

새로운 고개를 넘으려면 아직도 오르막길을 300미터 더 가야 한다. 경사는 가팔랐고, 동쪽에서 불어오는 돌풍은 윌리스를 낚아챌 듯했다. 나는 몸을 앞으로 기울이며 윌리스를 1미터씩 끌어당겼다. 조금 후 내리막길이 나왔다. 이제 해발 2천 미터에서 해수면보다 160미터나 낮은 곳까지 내려가게 된다. 사람들은 산을 파고 벽돌을 하나하나 놓아 급류 위로 현기증을 일으킬 정도로 아찔한 도로를 만들었다. 도로는 수직으로 된 절벽 아래 깊은 낭떠러지로 향했다. 낭떠러지는 너무 깊은 곳에 있어서 햇빛도 들어오지 않았다. 그 아래, 100미터 훨씬 아래로, 급류가 으르렁거렸다. 좁은 계곡 반대쪽에, 건조한 모래가 황금빛을 내며 둘러싼 높은 사구가 있었다. 옆쪽의 계곡에서 옛 감옥이 썩고 있었다. 정오가 되기 전 세 번째 감옥을 보게 될 것이다. 각 감옥에는 몇몇 사람이 살고 있었는데, 어떻게 허가를 받고 이곳에서 살게 되었는지 궁금했다.

이 길을 따라 걷는 것은 엄청난 위험을 뜻했다. 바위는 아주 금이 많이 간 편암이었고, 떨어져나간 수많은 돌들이 길 위에 덮여 있었다. 실크로드의 대상 행렬이 왜 겨울에만 지나갔는지 이해가 됐다. 이곳은 불도저가 통로를 내기 전에는, 겨울에 강물이 얼 때만 갈 수 있는 길이었다. 1천 미터나 되는 경사지를 걸었더니 다리가 얼얼했다. 나는 버려진 집에 텐트를 쳤다. 밤새도록 끼긱거리는 브레이크 소리와 최고 속도로 회전하는 모터 소리 때문에 계속 깨어 있었다!

다음 날, 길은 경사가 더 심한 것 같았다. 정말 그런 것일까 아니면 어제 제대로 잠을 자지 못해서 피로가 풀리지 않은 탓일까? 오르막길에서 트럭들이 윙윙거리고 열을 내며 부르릉거려서, 운전사들은 몇 번이나 멈춰야 했다. 내리막길에서는 브레이크가 애를 먹었다. 내 앞을 지나간 트럭의 바퀴에서 불꽃이 일었다. 운전사는 침착하게 시동을 끄고, 물 양동이를 가지고 차에서 내렸다. 불꽃이 인 곳에 물을 붓자, 거대한 연기구름이 생겼다. 불이 꺼지자 운전사는 다시 차를 몰고 떠났다. 침착하게…….

열 시쯤, 과장스럽게 임무에 충실한 경찰 세 명이 여권을 달라고 하고는, 내게 길 오른쪽으로 걸어가라고 지시했다. 그건 생각할 수도 없는 일이었다. 앞서 목격한 소형 트럭 사고 때문에 그 생각은 더 굳어졌다. 길이 좁아서 트럭이 내리막길의 절벽을 스치듯 지나가기 때문에 나는 트럭에 몸이 부딪치지 않고, 머리 위로 돌을 맞지 않도록 조심하는 것밖에 다른 방법이 없었다. 나는 경찰에게 아주 깍듯하게 작별 인사를 하고, 보란 듯이, 왼쪽 갓길로 가려고 대각선으로 지나갔다. 나는 경찰이 호루라기를 불고 호통을 칠 것이라고 생각했다. 그런데 아니었다. 그들은 내게 법규 내용을 일깨워줄 의무를 다했기 때문에, 내가 대형 트럭에 받혀 곧 죽이 되는 일 따위는 관심도 없었다.

계곡에 올라와보니 고개로 향한 경사진 오르막길보다 더 장관이었다. 갑자기 바위가 사라졌다. 그리고 모래가, 바닷물이 빠졌을 때 생기는 모랫길이 나타났다. 앞으로 펼쳐진 골짜기는 톈산의 두 산악 지대로 둘러싸인 분지였다. 끝도 없이 휘어진 길은 마치 자유를 얻은 듯 튀커쉰托克遜에서 똑바로 이어졌다. 튀커쉰은 20킬로미터 떨어진 곳에 있지만, 공기가 너무 맑아서 아주 가까이에 있는 것처럼 보였다. 저 아래, 50에서 100킬로미터 아래는 아마도 다른 산이 수평선을 가로막고 있는 것 같았다. 날씨는 화창했고, 기온은 온화했다. 나는 내리막길의 시험대를 통과한 후 거대한 평온함을 느꼈다. 고도계를 보았다. 500미터를 더 가면 도시의 집이 나오기 시작한다. 나는 정확히 해수면에 있었다. 물없는 대양의 바닥에 있는 것이었다.

도시 입구에 이렇게 많은 식당이 있는 것을 본 적이 없었다. 상상해보라. 3킬로미터 내내 길 양쪽에 식당이 계속 이어진 모습을. 확실한 건, 손님보다 식당이 더 많다는 것이다. 그 가운데 하나를 골랐는데, 그 이유는 식당 문 앞 의자에 앉아 있는 여자가 아이를 재우고 있었기 때문이었다. 아직 어리고, 짙은 녹색의 눈을 가진 여자아이였다. 중국 아기들은 외꺼풀에 째진 눈을 하고 있는 작은 인형 같은데, 너무나 연약해서 불안한 동시에 익살스런 눈길을 세상에 던지는 것처럼 보인다.

식당에서 나온 음식은 쿤초라고 하는 고구마 같은 것과 국수 대신 쌀을 넣어 만든 캄펜이라고 부르는 라그만이었는데, 두 음식 모두 엄청나게 달고 과즙이 많은 수박이 곁들여 나왔다.

평소와 달리 피곤한데도, 늦게야 잠이 왔다. 목적지가 가까이 있다는 사실에 흥분되고 혼란스러웠다. 머릿속에 수십 가지 계획을 생각하면서 잠자리에 들었다. 지금 이런 현상을 알려고 했지만 소용이 없었다. 걷는 것이 오랜 기간에 걸쳐 놀랄 만한 미래를 만들어낸다는 사실에 감탄했다. 그 기간은 세 단계로 나누어진다.

첫째는 부담을 줄이는 단계다. 가장 암울한 이 기간은 족히 보름이 걸리고, 길어야 한 달이다. 간신히 몸을 가누고, 물집과 근육통의 고통을 참아내며, 동시에 길에 대한 두려움과 싸워야 한다. 맹렬한 고통 때문에 머리는 최근이나 그 이전의 기억 혹은 고통에서 해방된다. 결국 말하자면, 힘든 시기인 것이다. 의기소침해지기도 하지만 조절할 수는 있다. 가방을 채우면서, 옷과 불필요한 물건은 포기한다. 걷기 시작한 며칠간, 머리를 꽉 채우던 걱정거리와 어려운 문제에서도 해방된다. 영혼은 평온해지고, 출발 전에 가지고 있었던 음울한 생각과 거리를 둔다.

두 번째는 꿈과 발견의 단계다. 단련되어 몸 상태는 잊게 된다. 따라서 이제는 주변 환경과 사람들과의 만남에 좀 더 주의를 기울이고, 다른 사람의 말에 귀를 기울이고, 혼자 있을 때는 자신의 소리에 귀 기울인다. 전화와 주변의 유혹과 실생활에서 겪는 걱정에서 멀어져 이런저런 상상을 할 수 있게 된다. 그리고 곧 이런 질문을 자신하게 한다. '내 인생에서 중요한 게 무엇일까?' 대답은 순간적으로, 또 단계적으로 나온다. 의무에서 벗어나, 소유는 존재 앞에서 지워진다. 그리고 바로 거기에서 걷는 것의 비밀이 밝혀진다. 사람들은 다른 사람을 향해 간다고 생각했지만, 사실은 자기 자신에 도착한다는 것.

마지막 단계는 반쯤은 슬픈 길이다. 길 끝이 보이면 두 가지 감정이 교차된다. 꿈이 끝났다는 데서 오는 섭섭함과 사랑하는 사람들을 다시 볼 수 있다는 데서 오는 행복감……. 머릿속에는 오만 가지 계획들이 부글거리고, 수많은 결심과 밑그림을 그리는 데 앞으로 며칠, 몇 달, 몇 년을 투자할 생각을 한다. 아마도 어느 정도의 시간 동안 육체적인 활동이 끝난 뒤, 긴 도보여행을 성공적으로 끝낸 충만감을 느끼며, 더 이상 현재에 경계를 짓지 말고, 오히려 미래를 향해 열어두고, 근육과 머리에 축적해둔 강인한 에너지를 쏟아붓는 것이 필요하기 때문일 것이다. 또한 꿈이 끝난 뒤의 슬픔이 그런 식으로 부드럽게 옮겨가는 것일 수도 있다. 걷는 사람은 인생이라는 천연 금괴를 탐광하는 사람이 된다. 종착점에 도착하기 전의 마지막 며칠간, 나는 길 위에 있는 것이 아니라 길 이후에 있었다. 수첩에 글을 적으면서, 주변 풍경에 대해 별다른 기록을 하지 않았음을 깨달았다. 나는 이미 다른 곳에, 내 집에, 내 가족과 친구와 함께 있지만, 계속 걷고 있다.

지도를 열심히 보면서, 튀커원을 떠나서, 올해 도보여행의 마지막 이틀 동안 돌아가는 길을 택해, 카스를 떠난 이후 한 번도 떠나지 않았던 314번 국도를 벗어나보기로 결심했다. 동쪽 방향을 알리는 작은 이정표를 찾고 있는데, 북쪽의 오르막길로 난 큰 도로가 보였다. 호텔이나 식당은 찾을 수 없겠지만, 이제 나는 숙달된 캠핑 여행자가 되었다. 그리고 특히 더 이상 트럭을 보기도, 트럭 소리를 듣기도 싫었다. 오아시스를 나와서 오른쪽으로 방향을 틀었다. 도시의 마지막 집 근처에서 아이들이 살아 있는 뱀을 가지고 놀고 있었다.

이제 나는 사막에 있다. 굴곡 하나 없는 곳이지만 이곳에도 낙타풀이나 꽃이 핀 위성류나무 같은 식물이 있었다. 하지만 자동차 한 대 당나귀 수레조차 없는 사막에서, 하늘 아래 있는 것은 나뿐이었다. 내일 저녁부터는 다시 인파 속에 있는 한 사람이 될 것이라는 것을 알기에, 나는 이 고독을 음미했다.

시간은 어느덧 흘러서, 텐트 치기에 적당한 곳을 찾기 시작했다. 텐트를 치려면 두 가지 조건이 충족되어야 한다.

첫째로 바람을 피할 수 있고, 둘째로 이중지붕을 땅에 고정시키고 텐트 앞에 불을 피울 수 있게 커다란 돌이 있어야 한다. 그리 흥미를 끌 만한 걸 발견하지 못하고, 어느새 해가 지고 있을 때, 남쪽으로 이상한 건축물이 눈에 들어왔다. 높은 기둥 두 개와 거대한 문. 문은 사막을 향해 열려 있었다. 두 기둥의 양쪽으로, 1킬로미터는 족히 될 듯한 작은 모래 물결이 일었다…… 나는 의아해하면서 이상한 문 쪽으로 다가갔다…… 바람이 조금씩 모래를 높은 벽 쪽으로 쌓아올리면서, 그 둘레에 물결 모양을 만들었다.

문 뒤에는 스텝에 있다는 것이 믿기지 않는, 입구가 지면과 같은 높이의 집이 있었는데, 커다란 테라스의 일부가 아치형 회랑으로 덮여 있었다. 왼쪽에 있는 건물들은 다오방팡의 감옥과 혼동하리만큼 닮았다. 벽 뒤에는 수백 개의 꿀벌통에서 붕붕거리는 소리가 났다. 그 사이에, 엉뚱하고 비현실적으로 보이는 자그마한 중국인 남자가 파란 셔츠와 검정 바지, 검정 천으로 된 운동화같이 생긴 전통 신발을 신고 나타났다. 그는 맑은 물을 토해내는 샘 근처에 있었다. 사막에서 보는 샘물은 늘 감동적이다.

나를 알아본 키 작은 남자가 손을 뻗으며 환한 미소를 띠고 내 쪽으로 서둘러 왔다. 한 마디를 던졌는데, 환영 인사 같았다. 나는 뭐가 뭔지 몰랐지만 무조건 나를 반기며 맞이하는 모습에 감동해서 남자에게 프랑스어로 말해버렸다.

"이렇게 환대해주셔서 고맙습니다. 저도 만나게 돼서

기쁩니다."

남자는 놀라서 잠시 동안 그대로 있다가 무슨 말인지 알겠다는 듯 웃음을 터뜨렸다.

"베르나르예요."

나는 검지로 가슴을 가리키며 말했다.

남자도 똑같이 자기 소개를 했는데, 내가 이미 알고 있는 '류劉'라는 이름이었다. 중국에서는 성姓이 아닌 이름으로 부르는 법이 없었다. 어쩌면 류의 어머니와 아내, 아니면 형제들도 그럴지 몰랐다. 성 뒤에는 늘 '씨'를 붙였다.

류 씨는 집을 가리키고는 윌리스와 들어오라는 손짓을 했다. 나는 허락을 구하기도 전에, 샘에서 흘러내리는 물을 몇 모금 들이켰다. 아마도 2001년 여정을 끝냈다는 생각에 긴장이 풀어져서 이렇게 결례를 범하고 만 것 같았다. 하지만 이렇게 선한 얼굴을 가진 남자와 함께 있으니 안심이 되었다. 그와 함께라면 거북한 일 같은 것은 생길 수 없을 것이다.

류 씨의 뒤를 따라 테라스에 갔을 때, 그의 아내인 키가 크고 마른 중국 여자가 옆을 지나가면서 거만하고 의심에 가득 찬 시선을 던졌다. 이런 시선은 익히 알고 있는 것이었다. 내가 놀란 것은 류 씨가 보인 너무나도 호의적인 태도였다. 우리가 인사를 나누었을 때, 이 만남이야말로 내가 국경을 넘으면서 그렇게나 기다려오던 아름다운 만남이 될 것이라는 걸 알 수 있었다. 최후의 순간에 맞이하게 된 아름다운 만남…….

 L자 형의 집은 열 개의 방이 독립적으로 배치되어 있었다. 몇몇 방은 문이 하나밖에 없었고, 창문은 벽으로 막혀 있었다. 집주인이 찻주전자를 가지고 돌아왔고, 우리 사이에는 강한 전류가 흘렀다. 서로에게 끌리고 공감대 같은 것을 이루며 짧은 순간에 친구가 되었다.

 두 시간 동안 나는 류 씨의 중국어 단어를 하나도 못 알아들으며 '수다를 떨었다'. 류 씨도 영어라고는 손톱만큼도 몰랐다. 하지만 우리는 서로의 말을 이해하며 얘기했다. 서로 너무나 완벽하게 감정이입을 했고, 상대의 말에 너무나 주의를 기울여서 우리만의 언어를 만들어냈다. 그는 중국어로, 나는 프랑스어로 말했다. 하지만 억양 하나, 동작 하나, 손짓 하나가 모두 중요했다. 우리는 찡그린 얼굴이나, 갖가지 얼굴 표정 등 동원할 수 있는 온갖 수단을 다 사용해서 대화를 이끌어갔다. 우리는 이심전심으로 이야기를 나누었던 것이다. 그리고 바람이 테라스로 실어온 모래를 칠판처럼 사용했다.

 류 씨는 이곳이 옛날에 농장 겸 감옥이었다고 말했다. 그는 자신의 고향 텐도를 떠나서 이곳에 석공일을 하러 1981년에 왔는데, 당시 사막에서는 감옥의 벽을 세우고 있었다고 한다. 그는 어느 쪽이었을까? 재교육을 받은 쪽, 아니면 재교육을 하는 쪽? 나는 감히 질문을 하지 못했다. 이곳에는 2천 마리의 염소와 수천 마리의 오리가 있었는데,

류 씨는 염소와 오리를 기르던 장소로 나를 데려갔다. 그곳은 이제 허물어지기 시작하고 있었다. 죄수들은 남서쪽으로 보이는 마을에 수감되었다고 한다. 류 씨가 살고 있는 집은 교도소의 사무실이었다고 한다. 교도소가 문을 닫았을 때, 류 씨 부부는 남았다. 그는 양봉과 염소 100마리를 기르며 생활한다. 이웃 마을에 사는 조금 모자란 목동이 돌보는 염소들은 저녁이면 알아서 집에 돌아온다. 류 씨는 아들 둘을 두었는데, 나이가 스물둘, 열아홉 살이다. 장남은 결혼을 해서 어린 딸이 있다. 나는 류 씨에게 작은 종이에 중국어로 쓴 문장을 읽어주었는데, 그는 더 알고 싶다면서 바리巴黎(파리의 중국식 표현)에 대해 끝없이 물어보았다.

하늘이 조금씩 서쪽으로 타오르다가 드디어 태양이 타클라마칸 사막 속으로 잠수했다. 나는 지붕의 차양 아래 텐트를 쳤다. 그렇게 하기를 잘한 것이 밤에 세찬 모래폭풍이 일어서, 하마터면 이중지붕을 날릴지도 몰랐기 때문이었다.

아침에 집주인은 꿀을 가져다 주면서 자기한테 편지도 쓰고, '바리' 사진도 꼭 보내겠다고 약속하라고 했다. 떠날 시간이 되자 그는 날 못 가게 하려는 것처럼 오래도록 손을 꼭 잡은 다음 포옹했다.

그날 내 발걸음은 가벼웠다. 이렇게 늦게 나타난 이 유쾌한 친구가 내게 계속 기운을 북돋아준 것처럼, 머리로는 어제 저녁에 나누었던 얘기를 되새겼다. 류 씨가 교도소장의 집무실이던 방을 보여주며, 죄수가 소장 앞에 불려오면 어떤 일이 벌어지는지를 너무나 생생한 몸짓으로 보여주었다. 죄수는 두 손이 결박당한 채 자신에게 내려질 처벌 내용을 들어야 했다. 나는 하루 종일 머릿속으로 이 멋진 만남의 장면을 순서대로 떠올렸다. 만약 중국어를 배웠다면 재미있는 얘기를 들려줄 사람들을 사귈 수 있었을 것이다. 하지만 하루 저녁 시간만으로도, 중국에 온 이후 인간적인 만남을 가질 수 없었던 서운함을 보상받았다. 이 키 작은 남자에 대한 생생한 기억은 이 글을 쓰는 순간까지 남아 있다. 이렇듯 살다 보면 마법 같은 순간들이 나타나 모든 것을 초월하고, 세상의 무게를 덜어주고, 신의 경지에 이르게 한다. 고맙소, 류 씨.

오아시스의 남쪽을 통해 투루판에 도착했다. 일요일이었다. 노새가 끄는 수레에 탄 가족들은 구경을 하러 나설 것이다. 윌리스를 보고 겁에 질린 암탕나귀가 도랑 위로 펄쩍 뛰어서 밭을 가로질러 전속력으로 달렸다. 수레에 싣고 가는 가족들이 소리를 지르자, 당나귀는 그 소리에 더욱 기겁을 했다.

고도계를 보았다. 해수면 아래 150미터였다. 중국인이 훠저우火州(불의 땅)라는 별칭을 붙인 투루판은 여름 기온이 최고 섭씨 50도까지 오른다. 오아시스는 룰란(Loulan)과, 중국인들이 핵무기 실험 장소로 이용하는 마른 호수인 로프

노르羅布泊(Lop Nor)의 북서쪽으로 250킬로미터 거리에 있다.

이 지역은 씨 없는 단 포도로 유명하다. 도시 입구에는 수많은 작은 건물이 있었다. 건물 벽은 벽돌 사이에 공간을 많이 두고 지어서 통풍이 잘 되었다. 벽은 일 년에 한 번 포도를 줄에 매달아 말리는 장소로 이용된다. 더위 때문에 포도알은 단맛을 유지하면서 물기가 빠진다. 마당에서 농부들이 건포도를 터느라고 포도송이를 치고 있는 모습이 보였다. 이렇게 건포도는 이대로 계속 보관할 수 있다.

2001년 9월 23일, 나는 오아시스 호텔 홀에 가방을 내려놓았다. 조금 전에 3천 킬로미터의 여정을 마친 터였다. 나는 이 경사를 축하하려고 호텔 안뜰에 나온 위구르 댄서들과 깡충깡충 뛰었다. 몰려드는 피로에 완전히 몸을 맡기려면 내일이나 돼야 한다. 나는 한 달에 1천 킬로미터라는 엄청난 속도로 중국 여정을 마쳤다. 나는 지금까지 한 번도 30일 동안 800킬로미터 이상을 걸어본 적이 없었다. 하지만 올해에도 성공적으로 계획을 마쳤다. 인생은 아름다웠다. 이제 여기부터 마지막 여정길에 오를 때까지 기운도 차리고, 사마르칸트를 떠난 이후 빠진 12킬로그램도 회복할 시간을 충분히 가질 것이다.

1997년 처음 왔을 때 굉장히 매력적으로 보였던 이 도시의 중심은 영화 배경처럼 보였다. 사람들이 오래 전부터 심은 포도나무 그루가 버팀대를 따라 뻗어올라 있었고, 도로 앞으로 나와 있는 정자처럼 그늘을 드리우고 포도 열매를 맺었다. 이 도로 위에 탐스러운 포도송이가 달려 있는 모습이 꽤나 인상적이었다. 그런데 이 도로의 성공적인 사례에 자극받은 시 당국이 몇 가지 조치를 취했는데, 안타깝게도 도로의 매력을 경감시키는 쪽으로 이루어졌다. 나무 기둥 대신 플라스틱 기둥으로 교체했고, 아스팔트 대신 대리석 타일을 깔았다. 형형색색의 꼬마전구로 범벅이 된 장소는 요란하고 우스꽝스러운 모습을 띠게 되었다. 학생들은 일주일에 두 번 마포로 바닥을 닦는데, 나는 아이들이 찌푸린 얼굴로 바닥 닦는 모습을 볼 수 있었다. 포도가 익을 무렵에는 포도 도둑을 막기 위해서, 도로에는 문자 그대로 감시인이 바둑판처럼 골고루 배치되었다. 한 알이라도 따려고 하다가 발각되면 벌금을 물어야 한다.

투루판에 물을 공급하는 것은 강이 아니라 카레즈坎兒井(Karez)라고 하는 촘촘히 연결된 지하수로다. 이런 형태의 수로는 이미 이란에서도 본 적이 있는데('카나트'라고 한다), 카레즈 기술은 바로 이란에서 건너온 것이라고 한다. 오아시스가 존재할 수 있었던 것은 이 작은 수로 덕이다. 작은 개울은 산자락에 있는 시원하고 맑은 물을 도시까지 끌어다 준다. 이 지역에 지하수로의 총 길이는 5천 킬로미터에 이른다. 이런 사실에 큰 자부심을 가지고 있는 위구르인들은 이 수로가 베이징의 만리장성보다 눈에 덜 띄고 볼 것도 덜하지만, 2000년 전부터 쏟아부은 노동의 결실이라고 거침없이 말한다. 2천 개의 우물로 수로망을 유지하는데, 모든 오아시스의 존재 여부는 이 수로에 달려 있다. 지하수로를 파는 사람인 카레즈칸(Karez-kan)은 이곳에서 큰 명예와 함께 모든 이의 존경을 받고 있다.

중국인들이 툴루판(Tulupan)이라고 개칭한 투루판은 역사적으로 유서가 깊은 곳이기도 하다. 8세기에 이슬람화가 이루어지기 전에는 불교가 지배적이었다. 수차례의 파괴 위기를 넘기고 지금까지 남아 있는 불교 사적과 동굴에서 그 증거를 찾아볼 수 있다. 몽골에서 온 위구르인들이 이 지역에 정착했을 때, 가오창高昌을 수도로 한 왕국〔고창국高昌國〕이 번창했다.

나는 도착 다음날 폐허로 변한 도시 자오허交河에 가보았다. 두 개의 강이 만나는 지점의 절벽 위에 자리 잡은 이 도시의 기원은 너무 아득한 옛날이어서 누가 처음으로 여기에 와서 살았는지 알 수 없다. 2세기, 한나라 제국은 이곳에 수비대를 세워 실크로드의 안전을 지키도록 했다. 하지만 애석하게도 천 년 후, 이곳에 입성한 칭기즈 칸은 도시를 거의 초토화시키고 떠났다. 이 도시의 흔적은 지금 볼 수 있는 폐허와, 절망적인 몸짓으로 하늘을 향해 솟아 있는 토담밖에 남지 않았다. 이 도시는 기품이 있었다. 그러나 과거의 흔적이 너무 커서 현재는 증발한 것 같아 보였다.

투루판에서 조금 북쪽으로 가면 고비 사막 쪽으로 '검은 도시' 카라코토가 나온다. 마르코 폴로는 이 도시가 파괴되기 일 년 전에 들르면서 에치나라는 이름을 붙였다. 이 도시의 우두머리였던 카라 챤 츈(Kara Tsian Tsiun)은 중국 황제를 폐위할 것을 다짐했다. 그리고 중국 황제를 상대로 전쟁을 일으켜 여러 전투에서 패하고 난공불락의 장소로 알려진 자신의 도시로 후퇴했다. 중국인들은 이 도시의 젖줄이었던 하천의 물길을 돌려놓았다. 종말이 다가오는 것을 안 카라 챤 츈은 우물을 팠지만 물이 나오지 않자, 80대의 수레에 보석을 싣고 와 우물 안에 묻었다. 그는 두 아내와 딸, 아들을 죽이고 탈출하다가 자기 기마대의 칼에 머리가 잘렸다. 중국인에 이어 러시아인이 몇 번씩 수색을 했지만, 그의 보석은 끝내 찾을 수 없었다.

투루판에서 휴식시간으로 가진 이틀이 훌쩍 지나갔다. 할 일이 아주 많았다. 인터넷으로 돌아간다는 소식을 파리에 알렸다. 윌리스의 바퀴 두 개도 포장해서 오아시스 호텔 보관소에 맡기며 내년 봄에 찾으러 오겠다고 했다. 하지만 수레 차체는 프랑스에 가지고 돌아가야 한다. 내 여행 친구인 이 수레의 원형을 너무 많이 개조한 탓에 제대로 작동할 수 있도록 손을 봐야 하는데, 여기서는 할 수가 없다.

신장 지역의 중심지 우루무치는 아주 큰 도시로, 한족 중국인과 위구르인이 섞이지 않은 채 공존하고 있다. 나는 이곳에서 왕 완핑을 만났다. 국경을 통과할 수 있게 도와주었던 여행 책임자 말이다. 왜 그런지는 몰라도 예전에는 늙고 살이 쪘다고 생각했는데, 지금 보니까 호리호리하고 썩

씩한 젊은 남자였다. 그는 중국을 떠나 카자흐스탄의 옛 수도인 알마티(Almaty)까지 갈 수 있는 비행기 티켓을 건네주었다.

알마티에서 파리행 비행기를 탈 것이다. 기다리는 동안, 나는 우루무치 시내를 산책하며 피터 플레밍(Peter Fleming, 1907~1971, 1930년대에 베이징에서 신장을 거쳐 인도로 여행한 영국인 여행가. 『타타르에서 보낸 편지』를 책으로 남겼다)이 말했던 것을 되새겨보았다. 그는 영국식 유머로 "이곳에서 연회 도중 사망하는 사람의 비율은 끔찍할 정도다."라고 적었다. 사실 1916년 양 첸신 장군은 연회 도중, 오케스트라가 음악을 연주하는 가운데 자신을 대상으로 쿠데타를 일으키려 했다고 의심하는 사람들의 목을 베게 했다. 그러고는 조용히 식사를 끝냈다. 1928년 또 다른 연회 때, 이번에는 양 첸신과 그의 친구들이 총알을 맞았다. 19세기 사람들은 죄수들의 머리를 길가에 걸어놓고 움직이지 않는 새장 같은 카파스(kapas) 속에 넣어 죄었는데, 지나가는 사람들은 이에 관심도 갖지 않았다. 사형수의 발을 판자 위에 놓고서, 일주일 동안 목이 부러질 때까지 판자를 조금씩 밑으로 내렸다. 인간이란 쾌락이나 공포를 조성하는 데 놀라울 만큼 정교하다.

내 마음은 벌써 파리에 가 있었다. 상식적으로는 며칠 동안 늦잠을 자야 할 것 같은데, 내 생체 시계는 넉 달 동안 새벽에 일어나도록 훈련을 받은 터라 아직 시계를 바꿀 준비가 되어 있지 않았다. 그래서 동이 트기도 전에 거리로 나왔다. 커다란 런민人民 공원은 차분한 분위기였다. 나는 이 공원에서, 출근하기 전에 체조하러 오는 노동자들을 지켜보면서 안온한 시간을 보냈다. 여기에는 한족 중국인밖에 없다는 것이 눈에 띄었다. 출근시간이 끝나면 이번에는 은퇴자들이 몰려올 차례인데, 기운이 넘쳐보였다. 이렇게 노인들이 건강하니 중국은 사회보장 예산을 엄청나게 절감할 수 있을 것이다.

런민 공원의 구석구석에는 볼 것이 많았다. 나무 밑에 있는 수많은 새들의 노랫소리는, 어디서나 들려오는 음악소리에 묻혀버렸다. 작은 섬에서는 슈트라우스의 왈츠나 파소 도블레[paso doble, 스페인의 무곡으로 템포가 빠른 2박자 댄스]의 리듬에 맞추어 중년층 남녀가 스텝을 밟았다. 펜싱 칼로 무장한 사람들은 완벽한 조화를 이루며 절도 있고 느린 동작으로 단련했다. 다른 사람들은 체조를, 또다른 사람들은 "여보, 사랑해. 여보, 당신을 너무너무 사랑해……."라는 가사의 샹송에 맞추어 깡충깡충 뛰었다. 산책로에서는 할머니가 전통 음악 연주자 세 사람의 장단에 맞추어, 어린 여자아이처럼 날카로운 목소리로 중국의 창을 불렀다. 나무 아래 흩어져 있는 100여 명의 여자들은 한 손에 스카프를 들고서 리듬 있는 춤동작을 연습했다. 제대로 아는 사람은 별로 없었지만, 모두 열심히 배우려고 했다. 각 종목별로, 한두 명의 선생님이 있는 것 같았다. 다른 사람들은 가르쳐주는 내용을 듣거나 열심히 동작을 따라했다. 빠른 동작을 따라가지 못하는 나이 든 할머니 몇 명은 산책길을 따라 걷거나 커다란 나무 앞에서 쉬지 않고 체조 동작을 반복했다.

나는 사거리에서 튀김으로 점심을 해결했다. 손님들이 어떻게 먹는지 가르쳐주며 따뜻한 눈길로 쳐다보는 가운데, 따뜻한 우유 같은 데 튀김을 찍어 먹었다. 다른 곳과 마찬가지로 여기에서도, 입과 손을 닦는 데 화장실용 두루마리 휴지를 쓴다. 이제 나도 이런 데 익숙해졌다. 화장실에 가면 없는 두루마리 휴지가, 대도시에 있는 식당에 가면 어김없이 테이블 위에 있었다.

이제 몇 시간 후면 이 나라를 떠날 텐데, 나는 공원의 그늘에 앉아서 중국인이 보여주는 에너지에 대해 곰곰이 생각해보았다. 중국이 왕성한 힘으로 뒤떨어진 기술을 만회하고 있는 것이 그리 놀랍지 않다. 이곳에서 일은 최대의 미덕이다. 활동은 종교적인 경지에 있다. 60년간 철저한 공산주의 체제하에 있던 중국이 놀랍도록 빠른 속도로 자본주의 체제에 적응하고 있다는 사실에 어떻게 놀라지 않을 수 있겠는가? 공산 체제 내내 당이 경제를 장악하고 있는 와중에도 장사가 사라진 적은 없었다. 장사는 명맥을 유지하며, 경쟁이 절대 사라진 적이 없는 시장의 골목골목에서 이루어졌다. 이제 문호를 개방하자 그 꽃이 만발했다. 중국은 모든 것이 물 흐르듯 철저한 사회주의 경제에서 거칠고 야생적이며 낙오자에게 가차 없는 자본주의 경제로 넘어왔다.

9월 28일, 중국 회사의 알마티 행 러시아제 비행기에 올랐다. 알마티에서 이스탄불을 경유해 파리로 돌아갈 것이다. 언제 돌아가게 될지 미리 알 수 없었기 때문에, 카자흐스탄 공항의 터키항공 사무실에서 찾아야 하는 표를 사두었다.

비행기에서 내리자 깜짝 놀랄 일이 나를 기다리고 있었다. 경유해서 가는 승객을 위한 트랙이 따로 없었다. 도착한 건물은 출발했던 건물이 아니었다. 또한 모든 승객들이 경찰을 거쳐가야 했다. 내 차례가 되자, 수다스럽고 공격적인 여자 경찰이 내 여권을 뒤적거리더니 비자가 없는 걸 보고 깜짝 놀랐다.

"경유해서 가는 거라 비자는 필요 없어요. 오늘 밤 파리행 비행기를 탈 겁니다."

"비자가 없으면 카자흐스탄 영토를 통과할 수 없습니다."

"말했잖습니까. 경유해서 가는 거니까……."

여자 경찰은 내 말은 듣지도 않고 사무실을 가리키면서 나를 밀쳤다. 사무실에 있던 카자흐스탄 영사가 도착 건물에서 출발 건물로 가려면 카자흐스탄 영토의 일부를 통과하는 것이기 때문에 카자흐스탄 비자가 있어야 한다고 설명했다. 비자 수수료는 21유로에 해당하는 금액이었다. 이런 교활한 사기에 대항하고 싶었지만 포기하고 내 가방을 달라고 했다. 수하물실로 가려면 비자가 있어야 한다고 했다! 달러를 낚아채는 덫이 완벽하게 설치되어 있었다. 덴마크 여행객들도 나와 같은 처지에 있었다. 덴마크 가이드가 노발대발하며 항의를 했지만, 덫에서 나오려면 달리 방법이 없었다. 그러나 이 함정은 카프카의 소설에 나오는 부조리한 면까지 띠었다. 왜냐하면,

"여권과 파리행 티켓 주십시오."

"파리행 표가 없다고 말했잖소. 표를 찾으려면 터키항공 사무실로 가야 해요."

"그렇다면 비자를 드릴 수 없습니다."

이렇게 우스꽝스럽고 우둔한 관료주의 체제에서 어떻게 이 나라 사람들은 신랄한 유머도 없이 살아갈 수 있을까? 이런 상황에 웃음이 나올 지경이었지만, 영사가 아무것도 해줄 수 있는 일이 없다는 말을 했을 때는 재빨리 어투를 바꾸어 발끈 화를 냈다. 나는 영영 이 좁은 방에서 꼼짝도 못 하고 있어야 할 판이었다. 이 악순환의 고리를 끊을 수 있는 방법이 아무것도 없었기 때문이다. 혁명이 일어나거나, 세상의 종말이 오지 않는 한. 비행기 표가 없으면 비자를 받을 수 없다고 하지만 표를 찾으러 가려면 비자가 있어야 한다. 내가 빈정거리며 폭소를 터뜨리자 그제야 영사가 항공회사에 전화를 걸려고 했지만, 비행기는 새벽 네 시에 떠나는데, 공항 사무실과 시내에 있는 사무실은 너무 늦은 시간이라 벌써 문을 닫은 후였다. 나는 짐을 찾으러 갈 수 있게 허락해달라고 했지만 유니폼을 입은 이 심술궂은

여자 경찰은 단칼에 거절하고, 연신 담배를 피워대며 동료 경찰과 낄낄거렸다.

나는 한 시간 동안 간신히 화를 억누르고 있었다. 잠시 후 유리창 뒤에 있던 영사가 오라는 손짓을 했다.

"문제를 해결했습니까? 사무실 문을 닫아야 해서요."

나는 폭발했다.

"문이란 문은 죄다 잠가놓고 나보고 어떻게 이 감옥 같은 데에서 나가라는 겁니까?"

그는 진심으로 유감스러운 표정이었다. 하지만 분명히 저녁식사 시간이 되면, 나를 여기에 두고 사라질 것이다. 파리행 비행기는 일주일에 한 번밖에 없으니까……

"이해해주십시오. 규칙을 따르는 것뿐입니다."

영사는 곰곰이 생각하더니 갑자기 영감이 떠오른 듯 내 여권을 다시 달라고 했다. 그는 여권을 뒤적이다가 미소를 지었다.

"키르기스스탄을 통과하셨군요. 됐습니다. 만약 중국에서 오신 거라면 비자를 드릴 수가 없습니다. 최종 도착지의 비행기 표를 요구하니까요. 하지만 선생님께서 키르기스스탄에서 오신 거라면 국경이 육로로 이어져 있으니, 그렇게 되면 문제없습니다. 게다가 키르기스스탄 비자가 아직도 유효하네요. 그럼 선생께서 육로로 온 것처럼 할 겁니다."

기가 차서 말도 나오지 않았다.

"하지만 나는 국경에서 200킬로미터나 떨어진 공항에

있습니다. 비자 없이 여기까지 올 수는 없어요."

"그건 세부 사항이죠. 선생의 키르기스스탄 비자는 유효합니다. 다 잘될 겁니다."

내게 20달러를 받은 직원은 돌려주면서 다시 확인했다. 신중해서 손해 볼 일은 없을 테니까. 마침내 여자 경찰이 거만한 미소를 지으며 내 여권에 도장을 찍었다. 정말 다행히도, 주인을 잃었지만 무사한 내 짐들을 수하물실에서 되찾았다.

텅 빈 공항에서 항공회사의 사무실이 열리기를 기다리는 동안, 타지키스탄으로 간다는 미국 남자를 만났다. 그는 여기에 3주 전에 왔지만, 나와 비슷한 문제를 해결하지 못하고 있었다. 3일 밤을 공항에서 보냈더니, 비자 없이 알마티에 있는 호텔에 자러 가도 된다는 허락이 떨어졌다고 한다. 하지만 그는 다시 떠날 수가 없었다. 미국 남자한테는 정말 다행스럽게도, 공항에서 가게를 운영하고 있는 젊고 예쁜 카자흐스탄 여성이 그를 마음에 들어 해서 즐겁게 시간을 보낼 수 있게 도와주었다.

마침내 비행기가 이스탄불을 향해 출발했고, 나는 창문 밑으로 일출 속에서 펼쳐지는 거대한 스텝에 눈을 고정한 채 시속 800킬로미터의 속도로 열 시간을 가면, 지금으로부터 3년 전 출발했던 도시로 되돌아가게 된다는 생각을 했다. 그리고 이 거리를 조금씩 걸어서 갔다는 생각을 하자 갑자기 놀랍게 느껴졌다. 1만 미터 아래에서 땀을 흘렸던 남자가 푹신푹신한 비행기 좌석에 앉아 스튜어디스가 다가와 사근사근한 목소리로 "음료수는 어떤 것을 드릴까요?"라고 묻는 말을 듣고 있다는 게 실감나지 않았다.

이 대장정을 시작한 이래 처음으로, 아마도 최종 목적지까지 갈 수 있을 거라고 믿기 시작했다. 하지만 경계를 늦추면 안 된다. 고비 사막을 횡단하는 데 3천 킬로미터가 남아 있고, 중국은 그리 호의적인 곳이 아니다. 마지막 여정을 시작하기까지 준비할 시간이 6개월 조금 넘게 있다. 시안 시내에 우뚝 솟아 있는 중러우鍾樓를 목표로.

고비 사막

네 번째 여행

2002년 봄~여름

1. 모래바람

국도에 들어서자 용기가 사라졌다. 둥근 산 정상에 있는 하얀색의 예쁜 시멘트 표지판에는 3,981킬로미터라는 끔찍한 수치가 검정색으로 적혀 있었다. 이 312번 국도는 중국에서뿐만 아니라 세계에서 가장 긴 도로이기도 하다. 상하이와 카자흐스탄의 국경을 연결하는 도로는 이곳에서 5천 킬로미터가 넘는 구간을 연결한다. 목적지인 시안은 이 언덕에서 1천 킬로미터가 조금 넘는 거리에 있다. 믿을 만한 지도를 찾지 못해서, 대충 고른 지도 세 개를 배낭에 넣었는데, 2002년 4월 18일인 오늘 새벽까지, 이 자료 가운데 하나가 잘못되었기를 바랐다. 처음 지도는 2,400킬로미터, 두 번째 지도는 2,650킬로미터라고 나와 있었다. 고무줄처럼 늘었다 줄었다 하는 이 수치를 절망적으로 들여다보면서, 그래, 세 번째 지도는 제대로 되어 있을 거야, 하며 확신했다. 세 번째 지도에 적힌 숫자는 2,900킬로미터였다. 9세기까지 중국

제국의 수도이자, 실크로드의 종착점이었던 시안과 나 사이의 거리였다……. 파리를 떠난 이후 우울했던 마음이 의기소침해졌다. 컨디션이 좋아야 65센티미터가 되는 이 초라한 보폭으로 그렇게 먼 곳까지 갈 수 있을까?

사실 보름 전부터 기분이 침울해졌다. 올해는 프랑스를 떠날 때 몸 상태가 좋지 않았다. 겨울 내내 독감을 앓느라 기운이 다 빠졌기 때문이었다. 비행기를 타기 3주 전에 감기가 재발해 기관지염으로 악화되었다. 백일해 환자처럼 기침을 해댔고, 중국 사람처럼 가래를 뱉었다. 특히 왼쪽 발과 무릎이 아파서 여행을 끝까지 마칠 수 있을지 의심스러웠다. 실크로드를 걷기 시작한 이래 처음으로 내가 예순네 살이라는 것을 자각했다.

육체적으로 지친 상태에 경미한 우울증세까지 겹쳤다. 내가 떠난 프랑스는 민주주의를 의심케 하는, 집단적인 히스테리를 동반한 대선 운동 열기 속에 빠져 있었다. 중국어도 모르고, 작년에 확인했듯이 중앙아시아처럼 손님을 환대하는 것이 그리 미덕이 아닌 이 나라에서 3천 킬로미터를 주파해야 하기 때문에, 의지할 사람은 자신밖에 없다는 사실을 잘 알고 있다. 사람들이 나를 낙담하게 만들고, 두려움의 대상인 고비 사막에는 불리한 조건밖에 없을 것이라고 생각하는 한편…… 아름다운 고독은 때로 절망을 극복하는 최고의 치료제이기도 하다고 애써 스스로를 위로했다. 첫해에는 나를 기다리고 있던 것에 대한 무의식 같은 것이 신비하고 마법 같고 위험한 길 위에 나를 내던졌다. 그리고 그다음의 2년은 사람들과 만나는 데 도취해서 힘들기는 했지만 항상 즐거운 마음으로 여정을 이어갔다. 올해는 가족과 떨어지는 일이 특히 힘들었다. 이렇게 마음이 동요된 데다가, 중국에 도착해서 레이몽드 숙모가 돌아가셨다는 소식을 접했다. 나는 숙모를 무척이나 따랐는데, 내가 파리에서 비행기에 오른 바로 그때 우리 곁을 떠나셨다고 한다. 그러니까 육체적으로나 정신적으로나, 3년 전 이스탄불에서 출발한 이래 그 어느 때보다도 표지판의 하얀 바탕 위에 검정 글씨로 3천 킬로미터 이상의 거리가 적혀 있는, 도저히 접근할 수 없을 것 같은 시안에, 걸어서 가는 데 성공할 수 있을지 의심스러웠다.

그저께 베이징에 도착했을 때, 거리는 안개처럼 보이는 무언가에 묻혀 있었다. 알고 보니 모래폭풍이 베이징을 뒤덮은 것이었고, 그 사이로 얼핏 보이는 중국 여자들은 모두 스카프로 얼굴을 가리고 있어서 터키나 이란에서 베일로 얼굴을 가린 여자들과 다를 바 없어보였다……

나는 베이징에서 다시 신장웨이우얼 자치구의 수도인 우루무치행 비행기로 갈아탔다. 화물적재소에는 노란색 페인트가 든 괴이한 가방이 터져서 내 배낭을 예쁜 노란색으로 장식했다. 얼룩말처럼 무늬가 들어간 검정색 배낭을 들고 있으니 눈에 안 띨 수가 없을 것이다. 우루무치에서 투루

판행 버스를 타야 했다. 투루판은 2001년 9월에 도보여행을
마친 곳이다. 나는 하루를 할애해 투루판에서 쇼핑을 하고,
비타민이 풍부한 건포도와 살구, 사과 몇 개, 그리고 여행을
마칠 때까지 서너 달 동안 주식이 될 냉동건조 국수도 샀다.
작년 9월 오아시스 호텔 보관실에 맡겼던 윌리스의 타이어
도 되찾았다. 타이어는 바람이 빠져 있었지만 동네 정비공
에게 1위안(0.15유로)을 주고 빵빵하게 바람을 넣었다. 프랑
스에서 친구 마르셀 르메트르가 튼튼하게 만들어준 수레는
이제부터 모든 시련에 맞설 준비가 되어 있었다.

신장은 프랑스보다 세 배나 큰 지방이지만, 인구는 3분
의 1이 적다. 신장에는 세계에서 가장 악명 높은 사막 두 개
가 있다. 작년에 북쪽으로 우회했던 타클라마칸 사막과 올
해 맞이하는 몽골과 중국에 걸쳐 있는 고비 사막이다. 오늘,
정확히 4월 18일, 국도와 투루판 사이의 6킬로미터를 막 주
파했다. 나를 어리둥절하게 만든 이 경계에서 한 시간 동안
뱅글뱅글 돌고 난 끝에 말이다. 이제 진짜 여행이 시작된 것
이다. 날씨는 온화하면서도 약간 쌀쌀해서 걷기에는 그만이
었다. 따뜻한 봄을 이용해 시안에 빨리 도착하려고 올해는
출발 일자를 일찍 잡았다. 그리고 최대한 짧게 더위의 고통
을 겪기 위해서였다.

걸으니까 컨디션이 좋아졌다. 처음 몇 킬로미터를 걸
으며 2주 전부터 가슴을 짓누르던 걱정을 덜어냈다. 불과
해발 154미터인 이 오아시스에서, 거의 2천 미터를 올라가

야 한다는 것을 알고 있다. 고비 사막은 사실상 고원이었다. 고원 위에 도달하기 전, 항상 나를 황홀하게 만드는 장관을 넋을 잃고 바라보았다. 세계 어느 포도밭에서나 볼 수 있듯, 농부들이 정성껏 포도나무의 가지를 치고 차곡차곡 쌓았다. 당도가 높은 이곳 포도는 추수한 후에 말리는데, 오아시스의 명성은 바로 이 건포도에서 나오는 것이다. 허리띠에 연결한 윌리스가 얌전히 뒤를 따랐다. 윌리스는 내 배낭과 잡다한 것들을 넣은 선원 배낭을 싣고 다녔다. 우루무치에서 얼룩 무늬가 생긴 선원 배낭에는 사막을 여행하는 데 없어서는 안 될 캠핑도구와 취사도구를 넣었다. 또한 총 12리터의 물을 넣을 수 있는 물통 두 개(세 번째 물통은 지금 내 등에 있다)도 챙겨넣었다. 물은 염소로 소독해서 마시는데, 도우바야지트에서 겪은 고통스런 이질에 다시는 걸리지 않기를 바랄 뿐이다.

20킬로미터를 걷고 정오가 되어 위구르 식당에서 오늘들어 처음으로 휴식시간을 가졌다. 식당 주인 마 칭창(Ma TchingChang, 마는 모하메드의 중국식 표현이다)은 누구보다 따뜻하고 친절한 사람이었다. 그는 내가 터키와 이란, 중앙아시아의 세 공화국을 여행하면서 받은 환대의 전통을 잇고 있었다.

첫날에는 20킬로미터 이상을 걷지 말자고 결심했지만, 최상의 경우든 최악의 경우든 나를 계속 걷게 만드는 이 문제의 고집 때문에 또다시 계획한 대로 따르지 못했다. 나는 캠핑도구를 테스트하겠다고 말하고는, 식당 주인 마가 평소에 트럭 운전사들에게 돈을 받고 내주는 방을 쓰라는 제안을 정중히 거절했다.

그래서 좀 더 먼 곳으로 가서 엄청나게 가벼운 텐트를 꺼냈다. 나는 내 유목생활 때 늘 그렇게 하듯 길가에 작은 나뭇가지들을 모아서 돌멩이 세 개 안에 불을 지펴 국수를 삶았다. 행복한 로빈슨 크루소였다! 하지만 바로 그때 돌풍이 불어왔고, 내 피난처는 완전히 모래 위에 지은 성이었음을 확인하지 않을 수 없었다. 텐트 가게 주인이 이 모델을 추천하며 특별히 강조한 것은, 삼면에 커다란 모기장이 달려 있고, 보통 텐트처럼 무겁거나 두껍지 않다는 것이었다. 하지만 갑자기 불어닥친 모래바람 앞에서는 이런 장점이 엄청난 단점이 되고 말았다. 나는 침낭 속으로 몸을 넣은 뒤, 베개 겸 목도리 겸 수건으로 사용하려고 했던 긴 터번(2.5미터)을 머리에 둘둘 감았다. 몇 시간 동안 '밧줄' 속에서 말뚝이 뽑히지 않을까 걱정할 만큼 무시무시한 돌풍 소리를 들었다.

깜박 잠이 들었나보다. 깨어보니 말 그대로 깔려 있었다. 모기장 사이로 가는 먼지가 들어와 먼지 이불이 되어 나를 덮어버렸다. 내 눈과 입과 코와 귀는 모래에 덮여 있었다. 아! 신장에서 처음으로 맞이한 밤 캠핑은 성공이었다!

나는 피곤한 몸으로 다시 길을 나섰다. 발이 아팠다.

특히 티눈이 여기저기 난 왼쪽 발이 더욱 아팠다. 티눈은 젊은 시절 유행했던 이탈리아 신발[1960년대 유행한 앞축이 뾰족하고 꼭 끼는 이탈리아산 신발] 때문에 생긴 것이었다. 나는 가오창의 북쪽으로 30킬로미터를 지나갔다. 가오창은 거치지 않을 것이다. 이 도시는 당나라 시절 7세기까지 실크로드의 중요한 거점이었으며, 지금부터 1000년 전 이 지역에 정착한 위구르인의 수도이기도 했지만, 13세기에 몽골이 파괴하였다. 여기에서 6킬로미터 떨어진 낭떠러지의 중간쯤에 있는 베제클리크(Bezeklik) 동굴도 사정은 마찬가지다. 동굴은 사구에 파묻혔다. 언제였을까? 그 시간은 멀고 먼 옛날 속으로 묻혀버렸다. 그리고 예술의 벗인 모래는 완벽하게 보물들을 자기 품속에 간직했다. 동굴 벽화, 조각품, 동상 등은 그렇게 모래 속에 묻힌 채 도적이나 훼손의 위험을 피할 수 있었다. 1900년대 유럽의 동양학자들이 이 지역에 군침을 흘렸다. 중국 사람들이 '외국 악마'라고 부르던 이 학자들은 유적을 발견하고 보물을 가로채갔다. 앞에서도 언급했던 알베르트 폰 르 콕은 모든 것을 베를린으로 보냈다. 우리는 그런 적 없다는 식의 국수주의는 피하도록 하자. 프랑스의 중국학 연구자 폴 펠리오(Paul Pelliot, 1878~1945)는 둔황 석굴에서 무려 7천 개의 수사본手寫本을 훔쳤다. 알베르트 폰 르 콕이 전리품을 가지고 돌아왔을 때, 독일인들은 그에게 갈채를 보냈다. 이 보물들을 맞이할 박물관까지 지었는데…… 박물관은 1945년 연합군의 폭탄 세례로 산산조각이 났다. 보물을 제대로 맞지 못한 것이다……. 중국 사람들이라고 이에 뒤지지 않았다. 그림들을 훌륭한 비료로 사용했으며, 그림에 나온 눈과 입이 악마를 재현한 것이 아닐까 두려워하며 남아 있는 것들을 모조리 없애버렸다. 다행히 약탈의 손길을 피해 살아남은 것들도, 경쟁 종교에 영감을 받아 만들어진 예술 작품을 그다지 존경하지 않았던 이슬람교도들이 파괴하였다.

운이 따라준다면, 내 마지막 여정에서 잘 보존된 부처 동굴을 구경할 기회도 가질 수 있을 것이다. 그래서 길가에서 관광객을 기다리고 있다가 즉석에서 가이드를 하겠다고 나서는 사람들의 권유를 거절했다. 또한 미니 버스 운전사가 부르는 소리도 무시했다. 운전사는 내가 걷고 싶어한다는 걸 받아들이려 하지 않았다. "공짜예요, 공짜!"라고 아무리 말해도 나는 절대 뜻을 굽히지 않았지만, 꽤 마음이 흔들린 것도 사실이었다. 나쁜 조건에서 출발을 한 데다 열의도 사라졌고, 내게 악마의 창조물이 된 고비 사막에 대한 불안한 생각이 머릿속에서 떠나지 않았기 때문이다.

모래폭풍이 불고 나서, 허공에 남아 있던 먼지 때문에 앞이 잘 안 보였다. '불의 산'만 알아볼 수 있었다. 붉은 흙으로 된 이 언덕은, 여행안내서에 나온 내용을 믿는다면, 태양이 정점에 달했을 때 말 그대로 이글거린다고 한다. 오르막길은 끝도 없이 계속되었다. 어제는 해수면보다 154미터

낮은 곳에 있었는데, 15킬로미터를 걷고 난 오늘 정오에는 해수면 높이에 있었다.

셍 주이가 운영하는 작은 식당이 나를 환영해주었다. 식사가 끝난 뒤에도 테이블에서 일어나지 못했다. 대나무처럼 길쭉하고 빼빼 마른 중국 남자가 매운 국수요리를 가져다 주면서 식당 옆에 있는 방에서 쉬라고 권했다. 그리고 내가 너무 더러워서 방을 더럽힐까봐 그랬는지 세숫대야에 물까지 담아왔다. 하지만 나는 침대에 고꾸라져서 세 시간 동안 낮잠을 잤다. 깨고 난 뒤, 지난밤에 폭풍우 때문에 화장을 한 듯 노랗게 색깔이 밴 얼굴과 손을 닦아냈다. 너무 기진맥진하고, 흥도 나지 않아서 다시 길을 나설 수가 없었다. 할 수 없었다. 이른 저녁을 먹고 식당 주인이 빌려준 방에서 다시 잠을 잤다. 남자는 알아듣지도 못할 일장연설을 하면서, 자기 생각으로는 엄청난 금액을 제시했다. 남자의 어조로 봐서 틀림없이 요즘 장사가 힘들고, 숙박을 하는 외국인도 거의 없고, 이 나라의 세금이 너무 많다는 내용이었을 것이다.

다시 돌풍이 불었는데, 동쪽에서 불어와서 정면으로 바람을 맞아야 했다. 돌풍 속에서 진가를 발휘하는 용감한 윌리스는 내 팔을 끌어당겼다. 볼가강에서 배로 손님을 실어나르는 사람처럼, 앞으로 기울어진 자세였는데, 전진하려면 그렇게 해야 했다. 떠다니는 작은 모래먼지로 이루어진 안개는 주변 풍경을 베일처럼 가려버렸다. 숨이 막혔고, 기침을 하느라 질식할 듯한 폐는 제대로 작동하지 못하는 펌프 같은 소리를 냈다. 이 차가운 바람에는 방수조끼를 입고, 다용도 터번을 두르고, 이런 때를 위해 잘 가져왔다고 생각하며 장갑을 끼었는데도 소용이 없었다. 몸이 꽁꽁 얼었다. 저녁에 내 시계는 해발 260미터를 가리키고 있었는데, 마을이나 식당은 하나도 없고, 바람은 계속 불고, 텐트를 칠 상황도 못 되었다. 신의 은총으로 내 앞에 나타난 다리—나중에 보니 이 도로에 있는 다리만 해도 312개나 됐다—아래에서 피난처를 마련하려고 돌로 작은 벽을 만들고, 구멍담요로 몸을 둘둘 말고, 터번으로 머리를 완전히 감싼 다음 침낭 속으로 들어가서야 잠을 잘 수 있었다.

다음 날 도로는 전날과 모든 것이 다 비슷했다. 바람은 결코 멈출 것 같지 않았다. 샨산郡善에서 보니 나흘 동안 98킬로미터를 주파했다. 느리고 위엄 있게 걸은 결과였다. 크리스마스 전에 시안에 도착하려면 속력을 내야 한다! 나는 두 달짜리 비자밖에 없었다. 중국 당국에 특별 허가를 요구해야겠다는 생각은 이미 접었다. 중국 정부가 토루가르트를 걸어가지 못하게 한 것 때문에 계속 입 안이 씁쓸했다. 지금은 다시 내 행운의 별을 의지하는 편이 나았다. 하지만 행운의 별은 희미했고, 오늘 걸은 거리는 너무 짧고, 시안은 너무 멀었다. 처음 며칠 걸었을 때는, 마치 선원들이 애인을 남겨두고 온 해안이 멀어지는 것을 보면서, 바다 끝까지 갈 수 있을지 걱정하는 것 같은 심정이었다. 그래도 선원들은 이야기를 나눌 동료라도 있다. 나는 투루판을 떠나 사막지대를 홀로 여행하며, 어쩌다 사람들을 만나더라도 얘기를 나눌 수가 없을 것이다. 이들은 내게 물고기나 마찬가지다. 그들의 입이 움직이는 것은 볼 수 있어도 무슨 말을 하는지 하나도 이해할 수 없으니까 말이다. 끝까지 갈 수 있을까? 이 순간, 그런 생각을 잊었다. 폐가 기관지염 때문에 맥을 못 추었다. 내게 자율이란 말은 허약함의 동의어였다. 조금만 기분이 처져도, 손을 들어 부두로 돌아가는 트럭에 올라타면 그만이었다. 난 혼자이고, 힘도 미약하니 상황에 따라서 여행 거리를 결정하자. 파리에서 비행기에 올라탈 때도 이런 상황에 놓이리라는 것을 알고 있었다. 사막과 사막의 공허감과 슬픔과 바람보다 내가 더 강할 것이라는 데 내기를 걸기로 했다.

이제 우리 둘이다. 고비 사막아.

2. 가난한 사람들

막 짐을 푼 샨샨 호텔에서 누구한테 전화를 받고 온 것인지는 모르지만, 민간복을 입은 위구르인과 한족 남자가 눈앞에 '경찰' 신분증을 흔들면서, 내 방을 수색했다. 여권과 비자, 특히 이스탄불부터 계속해온 도보여행에 대해 중국어로 정리해서 적은 코팅 종이를 보더니 안심하며 좋아했다. 그리고 대단하다는 뜻으로, 세계 어느 나라를 가든 마찬가지 몸짓인 엄지를 들어보였다. 이 손가락 신호를 받은 사람은 분명 훨씬 안락한 '외국인용 호텔'에 묵을 권리가 있었다. 말하나마나 숙박료가 더 비싸기는 했지만, 나는 특혜를 받았다. 돈을 더 내는 일은 없을 것이니까. 경찰들은 지프를 태워 한 바퀴 구경시켜 주겠다는 호의까지 보였다. 사막 구경. 고비 사막에서 머무는 시간을 재촉하는 것만 아니라면 뭐든지 하고 싶던 판이었다. 파리에 서둘러 편지도 부쳐야 한다. 경찰들은 아무 문제 없다면서, 나와 동행해서, 사람들의 줄을 끊고 앞으로 갔다. 늘 그렇듯 귀빈 대접으로……. 이들이 내 편지를 열어볼 거라 확신하지만, 그게 뭐 대수랴! 만약 이들이 나를 가증스러운 배신자라고 의심한다면, 지인들에게 애정을 담아 보내는 편지만 봐도 자신들의 짐작이 맞았다고 좋아할 것이다.

프랑스인 포도재배 연구가가 이곳에서 수출용 포도의 품종 개발을 위해 4년 전부터 일하고 있었는데, 이 연구가는 중국인 약혼자와 프랑스에서 크리스마스 휴가를 보내겠다고 통보했다. 넉 달이 흘렀고…… 우리의 행복한 도피자들은 분명 프랑스 포도밭에서 자유를 만끽하기로 선택한 모양이었다. 그 때문에 내게 의심의 눈길을 보내는 것일지도 모른다.

중앙아시아를 여행하면서, 남에게 호의를 베푸는 데 둘째가라면 서러워할, 낯선 사람들이 다가와 샤실리크나 플로프, 혹은 크루트를 나눠 먹자고 하는 데 익숙해졌다. 여기는 전혀 달랐다. 그렇다고 굶고 다닐 염려는 없었다. 신장에서 저녁때, 도시의 작은 광장을 점령한 아이들 무리가 휴대용 테이블, 의자, 음식들을 꺼냈다. 이 무리는 우글거리고 바쁘게 움직이다가 눈 깜짝할 사이에 자리를 잡고 위가 음식을 달라고 아우성을 치기도 전에 뚝딱 음식을 완성했다. 오늘 저녁 메뉴는 '파이구샤오궈오'인데, 이 요리는 흑버섯, 양고기, 생선, 국수가 골고루 섞인 튀김 요리다. 나는 커다란 옹기 사발에 담아준 이 음식을 순식간에 먹어치웠다.

경찰 두 명이 내게 '모든 안락함'을 보장한 외국인용 호텔 방에서 나는 열 시에 잠을 잤다. 더운물은 여덟 시에 나온다고 했다. 새벽에 찬물로 허겁지겁 샤워를 하고 속이 빈 채로 출발했다. 아침식사는 여덟 시 반에만 제공되는 것 같았다. 중국의 여느 곳처럼 신장에서도 공식적인 시간은 여기에서 시차가 두 시간 나는 베이징에 맞춰져 있다. 그러나 베이징과 똑같은 시간에 업무를 시작하고 끝내는 관청만 빼면, 어느 누구도 공식적인 시간은 고려하지 않는다. 이런 오해가 있지 않을까 상상해보았다. 우리가 약속한 시간이나 아침식사를 제공하는 시간은 신장 현지 시간일까 베이징 시간일까?

새벽에 길에서 윌리스와 이 괴상한 차림을 한 유럽 사람을 보고 기절할 듯 놀란 순박한 위구르 남자가 국수 한 사발을 주었는데, 나는 반가운 마음에 말끔히 비웠다. 신장 오아시스에서 터키어와 비슷한 언어를 쓰며 정착해 사는 사람들을 구소련인들과 중국 공산당은 위구르라는 이름으로 불러왔다. 하지만 이들은 10세기 조금 전에 몽골에서 이주해온 이교도 위구르인과 별 상관이 없다. 이들은 이슬람교도이고 신장 인구의 절반이 조금 되지 않으며 전체 중국 인구의 1퍼센트에 해당된다.

도보여행 이틀째 되던 날 길에서 마주쳤던 젊은 여자

의 복장과 행동 때문에 충격을 받고 서글퍼졌다. 여자는 이십 대로 젊고, 예쁜 편이었다. 겨드랑이에 끼운 보따리에는 전 재산이 담겨 있었을 것이다. 여자는 물감을 바른 듯 더러운 때로 덮여 있어서, 할로윈 축제 때 우스꽝스럽게 변장을 한 사람이 아닌지 의심스러울 정도였다. 여자는 내가 다가오는 걸 보자, 길을 가로질러 오던 길로 되돌아갔다. 외국인을 두려워했던 것일까 아니면 자기 모습이 부끄러웠던 것일까? 그런 의문이 들었다. 중국 사회에서 아무도 손을 내밀지 않는, 가난에 찌들고 사회에서 배척당해 자연으로 되돌아간 사람들이 있을까? 나는 이런 생각을 떨쳐냈다. 공산주의 국가인 중국이, 가장 가난한 사람들인 룸펜 프롤레타리아에게 관심을 가질 이 나라가, 그런 정책을 시행할 리가 없었다.

그날 또 다른 부랑인을 보았다. 가난한 사람을 전에도 본 적이 있지만, 이 사람만한 사람은 없었다. 구역질이 날 정도로 더러운 남자는 막대기에 보따리를 꿰어 어깨에 메고 있었다. 보따리 안에는 냄비와 빈 깡통이 가득 있었다. 그의 얼굴은 흙먼지로 얼룩지고 땟국이 흘렀다. 그는 아무 말도 않고 서더니 누렇게 치근이 보이도록 이가 다 빠진 입을 활짝 벌리고 미소 지었고, 지폐를 몇 장 쥐어주자 다시 떠났다.

10여 킬로미터를 더 가서, 바람을 피해 말린 과일을 먹으려고 다리 밑으로 내려갔다. 도로 공사 인부들이 여기에 만들었던 오래된 화덕 뒤에, 어떤 여자가 두꺼운 넝마 조각을 덮고 자고 있었다. 여자는 조금 전에 만났던 부랑인과 거의 비슷할 정도로 더러웠다. 여자한테 남자가 있을까? 상상할 수밖에 없었다. 아마 먹을 것이나 마실 것을 찾으려고 자리를 비운 것일지 모른다. 사람들이 사는 곳은 다리에서 15킬로미터 떨어진 곳에 있었으니 말이다. 여자는 자기 배를 가리켰다. 배가 고프다는 말이었다. 나는 냉동건조 국수 몇 상자를 나누어주고, 지폐도 몇 장 주었다. 여자가 감사의 인사로 조용하게 웃는 표정을 보니, 여자한테는 상당한 액수인 것 같았다.

거대하고 노란 기중기를 모는 운전사가 갑자기 멈추더니 내가 있는 곳까지 달려왔다. 그는 '마'의 집에서 내가 시안까지 간다는 말을 들었다고 하는데, 뜻밖에도 내가 바로 자기가 가는 길에 있었던 것이다. 그는 내가 좋아라고 차에 올라탈 것이라고 생각하고, 어느새 윌리스를 잡고 있었다. "요크(yok, 위구르어로 '아뇨')."라는 내 말이 그의 가슴에 대못을 박았다. 운전사가 아무리 공짜라고 말을 해도, 나는 만면에 미소를 띠고 계속 요크라고 대답했다. 그는 아무 말도 하지 않고 차로 돌아가더니, 십오 분 후, 나를 추월해가면서도 눈길 한 번 주지 않았다. 오늘 그는 내 여행의 흐름을 거스르게 하려고 무척이나 애를 썼다. 이제 걷기는 묵을 곳을 미리 정해 떠나는 '긴 산책'으로 굳어져, 이런 틀을 벗어나 걷는 사람은 괴짜가 될 수밖에 없었다. 모두 알고 있듯이 오늘

날 이 독특함을 제대로 지탱하기란 얼마나 어려운가. 하지만 독창성은 계속 사람들의 호기심을 끈다. 그 증거로, 란저우蘭州의 텔레비전 방송국 사람들이 와서 급하게 찍어간 인터뷰를 들 수 있다. 기자는 내 긴 여정에 대해 밋밋한 질문만 던졌다.

지금 가로지르고 있는 중국에서, 숙박 시설은 두 가지 종류가 있다. 빈관賓館은 고급 호텔—안락함을 보장하는 것은 아니다—로 그리 많지 않고, 서양인 전용이다. 여관은 트럭 운전사나 동네 사람들을 위한 모텔 같은 곳으로, 안뜰은 주차장으로 이용되고, 그 둘레에는 최소한의 물품만 있는 칸막이 방이 있다. 침대는 나무 상자고, 매트리스는 돗자리, 베개는 곡식 자루, 이불은 털 덮개고, 씻을 때는 공동 펌프장을 이용한다.

치테카이에서 묵은 여관에서는 호사스러운 물건을 쓸 수 있었다. 책상이 있었던 것이다. 그런데…… 의자가 없었다. 의자를 가져다 준 젊은 여자는 돈으로 계산되는 사랑도 줄 수 있다고 제안했다. 여행을 하면서 지금까지 한 번도 이런 식의 제안을 받아본 적이 없었는데, 다시 생각해보면 이런 일이 놀랄 만한 것도 아니었다. 중국 사람들은 모든 것을 중개할 뿐만 아니라 성욕에 대해서도 꽤나 마음을 썼다. 통역을 통해 들은 질문은 보통 이런 문제였다. 어떻게 넉 달 동안 참을 수 있죠? 매일 40킬로미터를 걷는 것이 어떤 것인지를 모르는 사람들이나 하는 질문이다. 몸은 하루 종일 걷느라 완전히 녹초가 되어버리고, 욕망은 저 멀리로 사라져버린다. 길을 지나가며 주위를 쳐다보고, 감탄하고, 새벽이 되어 다시 길에 나서는 도보여행자에게 성욕이란 생길 수가 없다. 나는 매매춘은 한 번도 해본 적이 없다. 예순넷이 된 지금에 와서 시작하고 싶은 생각도 없다.

투루판부터 경치는 거의 비슷한 모습이었다. 오아시스를 벗어나, 돌과 흙으로 뒤덮인 회색의 허허벌판이 남쪽으로 펼쳐졌다. 여기저기 보이는 높은 바위는 아직도 바람을 견디고 있었고, 그 위에는 위성류나무들이 힘겹게 붙어 있었다. 북쪽에는, 계속해서 웅장한 톈산이 길게 뻗어 있었다. 이곳은 가장 높은 산악지대이면서, 세계에서 가장 개발이 되지 않은 곳이다. 보이는 것이라고는 산기슭과 늘 자리를 떠나지 않는 푸르스름한 안개에 잠긴 회색빛 골짜기와 언덕뿐이었다. 치테카이는 사람들이 사는 마지막 지점이고, 파리를 출발할 때부터 두려워한 그 유명한 고비 사막으로 다가서고 있었다.

도보여행 이레째, 바람을 가르며 빠른 속도로 36킬로미터를 주파한 뒤 확인한 것은 내 몸이 빠르게 적응하고 있다는 사실이었다. 바람 때문에 텐트 치는 것은 포기했지만, 앞으로 힘든 상황에서도 잠을 자는 데 익숙해져야 한다고 생각했다. 하지만 아무도 내게 그렇게 하라고 강요하는 사람은 없었다! 그래서, 투덜거리지 않고, 두 차례의 돌풍 사이에 불을 피우고 국수를 먹어야 했는데, 객관적으로 본다면, 그럭저럭 먹을 만했다.

아침에 보니, 머릿속에 든 생각이 너무 많은 데다, 어쩌면 도보여행을 하면서 감수해야 하는 제약에 아직까지 제대로 적응을 하지 못해서 그런지, 치테카이에서 시장을 보고 세 번째 물통에 물을 채우는 일을 깜박 잊어버렸다. 150킬로미터 거리에 있는 다음 마을까지, 꼬박 하루하고도 반나절 동안 4리터의 물과 지금 가지고 있는 식량으로 버티기는 무리였다. 치테카이로 돌아가야 할까? 게으르기 짝이 없는 나는 운에 맡기기로 했다. 늘 행운이 따라주었으니까.

길은 끝이 없고, 물은 줄어들고, 주위에는 아무것도 없었다! 식당 앞을 지나쳤지만 닫은 지 한참 된 곳이었다. 카스 이후, 하얀색과 빨간색으로 된 작은 말뚝이 있는 곳에는 자동전화기가 있다는 사실을 알게 되었다. 그것은 지붕에 설치된 광전지와 고비 사막의 바람을 받아 돌아가는 소형 풍력 발동기로 작동하는 수신기였다. 매번 이런 건물 가운데 하나는 식당이 있었기 때문에, 여기에도 식당이 있을 것이라고 생각했다. 하지만 안타깝게도 건물은 텅 비어 있었다.

행운이 이따금 눈앞에 나타나리라는 희망도 없이, 계속 따라가고 있는 이 모험처럼 미친 짓에 뛰어들 사람이 있을까? 분명 아니다! 바로 이때 나타난 인부들에게 내 '열려라, 참깨' 종이를 내밀었다. 이 종이에는 내 모험담에 대한 설명이 중국어로 적혀 있다. 사람들은 탄성을 지르고, 내 주위를 둘러싸더니 물통에 물을 가득 부어주었다. 200미터를 더 가자 작은 키에 웃음기 가득하고 통통한 오치가 기운을 돋우는 매운 쌀요리를 대접해주었다. 오치는 동료 일꾼들에게 내 이야기를 전했다. 얼룩덜룩한 색의 커다란 조끼에 파묻혀 있는, 자그마한 중국 여자는 다리 위에 차린 포장마차의 덮개를 내렸다. 오치는 내 가방에 국수 몇 상자를 넣어주었고, 나는 이제 부자가 된 기분으로 사막과 대적할 수 있을 것 같았다.

다시 한 번 어떻게 해서든 나를 태워주겠다는 트럭 운전사의 제안을 거절해야 했다. 고비 사막을 넘겠다는 유럽 남자가 차도 없이 다닌다는 것을 누가 생각할 수 있겠는가? 적어도 이 남자와 축구 얘기 정도는 할 수 있겠지? 나는 남자가 지녀딘 지단에 대해 말할 것이라 기대하고 있었는데, 그가 말한 축구 선수의 이름은······ 플라티니(Platini, 1970~1980년대 프랑스의 축구 영웅. 지금은 국제축구연맹(FIFA)의 집행위원)였다. 정말이지 고비 사막에 정보가 들어오는 속도는 꽤나 느렸다.

누구나 알고 있듯, 사막에는 생명을 지닌 물체가 아주 많다. 원주민이나 동물을 말하려는 것이 아니다. 유목민도, 뱀도, 전갈도, 거미도 아니다. 이 사막에는 오직 땅 위의 별처럼 빛을 발하는, 석유 시추탑과 원유통을 싣고 서쪽으로 다시 올라가며 석유 탐사 작업의 순조로운 진행을 증명해주는 트럭들만이 있었다. 이곳의 사막은 낭만적이거나 시적인 것과는 거리가 멀었다. 유일한 위험은 나쁜 사람을 만나는 것이었다. 밤이 되면 만약을 대비해 손에 칼을 쥐고 잠을 잤다. 하늘에는 바람에 실려온 비닐봉투가 새처럼 날아다니고 있었다. 안타깝게도 중국인들이 우리처럼 엄청나게 써대는 비닐봉투가…….

3. 천상의 산, 톈산

나는 조금씩 하루에 주파하는 거리를 늘려 30~35킬로미터
까지 걸어다닐 수 있게 되었다. 이얀샹 마을에는 집이 두 채
있었다. 커다란 집은 창 가족의 집이었다. 체격이 크고 쾌활
한 이 가장은 아들과 함께 타이어 정비소를 운영했다. 여자
들은 작은 가게에서 음료수와 담배를 팔았다. 이 가족들은
나를 따뜻하게 맞이해주었다.

　　우리는 식사를 함께했다. 창의 부인 토와 며느리 싱코
아는 달걀과 고추, 토마토를 넣은 음식을 준비했는데, 매일
국수만 지겹게 먹어대던 내 위가 달걀요리를 무척이나 반
겼다. 막내아들은 엉덩이 부분이 트여 있어 언제 어디서나
원하는 곳에서 용변을 볼 수 있는 옷을 입고 있었다. 바람이
불 때마다 엉덩이가 보였는데, 온 가족이 뽀뽀를 하고, 쓰다
듬고, 애지중지했다. 창은 도둑이 들까봐 음료수와 담배 가
게에서 잠을 잤다. 나는 잠자리로 준비해준 방에서 불을 끄

려고 아무리 스위치를 찾아봐도 보이지 않았다. 전등은 발전장치로만 작동이 되었다. 발전장치를 멈추면 불이 꺼진다. 하지만 이날 밤, 트럭이 엄청난 속력을 내며 달리고, 불빛이 눈을 부시게 하는 데다 강력한 엔진 소음 때문에 한번 잠을 깨고 나서는 다시 이룰 수가 없었다.

아침에 창의 아들은 나를 믿고 가족의 보물을 보여주었다. 이 가족들은 집 뒤에 있는 붉은색 땅을 파다가, 진짜 화석 채석장을 발견했다. 수천 년 전 바로 이곳에 커다란 나무가 무성한 숲이 있었던 것이다. 가족들은 이 보물로 짭짤한 수입을 올리고 있었다. 모든 중국인에게 장사 기질이 있다는 말은 사실이었다. 부인 싱코아는 수가 곱게 놓인 작은 신발을 서랍에서 자랑스럽게 꺼내 보여주었다. 신발은 내만년필보다 조금 짧았다. 예전에 전족을 한 여자들이 신었던 신발이었다. 17센티미터가 될까 말까 했다.

네 시간째 걷고 있는데, 갑자기 신기루가 나타났다. 저아래, 지평선 구석에 나무 같은 것이 보였다. 며칠 전부터한 번도 볼 수 없었던 나무인가 싶었는데…… 아니었다. 숲은 아니었지만 숲보다 나은 것이었다. 거기에는 멋진 봉화루가 있었는데, 정말 활활 타고 있었다. 지면에 사각기둥으로 세운 봉화루는 높이가 족히 15미터는 될 것 같았다. 실크로드를 2천 킬로미터가량 걸은 이래 처음으로, 중국을 걷다가 만난 유적이었다. 중국 제국은 질서를 유지하기 위해 상

인, 외교관, 순례자들이 다니는 길을 따라 작은 수비대를 주
둔시켰다. 각 소보루는 탑 아래에 있었다. 만약 적군이 나타
나면, 불과 포탄을 이용해 공격 소식을 밤낮없이 탑에서 탑
으로 알려 수도까지 전달했다. 아무리 날쌘 기병대라고 해
도 이보다 빨리 소식을 전할 수는 없었을 것이다.

　내가 가본 유적은 지붕이 있고 농업 목적으로 이용되
어서 악천후에도 온전하게 보존되어 있었다. 아래에는 맑은
물이 나오는 우물이 있었다. 조금 더 아래 군인 숙소로 사용
했을 듯한 건물 뒤에, 급수대가 버드나무로 둘러싸여 있었
다. 요새 둘레는 일부분이 파손되어 있었다. 성벽 둘레의 외
호外濠는 모두 비었지만 아직도 알아볼 수 있었다.

　나는 티지관으로 출발하기 전에 신선한 물로 물통을
가득 채웠다. 4킬로미터를 간 뒤 나타난 마을의 식당 주인
은, 어린애 같은 미소에 가녀린 몸매의 중국 여자였는데 마
을에 여관이 없다고 말해주었다. 하지만 바로 이 주인 여자
한테 빌릴 방이 있었다. 삼십 분 후, 여기 있기로 한 것이 잘
한 일인지 생각했다. 음산해보이는 사내 둘이 차례로 작은
키에 염색한 머리를 한 여종업원을 데리고 방으로 들어갔
다가 바지를 추스르며 나오는 모습을 보았기 때문이었다.
또다시 유곽으로 들어온 것일까? 식당 주인은 당연한 일이
라는 듯 미소를 계속 머금고 있었다. 주인 여자는 아무리 봐
도 포주로 보이지는 않았다. 아침식사로 달걀요리와 식초에
절인 양파와 두부요리가 나왔는데, 콩으로 만든 치즈 같은

두부는 프랑스에서도 먹어본 적이 있다.

처음으로 힘들이지 않고 하루에 50킬로미터를 주파했다. 길이 정말이지 평평한 데다 네모났고, 기적적으로 풍향이 서쪽으로 바뀌는 바람에 윌리스와 나는 뒤로 바람을 받으며 나갈 수 있었다. 몸이나 마음이나, 나는 이제 본격적인 여행의 틀 속으로 들어온 것 같았다.

동쪽에서 불어오는 맞바람과 더 이상 싸우지 않아도 됐기 때문에, 며칠 만에 처음으로 고개를 들고 다니면서 주변 경치를 둘러보았다. 북쪽에는 거대한 텐산이, 남쪽에는 사막이 있었다. 사막은 실로 광활한 모래평원이었고, 색깔에 따라서만 조금씩 차이가 생겼다. 켜켜이 쌓인 금빛 모래, 넓게 펼쳐진 검은빛 조약돌, 소금기가 있는 하얀빛 주조물, 끝도 없이 펼쳐진 황토.

이 텅 빈 우주에서, 어디에서 시작되고 어디에서 끝나는지 알 수 없는 곳의 중간에서, 아무것도 내 호기심을 끌 수 없는 이곳에서, 어떻게 내 마음을 채울 수 있겠는가? 지난 몇 년간, 여행을 하기 전에 내가 가게 될 곳에서 쓰는 언어를 배웠다. 그런데 중국어는 기권을 선언하고 말았다. 내 마음은 방랑하고, 나는 피신처로…… 달과 꿈속을 헤맸다. 나는 중앙아시아와 조르주 상드 시대 유럽 여자들의 생활을 비교하며, 이야기를 상상하기 시작했다. 이 이야기를 책으로 만든다면, 제목은 아마도 『세계를 손 안에 쥐었던 여자, 로자의 이야기』쯤이 될 것이다. 나는 날마다 고비 사막을 함께 걸어가는 친구가 될 인물들에게 생명을 불어넣을 것이다.

내 자신에게 오늘 이룬 성과(50킬로미터!)에 대해 보상해주려는 것인지, 사막은 이날 저녁, 내가 텐트를 친 다리 가까이에서 멋진 장관을 선사해주었다. 눈으로 뒤덮인 톈산의 깊숙한 곳에 있는 산이 붉게 물드는 동안, 사막은 푸르스름한 빛으로 물들었다. 독수리가 유유자적하며 날았고, 장식 같은 털이 달린 꼬리에 뾰족한 코를 한 생쥐가 조심스럽게 구멍에서 나와, 자기 땅을 차지하려고 하는 이 두 발 달린 남자를 뚫어지게 쳐다보았다. 고비 사막에도 생명체가 있는 것인가? 나는 하미哈密에 가서 하루 종일 푹 쉬면서 그동안 쌓인 때를 벗겨낼 황홀한 행복감을 꿈꾸며 태양과 함께 잠들었다.

요란한 소리 때문에 잠에서 깼다. 거센 바람이 몰아쳐 모래를 텐트 입구까지 쓸어왔고, 침낭에서 유일하게 밖으로 나온 머리와 얼굴을 후려쳤다. 침낭은 돌풍이 뚫고 들어와 돛단배처럼 부풀었고, 내 몸은 얼어붙었다. 나는 서둘러 돌로 성벽을 쌓은 뒤, 구멍담요로 몸을 둘둘 말고 터번으로 머리를 따뜻하게 감쌌다. 그리고는 피곤에 지쳐 다시 잠이 들었다. 새벽이 되어 깨어보니, 다시 모래 속에 묻혀 있었다.

첫 번째 물방울이 일곱 시경에 떨어졌다. 여덟 시에는, 후려치는 차가운 비에 몸이 젖었다. 내 신발은 그야말로 양동이처럼 물이 차서, 자주 물을 비워내야 했다. 아무리 빨리 걸어도 바람이 불어서—다행히 서풍이었다—몸이 따뜻해지지 않았다. 정오쯤에 다리 아래로 몸을 피했다. 불쌍한 도보여행자에게 뜻밖의 행운을 가져다 준 이 추하기 짝이 없는 새 건축물이여 축복 받으라! 몸이 추워질수록 유일한 해결책은 오늘 안에 하미에 도착하는 것이라고 생각했다. 어제 50킬로미터를 걸었고, 투루판 이후 하루도 쉬지 않고 13일을 걸었는데, 오늘 55킬로미터를 걸을 수 있을까? 내 손은 꽁꽁 얼어 있었다.

크레인 운전사가 호의를 베풀어 올라타라고 했다. 신념보다는 습관 때문에 호의를 거절했다. 나는 이렇게 고집 센 내가 원망스러워지기 시작했다. 트럭을 타고 33킬로미터를 간들 달라질 게 뭐가 있겠는가? 없다. 하지만 내가 우려하는 것은 한 번 이렇게 무너지면 계속해서 같은 일이 되풀이될 수 있다는 것이었다. 비가 온다고 트럭 타고, 덥다고 트럭 타고, 다리가 아프다고 트럭 타고, 먹을 게 부족하다고 트럭 타고…… 중국에서 만나는 사람들은 중앙아시아와 같지 않았기에, 올해 여행이 예전 여행보다 덜 신이 났기 때문에, 이렇게 흔들릴 수 있는 위험이 그만큼 크다는 것을 본능적으로 알았다. 한 번만 푹신한 의자에 몸을 맡기면, 인내심은 끝장나고 말 것이라는 것도. 나는 이스탄불에서 시작한 도보여행을 완성하고, 내가 자신과 맺었던 계약을 따르고 싶었다.

그래서 걸었다. 빨리 걷고, 어떨 때는 바람에 밀려 뛰기도 했고, 신발은 발을 뗄 때마다 삐거덕거렸다. 흐물흐물해진 내 발의 피부가 잘 견뎌주기만 하면 좋으련만! 오후다섯 시, 국도를 벗어났지만 한 시간을 더 가서야 시내에 도착해 멋진 호텔 '하미 빈관'을 찾을 수 있었다. 나는 꽁꽁 언몸을 뜨거운 샤워기 밑에서 녹인 뒤, 이불을 두 장이나 덮고두 시간가량 누가 업어가도 모를 정도로 깊은 잠을 잤다. 일어나서는 가방 속에 든 피해물품을 분류하고 정리했다. 흠뻑 젖은 노트, 종이, 옷들을 밤새도록 말려야 할 것 같았다.

하미가 유명한 이유는 맛있는 참외 때문만은 아니었다. 실크로드 시대에 이 도시는 여행자들을 극진히 환대하는 곳으로 유명했다. 이는 마르코 폴로가 기록한 내용으로, 당시 쿠물(Kumul)이라 불린 곳〔하미라는 지명은 위구르어 지명을 몽골어로 번역한 카밀(Khamil)을 다시 중국어로 번역한 것이다〕을 그는 카물(Camul)이라고 불렀다. "카물은 예전에 왕국이었던 지방이다. 이곳에는 도시와 소도시가 많이 있지만, 그중 으뜸가는 도시는 카물이다. 이 지방은 두 개의 사막 가운데에 있다. 하나는 커다란 로프 사막, 다른 하나는사흘이면 통과할 수 있는 작은 사막이다. 이곳 사람들은 모두 우상을 숭배하고 자기네들끼리 쓰는 언어가 있다. 이들은 땅에서 나는 과일을 먹으며 산다. 과일이 그만큼 많기 때문이다. 남자들은 쾌락을 추구하며 산다. 악기를 연주하고, 노래하고, 춤추고, 몸이 즐거운 일이라면 죽이 척척 맞았다.

낯선 사람이 집에 와서 묵으면, 주인 남자는 기꺼운 마음으로 자기 아내에게 이방인에게 아낌없이 즐거움을 선사할 것을 명한다. 주인 남자는 떠나고, 이방인이 갈 때까지 돌아오지 않는다. 이방인이 자신의 아내와 마음껏 즐긴다면, 아내가 아주 아름다운 여자라는 뜻이다. 주인장들은 이를 절대 수치스럽게 생각하지 않고 오히려 큰 영광으로 여겼다. 당시 이 지방의 모든 남자들이 그렇게 했기 때문이다." 지금 여행자들에게는 아쉽게도, 하미는 카물 시대와는 상황이 많이 달라졌다.

이곳 주민들은 자존심이 강하고 독립적인 위구르인들로, 이들 조상은 1910년 중국 정부에 대항해 반란을 일으켰다. 황제의 군대는 도시를 초토화했다.

5월 1일, 공산주의 국가에서는 대대적인 인민 경축행사와 행진, 음악, 연설 등이 열릴 것이라고 기대할 만하다. 하지만 사실은 판이하게 달랐다. 중학교에서는 초라하기 짝이 없는 공연을 준비했다. 제복을 입은 학생들이 운동장에서 팡파르를 울리며 돌았는데, 나팔을 부는 아이는 끔찍하게도 음을 못 맞추었다. 엉터리 악대의 불협화음을 만회하려고, 선생님들이 음향 장치의 볼륨을 최대로 높이는 바람에 나는 자리를 피해야 했다…….

내 실망스런 표정을 보았는지 어린 위구르 여학생 라즈완이 호텔에서 열리는 사촌 여동생의 결혼식에 나를 초대했다. 결혼식장에는 200명의 하객이 있었다. 중앙아시아처럼, 가족들은 자식의 결혼을 위해 허리가 휠 정도로 돈을 썼다. 하얀 턱수염에 신장 이슬람교도들의 수놓은 네모 모자를 쓴 신랑 쪽 어른들은 첫 번째 줄 의자에 나란히 앉아 있었다. 자수를 놓은 하얀 면사포로 얼굴을 가린 신부가 어른들에게 소개되었다. 술과 함께 음식이 도착했는데, 짠 음식과 단 음식이 구분 없이 나왔다. 선물을 줄 순간이 되었는데, 이 의식은 예전에 참석했던 결혼식에서 본 것과 하나도 다를 게 없었기 때문에, 나는 자리를 빠져나왔다.

호텔 안내원 중 유일하게 영어를 하는 리자는, 서양 관광객들이 잘 들르지 않는 하미의 호텔에서 오늘 영어를 쓸 수 있게 되었다는 사실에 기뻐했다. 그녀는 나를 PC방까지 데려다 주어, 이메일을 확인할 수 있었다. 대통령 선거 때 대리 투표를 부탁했던 큰아들 마티유가 선거 결과를 담은 이메일을 보내왔다. 공화국이란 얼마나 허약한 것인가! 이 사실이 더욱 소름끼쳤던 것은 내가 있는 곳이, 당에 감히 거역하는 모든 사람들을 감옥에 넣고, 매년 집행되는 1만 건 가량의 사형수 대부분이 정치범인 이 나라에서 편지를 읽고 있기 때문이었다. 9·11 테러 사건 이후, 중국 정부는 절호의 기회를 맞게 된 것을 기뻐하며 적극적으로 미국의 반테러 전쟁을 지원했고, 이를 이용해 몇몇 위구르 독립주의자들을 숙청했다. 그렇게 사형당한 사람의 수가 3천 명이라고 한다. 하지만 중국처럼 거대하고 침묵을 지키는 나라에서 실제 수는 얼마나 될 것인가!

5월 2일, 윌리스의 배를 잔뜩 채우고, 나도 방을 떠날 준비를 했을 때, 리자가 오이와 과일을 한 아름 가지고 왔다. 리자는 내가 사막에서 쓰러질까봐 걱정했다. 리자는 출근이 늦었다고 핑계를 대며 서둘러 나갔지만, 내가 먹을 것을 받으면서 돈을 내밀까봐 부랴부랴 자리를 뜬 것이 분명했다. 어쩔 도리가 없었다. 서양이나 동양이나 여자는, 혼자 아무것도 없이 다니는 남자를 만나면 금방 모성 본능이 나오니까 말이다. 나는 리자의 행동에 너무 감동해서 버릇없는 사람처럼 행동했다. 물건값을 내지 않은 것이다.

4. 길 위의 주검

다음 도시 싱싱샤星星峽는 신장과 간쑤甘肅 사이의 경계 부근에 있는데, 도착하려면 엿새를 걸어야 했다. 바람도 없고, 날씨는 맑게 개었다. 북쪽에는 사막이 톈산에서 아주 가까운 발치까지 이어져 있었다. 톈산의 정상은 봄 햇살 속에서 반짝거렸고, 송곳니 모양의 얼음은 푸른 하늘을 베어 물었다. 남쪽에는 사막이 끝없이 펼쳐졌다. 씩씩하게 걷고 있는데 오토바이를 탄 젊은이들이 주의를 끌었다. 어디로 가는 것일까? 이들은 5월 4일인 '젊은이의 날'을 맞이해 둔황으로 가는 길이었는데, 이날을 이용해 유명한 모가오莫高의 천불동을 구경할 것이라고 했다. 이 지역의 오아시스에서는 예전에 심은 포도나무를 잘 가꿀 뿐만 아니라 계속해서 새 포도나무를 심고 있다. 이곳에서 포도가 많이 나기는 하지만, 중국에서 하미를 유명하게 만든 것은 그보다 맛 좋은 참외 때문이었다. 전설에 따르면, 18세기에 하미의 왕이 루케

신鹿克新──샨샨의 남서쪽에 있고, 불의 산 남쪽에 있는 작은 마을──에서 난 참외를 왕에게 바쳤는데, 참외를 맛있게 먹은 왕이 물었다. "어디에서 나는 참외인고?" 갑작스런 질문에 놀란 이들이 대답했다. "하미옵니다." 이 사소한 거짓말 때문에 하미의 명성은 3세기 동안 계속되고 있다.

이성적으로 생각하면, 35킬로미터를 걷고 나서 도착한 뤄퉈쥐안쯔駱駝圈子에서 멈추어야 했다. 뤄퉈쥐안쯔는 '낙타 우리'라는 뜻을 가진 곳이다. 하지만 낙타도 없고, 트럭이 너무 많아서, 노동절 휴가로 힘을 충전한 나는 계획보다 8킬로미터를 더 걸었다. 내가 걸음을 멈춘 곳은 '생산 4조의 2부대'라는 놀라운 이름을 가진, 아무리 생각해봐도 수수께끼로 남은 마을이었다. 외국인을 맞이해서 기분이 좋은 식당 주인은 영문과에 다니는 아들 수안 춘라이를 불렀다. 그런데 수안은 '헬로'라는 말밖에 할 줄 몰랐다. 아버지는 실망했지만, 아들의 체면을 구겨놓은 내게 원한을 품지는 않았다.

그가 내어준 방은 그런 대로 안락하다고 할 수 있었고, 더운물이 담긴 병도 받았는데, 그 사이 그의 부인은 징쟝러우쓰京醬肉絲라는 음식을 만들어주었다. 이 음식은 설탕에 졸인 돼지고기 편육으로, 밑에 신선한 양파를 깔아서 내온다. 식사를 하는 동안 수안이 완벽하게 영어를 읽고 쓴다는 사실을 확인했다. 아까는 수줍음 때문에 실력 발휘를 제대로 하지 못한 것이었다. 식당 주인은 방값과 풍성한 저녁과 아침식사까지 합쳐서 3유로라는 아주 저렴한 가격을 받음으로써, 환대를 완벽하게 마무리했다. 이러다가 후원자라도 생기는 게 아닐까?

카스부터 2천 킬로미터쯤 걸어온 지금, 나는 톈산의 그늘 아래에 있다. 남쪽으로는 히말라야, 서쪽으로는 파미르로 형성된 활 모양의 경계를 짓고 있는 톈산을 따라 걸은 것이다. 중앙아시아에는 지리학자에게 톈산이라는 이름으로 불리는 높이 7천 미터가량의 산봉우리가 여럿 있는데, 가장 큰 빙하가 두 개의 물줄기를 다른 방향으로 바꾸는 바람에 메말라버린 아랄해를 채울 수 있다고 한다.

아무리 눈을 비벼 보아도 옌둔烟墩을 찾을 수 없었다. 하지만 내가 가져온 세 개의 지도에는 모두 이 마을이 나와 있었다. GPS를 봐도 여기에서 가까운 데에 마을이 있었다. 그래서 계속 길을 따라갔다. 그러다가 그 마을을 지나쳤다. 계속 가기에는 너무 지쳐버려서 옌둔을 보지도 못하고 다리 밑에서 야영을 했다. 옌둔을 놓친 건 내 무지 때문이었다. 도시는 분명 존재했지만, 신장의 여러 도시처럼 완전히 사라져버렸다. 지리학자들에게 알려주는 것이 좋겠다. 그래야 고집스럽게 지도만 믿고 다니는 불쌍한 여행자들이 낙담하지 않을 테니까…….

한밤중에 다시 한 번 폭풍우가 몰아쳤다. 빡빡 민 머리 위로 모래가 공격해와 잠을 깼다. 눈, 코, 귀, 입에 모래가 그

득그득 찼다. 나는 가방 두 개와 묵직한 돌 몇 개를 쌓아 머리를 보호하려고 했지만 아무 소용이 없었다. 악마 같은 이 바람은 불운이란 불운은 몽땅 가지고 와서, 어둠 속에서 아무리 뒤져도 가방 밑바닥에 넣어둔 구멍담요를 찾을 수 없었다. 이불이 있어야 바람을 효과적으로 피할 수 있는데 말이다. 나는 '영하 15도까지 따뜻하다'는 침낭 속에서 덜덜 떨었다. 다시 옷을 입었지만 소용없었고, 추위로 이가 부서져라 딱딱거리면서 밤을 홀딱 새야 했다. 아침에, 삼십 분간 용을 쓰고서야 불을 붙여서 수프를 데울 수 있었다. 나는 뜨거운 수프를 허겁지겁 먹었다.

길에 나서자 맞바람이 가공할 위력으로 불어닥쳤다. 3킬로미터 내내 힘겨운 전투를 치르고 나서 표지판 위에 앉았는데, 숨이 턱까지 차고 몸은 기진맥진했다. 나는 두 손으로 윌리스를 끌면서 몸에 온 힘을 실어 다시 길을 떠났다. 한 발짝 한 발짝 떼는 게 너무 힘이 들어서 누가 봤으면, 경보 경기 출발 순간을 찍은 정지 화면 같은 모습이었을 것이다. 바람 때문에 그 자리에서 꼼짝하지 못했다. 다시 출발하기 위해서 발을 주무르고, 몸을 더욱 앞으로 기울여 바람의 저항을 최대한 줄일 수 있는 각도를 찾아 다시 한 번 바람 속으로 몸을 던졌다.

처음에는 2킬로미터마다 멈춰 섰지만, 곧 1킬로미터마다 서서 숨을 돌려야 했다. 얼굴은 차가운 바람 때문에 얼얼해져 감각이 없었다. 코가 아팠다. 장갑을 끼었지만 손끝이 아렸고, 양손은 내 친구 윌리스를 잡고 있었기에 닦지도 못하고 볼에 붙어 있던 콧물이 매서운 바람에 떨어져나갔다. 그러다가 콧물이 빨간색으로 변한 것을 보았다. 모세혈관이 콧속에서 터져서 출혈이 일어난 것이다. 피가 멈추지 않아 재킷을 빨갛게 물들였다. 나는 터번으로 머리를 둘둘 감고, 눈만 겨우 내놓았다.

"고비 사막은 모든 지방을 통틀어 단연 가장 무시무시한 곳이다." 1920~1930년대에 이 지방을 방문했던 선교사 밀드레드 케이블(Mildred Cable, 1878~1952)과 프란체스카 프렌치(Francesca French, 1871~1960)가 한 말이다. 오늘 경험해 보니 두 여인들의 말에 전적으로 동감한다. 민담에서는 고비 사막을 이렇게 묘사했다. "하늘에는 새 한 마리 없고, 땅에는 풀 한 포기 없다. 몇 년간 비도 내리지 않고, 세찬 바람에 돌이 날아다닌다." 이런 묘사는 나무랄 데 없지만, 그렇다고 내 기분이 나아지지는 않았다. 폭풍우는 언제까지 계속될까? 예측할 수 없었지만, 내가 지금 가진 물과 식량을 가지고 언제까지나 버티고 있을 수는 없었다. 나무가 없는데 불은 어떻게 피울 수 있을까? 팔에 찬 시계 겸 기압계는 계속 '폭풍' 표시를 가리키고 있었다. 계속 가야 하지만, 어디까지 가야 할까? 수안이 그랬다. "싱싱샤까지 집이라고는 없어요."라고.

나는 네 시간 째 걷고 있는데, 겨우 12킬로미터를 걸었을 뿐이다. 어제는 같은 시간 동안 28킬로미터를 걸었다. 경사가 무척 가파른 언덕을 2킬로미터 걷고 났더니 온 몸의 힘이 빠졌다. 그런데 도대체 나는 왜 이렇게 고집을 부리는 것일까! 이유야 어쨌든 어쩌자고 한 번도 한눈팔지 않고, 당장 아무 기쁨도 주지 않는 이 실크로드를 따라가겠다고 고집을 부리는 것일까? 어떤 핑계로라도 발뺌을 하지 않겠다고 스스로 다짐한 약속을 지키려고 했던 것은, 그래 좋다. 하지만 내가 어디 있는지도 보지 않고, 몸은 당나귀처럼 웅크리고, 눈은 못 박힌 듯 자갈을 보고, 어디로 이어질지도 모르는 이 언덕을 노새처럼 기어오르며 몇 킬로미터를 간들 무슨 소용이 있다는 말인가? 다른 언덕에서는 결국 초라한 다리 밑이나, 아니면 때가 덕지덕지 앉은 여관에 지쳐 쓰러지게 될까? 아니다. 대체 무엇이 나를 앞으로 나아가게 만드는 것인지 이해할 수 없었다. 나는 그 자리에 멈춰 섰고, 한 발자국도…… 더 뗄 수가 없었다. 다행히 언덕 꼭대기에…… 타이어 수리공이 있었다. 남자가 내게 문을 열어 주었고, 그의 부인이 곧이어 국수와 야채가 든 수프 그릇을 가져왔는데, 그 안에는 양고기 몇 조각이 떠다니고 있었다.

나는 물을 가득 채우고, 또 다른 실망감을 알려줄지 모를 곳을 향해 전진했다. 지도에는 마을이 세 개 있다고 나와 있었지만, 옌둔이 사라진 걸 봐서, 나머지 두 마을도 이미 유령 마을이 되었을지 모를 일이었다. 더군다나 이전에 묵었던 곳의 주인들에게 물어보아도 모르는 마을이라고 했다. 총 40킬로미터를 걷고 나서, 힘이 다 빠지고, 추위로 몸이 굳어버린 나는 이곳에 있는 표지판을 보았다. 중국어로 '쓴 물'이라는 뜻의 두 글자가 적혀 있었다. 이전에 또 다른 유령 도시 톈산 둔지(Tianshan Dunzi)를 지나왔다. 이 마을들은 예전에 천막촌이나 마을이었는데, 샘물이 마르면서 아무도 살지 않는 유령 마을이 되어버렸다. 나는 또 다시 지리학자들에게 알려줄 새로운 사실이 생겼다. 지금 기분으로는 기쁜 마음으로 소식을 전하기보다 목을 조르고 싶은 심정이었지만. 더 이상 선택의 여지가 없었다.

폭풍우가 불어닥치기는 하지만, 텐트를 못 칠 이유가 없지 않은가? 다리 아래보다는 텐트 안이 피난처로는 더 나을 것이다. 나는 텐트를 넣은 가방을 꺼내 그 안에서 이중지붕을 꺼냈다. 하지만 손에 든 지붕이 펼쳐지더니 돌풍에 날아가버렸다. 나는 즉각적으로 나머지 캠핑도구들이 들어 있는 무거운 배낭을 던지고, 바람에 날려 춤을 추듯 홀연히 멀어져가는 지붕을 낚아채려고 미친 사람처럼 내달렸다. 이 장면을 상상해보라. 나를 비웃듯 멀어져가는 천을 따라가며 정신 나간 사람처럼 질주하는 내가 얼마나 바보같이 보였을까! 네 번이나 잡을 수 있다고 생각했는데, 네 번이나 도망가버리더니, 더 높이 올라가 연처럼 하늘로 훨훨 날아갔다. 숨은 가쁘고, 힘은 빠지고, 더 이상 어쩔 도리가 없었다. 바로 그때 수호천사가 나타나서, 지붕 끈 하나가 돌 밑에 끼어버렸다.

나는 내 피난처 위로 번쩍 뛰어 텐트 지붕을 정성껏 접은 다음, 마치 보물처럼 내 '텐트'에게 돌려주었다. 예전에 읽었던 책 내용이 떠올랐다. 이 지방의 북쪽에 있는 원자력 기지에 바람이 심하게 불어 50톤짜리 탱크 트럭이 전복되었다고 한다. 그때 어떤 젊은 여자가 손에 들고 있던 여행 일기가 바람에 날아가자, 일기를 잡으려고 뛰기 시작했다. 그 후로 여자를 다시 본 사람은 아무도 없었다.

아침이 되었는데도, 사막의 바람은 여전했다. 열 번이나 불을 붙이다 실패해서 성냥 한 통을 날린 끝에 웃옷을 바람막이 삼아 마른 풀 속에 넣은 종이에 가까스로 불을 붙였다. 휴우, 한번 붙은 불은 조금 후 활활 타올랐다.

두 시간 반 동안 걷고 난 후, 열 시가 되자 매일 그렇듯 '사과 의식'을 치를 준비를 했다. 사과를 먹으면 아침에 기분 전환이 된다. 이 지역에서 유일하게 고도를 나타내는 표지판 근처에 섰다. 나는 아침이나 전날 가방 왼쪽 주머니에 넣어두는 사과를 집어들었다. 빨간색 껍질 아래로 칼을 미끄러뜨리면서, 하얀 속살을 조금이라도 베어내지 않으려고 조심하며 정성스럽게 사과를 깎았다. 이 사과 의식은 고향 노르망디에 대한 향수를 불러일으킬 뿐만 아니라, 내 의지와 상관없이 늘 앞으로, 좀 더 멀리, 좀 더 빨리 가려는 걸음을 멈출 수 있게 하는 장점도 있었다.

오늘은 사과 의식을 치르면서 윌리스의 바퀴를 점검했다. 며칠 전부터 바퀴 때문에 걱정이 되었다. 하미에서, 리

씨의 말을 듣고 안심을 했었다. "이 바퀴로 3천 킬로미터는 더 갈 수 있어요. 안시安西까지도 끄떡 없을 걸요." 그런데 리씨한테는 이 모델의 바퀴가 없었고, 그는 그 사실을 말하지 않은 것이 분명하다. 안시를 200킬로미터 남겨둔 현재, 오른쪽 바퀴가 파열되었기 때문이다. 이 때문에 타이어의 튜브가 불룩 튀어나와 있었다. 1킬로미터를 더 가면 터져버릴 것이다. 나는 빨리 결정을 내렸다. 윌리스를 접고, 트럭을 세워서 15킬로미터 떨어진 소도시 싱싱샤로 갔다. 나는 방을 잡은 뒤 이것저것 알아보았다. 타이어의 터진 부분을 땜질해주던 남자가, 이곳에서는 새 타이어를 찾을 수 없다고 했다. 아마 안시에 가면 구할 수 있을지 모른다는 말도 덧붙였다. 하지만 작업을 지켜보던 베이징 남자가 단호하게 말했다. "아뇨, 없어요." 이런 불확실한 말을 듣고 다행스러웠다. 안시는 200킬로미터나 떨어진 곳인데, 거기에서 바퀴를 찾을 수 있을지 없을지도 확실하지 않으니 말이다. 타이어는 끝까지 닳아 있었다. 고장 나는 건 시간 문제였다.

나는 빌린 방에 물건을 내려놓고, 윌리스의 두 바퀴를 떼어낸 뒤, 하미로 가는 트럭을 잡아탔다. 트럭 운전사가 잡아준 택시를 타고 백화점으로 가서, 6.60유로의 돈으로 새 타이어 두 개를 샀다. 타이어 코너의 여자는 강철같이 힘센 손을 가지고 있어서 '바퀴를 떼어내는 도구'를 사용하지도 않고 예전 바퀴를 분해했다. 나는 이 기회를 이용해 내게 너무나 친절하게 대해주었던 리자가 일하는 호텔로 돌아가,

이전에 진 빚을 갚으려고 돈을 넣은 봉투를 두고 왔다. 택시를 타고 싱싱샤의 호텔로 와서, 새로 가져온 타이어를 내려놓았다. 그리고 다시 택시를 타고 15킬로미터를 더 가서, 트럭을 잡아탄 바로 그 장소로 되돌아갔다. 내가 사막 한가운데서 내리자, 택시 운전사가 물끄러미 쳐다보았는데 그 눈길에서 그가 무슨 생각을 하는지 알 수 있었다. 자기가 태웠던 사람이 분명 미친 사람이라고 확신하는 표정이었다. 그런데 나는 실크로드에서 100킬로미터를 '빼앗은' 중국 군인들을 도저히 용서할 수 없었다. 그런 마당에 타이어 때문에 예정된 여정에서 15킬로미터를 빼다니!

나는 주머니에 손을 넣고 걸어서 싱싱샤의 호텔로 되돌아왔다. 바람은 가라앉았고, 지평선 속으로 들어가는 태양이 내뿜는 붉은빛으로 물든 사막 속에서 윌리스 없이 걸으니 기분이 좋았다.

5월 6일 새벽이 되기도 전에 상쾌하고 가뿐하게 일어났다. 새로 타이어를 장착한 윌리스에 일찍 짐을 실었다. 비상식량을 든든히 실은 상태였고, 호텔 여주인이 식사값과 방값을 합친 계산서를 내밀었을 때 우스갯소리를 했다. 청구서에 기재된 가격은 정상가의 네 배나 되었다. 주인 여자는 흥정을 잘했고, 나도 그랬다. 나는 기꺼이 속아주기로 했지만, 어느 정도 선까지였다. 여자는 함박웃음을 지으며 요금을 절반으로 깎아주기로 했는데, 그래도 여자한테는 남는 장사였고, 우리 두 사람 가운데 아무도 체면을 잃지 않았다.

오늘 신장에서 간쑤로 넘어가게 될 것이다. 신장은 10 제곱킬로미터 넓이에 인구 한 사람 꼴로 사는 넓고 텅 빈 곳이었는데, 간쑤는 반대로 북쪽에서 남쪽까지 잡아늘린 병 모양으로 1,500킬로미터에 걸쳐 1제곱킬로미터에 인구 55명이 사는 곳이었다. 신장에서 북쪽 길과 남쪽의 타클라마 칸 길로 나뉘는 실크로드는 간쑤에서 다시 하나로 합쳐진다. 예전의 여행객들은 지금처럼, 이 가난하고 산이 많은 지방에서, 이 지방의 주도인 란저우를 거쳐 시안까지 가기 위해 오아시스에서 오아시스로 여행하는 것 말고는 다른 방법이 없었다.

싱싱샤를 지나자 풍경이 완전히 바뀌었다. 끝도 없이 이어지던 사막이 사라졌다. 하지만 앞으로 또 사막을 만나게 될 것이다. 나는 지금 길 위를 걷고 있다. 길은 완만한 언덕의 오르막길로, 작은 골짜기나, 내 시야를 가리다가 길이 나타나는 구불구불한 골짜기로 이어졌다. 가끔 골짜기에서 북쪽이나 남쪽 멀리까지 볼 수 있었다. 앞에 있는 지평선까지 직선으로 끝도 없이 이어져, 자신의 존재를 느끼게 하는 그런 길이 아니었다. 불도저가 작은 언덕의 꼭대기를 밀어내며 생긴 이 길은 살아 있고, 구불구불하고, 예측할 수 없었다.

바람이 가라앉았다. 기온도 온화해 걷기에 좋은 날씨였다. 나는 마침내 삶의 밝은 면을 느끼게 되었다. 바람과 맞선 전투로 단단해진 근육은 이제 필요할 때면 더욱 힘을 낼 수 있는 준비가 되어 있었고, 민첩하게 움직였다. 여정의 거리는 빨리 줄어들었고, 예전처럼 점점 멀어지는 대신 내 쪽으로 다가와 어느덧 저녁이 되고, 피로가 몰려왔다. 내가 만든 수 톤의 엔도르핀이 내 기분을 둥실둥실 뜨게 만들었다. 구상 중인 『로자……』의 인물들과 함께 빨리 걸었다. 나는 소설 속 인물들이 스스로 살아 움직이고 말할 때까지, 매일 그중 한 명과 함께 걷는 것을 목표로 정했다. 날개를 접고 졸고 있는 독수리를 보거나, 발밑에서 갑자기 튀어나와 구멍이의 조약돌 밑으로 도망치는 작은 도마뱀을 볼 때를 빼면, 항상 생각에 잠겨 있었다. 길에서 만난, 무기력하게 말을 타고 가는 남자는 고삐로 두 번째 밤색 망아지를 끌고 갔다. 낙타풀 몇 포기가 보이기도 했다. 이곳에서 악착같이 살아가는 생명체가 있었다.

오후 한 시쯤, 바람이 불지 않는데도 바람처럼 걷고 있는 내 자신에 놀랐다. 40킬로미터라니! 나는 가방에서 마른 과일과 위구르 빵 낭을 꺼냈다. 이 빵은 매일 빵장수들이 흙으로 지은 오븐, 탄디르(tandir)에서 굽는 것이다. 오븐에서 꺼내자마자 먹으면 맛있는 납작한 빵이다. 몇 시간이 지나면 말라버리고, 이틀째부터는 푸르스름한 곰팡이 같은 것이 낀다. 처음에는 곰팡이를 긁어냈다. 몇몇 보르도산 포도주의 '고상한 부패'처럼 인체에 해롭지 않다고 생각해서였다. 하지만 고백하자면, 고상한 부패가 있든 없든 포도주 한

잔을 함께한다면 가끔 이 빵을 소화하는 데 좋을 것 같았다
…….

낮잠을 자려고 자리를 잡았는데, 아침 내내 걷는 동안
맛본 즐거움 때문에 너무 흥분이 되어 잠이 오지 않았다. 걷
기에 대한 열정과 함께, 늘 좀 더 멀리 가려고 하는 편집증
적인 욕망이 다시 살아났다. 길은 너무 편안하고, 그동안 꽤
열심히 걸어서 시간 여유도 아직 있었다. 지금 멈출 이유가
어디 있단 말인가? 이런 리듬을 유지한다면 아나톨리아 고
원에서 세운 하루에 62킬로미터를 걸은 기록을 깰 수도 있
는데 말이다. 선선한 날씨, 1,600미터에서 1,800미터 사이의
고도, 특별히 어려울 것 없는 여정 등 조건은 그때와 사실
비슷했다.

나는 매트리스를 접고, 신발을 신고, 다시 길을 나섰
다. 싱싱샤를 떠날 때 표지판에 기록된 거리는 3,396킬로미
터였다. 내 예전 기록과 타이기록을 세우려면 3,334킬로미
터 전에 멈추면 안 되고, 기록을 깨려면 3,333킬로미터까지
가야 한다. 이 숫자가 마음에 들었다. 나는 숫자와 게임하는
것을 좋아한다. 특히 똑같은 숫자 세 개나(3,666) 같은 숫자
가 엇갈리는 경우를(3,636) 살피면서 게임할 때는 더욱 그랬
다. 하지만 네 자리 수로 된 이 표지판은 이것밖에 없었다.
적어도 내 여정 전체에서 볼 수 있는 유일한 표지판이기도
했다. 2,222킬로미터를 가리키는 표지판이 있기는 하지만
란저우를 지나면 길을 바꿀 것이고, 312번 국도는 시안에

가서야 다시 밝게 될 것이다. 그전에 1,111킬로미터를 가리키는 돌 표지판도 지나갔는데 이것 역시 놓치고 말았다. 여유 있게 시간을 가지고 걷는 것이 더 좋을 거라 생각할 수 있겠지만, 리듬을 잃지 않으려면 이렇게 걷는 것도 한 방법이 될 수 있다. 숫자에 욕심을 내고, 길고 복잡한 계산에 사로잡혀 무한대처럼 먼 거리도 단순화시키는 이 노인네에게 이런 식의 계산이 무슨 소용이 있을까? 나는 권태와 공허감을 채워야 한다는 등 핑계를 대며 내 약점과 가련한 편집증을 변명하고 있다. 나는 사면받기 위해 어떻게든 정당화하고 있다. 온당치 못한 면죄부…… 결국 나는 고질적으로 계산에 집착하는 사람이고, 차라리 측량사가 되어 세계의 치수를 재는 사람이 되었어야 했다. 나는 그 대신 내 인생의 측량사가 되어, 내 세계의 경계표를 세우고 있다.

이런 자아 비판이 몸을 무겁게 할 것이다. 그런데 그 반대로 몸은 더 가벼워졌다. 나는 다시 한 번 걷는 것이 다리뿐만 아니라 머리와 함께 이루어진다는 증거를 자신에게 보여준 것이다. 걷기는 뇌에서 시작된다. 몸을 앞으로 나아가게 하고, 오늘처럼 달리듯 걷게 하고, 지난 며칠간 몸을 부술 듯이 불어대던 바람에 맞서게 한 것 역시 뇌다. 몸은 의지가 명령하는 것을 따를 뿐이다.

태양이 언덕 뒤로 저물 때, 오늘의 62킬로미터 지점에 닿았고, 십 분 후 3,333킬로미터 표지판이 있는 곳에 도달했다. 나는 그 위에 올라타 사진을 찍고, 뿌듯한 마음에 환호

하며 피곤도 잊었다. 옆에는 새 신발을 신고 얌전하게 따라
와준 윌리스가 있었다. 나는 내 인내심의 한계를 더 높였다.
잠을 잘 장소로 선택한 다리는 오늘의 68킬로미터 지점을
가리키는 표지판 바로 앞에 있었다. 근육들은 내일이면 내
게 '기록'의 대가를 치르게 할 것이다. 하지만 다음 구간은
내가 막 치른 구간과 비교하면 새 발의 피나 다름없었다. 32
킬로미터이니, 가뿐하다!

편안한 밤을 보냈다. 고비 사막의 바람은 이 언덕의 풍
경까지 미치지 못하고, 북쪽에 머문 듯했다. 아침이 되자,
어느 때보다도 멋진 일출 장면에 가슴이 벅차올랐다. 언덕
위로 태양이 던진 불이 구름을 붉게 물들이다가 노란 황금
빛 원형이 하늘 위로 떠올랐다. 나는 정오에 홍류관紅柳館까
지 가려고 한다.

10킬로미터 정도를 걷고 났을 때 나는 그 자리에서 망
연자실한 채, 공포에 질려 서 있었다. 저 아래 웅덩이에, 뻣
뻣하게 굳은 손 하나가 비죽이 나와 있었다. 다가가서 보니
무엇인가가 있었는데, 처음에는 마네킹인 줄 알았지만 다시
보니 시체였다. 남자는 웅크린 채 옆으로 누워 있었다. 웅덩
이 속에 있으니, 이곳을 다니는 트럭 운전사들이 시체를 볼
수가 없었다. 남자는 여러 개의 웃옷과 바지를 입고 있었고,
모피로 안을 댄 가죽 모자를 쓰고 있었다. 제일 놀라운 것은
피부였다. 유일하게 남아 있는 얼굴과 손은 메말라 갈라졌
고, 구릿빛을 띠었다. 도마뱀 가죽 같았다. 분명 시체는 오

래 전부터 여기 있었고, 건조한 공기 때문에 썩지 않고 미라처럼 변해 있었다. 남자가 물건을 보관했을 듯한 비닐봉투 몇 개가 옆에 있었다. 아마도 장난치기 좋아하는 바람이 실어왔을 달걀판이 남자의 다리 사이에 끼어 있었다. 초현실주의적인 이 광경은 마르그리트나 뒤샹의 음산한 작품을 연상케 했다.

첫 번째로 보이는 차를 세웠지만, 운전사는 의심스러운지 꽤 멀리 떨어진 곳에서 멈췄다. 운전사는 시체를 보고도 무덤덤했고, 귀찮기까지 한 것 같았다. 나는 전속력으로 달리던 차를 힘겹게 세워서 말한 것인데, 운전사는 대수롭지 않다는 듯 휴대폰으로 전화할 시간이 없다면서 내 얘기를 무시했다. 그래서 나는 가던 길을 계속 가서 홍류관에 도움을 요청하기로 마음먹었다. 어쨌든 신원 불명의 시체를 독수리의 먹이로 내버려두지는 말아야 할 테니 말이다.

윌리스를 손으로 잡지 않고 끌 수 있게 만든 끈이 없어진 걸 알게 되었다. 수레를 끌 목적으로 내가 배낭 벨트로 만든 끈이었다. 천 둘레에 스펀지를 두른 거라서 떨어져도 소리가 나지 않았던 것이다. 손잡이를 고정시켰던 작은 볼트가 풀어진 것이 분명했다. 이 볼트를 이곳에서 구하는 일은 물론 불가능했다. 그래서 다시 뒤를 돌아 멀리 앞을 유심히 살펴보면서 걸었는데, 어느덧 10킬로미터를 와버렸다. 아무것도 없었다. 돌아오는 길에 웅덩이도 뒤졌는데 소용없었고, 드디어 시체 근처까지 왔는데, 아마도 나를 시체가 자석처럼 끌어당긴 것 같았다. 남자는 내가 중국에 도착해 지금까지 걸어오며 만났던 부랑자 부류의 사람인 것 같았다. 과거에는 공산주의 국가였지만, 늘 종교를 간직하고 있는 중앙아시아의 나라에는 이 정도로 비참하게 사는 사람이 없다. 적어도 동냥이라도 할 수 있으니까 말이다. 이런 사실을 확인하고 나자 어이가 없었다.

모터가 달린 삼륜택시가 200미터 떨어진 곳에 멈추었다. 타이어 하나가 터졌고, 운전사와 손님이 서둘러 나왔다. 내가 이들에게 웅덩이에 있는 미라 남자 이야기를 하자 웃음을 터뜨렸다. 그들은 이미 알고 있었다. 시체는 지난 여름에 발견되었다고 했다. 그렇다면 시체를 묻지도 않고, 일 년 동안 이렇게 방치했다는 말인가? 나는 다시 길을 떠났지만, 시체의 뻣뻣한 손과 이 두 남자의 경박한 웃음소리가 머리에서 떠나지 않았다. 그러니까 부랑자는 사람들이 발견하기 전에 이미 죽어 있었던 것이었다. 가죽 모자와 켜켜이 입은 옷은 그가 겨울에 죽었다는 걸 의미했고, 그렇다면 남자가 죽은 건 일 년 반이 되었다는 말이 된다. 베이징에서 1월 한 달 동안 머문 적이 있었는데, 기온은 영하 15도까지 내려갔고, 죽은 남자처럼 옷을 여러 개 겹쳐 입은 키 작은 노인들이 보도에서 장기를 두는 모습을 본 적이 있었다. 사람들은 자기가 가진 모든 것을 껴입어서 미슐랭 타이어 광고에 나오는 모델처럼 보였다.

아무리 나와 상관없다고 해도 어떻게 시체를 보고 웃

을 수가 있을까? 나는 키르기스스탄의 산길 가장자리에서 죽인 늑대를 본보기로 전시해놓은 것을 본 적이 있다. 늑대는 그렇다고 쳐도, 어떻게 사람을! 키르기스스탄에서 불행은 늑대의 몫이지만, 중국에서 불행은 가난한 사람들의 몫이었다.

갑자기 피로가 몰려왔다. 잃어버린 끈을 찾느라 오늘 걸은 거리는 32킬로미터가 아닌 52킬로미터가 되어버렸다. 어제 걸은 68킬로미터를 더하면, 이틀간 걸은 거리가 총 120킬로미터가 되는 것이다. 이건 건장한 남자가 걷기에도 긴 거리다. 나는 머리에서 떠나지 않는 질문을 떨쳐버리지 못한 채, 울적하게 걸었다. 만약 내가 길가나 다리 밑에서 죽게 된다면? 간쑤 사람이 특별히 무관심한 것일까 아니면 중국인들이 이미 죽음과 가깝기 때문에 무관심한 것일까? 도교, 유교, 불교문화와 어떤 연관이 있을까?

나는 중국인들이 동물을 잔인하게 대하는 것에 별로 신경을 쓰지 않는 모습을 여러 차례 목격했다. 중국의 전체 역사를 보면, 한 사람의 죽음 혹은 여러 사람의 죽음이 여론에 별다른 영향을 끼치지 못했다는 사실을 수도 없이 확인할 수 있다. 이 나라에서는 매년 광산에서 일하다 죽는 사람의 수가 5천 명에 달하는데도 광부들에게 안전 조치를 개선시키려는 노력을 하고 있지 않다. 아까 본 영상들이 다시 생각났다. 범죄를 척결하기 위해서라고 하지만, 지금까지 여러 번 보았던 이 포스터만 해도 그렇다. 포스터 속의 경찰은 남자의 셔츠 칼라를 잡아당기고 있다. 도둑은 무릎을 꿇고 있고, 복종의 표시로 머리를 숙이고 있다. 손에 차고 있는 수갑은 너무 조여서, 손에서 피가 흐른다.

나는 이 울적한 영상을 지워버리려고 프랑수아 셍의 시구를 암송했다.

> 햇볕에 꽃이
> 피어나기 전에
> 밤을 마셔라
> 찌꺼기까지…….[1]

저녁 여섯 시경, 홍류관의 톨게이트에서, 제복을 입은 경비원들이 호텔이 5킬로미터 떨어진 곳에 있다고 했다. 5킬로미터씩이나? 그렇게 멀리까지 걸어갈 수가 없어서 여기 길가에서 텐트를 치겠다고 말했다. 경비원들이 의논을 했다. 대장이 윌리스의 손잡이를 잡고, 자기를 따라오라는 손짓을 했다. 그들은 돈을 받는 조건으로 숙소에서 하룻밤을 묵게 해주었다. 나는 3,318킬로미터 지점에서 본 시체 얘기를 했다. 썰렁해진 분위기를 느끼곤 그들이 내가 한 말에 무관심한 것을 알 수 있었다. 나는 기권을 선언했다.

옆에 있는 식당에서 서둘러 저녁을 먹고, 두 시간을 자다가 다시 일어났는데, 또 배가 고팠다. 밤 열 시에 두 번째

1 「노래가 솟아나는 곳에서」, 페뷔스출판사, 파리, 2000년

로 볶은 국수요리를 허겁지겁 먹고 다시 잠자리에 들었고,
미라의 영상 때문에 괴로워하며 밤을 보냈다. 새벽에 매일
먹는 국수를 게걸스럽게 막 먹고 났는데, 누군가 와서 아침
을 먹으라며 다들 식당에서 기다리고 있다고 했다. 주인장
들의 기분을 망칠 수는 없는 일. 나는 열두 시간 만에 무려
네 끼를 먹게 되었다.

5. 경찰이다!

날씨가 좋다. 이란 국경을 넘은 이후 처음으로 다리를 드러
내놓고 걸을 수 있었다. 이란에서는 이렇게 다녀도 아무 문
제 없었다. 하지만 투르크메니스탄과 우즈베키스탄의 사막,
타클라마칸 사막에서 여름에 이러고 다녔다면 심각한 화상
을 입었을지 모른다. 키르기스스탄에서는 추위를 막아야 했
다. 중국에서 이 계절에 반바지를 입고 다니는 사람이 나밖
에 없었지만, 아무도 놀라지 않았다. 준准평원과 사막이 나
왔지만, 그래도 전에 싱싱샤에 닿기 전에 지나갔던 곳보다
는 덜 혹독했다. 여기저기에 난 낙타풀 덤불이 그 증거였다.

　길을 가다 마주친 새로운 부랑자는 서른도 되지 않은
나이였는데, 무시무시할 정도로 말라 있었다. 나는 그에게
지폐 몇 장을 쥐어주면서, 조금 전에 내가 지나온 식당을 가
리켰다. 이런 부랑자들이 입는 옷은 한결같다. 손에는 자질
구레한 물건들을 넣은 비닐봉투를 들고, 등에는 옷이란 옷

은 다 지고 있다. 남자의 옷을 세어보았다. 티셔츠, 첫 번째 셔츠, 두 번째 셔츠, 스웨터, 예전에 하얀색이었던 얇은 조끼, 분홍색이었던 두 번째 조끼, 세 번째 회색 조끼에, 어깨에는 모자 달린 재킷을 걸쳤다. 허기 때문에 추위를 많이 탔다. 볼이 쑥 들어가 있고 수염이 덥수룩했는데, 수염도 초라하기 짝이 없었다. 하지만 제일 가슴 아픈 것은 남자의 눈이었다. 패배한 남자의 눈, 죽어가며 탄원하는 짐승의 눈빛이었다. 그는 지폐를 꽉 쥐고, 마치 한 걸음 한 걸음이 마지막 걸음인 듯 느릿느릿 걸으며 다시 길을 떠났다. 나는 남자가 멀어져가는 것을 바라보았고, 웅덩이에서 죽은 남자의 모습이 다시 생각나 지워지지 않았다.

안시에 가까워지면서, 땅은 너무 완벽한 평면이어서 지평선이 자취를 감추어버렸다. 저 아래의 푸르스름한 점은 10킬로미터, 50킬로미터 아니면 100킬로미터쯤 떨어져 있는 것일까? 태양을 받아 반짝이는 이 안개는 신기루일까 바다일까 아니면 이런 단조로움에 샐쭉해져서 죽으려고 누워버린 구름일까? 천천히 걸어가면서 현상액처럼, 멀리에서는 보이지 않던 것들이 조금씩 모습을 드러냈다. 10킬로미터를 가자, 하얀 안개는 주변의 어두운 테두리로 장식되어 있었다. 두 시간을 더 가자 검은 선의 실체가 드러났다. 사막으로 미끄러져 가는 듯한 오아시스였다. 다시 10킬로미터를 더 걷자, 줄지어 서 있는 나무들이 더 분명하게 보였다. 그림자 놀이처럼. 조금 더 힘을 내서 가자 앞에 펼쳐진 것은, 몇몇 가게와 어디에 가든 있는 쟈황加黃 노점과 긴 식당 행렬이었다. 식당 문지방에서 젊은 여자들이 손님을 끌려고 지나가는 사람을 소리쳐 불렀다. 나는 반발심이 생겨, 유일하게 호객 행위를 하는 여자가 없는 식당을 골랐다. 풍만한 몸매의 여자가 음식을 먹고 있었다. 껍질이 얇은 잠두콩을 구운, 전분질이 듬뿍 든 다도우大豆라는 요리였는데, 여자가 같이 먹자고 했다.

안시의 예전 이름은 과저우瓜州로, 실크로드의 전성기 때 사람의 왕래가 제일 많은 두 곳, 즉 위먼 석굴과 특히 둔황 석굴의 교차로에 있는 중요한 중심지였다. 이곳에 자리 잡은 불교 공동체는 아주 부유했다. 실크로드를 다니던 상인은 행운이 따르기를 기원하며 첫 번째로 거쳐가는 이곳에서 봉헌물을 바쳤다. 또 돌아가는 길에도 무사히 갈 수 있게 해준 신에게 감사의 봉헌물을 냈다. 너무 멀리 떨어진 수십 곳의 역사적인 장소는 방문하지 않을 것이다. 5년 전, 처음 중국 여행을 했을 때 가본 적이 있기 때문이다.

안시는 아마도 역사적인 통행로였을 것이다. 나는 오늘도, 차가운 물이든 뜨거운 물이든, 물도 안 나오고, 전기도 안 들어오는 방밖에 찾을 수 없었다. 옥스퍼드식 영어를 구사하는 셴 시핑의 설명에 따르면, 전기망이 하루 종일 고장이 났지만 여덟 시면 당연히 다시 들어올 것이다. 중국인 기술자 셴과 함께 있는 미국 여성 게일 홀은, 예전에 간호보조사로 일하다가 중국에 대한 열정 때문에 모든 것을 버리고 왔다고 했다. 그녀는 5천 킬로미터의 만리장성을 따라 이곳에서 바다까지 가고 싶어했다. 공처럼 둥근 머리를 가진 주 윈쉬가 이들 일행에 합류했다. 그는 베이징에서 일했지만 모험에 대한 유혹은 무엇보다 강렬했다. 모험의 시작은 좋지 않았다. 안시의 한 장교가 1991년도에 제정된 법률을 들춰내서 만리장성을 따라가는 것은 '불법'이라고 주장했던 것이다. 그래서 이들은 자위관嘉峪關까지 도로를 따라 걸어가야 했다.

나는 이발소를 찾아 시내를 어슬렁거렸다. 내 수염을 면도한 아가씨는 비누를 사용하지 않았지만, 뜨거운 수건으로 수염을 부드럽게 했다. 미용사들은 수염이 별로 없는 중국 사람한테도 이렇게 했다. 미용사 아가씨는 몇 차례 뜨거운 수건으로 찜질을 하더니 피부를 잡아당기는 작업에 착수했는데…… 수염을 뽑는 것 같은 느낌이었다. 나는 만면에 미소를 지으며 줄달음질을 택했다.

전기가 끊어져서 이메일을 열어볼 수 없었기에, 예전의 습관을 되풀이했다. 바로 청소년 때부터 간직해온 우체국 순례였다. 나는 수많은 운명이 통과하는 이 장소를 좋아한다. 오늘은 꽤 묵직한 엽서 꾸러미를 보내야 한다. 더 중요한 우편물은, 이전 도시부터 기록한 노트였다. 중국 우표는 미리 풀이 먹혀 있거나 고무풀이 칠해져 있지 않았고, 우편 요금도 우체국마다 달랐다. 우표를 파는 중국 여자는 교황처럼 심각하며, 헌병처럼 무뚝뚝했고, 내 어린 시절의 우체국 직원처럼 팔에 토시를 끼고 있었다. 여직원은 자기 일의 중요성을 잘 알고 있었고, 높은 책임자의 느리고 꼼꼼한 동작으로 내 봉투 위에 작은 우표더미를 쌓아놓고는, 봉투를 절반으로 접으면서, 그 전에 주소가 봉투의 오른쪽 절반에 잘 씌어 있는지는 확인하지 않았다. 내 뒤로 줄이 길게 이어졌다. 평상심을 잃지 않은 여직원은 바로 앞에 있는 컴퓨터를 무시하고, 총 우표값을 주판으로 계산했다. 유럽으로 보내는 편지는 식당에서 먹는 국수 두 그릇 값과 맞먹었다. 하지만 작업은 아직 끝나지 않았다. 이제 우표를 붙이는 일이 남아 있었는데, 작업은 사무실 가운데에 있는 책상 위에서 이루어졌다. 기발하게 만든 풀 바르는 기계는 내게 편리한 물건이 아니었다. 풀은 내 손가락만 끈적거리게 했다. 재주 좋은 중국인처럼 되려면 아직도 배워야 할 것이 많았다.

68킬로미터라는 기록을 세우고도 지칠 줄 몰랐던 내 신체조직이 이제 더는 할 수 없다는 신호를 보내왔다. 신호는 여기저기서 나타났다. 커다란 물집이 두 개나 잡혀 입술 모양이 일그러져서 농어 아가리처럼 되어버렸다. 밤 열한 시에 잠을 자고 있는데 전화가 울렸다. '마사지'를 해주겠다고? 호텔 여직원은 남자 혼자 있는 방, 특히 서양 남자 혼자 있는 방에 전화를 걸어 매춘을 알선했다. 절대 안 된다고, 기욤이라는 프랑스식 이름을 가지고, 프랑스어를 꽤 잘하는 위구르 가이드 아브둘이 말했다. 기욤은 오리엔트 여행사에서 프랑스 관광객을 안내하는데, 이 여행사는 내가 이스탄불에서 출발할 때부터 많은 도움을 주었다. 기욤은 내 얘기를 하는 호텔 주인과 대화를 나누었다……. 놀라워라!

기욤, 프랑스 강연자 에마뉘엘, 그리고 나는 중국 맥주를 마시며 두 시간 동안 얘기를 나누었다. 나는 지칠 줄 몰랐다. 한 달 전부터 프랑스어를 한 번도 쓸 기회가 없었기 때문에, 이렇게 프랑스어로 떠들 수 있다는 사실이 너무나 기뻤다. 에마뉘엘은 작년에 카스에 있었는데, 내 자취를 따라와서 만족스러워했다. 그가 프랑스에 돌아가면 내가 아주 피곤해보였고, 특히 아주 더러웠다고 말할 것이다!

만남은 계속 이어졌다. 안시를 떠나면서 만난 두 사람은 자전거를 타고 홍콩을 출발해 파키스탄으로 간다고 했다. 남자는 이탈리아인이고 여자는 스웨덴인이라고 했지만, 여자는 째진 눈에 흑단처럼 검은 머리를 하고 있는 걸로 봐서 북유럽 사람보다는 필리핀 사람이나 일본 사람의 피가 흐르는 것 같았다. 두 사람은 홍콩에서 일하고 중국어를 할 줄 아는데, 이 때문에 사람들을 만나기가 훨씬 편했다고 한다.

마리오가 말했다.

"저는 차로 여행을 시작했어요. 그런데 엔진 소리를 참을 수 없어서 자전거로 바꿨어요. 그런데 선생님이 옳으신 것 같네요. 느리게 걸어야만 여행의 마법 같은 순간을 잡을 수 있을 테니까요……."

　나는 마음속으로, 기분이 좋을 때는 그렇다고 혼자 중얼거렸다. 우울하고 비관적인 생각에 잠길 때는, 세상에 문을 닫고 주변에 있는 것도 안 보인다. 올해는 마치 풍경을 차단하고, 형이상학적으로 다가갈 수 있는 문제를 모두 차단하는 파이프 속을 걷는 듯한 느낌이 들었다. 올해에는 내가 왜 여기에 있을까, 여기에서 무얼 하는 걸까 따위의 의문이 들지 않았다. 나를 앞으로 나아가게 하는 불분명한 동기에 대해 의문을 제기한다면, 나는 즉시 '뒤로 돌아가'를 해야 할 판이었다. 나는 여기, 천국과 먼 곳에 있다. 그게 다였다.

　후이족回族은 이슬람교를 믿는 중국 소수민족이다. 중국인 이슬람교도와 중앙아시아 출신의 위구르인 이슬람교도를 구분하기가 쉽지 않았다. 내가 만난 사람은 운을 걸고 대도시로 간다고 했다. 운전사들은 계속 나를 태워주겠다고 했지만, 이들 눈에 거의 이국적으로 보이지 않는 이 연약한 남자 앞에서는 차를 세우지 않았다. 이 남자처럼 손바닥만 한 땅을 일구며 배를 곯는 데 이골이 난 수백만 명의 젊은 이들은 동쪽에 있는 도시를 동경했다. 도시 사람들은 계속 이들을 착취할 것이다. 열심히 일할 준비도 되어 있고, 튼튼하고, 월급도 많이 달라고 하지 않고, 군소리 없이 작업장에서 밤낮으로 일할 테니까 말이다. 가끔 정부가 일제 단속에 나서서 수천 명의 젊은이들을 고향으로 돌려보내면…… 다시 이농離農이 시작된다……

계속해서 돌사막을 걷자니 따분해졌다. 머리를 굴리려고, 조금씩 이야기를 만들어가고 있는 소설 주인공 로자를 되살렸다. 옛 감옥이 있던 챠오완橋彎에는, 폐허가 된 과거의 감옥을 흉내내려고 총구멍이 뚫린 가짜 벽을 둘러 박물관을 만들었다. 게시판의 설명을 보니, 제일 흥미로운 것은 사람의 피부로 만든 북이라고 한다. 박물관 구경은 하지 않았다. 나는 여행안내서에 나온 대로 따라다니는 사람도 아니고, 사실 그보다는 우연히 만나거나 생각지도 않게 발견하는 것을 선호하는 편이다. 게다가 나는 이번 여행을 시작하면서 부랑자와 더 가깝다고 느꼈다. 윌리스가 내게 사치품처럼 보였지만, 윌리스 없다면 어떻게 고비 사막을 넘으면서 물을 마실 수 있다는 말인가? 나는 좀 더 자유로워지고, 내가 끌고 다니는 물건 몇 개를 걷어내버리고 싶었다. 거추장스러운 것을 치워버리고, 소외를 극복하고, 허물을 벗고, 모든 것에서 자유로워지고 싶었다. 머리로는 그렇게 할 수 있지 않을까?

내가 들른 싸구려 식당에서 사복 경찰 냄새가 나는 키다리가 내 앞에 와서 코를 킁킁거렸다. 그는 내 '등급을 매기려' 했지만 난공불락이었다. 프랑스는 중국과 대척점에 있고, 나는 내 나라에서도 '유별난 케이스'다. 남자는 두 눈으로 구석구석 살피고, 묻고, 오래 시간을 끌었다. 그는 동료와 둘씩 짝을 지어 다니면서, 관광객들에게 친절한 모습을 보이고, 영어로 의사소통을 하는 외국인 담당 경찰과 달랐다. 그는 내게 겁을 주려고 종이에 이렇게 적었다. "나는 경찰이다(I am a policeman)." 나는 그의 볼펜을 들고 그 위에 적었다. "나는 관광객이다(I am a tourist)." 그는 이 단어를 읽으며 놀란 표정이었다. 분명 뜻을 모르는 것이 분명했다. 그런데 전술을 바꾸었는지, 쾌활하게 굴면서 곰살맞게 이쑤시개를 건네고, 내 잔에 차를 따라주었다. 그리고 다시 볼펜을 들어 종이 위에 '14'라고 적었다. 국수 한 사발과 차 한 잔에 14위안이라는 말인가? 식당 주인 부부가 거드름을 피웠다. 경찰이 제시한 영수증에 군말 없이 돈을 내기는 할 것이다. 나는 영수증 가격에 이의를 제기한 적이 거의 없었다. 내 쪽에서 보면 환율 차이가 워낙 크기 때문에, 돈을 중요하게 생각하는 많은 중국인의 눈에 멍청이처럼 보여도 그냥 달라는 대로 돈을 내버렸다. 나는 보통 원래 가격의 두 배를 지불했다. 불법이지만 관행처럼 이루어지고 있는 외국인을 상대로 한 바가지 씌우기에 가끔 화가 나기도 하지만 말이다. 이번에는 흥정도 하지 않았다. 4위안을 꺼내 테이블 위에 올려놓고, 일어나서 윌리스를 잡고 우아하게 걸어나갔다. 뒤도 돌아보지 않고.

　나는 사막으로 들어갔다. 사막은 이글거렸다. 열기 때문에 멀리 있는 것들이 춤추는 것처럼 보였다. 호수가 번쩍

거리다가 사라졌다. 신기루였다. 몸은 기진맥진했다. 피로
와 햇볕 때문에 생긴 물집이 곪아서 입술이 아팠고, 모양도
일그러졌다. 걷는 거리를 줄여야 했다. 내가 목표로 정한 35
킬로미터를 넘지 않을 것이다. 베르나르 올리비에의 이름을
걸고 맹세한다. 하지만 악마가 자지 않고 있었다. 텐트를 치
려고 하는데, 자전거를 탄 남자가 조금만 가면 식당이 있다
고 알려주었다. 그래서 길을 나섰는데 식당까지는 4킬로미
터나 됐고, 거기다 문까지 닫혀 있었다. 다시 텐트를 치려고
하는데, 아스팔트에다 기름을 토해내는 고장난 트럭을 모는
운전사가 3킬로미터만 가면 다른 식당이 있다고 했다. 단어
랑 제스처를 섞어가며 나눈 대화는 대충 이랬다.

"정말요? 3킬로미터 이상은 아니죠?"

"딱 3킬로미터예요."

"문 열었어요?"

"그럼요. 점심때 생선을 먹었는데."

"거기서 잘 수도 있어요?"

"그럼요."

그렇다면 텐트보다 훨씬 안락할 것이다. 나는 불을 피
우려고 모은 나무를 던져버리고, 피로도 잊은 채 다시 길을
나섰다. 나는 거리를 측정했다. 1, 2, 3, 4킬로미터…… 식당
은 없었다. 게다가 도로는 경사가 급한 언덕으로 이어졌고,
윌리스는 점점 무거워졌다. 2킬로미터를 더 갔는데도, 여전
히 아무것도 없었다. 나는 포기하고 텐트를 친 뒤 저녁도 먹

지 않고 잠을 잤다. 아침에 3킬로미터를 가니까 호숫가에 식당이 있었고, 간판에 보란 듯이 냄비에서 펄떡거리는 생선 그림이 있었다. 그러나 이른 시간이라 문은 닫혀 있었다. 매번 함정에 빠져버리는 자신에게 화가 났다. 중국 사람들은 거리 감각이 없고, 어떤 것이든 자신 있게 말하기 때문에 매번 속고 만다는 것을 알면서도 말이다.

옥의 문이라는 뜻을 가진 위먼에 가까워졌다. 중국인들에게 금만큼이나 귀한 보석인 옥은 바로 이 길을 통해서 도착했다. 전설에 따르면, 옥은 지상으로 떨어져 얼어버린 용의 알이다. 중국 문학과 상상 속에서 용은 특별한 위치에 있다. 용을 위해 커다란 의식도 치른다. 용은 무서운 모습에 큰 권력을 가지고 있지만 중국인들의 사랑을 듬뿍 받고 있다. 용의 형태는 복합적이어서 인간과 뱀, 새의 모습을 합친 데다가 뿔과 비늘, 털이 있기도 하고, 발톱과 긴 송곳니로 무장했다. 용의 색깔은 대부분 초록색이나 파란색이다. 비를 오게 하려면 간단하다. 바위 위에 예쁜 여자를 놓고 용을 유인한다. 용이 뛴다. 마지막 순간 여자를 감춘다. 화가 난 용은 천둥과 비를 뱉어낸다. 용의 해는 아주 길한 해다. 누가 뭐라도 가져다 주는 것일까? 물론 부다!

위먼은 또한 한족이 자기네 땅이라고 생각하는 영토와 제국의 지배하에 있기는 했지만 서쪽에 있는 '오랑캐' 땅의 경계를 이루는 곳이기도 했다. 중국 사람들은 이웃 국가의 부족을 낮추어보아서, 20세기 중반이 되어서야 외국인을 정의하는 한자가 바뀌었다. 그전까지 외국인은 '개'와 똑같은 한자를 사용했다.

위먼젠玉門鎭의 오아시스는 거대했다. 오아시스를 건너는 데 이틀이 걸렸다. 밀밭과 옥수수밭이 끝도 없이 펼쳐졌고, 수천 개의 거무스름한 점들이 보였다. 농부들이 몸을 구부리거나 쭈그리고 앉아서 작은 쇳조각으로 잡초를 잘라내는 모습이었다. 이곳에서는 화학 처리라는 것이 없었다.

나는 즐거웠다. 5월 15일, 투루판을 출발한 이후 1천 킬로미터대를 넘은 것이다. 하지만 이날은 여러 감정이 뒤섞인 날이기도 했다. 인적이 드문 길을 걷고 있을 때, 윌리스의 오른쪽 바퀴의 중앙 부분이 돌지 않았기 때문이었다. 올해 들어 한 번도 기름칠을 하지 않았다. 수레의 베어링이 분명 완전히 말라버려서, 아주 빨리 닳아버린 것이다. 다행히 수호천사가 자동차 정비공을 보내주었다. 그리고 또 한 번 다행히도 정비공이 기름통을 가지고 있어서, 바퀴축에 기름을 넉넉히 붓자 다시 돌아가기 시작했다. 하지만 이런 땜질은 임시변통일 뿐이다.

오후 한 시경, 이 도로를 연결하는 수많은 다리 가운데 하나를 골라 그 밑에서 부랑자처럼 자고 있을 때, 도시의 사업가처럼 옷을 쫙 빼입은 젊은 중국 남자가 내가 있는 쪽으로 돌진해오다가 나를 보자 그 자리에 멈춰 섰다. 웃으며 인사를 하자 남자의 놀라움은 더욱 커졌다.

그는 인사에 대답하지 않았지만 누군가에게 둑길에서 내려오라고 손짓을 했다. 다른 남자도 전속력으로 내려왔는데, 내가 "니하오你好(안녕하세요)."라고 말했는데도 이 남자 역시 대답하지 않았다. 또 한 번의 코미디가 펼쳐졌다. 두 번째 남자도 도로 쪽으로 손짓을 한 것이다. 세 번째 남자가 천천히 우리 쪽으로 내려왔는데, 느릿한 걸음걸이로 봐서 꽤 높은 지위에 있는 사람 같았다. 놀랍게도 세 번째 사람은 제복을 입은 여자 경찰이었다. 하이힐을 신은 험상궂은 얼굴의 사십 대 여자였다. 여자는 놀란 동시에 나무랄 듯 나를 쳐다보았다. 나는 일어나서 긴장을 깨기 위해 '열려라, 참깨' 종이를 꺼냈다. 보통 때 같으면 종이에 적힌 내용을 읽은 사람들은 미소와 관용, 연민과 감탄을 자아낸다. 천만의 말씀이었다. 높은 하이힐을 신은 이 여자는 검지를 세우고, 손목을 돌리는 동작을 보이며 말대꾸하지 말라는 투로 쳐다보고는, 짐을 챙겨서 따라오라고 명령했다. 하지만 나는 거부하고 싶었다.

"메이유!"

여자 경찰은 이런 저항에 익숙하지 않았다. 여자는 내가 잘못 알아들은 줄 알고 똑같은 문장과 똑같은 제스처를 반복했다.

"메이유!"

깜짝 놀란 여자는 몸을 돌려 동료 두 명 쪽으로 갔다.

여자처럼 깜짝 놀란 남자들이 손가락으로 여자를 불러, 세 사람이 좀 떨어진 곳으로 가더니 의논을 했다. 여자가 다시 와서 더 놀란 표정으로 나를 관찰했다. 진짜인지 가짜인지 모르지만, 경찰들은 분명 나를 어떻게 분류해야 할지 애를 먹고 있었다. 나는 선량하고 해를 끼치지 않을 사람처럼 보이는 편이었지만, 의심을 하려고 들면 손목시계에 초소형 폭탄을 감출 수도 있고, 신발에 폭탄물을 잔뜩 숨겼을 수도 있었다. 계속 침묵을 지키고 있던 여자가 두 남자 중 좀 더 나이가 든 쪽을 부르더니, 젊은 남자한테 나를 감시하라고 맡기고 떠났다.

대장과 부대장이 차를 타고 떠나는 소리가 들렸다. 명령이나 원조를 요청하러 가는 모양이었다. 나는 느긋하게 몸을 쭉 펴고, 무관심한 척했지만, 머릿속은 부글부글 끓고 있었다. 경찰에게 심문을 받는다고 해도 법적인 하자가 없었고, 비자는 아직 한 달이나 유효하다. 하지만 사막에서 길을 잃을까봐 가져온 휴대폰 크기의 GPS가 있었다. GPS만 있으면 세계 어디에 가든 위성을 통해 내가 어디에 있고, 어느 방향으로 가고 있는지 알 수 있다. 중국에 GPS의 반입이 금지되어 있다는 걸 알고 있다. 군사적인 이유 때문이었다. 하지만 위성이 좀 더 정교한 장치를 가지게 된 지는 아주 오래되었다. GPS를 소지할 경우 벌금이 천 유로인데, 이는 중국 노동자의 일 년치 급여에 해당하는 금액이다. 하지만 제일 걱정되는 것은 비자 갱신에 문제가 생기거나, 최악의 경우 추방될지도 모른다는 것이다. 다시 말해, 시안까지 갈 수 없는 일이 발생하는 것이다.

　두 사람이 원조를 요청하러 간 것이라면, 나를 강제로 끌고 가 수색을 할 것이라는 의미다. 그런데 GPS는 가방 주머니에 있다. 아무리 실수투성이 초보 경찰이라고 해도 놓칠 리가 없다. 나는 조는 척하면서 경계를 늦추지 않았다. 난 이미 체포되어 있는 상태라고 생각하며 간수를 살폈다. 이 남자가 조금 전에 부랴부랴 내려온 걸 보면, 굉장히 급했던 것을 알 수 있다. 남자는 여전히 용변이 급해보였다. 남자가 용변을 보러 가면…… 그렇다. 2분만 자리를 비워준다면, 가방에서 GPS를 꺼내 다리 쪽에 숨길 수 있을 것이다. 그런데 이 젊은 녀석이 자리를 뜨지 않았다. 2분이 지났다. 어떻게든 해야 했다. 나는 일어나 짐을 챙겨 월리스 위에 올려놓았다. 젊은 멋쟁이 경찰이 와서 끼어들려고 하면서 영어 몇 단어를 동원해 물었다.

　"뭐해요?"

　"낮잠을 다 잤으니 떠나려고요."

　"그럴 수 없소. 기다려요."

　"뭘 기다려요? 내가 체포되기라도 했소?"

　나는 수갑에 채여 있는 것처럼 두 손을 나란히 내밀었다.

　"아뇨."

　"체포된 것이 아니라면 난 자유요. 그러니까 떠날 거

요. 나하고 얘기하고 싶으면, 위면 가는 길로 걸어가고 있을 테니 따라와요."

용의자가 이렇게 저항하는 경우는 어떻게 대처해야 할지 목록에 나와 있지 않았다. 남자는 어떻게 해야 할지 난감해했다. 윌리스를 다리 위로 다시 올렸다. 난 긴장했다. 이제 결판이 날 것이다. 남자가 어떻게 할까? 그 자리에 있을까, 대장을 기다릴까, 아니면 나를 따라올까? 남자는 망설이다가 휴대폰 자판을 눌렀지만 소용없었다. 이제 내 쪽에서 시간을 벌어야 했다. 나는 뒤도 안 보고 성큼성큼 걸어갔다. 150미터를 가고 나서, 윌리스 위에 얹은 짐을 정리하는 척하면서 뒤를 슬쩍 보았다. 남자는 여전히 다리 위에 서서 전화에 귀를 바짝 대고 있었다. 빨리 행동 개시를 해야 했다. 200미터쯤 가자, 길의 가운데 부분이 당나귀 등처럼 솟아올랐다. 남자한테는 내 머리만 보일 것이다. 나는 남자의 시야에 잡히지 않는 GPS를 꺼내 재빨리 호주머니에 넣었다. 그리고 가방의 다른 주머니에서 보란 듯이 휴지를 꺼낸 뒤, 도로에서 100미터 정도 떨어진 곳으로 멀어졌다. 앉아 있으니, 남자는 내 머리밖에 볼 수가 없다. 엉덩이를 보이고 싶어하지 않는 사람들이 취하는 자세이니 수상하게 여기지 않을 것이다. 나는 칼을 꺼내 구멍을 파고, 그 안에 불법 물품을 던져넣은 뒤 다시 덮었다. 그때 아마도 겁을 먹었기 때문인지, 나는 실제로 고양이처럼 헤쳐놓은 땅에 배설물을 남겼다. 나는 계속 진짜처럼 보이기 위해서 벨트를 꼼꼼히

잠그면서 다시 길 위로 올라왔다. 아직도 무척이나 겁이 났다. 남자가 보았을까? 남자가 곰곰이 생각해본다면, 갑작스럽게 용변을 보는 것이 이상하다고 느낄 것이다. 결국 진짜가 되기는 했지만.

경찰이 길 위에서 나를 기다리고 있었다. 하이힐 경찰이 나를 따라가라는 명령을 내렸던 것이다. 남자가 나를 다시 잡게 된 데 만족하며 미소를 짓자 나도 안심이 되었다. 경찰, 윌리스, 그리고 나는 자리를 떠나 터벅터벅 걸었다. 나는 최대한 빨리 GPS가 있는 곳에서 멀리 떨어지고 싶었다. 날씨가 아주 더웠다. 도회풍 옷을 입은 멋쟁이 젊은 경찰은 땀을 흘렸지만, 여전히 바짝 쫓아왔다. 나는 재빨리 걸었다. 신뢰를 쌓기 위해 말을 건넸다.

"몇 살이죠?"

"서른세 살이요."

"내 큰아들 나이네."

그가 내 작전에 말려들었다. 내게 아이가 몇 명인지를 묻고, 자기는 걷는 것이 좋다고 했다. 가파른 길이 나오자 조용해졌다. 문제를 해결한 것인지 어떤지는 알 수 없었지만, 이제는 이 청년에게 호감이 갔다.

유리창에 선탠을 한 폭스바겐이 우리 앞으로 와서 멈춰 섰다. 우리의 여자 경찰대장과 부대장, 그리고 당황한 듯 보이는 허약한 남자가 내렸다. 나는 남자한테 영어로 물었다.

"통역사요?"

남자는 그렇다고 했다. 여자 경찰대장이 다시 정렬에 나섰다. 그런데 이번에는 당황스러울 정도로 온화하게 요구했다. 중국어로 "여권"이라고 말하고, 그 뒤에 "please"를 덧붙였다. 처음 만났을 때, 내 여권도 요구하지 않았던 것이다. 여자 대장은 '프로'는 아니었다.

아주 깍듯하고 거의 사교적으로, 여자 대장에게 미소 지었다.

"보여드려야죠."

나는 지금 아주 편안한 기분이었다. 만약 젊은 경찰이 조금 전 내 수상한 짓에 조금이라도 의심을 품었다면, 여자 대장이 오자마자 얘기를 했을 것이다. 여자가 내 여권을 뒤적이는 동안 나는 젊은 경찰한테 벌써 가족 얘기를 나눈 사이였기에, 내 아이들 사진을 보여주었다. 경찰이 다른 생각을 못하게 하기 위해서였다. 여자 경찰은 서류를 다 조사하고 나서 비자 날짜도 확인하지 않고 건네주었다.

"고맙습니다, 미안합니다."

우와, 여자가 사과까지 하다니!

내 쪽으로 유리하게 끝난 모험 결과에 들뜬 나는 조금 위선을 떨면서, 뭐 별일 아니라고, 여자 대장은 자기 일을 할 뿐이라고 단언했다. 몸집이 작은 통역사가 여자에게 통역할 것이라고 생각했지만, 그는 벙어리처럼 있었다. 그들은 다시 차를 타고 가버렸다.

그들의 차가 사라지자, 나는 아스팔트 위에 털썩 주저
앉아 꼼짝도 하지 못했다. 잠시 후 미친 듯한 웃음이 터졌
다. 극단의 상황까지 갔다가 숨을 돌리게 되면서 나오는, 정
신이 나간 듯한 폭소였다.

마침내 마음이 진정되자 나는 자신에게 물었다. GPS를
되찾으러 가야 할까? 여자가 조금 멀리 떨어진 곳에서 나를
기다릴 경우도 배제할 수 없었다. GPS가 정말 내게 꼭 있어
야 되는 것일까? 지도 위에 있는 영어와 표지판 위에 있는
한자를 비교하니, 도시의 이름을 번역할 수 있었다. 다시 한
번 모험을 감행한다면, 행운의 여신이 다시 미소를 지어줄
까? 내 목적은 GPS를 가지고 파리로 돌아가는 것이 아니라
시안에 도착하는 것이다. 그렇다, 결정을 내렸다. 나는 용기
와 가벼운 발걸음을 되찾았다.

6. 중국식 장례

중국에는 먹을 곳이 많다. 앞에서 말했듯이, 즉석에서 식당이 되는 포장마차도 있고, 화로도 들고 다닐 수 있었다. 올해 들어 급속도로 살이 빠졌다. 방법을 강구해야 했다. 나는 일곱 시에 수프를 먹고, 열 시에 유쾌한 트럭 운전사 무리들이 건네준 국수를 곁들인 닭조림을 먹고, 정오에는 새콤달콤한 소스를 곁들인 푸짐한 양의 돼지고기와 밥 두 공기를 깨끗이 비웠다. 매일 다섯 끼를 먹었다. 젖먹이 아이처럼 말이다.

내가 도로 위에서 윌리스를 파트너 삼아 지그재그로 춤추는 것을 보고 놀란 운전사가 내가 미친 사람이 아닌지 의심스러워했던 것 같다. 내가 투루판에서 출발해 1천 킬로미터대를 주파해서 환호하고 있다는 사실을 그는 물론 알 수 없었다. 처음으로 대장정에 나선 이래, 기록할 만한 여정에서 늘 치르는 의식을 오늘도 치른 것뿐인데 운전사에게는 기괴하게 보였던 것이다. 나는 이런 자축을 통해 기운을 얻었다. 이런 행동이 우스꽝스러운 짓일까? 아마 그럴지도 모른다. 하지만 나는 은둔지를 찾는 데 몰두하는 사람이 아니고, 홀로 떠나는 도보여행에 그런 생각을 할 수도 있기 때문에, 내게 동행자가 있다고 가정하며 벌일 수 있는 일을 만들어내야 한다.

예쁘고 작은 이슬람 사원—이스탄불부터 수백 개나 봐왔지만—이 주의를 끌었다. 절과 이슬람 사원을 결합한 희한한 양식이었다. 공 모양의 돔이 있는 것이나 지붕에 초승달이 있는 것은 이슬람 사원의 양식인데, 전체 모양이나 유약을 입힌 기와기붕은 하늘을 향해 솟은 것이 꼭 절 양식이었다. 기도시간이 끝났다. 알라를 찬양하려고 온 후이족은 친절했고, 달고 맛있는 작은 과자를 곁들여 차를 같이 마시자고 했다. 마지막 과자를 놓고 접전이 벌어졌다. 과자를 잡은 내 손 위로 이맘의 오른손이 겹쳐졌다. 하지만 예절 교육을 잘 받고 자란 나는 마지막 과자를 양보했다. 하지만 그에게는 생각할 수도 없는 일……. 서로 양보하려고 한참이나 옥신각신하다가 모든 사람들이 웃는 가운데 내가 지고 말았다.

입구에는 가는 막대기 모양의 향이 두 개의 청동 그릇 속에서 타고 있었다. 양탄자는 중국산이나 페르시아산이 있었고, 벽의 글귀도 마호메트의 언어와 한자가 나란히 써 있었다. 돔이 올려져 있는 옆방은 정교하게 작업한 백단

성유골함으로 덮여 있었다. 벽지가 천장에서 떨어졌다. 5년 전 쟈오허에 있는 절에 갔을 때 일이 생각났다. 흰 수염을 길게 기른 이맘은 내게 잠자리를 줄 수 있으니 머물다 가라고 했다. 나는 마음이 끌렸지만, 비자에 명기된 만료일이 머리 위에 단두대의 칼날처럼 있는데, 어떻게 그럴 수 있었겠는가? 나는 마음이 끌렸다. 그렇다. 중앙아시아의 도시에서 만났던 이슬람교도가 가끔 나를 불편하게 만들기도 했지만 이곳 이슬람교도의 생활방식은 단순하고, 가족적이며, 따뜻했다.

다시 10킬로미터를 주파했을 때, 모래바람이 일었다. 바람이 불자마자 돌멩이 세례가 시작되었다. 마침 그 자리에 기적적으로 놓여 있는 다리 밑에서 밤새도록 피해 있으면서, 바람이 멈추기를 기다리는 와중에도, 그런대로 잠을 잘 잤다. 아침이 되자 바람의 방향이 바뀌어서 내 몸을 앞으로 밀어주었다. 마침내 청루城樓라고 부르는 자위관의 요새가 보인 것은 오후 세 시경이었다. 나는 오랑캐의 땅에 있었는데, 이제 한 발을 한족이 사는 중원中原 제국에 들여놓았다.

실크로드의 전성기였던 14세기에 건축된, '하늘 아래 존재하는 난공불락의 협로'라는 이름을 갖게 된 요새가 인상적이었다. 요새의 남쪽은 맑은 날에 눈 덮인 정상이 보이는 치롄祁連 산으로 막혀 있고, 북쪽은 검은 헤이산黑山으로 막혀 있다. 삼층 탑 세 개가 우뚝 솟아 있는 요새는 중국이 서쪽에서 침입해오는 적을 막는 마지막 빗장이었다. 안시를 넘어 동쪽으로 더 멀리 이어졌던 만리장성이 여기서 멈췄다. 절반이 폐허가 된 청루는 1960년대부터 조금씩 재건되었다. 만리장성이 사라졌기 때문에 중국인들은 또 다른 것을 1987년에 다시 지었다. 이 도시에 몰려드는 관광객들에게 보여줄 만한 것이 필요했던 것이다. 무거운 흙벽돌로 벽을 쌓아올린 장본인은 바로 학생들이다. 아마도 학생들에게 벽돌 한 개당 1펜(100분의 1위안)을 주었을 것이다. 1유로를 벌려면 650개의 벽돌을 쌓아야 하는 것이다. 사진을 아주 잘 받게 새로 만들어진 만리장성은 산등성이를 따라 올라가다가 갑자기 탑 뒤에서 멈춰버린다. 산과 요새를 잇는 또 다른 벽을 현재 세우고 있다. 초현대식 유물인 것이다.

아주 피곤한 상태로 자위관에 도착했을 때, 여성 운전사가 손님을 기다리고 있는 택시를 발견했다. 여자는 보조개가 팰 정도로 한껏 미소를 지었기 때문에, 손님이 있다는 뜻을 전하려 한다는 것을 알 수 있었다. 이 택시의 손님은 뇌출혈을 일으키기 직전처럼 얼굴이 터질 듯 시뻘건 뚱뚱한 남자였다. 그래도 이기적인 사람은 아니어서, 허물없이, 윌리스를 분해해서 트렁크에 넣는 일을 도와주었다. 오 분 후, 나는 운전사와 손님에게 코팅 종이를 보여주었고, 우리는 내가 머물기로 한 안락한 관광객용 호텔 앞에 닿았다.

다시 몸을 돌볼 필요가 있었기 때문에, 여행안내서에서 최고의 호텔이라고 나와 있는 이 호텔을 선택했다. 여성 운전사와 남자가 리셉션까지 동행해주었다. 이 새로운 친구들은 350위안(거의 60유로)이라는 값에 항의했고, 요금을 절반으로 깎았다. 그리고 이 가격에 아침식사를 넣어달라고 주장하자, 리셉션에 있던 여직원들은 그렇게 하겠다고 하면서 경탄의 표시로 엄지를 들어올렸다. 택시 운전사에게 아무리 돈을 내려고 해도 낼 수가 없었다. 나는 대신 사진을 찍어서 보내주고, 여자의 보조개와 웃고 있는 눈을 추억으로 간직할 속셈이었지만, 여자는 그것도 거절하고 이렇게 만난 것이 즐겁다는 듯 킥킥 웃으며 도망쳤다.

방에 있는 거울 속에는 비쩍 마르고 퀭한 눈에, 일주일 전부터 면도를 하지 않아서 수염이 덥수룩한 푹 팬 볼, 물집이 남긴 딱지로 일그러진 입술을 한 부랑자의 모습이 비쳤다. 이제야말로 휴식을 취할 시간이다. 아무리 시간이 촉박하다고 해도 이유야 어찌되었건, 나는 즉시 걸음을 멈추기로 결심했다. 그것도 하루가 아닌 이틀을 자위관에서 쉬기로 했다.

관광객들이 뿌옇게 보였다. 날씨는 아주 선선했고, 어제 내가 겪은 바 있는 모래바람이 먼지를 일으키며 하얀 안개 같은 것을 만드는 바람에, 가이드가 약속한 것처럼 새로 지은 만리장성의 꼭대기에서 눈 덮인 치렌 산맥의 최고봉을 볼 수 없었다.

서쪽의 위魏와 진秦왕조로 거슬러 올라가는, 이 지역에 흩어져 있는 무수히 많은 무덤 중 하나를 재현한 창청長城박물관이 잠시 나를 사로잡았다. 엄청나게 많은 무덤들은 각기 깊이 10미터로 만들어진 두세 개의 묘실로 이루어져 있다. 능숙한 솜씨였다. 일꾼들은 한쪽에서만 땅을 파서, 천장이 둥근 방을 뚫고 측면과 천장을 벽돌로 튼튼하게 만들었다. 시멘트나 광물 복합체도 필요 없었다. 그림이 들어간 도자기로 바둑무늬를 넣은 벽에는 4세기 동안의 일상생활 모습이 담겨 있었다. 노동, 오디 수확, 연회, 사냥이나 전쟁 장면, 음악……. 우리가 익히 알고 있는 모습대로였다. 전에 말했던 것처럼 박물관에 있는 예술 작품은 따분했다. 나는 터키의 여러 도시에서처럼, 하루 종일 온갖 자잘한 먹을 것들을 선보이는, 사람들로 붐비는 서민적인 거리를 쏘다니는 것이 더 좋았다. 미고상인이 내 눈길을 끌었다. 남자는 나를 볼 때마다 불러서 자두가 듬뿍 들어가고, 겉에는 내가 좋아하는 시럽을 바른 떡을 내밀었다.

나는 어떤 중국 여성과 오래도록 얘기를 나누었다. 그녀는 일을 하러온 기술자였는데 진지하면서도 수다스러웠다. 중국 어디에서나 건물을 짓고 있다는 데 놀랐다고 말했더니, 여자는 정부에서 역점을 두어 몇 년 예정으로 시행하고 있는 네 개의 대규모 사업과 비교하면 아무것도 아니라고 했다.

두 가지 대규모 사업은 사람이 살고 있지 않은 서부의 에너지를, 인구 과잉 에너지 부족과 질 나쁜 석탄 때문에 대기 오염을 겪고 있는 동부로 끌어오는 일이다. 전기는 주로 양쯔 강에 건설 중인 거대한 제방에서 나오게 될 것이다. 가스와 석유는 매장량이 무궁무진한 신장 지방에서 수송된다. 하지만 철도나 파이프라인 등 수송 문제가 심각하다. 세 번째 역점 사업은 세계의 지붕에 있는 산을 오르는 철도를 티베트의 라싸拉薩까지 놓는 일이다. 중국 정부가 역점을 둔 마지막 사업은 수량이 풍부한 남부의 물을 물 부족에 시달리고 있는 북부로 보내는 일이다.

이 거대한 사업 중 적어도 두 가지는 분명한 정치적 목적을 가지고 있다. 즉 중국이 좀 더 강력하게 티베트와 신장을 장악하고, 이미 시작된 식민화를 가속화하는 것이다. 시안과 우루무치를 잇는 철로 건설을 통해 1950년대부터 수백만 명의 한족을 위구르인이 사는 지역으로 보낼 수 있었다. 철로가 건설되기 전, 이 지역에 사는 위구르인의 비율은 90퍼센트에 달했다. 지금은 50퍼센트에 불과하다. 이런 결과는 이미 예견된 것이었다. 한족은 2차 산업과 3차 산업에서 산업과 사무직을 독점하고 있고, 토착민인 위구르인에게는 농업밖에 남겨두지 않았다. 이 같은 절차는 티베트에서도 이루어질 것이다.

나는 자위관을 떠나면서, 중국 사람들이 내가 하는 영어를 듣기는 하지만 알아듣지 못한다는 사실을 다시 한 번 확인했다. 영어를 하는 호텔 직원에게 택시 운전사에게 전달할 말을 써달라고 설명하는 데 십 분도 더 소요해야 했다. GPS가 고비 사막의 모래 속에서 잠자게 된 후부터 대도시를 다닐 때 방향을 잡을 수가 없었기 때문에, 제대로 방향을 잡아 길을 가려면 택시를 타야 했다. 나는 택시 기사가 312번 국도의 란저우 방향에서 내려주기를 바랐다. 호텔 직원은 확실히 하려고 자기가 적은 단어를 여성 택시 운전사에게 전달했다. 두 여성 모두 나를 안심시켰다. 어디인지 잘 알았으니, 차에서 편하게 자도 좋다고 하면서. 우리는 윌리스를 실었고, 십 분 후 택시가 선 곳은…… 버스 터미널 앞이었다. 걸어서 시안에 간다고 말할 때, 힘들게 길 위를 걷고 있는 나를 본 사람들은 그 말이 사실이라고 인정할 수 있다. 하지만 다른 사람들은 반대로 한 마디도 믿으려 하지 않는다.

그들에게는 말 그대로 상상도 못할 일이었다.

자위관에서 주취안酒泉까지는 15킬로미터 거리였다. 주취안은 볼거리가 하나도 없는 도시지만 이 지방의 모든 행정 부처가 모여 있다. 카타이(Cathay, 과거 서양에서 중국을 이렇게 불렀다)로 가는 육로를 찾기 위해 1602년 인도를 떠난 예수회 수사 벤토 데 고에스(Bento de Goes, 1562~1607)가 숨을 거둔 곳도 바로 이 도시였다. 당시 서양인들은 이 거대한 아시아 대륙을 모르고 있었다. 실크로드는 1세기 전부터 끊어진 상태였다.

　데 고에스는 아르메니아 상인으로 위장해 이름을 반다 압둘라('신의 시종'이라는 뜻)라고 고치고 수많은 대상 틈에 섞여 몇 달씩 혹은 일 년간 따라다니며 어울렸다. 당시 사람들은 카타이와 중국을 별개의 나라라고 생각했다. 하지만 고에스는 베이징에서 돌아오는 이슬람 상인을 만나서, 그들이 예수회 수사 마테오 리치(Matteo Ricci)를 보았다는 얘기를 들었다. 그제야 고에스는 카타이와 중국이 같은 나라라는 사실을 알게 되었다. 이로 인해 '미지의 땅'을 발견하기 위해 뛰어들었던 탐사를 종결짓게 된다.

　도로는 도시를 우회했다. 잘된 일이었다. 하지만 멀리서 건축 현장의 모습을 보고 깜짝 놀랐다. 시선이 닿는 곳마다 온통 기중기 숲이 펼쳐졌다. 빨간 깃발을 세 개씩 꽂은 차량의 T자형 기중기가 하늘을 뒤덮으며 돌아가고 있었다. 이곳에서는 한 구역을 밀어내고 재건축을 하는 것이 아니라, 아예 도시를 통째로 재건축했다. 페인트로 칠한 커다란 벽에는 구소련식의 사실적인 터치로 이 무시무시한 마천루를 짓고 있는 씩씩한 중국 남자와 여자를 찬양하는 벽화가 그려져 있었다. 이처럼 왕성히 활동하는 건축 현장에 대해서는 뒤에 다시 설명하기로 하겠다. 주취안의 북쪽 사막 한가운데에 있는 칭수이清水에 핵실험센터가 있는데, 이 도시는 센터 뒤에 있는 기지인 셈이었다.

　바람이 일고 차가운 비가 오아시스에 쏟아졌다. 나는

물벼락을 맞으며 10킬로미터를 걸은 끝에 뉴의 식당 문을 삐걱거리며 밀었다. 이 청년은 정말이지 올해 내가 만난 사람 중 제일 친절하고, 제일 미소를 잘 짓고, 제일 깍듯한 사람이었다. 뉴의 늙은 양친은 식당을 그에게 넘겨주고, 그에게 기대어 살고 있었다. 뉴는 혼자서 집안 살림에, 요리에, 방 청소까지 했다. 내 방을 치우는 건 잊어버린 것 같지만, 나는 이제 더러운 방은 익숙해져 있었다. 그는 내게 훌륭한 식사를 준비해준 뒤, 몸을 녹이라며 난로에 불을 피우고, 젖은 물건들을 말릴 줄을 달아주었다. 그는 꼭 여자 같았다. 새벽 두 시에도 식당에 들른 트럭 운전사들에게 요리를 만들어주었다. 여섯 시에 나는 뉴를 깨워 아침밥을 달라고 했다. 나는 오늘의 여정을 준비하려고 지도를 꺼냈다.

지도에 30킬로미터 거리로 나와 있는 마을에서 먹을 것과 잘 데를 찾을 수 있을까?

"유(有)."

"여기는?"

"유."

나는 의심이 들어서 마을이 없다는 표시로, 지도 위에 하얀색으로 표시된 곳을 가리켰다.

"그럼 여기는?"

"유."

뉴는 '메이유'라고 말할 줄 몰랐다. 만약 이런 대답으로 내가 기뻐한다고 뉴가 확신만 한다면, 에베레스트 꼭대기에 별 다섯 개짜리 호텔도 있다고 장담할 것이다.

밤새도록 비가 오고 바람이 불었다. 소나기는 여전히 차가웠다. 나는 재킷도 입고, 장갑도 끼고, 빨리 걸었지만 덜덜 떨었다. 비옷은 안이나 밖이나 금세 젖어버렸다. 방수포로 가방을 쌌지만, 거센 돌풍을 당할 수는 없었다. 키르기스스탄 국경을 넘은 이래 처음으로, 납작한 전통식 흙지붕 옆에 경사가 지도록 만든 이중지붕이 보였다. 그만큼 이 지역에 비가 자주 온다는 뜻이었다.

정오가 되자 비가 그쳤고, 자전거를 탄 젊은이들이 급히 내려오는 모습이 보였다. 열 명, 그다음 50명, 그다음 100명…… 프랑스 일주 자전거 경주를 하는 사람들처럼 보였다. 적어도 200명에서 300명은 될 듯싶었다. 알고 보니 여러 마을에서 온 아이들이었다. 아이들은 모두 자전거를 타고 중학교에 다녔다. 화려한 색깔의 옷을 입은 아이들 행렬이 끊이지 않고 도로로 쏟아져나왔다. 아이들은 조용히 페달을 밟으며 도로를 채웠고, 서너 명이 나란히 다녔는데, 자전거도로는 트럭이 다니는 도로만큼 폭이 넓었다. 트럭이 돌진하고 경적을 울리는데도, 아이들은 꿈쩍도 하지 않았다. 나는 이 물결이 마르기를 기다렸다. 내 앞으로 지나간 아이들은 500명쯤 될 듯싶었다. 제일 날렵한 아이들이, 유일하게 학교에서 배우는 외국어인 영어로, 낭랑하게 "헬로"라고 인사했다.

아이들을 물러나게 해주려는 듯 비가 다시 왔다. 내 손은 추위로 파랗게 질렸고, 관절이 뻣뻣해졌다. 때맞춰 나타난 식당에서 뜨거운 차와 함께 달걀과 버섯을 곁들인 돼지고기요리 묵수루를 먹었다. 나는 빗속에서 다시 길을 나섰는데, 선택의 여지가 없었다. 시안의 종루인 중러우를 보려면 앞으로 2천 킬로미터 가까이 가야 한다. 그런데 한 달 후면 비자가 만료된다. 다시 한 달을 연장할 수 있을까? 나는 토루가르트에서 거절당했던 씁쓸한 기억을 간직하고 있다. 군인들에게 아무리 압력을 넣어도, 100킬로미터를 걸어도 좋다는 허락을 받아내지 못했던 바로 그곳! 그러니까 아무것도 확실한 건 없다.

시안까지 비자 기한 내에 가려면, 한 달에 1천 킬로미터의 속도로 걸어야 하는데, 작년에 타클라마칸을 걸을 때까지 한 번도 이 정도의 속도를 내본 적이 없었다. 새 비자가 거부된다면, 다른 방편이 있기는 했다. 비자 발급이 쉬운 홍콩에 갔다가…… 재빨리 중국으로 돌아와 여정을 끝내는 것이다. 이 문제 말고도 골치를 썩이는 일이 또 하나 있었다. 비자 연장 신청을 하려면 이전 비자 만료일 일주일 전에 해야 하는 것이다. 그런데 비자를 신청하려면 앞으로 가게 될 두 개의 대도시 장예張掖와 우웨이武威에서는 너무 빠르고, 란저우에서는 너무 늦어버릴 것이다. 멈출 수는 없는 일이니, 제시간에 도착하려면 속력을 내야 한다. 관료주의자들이 미워지는 순간이었다.

윌리스의 손잡이가 부러졌을 때 어두운 생각이 들었다. 원형原型의 운명이란! 시제품인 원형은 약점을 파악하고 제거하는 데 이용되는 것이다. 나는 엄청난 수리비를 들여 고쳤는데…… 오른쪽 바퀴가 거의 납작해져 있었다. 다행히 주취안이 그리 멀지 않았다. 마을에 닿기 3킬로미터 전, 다시 한 번 행운이 따라주었다.

기술자 시 샤오펑('작은 돌산'이라는 뜻이다)의 가족은 나를 너무나 친절하게 맞아주었다. 그의 어머니는 뜨거운 차를 준비하려고 황급히 자리를 떴고, 늙으신 아버지와 아내는 튜브를 열심히 고치고 있었다. 한 명이 붙이고, 다른 한 명이 펌프질을 하는 동안 아들은 윌리스의 부러진 팔을 용접했다. 나도 기뻤지만 시 샤오펑 가족은 더욱 기뻐했다. 가족들이 한꺼번에 말을 해서 하나도 알아들을 수가 없었는데, 서로 못 알아듣는 모양이 재미있는지 깔깔거리며 웃었다. 이웃 사람이 와서 내 머리 뒤에 후광을 달아주었다. 그는 어제 내가 주취안을 떠나 빗속에서 걷고 있는 모습을 보았다고 했다. 이들은 자기네들이 맞이한 사람이 겁쟁이가 아니라는 사실에 기뻐하며 내게 음식과 잠자리를 내주겠다고 했다. 하지만 비자 만료일이 촉박했기 때문에 제의를 거절했다. 용기를 내면, 이들을 포옹할 수도 있었다. 제일 힘든 것은 사례를 하는 일이었다. 나는 아들의 호주머니에 지폐를 하나 쑤셔넣으려고 했는데, 그가 웃으며 도망갔다. 그의 아내도 그랬고, 아버지는 돈을 내겠다고 고집을 부리는

것이 예의에 맞지 않는다고 했다. 나는 돈 많은 서양인이라
는 사실을 알려주려고 돈뭉치를 내보였지만 소용없었다. 작
업실에서 찍은 가족 사진을 보내는 것 말고는 달리 할 수
있는 일이 없었다.

　사흘째 비가 오고 있다. 바람은 가라앉았다. 어느 식당
에 가든 쩌렁쩌렁 울려대는 텔레비전에서 일기예보가 나왔
는데, 고비 사막 북부 지역을 제외한 전 지역에 비가 내릴
것이라고 한다. 사막은 푸르러졌다. 돌멩이 사이로 풀이 돋
았다. 메마르고 날카로운 줄기만 있던 낙타풀 덤불에는 작
은 초록 잎들이 달려 있었다. 이름도 모르고, 지금까지 여
기저기에서 자라고 있는지조차 몰랐던 우아한 노란색 꽃이
피었고, 위성류나무는 벌써 자줏빛을 띠었다. 저무는 햇살
에 예쁘게 물든 풀들은 빗줄기의 입맞춤을 받고 깊은 잠에
서 깨어났다.
　칭수이의 여관 여자는 딸을 맞은편 식당에 보내 남자
아이를 데려오라고 했다. 그 아이가 영어를 할 줄 안다고 생
각해서였다. "이름이 뭐예요(What is your name)?"라고 남자아
이가 물었다. 아이는 내 대답을 못 알아들었지만, 난 아이한
테 여권 위에 적힌 내 이름을 보여주었다. 아이가 이름을 옮
겨 적자, 신동을 구경하려고 온 베이징 사람들이 아이가 영
어로 말도 하고 쓸 줄도 안다는 사실에 감탄하는 눈으로 쳐
다보았다. 다음날 새벽 여섯 시, 나를 못 볼까봐 걱정하며

한 시간 전부터 기다리던 여자아이가 내게 자기 친구가 쓴 문장을 내밀었다. "내 책에 사인해주실래요(Can you sign my book)?" 내 사인은 아이의 귀한 책에 두 번째 사인이었다. 첫 번째 사인은 중국어로 되어 있었다.

구름이 높이 떠올라 있었다. 남쪽에 있는 치롄 산은 눈으로 뒤덮였다. 우리는 해발 1,600미터에 있었고, 사흘 전부터 몸을 적시는 차가운 비가 300미터 위쪽에서 세차게 퍼부었다. 농부에게는 좋은 일이었다. 비가 내리면 따로 관개를 하지 않아도 되고, 녹아내린 눈은 하천의 물을 불게 한다. 하지만 내게는 나쁜 일이었다. 물과 진흙이 발밑에 고이면 땅이 축축하고 찰흙처럼 끈적거려서 캠핑하기가 어려워진다. 그렇게 되면 매일 저녁 여관을 찾아나서야 한다.

칭수이는 중국 군인들에게 특별한 곳이다. 이곳은 내가 지금 지나가고 있는 '비밀' 철로의 출발 지점으로, 지도에도 나와 있지 않다. 철로는 이곳에서 350킬로미터 떨어진 곳에 '칭수이 기지'라는 이름이 붙은 아주 비밀스런 기지까지 통한다. '비밀'이라는 단어 때문에 웃음이 나왔다. 철로 공사를 시작하자마자 모든 미국 위성이 분명 이 철로를 촬영했을 것이라는 생각이 들어서였다. 군사 로켓을 조합하고 발사하며, 중국의 핵탄두를 만드는 곳도 칭수이 기지다. 하지만 커다란 마을에는 이런 사실이 전혀 누설되지 않았다. 칭수이 핵기지는 소도시와 주취안의 훨씬 북쪽에 자리잡고 있다. 몇몇 정보에 따르면, 기지의 면적은 3만 6천 제곱킬로미터로 타이완과 맞먹는다. 기지를 건설하는 데 10만 명 이상이 동원되었다. 간쑤에는 중국 핵기지 대부분이 있다. 핵실험은 로프노르 지방의 하미 남부에 있는 말란 기지에서 실시된다. 사람들의 우려는, 방사능 낙진이 헤이시의 회랑回廊지대에 떨어지지 않을까 하는 것이다. 이곳은 둔황이나 이 지역으로 가는 관광객의 출입이 빈번한 곳이다.

수안탕에 닿기 전에 마침내 태양이 구름을 뚫고 나왔고, 나는 사람들의 목소리와 웃음소리에 주변을 둘러보았는데, 도로가에 수십 대의 자전거가 뉘여 있는 것을 보고 의아하게 생각했다. 사람들이 도랑을 파고 있었다. 하지만 순전히 중국식이었다. 이곳에는 불도저나 콘크리트 믹서가 없었다. 이미 깊이 4미터에 폭 5미터의 긴 구덩이에서 삽으로 무장한 중국인들이 작업을 하고 있었다. 남녀노소 할 것 없이 삽질을 했다. 구덩이 바닥에 있는 사람들이 삽으로 흙을 퍼서 땅 위로 보내면, 다른 사람들이 다른 삽으로 이 흙을 다시 구덩이 가장자리로 보낸다. 그러면 구덩이 가장자리에 있는 일련의 건장한 중국인들이 다시 이 흙을 떠냈다.

사람들은 얘기하며 웃었다. 어떤 사람은 햇볕을 받으며 쉬고 있었다. 점심을 먹는 사람들이 옆에다 꽂아놓은 삽들이 반짝거리는 꽃 같았다. 삽은 유일한 건설 도구였는데, 지금 파고 있는 커다란 구덩이에 비해 너무 작았지만, 그 수로 열세를 만회했다. 4~5킬로미터 구간에서 수천 명의 사람들이 지치는 줄도 모르고 한데 뭉쳐 일했다. 바로 내 눈 아래에 사람들이 자주 하는 말—늘 합당한 말은 아니지만—즉 '영원한 중국'이 있었다. 이들은 부지런하고, 수도 많다. 만리장성을 축조할 때도 이와 마찬가지였다. 당시에는 징집되어 억지로 일을 해야 했지만 말이다. 이 사람들은 좀 더 자유로울까? 이곳은 가오타이高台의 집단농장이다. 이런 고역이 강제는 아니라고 해도, 적어도 지방 정부가 강력하게 권고했을 것이다.

사람들의 관심을 끈 것은 나보다 월리스였다고 할 수밖에 없다. 중국에서 특허라도 신청했어야 했다! 하지만 베이달루의 식당에 있던 젊은 여자는 월리스가 아닌 내게 관심이 있었다. 그 여자 눈에 내가 불쾌하게 보이지 않았는지, 살며시 자기 뒤를 따라오라고 했다. 매춘부는 아니었다. 잠시 마음이 끌리기는 했지만…… 내가 절제하는 것은, 솔직히 말하면 안전을 보장할 수 없었기 때문이었다. 진짜 모험가들은 계산된 위험만 감수한다는 사실을 모두 알고 있으니 놀랄 일은 아닐 것이다.

장예가 가까워질수록 경치가 빠르게 달라졌다. 경작지가 아닌 땅은 1제곱미터도 찾을 수 없었다. 마을이 길게 이어졌다. 어디에서든 물이 있다는 얘기였다. 내가 고비 사막을 벗어난 것일까? 오늘 아침 소하타라는 작은 마을에 들어갈 때, 나는 경쾌하게 걷고 있었다. 어떤 소리가 내 주의를 끌었다. 음악인가? 하지만 내 귀에 들리는 소리는 화음이 맞지 않았다. 오케스트라 단원들이 지휘자가 오기 전 악기를 조율하며 내는 소리처럼 말이다. 소리가 나는 집 앞 긴 장대에 매달려 있는 커다란 등은 높이가 1미터가량 되는 사층짜리 탑 모양으로, 여러 개의 지붕이 있는 탑을 흉내낸 것이었다. 진홍빛에 금단추, 여기저기 파란 점이 있는 등 색깔이 강렬했다. 벽에는 여러 가지 색깔이 칠해진, 두 개의 커다란 종이 원반이 있었다.

　　장례용 화관이었는데, 고인의 무덤에서 태우려고 하는 것 같았다. 조문객이 많이 있었다. 흰 수염을 기른 노인이 마당으로 들어오라고 손짓했다. 마당에서는 테이블에 앉은 여섯 명의 연주자들이 엄청나게 소란스러운 소리를 냈다. 젊은 연주가 세 명이 트럼펫처럼 끝이 벌어진 수오나(suona)라는 악기를 연주했다. 네 번째 사람은 두 개의 심벌즈를, 또 다른 사람은 삼각대 위에 올린 커다란 청동제 종을 나무망치로 두드렸고, 마지막 사람은 실로폰을 연주했다. 각자 힘껏 자기 악기를 연주하면서, 다른 사람의 연주는 신경 쓰지 않았다. 이들은 죽음의 침묵을 몰아내기 위해서, 막 세상을 하직한 영혼을 늘 훔쳐가려는 악귀를 물리치기 위해 있었다. 화음을 맞추는 건 신경 쓸 일이 아니었다.

　　두꺼운 양탄자를 놓은 문턱에, 하얀색 옷을 입고 머리 장식을 한 남자 두 명이 무릎을 꿇고, 땅에 손을 놓고 머리를 숙인 채 꼼짝도 하지 않았다. 작은 제단 옆에서 초가 타고 있었고, 깃발이 하늘을 물들이며 사방에서 날리고 있었다. 소란한 연주 속에서 강렬한 색깔의 글씨가 적힌 커다란 천과 예쁜 등이 켜진 가운데 할머니가 통곡을 하며 울었다. 우리 유대-기독교 문화에서 거부하는, 죽음과 삶이 조화롭게 양립하는 모습은 늘 내게 활력을 주는 무언가가 있었다. 그리고 우선, 상중喪中임을 뜻하는 이 하얀색은 훨씬 산뜻해 보인다.

또한 나 같은 외국인에게도 문상을 할 수 있도록 한다. 그리고 평상시와 다른 점은 여자들이 윌리스를 만지고, 타이어의 압력을 확인하고, 굴려보고, 커다란 물통에 조심스럽게 손가락을 눌러보면서 이 물컹한 가방에 어떤 것이 들어있을지 서로에게 물어보았다는 것이다.

내가 200에서 300미터 앞을 걸어가고 있을 때, 숨이 턱까지 찬 어떤 스님이 나를 따라잡았다. 스님은 한자가 적힌 종이를 건네줬는데 나중에 파리에 돌아갔을 때 소피가 번역을 해주었다. 죽은 부인의 남편이 적은 글이었다. "존경하는 벗에게, 원하신다면, (사진을?) 찍으셔도 됩니다. 저희에게 몇 장 보내주십시오." 그 밑에는 여자의 이름과 '작은 강마을'이라는 이름을 가진 이 작은 마을의 주소가 적혀 있었다. 그에게 사진을 보낼 것이다.

인구 40만의 도시 장예는 내게 실질적인 면에서 아주 중요했다. 내 여정의 딱 절반이 되는 곳이기 때문이다. 지금까지 43일간의 여행을 결산해본다면, 긍정적인 쪽이라고 해야 할 것 같다. 고비 사막의 거센 바람과 싸워야 했고, 파리를 출발한 이후 우울한 기분 때문에 세계에 대해 마음의 문을 여는 대신 내면으로 침잠해 들어갔지만 말이다. 사실 312번 국도는 그리 유쾌한 도로는 아니다. 이 신비로운 실크로드에서 남은 것은 무엇일까? 내가 읽은 책에서는 실크로드를 칭송했고, 실크로드는 계속 존재하고 있었다. 그러나 현실에서 본 실크로드는 보잘것없었고, 나는 1,500킬로미터를 걸어오면서 나락 속에 있는 모습을 보았다. 마치 산타클로스가 없다는 사실을—사람들은 부정하지만—발견한 아이처럼.

호텔에서, 내 행색과 수레가 사람들의 의구심을 자아냈다. 별 세 개짜리 호텔에서는 내게 90위안에 방을 내주었다. 이는 요금표에는 나오지 않은 중국인용 숙박료일 것이다. 요금표에는 외국인용 가격만 나와 있다. 380위안이었다.

장예가 늘 중국인의 땅이었던 것은 아니다. 기원전 2세기에 군림했던 한무제는 간쑤와 둔황과 이곳에 요새를 만들고, 이곳을 중국 땅으로 못박으려고 본토인들을 보냈다. 200만 명에 달하는 군인과 농부, 그리고 그 가족이 이곳을 점령했다. 7세기, 70만 마리의 말을 소유한 당나라군이 몽골과 티베트와 전투를 벌였다. 3세기 후, 이 두 민족이 이곳을 차지했다가, 테무친(Temujin)—일명 칭기즈 칸—에게 축출되었다.

이메일 함에 좋지 않은 소식이 들어와 있었다. 몇몇 친구를 비롯해 여러 지지자들과 함께 창립한 쇠이유 협회 소식이었다. 비행청소년 재활을 목적으로 설립된 이 협회에서 사용하는 방법은…… 도보여행이다. 한 조를 이룬 두 아이가 동행한 어른과 함께 배낭을 메고, 외국에 가서 2,500킬로미터를 걸어서 완주해야 한다. 내가 떠나기 한 달 전 첫 파견단이 이탈리아로 출발했다. 아이들과 동행한 마르셀, 수차례 수감되었던 크리스토프, 역시 감옥을 들락거리는 니콜라는 나와 같은 시기에 파리에 돌아오기로 되어 있었다. 여러 해 전부터 벨기에의 네덜란드어권에서 시행되고 있는 이 방법은 대단히 만족할 만한 성과를 이루었다. 60퍼센트의 청소년 범죄자들이 도보여행을 마친 뒤 사회에 복귀했고, 그 이후 범죄를 저질렀다는 기록이 없다.

그런데 오늘 받은 편지를 보니까 크리스토프가 여러 차례 문제를 일으키고 여행을 포기하려 들더니 니콜라를 부추겨 같이 도망갔다는 것이다. 이 소식에 가슴이 내려앉았다. 첫 파견단이 성공을 거두어 판사와 공공기관에 이런 방법이 효과적이라는 사실을 설득할 수 있기를 간절히 희망했다. 나는 소식을 전해준 친구에게 이메일로 질문을 했는데, 대답은 PC방이 있는 다음 마을에 가서야 받을 수 있을 것이다. 이 소식으로 나는 동요되었고, 여러 날 잠을 설쳤다. 나는 쇠이유에 모험을 걸었다. 그리고 다른 사람에게 넘겨주기 전에 이 협회의 뿌리를 단단히 내리고 싶다. 그제 야 나는 '쉴' 수 있을 것이다.

7. 만리장성

장예를 떠난 지 일곱 시간이 지났을 때, 드디어 만리장성이 그 위용을 드러냈다. 도저히 못 보고 지나갈 수 없는 만리장성이 길을 막아섰다. 그 안에 길을 낸 곳에는 아스팔트가 띠처럼 이어졌다. 크다는 말만으로는 이 장엄한 모습을 적절히 담아낼 수 없다. 5천 킬로미터에 달하는 '긴' 벽이며, '거대한' 벽, 아니 '불멸의' 벽이라고 말해야 할 것이다. 베이징 근처에서 관광객들에게 보여주는 벽이나 자위관에서 새로 지은 벽과 달리, 이 벽은 주름이 있었다. 돌과 기와로 된, 노화 방지 크림을 바르지 않은 자연 그대로의 벽이었다. 굽지 않은 벽돌을 진흙과 함께 쌓은 이 벽은 바닥 폭은 5미터, 꼭대기 폭은 4미터가량이다. '오랑캐' 쪽의 난간은 7 내지 8미터가량 올라가 있다. 시간은 벽을 갉아먹었다. 하지만 벽은 2000년을 견뎌왔다. 사람들은 길을 내려고 벽의 곳곳을 깨뜨렸다. 봄이 되어 눈이 녹아 스며든 물 때문에 무너진 벽의 일부가 계곡으로 휩쓸려갔지만, 만리장성의 성벽은 바람과 비와 오랑캐와 불도저에도 끄떡하지 않고 여전히 서 있다. 나는 500미터마다 네모난 탑으로 점이 찍힌 긴 노란 리본에 매료되어, 그 그늘 속에서 걸었다. 이 탑들은 벽보다 더 많은 고초를 겪었다. 침식작용으로 지붕이 사라졌고, 탑 조각들과 '방어하는' 쪽이 순찰로로 갈 수 있게 연결된 계단으로 진흙이 파고들었기 때문이다. 이제 벽돌은 예전처럼 촘촘하게 쌓여 있지 않다. 빗면, 즉 꼭대기에 올라갈 수 있도록 만든 계단을 찾았지만 허사였다. 흙도 부서지기 쉽고, 벽면도 너무 가팔라서 올라갈 수 없었다.

도로도 웅장한 건축물을 찬양이라도 하듯 노란 벽을 따라 이어져 있었다. 2000년 전부터 얼마나 많은 일반인과 군인과 상인과 순례객과 외교관들이 이 그늘을 따라 걸었을까? 얼마나 많은 기마병들이 틈을 찾으며 말을 몰고, 얼마나 많은 부대가 벽을 방어했을까? 10만 명의 군인들이 벽을 지켰다. 작은 수비대로는 몽골의 유목 부대가 전속력으로 프르제발스키호스(Przewalski's horse, 19세기 말 러시아의 탐험가 N. M. 프르제발스키가 발견한 몽골 지역의 야생말. 조랑말과 비슷하다)라는 섬세하고 작은 말을 타고 공격해온다는 소식을 전달할 수 있는 정도였지, 막기에는 역부족이었다. 적군이 보이면 공격 소식이 탑에서 탑으로 전해져 시안까지 이어졌다. 소리와 빛의 속도로 소식이 전달되었다. 당시에 소식을 전달한 빛은 횃불이었다. 소리는 옛날부터 급한 소식을 알리는 데 쓰였던 대포였다. 메시지는 다섯 가지가 있었다. 횃불 하나에 대포 한 방은 군인 백 명 이하의 기마대가 온다는 뜻이다. 대포 두 방에 횃불 두 개는 5백 명의 기마대, 두 가지 신호를 세 번 반복하면 천 명의 기마대, 대포 다섯 방과 횃불 다섯 개는 5천 명 이상의 기마대가 중원 제국을 향해 이동한다는 뜻이었다.

거리가 거리니만큼 수비대의 인력은 자급자족해야 했다. 그래서 수비대를 지키는 군인들은 농부나 양치기들이었다. 제국에게는 일석이조였다. 죄수나 감옥에서 나온 극악무도한 자들에게 국경을 방어한다는 약속을 받고 지방의 경계지역으로 보냈다. 이런 식으로 건달들을 적에게 제일 많이 노출된 부서에 배치함으로써 골치 아픈 존재를 처리할 수 있었다.

만리장성에 관한 이야기는 신화와 현실을 오간다. 내가 읽은 진지한 여행안내서에 나온 '늑대의 똥으로 불을 지폈다'는 문장이 그런 예다. 키르기스스탄에서는 분명 유목민들이 불을 피우는 주요 연료로 쇠똥을 쓴다. 하지만 만리장성에서 경보를 알리는 불을 피우는 재료가 늑대 똥이었다는 것은 이야기에 재미를 곁들이려는 의도에서 나온 것일 뿐이다.

만리장성의 길이는 상당하지만, 높이는 그렇지 않다. 프랑스의 중세 성벽의 높이에 비하면 만리장성은 넘으려고 들면 넘을 수도 있을 것처럼 보였다. 사다리 하나만 놓아도 올라갈 수 있을 정도였다. 하지만 이런 가정은 공격하는 쪽이 기마대라는 사실을 고려하지 않은 것이었다. 기마병들은 말이 없으면 아무것도 아니었다. 이런 관점에서 보면, 벽은 넘지 못할 장애물이라기보다는 공격을 방어할 시간을 벌게 해주는 것이었다. 거뜬하게 만리장성을 넘었던 칭기즈 칸은 다른 식으로 만리장성의 정의를 내렸다. "벽이란 높이보다는 방어하는 자의 자질에 달려 있다."고 말하며 지휘관을 매수했다는 것이다.

겉으로 보기에는 약해보이지만 아주 견고한 이 벽은 나를 몽상에 잠기게 했다. 저녁에 이 근처에 텐트를 치기로 했다. 그리고 실크로드의 신령에 사로잡힌 텐트 안에서 낙타를 타고 느릿느릿 가는 대상을 상상했다. 만리장성의 보호를 받으며 귀한 물건을 나르고, 결단력 있는 상인의 안내를 받으며 이 거대한 평원을 물결처럼 가는 상인의 위쪽에는, 잠시 한눈을 팔다가도 늘 경계를 늦추지 않고 스텝의 기마대를 두려워하는 군인이 있었다.

이처럼 강력한 방어 체제를 구축했던 것은, 당시 '위대한 빛 제국'이 어마어마한 부를 구축했기 때문에, 중국인들이 흉노족(악취를 풍기는 사람)이라고 불렀던 몽골족이 째진 눈을 반짝이며, 호시탐탐 중원을 노렸기 때문이다. 중국인이 다른 민족을 가리키던 이름은 이웃 민족을 어떻게 보고 있었는지 알려준다. 몽골인들은 자신들이 흰 사슴과 파란 늑대가 사랑으로 맺은 열매였다고 주장한다. 1215년 베이징에서는 6만 명의 처녀들이 몽골족의 씨앗을 생산하느니 차라리 자살을 택하겠노라며 세상을 하직했다.

몽골족은 가차 없이 살육을 저질렀고, 어떤 도시를 장악했을 때는 모조리 죽여버려서 살아남는 사람이 거의 없었다.

실크로드 무역 덕분에 중원 제국은 황금으로 넘쳐났다. 플리니우스가 추정하기를, 로마는 매년 비단과 특히 후추 같은 중국산 물건들을 사려고 5천만 세스테르티우스 은화를 풀어야 했다. 후추는 강장제, 치료제, 최음제 그리고 좀약으로도 쓰였다.

삼십 분쯤 걷고 있다가 문득 어떤 생각이 들어서 멈추어 섰다. 내 수첩이랑 지도가 어디에 있지? 지도는 부득이한 경우 없어도 괜찮았다. 하지만 수첩에는 파리로 돌아가서 사진과 소식을 전해줄 친구들의 주소가 모두 들어 있다. 내 부주의함에 화가 났다. 어떻게 수첩을 챙길 생각을 하지 않을 수 있었을까? 시간도 낭비하고 피곤해지기도 하겠지만 되돌아가야 했다. 텐트를 쳤던 곳까지. 거기에, 어제 불을 피웠던 장소 옆에서 수첩을 찾았다. 지도는 바람에 날려 벽 앞 바닥에 떨어져 있었다. 매일 큰 소리로 스스로에게 다짐하는 규칙을 소홀히 해서 생긴 일이었다. "주머니란 주머니는 다 닫으란 말이야, 제길!" 나는 즉시 그동안 기록했던 수첩을 가방 깊숙한 곳에 밀어넣고, 새 수첩을 꺼냈다. 또

깜박하더라도 피해를 최소화하기 위해서.

이틀 후 새벽, 포플러나무 길 위에서, 하루를 시작하며
아침부터 걷는 데서 오는 강렬한 기쁨을 맛보는 순간, 윌리
스 오른쪽 바퀴의 가운데 부분에서 삐걱거리는 소리가 났
다. 불길한 전조가 느껴지면서 기쁨은 반감되었다. 떠오르
는 태양이 비스듬히 그림자를 던지자 끝없는 계단같이 보
였다. 바로 그때 반대편에서 깜짝 놀라며 걸어오는 작은 남
자를 보았다. 그는 나를 보자 웃음을 터뜨렸고, 나도 남자
쪽으로 가깝게 다가가면서 웃음을 터뜨렸다. 그는 라싸에
가기 전, 쟈오허의 라브랑 사원 쪽으로 가고 있는 티베트 승
려였다. 우리는 빡빡 자른 머리, 사흘 전부터 희끗희끗하게
자란 수염, 태양과 비로 새까맣게 탄 얼굴과 손 등이 비슷한
게 쌍둥이 같았다.

'부처님의 작은 형제' 슈 바오셩은 쉰여섯으로 활짝 미
소를 지을 때면 눈이 보이지 않아서, 고깔 모양의 새까만 눈
썹 아래에 길고 가는 구멍이 두 개 나 있는 것처럼 보였다.
그는 위아래로 푸른색 비단으로 만든, 품이 큰 웃옷에 넉넉
한 바지를 입고 있었는데, 하얀색 긴 양말로 무릎 위를 조
였다. 갈색 천으로 만든 양말에 가까운 신발은 가는 플라스
틱 밑창을 댄 것이었다. 배낭은 중국 사람들의 기발한 솜씨
를 보여주는 완벽한 예다. 대나무를 엮어 만든 판 두 개를
꺾어서 끈으로 연결한 것이었다. 끈으로 여민 두 개의 판 속

에 황마로 된 가방에 물건을 넣는데, 크기로 봐서 꼭 필요한 물건만 넣은 것 같았다. 커다란 밀짚 모자로 햇빛을 가렸고, 오른쪽 손에는 징을 박은 지팡이를, 왼쪽 손에는 노란색 호박 염주를 들고 있었다.

스님은 두 손을 모으고 몸을 숙여 예쁘게 인사를 하고, 가방을 내려놓은 뒤, 길가에 식물 줄기로 만든 작은 깔개를 깔았다. 우리는 차량은 신경 쓰지 않고 그 위에 마주하고 앉았다. 나는 내 바랑에서 사과랑 포도를 꺼냈고, 그는 빵과 말린 살구를 꺼냈다. 우리는 즉각적으로 공감대를 형성했다. 그는 내가 꺼낸 종이를 힘들여 읽었다. 중국어가 모국어가 아니기 때문이다. 하지만 작년에 류 씨와 만났을 때 경험했듯, 서로를 끌어당기는 우정이 있다면 단어 같은 건 상관없었다. 우리는 손짓 발짓과 웃음으로 서로를 이해했다. 그는 자기 가방에서 귀중한 물건을 꺼냈다. 현인의 책이었는데, 책갈피로 사진이 들어 있었다. 사진 속의 인물은 젊은 승려로, 작은 절 앞에서 가부좌 자세로 앉아 있었는데, 사진을 합성해 무중력 상태로 보이게 만든 것 같았다. 이 인물이 바로 내 앞의 스님이 라브랑에서 만나려고 하는 영적 지도자였다. 그는 이 현자 옆에 포즈를 취하고 찍은 사진을 내게 보여주면서 즐거워했다. 슈는 젊은 승려의 아버지뻘이지만, 나이는 상관없었다. 그는 이 젊은 영적 지도자에게 엄청난 존경심을 품고 있었다.

슈는 시안에서 출발해 1,200킬로미터 이상을 걸어왔

다. 나는 스님의 가방이 너무 작은 데 놀랐는데, 스님은 윌리스 위에 올려놓은 내 물건 따위는 신경도 쓰지 않았다. 동양 대 서양…… 나는 진정으로 비우려면 아직도 멀었구나, 생각했다. 스님의 가방을 들어보았더니 5킬로그램도 안 될 것 같았다. 이 승려는 불필요한 것들을 모두 떨쳐버린 것이었다. 그런데도 차림새가 깨끗했다. 나는 부랑자 같은 모습인데 말이다. 이것도 내가 더 배워야 할 것이었다. 서양인은 소유했다. 고로 더럽다. 스님은 내게 바로 이에 대해 명상하게 만들었다…….

우리가 미소와 친밀한 몸짓과 공감을 나누었다고 생각하고 있을 때, 스님은 성큼 그의 작은 가방을 닫은 뒤 등에 지고, 안경을 챙기고, 허리에 두른 마대에 책과 사진을 넣고, 도착할 때와 마찬가지로 손을 합장한 채 몸을 숙이고 여전히 환한 미소를 지으며 인사를 하고는, 마침내 등을 돌렸다.

스님은 지팡이로 리듬을 맞추며 빠른 걸음으로 멀어져 갔는데, 한 번도 뒤돌아보지 않았다. 이 남자는 부차적인 것과 우리 속에 잠재한 끈을 떼어내는 법을 배우고 난 후, 삶의 매 순간을 명석하게 자각하며 강렬하게 살고 있었다.

펭션바오(Fenshenbao)는 해발 2,350미터에 있는 마을이다. 여기에서 만리장성은 둘로 갈라져 높은 산을 에워쌌다. 만리장성 시대, 사람들은 산꼭대기에 관측 탑과 횃불 신호

탑을 만들었다. 아마 저 위에서 보면 세상의 끝이 보일 것이다. 마을에 여관이나 호텔이 없었기 때문에, 식당 주인들은 내게 식사를 하던 방의 소파에서 자면 어떻겠냐고 물어보았다. 마을 사람들의 소문을 듣고 온 이웃 중학교 영어 교사 쑤 장밍이 나를 보려고 왔다. 영어를 배운 대부분의 중국 교사들이 그렇듯, 그는 책에서 얻은 지식은 아주 많았지만 말은 거의 하지 못했다. 남자는 곧은 눈매에 벌어진 얼굴을 하고 있었다. 그는 내게 자기 학생들을 보러 가자고 했다.

"저녁 여덟 시 반인데, 학생들이 아직도 수업을 받습니까?"

"공부하고 있어요."

중국 아이들은 공부를 많이 한다. 여섯 시 반에 신체 단련과 체조시간으로 하루를 시작해, 아침 일곱 시부터 저녁 여섯 시까지 수업을 받은 뒤, 두 시간 반 동안 자율학습을 한다.

아이들은 내가 나타나자 아주 놀란 얼굴이었다. 쑤는 나와 얘기를 나누라고 했지만, 아이들은 꿀 먹은 벙어리처럼 가만히 있었다. 다른 아이들보다 부끄러움을 덜 타는 여자아이가 자기 영어책을 가져와 내게 사인해달라고 했다. 그러자 곧 다른 아이들도 몰려들었다. 40명의 아이들이 책, 공책, 수첩, 종이를 손에 들고 줄을 섰다. 쑤는 교사 생활 10년 동안 두 명의 외국인을 만났다고 말했다. 대학교 때의 영어 선생님과 나였다. 그는 자기 집에서 차를 마시자고 했다.

쑤는 중학교 내 교사校舍의 방 한 칸을 얻어 젊은 부인과 함께 살고 있었다. 두 사람은 일이 너무 많아서 딸을 쑤의 어머니께 맡겼다고 한다. 내가 방문한 것을 아주 영광스럽게 생각한 중학교 교장 선생님이 인사를 하러 와서 교사에서 자는 것이 어떻겠는지 제안했다. 내게 방 하나를 마련해주겠다는 것이었다. 식당의 소파보다는 이편이 더 나았다.

쑤의 월급은 천 위안(168유로)이었다. 남자 선생님 18명, 여자 선생님 40명이 모두 교사에서 살고 있었다. 대부분의 학생들은 매일 저녁 자전거를 타고 집으로 간다. 중국에서는, 의무 교육인 초등 교육기간이 5년이고, 중학교 3년, 고등학교도 3년이다. 대학에 진학하려면 대입 시험을 치러야 한다. 학기는 2학기로 나뉜다. 9월 1일에서 1월 15일이 1학기, 2월 28일에서 7월 15일이 2학기고, 학기가 끝날 때마다 6주간의 방학이 있다.

학생들은 한 학기당 300위안을 수업료로 내야 한다. 이 때문에 가난한 농부들은 의무 교육기간인 5년이 끝나면, 더 이상 아이들을 학교에 보내지 않는다. 대부분의 여자아이들은 열세 살 때부터 농장에서 일을 한다. 내가 방문한 학교에서 여학생은 손에 꼽을 정도였다. 아이들은 떠나기 전에 사진을 찍어달라고 졸랐고, 어떤 여선생님이 자기가 사진을 찍어주겠다고 했다. 나는 서로 외국인 옆에 서려고 달려드는 아이들 때문에 숨이 막힐 지경이었다. 조그만 도시에서…… 예를 들어 오베르뉴에서 이렇게 사진을 찍는 장면을 상상할 수 있을까?

다음 날, 윌리스를 데리고 마을의 정비공을 찾아갔다. 그는 진정한 장인이었다. 눈 깜짝할 사이에 바퀴를 분해하고, 진단했다. 어디에서 왔는지 모를 남자아이가 어디에서 찾았는지 모를 지폐를 가지고 왔을 때, 바퀴는 거의 조립이 끝난 상태였다.

오늘은 해발 2,500미터의 고개를 넘어 수이취안쯔水泉子에 도착했다. 중국에서 '창청'이라고 부르는 만리장성은 마을을 두 개로 나누고 있었다. 어떤 집의 안뜰에는 네모난 탑이 남아 있었다. 여기 사는 사람이 무너진 위쪽 벽을 다시 만들어 흙으로 된 지붕으로 덮었다. 그리고 작은 벽으로 탑 둘레를 에워싸 아늑한 분위기를 만들었다. 이렇게 보호를 받은 탑은, 어느 날 불도저가 무너뜨리려고 하지 않는 한 앞으로 몇 세기도 견딜 수 있을 것이다. 마을 뒤에 있는 흙으로 된 옛 요새는 무너져 있었다.

이곳에는 위험 경보가 전달되면, 창청의 어떤 지점에라도 원군을 보낼 수 있도록 준비된 수비대가 있었다. 역시나 네모난 망루는 공격을 당했을 때 군인들에게 최후의 퇴각 장소로 이용되었다. 지금은 마을 사람들의 공중 화장실로 사용되기 때문에, 이곳에 가려면 장화를 신고 가는 것이 현명하다.

나를 맞이한 식당은 이름뿐인 여관이었다. 내게 빌려

준 커플 룸은 영광스럽게도 아주 널찍했는데, 이곳에는 가장 소중한 재산인 오토바이도 주차되어 있었다. 이 커다란 오토바이는 신부처럼 치장하고 당당히 자리 잡고 있었다. 손잡이에는 털실로 짠 덮개가 있었고, 종이로 만든 화려한 장미는 커다란 회전계를 예술적으로 장식하며 두드러지게 했다. 타이어 휠은 애정을 가지고 닦아 윤이 났다. 나머지 장소가 사람들을 위한 곳인데, 흙단 위에 돗자리를 놓은 중국식 온돌이었다. 겨울이면 가족들이 여기에서 잠을 잔다. 중국식 온돌은 불을 지피면 집 뒤쪽 벽에 뚫린 구멍으로 연기가 빠져나가는 부분 온돌이다. 아궁이는 침대와 방을 동시에 데운다. 나는 난방 장치가 어떻게 작동하는지 보려고 '뒤쪽'을 돌아보았다. 뒤쪽은 노천 외양간이었다. 정성스럽게 모은 쇠똥을 벽에 던지고 붙여서, 햇볕에 말린다. 딱딱해진 쇠똥은 차곡차곡 쌓아둔다. 그리고 다음해 겨울에 연료로 쓴다.

해발 2,200미터에서 바라보는 경치는 장관이었다. 지평선은 무한대로 펼쳐졌고, 나는 자세히 보려고 그 자리에 멈춰 섰다. 우선 창청의 길고 노란 띠가 보이다가 초목의 연한 초록색 띠 뒤로, 좀 더 어두운 색의 포플러나무 행렬이 보였다. 또 그 뒤로는 산의 검은 선이 보이다가 산과 푸른 하늘 사이에, 만년설이 이루는 흰 선이 보였다.

융창永昌에 조금 못 미쳐서, 만리장성은 북동쪽으로 기

울어졌고, 나는 남동쪽으로 꺾어졌다. 우리는 다시 못 만날 것이다. 며칠 후에 게일 홀이 만리장성을 거쳐 가려고 할 때, 여기 사람들이 가게 내버려둘지 궁금한 생각이 들었다.

내가 들른 마을에는 더러운 때로 범벅이 된 여관밖에 없었다. 외양간의 고약한 냄새가 안뜰에 진동했다. 내 방 옆 칸은 바로 돼지우리로, 악취를 풍기기로는 나나 돼지나 마찬가지였다. 나 때문에 돼지가 잠을 못 자게 되지 않기를 바랐다.

8. 좌절의 늪

이제 정말로 사막을 빠져나왔다. 매일 두세 마을을 지나갔다. 어디에나 밀밭, 옥수수밭 혹은 면화밭이 있었다. 이제 더 이상 식당이나 잠자리를 못 구할까봐 걱정하지 않아도 되었다. 하지만 지도에 있는 마을이 실제로는 없는 경우가 있기 때문에 만약을 대비해 가방에 물을 가득 채운 물통 두 개와 이틀치 식량을 꼭 챙겨 다녔다.

6월 1일은 어린이날이다. 펑야오바오豊樂堡에서 어제 시가행진이 너무나 열렬한 호응을 받아서, 오늘 다시 한 번 시가행진이 벌어졌다. 잔뜩 멋부린 옷을 입은 여덟 살에서 열네 살의 아이들 200여 명이 행진에 참가했다. 선두에 선 기수가 긴 대나무 장대 위에 꽂은 화려한 색깔의 깃발을 흔들며 행진했다. 남자아이들은 유니폼을 입고 중국 해군모자를 썼다. 그다음으로 남자아이들로만 이루어진 트럼펫 연주단이 금색 띠를 두른 독특한 흰색 장교복을 입고 행진했다.

남녀가 섞인 세 번째 악대는 탬버린과 심벌즈를 연주했는데, 오렌지색의 전통 티베트 복장을 입고 뽐냈다. 큰 빨간색 물방울무늬가 찍힌 하얀 드레스를 입은 여자아이들이 커다란 분홍색과 초록색 부채를 흔들며 춤을 추면서 행진의 마지막을 장식했다.

나는 경탄하고, 놀라고, 재미있어했는데, 내 앞에 있는 사람들은 그런 나를 보고, 놀라고, 재미있어했다. 우리는 서로를 보며 깜짝 놀랐다.

특히 내가 관심의 초점이 되었다. 시장에서 남자든 여자든 내가 지나가는 것을 보느라 모두들 하던 일을 중단했다. 나는 신경 쓰지 않았다. 하지만 여관까지 차로 데려다주겠다고 제안한 남자는 수많은 사람의 눈길이 우리에게 멈춘 걸 보고, 이런 상황을 거북해했다. 그는 더 참지 못하고, 아무 설명도 하지 않은 채 부리나케 도망갔다. 나는 선택의 여지가 없었기 때문에, 깜짝 놀란 천 쌍의 눈이 송곳으로 찌르듯 쳐다보는 가운데 침착하게 계속 대로를 걸어 올라갔다.

사실은 조금 거북하기는 했다. 사람들이 쳐다보는 데 익숙해지긴 했지만, 이곳 사람들은 너무나 집요하게 호기심에 차서 나를 관찰했기 때문이다. 우리 문화에서는 다른 사람이 아무렇지도 않게 뚫어져라 쳐다보고 관찰하는 일에 익숙하지 않다. 이곳 사람들의 호기심은 자연스럽고 받아들일 만하다. 하지만 난들 별수 있겠는가? 내가 중국어를 못하고, 또 잘한다고 해도, 내가 누구인지 그리고 내가 무엇을 하는지 모든 사람들한테 일일이 설명할 수도 없는 일이었다. 15억의 중국인은 너무 많다!

여관에 도착했을 때 다시 한 번 사람들이 몰려들었다. 내 방은 윌리스를 만지고 내 출현에 대해 소란스럽게 코멘트를 하는 스무 명가량의 후이족한테 점령당했다. 언어 문제 때문이라고 해야겠지만, 올해 내가 느끼는 고독감은 언제나 나를 짓눌렀다. 하지만 이렇게 상스러운 무리는 더욱 나를 화나게 했다. 내가 고비 사막의 바람을 그리워하게 된 것일까?

화장실은 크다고 했다. 변기가 여섯 개라고 했는데, 다시 말해 콘크리트 바닥에 구멍이 여섯 개 있는 것이었다. 두 개는 벌써 남자아이 둘이 차지하고 있었는데 담배를 피우며, 마치 거실에 있기나 한 것처럼 조곤조곤 이야기를 나누었다. 나는 이 장소에서 그나마 조금 한가한 네 번째를 택했다. 그런데 쪼그리고 앉자마자, 십 대 아이들의 무리가 내 앞, 오른쪽, 왼쪽을 점령하고 이야기를 나누었다. 서양 사람은 어떻게 변을 볼까? 코쟁이들은 긴 맹장이 하나만 있을까 아니면 두 개가 있을까?

오늘 저녁에 호텔 안뜰에서 록 콘서트가 열릴 것이라는 사실을 알고 경악했다. 아뿔싸! 나는 스스로를 위안했다. 잠을 못 자는 대신에 그동안 노트한 것을 깨끗하게 정리하자고.

또 아뿔싸! 이 소란하기 짝이 없는 녀석들이 연주하는데 최대한의 전력을 공급하기 위해서, 밤에—여덟 시 반경에—모든 구역의 전기를 끊어버렸다. 그래서 달갑지는 않았지만, 콘서트장에 가기로 결심했다. 관객이 듬성듬성 있었다. 자릿값을 내라고? 펑야오바오 사람들한테 너무 새로운 음악이라서? 쇼는 중국 텔레비전을 통해 여러 번 보았던 모습과 일치했다. 가수는 백댄서가 춤추는 가운데 노래했다. 인기 있는 스타일수록 백댄서의 수가 많다. 여기는 무용 파트가 여섯, 음악 파트가 네 명이었다. 음악은 끔찍했지만, 관객은 표값이 아까워서인지 시끄러운 소리에 환호했다. 새벽 네 시, 이들은 모든 사람들을 깨우고 말았다. 이들 때문에 어둠 속에 잠기게 되었지만 말이다. 그리고 이들이 당연히 가져야 할 휴식시간이 되었을 때, 그 자리를, 목소리보다는 멋진 까만 머리 때문에 뽑혔을 것 같은 귀여운 여자 가수가, 내 이를 갈게 만들 정도로 지나치게 시큼한 두성을 내면서 노래를 불렀다.

안뜰에 매여 있는 암양도 이런 시련을 견딜 수 없었는지, 길고 고통스럽게 '매에매에' 울음소리를 냈는데, 이와 함께 젊은 소프라노의 떠는 소리가 꽤나 크게 들려왔다. 암양의 울음소리가 얼굴만 번드르르한 여자 가수의 노래보다 더 음악적으로 들리기까지 했다. 나는 동물보호운동을 하는 사람은 아니지만, 아침에 사람들이 불쌍한 동물을 죽이는 것을 보았을 때, 적어도 이런 소음 고문을 피할 수 있게 어제 저녁에 죽였어야 했다고 중얼거렸다.

펑야오바오에는 이슬람교도가 많았다. 하지만 동쪽으로 갈수록, 불교가 우세한 지역이 많아졌다.

우웨이에서 행운을 걸고 비자 연장을 신청해보기로 마음먹었다. 내가 조금이라도 늦는다면, 란저우에서 새 비자가 나오기를 기다리는 일은 지나친 요행을 바라는 것일 테니까 말이다. 나는 기다리는 동안 호텔을 잡고, 처음으로 시내 구경을 하러 나왔다. 내가 찾아낸 장소는 놀라웠다. 웅장한 문이 커다란 안뜰로 나 있었는데, 안뜰에는 10여 개의 창고가 있었다. 창고 하나하나가 여객기 한 대가 들어갈 정도로 꽤 컸다. 그런데 창고에는 수백 명의 사람들에게 음식을 대접할 수 있을 테이블이 층층이 정렬되어 있었다. 중국인들은 인파 속에서 식사를 하는 것을 행복이라고 생각한다. 창고마다 특별 요리가 있었다. 구운 고기와 꼬치 담당, 국수 담당, 중국인들이 아주 좋아하는 진미인 닭발과 반들반들하게 양념을 칠한 오리요리를 맛볼 수 있는 가금류 요리 담당 창고가 모두 따로 있었다.

두세 개의 다른 창고는 특히 여자 옷을 파는 장소로 이용되었고, 또 다른 창고는 자전거 주차장, 나머지 두 창고는 각각 장기 두는 사람들과 포켓볼을 치는 사람들을 위한 곳이었다. 이 모든 것은 여러 가지 색깔의 반짝이는 네온 불빛 아래에서, 그리고 배경 음악으로 사용되는 다양한 음악에, 날카로운 스쿠터 모터 소리, 행상의 물건 파는 소리, 삼륜차를 타고 경적을 대신해 핸드 브레이크의 테두리를 두드리는 배달꾼의 고함 소리가 뒤섞인 가운데 이루어졌다. 바로 이곳에 중국인들이 좋아하는 것 대부분이 밀집해 있었다. 장사, 소음, 인파, 게임 그리고 맛있는 음식.

나는 이메일을 확인하려고 PC방을 찾아다니기 시작했다. 크리스토프의 소식을 기다린 지 일주일째가 된다. 실망이 너무 커서 모든 것을 잃어버린 것 같았다. 나는 기진맥진한 상태로 호텔로 돌아갔고, 화가 나고, 절망하고, 분개하고, 낙담하며 밤에 한잠도 이루지 못했다. 나는 이탈리아로 첫 도보여행을 떠난 아이들의 소식을 알아봐달라고 친구들에게 끈질기게 부탁했다. 질문은 간단했다. "크리스토프가 걷고 있나, 아니면 프랑스로 돌려보냈나?" 보름 동안이나 계속된 침묵에 돌아버릴 것 같았다. 기자 생활 때문에 생긴 직업병일까? 기자였을 때는 질문을 하면 무슨 대답이든 들을 수 있었다. 침묵만 빼고.

나는 모든 시나리오를 상상했다. 너무나 절망적인 소식이라서 친구들이 차마 내게 대답을 하지 못하는 것일까? 내가 중국 도보여행을 하는 중이라 개인적으로 고민할 일이 많다고 생각하는 걸까? 아니면, 내가 도로 위에 있으니, 나하고는 상관없다는 말인가? 나는 아침에 PC방으로 달려가 이런 '침묵의 음모'에 대항해 보복성 이메일을 보냈다.

하지만 이번에도 다시 한 번 시차도 있고 다시 출발도 해야하니까, 일주일 후에야 답장을 볼 수 있을 것이다. 너무나 불안정한 상태여서 전화를 걸 생각조차 못했다.

며칠 후, 실패의 주된 책임을 내게 돌리자 침울한 기분이 들었다. 이번 일은 실패라고밖에 할 수 없었다. 자업자득이었다. 나는 실크로드의 마지막 구간을 여행하기 위해서 양심에 가책을 느끼며 출발했다. 쇠이유 협회에서 조직한 아주 중요한 첫 파견단 준비를 모두 내 친구들에게 맡겼던 것이다. 어쨌든 모두 내 탓이다. 나는 파리에 남아 있거나 내 도보여행을 일 년 미뤘어야 했다. 한꺼번에 여러 토끼를 쫓은 셈이었다. 만약 이 첫 여행이 완전한 실패라면, 이런 계획이 무용지물인 마당에 온갖 노력을 쏟아부어야 할 필요가 어디에 있겠는가? 나는 사막의 고독과 중국인과 소통하지 못하는 데서 오는 고립을 견디고 싶고, 도보여행의 피로와 이 지역에 숨어 있는 여러 위험들에 맞서고 싶지만, 이런 시련이 무엇인가에 '이르지' 않는다면 고통을 감수할 수 없다. 결실이 없다면 무슨 소용이 있겠는가? 어쩌면 집으로 돌아가, 지금쯤 오이듐균(식물에 흰가루병을 일으키는 곰팡이균)의 공격에 맞서 혼자서 싸우고 있을 장미나무 가지치기를 하는 편이 나을지도 모른다. 이스탄불에서 출발해 처음으로 모든 것을 포기하고 싶은 유혹이 내 머리에 자리 잡아 사라지지 않았다. 이런 좌절감 때문에 여행을 계속하겠다는 고집은 꺾여버렸다. 하지만 지금 당장은 그럴 수 없었다. 내 질문에 대한 답변을 듣기 전이고, 우웨이에서 급히 해결해야 할 중요한 일이 있었기 때문이었다. 그것은 두 달짜리 비자 기간을 연장하는 일이었다.

사람들은 내가 성공할 확률이 거의 없고, 중국 사람들이 비자 연장에 아주 인색하다고 했다. 세 번째 주소를 가지고 겨우 중국 외국인 경찰서 사무실(BSP)을 찾았다. 비자 때문에 왔다고 했더니 내게 기다리라고 했다. 삼십 분이 흘렀다. 아시아와 중국 시간은 우리 시간보다 훨씬 느리고 길게 이어진다. 나는 애써 침착하게 있으려고 했다. 시장에서 돌아온 젊은 여자가 손에 여러 개의 비닐봉투를 들고 내 쪽으로 왔다. 비자 업무를 맡은 사람이 바로 이 여자라는 사실을 이해하기까지 조금 시간이 걸렸다. 여자는 아주 힘들게 영어를 하면서 여권을 달라고 했다. 그러고 나서 비닐봉투를 내려놓고, 내게 방에서 기다리라고 했던 경비원의 침대 위에 앉아서 마침내 서류 조사를 시작했다. 나는 되도록 천천히 영어로 말하면서 비자 유효 기간이 조금 있으면 만료되기 때문에, 시안까지 갈 수 있도록 두 달 더 연장해주길 바란다고 말했다. 세월아 네월아 여권을 보던 여자가 드디어 머리를 들었다. "당신 비자는 이제 유효하지 않아요."

나는 펄쩍 뛰었다. 내 비자는 두 달짜리고, 내가 중국에 들어온 지는 한 달 반이 되었다. 하지만 나는 목청을 높이지 않으려고 자제했다. 소피가 자기 말을 명심하라고 했기 때문이었다. "화내지 말고, 미소를 지어요. 중국에서는 화를 내면 안 돼요. 체면을 잃는다는 뜻이니까요. 미소지어요."

"무슨 말씀이신지, 유효하지 않다뇨?"

"당신 비자는 3월 8일부터 두 달까지 유효해요. 5월 8일부터는 불법 체류라고요."

나는 약속한 대로 미소를 지었다. 이 여자가 일부러 그러는 거야 뭐야?

"아닙니다. 3월 8일은 비자 발급일이에요. 나는 4월 16일에 중국에 들어왔으니 비자 유효 기간은 6월 16일까지예요."

여자는 다시 여권에 코를 박았다. 꽤나 당황하면서, 비자가 어떻게 작성되는 것인지 이해를 하지 못했다. 나는 모든 상황을 예상했지만, 비자도 읽을 줄 모르는 비자 책임자를 만나게 되리라고는 상상도 하지 못했다. 내가 '유효 기간'과 '유효 기한'을 혼동할 수는 있었다. 하지만 이건 내 직업이 아니기 때문이었다. 세 번, 네 번, 다섯 번, 여자는 내 '체면을 잃게' 만들 문장을 되풀이했다. "당신 비자는 이제 유효하지 않아요." 만약 입국 날짜를 따지지 않는다면, 비자는 아무 의미가 없다. 나는 미소짓고, 또 미소지었다. 내가 매번 이 문제를 침착하게 설명해도, 여자는 툴툴거리기만 했다. 경찰이 항상 옳다고 교육받은 사람 앞에서, 한낱 외국 관광객인 내가 어떻게 덤빌 수 있겠는가……. 나는 설명하고 또 설명하면서, "Do you understand(알겠어요)?"로 마무리

했다. 여자는 계속해서 "Understand(알아요)."라고 대답했지만, 이마에 생기는 주름을 보면 아무것도 '알지' 못하는 것이 분명했다.

여자는 결국 오층에 있는 자기 사무실로 따라오라고 했다. 거기에는 동료 두 명이 있었는데, 나는 이들에게 모든 기대를 걸었다. 하지만 그중 한 명은 차를 마시라고 하고는 하던 일을 계속했고, 다른 사람은 나를 무시했다. 아무리 많아야 스물다섯 살이 될까 말까 하는 여자가 혼자 업무를 처리해야 했다. 여자는 내 비자가 6월 8일까지(유효 만료일) 유효하다는 말을 100번째 되풀이했다. 나는 화가 나서 종이 한 장을 집었다. 종이에 선을 긋고 시간을 표시하며 조목조목 설명했다.

"보세요. 내 비자는 3월 8일에 발급되었고, 석 달 안에, 즉 아무리 늦어도 6월 8일까지 중국에 들어와야 해요. 이게 바로 '유효 기간'이에요. 유효 기간 시작일 '전'이나 유효 기간 만료일 '후'에 들어오면 위반인 겁니다. Do you understand?"

"Understand."

이번에는 여자가 미소지었다. 첫 번째 단계는 성공이다. 어서 미소지어, 베르나르. 미소지으라고.

"좋아요. 출입국 경찰의 스탬프를 보세요. 내 입국 날짜가 4월 16일이에요. 그러니까 유효 기간인 3월 8일부터 6월 8일 사이에 들어온 거죠. Understand?"

"Yes."

"좋아요. 이번에는, 이 숫자를 보세요. 내 비자는 60일, 즉 두 달간 유효합니다. 이 기간은 내가 중국 땅에 들어온 날, 즉 4월 16일부터 계산되는 겁니다. 이 날짜에 두 달을 더하면 6월 16일이 되는 거죠. 그러니까 나는 6월 16일까지 중국에 있을 권리가 있다는 얘깁니다. Understand?"

"Understand."

"자, 문제는, 걸어서 시안까지 가는 데 적어도 한 달 반이 필요하다는 겁니다. 그래서 비자를 두 달 더 연장해달라고 부탁하는 거예요."

여자는 한참 동안 생각하더니, 날짜를 잘 따져보고, 내가 바보 같은 소리를 한 게 아니라는 것을 확인했다. 마침내 여자가 전화기를 들었다. 나는 미소지었다. 차를 홀짝거리면서 미소짓고, 또 미소지었다. 내 심장 박동수가 분당 110번은 되었을 것이다. 영원 같은 시간이 흐르고 난 뒤, 여자가 전화를 끊더니 대장한테 전화를 했는데 내게 비자 연장을 해주겠다고 말했노라 알려주었다.

"와! 두 달이죠?"

"아뇨. 한 달뿐예요. 두 달짜리는 못 해드려요."

기쁨이 반감됐지만, 난 미소짓고, 또 미소지었다. 산 넘어 산이었다. 여자는 비자를 발급하는 데 한 시간이 소요될 것이라고 하며, 순진하게 고백했다.

"비자 연장은 이번이 처음이에요."

나도 그렇다고 속으로 중얼거렸다……. 한 시간 동안 수차례 차를 마신 뒤, 좀 더 분명하게 명기된 비자가 붙은 내 여권을 돌려받았다. '6월 3일 발급. 2002년 7월 16일까지 유효함.' 나는 오늘 아침 나설 때보다 약간 낙관적인 상태로 호텔에 돌아왔다. 분명 내게 비자가 있다. 하지만 기한에 맞추기 위해서 다시 한 번 죽을 힘을 다해야 한다. 거의 1,300킬로미터의 거리를 41일 동안 주파해야 한다.

절 밑에 동굴처럼 팬 곳에서, 나는 '천마天馬'를 보았다. 동으로 만든 작은 천마상은 전속력으로 달리며, 뒷발을 제비 위에 올려놓고 있었다. 천마상은 희한한 방법으로 세상에 나오게 되었다. 냉전 때, 미국의 공격을 두려워한 중국은 중국인들에게 지하대피소를 만들라고 지시했다. 그렇게 해서 농부들이 아주 오래된 장군의 무덤을 파게 되었고, 그 안에 이 조각상과 청동으로 된 다른 말과 수레상이 나왔다. 농부 하나가 이 사실을 대학 교수에게 알리자고 했고, 조각상은 박물관으로 옮겨졌다. 중국은 '천마'를 이 지방 관광의 상징물로 삼기로 결정했다. 이 조각상은 우아하고 멋지게 날고 있었다.

'크리스토프가 어떻게 되었을까?' 내 머릿속에서 떠나지 않는 질문 때문에 잠을 설친 뒤, 답변을 얻지 못한 채 다시 길을 나섰다. 이런 거리는 발이 아니라 머리와 의지로 걷는 것이라고 여러 번 말한 적이 있다. 내 다리 상태가 그리

나쁜 편은 아니었다. 왼쪽 발은 물집 때문에, 오른쪽 발은 무사마귀 때문에 조금 아픈 정도였다. 두 발한테 가자고 하면 갈 수 있었다. 하지만 머리는 더 이상 따라주지 않았다. 간신히 몸을 움직였다. 100미터가 1킬로미터 같았고, 아무 감흥 없이 기계적으로 걸었다.

며칠 후, 수첩에 '특이 사항 없음'이라고 적었다. 나는 감수성을 잃은 존재, 걸으라고 프로그램 되어 있어 앞으로 나아가는 자동인형이었다. 꿈도 상상력도 없는 메마른 존재, 세계에 눈을 감은 장님이었다.

여러 마을이 있으니 쉽게 여관을 찾을 수 있을 것이다. 하지만 나는 너무 화가 나 있었고, 내 사기는 떨어질 대로 떨어져 인간이라는 존재를 잊고 싶었다. 그래서 괜찮은 곳에 텐트를 쳤다. 하지만 텐트를 치자마자, 어디서 왔는지 농부들이 달려왔다. 사막을 벗어난 뒤, 사람들이 우글거리는 마을에서 방해받지 않는다는 것은 불가능했다. 아낙네들이 무를 먹으라며 권했다. 무라니! 내가 원하는 것은 파리에서 온 답장뿐이다!

구랑古浪 근처는 아름다웠다. 우웨이까지 한없이 이어지던 평원에 이어, 드디어 산이 나타났다. 분명 산을 넘어야 하고, 별다른 노력을 하지 않는 윌리스를 끌고 가야 한다. 하지만 초록의 둥근 산과, 2천 미터 이상 되는 높이의 고개와, 염소나 말, 드물게는 젖소가 짧고 풍성한 풀을 뜯어먹고 있는 이 방목지, 이 모든 것이 내게 약간의 활력을 주었다. 여기저기, 너무 높아서 목을 빼고 봐야 보이는, 반짝거리는 기와와 탑이 있는 절은 비탈길에 있거나, 신심 깊은 신도들이 낸 수직 도로를 통해 갈 수 있는 절벽 위에 자리 잡고 있었다. 급류 맞은편 산에서 거의 낭떠러지에 가까운 벽에 매달려 있는 콩알만 해보이는 남자들이 광산에서 쓰는 막대기를 가지고 떼어낸 바위가 비탈길을 300미터가량 굴러가다가 튀어오르며 급류가에서 부서졌다. 남자들은 한 손으로 일하고, 다른 한 손으로 몸을 버텼다. 그중 한 사람이 추락했고, 이 남자 역시 급류가에서 으스러졌다. 나는 이 마을의 도로에서 예전에 채석장에서 일했던 사람들이 목발을 짚고 다니는 모습을 보았다.

마을 여관은 아주 더러웠지만, 비가 내릴 것 같아서 그냥 머무르기로 했다. 밤에 빗방울이 떨어지기 시작했다. 아침에 일어나서도 날씨가 계속 흐렸다. 오후에 또 한 차례 비가 내릴 것 같아 보여서 날이 개기를 기다릴 필요가 없었고, 또 지체할 시간도 없었다. 빗줄기가 굵고 차가웠고, 하늘은 컴컴했고, 고도는 2,300미터였다. 커다란 망토로 머리까지 감싸고 있던 나를 보고 학교에 가던 남자아이가 겁에 질렸다. 멀리에서 나를 본 아이는 길 옆으로 비켜섰다.

나는 물로 첨벙거리는 신발 한 짝을 벗어 물을 쏟아내려고 윌리스를 세워두었다. 무슨 상상을 했는지 모르지만,

아이는 뒤를 돌아 걸음아 날 살려라 도망을 쳤다. 여자아이 셋이 비탈길을 내려오자, 겁쟁이 아이가 그쪽으로 가기 시작했다. 여자아이들은 내게 명랑하게 인사를 건넸다. 빗줄기가 더 굵어졌다. 세 시간 동안 나는 홍수 속을 걸었다.

안위안安源에 도착했을 때 언덕 비탈길에 있는 마을 도로는 급류로 변해서 산에서 붉은 흙을 깎아내 휩쓸고 갔다. 나는 흠뻑 젖고, 몸은 추위로 얼어붙어 마비되었다. 내가 식당에 들어가자마자 식당은 물바다로 변했지만 아무도 신경 쓰지 않았다. 큰 대접의 국수요리가 만들어지는 동안, 나는 옆방에서 머리부터 발끝까지 갈아입고, 옷에 남아 있는 물기를 모두 다 찌내느니 다시 한 번 마른 바닥을 물바다로 만들었고, 식당 주인이 방을 가로질러서 매단 줄에 옷을 널었다. 뜨거운 차와 큰 대접의 요리를 먹고 나서, 나는 곧 떠날 준비를 했다.

비가 계속 많이 왔다. 조금 전에 새로 갈아입은 뽀송뽀송한 옷들을 젖게 하는 건 생각할 수도 없는 일이었다. 오늘 저녁에도 입어야 했기 때문이다. 나는 옷을 벗고, 말릴 시간도 거의 없었던 차가운 옷을 다시 입었다. 급류로 변한 도로에 두 번째로 발을 대자마자 신발은 다시 물 양동이가 되었다. 하지만 이제 익숙해졌다. 두 시간 후, 나는 해발 2,950미터의 고개를 넘었다. 비의 장막 때문에 앞이 보이지 않았다. 날씨가 좋으면 분명 잘 보일 것이다. 나는 땅 전체를 증오하며 내리막길을 내려가기 시작했다. 내가 다차이칸에서 8킬로미터 떨어진 곳에 도착했을 때, 버스가 멈췄다. 어떤 부인이 소변을 보겠다고 했기 때문이었다. 내가 운전사 옆을 지나가고 있을 때, 운전사가 제스처로 내게 물었다.

"어디 가요?"

"다차이칸."

"타요."

그런데 놀랍게도 원칙을 깨고, 나는 버스에 올라탔다. 계곡에서 돌을 싣고 급류를 내려오던 트럭 운전사가 물살을 보고 놀랐다. 트럭은 차량 위쪽만 보였다. 조금 멀리 떨어진 곳에서, 물로 흠뻑 젖은 좁은 길을 달리던 트럭이 넘어지면서 밀밭에 원목을 쏟았다. 나는 다차이칸에서 식당으로 피신해 아침의 스트립쇼를 다시 한 번 했다. 설탕을 넣고 조린 돼지고기와 밥을 맥주와 먹으면서 기운을 차렸다. 오늘 아침에도 꽤 걸었는데, 소나기가 잠잠해지는 것 같아서, 내친 김에 톈주天祝까지 걷고 싶어졌다. 이렇게 하면 예정보다 하루를 더 벌 수 있다. 7월 16일 이전에 도착하려면, 다른 여정에서도 날짜를 벌어야 한다.

다시 출발하자마자 비가 더욱 세차게 쏟아졌다. 나는 저녁 여섯 시에 티베트 마을에 도착했다. 원칙대로라면 외국인은 들어갈 수 없는 곳이지만, 즉석에서 발급하는 특별 허가증이 있으면 허용된다. 나는 아무것도 요구하지 않았다. 너무나 추웠다. 가방 속에 든 끈은 모조리 다 꺼내서 호텔 방에 빨랫줄처럼 매달았다. 침낭에 든 물건 일부가 젖어 있었다. 가방 위에 방수포를 얹었는데도 바람에 실린 비가 안으로 들어왔다. 나는 맞은편에 있는 식당에서 엄청난 양의 식사를 하고 돌아와 그대로 침대에 쓰러졌다. 자고 있는 동안 하늘은 시내와 산 위로 물을 모조리 쏟아부었다.

아침에 해는 나지 않았지만 비는 그쳐 있었다. 마을과 거리는 진창으로 변했고, 옆집으로 가려면 돌 위를 뛰어넘거나 끈적끈적한 붉은 진흙으로 된 거대한 늪을 돌아가야 했다. 속도를 늦추지 않는 트럭이 벽면에 황토색 물을 튀었다. 시간이 지날수록 물결이 잦아드는 급류에서, 여러 가족들이 위쪽에서 물살에 휩쓸려 내려온 보물이 모래톱에 쌓이는지 살피고 있었다. 하지만 그들이 찾은 것은 고목뿐이었다.

9. 황허

우샨계—소피 설명으로는 '말을 갈아타는 장소'라는 뜻이라
고 한다—의 식당에서, 율레는 되도록 손님들이 앉은 곳에
서 먼 곳에 나를 앉혔다. 하기야 이렇게 근사한 식당에서 나
같이 더러운 사람을 들이는 일이 쉽지는 않았을 것이다. 그
런데 율레가 후회막급인 얼굴로 내 쪽으로 다시 왔다.

"어디서 왔죠?"

"투루판."

"어디 가요?"

"시안."

"매일 저녁 버스가 있는데, 정거장이 바로 앞에 있어
요."

"버스 안 타요. 걸어갈 거예요."

율레는 언짢아했다. '열려라, 참깨' 종이를 건네주자,
그가 큰 소리로 읽었다. 내가 교사 생활을 한 적도 있으니,

나도 학자이지 않은가? 그는 주방으로 달려가 차를 가져오고, 시키지도 않은 두 번째 요리를 가져다 준 뒤, 도로를 건너갔다가 참외 두 개를 가지고 왔다. 하나는 같이 나눠 먹고, 나머지 하나는 내 가방에 쑤셔넣었다. 달착지근한 차가 맛있다고 했더니, 정제 설탕까지 두 덩어리나 주려고 해서 거절하느라고 애를 먹었다. 대신 당근 같은 커다란 덩어리는 받기로 했다. 나는 이런 덩어리를 깨뜨리는 게 아주 좋았다. 깨뜨린 덩어리를 차에 넣으면 천천히 녹는데, 몇 잔을 녹이고 나서도 여전히 달다. 율레는 식당에 내 이야기를 퍼뜨렸다. 나는 무척이나 환영을 받는 인물이 되었고, 테이블마다 '라오스老師[중국어로 '선생님'이라는 뜻]'라는 소리가 여러 차례 들렸는데, 손님들은 믿을 수 없는 이야기 앞에서 그렇군, 그렇군, 장단을 맞추며 '라오스'를 연발했다. 게다가 율레는 또 다른 라오스를 보내기까지 했다. 이 뚱뚱하고 무뚝뚝한 노인네는 분명 내가 오기 전 선생님이었을 것이다. 하지만 나는 중국어를 할 줄 몰랐고, 늙은 학자도 프랑스어나 영어를 못하기는 마찬가지였기 때문에, 머리를 맞대고 앉아 있는 일이 고역이었다. 율레는 이런 모습을 보고 서글퍼했다. 자신의 환상이 깨져버렸던 것이다. 두 학자가 대화를 나눌 수가 없다니!

이날 나는 우웨이와 란저우 사이를 잇는 지방 도로에서 지도 두 장을 잃어버렸다. 설상가상으로 작은 스위스칼과 윌리스를 수선할 장비까지. 방심한 탓에 큰 재산을 잃어 버리고 말았다. 그런데 다행히도 나에게는 선견지명이 있었다. 파리에서 커다란 지도에 여정을 미리 표시해 조각조각 잘라서 수첩에 붙여놓았던 것이다. 지금으로서는 여정을 밟아가면서 공책에 붙여놓은 지도 조각을 이용할 수밖에 없다. 지도는 벌써 예전에 잃어버렸다. 한 번도 지도를 못 봤던 사람들이 눈독을 들이던 터였다. 땅에 사는 사람들이 비행기를 보며 느끼는 감정 같은 것이라고 보면 된다. 내가 갖고 있는 교통 지도는 열세 장, 등고선 지도는 열 장이다. 교통 지도는 길을, 등고선 지도는 높이를 알려준다.

저녁에는 가방을 수레 위에 놓고 고정할 때 쓰는 두꺼운 고무줄을 도둑맞았다. 호텔에서 가방을 내려놓는 동안 바닥에 둔 것이 잘못이었다. 호텔 주인은 자기 건물 앞에서 자기 동포가 이런 좀도둑질을 했다는 사실을 심히 유감스러워하며 자기 오토바이에 달린 고무줄을 주었다. 하찮아 보이는 이런 물건들은 꼭 필요하지만 집착을 버리기로 했다. 우리가 꼭 필요하다고 생각하는 것들이 없어도 생활하는 데는 별 지장이 없다는 사실을 엷은 미소를 머금고 있던 스님과 함께 떠올리면서.

허쿠河口는 '제일 더러운 도시'라는 뜻에 걸맞은 곳이었다. 꼬리에 꼬리를 물고 이어지는 공장은 좁은 계곡에 시커먼 연기를 토해내고 있었다. 이 계곡에 도시가 둥지를 틀고 있었는데, 주主도로에서 한 줄로 늘어서서 나아가는 트럭과 별 무리 없이 섞여 있었다. 트럭은 도로의 움푹 팬 부분을 피하려고 지그재그로 가면서 미세하고 짙은 회색 먼지를 일으켜, 도로가에 있는 작고 초라한 벽돌집을 똑같은 색깔로 뒤덮었다. 쓰레기가 보도에 쌓여 있었다. 쓰레기더미가 너무 높이 쌓이거나 냄새를 도저히 참을 수 없을 지경이 되면 소각했는데, 불이 붙은 플라스틱에서 나오는 매캐한 연기가 또 다른 악취를 만들어냈다. 이유는 모르겠지만, 바퀴 자국은 악취를 풍기는 썩은 물로 가득 차 있었다.

강 양쪽을 연결하는 커다란 다리에 도착했을 때는 숨이 막혀버릴 듯했고, 강 건너편의 새 건물을 보자 악취가 덜 나는 곳일 거라는 희망이 생겼다. 사실 그렇기는 했지만, 걸어다니는 사람에게는 악몽과 같은 곳이었다. 이 도시와 이 지방의 주도시인 란저우 사이에 양방향으로 3차선 고속도로가 생겼다. 예전에는 이 자리에 장이 섰지만, 공사가 시작되면서 농부들이 쫓겨났다. 하지만 고속도로가 완공되자마자 란저우 방향의 한 차선은 걸어서, 자전거로, 페달 삼륜차나 모터 달린 삼륜차 혹은 직접 수레를 끌거나 당나귀 수레를 다시 끌고온 수백 명의 농부들에게 점령당했다. 따라서 트럭, 자동차, 트랙터는 다른 차선으로만 다닐 수밖에 없었다. 그 여파로 반대 차선이 급기야 양방향 차선으로 되고 말았다! 약육강식의 세계를 상상해보시길.

그리고 윌리스도 엄연한 차량이었으니, 이 난장판에서

자리를 찾으려는 내 모습을 상상해보시길! 바퀴 넷 달린 차량의 모든 운전사들이 내가 끼어든다고 야단들이었다. 실타래처럼 엉킨 차량들 틈에 손톱만한 자리가 나자 뛰어들어, 기적적으로 크레인 트럭의 바퀴 아래로 윌리스를 잡아끌었다. 모두 경적을 울려대고, 사람들은 소리지르고, 길가 식당에서는 트럭 운전사의 주의를 끌려고 음악을 있는 대로 크게 틀었다. 물론 운전사들은 시동을 끄고 끼니를 때우러 식당에 가는 편이 나을 것이다. 하지만 운전사들은 죽일 듯이 경적을 울려대기만 했다. 왜 그렇게 차량들이 뒤죽박죽 엉망으로 섞여 있었는지 조금 더 가보니 이해가 됐다. 최근 며칠간 내린 비 때문에 관개도관이 파열해서 200미터 떨어진 도로가 무너져내렸고 새 고속도로는 노천 수영장으로 변해버렸다. 도로의 양방향은 통행이 불가능했고, 길을 찾는 일은 지하 수맥을 탐사하는 일과 같았다.

란저우에 가기는 쉽다. 란저우는 도시를 덮고 있는 대기 오염층 때문에 멀리에서도 눈에 잘 띄었기 때문이다. 세계에서 제일 오염이 심한 열 개 도시 중, 중국의 도시가 아홉 개를 차지한다. 란저우는 거의 20킬로미터 길이로 길게 늘어진 모양의 도시다. 두 개의 높은 절벽 사이에 끼어 있는 도시다 보니 긴 강을 따라 길게 늘어지는 모양일 수밖에 없었다. 50년 전 30만이었던 인구는 현재 300만 명이 되었다. 나는 코 밑에 솜을 대고, 두 시간 동안 빙빙 돌다가 호텔을 찾았다. 마구간의 말처럼 깨끗하게 때를 벗기고, 어두워지기 전에 유명한 황허黃河를 보러 나갔다. 중국 사람들 스스로 황허가 세계에서 제일 진흙이 많은 강이라고 주장하는데, 말 그대로 높은 기슭 사이를 유유히 흘러가는 이 황토때문에 강은 긴 황갈색 리본, 긴 진흙 리본 같은 모양을 하고 있었다.

중국 문명과 이 황토는 긴밀한 관계에 있다. 한족의 건국 신화를 보면, 여와女媧(천지개벽의 여신이며 중화민족의 어머니로 알려짐)가 중화민족을 처음 낳았다. 여와는 오빠이자 남편인 복희伏羲(중국 고대의 전설상의 제왕. 팔괘를 처음 만들고 그물을 발명하여 어획, 수렵의 방법을 가르쳤다고 알려짐)처럼 인간의 머리에 뱀의 몸을 하고 있었다. 여와는 황허의 흙으로 귀족을 빚었고, 진흙으로 아래 계층 사람들을 계속 만들었다. 또한 문자와 결혼제도를 만들기도 했다……. 이것은 전설 속 이야기고, 현실에서는 바로 이 황허 유역에서 최초의 중국 문명이 탄생했다.

나는 쉴 필요가 있었기에 란저우에서 이틀을 머무르기로 했다. 이 기회를 이용해 유명한 빙링시炳靈寺의 동굴을 가보고, 시내에 있는 간쑤성 박물관에서 열리는 상설 전시회 '실크로드의 문화 유적'을 보고 싶었다. 내가 중국 땅을 밟은 이후 실크로드의 흔적을 거의 찾아볼 수 없었기 때문에, 역사 박물관에서 그 흔적을 찾아보려고 했다……. 하지만 아뿔싸, 박물관은 공사 때문에 닫혀 있었다. 빙링시의 동굴은 차를 타고 두 시간을 가서, 또 배로 한 시간 반을 들어가야 하는데 단체 여행이 아닌 개별 여행일 경우 경비가 만만치 않았다. 내 경우가 바로 그랬다. 아쉽지만 조각가가 허공의 끈에 매달려 공중곡예하듯 조각한 신비스런 동굴 방문 역시 접어야 했다.

그 대신 오후 내내 흰색 탑골 공원에서 시간을 보냈다. 시내가 내려다보이는 이 공원은 황허를 연결하는 케이블카를 타고 간다. 호두나무 아래는 선선했고, 중국인들은 그 밑에서 맥주를 홀짝거리며 도미노 게임을 했다. 높은 곳에서 보니 도시의 모든 것이 잘 정리되어 보였다. 또한 이런 거리에서 보는 도시는 인간적인 면모가 풍겼다. 나는 이곳에서 느긋하게 '팔보차〔여덟 가지 재료로 끓인 차〕'에 취해 초여름의 더위 속에서 감미로운 오후 한나절을 보내며 머리를 식히고, 마지막 순간까지 이 부드러운 고요를 음미했다. 나뭇가지에 둥지를 틀고 노래하는 새들의 떨리는 소리만이 이 고요를 깨뜨렸다.

나는 다음 여정을 가다듬었다. 2천 킬로미터째 남쪽에 이어 다시 비스듬히 동쪽으로 걸으며 이용했던 312번 국도를 떠난다는 말이다. 다시 출발하기 전에 만반의 준비를 했다. 나를 위해서는 동결건조된 국수와 말린 과일을, 윌리스를 위해서는 오래전부터 사용한 타이어를 교체할 수 있는 새 타이어를 샀다. 그리고 드디어 이메일을 확인했다. 우려

했던 대로 크리스토프는 자기 집으로 돌아가고 싶어했다. 녀석은 집으로 돌아가자마자 후회했다. 너무 늦었다. 우리는 기회를, 마지막 기회를 비행청소년들에게 주었지만, 일주일에 한 번씩 그런 기회를 줄 수는 없었다.

드디어 나를 겨냥한 것이라 생각한 오랜 '침묵'에 대한 설명을 받았다. 말이 안 통할 수밖에 없었다. 친구들은 내가 한 질문에 답변을 보내주었지만, 이메일의 프랑스어 글꼴이 깨져서 읽을 수가 없던 것이다. 이틀 동안 크리스토프 생각을 많이 할 것이다. 자살이나 다름 없는 녀석의 행동으로—어쨌든 실패였다—크리스토프는 사회에 재편입할 희망에서 다시 한 번 멀어지게 되었다. 이제 열여섯 살, 감옥의 문턱에서 도망가는 바람에 기회를 놓친 것이다. 하지만 그 아이가 원한 게 이것이었을까? 두 달간의 도보여행을 마친 사람이라면, 이 여행으로 자신이 성숙했음을 인정한다. 크리스토프가 여정의 중간에서 이 기회를 놓쳐버린 것이 너무나 안타깝다.

경찰서 철책 앞에 모여 있는 사람들 쪽으로 다가가면서, 나는 다시 한 번 감옥을 생각했다. 철책 위에는 이 지역 경찰들의 수훈을 적어놓은 게시물이 있었다. 개화했다는 이 나라에는 범죄가 아주 많은 것 같았다. 마약과 무기 밀매, 돈세탁, 살인, 절도, 강간 등등. 서구와 마찬가지로 중국에서도 골치를 앓고 있는 범죄 유형 40여 개가 그림에 담겨 있었다. 하지만 올바른 길에서 비껴난 사람들에게는 두려움을 일으키는 본보기로 엄중한 처벌이 가해진다. 중국 경찰은 '원숭이에게 겁을 주기 위해 닭을 죽인다'면서 자신의 폭력을 정당화한다. 대중 앞에서 사형이 집행되기도 한다. 공개 사형이 아닐 경우, 시신의 사진을 모두 볼 수 있게 게시한다. 중국에서만 찾아볼 수 있는 집요한 점으로는, 당국이 사형수의 목에 박힌 총알값을 내라는 영수증을 가족에게 보낸다는 것이다. 철책 앞에 사람들이 모인 것을 미루어보아, 중국 사람들은 이런 정보에 대단히 관심이 많은 것 같았다. 범죄의 종류와 그 잔혹함을 길게 열거한 공고는, 짐작컨대, 사람들의 관심을 많이 끄는 한편 군대와 경찰의 영광을 위해 작성된 것 같았다. 이는 중국 사람들을 획일화하려는 말초적인 선전일 뿐이었다.

10. 신성한 강, 웨이허

남쪽 길을 통해 란저우를 떠나는 일은 쉽지 않았다. 가장 중
요한 일은 도시를 내려다보고 절벽으로 이어지는 도로를
속히 벗어나는 것이었다. 나는 한 시간 이상 길을 헤맸다.
마침내 제대로 된 길에 들어섰을 때, 재미있는 수레 행렬을
볼 수 있었다. 농부들은 각기 야채와 과일을 잔뜩 실은 수레
를 직접 끌지 않고, 수레 한쪽 끝에 말을 매달아 수레를 끌
게 했다. 한 농부가 윌리스를 짐수레에 매달라고 했고, 나는
구경하기 좋아하는 사람들처럼 나를 좋아라 보고 있는 농
부들 틈에서 수레를 매달았다. 농부들의 무리가 오른쪽으로
길을 꺾기 전까지 200미터가량을 매달려가면서, 이 기회를
이용해 앞으로 이어질 길을 살폈다. 농부들의 정보는 유익
했다. 곧이어 '212'라는 첫 번째 표지판이 보였다.

　　길은 현기증을 일으킬 정도로 가파른 언덕으로 이어졌
다. 어떤 차량도 절대 올라갈 수 없을 것 같은 비탈길을 문

자 그대로 매달려서 올라갔다. 삽과 괭이를 들고 붉은 땅을 가는 농부들은 꼭 곡예사 같았다. 산과 사막에서 생성된 황토는 고비의 바람에 실려와 이처럼 밭이 되었다. 엄청난 흙먼지가 수천 년간 쌓이고 쌓여서 이러한 풍경을 빚어냈고, 농부들이 이 속에서 땅을 일구었다. 고개의 높이는 2,700미터였지만, 사람들은 200미터 아래에 터널을 하나 뚫었다. 톨게이트 직원은 내게 출입을 금지했다. 한 시간 동안의 설전 끝에, 직원은 위험하니 각오하라고 하면서 결국 지나가도 좋다고 했다. 나는 터번으로 입을 막고 이마에 램프를 켠 다음, 조명도 환풍구도 없는 2킬로미터 길이의 터널로 들어갔다. 다행히 통행량은 많지 않았다. 내 방향으로 오는 차량의 운전사는 윌리스나 나를 차량으로 생각하지 않았기 때문에 한 치도 물러나지 않고 나를 벽 쪽으로 밀어붙였다. 신선한 공기를 다시 마시자 정말 좋았다.

놀고 있는 아이들 때문에 시끌벅적한 식당에서, 다른 아이들처럼 버드나무 가지로 머리 장식을 한 통통한 꼬마 양 위룽이 자기 이름과 여동생 양 위판의 이름을 아주 자랑스럽게 병음(중국어의 공식 로마자 음성 표기법)으로 썼다. 나는 다시 길을 떠나려 했지만, 아이들이 엄마를 졸라서 내게 방 하나를 내주게 했다. 내 방은 안쪽 건물에 있었는데, 이번에도 돼지우리 바로 옆이었다. 중국인들의 무의식 속에는 외국인의 자리가 돼지우리 옆이라도 되는 것일까? 위룽과 위판은 씻으라며 대야와 차가운 물이 담긴 병과 뜨거운 물이 담긴 보온병, 커다란 찻주전자를 가져왔다. 두 아이의 사진을 찍으려 할 때, 양 위판이 아양을 떨었지만 볼이 통통한 오빠가 동생을 나무랐다. 이렇게 말하는 것 같았다. '사진은 평생 간다는 거 몰라? 그러니까 좋은 모습을 보여야 하는 거야. 안 그래, 위판?'

다음 날 아침, 참외를 팔던 농부가 윌리스에 버드나무 가지로 장식을 해주었다. 이날은 음력 5월 5일, 단오로 용선 龍船 축제가 열렸다. 호수나 강이 있는 도시에서는 용선으로 시합을 벌인다. 그런데 이곳에서는 기원전 3세기에 시인이자 대신이었던 굴원屈原〔기원전 343~기원전 278〕의 죽음을 기리기 위해 나뭇가지로 배에 장식하는 데 그친다. 굴원은 당시에도 만연한 부패에 대항해 강물에 몸을 던져 자살했다. 묵념을 하며 기려야 할 것 같은 이 비극적인 사건은 축제의 계기가 되었다.

축제에 참가한 젊은이들은, 굴원처럼 정직한 사람이 많이 있고, 무사태평한 미래를 맞이할 수 있다는 것을 표명하고 싶어하는 것일까? 젊은이들의 수수께끼 같은 낙관주의는 극적인 익사 사건을 즐거운 축제로 변모시켰다. 중국인들만 그런 것이 아니다. 프랑스에서는 피비린내 나는 왕정 붕괴를 축하하기 위해 매년 7월 14일이 되면 초롱 밑에서 소녀들이 빙글빙글 돌며 춤추게 하지 않는가? 1605년 런던에서는 가톨릭 극단주의자들이—요즘은 '체제 유지주의자'라고 할 것이다—국회 건물 밑에 폭탄을 설치해 건물과 함께 국회의원들과 국왕 제임스 1세를 날려버리려고 했다. 이때부터 매년 영국 아이들은 '화약 음모'를 기념하는 축제 때가 되면 폭죽을 터뜨린다. 그래서 어떤 마을에서 젊은이들이 알통을 자랑하며 가마 위에 올린 알록달록한 숭배물 조각을 치켜들고 소리를 지르며 축제 분위기를 띄우는 모습을 보아도 놀랍지가 않다.

　　머리에 작은 흰 모자를 쓴 스무 명가량의 이슬람교도가—우리는 이슬람 지역인 동시앙과 몇 킬로미터 거리에 있었다—월리스에 잎혀 있는 초록색 버드나무 가지를 보고 놀란 표정을 지었다. 자기네들은 단오제를 축하하지 않는데, 외국인인 내가 축하하는 것을 보고 놀란 것이다. 어쩌면 분개한 것일까? 하지만 나는 다른 걱정이 있었기 때문에 이 사람들을 신경 쓸 겨를이 없었다. 이곳 사거리의 방향 표지판은 아마 술에 취한 사람이 만들었을 것이다. 지도에는 서쪽 방향의 린샤臨夏가 35킬로미터 거리로 나와 있다. 내가 따라가고 있는 남쪽의 린타오臨洮는 5킬로미터 거리로 나와 있다. 그런데 표지판에는 비슷비슷한 이름의 린샤와 린타오가 같은 도시로 되어 있고, 거리도 100킬로미터라고 되어 있었다. 하지만 나는 지도에 나온 대로 남쪽 길을 따라갔고, 저녁이 되어서야 안심할 수 있었다. 직감대로였다.

　　내가 묵기로 한 여관의 건물 상태와 욕실에 쌓인 먼지

로 볼 때, 6개월 전부터 영업하지 않고 있다는 것을 알 수 있었다. 사람들이 차례로 내 문을 두드리고, 내게 챔피언이라는 뜻으로 엄지를 들어올렸다. 올해 계속 머릿속에서 음울한 생각이 떠나지 않았는데, 이들의 격려가 힘이 되었다. 걷고 있는 길은 별다른 특징도 없고, 이스탄불을 떠난 이후 만났던 사람들과 달리 중국 사람들은 호의적이지 않았기에 여행하는 것이 신나지 않았다. 중국어를 배우지 않아서 사람들과 가까워질 기회가 쉽게 생기지 않는 것이 사실이었다. 나는 실크로드에서 아무것도 찾을 수 없었고, 큰 희망을 품고 올랐던 콜럼버스의 탐험 같은 여행은 실패로 돌아갔다. 신명나게 하는 것이 하나도 없었다! 대부분의 중국인들은 '실크로드'라는 이름조차 몰랐다. 하지만 투루판에서 점점 멀어질수록, 2천 킬로미터를 지난 뒤, 점점 많은 사람이 내 여행에 존경심을 표했다. 하지만 내가 4년 전 이스탄불을 출발했다는 말에는 무관심했다. 내가 어디인지 알 수 없는 곳에서 오기라도 했다는 듯. 중국인들은 미국인처럼 야구모자를 즐겨 쓰지만, 중국 국경을 벗어난 모든 것에 무지했다.

내 옆방에 있는 사람들은 말동무에 굶주려 있었다. 내가 짐을 놓자마자 사람들이 살며시 문을 두드리기 시작했는데, 새색시처럼 부끄러움을 타는 청년이 노란 꿀을 듬뿍 바른 떡 한 쪽을 들고 나타났다. 두 번째 남자는 첫 번째 남자의 대범한 행동에 용기를 내고 와서는 엄지를 올리고(빠질 수 없는 제스처였다!), 발로 공을 차는 시늉을 하고, 새끼손가락을 위로 올리는 등 다양한 제스처를 보였는데, 내가 파구하(fagouha, 프랑스 사람)이니 프랑스 축구팀 얘기를 하는 것이 분명했다. 프랑스 팀은 이번 2002년 월드컵에서 체면을 엄청나게 구겼다. 세 번째 남자는 내 방에 와서 자리를 차지하고 앉아 이날의 시합을 지켜보았다. 동그란 눈에, 헤벌린 입이, 마치 파리나 쫓으며 평온하게 있는 소와 닮아보였다.

이곳에서 살 것은 없었지만 나는 신텐푸라는 작은 마을의 시장을 어슬렁거렸다. 향긋한 향에 다양하고 예쁜 색깔의 과일과 야채가 눈을 즐겁게 했다. 상인들은 좀 더 먹음직하게 보이려고 토마토 위에 물을 뿌리고, 가지와 피망을 윤나게 닦고, 살구와 리치, 참외를 피라미드 모양으로 쌓았다. 근처 식당에서 밥을 시켰는데, 뚱뚱한 여주인은 부랑자 같은 수염에, 색 바랜 모자, 때가 낀 티셔츠를 입고 있는 나를 걱정스럽게 쳐다보았다. 그리고 3.5위안이라며 가격부터 얘기했다. 내 주머니에 돈이 있기나 한지 의심스러웠던 걸까? 나는 지폐 뭉치를 보여주었다. 이제 식당 여주인의 걱정거리는 사라지고 여인은 부엌으로 갈 수 있었다.

6월 17일. 도보여행을 시작한 지 두 달째로, 정확히 2천 킬로미터를 주파했다. 한 달에 1천 킬로미터라니 무리한 여정이었다. 오늘도 43킬로미터를 걸었다. 좀더 현명해져야 했다. 지혜를 찾기 위해, 세계를 보기 위해 여정에 올랐던 것인데. 지혜란 무엇일까? 자, 정직해지자. 나는 하나도 얻은 게 없었다. 세계를 보는 것은? 가끔 본 적도 있었겠지만, 잘해보자는 혹은 단순히 '버티고', 좀 더 멀리 가겠다는 안달감 때문에 풍경이 눈에 들어오지 않았다. 모든 이성과, 내 이성보다 더욱 강렬한 어떤 힘이 항상 나를 앞으로 밀고 있다는 것을 잘 알고 있다. 그리고 내 안에 든 이런 무분별함 때문에 조금 전에 다시 한 번 길에서 만난 가난한 노숙자에게 100위안짜리 지폐 한 장을 주었다. 이 남자는 312번 국도에서 보았던 시체를 떠올리게 했다. 다음 날, 내게 돈을 받은 남자가 도둑으로 몰릴 수 있을 것이라는 생각을 했다. 가난에 찌든 사람의 주머니에서 이렇게 큰돈이 나온다는 건 분명 수상히 여길 만했다. 소액권으로 주었어야 했다.

잠시 관을 짜는 장인의 모습을 지켜보았다. 관은 커다랗고, 덮개는 아주 두껍고 머리 부분이 올라가 있었는데, 마치 큰 배의 뱃머리처럼 보였다. 판자는 열장 장부촉(비둘기 꼬리 모양으로 끝을 넓게 하여 목가구의 이음새를 연결하는 부분)을 이용해 연결했다. 이렇게 조립해서 만드는 관은 자위관에서 발굴한 고분에서 본 적이 있었다. 이곳 사람들은 2000년 전의 기술을 그대로 사용해 작업했다. 관은 아름다운 적갈색 옻으로 칠했다. 그런데 근사한 관에 비해 무덤은 훨씬 소박했다. 중국 사람들은 완벽한 기氣가 있는 곳을 찾아서 봉분을 올린다. 기는 생명의 기운을 말한다. 풍수 전문가들은 집이나 사원 혹은 묏자리를 택할 때 가장 좋은 기가 흐르는 곳을 정한다. 때로는 가족마다 재산, 행복, 장수, 자손의 건강에 좋은 기를 찾기도 한다. 풍수 전문가들이 꼽는 최고의 묏자리는 죽은 이의 영원한 행복을 보장할 수 있는 곳이다. 이 때문에 무한함의 변이체인 기는 거의 모든 무덤에서 찾을 수 있다. 감자밭에서 무덤을 본 적도 있다. 흰 꽃과 부드러운 녹색 잎이 달린 감자가 피라미드 모양의 무덤에서 솟아났다. 묘지는 아주 소박하다. 뾰족하게 흙을 쌓은 작은 분묘의 최고 높이는 1미터이고, 매장하는 날 그 위에서 형형색색의 꽃상여를 태운다. 사막 여기저기에 있는 이런 흙더미를 보면서 이것이 무덤인지 트럭이 흙을 운반하다가 흘린 것인지 가끔 헷갈렸다. 사람들이 나뭇가지 몇 개를 심거나 기와나 돌로 뒤덮은, 잘 다듬은 묘지도 있었다.

태양열 화로를 만드는 모습도 잠시 내 주의를 끌었다. 화로는 포물선처럼 약간 불룩한 커다란 시멘트판 위에 정사각형의 작은 거울들을 수백 개 붙여서 만든다. 적절히 배치된 거울이 반사하는 태양 광선과 열은 지면에서 1미터 위의 한 점으로 모인다. 정확히 바로 이 지점, 즉 작은 철받침에 주전자를 놓을 수 있다. 적절히 방향이 맞춰져 있는 이 태양열 화로에 주전자를 올려놓으면 몇 분 안에 물이 끓는다. 손이 닿았다가는 금방 화상을 입기 때문에 조심해야 한다. 끈적거리고 오염을 발생시키는 석탄을 주로 사용하는 중국인들은 천연 에너지 시스템을 발명하는 데 고무되었다. 그중에서도 태양열이 분명 큰 자리를 차지한다. 현대식 건물의 지붕은 태양열 전지로 덮여 있다.

6월 18일. 란저우를 떠난 이후 몇 고개를 넘었는지 모르겠다. 그런데 이 고개는 특별한 점이 있었다. 물줄기의 분할선으로, 이전까지 서쪽으로 이어졌던 물줄기가 이제는 동부의 바다로 이어졌다. 그리고 이곳에 있는 개울은 아마도 중국인들에게 가장 성스러운 곳일 것이다. 이곳은 신성한 강 웨이허渭河[황허의 지류]의 원천이다. 웨이허에서 중국 제국은 꽃을 피웠다. 가는 물줄기는 조금씩 넓어지며 시안까지 나를 인도할 것이다. 시안은 8세기 동안 중국의 수도로 실크로드의 출발점이자 종착점으로, 내게는 대장정의 최후 목적지다.

고개를 넘자 새로운 풍경이 나타났다. 끝도 없이 계단 모양으로 이어져 아라베스크 문양의 굴곡을 그리고 있는 밀, 땅콩, 감자밭 사이로 파란색과 보라색 꽃이 핀 풀이 듬성듬성 모습을 드러냈다. 이 지방에 이처럼 많은 밀이 있다는 것이 놀라웠지만, 이곳은 쌀농사를 많이 짓는 중국의 남부가 아니었다. 밀을 주로 먹는 중국 북부 지역 사람들은 국수를 주식으로 한다. 서쪽 사막 주변에는 빵을 먹는 민족도 있다. 흙으로 만든 화덕(인도어로는 탄두르, 이곳 말로는 탄디르 혹은 타뷔스)에서 나오는 이 문명의 산물은 터키, 페르시아 혹은 그 이웃 국가들이 실크로드를 따라 전파시킨 것이다.

아래쪽 계곡에서 포식한 암소들이 목동 둘의 보호를 받으며 되새김질을 하고 있었다. 어느 나라에서나, 언제든 볼 수 있는 시골 풍경이었다. 길은 내리막으로 구불구불 이어져, 정묘한 팔레트의 초록 점들을 갈라놓았다. 뇌조雷鳥가 노래를 부르자, 늘 붙어다니는 뻐꾸기가 대답했다. 내가 지나온 중국에서 어디에 가든 언제나 두 가지 음의 노래를 들을 수 있었다. 나는 풀밭에 앉아 바다로 흐르는 이 생기 있는 물 앞에서, 살구나무가 닭벼슬 모양을 그려넣는 언덕의 능선에 시선을 뺏긴 채 꿈에 잠겼다. 나는 최초의 인간 반고盤古와 공공共工이라고 부르는 괴물의 전설을 다시 떠올렸다. 반고는 달걀 속에 들어 있었는데, 달걀이 둘로 갈라지면서 윗부분은 하늘이 되고, 아랫부분은 땅이 되었다. 땅과 하늘이 된 반고는 매일 5.5미터씩 1만 년 동안 자랐다. 이 전설이 놀라운 것은 최초의 폭발인 빅뱅 이후 무한히 팽창하는 우주의 개념을 다룬 최근의 이론과 비슷하다는 것이다. 발밑의 조약돌을 살랑거리게 하는 이 개울을 보며 자연스럽게 공공의 전설을 떠올렸다. 태초에 하늘은 네 개의 기둥이 받치고 있었고, 모든 것이 굳어 있었다. 그러다 뿔이 달린 실수투성이 괴물 공공이 기둥 하나에 부딪혀 부주不周 산이 갈라졌다. 하늘과 땅이 평형을 잃고 기울어졌다. 바로 이날부터 강은 서쪽으로 흐르고, 별들은 서쪽을 향해 '빠져나가는' 것처럼 보이게 되었다…….

　나는 꿈에서 깨어나, 이 강물의 끝에 닿으면 내 대장
정이 끝난다는 사실을 인식했다. 처음으로 내가 4년 전부터
따라온 이 길의 끝까지 갈 수 있는 가능성을 엿보았다. 승
리가 윤곽을 드러내기 시작했다. 나는 벌써 시안의 성벽 앞
에 도착한 장면을 상상했다. 이 고개부터 투루판에서 걸어
온 킬로미터 단위의 거리가 아니라 앞으로 남은 거리를 계
산했다. 그리고 내 승리감이 조금은 우울한 향수鄕愁 때문에
희석될 것이라고 중얼거렸다. 이런 기분은 90일간 2,315킬
로미터의 도보여행 뒤에 산티아고 데 콤포스텔라(Santiago de
Compostela)에 도착했을 때 느낀 적이 있다. 도착이란 꿈이
끝난다는 것을 뜻하기 때문이다. 깨어나기를 거부하고 목표
지점에 도착해 유턴해서 걸어 돌아가는 사람들을 이해하려
면 걸어서 하는 모험을 경험해야 한다.
　왜냐하면 나는 떠났고, 걸었고, 곧 도착할 것이기에
……. 고생스러운 적도 있었고, 또 한 번 죽을 고비를 넘기
기는 했지만, 확신이 들지 않는 모험을 계속하는 중간에 이
런 식으로 정리하는 것이 갑자기 우습게 느껴졌다. 어디에
도착한다는 말인가? 1만 2천 킬로미터 떨어진 곳이기는 하
다. 하지만 4년 전 가벼운 마음—걱정도 가벼웠다고 하자
—으로 카라데니즈 보가지(Karadeniz Bogazi, 보스포루스 해협
의 터키식 지명)를 넘을 때의 나와 지금의 나는 그리 다르지

않다. 내가 이 여행에서 얻은 것은 무엇일까? 물론 피로가 쌓였다. 머릿속에 아름다운 영상이 많이 들어 있기도 하다 ……. 하지만 다른 것은? 정확하게 말하자. 벅찬 감정도 맛보았고, 행복감을 느낀 적도 꽤 있었다.

웨이위안渭源에서 서양 사람을 놀라게 할 만한 것은 아무것도 없었다. 이 도시에서 '중국의 천년 문화'는 사라져서, 전 세계를 휩쓴 순응주의와 획일성 속에 녹아버렸다. 일본인들이 전통과 특성을 간직하면서 현대 문물과 결합했다면, 중국인들은 미국이 대표하는 물질주의에 매혹당한 것처럼 보였다. 이들은 '동양의 지혜'를 고층 건물 위로 던져버리고, 전통적인 구역을 허물었다.

견고한 만리장성이나, 눈에 띄지 않는 곳에 있던 동굴처럼 야만적인 문화 파괴자와 도둑과 시간에 대항해 간신히 남아 있는 건축물을 이용해 중국의 관광산업은 수입을 올리고 있다. 관광은 외화를 벌어들이는 중요한 원천이기 때문에, 중국 정부는 관광이 될 만한 것을 살리기 위해 많은 노력을 기울였다. 하지만 대도시에서는 재개발에 대한 계획 없이 전체 구역을 계속해서 헐어버리고 있다. 중국의 젊은 이들은 서양식으로 옷을 입고, 영어 단어가 귀족의 문자처럼 새겨진 야구모자와 티셔츠를 보란 듯이 쓰고 입는다.

나는 호텔에서 일하는 젊은 여직원 두 사람을 알게 되었다. 영어를 조금 아는 웬후아 우와 홍메이 자오는 내 저녁 초대에 응했다. 웬후아는 아주 예쁜 여성이었다. 신경을 집중해서 영어 단어를 찾으려고 할 때, 입을 삐죽거리면서 보조개가 생겨서 아이처럼 보였다. 나이는 스물두 살이고 대학에 다니는데, 세무서에서 일하고 싶어했다. 그래서 자리가 날 때까지 기다리는 동안 일주일 내내 아침 여섯 시에서 정오까지 호텔 방을 청소하는 일을 하고 있다. 홍메이는 결혼한 삼십 대로, 야간 경비일을 하고 있다.

우리는 호텔 레스토랑에서 저녁을 먹었다. 나는 새롭고 특이한 음식을 발견하고 싶어서, 웬후아에게 메뉴를 고르라고 했다. 하지만 웬후아가 고른 음식은 서양 사람의 입에 하나도 새로울 게 없는 것이었다. 죽순, 생선찜과 가지가 전부였다. 음식값은 60위안(9유로) 정도였지만, 웬후아는 제일 싼 음식을 고른 것이라고 말했다. 내가 음식값에 별로 놀라지 않는 것을 보고는 자기가 받는 주급이 59위안이라고 설명했다. 식사 한 끼에 이 정도의 돈을 쓰는 것이 자신의 상식으로는 이해할 수 없는 일이었던 것이다.

우리 대화는 그다지 소란스럽지 않았다. 웬후아는 컴퓨터로 영어를 배웠고, 단어와 문법은 잘 알았다. 하지만 발음을 알아들을 수 없었고, 그녀 역시 내가 하는 말을 못 알아들었다. 그래서 우리는 필담을 나누었다.

홍메이는 국수를 주문했다. 웬후아는 홍메이가 밥을 좋아하지 않는다고 적었다. 나는 놀랐다. 유럽 사람들은 모든 중국인이 주식으로 밥을 먹는다고 생각한다. 그런데 이들이 새로운 사실을 알려주었다. 사실 길을 따라오면서 밭에서 주로 본 곡물은 밀이었고, 식당에서 흔하게 볼 수 있는 음식은 국수였다. 북부의 중국인과 남부의 중국인을 혼동하지 말자!

웬후아는 200킬로미터 떨어진 곳에 살고 있는 남자와 약혼을 했다. 이들은 3년 후 결혼할 예정이다.

"왜 3년 후에 결혼하죠?"

"부모님께서 둘 다 직장을 가진 다음 몇 년 더 있다가 결혼하라고 하셔서요."

"부모님 말은 다 들어요?"

"부모님은 현명하세요. 자식은 부모님 말씀을 들어야죠."

얼마나 멋진 말인가! 내 아이들에게 이 얘기를 해주어야겠다. 부모가 현명하다고 믿는 것! 정말이지 중국 사람처럼 되어야겠다⋯⋯.

11. 환자

6월 19일. 점심때쯤 도착한 민박집 주인은 외국인을 처음 보는 사람이었다. 그는 처음엔 조심스러워 하더니만, 금세 나를 형 또는 삼촌이라고 부르면서 친밀감을 표현했다. 그는 내가 주문하지도 않은 달콤한 쌀요리를 내 메뉴에 더해 주고는 머릿속에서 자기가 아는 모든 영어 단어를 동원해서 이렇게 말했다. "돈 안 받아요." 나는 큰 방에서 혼자 식사를 하며, 주인과 종업원들의 시선을 한몸에 받을 수밖에 없었다. 요리사들과 갖가지 변명을 대고 이곳을 찾아온 그들의 친구들도 외국에서 온 이 야만인을 흘끗흘끗 쳐다보았다. 모든 것이 정겨웠다.

그런데 세 시간쯤 지나 이런 분위기에 찬물을 끼얹는 일이 생겼다. 머리가 깨질 듯 아프고 열이 갑자기 오르더니 심하게 토하기 시작했다. 친절한 주인이 이 '삼촌'의 음식에 독이라도 넣었단 말인가? 식중독의 가장 확실한 증상인 설사가 나타나지 않아서 정말 걱정이 되었다.

난 근육 경련을 일으키면서, 1999년 터키에서 병이 나는 바람에 결국 앰뷸런스에 실려 이스탄불로 돌아올 수밖에 없었던 기억을 떠올리면서, 밤을 꼬박 새웠다. 시안은 여기서 멀지 않다. 꼭 가야만 한다. 사실 구급약 가방에는 갖가지 경우에 대비한 항생제 세트가 있긴 하다. 하지만 그것은 작년에 산 것으로 페르가나와 타클라마칸 골짜기의 가마솥더위에 시달리고 겨울에는 다락방에 처박혀 있던 것이다. 게다가 다 아는 사실이듯이 자가진단은 상황을 더 악화시키는 경우가 많다.

난 계단에서 뭔가 바쁘게 하고 있는 웬후아에게 의사를 불러달라고 했다. 삼십 분쯤 후에 그녀가 돌아왔고, 그 옆에는 장을 진단하는 관 모양의 입을 한 비쩍 마른 여자가 서 있었다. 그녀는 웬후아의 메모장에 주사를 두 대 놓을 것이라고 적었다. 다행스런 일이다. 그녀는 두꺼비 침이나 뱀 샐러드를 처방해주는 의사는 아니었던 것이다. 난 바늘과 주사기를 새것으로 사용해달라고 부탁했다. 중국에서 에이즈가 감염되는 경로에 대해 읽은 적이 있기 때문이다. 그녀는 조금 후에 필요한 도구를 가지고 돌아왔는데, 마음이 여전히 불안했다. 그녀가 자기 진찰실에서 가져왔기 때문에, 그녀가 가져온 바늘이 이미 쓰인 것이 아니라는 사실을 확인할 방법이 없었다. 하지만 일단은 마음을 굳게 먹고 엉덩이에 근육주사 한 대와 팔에 정맥주사 한 대를 맞았다. 그들은 옷걸이에 링거 병을 매달고 나서 방을 나갔다. 난 초조함을 억누르면서 잠을 청했지만 허사였다. 온몸에 퍼진 고통이 더 뚜렷해지면서 병세는 자꾸만 악화되었는데, 이런 일이 처음은 아니었다. 어쩌면 장염일지도 모른다.

하지만 이 끔찍한 고통은 아무래도 신장에 원인이 있는 것 같았다. 크리스마스 다음날 이런 일을 처음 겪었는데, 아직도 그 기억이 생생하다. 여행 중에 행여 이런 일을 당할까봐 매년 엑스레이 검사를 받아 결석 때문에 문제가 생기지 않도록 확인했던 것이다. 두 번의 검사를 거쳐 아픔을 참아가며 초음파로 결석을 제거했다. 그런데 이런 일이 다시 벌어졌고, 고통은 심해져서 등을 칼로 찌르는 듯했다. 신장의 압력을 높여서 결석을 밖으로 밀어내는 것 외에는 별달리 할 수 있는 일이 없다. 음료는 마시지 말라고 했지만, 어차피 링거 때문에 신장에 물이 고이고 있었다. 그 마른 여의사는 내일 아침에나 나타날 것이다. 기다리는 것은 말도 안 된다. 난 링거 바늘을 떼어냈다. 고통이 견딜 수 없을 만큼 심해졌다. 이런 상태가 얼마나 지속되었는지 모르겠다. 갑자기 이전보다 더 심한 고통이 한번 느껴지더니, 모든 것이 멈추었다. 결석이 빠져나간 것이다. 고통도 한순간에 거짓말처럼 사라졌다.

정오쯤, 내가 짐을 다 꾸렸을 때 의사가 다시 얼굴을 내밀었다. 그녀는 링거 병이 여전히 가득 차 있는 것을 보고는 깜짝 놀라서 웬후아를 통해 영어로 불만을 표시했다. 최소한 이틀 동안 휴식을 취하지 않으면 길을 떠날 수 없다는 것이었다. 하지만 이런 한적한 방에 꼼짝 않고 누워 있는 일은 여행 중에 병을 앓는 것보다 더 끔찍한 일이다. 결국, 오후 한 시에 마을을 떠났다. 세 시에 비가 오기 시작했고, 다섯 시에 더할 나위 없이 초췌하고 흠뻑 젖은 모습으로 '여관'에 도착했다. 난 문제를 일으킬 만한 음식을 다시는 먹지 않도록 만전을 기했다. 차와 내가 직접 마련한 물만으로 이루어진 식단이라면 안전할 것이다. 잘 생각해보면, 2000년과 2001년은 병치레 없이 지나갔다. 그런데 설마 이런 때에 병이 나진 않겠지.

밤새 강한 빗줄기가 쏟아졌고, 여름의 첫날인 6월 21일, 난 얼어붙을 듯 차가운 폭우 속에서 셴양咸陽을 떠났다. 비는 내가 룽시龍西에 도착할 때에야 그쳤다. 마을에 들어서자 괴물 형상들로 꾸며진 삼층짜리 사원이 방문객을 맞아주었다. 수풀로 뒤덮인 산책로가 꽤 마음에 들었는데, 그곳은 우선 비를 피하기 좋았고 사원 기둥에는 일상생활을 담아낸 예술가의 독창적인 작품들이 그려져 있었다. 그림 속에서 한 여인은 아이에게 젖을 먹였고 아이는 기뻐했으며, 다른 여인은 자리에 쭈그리듯 앉은 늙은 여자에게 젖을 물리고 있다. 또 다른 이들은 과일과 수확물을 모으고 있었다.

시장 입구에 들어서자, 한 돌팔이 의사가 사람들을 끌어모으고 있었다. 먼저 그는 환자 몸에서 빼냈다는 작은 조약돌들을 구경꾼들에게 만져보도록 했다. 이날은 누구나 귓

속에 가지고 있는 작은 밀랍덩어리를 빼내겠다고 소리치고 있었다. 그의 말솜씨는 효과를 발휘해, 그가 작업을 하는 동안 사람들은 줄을 서서 애타게 자기 차례를 기다렸다.

별 볼 일 없어 보이는 작은 박물관이 마을을 지키는 오래된 문 안에 있었는데, 그곳에서 어떤 그림을 발견했다. 그 그림은 카스에서 만났던 프랑스인 가이드 에마뉘엘 린콧의 말에 따르면 매우 희귀한 종류였다. 중국 그림에서 몸을 표현한 경우는 극히 드문데, 이 그림은 가슴을 내놓은 채로 꽃병을 꾸미는 여인을 담고 있었다.

그러나 항구에 이르자, 중국 여인들이 양말을 꼭 챙겨 신은 모습에서 중국식 정숙함을 다시금 느낄 수 있었다. 아무리 더울지라도, 여자는 발을 보여서는 안 된다. 비록 반바지를 입을지라도 말이다. 그녀들은 흰색의 짧은 양말을 신고 있었는데, 유럽인들에게는 정말 매혹적인 모습이었다. 중국에서 발은 에로틱한 느낌과 매우 깊이 관련되어 있어서, 발을 내놓고 다니는 여자는 천박하다 못해 외설스럽게 간주되었다.

시안을 수도로 하는 시안시에서는 홍수가 나서 100명 이상이 실종되고, 죽은 사람도 몇 있는 듯했다. 초등학교에서 분명 대륙의 기후가 여름에는 덥고 건조하다고 배웠는데. 중국은 책에서 배운 것이 하나도 맞아떨어지지 않는 희한한 곳이다.

밤에도 여전히 비가 계속되었다. 일곱 시에 비를 맞으

며 출발해서 아홉 시에 한 마을에 도착했는데, 그곳에는 양쪽으로 갈라진 갈림길만 있을 뿐 표지판이라곤 찾아볼 수 없었다. 양쪽에 보조개가 팬 어린 소녀가 다가왔다. 보조개를 보면 언제나 마음이 설레인다. 그 소녀는 "우산武山? 오른쪽이에요."라고 말해주었다. 다시 한 번 확인하기 위해서 자전거 수리공한테도 같은 질문을 던졌다. "우산? 왼쪽 길이오." 지도를 자세히 들여다보니, 둘 다 옳았다. 보조개 아가씨가 얘기한 길은 사람들이 많이 다니지 않는 길이라 더 편안할 것이고, 자전거 수리공이 가르쳐준 길은 숙소나 은신처를 쉽게 찾을 수 있을 만한, 좀 더 확실한 길이었다. 보조개 아가씨가 가르쳐준 길에 '여관'만 하나 있다면 좋을 것 같은데……

"하나 있소."

자전거 수리공이 윌리스를 흘끔거리더니 타이어 압력을 확인하면서 말했다.

작은 길은 정말 아름다웠다. 그 길은 철길을 따라 나 있었는데, 그곳 사람들은 철길을 다른 용도로 활용하고 있었다. 흙만 많은 이런 땅에서 좀처럼 찾기 힘든 자갈을 부지런히 모아갔던 것이다.

위양이 보이기 시작할 무렵, 난 정말로 기진맥진했다. 내 힘을 너무 과신한 것은 아닌지, 의사의 말을 듣는 것이 더 낫지 않았는지 의문이 들었다. 내가 도착하자 한 무리의 사람들이 나를 쳐다보았고, 그 눈에는 다른 곳과 마찬가지로 놀라움, 두려움, 그러면서도 무관심한 침묵이 섞여 있었다. 중국에서는 지금까지 횡단한 모든 나라와는 다르게, 이 방인에 대해 알고자 하거나 친분을 맺으려는 참을 수 없는 호기심과 열정을 보이지 않았다. 이곳에서 호기심은 새로운 것에 대한 놀라움에서 그칠 뿐이었다. 그들은 외국인 앞에서 그저 입을 멍하니 벌리고 서 있을 뿐 가까이 접근하지 않았던 것이다.

"여관이 어딥니까?"

"여관 없어요."

난 거의 감각이 없어진 다리를 쉬기 위해 돌 위에 앉았다. 지금까지 32킬로미터를 왔는데, 우산까지는 아직 19킬로미터나 남았다. 거기까지 갈 힘이 있을까? 십 분 정도 휴식을 취한 후 가까스로 다시 출발했다. 2킬로미터쯤 갔을 때, 마음 좋아보이는 마을 사람 두 명이 나를 불러 세웠다. 그들은 내 사정에 대해 물었다.

"이 마을에 숙소가 없다구요? 하나 있어요. 따라와요."

난 희망으로 가득 차서 그들을 따라갔다. 물론 약간의 의심은 버릴 수 없었지만. 그들이 멈춰 선 집의 문간에서 한 나이든 여인이 아이를 무릎에 올려놓고 어르고 있었다. 그녀는 나를 보고 놀란 듯했다. 역 근처에 민박집이 하나 있긴 하지만 '여관'은 일 년 전에 없어졌단 말을 들은 듯했다.

이젠 정말 쓰러질 것 같았다. 콘크리트처럼 무거워진 다리를 끌고 다시 길을 나섰다. 내 다리는 걸음을 옮겨놓으려고 했지만, 그 다리를 조종하는 머리가 아무래도 고장난 듯했다. 게다가 다음 마을에 도착하려면 2천 미터나 되는 고개를 기어올라야만 한다. 이런 비슷한 경우를 당했던 지난 여행의 기억들이 떠올랐다. 사람들은 돈도 받지 않고 서로 나를 자기 집에 묵게 하려 했었고, 난 거절하면 제안한 사람에게 큰 실례가 되는 것을 알면서도 그 가운데 한 집을 선택해야 했다. 그런데 중국은 프랑스만큼이나 손님 대접이 야박한 곳이다.

그때 누군가 나를 불렀다. 조금 전의 나이든 여인이었다.

"10위안(1.5유로)을 주면 오늘 밤 우리 집에 재워주겠소."

난 너무나 고마워서 그녀를 껴안고 싶을 정도였다.

그날 밤 그녀는 자기 집에서 자지 않고, 자기 방을 내게 내주고서 이웃집으로 갔다. 그 집에는 그녀뿐 아니라 그녀의 딸과 사위, 그리고 그들의 두 자식들도 함께 살고 있었다. 내가 중국 한족의 집에서 잠을 잔 것은 이번이 처음이다. 지금까지는 항상 호텔이나 여관에서 잠을 잤던 것이다.

입구는 조그맣고, 부엌은 작고 답답했다. 오른쪽으로 내가 묵을 방이 보였다. 크기는 4제곱미터 정도 되었는데, 길 쪽으로 낸 창문을 통해 빛이 들어오고 있었다. 가구라곤 1인용 침대 두 개뿐이었는데, 그마저도 나무 상자 위에 거적을 덮어놓은 것에 불과했다. 벽지가 천장에 너덜너덜하게 붙어 있고, 빛바랜 녹색 벽은 홍수 전에 칠한 것이어서 습기로 인해 부스러지듯 떨어지고 있었다. 다행스럽게도 방 안의 예술작품이 이 비참한 분위기를 바꿔주고 있었다. 하나는 1미터는 됨직한 마오쩌둥의 초상화이고, 다른 하나는 같은 크기의 종교화였다. 성인 같아 보이는 인물들이 미소짓고 있고, 그림 아래에는 작은 말에 걸터앉은 두 아이가 지폐를 나눠주고 있다. 중국인에게 가장 큰 행복은 부유함이었던 것이다. 마지막으로 이 그림과 마오쩌둥의 초상화 가운데에 자리 잡은 덩 샤오핑의 사진이 이 파노라마를 끝맺음하고 있었다.

다른 벽에는 중국 지도가 있었다. 집주인 여자의 딸과 사위, 그리고 그들의 두 아이들이 쓰는 방도 이 방보다 조금 큰 정도였다. 2인용 침대 하나와 큰 옷장이 하나 있고, 구석 궤짝 위에는 산 지 얼마 안 되어 보이는 텔레비전이 올려져 있었다. 벽에는 몇 개의 서예작품과 주인 여자의 방에 있던 것과 같은 중국 지도가 걸려 있다. 커다란 옷장을 덮고 있는 것은 확대 사진이었는데, 어린 소년 하나가 바지를 잡아당겨서 소녀에게는 없는 자신의 신체 부위를 자랑스럽게 보여주고 있고, 소녀는 삶에 대한 진정한 지식을 얻고자 하는 진지함과 집중력을 보이면서 그 부위를 향해 몸을 기울이고 있다.

위양과 우산 사이는 경사가 급해서 구불구불한 길이 가파르게 이어지고 있었다. 하지만 일단 오르막을 오르면,

아름다운 풍경이 수고를 보상해준다. 난 내가 지나온 길과 공중에 사진처럼 펼쳐진 마을 풍경을 보았다. 머리 큰 못들이 줄지어 서 있는 것 같은 부분은 살구나무가 있는 곳이고, 긴 막대사탕처럼 보이는 곳은 참외를 재배하는 온실이다. 비탈진 밭은 커다란 계단을 이루면서 언덕까지 닿아 있었고, 위로는 모양이 흉한 지붕이 하늘에 닿을 듯한 라마교 사원이 내려다보고 있었다. 프랑스에서 사람들의 발길이 가장 많이 닿는 장소에 수도원이 있는 것처럼, 중국에서 수도승을 보려면 하늘이 가까운 높은 곳으로 가야만 한다.

우산은 정확히 말해서 도시라고 할 수는 없지만, 다시 도시가 되어가는 중이라고 할 수 있다. 현재는 거의 건설 현장에 가깝다. 다른 곳에서는 머물 곳조차 찾을 수 없는 가난한 사람들의 오래된 흙집들이 다 철거되었다. 이렇게 해서 집을 잃은 한 나이든 여자는 판자 두 개를 이어 그 밑으로 몸을 피했는데, 그 눈에서 보이는 절망감은 집을 잃어버린 이들의 비참함을 말해주는 듯했다. 대로를 만들기 위해 표시해둔 자리도 아직은 불도저로 파헤쳐진 흙더미에 불과했다. 그 양쪽으로는 빈틈없이 달라붙은 건물들이 150미터 정도 펼쳐져 있었다. 그중 완성된 건물은 단 하나, 호텔이었는데 그곳에 방을 하나 잡았다. 호텔까지 가기 위해서 붉은 진창을 가로질러야 했는데, 그 때문에 호텔 로비의 검은 대리석 위에 핏자국 같은 발자국이 남았다.

말 그대로 눈을 붙일 수 없는 밤이었다. 밤새도록, 바로 옆 작업장의 일꾼들이 건물 바닥을 만들기 위해 콘크리트를 흘려넣고, 또 굳지 않게 하기 위해서 진동기를 사용했는데, 그 소리가 마치 치과의사가 쓰는 드릴 소리 같았다. 텔레비전에 연결된 선이 화물차 바퀴에 눌려버린 것이 틀림없다. 긴장을 풀기 위해서 영화를 보던 중 클라이맥스에 다다랐을 때, 아무런 예고도 없이 화면이 어둠 속으로 사라져버린 것이다. 호텔 측에서는 여덟 시에 뜨거운 물이 나오게 해주겠다고 약속했다. 그러나 자정이 되도록 뜨거운 물이 나오지 않아서 결국 찬물로 샤워를 했는데, 이건 현명한 결정이었다. 다음 날 아침에는 아예 물이 나오지 않았다.

큰 성벽으로 둘러싸인 요새 마을에 대해서 들은 적이 있다. 잘 찾아보면, 절벽 끝에 높은 벽으로 둘러싸인 루오먼洛門 앞면의 콩줄기 같은 모습을 볼 수 있다. 작업실에서 들려오는 소리가 호기심을 끌어서 가보기로 했다. 그곳에서는 사람들이 비취덩어리로 작업을 하고 있었다. 그 단체의 책임자가 작품들이 진열된 방을 방문하게 해주었는데, 정말 멋진 광경이었다. 가장 멋진 작품은 높이 1미터 정도의 중국식 배였는데, 완성하는 데 일곱 달이 걸렸다고 한다. 비취에 굴절된 빛이 섬세하게 만들어진 돛을 통과하고 있었다. 정말 특별해 보이는 팔보차 찻잔 세트가 내 마음을 사로잡았다. 상상할 수 없을 정도로 섬세하고 가벼운 느낌이었다. 바로 비취만이 가질 수 있는 그런 효과였다. 난 그 값이 얼마이건 간에 사고 싶어졌다. 큰 즐거움을 줄 차를 마실 수 있다는 기쁨이 욕심을 더욱 부채질했다. 하지만 찻잔 세트를 운반하기 위해 포장을 하려는 순간, 결국 그 욕망을 포기했다.

하루 종일 길이 변덕을 부렸다. 아스팔트 길, 자갈과 먼지로 뒤덮인 파헤쳐진 길이 번갈아 나타났다. 마치 일부러 그렇게 하기라도 한 듯, 마을 입구에만 들어서면 아스팔트 길은 끝나버렸다. 지나가는 트럭이 어찌나 먼지를 일으켰던지, 길 끝자락에서 놀고 있던 어린아이들을 다 삼켜버릴 것 같았다. 상인들은 투명한 비닐로 진열대를 덮어두었는데, 회색빛으로 변한 그 모습이 이런 작은 마을의 비참하고 생기 없는 모습을 한층 두드러지게 했다. 냇물을 가로질러 건너야 하는 길마저 있어서, 순간 내가 아직도 316번 국도에 있기는 한 것인가 의심이 들 정도였다. 하지만 사람들 말에 따르면 내가 있는 곳은 분명 국도였다.

나는 판댜투라는 작은 마을에서 야영하기로 했다. 아이들이 달려왔다. 어느 정도의 호기심을 가지고 있는 사람들이라고는 아이들밖에 없었다. 그중 멀지 않은 곳에 사는 한 아이가 감자 수프를 준비할 수 있는 뜨거운 물을 가져다 주기로 했다. 한 약삭빠른 여자아이는 내게 자신의 영어 책과 노트를 가지고 오더니, 대신 숙제를 해달라고 부탁하기도 했다. 밤이 되자, 장난꾸러기 아이들이 내 텐트에 돌을 던졌다. 이것은 내가 매일 접하게 되는 중국의 두 얼굴이다. 오늘만 해도 세 번에 걸쳐서 비슷한 일이 있었다. 자전 거 탄 젊은이들에 트랙터를 모는 두 어른까지 합세해서, 내 가 좀 멀어질 때까지 기다렸다가 "Go away(꺼져)!"라고 외쳤 던 것이다. 정부는 베이징 올림픽을 대비해서 텔레비전을 통해 영어 교육을 하도록 하고, 영어 수업을 의무화했다. 지 식은 쓰는 사람에 따라서 이렇게도 저렇게도 쓰일 수 있는 것. 중국의 경우에 영어는 외국인을 환영하는 데에도 쓰이 지만 몰아내는 데에도 쓰인다. 의화단 운동 이후, 중국에는 언제나 외국인에 대한 혐오감이 잠재하고 있다는 사실쯤은 누구나 알고 있다.

아이들이 떠나고, 나도 잠자리에 들었다. 몇몇 주민이 근처로 다가와 나를 감시하다가, 그들한테는 아직 초저녁 인 이때 내가 잠자려 한다는 사실에 대해 큰 소리로 이런저 런 말을 해댔다. 밖에서 부르는 소리에 잠을 깼지만, 난 더 자고 싶었기 때문에 대답하지 않았다. 하지만 횃불이 텐트 위로 왔다 갔다 하더니, 수프 공기를 든 손 하나가 불쑥 나 타났다. 늦은 시간에 깨는 것이 전혀 즐겁지 않고, 이미 세 시간 전에 식사를 다 끝냈는데 어찌 이 제안을 거절할 수 있겠는가? 이들은 최소한 "Go away"라는 말은 하지 않았으 니 이 따뜻한 "Welcome(환영)"을 오히려 감사히 받아들여야 했다.

다음 마을에 들어서자, 한 남자와 여자가 사람들을 끌

어 모으고 있었다. 그들은 알루미늄을 녹여서 국자, 냄비, 프라이팬 같은 주방용품으로 탈바꿈시키고 있었다. 마을 사람들은 가지고 있는 알루미늄 제품들 중 흠집이 있는 것이라면 모두 가지고 왔다. 남자는 물건들을 사들여, 이를 재료로 사람들 앞에서 새로운 물건을 만들어내고, 다시 그들에게 되팔았다. 바닥에 쌓인 알루미늄 제품들의 양은 엄청났다. 이 마을의 모든 알루미늄 주방용품들이 마치 이 마술사의 출현을 대비해 망가지기라도 한 것 같았다.

들에서는 농부들이 수확을 시작했다. 투루판을 떠날 때 밀이 나기 시작했는데, 내가 여행을 계속하는 동안 어느새 자라나서 금빛을 띠기 시작했고, 이제 낫으로 벨 때가 된 것이다. 수확하는 사람들은 유럽에서와는 다르게 날을 작은 가방에 넣었다가 일을 할 때만 손잡이에 직각으로 끼워서 사용했다. 날은 매우 예리했고, 농부 한 명이 위세당당하게 날을 한번 만져보게 해주었다. 중국 이발사들도 가위를 이렇게 예리하게 갈면 얼마나 좋을까.

길을 가던 중, 이 마을 저 마을을 돌아다니며 일품을 파는 한 무리의 일꾼들을 만났다. 그들은 쭈그리고 앉아서 줄기를 한 줌 손에 쥐더니 재빠른 동작으로 밑부분을 베었다. 각각의 다발은 밀의 양쪽 끝을 묶어서 동여맸다. 그 다발들을 들판에 남겨두는 일은 거의 없었다. 저녁때면 사람들은 손수레에 밀다발을 싣고 갔는데, 혹시라도 다 운반하지 못할 때에는, 도둑맞지 않기 위해서 근처 숲에서 잠을 자며 지켰다.

타작은 다양한 방법으로 이루어졌다. 가장 오래된 방법은 도리깨를 이용하는 것이다. 나무로 된 긴 손잡이 끝에 좀 더 작고 마디마디로 이루어진 나무 막대기가 있어서, 이 부분으로 평평하고 단단한 타작마당 위에 올려진 곡식 무더기들을 내리친다. 가장 현대적인 방법은 트랙터의 모터를 통해서 타작하는 것인데, 딱 한 번 봤을 뿐이다. 또 하나 오래된 방법은, 홈이 파인 원기둥을 이용하는 것이다. 세로로 난 홈에 말을 연결해서 하루 종일 타작마당을 돌게 하는 것이다. 말과 돌을 이용하는 대신에 트랙터와 그 부속차를 이용하여 변화를 줄 수도 있다. 가장 신경을 덜 써도 되는 방법은, 바로 곡식 무더기를 길 위에 펼쳐놓는 것이다. 트럭이나 자동차들이 길을 지나면서 타작 일을 대신 해준다. 타작이 끝나면, 키질을 해야 한다. 타작마당에서 섞여 들어간 먼지와 불순물들로부터 순수한 곡식 알갱이를 분리하는 것이다. 이것은 보통 여자들의 몫이었다. 여자들은 바람 방향을 맞추어가면서 낟알을 공중에 쳐올리며 능수능란하게 키를 다루었다. 지푸라기는 날아가고 비교적 무거운 곡식 알갱이는 다시 키 안으로 떨어져내린다. 이렇게 걸러진 순수한 곡식 알갱이들을 길가나 타작마당에 널어서 건조시키고 단단하게 만든 다음에 그것들을 가방에 담아 방앗간에 가져가면, 주인은 품삯으로 곡식의 일부를 떼어간다.

가래질, 수확, 타작, 키질 등등의 모든 단계가 마르코 폴로 시대의 중국인들이 사용했을 법한 도구들을 사용해서 하나하나 손으로 이루어지고 있음을 알 수 있었다. 유일하게 현대적인 것이라면, 귀한 밀더미를 운반할 때 사용하는 손수레의 고무바퀴 정도일 것이다.

12. 천년의 중국

판댜투를 지나자, 길은 높고 가파르면서도 매끈한 절벽을 따라 이어졌고 그 안에는 수천 마리의 제비가 둥지를 틀고 있었다. 난 제비들의 우아한 활공을 감상하기 위해 고개를 한껏 든 채 걷고 있었는데, 갑자기 걸음을 멈추게 하는 것이 있었다. 절벽 저 위, 지면에서 100미터는 떨어진 곳에, 사원 하나가 벽에 새겨진 조각처럼 바위 위로 튀어나와 있었다. 때마침 하늘이 보내주기라도 한 듯 나타난 향 장수가 윌리스를 잠시 맡아주기로 해서, 난 아이들을 데리고 두 여인을 따라 그곳에 올라가보기로 했다.

그녀들은 작고 붉은 초와 향 한 다발, 그리고 종이 몇 장을 샀다. 길은 나무 사이로 구불구불 이어지더니, 곧 절벽을 향해 가파르게 나아갔다. 깎아지른 듯한 절벽 아래에 이르러, 우리는 계단으로 올라가기 시작했는데, 그곳에는 한 무리의 지네가 지나가고 있었다. 절지동물들이 신앙심이 충만하기로 유명했던가? 이 수천 개의 다리를 가진 동물이 성당에 예배를 올리러 왔단 말은 들어 본 적이 없다. 하지만 어쩌면 나에게는 거의 미지의 장소인 불교 사원은 그들에게 좀 더 쾌적한 장소일지도 모르겠다. 난 천천히 계단을 올랐다. 이 '작은 용'들의 열정을 존중해주고 싶기도 했거니와, 이란에서 이슬람 사원 첨탑을 오르다가 엉덩이를 다친 이후로는, 아무리 오랜 도보여행으로 근육을 단련했다 할지라도 올라갈 때 쓰는 근육은 걸을 때 쓰는 근육과는 다르다는 것을 알게 되었기 때문이다. 괜히 위험을 무릅쓸 필요는 없다.

위를 보든 아래를 보든 절벽의 높이와 가파른 데에 그저 놀라울 뿐이었다. 이 계단은 영영 끝날 것 같지가 않았다. 나와 함께 가던 두 여인은 첫 번째 동굴에 멈추었는데, 그 안에는 조각상이 세 개 있었고, 그 가운데 하나는 매우 험상궂은 표정을 하고 있었다. 그녀들은 붉은 초에 불을 붙여서 다른 초들 사이에 놓고, 향에도 불을 붙여서 마주잡은 두 손 사이에 끼운 후 여러 차례 무릎을 굽혀 절했다. 마지막으로 얇은 종이에 불을 붙여 공중에 날리자 종이는 멋진 소용돌이를 일으키면서 땅에 떨어졌다.

사실 그 종이는 죽은 이들에게 보내는 것으로, 돈을 상징하는 것이었다. 죽은 이들을 빈손으로 둘 수는 없는 것이다. 중국 남쪽 지방에서는 강렬한 색의 종이로 가짜 돈, 집, 가구 등을 만들어서 불에 태우면, 고인들이 저승에서 안락함을 누리게 된다고 믿는다.

절벽에는 모두 열네 개의 동굴이 있는데, 그중 가장 큰 동굴에는 부처상 하나와 보살상 두 개가 있었다. 보살은 불쌍한 인간들을 돕기 위해서 해탈의 경지를 잠시 미루고 이 세상에 남은 성인을 칭한다. 제단이 한가운데에 자리 잡고 있었고, 커다란 잔에 신자들이 봉헌한 과일들이 잔뜩 쌓여 있었다. 동굴들을 보존, 관리하는 수도자 한 분이 과일들 중 살구 두 개를 집어서 아이들에게 주었다. 단 하나의 조각상이 자리 잡고 있는 큰 동굴도 있었는데, 그 상은 온통 검정색에 나뭇잎으로 된 숄을 어깨에 걸치고, 두 개의 흰 뿔을 이마에 달고 있었다. 이 신은 신농神農이라고 불리는 농경신이다. 그는 복희, 여와만큼이나 관대한 신으로 인간의 수가 너무 많아져 굶어죽을 지경에 이르자 농사법을 전해주었다.

그는 한 손에 아홉 개의 상징으로 이루어진 원판을 들고 있었다. 팔괘八卦라고 불리는 원판의 중앙에는 음과 양을 상징하는 기호가 들어간 원이 있었고 주위에는 우주의 축소판이라고 할 수 있는 여덟 개의 형상이 둘러 있었다.

음과 양은 삶을 상징하는 것으로, 서로 다르지만 대립되지 않는다. 즉 선과 악으로 나눌 수는 없는 백과 흑이라고 할 수 있다. 음은 여성, 움직임이 없는 상태, 어둠, 짝수와 관련되는 것이고, 양은 남성적인 힘, 밝음, 그리고 홀수와 관련되는 것이다. 이 둘은 서로 대립하지 않고 오히려 상보적이다. 따라서 낮에 해당하는 양과 밤에 해당하는 음이 하루

안에 공존한다. 이 중심 상징을 원처럼 감싸고 있는 다른 상징들은 연속적 혹은 불연속적인 세 개의 선으로 이루어져 있다. 즉 연속된 세 개의 선은 하늘로서 순수한 양을 상징하고, 세 개의 불연속적인 선은 순수한 음인 대지를 상징한다. 이 둘을 양극으로 해서 세 개의 연속 또는 불연속선으로 이루어진 여섯 개의 형상이 자리 잡고 있는데, 이들은 각각 물, 불, 호수, 천둥, 산 그리고 마지막으로 바람과 나무를 상징한다. 매우 간단해보이는 기호들은 다른 많은 것을 표현할 수 있다. 예를 들어 삼대에 걸친 여덟 명의 가족, 계절, 바람의 여덟 방위 표시 중 하나 이상을 나타낼 수 있는 것이다. 중국인들은 미래가 궁금할 때, 이 세 개의 선을 통해서 미래를 예견하기도 한다.

나와 함께 온 두 여인과 많은 사람이 이 동굴에서 저 동굴로 하나도 빼놓지 않고 옮겨가며 똑같은 예식을 행하였다. 내려가는 길에 나는 바위 사이에 움푹 팬 한 동굴 속 암벽에서 샘이 솟는 것을 발견하고 깜짝 놀랐다. 그곳엔 회반죽과 자연 석고로 만들어진 수수한 상들이 있었는데, 대부분 초의 연기로 검게 그을려 있었다. 반면에 그 위에 걸쳐진 옷들은 정기적으로 바꿔준 듯 깨끗했다. 난 이 신도들을 움직이게 하는 깊은 신앙심과 그곳에 가득 찬 고요한 평화로움에 감명을 받았다. 신도들은 너무나 기도에 열중했고 골짜기의 멋진 풍경에 눈을 돌리는 사람은 하나도 없었다. 골짜기는 끝없이 펼쳐져 있었는데, 부지런한 농부들이 정성스럽게 가꾸어놓았다. 금빛 밀이 가득 출렁이는 직사각형의 경작지에서 그들이 열심히 움직이는 모습을 볼 수 있었다.

10킬로미터 더 떨어진 곳으로 가면 동굴이 50여 개에 달했다. 가장 인상적인 것은 높이 27미터의 앉아 있는 불상으로, 바위에 직접 새긴 것이었다. 이 고장 사람들은 이곳을 '코끼리 산'이라고 불렀는데, 방금까지 보아왔던 장소처럼 종교예식을 행하는 곳이라기보다 닫힌 동굴 안에 마련된 박물관, 국가적인 유산에 가까웠다. 그때 난 깨달았다. 이 나라의 과거는, 이렇게 창살 뒤에 진열된 오래된 정식 유산들보다는 첫 번째 장소에서 보았던 신도들의 숭배 행위 안에서 영속할 수 있었다는 사실을.

난 점심때가 되어서야 간구并谷에서 멈췄다가 산을 향해 올라갔다. 가파른 경사가 해발 1,200미터에서 언덕 위의 1,700미터까지 이어져 있었다. 꼭대기에 이르자, 눈 안에 가득 들어오는 풍경이 너무나 마음을 사로잡아서 난 윌리스를 놓고 바닥에 앉아 휴식을 취하기로 했다. 감정에 흠뻑 젖어 장관을 감상하기에 안성맞춤이었다.

이 길은 언덕 꼭대기에 걸쳐 있는 길이라, 저 멀리 작은 언덕이 연보라색 안개에 뒤덮인 곳까지 남쪽, 북쪽 그리고 동쪽으로 시야가 넓게 펼쳐졌다. 이곳에서는 어느 쪽을 돌아보든, 위를 향하든 아래를 향하든 수천 개의 비탈진 경작지가 보였다. 큰 것, 작은 것 할 것 없이 밀, 옥수수, 고추

그리고 과일나무들이 심어져 있었다. 계곡 바닥으로부터 언덕 꼭대기에 이르는 이 멋진 정원에는 사람 손이 닿지 않은 곳이라고는 단 1센티미터도 없었다. 해가 다시 나자, 이 모든 것이 빛나는 팔레트 같았다. 순간 나는 이 장관을 일구어낸 사람들을 생각하게 되었다. 원래는 헐벗었을 이 산을 이토록 풍성하게 가꾸기 위해서 얼마나 많은 삽과 땀방울이 필요했을까? 힘없는 농부들이 이 위대한 작품, 이 웅장한 장식품을 완성하기 위해서 몇 세대를 거쳐야 했을까? 중국의 만리장성도, 이집트의 피라미드도 이에 비하면 아무것도 아니다. 누구의 죽음이나 폭력을 앞세우지 않고 이 아름다운 광경을 이루어낸 예술가들은 평범한 농부들로, 오로지 삽을 도구로 삼았으며, 자신들과 또 형제들의 생계를 위해서 대자연 앞에 기꺼이 머리를 조아렸던 것이다.

영원한 중국, 그것이 바로 내 눈앞에 펼쳐져 있다. 실제로 태초에 시간이 존재하기도 전부터 이 작품은 끊임없이 개선되고 장식되어왔다. 위대한 작품이란 반드시 피와 눈물을 치러야 하고, 그 슬픔만큼 가치를 가질 수 있다는 생각은 나를 화나게 한다. 눈앞에 펼쳐진 이 삶의 작품은 여행 안내서에서는 볼 수 없는 것이니 말이다. 어쩌면 이것은 잘못된 일이 아닌지도 모른다. 이 장관을 감상하기 위해서 돈을 지불할 사람이 어디 있단 말인가?

유네스코에서 316번 국도의 2,649킬로미터에 해당하는 구간을 세계문화유산으로 지정하는 일은 결코 없을 것이다. 이 위대한 광경은 적을 누르거나 위대한 인물을 칭송하기 위해서가 아니라, 그저 생존을 위해 존재했던 것이다. 어떤 황제나 장군도 삽을 든 이 평화롭고 관대한 군대에게, 한눈에 다 들어오지도 않을 정도로 큰 이 산을 일구라고 명령한 적은 없다. 오로지 농부들의 성실함과 용기가 이 작품을 만들어낸 원동력인 것이다. 만리장성은 시간과 낙서로 무너져간다. 사원은 종교 전쟁에서 파괴되고, 시간과 인간에 의해 점차 부서진다. 그러나 살아서 변화하는 이 경작지는 매년 더 아름다워진다. 매년 봄이면 꽃과 곡식으로 가득차고 풍성한 과실을 약속하는 것이다. 바로 이것이 세계에서 가장 위대한 박물관인 셈이다.

황무지의 가치에 대한 재인식, 이미 시작된 기계화 등이 이 덩산시푸의 넓은 경작지에 종말을 가져올 수 있을까? 이런 경우에도 자연은 스스로를 지켜내는 모습을 보여준다. 이 가파르고 불안정한 곳에서 트랙터가 무엇을 할 수 있겠는가? 디젤 자동차가 이 고요함을 침범하는 것을 상상이나 할 수 있겠는가?

난 이 끝없는 아름다움에 넋을 잃고 발걸음을 떼어놓을 수가 없어서, 빵 한 조각을 꺼내 투르판의 건포도와 함께 입에 물었다. 이 빵도 분명 이곳에서 난 밀가루로 만들어졌으리라. 배는 비었지만 마음만은 충만했다. 다시 윌리스의 손잡이를 잡는 순간, 노래하고 싶은 생각이 들었다. 오늘 아침에 보았던 신도들의 열성과 오후에 본 꿈 같은 영상 속에서 난 마침내 수세기를 살아온 중국의 모습을 본 것이다. 그것은 관광객들의 구미에 맞추기 위해서 재건되고 손질된 건축물 속에 있지도 않았고, 가이드의 안내를 받아 발견할 수 있는 것도 아니었다. 이곳에서 안내원은 전혀 필요하지 않다. 인간과 대지, 노력과 자부심이 스스로를 분명히 그리고 강하게 보여주고 있었다.

언덕의 정상에서 손수레에 밀을 가득 싣고 마을로 향하는 농부를 만났다. 그는 수레의 양쪽 손잡이 사이에서 수레를 인도하고 있었고, 어린 소년이 수레 끄는 소를 붙잡고 있었다. 어린 송아지가 그 주위를 자유롭게 돌아다녔고, 수레는 소의 느릿느릿한 걸음을 따라서 두 경작지 사이로 난 지름길을 지나고 있었다.

간시전에서 머물게 된 '여관'은 외양간과 돼지우리 사이에 끼어 있어서 거름 냄새가 가득했다. 그곳에 있는 유일한 방에 묵게 되었는데, 그 방 역시 농기구 창고로 쓰이는 곳이었고, 주인과 그의 아들은 방에 들어올 때 노크하는 일조차 없었다. 그들은 내가 내민 숙박료를 가로챌 때 외에는 내게 신경 쓰는 일이 없었고, 다음 날 아침 떠날 때 '짜이젠 再見'이라는 인사말에 대답도 하지 않았다. 마을 거리에서 나는 한 가족에게 부탁해서, 찐빵 열 개를 사먹었다. 이런 간단한 식사만으로도 100킬로미터는 넉넉히 갈 수 있는 힘을 얻었다. 그러니 톈수이 天水에 이르는 42킬로미터의 여정은 힘들 것도 없는 일이었다. 더구나 그 도시에서 이틀을 쉰다는 생각은 더욱 힘을 주었다. 이 도시는 주민이 250만 명 정도로, 같은 이름을 가진 두 구역으로 다시 나누어진다. 내가 도착한 곳은 진저우泰州라고 불리는 톈수이 마을이고 그곳에서 18킬로미터 떨어진 곳에는 베이다오라고 불리기도 하는 톈수이 역이 있다.

첫날, 나는 복희의 사원을 방문했다. 그는 자신의 부인이자 누이이고, 중화민족의 어머니인 여와의 남편으로 전하는 인물이다. 입구를 넘어서면, 소란스러운 마을을 지나 고요한 세계 속으로 들어가게 된다. 다른 박물관과 마찬가지로 필사본, 잡동사니들, 도자기들을 보존하고 있는 방들을 살펴보았다. 거기에는 5000년 된 항아리도 있었는데, 모두 중국산이라고 표시되어 있었다. 현대의 한 화가는 복희가 인간에게 가르쳐준 예술을 삽화로 설명하고 사냥, 낚시 그리고 목축의 장면들을 그렸다. 이 신화 속 최초의 황제는 의술 또한 가르쳤을 것이라고 기록되어 있는데, 다른 책에서는 신농이 이 능력을 가졌을 것이라고 기술한다.

마을 근처에서 인부들이 나무로 된 방을 만들고 있었는데, 방이 모여 사원 입구에 하나의 정자를 이룰 것이다. 작업장에서 한 시간 정도를 보냈는데, 이곳은 진정 고대 기술의 살아 있는 박물관이었다. 도착한 나무 기둥들을 양쪽에 손잡이가 달린 긴 톱으로 두 사람이 자른다. 다른 인부들은 날카로운 칼날이 떡갈나무로 된 커다란 정사각형의 손잡이에 달려 있는 일종의 손도끼로 나무를 자른다. 마지막으로 정자의 방은 인부들이 힘차게 두 번 대패질함으로써 다듬어진다. 이는 과거로 다시 돌아가는 것이다. 어떤 전기나 기계의 힘도 근처 사원의 고요함을 깨뜨리지 않았다. 사람들은 이렇게 수십 세기 동안 일해왔다.

둘째 날, 나는 다시 관광객으로 돌아가 마이지麥積 산의 유명한 동굴들을 방문하기로 했다. 이 동굴들은 중국의 4대 불교 성지 중 하나로 톈수이에서 동남쪽으로 40킬로미터 정도 떨어진 곳에 있다. 프랑스어를 하는 안내인이 휴가 중이라서 영어를 쓰는 안내인에게 도움을 요청했다. 스물한 살인 리는 매력적인 미소와 입가에 작은 콧수염을 가진 사람으로, 내가 끊임없이 쏟아내는 질문 보따리에 능숙하게 대처할 만한 언어 구사 능력을 지니고 있었다. 동굴에 가기 위해서 우리는 먼저 진청錦承에서 베이다오까지 버스를 타야 했다. 정거장에서 올라탄 버스에는 사람이 많지 않았다. 수지가 맞지 않는다는 이유로 기사는 우리를 벌판에 내리게 하고, 미니 버스를 몰고 떠났다. 동굴 입구에서 우리는 오늘 아침부터 규칙이 변해서 중국인을 포함한 모든 여행자들이 표를 사야 한다는 사실을 알게 됐다. 이곳 주민들은 반발했는데, 사실 자기 집에 들어가는 데 돈을 낼 수는 없는 것이다. 그러나 관리인은 새 법령에 대해 단호했다. 실랑이가 오랫동안 계속됐고, 나는 잠이 들었다. 안내인 리가 나를 깨워주었고, 우리는 산이 많은 지형 때문에 농부들이 '건초더미 산'이라고 부르는 곳의 기슭에 이르렀다.

194개의 동굴들이 3세기에서 5세기 사이에 만들어졌는데, 이때는 위와 진晉나라 때로 실크로드 무역이 크게 확장됐다. 동굴들은 다다르기 힘든 가파른 장소에 있어서 상대적으로 잘 유지되고 보존되었다. 역사가들은 조각가들이 산 표면에 두 개의 커다란 불상을 어떻게 새겼는지 의아해한다. 가설 중 하나는, 조각가들이 산마루까지 통나무를 쌓은 다음 작업이 진척되자 나무를 제거했다는 것이다. 멀리 구멍 뚫린 치즈를 닮은 산이 보였는데, 한 층씩 계단식 통로로 이어진 것이 퐁피두 건물과 사촌지간처럼 여겨졌다. 나는 프랑스어로 조금 투덜거렸는데, 동굴 입구마다 불상을 보호하기 위해 철책이 둘러져 있었기 때문이다. 외부에서 들어오는 강렬한 태양이 그림자를 만들어서 안을 전혀 볼수 없었고, 내가 가져온 전등도 도움이 되지 않았다. 프랑스어로 친절하게 씌어있는 경고문이 있었지만 나는 가부좌를 틀고 앉아 미소를 지으며 한 손의 손가락 세 개를 들고 있는 불상의 세련된 모습을 사진에 담았다. 불상에 색이 남아있는 부분과 벽감에서 본래 푸르게 칠해져 있던 부분에서 화려한 색채를 어렴풋이 볼 수 있었다.

주위 풍경을 둘러보면 왜 이 장소를 선택했는지 이해할 수 있다. 눈앞에 숲으로 뒤덮인 언덕들이 복잡하게 보인다. 사막에서 돌아오며, 혹은 그곳에 들어갈 준비를 하며, 실크로드의 상인들은 나쁜 일에 대비하거나 기력을 회복하기 위한 신성한 장소로 여기를 찾았던 것이다. 이 천국에서,

그들은 신에게 감사하고 신과 화해하기 위해서 그들의 돈주머니를 기꺼이 열었으리라. 주변에는 꽃들이 만개한 부용나무와 사이프러스나무들이 가득했고, 이 '장밋빛 커튼'은 나에게 빛바랜 붉은색의 긴 섬모를 생각나게 했다.

새벽에 톈수이 – 진청을 떠나면서, 이제 막 준공된 넓은 길을 택했다. 멋을 부리는 사람들은 양산이 달린 자전거의 페달을 천천히 밟으면서 햇빛을 피하고 있었다.

기술자들이 잊었거나, 작업이 늦어졌던 것일까? 길가에는 콘크리트로 된 커다란 전신주들이 여기저기 남아 있었다. 한 버스 운전사는 방심한 나머지 그 사실을 잊었고, 버스는 전신주 하나에 말 그대로 꽂히고 말았다.

열 시가 되자 햇볕을 피하기 위해 담벼락 아래를 따라 걸었다. 길 반대편으로 걸어가던 한 부랑자에게 미소를 보냈다. 길을 멈춘 그는 길동무를 알아보고 길을 가로질러 와서 카드 한 벌이 매달린 끈을 놓지 않은 채 나와 악수를 했다. 그러고는 머리를 흔들면서 걸어갔다. 아무런 일도 일어나지 않는 이런 만남은 이상하게도 마음에 위안을 준다. 아마도 내가 이 길에서 더 이상 혼자가 아니라고 느끼게 해주기 때문이리라…….

바양에서 아주 어렵게 여관을 찾았다. 표지판들이 갑자기 사라져버려서 늦게 도착했기 때문이다. GPS 없이는 내가 어디에 있는지 방향을 잡기가 매우 어렵다. 그러나 다행스럽게도 도로의 분기점이 그리 많지 않았기 때문에, 유일한 해결책은 지나가는 사람을 기다린 후 그에게 내가 묵을 마을의 방향을 묻는 것이다. 그 마을에서 일찍 잠자리에 들어 몸 상태를 유지하려 했다.

꼭두새벽에 엄청난 사람들의 소리를 듣고 깨버렸다. 나는 잠옷 차림으로 일어나 무슨 일인지 알아보러 나갔다. 어제 저녁에는 비어 있던 집 뒤편 큰 광장에는 100여 명의 사람들로 가득했고, 동이 터오는 가운데 농부들이 큰 소리로 서로를 부르고 있었다. 바구니가 넘치도록 실린 짐수레에도, 양어깨에 매는 지팡이가 달린 광주리에도, 버드나무로 만든 채롱에도, 사방에 어획물들이 가득했다. 모든 것은 내가 가로질렀던 거대한 과수원에서 어제 저녁에 딴 과일과 함께 도착한 것으로, 여기저기에 트럭을 세워놓은 도매 상인에게 팔기 위한 것이다. 상인들은 이리저리 돌아다니면서 가장 좋은 물건을 사기 위해 눈을 돌렸다. 나는 어렸을 때 장에서 본 중개인들의 수완을 떠올렸다. 노르망디 시장의 가축 상인들과 그 방식이 거의 비슷했다. 나는 상인들을 관찰하며 그들이 나누는 대화를 상상했다.

"값은 얼마나 원하나?"

남편은 입을 다물고 있다. 대답하는 것은 부인이다. 그녀는 원하는 숫자를 말한다. 상인은 비웃듯이 입을 삐죽거린다.

"이 사람들아, 그 가격으로는 크리스마스까지 못 팔고 있을걸."

그리고 그는 다른 상인에게 돌아선다. 같은 대화와 같은 삐죽거림이 이어진다. 몇 분 후, 그는 첫 번째 부부에게 돌아온다. 상인들은 조용히 기다린다. 손님은 바구니 하나를 뒤적거려 작은 복숭아 하나를 꺼낸다.

"게다가 이것들은 너무 작아. 거래하기 어렵겠군."

부인은 따진다. 과일은 매우 훌륭한 것이다. 부인은 그것을 꺼내 손으로 만져보고 그의 코앞에 내민다.

남자는 다시 값을 부른다. 부인은 다른 가격을 부른다.

손님은 고개를 저으며 다시 떠난다. 10미터쯤 간 그는 다시 돌아와 새로운 가격을 부른다. 모든 사람이 이것이 마지막 흥정이라는 것을 알고 있다. 부인은 마침내 그 값을 받아들이고, 남편은 한 마디도 하지 않는다.

쌓여 있는 과일의 무게를 단 후, 골판지 상자에 넣어서 즉시 트럭에 싣는다. 이러한 장면은 광장의 이쪽 저쪽에서 100번, 아니 200번쯤 이루어진다. 그리고 일렬로 줄줄이 새로운 포장마차들이 도착하여 길을 막는다. 짐을 실은 트럭들은 경적을 울리며 길을 떠난다. 다른 상인들은 아마도 시럽이나 주스로 만들 무르고 작은 과일들을 거래하러 온 듯하다. 이 지역은 이러한 거래로 생계를 유지한다. 그리고 모든 일들이 서둘러 이루어지게 하는 열기는, 과수원이 이곳 사람들의 부와 삶을 좌우한다는 것을 증명한다. 여기서는 사람들이 배고파 죽는 일은 없을 것이다. 내가 떠날 때, 한 상인이 나에게 선물로 부드러운 과일을 한 움큼 주었다.

사람들은 시안-우루무치 사이에 철로를 하나 더 만들었는데, 원래 있던 노선으로는 신장으로 향하는 여행자들과 상인들의 통행량에 충분하지 않았기 때문이다. 신장은 거대한 공장이다. 이 노선을 만든 것은 공산주의자들이 권력을 획득한 후 이뤄낸 첫 업적 중 하나였다. 오늘날 정부는 이 지방의 풍부한 광물, 특히 석유를 동쪽으로 수송할 가장 빠른 수단을 원했다. 그런데 실제 노선은, 하행 수송 열차가 조금 이동한 후에는 상행 열차가 지나갈 수 있도록 정차하게 되어 있었다. 시안-우루무치 특급은 두 개의 마을을 가로지르는 직선 노선으로 1,500킬로미터를 주파하는 데 마흔 시간이 걸리는데, 화물 열차로 이동하려면 그 두 배의 시간이 걸린다. 게다가 산허리에 만들어진 최근 노선은 산사태의 위협마저 있다. 사람들이 건설한 것은 실로 거대한 위업이었다. 웨이허 변에 인접한 좁은 협곡에서, 길과 오래된 철로는 거의 남아 있지 않았다. 그리고 이 나라의 양식인 농지를 침해하는 것은 있을 수 없는 일이다. 이후 만들어질 노선의 통행자들은 영원히 구름다리 위에 앉아 있던지, 아니면 터널의 어둠 속에 있게 될 것이다.

작업장 근처에 다다른 나는 인부들의 호기심을 불러일으켰고, 그들 중 한 사람이 다가와서 지폐 한 뭉치를 내밀었다. 한참 후에야 그가 윌리스를 사고 싶다는 것을 알았다. 나는 웃음을 터뜨렸다. 나는 친구를 파는 사람이 아니었다. 나는 호기심에서 그에게 값을 얼마나 생각하는지 물어봤지만, 내가 진지하지 않다는 것을 안 그 사람은 뒤돌아서 가버렸다.

심사숙고하여 들어간 식당에서, 나는 한 소녀가 들어오는 것을 보고 크게 놀랐다. 그녀는 내가 마이지 산에서 찍은 사진 속 불상의 얼굴과 너무나 닮았기 때문이었다. 특히 관자놀이 쪽으로 길게 드리워진 절제된 그녀의 눈이 그랬다. 안내인 리는 한족이 이런 형태의 얼굴을 탐탁치 않게 여겼기 때문에 그러한 입상은 아주 잠시 동안만 존재했다고 말했다. 실로 유감스러운 일이다. 사슴 같은 눈을 지닌 이 소녀는 내 마음 깊은 곳에서 아름다움이라 부르는 모든 것을 집약하는 듯했는데 말이다.

텐수이에서 호텔 직원들은 내가 사흘을 머무는 동안 세 번이나 방을 바꾸게 했다. 내가 기꺼이 받아들여서인지, 일종의 보답으로 마지막 날 밤에는 꼭대기 층에 스위트룸을 마련해주었다. 나 혼자 쓰는데 방은 세 개나 됐고, 황해의 물빛을 지닌 소파에다 테이블 위에는 한 아름의 꽃이 있었다.

7월 1일. 만약 지도대로라면, 타일루에서 쟈오수안까

지의 거리는 27킬로미터일 것이다. 나는 30킬로미터를 가로질러 왔고 사람들은 나에게 앞으로 10킬로미터 이내에는 호텔이 없다고 말했다. 시안과 가까워졌다는 사실이 나를 느슨하게 했다. 평소처럼 전진하는 대신에 30킬로미터면 충분하다고 결정했다. 좋은 식사를 주문하고, 그동안 써두었던 『로자……』를 들고는 몇 시간을 책 속의 인물들과 더불어 보냈다. 곧 목표지점에 도달할 거라는 생각이 이중의 효과를 주었다. 시안에 아주 가깝다는 느낌에 만족스러웠고 그곳에 빨리 다다르고자 여정을 재촉하고 싶었다. 또한 동시에 이스탄불을 출발한 이래 처음으로 알 수 없는 느긋함을 느꼈다. 베이징으로 떠나는 비행기를 타기 위해서는 7월 14일 정오까지만 도착하면 되었다. 그리고 여정보다 많이 앞질러 왔기 때문에, 또 이런 기회가 별로 없었기 때문에, 하루 정도는 멍하니 하늘을 보며 시간을 보내거나 새로운 우정을 맺고 싶었다.

평원을 향해 계속 내려갔다. 고도계는 900미터를 가리키고 있었는데, 고도를 정확히 알고 나니 더위가 덜 느껴졌다. 계곡이 좁아질수록 숨 쉴 공기가 부족하다. 어떤 지역에서는 웨이허가 지역을 온통 차지하고 있었기 때문에, 옛날 여행자들은 앞으로 나아가기 위해서는 강물을 따라 내려가야만 했다. 오늘날에는 기차와 길이 터널을 통해 나 있다. 나는 물길이 비록 자갈투성이에다 여기저기 진흙투성이였을지라도 옛날이 더 안전하지 않았을까 자문해보았다.

나는 터널을 무서워한다. 2000년 6월 초에 이란에서 터널을 지나면서 느꼈던 공포를 떠올렸다. 거기서 생을 마감하는 줄로만 알았다. 이 경험으로 나는 2킬로미터를 더 돌아서 가야 했다. 터널에는 빛이 없다. 나는 거의 뛰다시피 했다. 경적을 울리며 트럭 한 대가 지나갔는데, 좁은 공간이어서인지 소리가 더 울려퍼져 완전히 귀머거리가 되었다. 손전등을 흔들어 내 존재를 알렸다. 인도가 없는 까닭에, 그 누가 보행자가 지나가리라고 상상할 수 있겠는가! 무거운 마음은 진정되지 않았지만 어쨌든 벽에 붙어서 지나갔다.

7월 1일은 중국 공산당의 기념일이다. 나는 거리 행진을 기다렸지만 아무 일도 없었다. 내가 공산당원이 많지 않은 작은 마을만 지나온 것은 사실이다. 6억의 공산당원과 함께, 중국 공산당은 어쨌든 도처에 훌륭한 중국인들을 배치할 수 있었다. 그러나 중국 공산당은 축제 외에도 다른 할 일이 있었다. 최고 통치자인 장 쩌민(1926~ , 1986년 이후 중국 공산당 서기장으로 활동. 2002년에 권력을 이양했다)이 권력 이양을 발표하는 가을 대의회를 준비해야 하는 것이다.

네 명의 운전사들이 내가 막 점심을 먹은 식당에 도착했다. 주문도 받지 않고 가져온 튀김국수보다 말벗에 더 굶주렸던 그들은 나를 식사에 초대했다. 손으로 배를 두드리는 만국 공통 몸짓으로 내가 방금 식사를 마쳤다는 것을 아무리 설명해도 소용이 없었기에, 나는 다시 젓가락을 들어야만 했다. 주인이 테이블로 음식을 가지고 왔는데, 한 접시에 나온 공동의 음식을 각자가 자유롭게 덜어 먹는 중국식 전통이 나를 구해주었다. 나는 주어진 요리를 열심히 뒤적거리며 초대받은 것이 영광인 양 행동할 수 있었다. 이 전통에서 유일한 흠이라면, 보통 우리는 이야기하면서 식사를 하는 데 비해 중국 사람들은 일반적으로 먼저 식사를 하고 그 이후에 대화를 한다는 점이다. 사실 대화라고 하기엔 무리가 있었다. 나는 계속 미소를 지었고, 무슨 내용인지 알지도 못하는 대화에 동의하곤 했으니 말이다. 우스꽝스러운 만남이었지만 마음을 편안하게 했다. 여행하는 동안 나는 외로움으로 마음의 균형을 잃을 수 있다는 것을 너무나 절실하게 느꼈기 때문이다. '쉬이유' 협회에 대한 나의 병적인 집착이 그 증거가 아닌가.

메이현眉县에서 하루 쉬었다. 내가 계속해온 여행을 계산해보니, 7월 11일이면 시안에 도착할 것으로 예상되었다. 베이징으로 떠나는 비행기가 14일에 있으니, 시간은 여유가 있는 셈이었다. 도보 계획을 수없이 검토해본 결과, 이번 코스는 마지막 목표까지 도달하는 데 하루에 25킬로미터만 가면 되었다. 이 정도는 거의 산책하는 수준이다.

호텔의 샤워실이 나를 다시 한 번 놀라게 했지만, 나는 단련이 되어 있었다. 세면대의 찬물이 나오는 수도꼭지를 열면, 물이—어떤 물리적 법칙으로도 설명이 되지 않는 것인데—천장에서 떨어진다. 또한 철망을 통해 흘러내리기에 어디서 물이 새는지 알 수조차 없다. 중국의 호텔에 숨겨진 이 함정을 모면하려면, 욕실안내서가 필요할 지경이다.

만약 사람들이 "여기는 따뜻한 물이 나옵니다."라고 말한다면, 그것은 그 말을 한 사람이 아니라 오직 그 말을 믿는 사람에게만 해당되는 것이다. 만약 사람들이 당신에게 "따뜻한 물이 밤 여덟 시에서 열 시 사이에 나옵니다."라고 말한다면, 밤 열 시에서 열 시 십오 분 사이라고 해석하면 된다. 모든 사람이 따뜻한 물이 나오는 시간만을 노리고 있기 때문에, 결과적으로는 겨우 미지근한 물만 주어지는 것이다. 만약 사람들이 당신에게 "화장실에는 수세식 변기가 잘 작동됩니다."라고 말한다면, 당신이 그 반대의 상황을 견뎌왔음에도 아마 마지못해 기술자를 보내줄 것이다. 그는 변기 뚜껑 위에 올라서서 천장에 있는 물탱크 속에서 가는 줄을 건져내서는 격렬하게 그것을 움직일 것이다. 그제야 관리인이 빈정거리며 지켜보는 가운데 물이 흘러나온다……. 바닥의 거무스름한 대리석무늬로 말하자면, 그것은 타일을 깔아서 만든 나뭇결무늬가 아니라, 조금 평범하게 표현하자면 대대로 이 방을 사용한 사람들의 머리카락들이 마침내 무늬를 만든 것이다.

메이현에 도착한 것은 7월 7일과 8일에 있을 대학입학시험 전날이었다. 수험생들이 너무나 많았다. '가장 머리가 좋고 가장 뛰어난 학생들이 승리하기를.' 사람들은 흔히 이렇게 말한다. 하지만 그들이 내게 흘린 얘기로는, 공산당의 영향력 있는 간부가 추천하는 열등생들은 면접관들 눈에는 자동적으로 천재로 간주된다는 것이다. 내가 기적적으로 방을 잡을 수 있었던 호텔에는, 미래의 대학생들이 한 방에 서너 명씩 가득 차 있었다. 그들은 모두 인근 마을에서 온 학생들이었다. 시험은 임시방편으로 호텔 방을 빌려서 치러질 예정이었다. 시내의 다른 장소들은 모두 포화 상태였기 때문이다. 올해 중국 대학은 270만 명의 학생을 입학시킬 예정인데, 이는 이전 기록을 갱신하는 것이다. 평년보다 여덟 배 내지 열 배 이상의 지원자들이 모였다고 한다.

편지를 쓰려고 작은 정자 아래에 자리잡고 있는데, 한 손에 책을 든 여학생이 내 옆에 앉았다. 그녀는 큰 목소리로 영어를 복습하고 있었다. 불규칙동사를 잘못 이해하고 있는 그녀와 대화하고 싶은 마음에 나는 그녀의 영어를 고쳐주었다. 처음에는 친구들 중 한 명이, 이후 다섯 명, 열 명이 그녀 옆에 모여들었다. 그들은 웅성거리더니 주저하면서 자기 소개를 했다. 소녀들에게 공손한 인사를 받은 교수 한 사람이 그 상황을 재미있다는 듯 바라보고 있었다. 그가 내게 말했다. "중국 젊은이들은 영어 공부를 많이 합니다. 그들은 영어를 유창하게 읽고 쓰지요. 하지만 영어로 표현하는 데 무척 애를 먹고 있으며, 영어권 사람들과 대화해본 적이 없습니다. 이 학생들은 당신이 말하는 것을 이해하지 못하고 있지만 만약 당신이 글로 써준다면 문제없이 읽을 겁니다."
나는 웬후아와 쪽지에 글을 써서 의사소통을 했던 것이 생
각났다. 그는 초등학교 학생들 중 25퍼센트만이 중고등학
교(프랑스의 교육제도에서는 중학교)에 진학하게 된다고 설명
해주었다. 그리고 대학에 입학하는 사람들도 바로 이 학생
들이라는 것이다……. 물론 이들이 시험에 통과했을 경우의
얘기지만. 그는 자신이 학창시절 때는 매일 새벽 다섯 시부
터 밤 열한 시까지 공부했다고 말했다.

나는 수험생들 중에 여학생이 남학생들보다 적다는 사
실에 놀랐다.

"중국인들은 여전히 남자아이들을 선호하나요?"

"도시 사람들은 이제는 아이들의 성별에 신경 쓰지 않
고, 어떤 사람들은 오히려 사내아이를 갖지 않은 사실을 더
좋아하기도 하지요. 그러나 시골에서는 여전히 여자아이를
낳는 것을 불행이라고 생각합니다. 누가 그들의 조상을 모
실 것이며 농가를 이어가겠습니까? 이 나라에서는 노인들
을 위한 사회적 보호가 이루어지지 않고 있습니다. 사내아
이가 없다는 것은 결국 노후에 불행하게 살지나 않을까 하
는 걱정을 낳는 것이지요."

중국에 여자보다 남자가 더 많다는 것은 유명한 사실
이다. 사내아이를 선호하는 시골 주민이 중국 인구의 85
퍼센트를 차지한다는 것이 이를 말해준다. 이곳에서 여전
히 여아 살해가 자행되고 있을까? 그렇지는 않을 것 같지

만, 여자아이를 임신했을 때 자행되는 고의적인 낙태는 있을 것이다. 이런 현상을 종식하고자 하는 정부의 강한 압력에도 불구하고, 여자를 유괴해서 농촌의 독신 남자와 억지로 결혼시키는 일들이 드물지 않게 일어난다. 한 자녀 낳기 정책이 시행됨에도 불구하고 인구가 증가하고 있다는 것에 놀랐다.

"전문가들은 현재 인구가 증가하는 추세이고, 이대로 계속되면 15억에서 16억으로 늘어난다더군요. 위생 상태가 좋아진 결과지요."

나는 머릿속으로 조용히 내가 지나왔던 여관들을 떠올리면서 언급을 삼갔다.

"그러면 이 모든 사람들이 어디서 살게 되나요?"

"그것이 큰 문제입니다. 중국 인구의 증가는 농민들의 이주로 더욱 확대되고 있습니다. 이 모든 것이 주택 부족 현상을 초래하지요. 삼대가 좁은 공간에서 함께 사는 것은 흔한 일입니다. 이런 주택 부족 현상은 부유한 사람들이 좀 더 넓은 집에서 살고자 하기 때문에 가중되고 있지요. 따라서 많은 건물과 주택을 건설할 필요가 있습니다."

내가 전에 만났던 사람들과 나눈 대화, 그리고 지금의 대화를 통해, 나는 제도는 변하고 있지만 '영원히 변하지 않는' 중국의 상태는 여전하다는 것을 확신하게 되었다. 중국 사회 전체의 특징은 유교적이라는 것이다. 유교적인 사회에서는 부인은 남편을 존경하고 그에게 순종하며, 손아랫사람은 손윗사람에게 복종하고, 아들은 아버지의 말을 따른다. 젊은이들은 나이든 사람을 존경해야 하고, 시민들은 공산당의 일원이 되어야 한다. 이렇듯 모든 것이 그대로다. 모든 것이 봉쇄되고 차단되어 마비된 사회 속에서 최선을 향해 가고 있는 것이다. 당신이 일단 정상의 위치에 오르면, 중국이 때로 겪었던 거대한 민중의 움직임이 없는 한 당신의 자리 보존은 거의 보장받은 셈이다. 이것이 유교를 포기하면서 권력을 획득한 중국 공산당이 오늘날 그 제도와 장점을 적절히 이용하는 이유다.

중국의 가장 아름다운 모습은 일찍 일어나는 사람들만이 볼 수 있다. 하루가 시작되자마자, 이 부지런한 민족은 길거리를 뒤덮는다. 먼저 자전거 페달을 밟으면서 학교에 가는 학생들이 있고, 그 뒤를 이어서 근로자들이 보인다. 그러나 이 모든 사람들보다 앞서서, 작은 시장들이 도시와 마을의 인도를 점유한다. 집에서 아침을 먹는 중국인들은 아무도 없는 것처럼 여겨질 정도다. 메이현 중심지의 교차로는 이를 확인할 수 있는 가장 좋은 관망대다. 한족 사람들은 그곳에서 아침식사뿐만 아니라 유흥도 즐기고, 점심식사도 하고, 시장보기, 물품 거래 그리고 신발 수선도 하고, 친구를 만나 저녁식사도 한다. 이 몇 평 안 되는 공간이야말로 진정한 도시의 심장부다.

고객의 안락함을 고려해서, 사려 깊은 상인들은 날이

밝기 전에 그들의 삼륜차나 손수레에다 테이블과 의자들을 실어나른다. 프랑스에 있을 때 아침마다 차와 버터 바른 빵을 거르지 않았던 나는 이곳에서는 기름진 튀김을 잔뜩 먹음으로써 적어도 정오까지 버틸 수 있는 에너지를 얻는다. 상인들은 1위안이나 2위안 정도에 식사를 제공한다. 식사는 유타오油條〔밀가루를 길게 늘여 튀긴 것〕와 찐빵, 양파를 넣어 만든 부침개 그리고 내 입맛에는 너무 양념이 강한 냉면 등으로 이루어진다. 맛있는 수프도 제공된다. 중국인들, 그리고 또한 중국 여인들이 '컥' 하며 아무 때나 침을 뱉는 습관이 없었던들, 나는 이 아침 거리의 분위기를 좋아했을 것이다.

　마지막 손님들이 두루마리 화장지―다른 곳과 마찬가지로 이곳에서도 냅킨으로 사용된다―로 입가를 닦으며 아침식사를 끝내자마자, 과일과 채소를 실은 수레와 삼륜차들이 인도를 점령한다. 자전거에 과자를 차려놓은 행상인들, 선글라스를 파는 사람 옆에 재봉틀을 놓아둔 구두 장수, 구두닦이 소년들, 농기구를 만드는 사람들이 사이좋게 어깨를 나란히 하고 걸어온다.

　오후가 끝날 무렵에는 그전에 있던 상인들이 이동하고 가스 풍로와 숯불 바비큐 기계를 실은 새로운 수레와 삼륜차들이 들어온다. 지금 온 상인들은, 그들의 냉동고나 대나무로 된 긴 막대에 달아놓은 색전등을 밝힐 전기를 인근 상점에서 끌어온다. 저녁 시장이 시작되는 것이다. 곧 황이 섞인 중국산 목탄의 자극적인 냄새가 거리에 퍼지고, 수많은 전등에 불이 들어오면서 시끄러운 소리들이 울려퍼진다. 긴 테이블들이 놓이고, 사람들은 가족 단위 혹은 친구들끼리 모여 자리를 잡는다. 야시장은 으레 잔치 분위기고, 나처럼 혼자인 사람은 거의 없었다. 중국의 음식문화는 집단적인 유흥이다. 여러 가지 음식을 골라서 먹을 수 있다. 양꼬치구이, 따뜻하거나 차가운 국수들, 찐빵이나 구운 빵, 숯불에 굽거나 증기로 찌는 돼지고기요리, 야채와 쇠고기, 달걀들로 가득한 도기 항아리 그리고 따뜻한 수프, 굽거나 소스를 친 생선요리, 테이블 위에서 바로 조리되는 삶은 야채 국물, 커다란 칼로 주문하는 대로 잘라주는 참외 등이 있다.

이 모든 것이 믿을 수 없을 정도로 시끄러운 소음과 대화하는 소리, 웃음소리, 그리고 인파를 헤치고 길을 내는 삼륜차의 경적 소리, 테이블 사이에서 뛰노는 아이들의 울음소리와 상인들이 호객하는 소리와 뒤섞이며 이루어진다. 식사 후에 나오는 뼛조각, 음식물 찌꺼기, 휴지 그리고 차 찌꺼기 등등을 땅에 던지는 탓에, 땅바닥은 쓰레기로 뒤덮인다. 여름밤의 열기로 모두 가벼운 옷차림들이다. 여자들은 몸에 붙는 블라우스와 짧은 치마를 입거나 반투명의 긴 치마를 입고 있고, 남자들은 바지를 무릎까지 걷어올리고 티셔츠를 겨드랑이까지 말아올린 다음 배를 자랑스럽게 내보인다. 오늘날 중국에서는, 동정받기보다는 남이 부러워하는 사람이 되고자 하는 것이다.

중국 여인들은 옷을 사는 데 아낌없이 돈을 쓰는 반면, 입술에 바르는 붉은 립스틱을 제외하고는 화장하는 데는 돈을 거의 쓰지 않는다. 서양 여인들이 열심히 화장과 분칠을 해야 가질 수 있는 복숭앗빛 피부를, 중국 여인들은 타고났기 때문이다. 멋을 부리는 여인들은 쌀가루로 얼굴을 하얗게 만들고, 반드시 양산으로 햇빛을 가린 후에야 외출을 한다. 그들이 흑단 같은 머리를 파마하는 것은 지극히 드문 일이다. 나는 뚱뚱한 중국 여인을 거의 보지 못했으며, 비만은 전무하다시피 했다. 그들은 대부분 아주 가냘프고, 유럽이나 미국 여인들의 강박관념인 '승마용 바지'에 대해 무관심하다. 작은 가슴과 작은 엉덩이를 가진 중국 여인들은 그들에게 잘 맞는 아름다운 바지에 황홀할 만큼 아름다운 긴 상의를 입고 있다. 반면 짧은 바지나 치마는 그들에게 별 도움이 되지 않는다. 그들은 대부분 양말로 발을 가린 채로 지내는데, 중국 여인은 양말을 신지 않는 것이 너무 선정적이라 생각하여 맨발로는 감히 길에 나서지 않는다.

한족 여인들은 이익을 얻는 일에 매우 억척스럽다. 덩샤오핑이 부자가 되는 게 전혀 부끄러워할 일이 아님을 강조하며 "부자 되세요"라는 유명한 슬로건을 내놓았을 때, 그는 20억의 귀가 그 소리를 주의 깊게 듣고 있음을 알았다. 오늘날 그의 여성 동지들은, 인생에서 부와 장수라는 두 가지 행복만을 기원하고 있는 것이다.

나는 외모 면에서 너무나 닮은 이슬람교도 중국인(후

이족)과 한족을 구별해내는 확실한 방법을 알게 되었다. 후이족의 경우, 밥값을 받는 사람은 남자다. 그리고 이슬람교도가 운영하지 않는 식당에서는, 영수증을 제시하고 돈을 챙기는 사람은 항상 여자다.

7월 8일 아침, 날씨가 후덥지근하다. 잠을 잘 자지 못한 채 새벽 다섯 시에 호텔에서 나오고 싶었다. 그런데 밤을 하얗게 지새운 사람은 나 혼자만이 아니었다. 복도에는 손에 책을 든 젊은이들이 시험이 시작되기 전에 몇 페이지라도 더 외우려 하고 있었다. 길가에는 두 명의 귀여운 소녀가 큰 걸음으로 거리를 걸으며 손을 잡고는 작은 소리로 노래하고 있었다. 아마도 긴장감을 가라앉히는 방법이리라.

이른 시간이었지만 이미 거리는 북적거렸다. 나는 이 작은 마을을 빠르게 벗어났지만, 길가에는 거의 끊임없이 집들이 계속 이어졌다. 평원에서는 농부들이 낫으로 밀을 베고 있었다. 여기서부터는 더 이상 처녀지가 없다. 모든 땅이 개간되어 있었다. 여기서 물은 땅에 가까이 있다. 포플러나무들이 길가에 자라고 있었다. 저 너머로는 수확물들이 땅에 가득했다. 나보다 키가 큰 옥수수대에, 여기저기서 상인들이 증기에 쪄 먹거나 구워 먹을 수 있는 옥수수들을 내놓고 판다.

길은 내 오른쪽에서 수직으로 평원을 따라간다. 처마가 들린 지붕을 발견하고는, 호기심에 급경사의 좁은 길을 기어올라 한 사원에 이르렀다. 그곳을 관리하는 수도승이 부인과 함께 아침식사를 드는 중이었다. 그들은 나에게 빵과 자극적인 향신료와 녹말이 들어간 야채 수프를 대접했다. 정의를 지키는 조용하고 선한 얼굴의 수도승은 동굴에 있는 집으로 나를 초대했는데, 그곳에는 불상 하나와 보살상 두 개가 있었다. 진열대에는 열댓 개의 종이 불상들이 걸려 있었다. 이것은 이 지방 주민들이 바느질이나 색을 칠해 만든 것으로 티베트식 혹은 현대식 옷차림을 하고 있었다.

주지固至에 도착하자, 사람들이 이곳에 인터넷 카페가 있다고 했지만 난 그곳이 닫혀 있을 것이라고 생각했다. 다음 날 새벽, 호텔에서 쉬고 있는데, 사람들은 내게 그곳이 하루 종일 열려 있다고 말해주었다. 새벽 다섯 시 반 그곳을 찾았는데, 마치 '마카오의 지옥 같은 유흥'을 떠올리게 하는 분위기였다. 커다란 방 안에는 담배 연기가 자욱했고 컴퓨터가 줄 지어 있었는데, 여러 명의 젊은이들이 소파에서 자고 있었다. 다른 사람들은 사격 자세를 취한 암살자가 보이는 스크린 앞에서 팔짱을 낀 채 잠들어 있었다. 중국의 젊은이들은 비디오 게임을 좋아해, 게임 속 인물과 자신을 동일하게 생각하고 가상의 적에게 대항한다. 그들은 매 순간 무기를 사용했고, 방 안은 자동 권총의 격발음과 수류탄 터지는 소리로 가득했다. 겨우 잠이 깬 이들은 머리는 아직 꿈속을 헤매면서, 키보드를 두드리고 다시 학살을 시작한다. 용감한 꼬마 중국인들…… 이것이 미래 세대의 모습이다.

나는 시안에서 불과 75킬로미터밖에 떨어져 있지 않았다. 그리고 더 걷고 싶어서 발이 근질근질해 죽을 지경이었다. 하지만 흥미로운 장면을 보기 위해 오랜 시간 동안 멈춰 있었다. 세 명의 치과의사들이 열심히 진료를 하고 있었던 것이다. 다른 사람들처럼 그들도 거리에서 일을 한다. 거리가 아닐지라도 별다를 바는 없었다. 그들이 수술을 하는 장소는 도로변, 아스팔트 도로보다 좀 낮은 곳이다. 그들은 아스팔트 도로에서 3, 4미터 떨어져서 시술을 하고 있다.

그곳은 사방이 온통 뚫려 있어서 마치 노점 같았다. 벽에는 그림판이 쇠붙이로 고정되어 있었는데, 칫솔질을 열심히 하지 않는, 그리고 치과에 자주 드나들려 하지 않는 사람들이 겁먹을 만한 무서운 그림이 그려져 있었다. 자전거와 스쿠터는 되는 대로 아무렇게나 서 있었다. 자전거 한 대는 분명 치과 의사 중 한 사람의 것인 듯한데, '치과 진료실' 뒷벽에 기대어 있었다. 손님들과 환자를 데리고 온 친구들, 부모들은 노점 안에 있는 의자에 앉거나, 바깥에 서서 차례를 기다린다. 극심한 고통으로 주변에는 신경을 쓸 여력이 없는 한 여자가 흉측하게 부어오른 한쪽 뺨을 좀 덜 아프게 해보려 손으로 만져대며, 인도를 성큼성큼 걸어간다. 세 명의 의사들 가운데 둘은 치과용 의자에서 잠을 자고 있다. 중년 여성인 세 번째 의사는 의자에 앉아 머리를 뒤로 젖히고 있다. 치과 의사들은 손님들과 똑같이 하역인부용 작업복을 입고 입과 코에는 보호용 마스크를 쓴다. 그들은 핀셋과 바늘 외에는 다른 도구를 사용하지 않는다.

　기다리고 있는 사람들 모두, 자기가 곧 배우로 들어설 무대에 온통 신경을 쓰느라 아무 말도 하지 않는다. 지나치는 트럭마다 내뿜은 먼지 가득한 구름이 이 체념 어린 사람들의 모임을 덮치고 간다. 중국의 위생 수준 향상에 대해 나에게 말했던 교수가 생각났다. 중앙아시아 사람들과는 반대로 중국 사람들은 거의 대부분 이를 닦고 산다는 건 정말이었다.

　쓰 간휘는 자전거로 나를 앞질러 가다가 브레이크를 잡고는, 굉장히 건방진 말투로 내가 여기서 무얼 하고 있는지, 어디서 왔는지, 또 어디로 갈 것인지에 대해 불쑥 말을 걸어왔다. 그는 아직 젊어보이는 남자였고 티셔츠와 반바지 차림에 아마도 평생 발에 신고 있을 듯한 슬리퍼를 신고 있었다. 후추와 소금이 뿌려진 듯 희끗희끗한 머리는 빗으로 빗겨져 있고, 대머리가 좀 져서 그의 이마를 넓게 만들고 있었다. 그는 내 서류들을 읽자마자 나를 집에 초대했다. 그는 조금 멀리 떨어진 마을에 사는데 좀 가다 보니 마을 입구의 몇몇 집들이 눈에 들어왔다. 우리는 흙길로 들어섰고, 잠시 후 담으로 둘러싸인 초라한 집에 도착했다. 시멘트를 바른 작은 마당이 꽤 넓은 방 세 개와 면하고 있었다. 한쪽 구석에는, 쌀 도매상인 쓰가 한가한 시간에 사용하는 방적기 한 대가 있었다. 그는 자기 아들이 바오지寶鷄에 살고 있다고 말했다. 그의 살림살이에 대해 내가 칭찬하자, 그는 나와 나이가 같다고 말하면서 태극권의 유쾌한 몸짓을 해보였다. 움직임 속의 명상이라고 불릴 만한 그 몸짓은 내가 대도시 공원에서 보았던 것과 같았다.

쓰는 간단한 식사를 같이하자고 나를 초대했다. 반찬은 그가 물통에서 직접 재배한 토마토 두 개와 마른 빵 한 조각이 전부였다. 이 남자는 정말 온정이 흘러넘쳤다. 그는 내가 이해하는지는 별로 개의치 않고, 말과 몸짓을 반반씩 섞어가며 여러 가지 이야기를 해줬다. 화젯거리는 군인들이었다. 그는 아주 중요한 인물들 중 어떤 한 사람 앞에서 차려 자세를 하고 그의 이름을 말했다. 바로 마오였다. 그러더니 그는 카리스마 넘치는 옛 지도자가 격식을 갖추어 수여한 훈장을 찾으려 했다. 잠깐 쉬다가, 내가 이제 가야 한다는 것을 그에게 이해시키려고 하자 그는 자기와 함께 있어야 한다고 고집을 부렸다. 그러고는 마을의 마지막 집에 이를 때까지 길을 따라가며 무슨 춤 같은 것을 추면서, 윌리스를 끌고 갔다. 우리는 두 시간밖에 함께 있지 않았지만 헤어지는 순간에는 둘 다 이 만남의 행복감에 젖어 마치 두 명의 오랜 지인들처럼 서로 얼싸안았다. 나는 그가 멀어지는 것을 바라보았다. 그리고 실크로드의 이 여정에서 아마도 마지막으로 만난 친구와 이제 막 작별했다는 생각이 스쳐 갔다.

오늘 아침부터 너무 질질 끌며 천천히 오는 바람에 한참 뜨거운 시간에 걸어야 한다. 아스팔트가 발밑에서 나를 녹이고 있었다. 소금조각을 먹었는데도 땀이 줄줄 흘러내린다. 나는 물 몇 리터를 벌컥벌컥 들이켰다. 그러고 나서 관개수로에 물을 대던 관으로 수통에 물을 채웠다. 간허의 입구에는 '시안 46킬로미터'라는 알림판이 붙어 있었다.

이 동네 모든 사람들에게 사랑받는 듯 보이는 한 여자의 집에서, 나는 호의와 너그러운 마음으로 겨우 방이라고 불릴 수 있는 공간을 빌렸다. 그 부인은 내게 수영복을 갖다 주라고 아들에게 소리를 지른 후, 나를 커다란 시멘트 풀장에서 두 걸음쯤 떨어진 곳으로 데려갔다. 풀장에서는 열다섯 명쯤 되는 아이들이 노닥거리고 있었다. 날씨가 너무 무더워서 나는 잠시도 망설이지 않고 물속으로 곤두박질쳤다. 목적지에 거의 도달했기에 이렇게 위험천만한 행동을 할 수 있었다. 쓰가 잘 씻지도 않고 내준 토마토를 먹은 일, 분명 여름 내내 갈지도 않았을 탁한 물 속에서 뛰어드는 일 등은 일주일 전만 해도 내가 감히 함부로 하지 못했으리라. 그렇지만 곧 더위로 죽느냐 아니면 내일 이질에 걸리느냐, 이 두 가지 중에서 선택을 한 것이다. 나는 이 진흙투성이의 물과 '길의 끝'이라고 불릴 만한, 만져지지 않고 습기를 잔뜩 머금은 구름 속에 동시에 둥실 떠 있었다.

수영장 때문에 모여든 모기들을 물리치려고 역겨운 이불 속에 몸을 파묻고 잠을 자면서, 나는 4년 전 시작한 이 길고 외로운 행군이 이틀 뒤면 끝난다는 것을 생각했다. 끝이 다가왔다는 사실이, 나 스스로도 아직 실감이 나지 않는다. 더위는 나를 숨막히게 했고 수영장에서 나오는 비교적 시원한 공기는 벌써 오래전에 사라져버렸다. 가까운 작업장에서 끊임없이 드릴을 돌리는 바람에 잠을 설쳤다. 중국에서는 토목 공사 작업 기간에 기계가 멈추는 법이 없다.

이제 이틀만 더. 나는 이 문장을 기도문 읊어대듯이 되뇌었다. 그러나 이 말은 아무 의미도 없고, 내 머리에 들어오지도 않았다. 나는 매트리스를 대신하고 있는 판자 위에서 몸을 뒤척이며 이렇게 자문해보았다. '여행의 끝에 도달한다는 것, 이것은 무엇을 의미하는 걸까?' 지금으로선, 여행의 끝이 검은 구멍처럼 느껴진다. 그것은 더욱 풍요로운 어떤 다른 것을 향한 부름일까, 아니면 미지의 공포 속으로 추락하는 것의 근원일까? 나는 콤포스텔라 대로의 끝이라고 써 있는 표지판들을 발견했을 때 느낀 실망감을 기억하고 있다. 나는 복수심으로, 산티아고에 도착하기 50킬로미터 전, 첫 번째 표지판에 오줌을 누었다. 지금, 이 축축한 밤을 보내며 차라리 어딘가에 빠져드는 듯한 기분을 느낀다.

그렇지만 어쨌든 나는 단 하나의 목표를 정했다. 내가 왜 이렇게 걸어야만 하는지를 이해하도록 애쓸 것. 그 목표에 도달할 수 있는지는 확신할 수 없다. 반대로 어느 정도 확신할 수 있는 것은, 그 점에 대해 내가 출발하던 날만큼이나 모르고 있다는 사실이다. 무언가 나보다는 훨씬 크고 강한 어떤 것이 나를 앞으로 이끌고 간다. 호기심? 그럴 수도 있겠지만, 그것이 나의 첫 번째 동기는 아니라는 생각이 든다. 오히려 혼자인 나를 발견하고 싶다는 바람일 것이다. 그런 고독 속에서는 사회생활의 거짓과 탐욕은 줄어들고 내적인 진실함은 더욱 커지니까. 또한 세상의 광대한 신비로움 속에서 너욱 존재감을 느낄 수 있고, 기적적인 만남의 시간에 참여할 수 있다는 것. 그러니 여행은 끝이 없어야만 하고, 삶 그 자체가 되어야 할 것이다. 여담처럼 잠시 삽입된 것이 아니라, 삶의 도정 속에서 아주 길게 지속되는…….

나는 어젯밤 수첩에 갈겨 써놓은 이 말을 다시 읽었다. 그 말들이 내 '모험', 혹은 그렇게 자처하는 일을 특별히 돋보이게 하는 것은 아니다. 나는 이렇게 말하고 싶다. '나는 여행하고, 나는 걷는다. 왜냐하면 한쪽 손이, 아니 그보다 알 수 없는 만큼 신비한 한 번의 호흡이 등 뒤에서 나를 떼밀고 있기 때문에'라고 말이다. 좀 더 혼자이기 위해서는 항상 더 많이 벗어버려야 한다. 그럴수록, 나의 진실이라 믿는 것에 더 가까이—적어도 그렇게 믿는 것이 좋다—다가 갈 수 있는 것이다. 물론 그 진실이란, 나보다 더 빨리 달려가고 있어서 결코 따라잡히도록 내버려두지는 않을 것이지만 말이다. 나를 그토록 고생시켰던 사막과 초원의 바람도, 나는 결국 사랑하게 되었다. 그 바람이야말로 내가 찾고 있는 바로 그 모습이며, 말—적어도 내가 사용하는 말들—로는 재빨리 포착할 수 없는 것이다. 초원의 바람은 결코 말을 필요로 한 적이 없었다. 우리는 서로 닮았다. 공허와 침묵의 친구들. 우리는 왜 우리가 가고 있는지 알지 못하지만,

공간을 계속 휩쓸고 다녀야 한다는 것은 알고 있다. 비록 아무 목적이 없다 하더라도—아니, 비록 아무 목적이 없는 것처럼 보이더라도—말이다. 어느 화창한 날, 바람은 집으로 돌아가 잠시 쉰다. 친구들은 말한다. 그는 침착해지고, 고요해졌다고. 어디론가 돌아다니든 한 곳에 정착하든 삶은 계속되고, 역시 가야만 하는 것이다. 결국은 모든 것이 아마도 여행일 뿐일 테니까.

아침 여섯 시, 간허 마을이 깨어나고, 나는 마을의 큰 길을 다시 올라갔다. 바깥에서는 대부분의 사람들이 자고 있었다. 내가 수박 한 덩이를 사자, 수박 장수는 잠자리—물건 진열대에서 1미터 거리에 있는 돗자리—에서 일어나자마자 손님이 들어, 하루 시작이 좋다고 혼잣말을 한다. 인도 위, 나무판이나 덮개 위, 아니면 땅에 그냥 서서 사람들은 아직 꿈의 포근함 속에 몸을 움츠리고 있다. 어떤 여자는 헝겊 한 뭉치 위에서 벌거벗은 어린아이의 배에 손을 얹은 채로 자고 있다. 아이는 커다란 눈을 뜨고 내가 묵묵히 지나가는 것을 바라본다. 한밤에 그들을 다시 어르며 재워줄 촉촉한 시원함을 조금이라도 다시 느끼려면, 그들은 다시 하루를 기다려야 한다.

걷는 것은 즐겁다. 부드럽게, 작은 악마가 내 귀에 대고 중얼거린다. "46킬로미터만 더 가자. 오늘 저녁이면 너는 이 길의 끝에 있을 수 있는데, 왜 내일까지 미루려 해?" 부인하려는 몸짓으로 머리를 아무리 흔들어도, 그는 얄밉게도 내게 찰싹 달라붙어 고집한다. 내 뜻과는 달리, 엄청난 엔도르핀이 분출되도록 나를 끌고 당기는 걸음의 악마에 떼밀려, 내 걸음은 점점 빨라진다.

나를 여기까지 데려왔고, 그 많은 위험에서 지켜주었던 수호천사는 또 다른 쪽에서 이렇게 자꾸만 말한다. "오늘 더위는 더 심해졌어. 이성을 찾아야 해." 그러나 작은 악마의 달콤한 목소리가 머릿속에서 울리는 반면 천사의 목소리는 겨우 들릴 듯 말 듯 했다. "46킬로미터야. 아무것도 아니라고. 이런 경우가 처음도 아니잖아. 그러면 내일, 모레, 또 그다음 날에도 쉴 수 있다니까." 싸움은 그리 팽팽하지 못했다. "너는 이 길의 끝에서 지혜를 얻으려던 게 아니었어?" 내가 자기를 제대로 접하지 않는다고 느낀 천사는 헐떡거리며 말했다. 그러나 아무것도 소용없었다. 보폭이 조금씩 커졌다. 전투는 빨랐다. 유혹하는 악마의 완승이었다. 그래, 결정했어. 나는 오늘 7월 10일, 시안의 성벽을 보게 될 것이다. 어떤 값을 치르건 간에.

그 대가는 차츰 커지고 있었다. 마치 기온이 올라가는 만큼…… 여덟 시 반부터, 땀이 줄줄 났다. 아홉 시에는 땀방울이 모자 밑에서 구르고 얼굴과 목으로 흘러내리고 가슴 위에서, 등을 타고 방울져 떨어지고, 엉덩이 사이로 스며들었다. 그리고 곧 신발 밑으로 고여 들게 생겼다. 티셔츠를 벗어서 비틀어 짜니 땀이 4분의 1리터는 족히 나왔다. 나는 내 물통에서 위장을 지나 피부로 옮겨갔을 뿐인 그 물이 다 마르도록 걸어놓았다. 십오 분마다 나는 그 작업을 해야 했다.

세 시쯤, 마을에 가까워지자 오염된 안개 속에서 입구의 공장들이 몇몇 보였다. 먼지와 더위와 연기 냄새가 나를 숨막히게 했다. 예전에 마라톤 코스를 달렸을 때, 나는 몸의 고통이 후각을 자극한다는 사실을 알게 되었다. 내가 만든 면 마스크는 냄새는 막지 못했지만 적어도 먼지는 걸러내 주었다. 점심을 먹으려고 작은 식당에서 잠시 쉬었을 때, 나는 땀으로 흠뻑 젖어 호흡이 정지되는 것만 같았다. 근육은 독소로 꽉 차 있었다. 동정심 많은 여종업원이 맑은 물 한 냄비를 가져다 줘서 거기에 티셔츠를 헹궜다. 그녀는 티셔츠를 마당의 빨랫줄에 널었고, 십 분 뒤 바싹 마른 걸 다시 가져왔다. 햇볕이 따가워 아플 정도였다. 햇볕에 사람이 죽기도 한다. 영어를 하는 한 손님이 내게 말하길, 라디오에서 방금 일사병으로 농부 한 명이 사망했으며 당국은 밖에서 일하는 사람들에게 각별한 주의를 호소했다는 뉴스를 들었다는 것이다. 나는 날을 단단히 잘못 잡은 것이다. 수호천사의 비웃음이 들려오는 듯했다. "내가 그렇게 말했었지……." 그렇지만 체면이 있지 어떻게 지금 멈출 수가 있단 말인가? 끝내버리자. 오늘 이 여행을 끝내기로 결심했다.

식당에서 나오니, 타오르는 공기가 내 폐를 불태웠다. 산소가 폐에서 다 사라져버리는 것 같았다. 왕래하는 사람들 몇 명만이, 윙윙대며 지옥 같은 연기를 토해내는 불도저가 남겨놓은 흙더미와 구덩이 사이로 뻗어 있는 플라타너스 아래로 피신했다. 중국 마을들 중에 공사가 없는 곳이 있을까? 차도를 따라 걸은 탓에, 나는 기진맥진했다. 트럭들이 연료를 태우면서 뿜는 찌는 듯한 배기가스가 도로 위의 나를 괴롭혔기 때문이다. 옆 테이블의 손님들이 내게 말했다. "시먼西門(시안의 서쪽 문)? 5킬로미터 남았소." 오늘 아침, 표지판은 '시안 46킬로미터'라고 공언하고 있었다. 나는 쉬기 전까지 40킬로미터를 걸어온 것이다.

계산은 정확한 것 같다. 여섯 시경까지 더위가 좀 누그러지기를 기다릴 수도 있었으련만, 결코 그러질 못했다. 이 끔찍한 5킬로미터를 향해, 가자! 나는 여행을 끝내고 시먼, 그리고 중러우, 그 종탑을 보려고 마음이 너무 바빠졌다. 몸을 보호하기 위해, 나는 티셔츠를 벗고 용케 멀쩡하게 남아 있는 와이셔츠로 갈아입었다. 다른 것은 땀으로 너덜거렸다. 소매가 너무 길어서, 나는 손가락을 햇볕으로부터 보호하려고 소매를 끌어당겨 손을 덮었다. 온도계는 섭씨 42도를 가리키고 있었다. 나는 더 나쁜 상황도 익히 알고 있었지만, 이 축축한 더위는 2년 전 이란의 카비르 사막에서 겪었던 건조한 52도와 똑같이 느껴졌다. 나는 시먼이 곧 나타날 길 끝에 시선을 고정시키고는 조금씩 걸음을 내딛었다.

시안은 14킬로미터에 이르는, 보존이 잘 된 톱니 모양의 높은 성벽으로 둘러싸여 있다. 벽은 가로 16미터, 세로 13미터의 사각형 모양이다. 주요한 각 지점은 요새에서 솟은 문으로 표시가 되어 있다. 서쪽 문을 지나니, 나의 최종 목표까지는 4, 5킬로미터가 남아 있었다. 4년 전부터 겨냥했던 목표, 오래된 마을의 중앙에 우뚝 서 있는 그 종탑이었다. 그곳은 이제 5, 4, 3, 2…… 하지만 시먼은 여전히 보이지 않았다. 나의 엔도르핀도 기권을 선언하고, 다시 입술을 일그러뜨리는 굵은 열꽃이 나를 고통스럽게 했다. 더위가 몸을 온통 녹였고, 흐물거리는 아스팔트 위에서 발을 떼는 것도 힘들었다. 수호천사의 비웃는 소리를 듣지 않기 위해, 나는 트럭이 부르릉거리는 소리에 일부러 귀를 기울였다. 교차로에서 인도 끝에 앉아 한담을 나누고 있는 몇 명의 노인들 옆에 있는 플라타너스 밑에 털썩 주저앉았다. 나는 숨을 가다듬고, 용기를 내어 물어보았다.

"시먼, 아직 멀었나요?"

"4, 5킬로미터 쭉 가면 됩니다."

나는 옆에 있는 가게에서 과일 주스를 사러 갈 동안 윌리스를 그들에게 맡겨두었다. 가게 주인은 내가 얼음처럼 차가운 음료를 원하지 않는 것을 이해하지 못했다. '코쟁이들은 참 이상한 사람들이군.' 하는 표정이었다. 그중에는 이렇게 차가 있는 세상에 걸어다니고, 냉장고가 있는데도 뜨거운 걸 마시겠다는 사람도 있는 법이다.

다시 출발한 뒤, 발을 점점 더 많이 끌었다. 왼쪽 무릎이 아팠고 오른발의 엄지발가락 밑에 난 무사마귀가 몇 시간 전부터 나를 간지럽혀서 참기 어려웠다. 도착할 때가 되었는데, 온몸이 다 삐거덕거렸다. 그래도 나는 목표를 달성하고 싶어서 안달이 났다. 누가 내게 내일이면 앉은뱅이가 될 거라고 위협한다 해도, 나는 다시 갈 것이다. 나는 "시먼, 시먼……"이라고 흥얼거렸다. 배에는 용기를, 장딴지에는 힘을 실어주기 위해서 말이다. 하지만 문은 직선으로 뻗은 길 끝의 더운 안개 속에 여전히 가려져 있었다. 햇빛이 수직으로 떨어져, 거대한 나무의 그늘을 나무 밑동 쪽으로 계속 밀어붙이고 있었다. 이것이 사람들이 말하는, 성취에 대한 두려움일까?

나는 이것이 끝이라는 생각을 떨쳐버렸다. 그건 나를 너무나 힘 빠지게 만들기 때문이다. 하지만 나는 이제 잠시 후 한 시간, 하루, 그 짧은 영원의 시간이 지나고 나면, 4년 전부터 나를 이끌었던 그 꿈에서 빠져나오리라는 사실을 알고 있다. 실크로드에는 끝이 있었고, 나에게 남은 거리는 0킬로미터에 점점 가까워지고 있었다.

나중에 좀 더 지나면 알게 될 것이다. 이 길 위에서 내가 매 순간 속을 걷고 있었다는 것을. 생각하지 말고 걷기. 다시 1킬로미터, 또 다른 1킬로미터, 세 번째 1킬로미터……. 먼지 속에서, 갈 길 바쁜 트럭들과, 양산으로 해를 피하며 멈추지 않을 정도로만 느릿느릿 페달을 돌리는 자전거들이 나타난다.

"시먼은요?"

"곧장 4, 5킬로미터 가시오……."

먼지가 잔뜩 앉은 수박 한 조각을 팔려고 애쓰며 친절하게 대답해준 이 젊은 대머리 수박 장수를 흠씬 패주고 싶은 심정이었다. 이제 멈춘다는 건 말이 되지 않는다. 나는 거리에 대해 알아보기를 단념할 것이다. 대답을 들어봤자 기운만 빼기 때문이다. 많이 동요하기는 했지만, 물통에 달린 가느다란 빨대를 게걸스럽게 빨면서 윌리스를 끌고 걸어갔다. 땀은 나를 흐물흐물하게 만들고, 한 걸음 디딜 때마다 내 발을 찌르는 듯했다. 다시 성큼 한 걸음. 또 다시 한 걸음. 이 빌어먹을 서쪽 문은 언젠가는 나타나고야 말리라. 나는 오른쪽에 있는, 아주 괴상한 모양의 지붕을 한 거대한 건물들을 감상하려고 잠시 멈춰 섰다. 당나라 때의 장의를 걸친 남자들을 표현한 기념상들이 가장자리에 세워져 있는 넓은 통로를 따라가니 그곳에 이를 수 있었다. 박물관일까? 아니, 저건 단지 지금은 관광용으로 쓰는 영화 세트였다. 소상인들은 내가 이름도 못 들어본 영화의 장면들이 담긴 우편엽서를 나에게 팔려고 했다. 입구에 설치된 오두막으로 피해 들어간 나는 와이셔츠를 벗고, 이제 잘 말라서 다시 땀을 흡수할 수 있게 된 티셔츠를 입었다.

　　마음이 편해져서 나는 작전을 바꿨다. 시먼을 계속 뒤쫓는 걸 단념하고, 시간을 들이면서, 빈둥거리며, 즐기며, 느긋하게 가자고 결심했다. 과일을 조금 먹으려고 멈춰 서서, 베로 만든 의자에 앉아 낮잠을 자고 있는 젊은 구두 수선공의 사진을 찍었다. 그는 양말 바람으로 자기 도구들이 빙 둘러 놓여 있는 손님용 발받침대에 자기 발을 얹어놓고 졸고 있었다. 도구들 가운데, 먼 옛날 어느 왕조의 것으로 추정되는 재봉틀 한 대가 당당히 자리를 잡고 있었다.

난 조급함을 없애버렸다. 그럴 만한 이유가 있었다. 시면은 슬쩍 사라져버리고, 나는 시안을 염두에 두고 있었다. 이제 더이상 쫓아다닐 수는 없다. 목표에 도달하고자 4년간 노력했는데, 그 목표에 이를 수 있는지 이 순간 의심스러워진다. 잔디를 심은 아주 조그만 정방형 땅 위에서 잠깐만 휴식을 취하려 자리를 잡았다. 그리고 나는 앞으로 남은 사흘에 대해 생각해보았다. 중국에서의 연속 사흘간의 휴식. 투루판에서 출발한 이후로 처음 있는 일이었다. 나는 내가 곧 가볼 곳이 어디인지, 회교 지역에서 내 멋대로 먹을 수 있는 곳이 어디인지 뒤져보면서 안내책자를 훑었다. 병마용兵馬俑〔진시황 사후 그의 무덤을 지키기 위해 만들어진, 흙으로 빚어 구운 말과 병사들〕을 보러 가는 건 어떨까?

십 분 정도 있다가 나는 다시 길을 떠났고, 시면의 뒤로 솟은 높다란 성채를 보게 되었다. 그곳의 앞면은 하얗고, 회색 기와 지붕이 얹혀 있었다. 그 멋진 성채는 몇 그루의 플라타너스 뒤에 가려 있었다. 나는 그것이 좀 더 아름다웠으면 했다. 우리의 만남을 훌륭하게 축하할 수 있도록 말이다. 성채는 사층까지 천장이 뚫려 있는 장방형의 길쭉한 건물로, 각 층에는 잘 정렬된 열두 개의 창이 있었다. 탑 모양의 지붕으로 덮여 있지 않았다면, 프랑스의 병영 같은 분위기가 났을 것이다. 오른쪽에는 총구멍이 나 있는 순찰로가 보였다.

나는 성벽의 바깥 둘레를 연결하는 다리 난간에 윌리스의 손잡이를 기대놓았다. 커다란 모자를 쓴 한 남자가 거기서 꼼짝도 하지 않고 낚시를 하고 있었다. 그늘도 없는 이 공간에 작렬하는 더위를 피하려 바삐 지나가는 사람들이 나를 앞서갔다. 나는 한 청년에게 기념물 앞에서 사진을 찍어달라고 부탁했다. 스스로에게조차 현실이라고 믿기지 않는 이 순간의 흔적을 간직해두고 싶었기 때문이다. 몇 분 뒤, 나는 두 바퀴가 달린 내 동반자를 끌며 종탑 쪽으로 향했다. 다시 한 번 나는 정보를 얻고자 하는 마음을 억누를 수 없었다. 이렇게 지쳐 있는 상태에서 길을 잃고 몇 킬로미터를 더 간다는 것은 견딜 수 없는 일일 텐데도 말이다.

"똑바로, 4, 5킬로미터 가시오."

익히 짐작했던 대답이다. 흥분해봤자 소용없다. 1만 2천 킬로미터를 지나온 후, 이것이 마지막 '4, 5킬로미터'일 것이다. 그 거리를 음미하고, 한 걸음 걸음마다 그것을 즐기는 편이 훨씬 합리적이다. 왼쪽과 오른쪽으로, 공장들이 주택 혹은 사무실로 쓰는 커다란 건물들에 자리를 내준 것이 보였다. 몇몇은 건설 중이었다. 도시와 밀집한 인구는 거의 700만에 가까웠고, 그들이 살 집을 마련해주어야만 한다. 그래서 여기저기에 크레인 탑이 설치되어 있었다. 산업은 오래된 제국의 도시에 새 삶을 허락했다. 그러나 비약적

발전을 다시 가능케 한 것은 특히 관광산업이었다. 만리장성과 함께 고대 진나라의 2대 불가사의 중 하나로 여겨지는 병마용이 여기서 가까운 곳에서 발견되어, 전 세계 관광객들의 빌길을 끊임없이 끌어들이고 있는 것이다. 2200년 동안 사람들의 광기로부터 이곳을 보존하고 있었던 것이 오직 흙으로 된 덮개뿐이었으니, 실로 또 한번 경탄할 수밖에 없다.

이윽고 나는 중국인들이 페달을 밟듯 긴 꿈에서 깨어나 안개 속을 헤매듯 천천히 걸었다. 종종걸음을 치는 인부복 차림의 중국인들도, 수박을 팔던 상인들도, 나는 기억에서 지워버렸다. 그늘에 둥글게 쭈그리고 앉아 장기를 두며 끝날 줄 모르는 논쟁을 벌이던, 턱수염을 기른 작은 노인들도 잊었다……. 나는 동쪽을 향해 무작정 걸었고, 꿈을 꾸듯 4년 전으로 다시 되돌아갔다. 나를 여기까지 이끌고 온 수백만 번의 걸음을 따라, 이 거대한 길에서 마주친 얼굴들과 풍경들이, 좋았던 순간들과 힘들었던 순간들이 주마등처럼 스쳐 지나간다. 터키 그리고 그곳에서의 아름다운 만남들, 나무꾼 철학자 셀림과 아직도 내게 펜으로 쓴 편지를 보내곤 하는 정겨운 할아버지 베흐체트, 에렌제의 시장 아리프. 터키에서 나를 잡아먹을 듯하던 맹견 캉갈들 그리고 하루가 시작되는 시간 아라라트 산의 찬란함이 아직도 내 눈에 선하다. 이란의 타브리즈에서 알게 된 친구들 타이에베와 카림, 카즈빈에서 만난 아흐메트와 내게 아직도 치아가 있다는 사실에 깜짝 놀랐던 그의 오래된 친구. 대상 숙소에서 느꼈던 고독한 밤의 행복. 그리고 이란의 모든 문화를 몸소 지니고 있었던 메셰드의 사랑스럽고 너그러운 예술가 메흐디와 모니르. 우즈베키스탄 국경의 아름다운 정원에서 머물렀던 기억, 부하라, 사마르칸트 그리고 키르기스스탄의 기병들과 얼어붙은 고원, 솔타나드와 토콘, 매혹적인 카스의 일요 장터와 키 작은 류를 나는 아직도 고스란히 간직하고 있다.

실크로드의 내 친구들이 종탑 아래, 이 전설의 길 끝에 나에게 환영 인사를 하러 모두 몰려든다. 그들은 그 길에 생명과 살을 주고, 이야기로 장식해주었다. 사람들은 내가 이 길을 혼자 지나올 수 있었다는 것에 경탄하지만, 나는 혼자였던 적이 별로 없다. 그들이 언제나 거기에 있었다. 그들은 하루 동안 혹은 한 시간 동안 나의 동반자가 되어주었다. 내가 굶어 죽을까봐 내 식량주머니를 꽉꽉 채워주던 여자들, 우리가 느끼는 정을 말로 다 표현할 수 없을 때 포옹을 나누며 우정을 전하던 남자들. 자비로운 그늘도 없이 이제는 가혹한 햇볕 아래 마지막 몇 킬로미터를 통과하고 있는 지금, 내가 4년 전부터 그토록 강렬하게 체험했던 이 모든 얼굴들, 그 농부들, 감정, 두려움과 기쁨이 내 눈앞을 스쳐갔다.

종탑에 도착하고 나면, 나는 무엇을 느끼게 될까? 분명, 좀 우쭐해질 테고, 어쩌면 일종의 허영심마저 느낄지도 모른다.

목에 너무 힘주지 않도록 조심해야 할 것이지만……
내가 2000년 역사를 통틀어 실크로드 전체를 혼자 걸어서
종단한 유일한 사람이라는 것 또한 사실 아닌가……. 그건
보통 일은 아니다! 하지만 사람들이 내게 무얼 찾으러 여
기 왔냐고 바로 지금 묻는다면, 이렇게 대답할 것이다. '그
다음을 찾기 위해서'라고. 은퇴할 시기가 다가왔을 때는 모
든 것이 끝났다고 생각했었다. 그리고 모든 것을 다시 시작
했다.

이미 예감했던 것처럼, 나는 바로 자신 앞에 있었다.
그리고 내 자신을 발견했다. 지쳐서 닳아 없어진 것이 아니
라 새로 태어났다. 마르코 폴로의 귀환을 지켜보았던 베네
치아의 밀리오네 광장에서, 4년 전 나는 내 제 3의 인생, 세
상의 상식으로는 이만 은퇴해야 할 나이에 다시 시작한 이
삶이 과연 어떤 것일지 자문했다. 젊은이들은 그들도 감히
해내지 못한 내 경험에 놀라거나 경탄하고 있다. 그러니 계
속하지 않을 이유가 어디 있는가? 종탑은 하나의 단계일 뿐
이고, 나는 여기서 지혜를 얻지는 못했지만, 어떤 힘을, 혹
은 인간으로서 나의 길을 계속 이어가게 해주는 열정을 얻
었다.

이런저런 생각과 계획 속에 빠진 채로 나는 내가 가고
있던 거리의 마지막 몇 미터를 지나가버렸고, 바로 그때, 그
것이 갑자기 거기에, 내 앞에 솟아올라 있었다. 교차로 중

앙에 종탑이 있었던 것이다. 20미터쯤 되는 오층탑이었다. 관람객들은 사원의 지붕 처마 밑을 거닐고 있었다. 14세기, 명나라의 첫 번째 황제가 건축한—시안이 여전히 매우 부유한, 실크로드의 매혹적인 도시이던 시기에—육중한 종은 탑의 이층 발코니에 지어져, 주민들에게 시간을 알려주고 있었다. 오늘날에도 청동의 장중함이 울려나오는 기쁨을 느끼려는 관광객들의 성화로 그 종은 시도 때도 없이 울리고 있다.

나는 가장 가까운 호텔에 짐을 내리고, 탑이 내다보이는 높은 방을 달라고 청했다. 샤워를 하고 나오자마자 창문에서 탑을 가만히 바라보았지만, 어떤 감흥도 느껴지지 않았다. 나는 욕실로 돌아가 거울 앞에 우뚝 서서 자신에게 되뇌었다. "성공했어, 자네. 성공했어." 하지만 나는 나를 알아볼 수 없었고, 나를 믿을 수 없었다. 이 현실은 너무 비현실적이었다.

그 후로는, 마지막 날의 피로가 나를 짓누르는 듯했다. 그래도 나는 힘을 내어 인터넷 카페까지 가서, "나 결국 도착했다"는 해방의 메시지와 내가 머물고 있는 호텔의 주소를 파리로 보냈다. 시안은 저녁 여덟 시, 파리는 오후 한 시였다. 나는 내 방까지 간신히 기어갔다. 거울 앞에 다시 한 번 섰다. 나는 마법의 주문을 다시 외워보았다. "너는 성공했어." 여전히 믿을 수 없었다. 하지만 비자 문제와 관료들을 이겨내고 여정을 완료했다는 생각은 나를 조금은 흥분시켰다. 그러나 그 흥분이 그렇게 계속되지는 않았다. 큰일을 해낸 후의 막연한 만족감을 머금은 채 금세 잠에 빠져들었으니까.

전화 소리에 잠을 깼다. '미'라는 여자가 나를 만나러 홀에서 기다리고 있다는 것이다.

미 러룽은 키가 작고 짧은 머리에 광대뼈가 튀어나온 여성으로, 긴 꽃무늬 치마에 가려 잘 보이지 않았다. 그녀는 완벽한 영어를 구사하며, 자신이 국제 문화교류 단체의 중국 지부에 있다고 말했다. 또 한 명의 젊은 여자가 잠시 후에 도착했는데, 헬렌이라는 영어식 이름으로 자신을 소개했다. 친구들을 통해 들었는지, 아니면 신문사를 통했는지 알수 없는 출처에서 내 얘기를 들은 두 여자는 어제 저녁부터 모든 수단을 총동원했으며, 결국 나를 납치하듯 끌고 기자회견 순례를 시작했다. 신문, TV 방송국, 라디오 방송국 등과의 인터뷰에 응하느라 한나절을 보내고 나니, 저녁엔 아벨 스그레틴이 왔다. 그는 《주르날 디망쉬》의 베이징 특파원으로 취재차 시안에서 여행을 하고 있었다. 텔레비전 기자들과 사진기자들은, 내가 반으로 접어 뻔뻔하게도 종탑 앞에 놓아둔 월리스를 보고 무척 좋아했다.

마지막 인터뷰를 끝내고 나니 자정이었고, 나는 어제 55킬로미터를 걸었던 것보다 더 지쳐버렸다. 자정이 되자, 미는 《시안 이브닝 뉴스》의 사진기자 왕 펑과 함께 나를 사진촬영장으로 데려갔다. 아시아의 요란한 축하에 얼떨떨한 채로, 나는 도시 서쪽을 배경으로 사진을 찍었다. 그곳은 옛날 서방으로 떠날 대상들이 집결하던 장소로 근처에는 낙타와 낙타 모는 사람들을 표현한 거대한 조각이 있었다. 나는 현장의 그림자가 아직도 부유하는 대안탑大雁塔을 방문하고 싶었다. 아주 특별한 운명을 지녔던 그는 중국의 위대한 영웅들 중 한 사람이다. 7세기를 돌이켜보자. 옛날 요람에 담겨 랴오허遼河에 버려졌던 아기가 있었는데, 수도승들이 그 아기를 건져서 데려갔다. 이 작은 모세 또한 수도승이 되어, 16년간 계속될 여행을 떠났다. 그리고 토루가르트 약간 남쪽에 있는 파미르를 지나 인도로 갔다. 그는 스물두 필의 말에 책들을 싣고 돌아왔다. 이 책들이 바로 10년에 걸쳐 (664년 그가 서거할 때까지) 중국어로 번역되어 불교의 기본서가 되었던 것이다. 대안탑은 이 필사본들을 보존하기 위해 축조되었다. 이 기간 동안 현장은 중국의 가장 위대한 업적들 중 하나인 『대당서역기』을 썼다. 마르코 폴로가 『밀리오네〔통칭 '동방견문록'〕』를 쓴 것처럼, 동양에는 『대당서역기』가 있는 것이다.

사람들은 나와 악수를 하려고 길에서 나를 불러세웠고, 식당에서는 여종업원들이 나에게 기념 사진을 찍자며 포즈를 취했으며, 어떤 사람들이 수첩을 내밀면 거기에 내 이름을 꼭꼭 눌러 써주어야 했다. 미소를 짓고 있는 찢어진 눈 속에서 내가 읽은 것은, 이런 작은 영광 혹은 감탄이었을까? 시안에 도착한 이래 처음으로, 어쩌면 내가 뭔가 엄청난 일을 해낸 건지도 모른다는 생각을 하게 되었다. 만약 그 날 저녁 이슬람교 구역에 있는 '번영과 행운'이라는 식당에서 신의 섭리인 양 트리스타(여행자 설사)에 걸려 시안에서의 마지막 날을 빙이나 지키며 보내지 않았던들, 나는 기꺼이 스스로를 초인이라 생각했을지도 모른다. 아이러니하게도, 이 마지막 날은 하찮은 공명심으로 우쭐대던 내게 잠시 스쳐간 생각을 그대로 보여주었던 것이다. 헛되고 헛되니, 모든 것이 헛되도다.

도착하기만을 원한다면

달려가면 된다.

그러나 여행을 하고 싶을 때는

걸어서 가야 한다.

—장-자크 루소, 『에밀』 중에서

내 '대장정' 이야기의 종착점에 이르러, 그리고 내가 몇 가지 새로운 계획에 착수한 이 시점에, 나는 한 가지 고백을 하고 싶다. 1999년부터 1만 1천 킬로미터가 넘는 이 여행은 완전히 나 혼자 해낸 것이 아니다.

4년 전, 나는 말 그대로 미친 모험에 발을 담갔다. 혼자 인—나는 그렇게 생각했다—그리고 늙은 나. 은퇴를 하고, 나는 사회적 존재감이 단번에 흔들려버린 모든 남자 혹은 여자들이 느꼈을 기분을 경험했다. 그전에 나는 내 직업을 좋아하는 기자였다. 비록 그 직업이 종종 현장에서 수행될 때는 그 선의를 의심하게 만드는 경향이 있었을지라도 말이다. 나는 내 자리가 있었고, 이름이 있었고, 존재할 이유가 있었다.

그리고 너무나 갑작스럽게 연금생활자가 되었다. 말하자면, 방향 잡을 키도 목적지도 없이 거의 구제민이 되어버린 것이다. 사랑도 없었다. 내가 사랑한 여인은 더 이상 이 세상에 존재하지 않았으니까.

사람들이 바다에 병을 던지듯, 나는 실크로드에 나를 던졌다. 존재하기 위하여. 사람들은 나에게 이렇게나 먼 곳에서 무엇을 찾을 거냐고 물었다. '살아남을 이유'라고 대답할 수 있을까? 성공할 수 있을지에 대한 질문, 그건 내 마음속에는 없었다. 목표에 이를 수 있는 요행은 내 생각에는 거의 전무하다시피 했다. 이 나이에, 혼자, 걸어서, 이렇게 놀랍게 먼 거리를, 내가 아는 한 아무도 시도한 적도 성공한 적도 없는 무모한 모험의 끝까지 가려고 생각하면서 내가 어떻게 자신감에 넘칠 수 있겠는가? 나는 마치, 물속 깊은 곳에서 숨이 차 수면으로 올라오려 발버둥치는 수영선수와 같았다. 공기가 필요했던 것이다. 보스포루스 해협의 한쪽 해안에서, 내가 여기서 삶을 마감할지도 모른다는 상상을 하기도 했지만, 나는 죽을 준비는 되어 있지 않았다. 말하자면, 더 이상 아무것도 아닌 존재로서 굴복하고 싶지 않았던 것이다. 나는 가야만 했다. 살아 있는 한, 인간은 가야 하니까.

여정을 마치면서 나는, 주의 깊고 성실하며 부지런한 수호천사의 세심한 애정이 불러일으킨 몇몇 기적 덕분에, 종교도 없는 나라는 사람이 많은 위험을 이겨냈다는 것을 알게 되었다. 그러나 많은 작가들이 부러워할 내 독자들에게 진 빚 또한 크다. 이 세 권의 이야기가 출간된 후로 독자들은 호의적이고 열광적인 편지나 찬양에 가까운 표현으로 나에게 격려를 아끼지 않았다. 병, 더위, 목마름, 피로, 낙담, 운명의 장난들로 내가 '포기한들 뭐 부끄러운 일이랴.'라는 생각을 하곤 할 때, 독자들의 존재는 나에게 매번, 다시, 그리고 또다시 가야 한다는 결심을 불어넣어주었다. 어떤 독자들은 마치 자신들이 내 옆에서 함께 걷고 있는 듯한 인상을 받았다고 자주 말했다. 그것은 '그런 듯한 인상'이 아니라 정말 사실이다. 그들이 없었던들, 때로 너무나 격렬했던 외로움을 내가 어떻게 견디고 온전히 이 여행을 즐길 수 있었겠는가?

끝으로, 내가 친구들—그중에는 멋진 '은퇴자들'도 있다—과 더불어 주도하고 있는 '쇠이유' 협회를 통해 각자 자유를 향한 길을 이미 걸었거나 그럴 준비를 하고 있는 비행 청소년들이, 내가 목표를 달성하는 데 얼마나 많은 도움을 주었는지 말하고 싶다. 우리의 문명은 내가 4년 동안 거쳐 온 곳의 문명과는 반대로, '생산' 시스템을 벗어난 '늙은이들'을 주변으로 몰아낸다. 우리의 문명은 또한, 자기 방식대로 존재하기 위해 몸을 흔드는, 그리고 아무도 가르쳐주거나 설명해주지 않았기에 규칙들을 위반하는 젊은이들을 격리시키거나 가끔은 가두어버리기도 한다. 어른들 혹은 사회로부터 너무나 홀대를 받았기에, 그들은 앙갚음하는 데 열중하게 된다. 늙은 사람들과 젊은 사람들이 자신들의 게토에서 나오기 위해 서로에게 손을 내밀고, 깊은 신음을 내는 이 세상에서 각자의 자리를 함께 찾아나간다면 다행스러운 일이 아니겠는가.

사람들이 미셸 세르(Michel Serres, 1930~2019)에게 노인들의 말에 귀를 기울여야 할 것인지 물었을 때, 철학자인 그는 이렇게 대답했다. "그들의 말에 귀 기울여야 할 뿐만 아니라, 이 세기말에 우리가 가장 주의 깊게 들어야 할 것은 바로 그들의 말이 될 것이다. 그들에게 필요한 것은 오로지 이해받는 일이다. 요즘 우리는 시간을 들이지 않고 문화를 다루고 있다. 문화라는 것은 시간을 요구하고 경험을 요구한다. 나이든 사람들은, 매일매일 흉측해지는 세상에 조금이라도 아름다움을 되살려줄 수 있는 모든 카드를 손에 쥐고 있다."

걷는 것 역시 시간을 요구한다. 그리고 나에게 '문화'라는 이 예쁜 말은 우정, 박애 혹은 단순히 경청이라든지 이해 같은 몇 가지 다른 개념들을 그 안에 꼭꼭 숨기고 있다. 나는 이 책으로 길고 아름다운 실크로드를 마무리한다. 그러나 이것은 끝이 아니다. 다만 새로운 시작일 뿐이다.

자, 가자.

증명서

주중국 프랑스 대사관은, 1938년 1월 11일 가테모(망슈 지방)에서 출생한 베르나르 올리비에 씨가 2000년 11월 22일 파리에서 발급되어 2005년 11월 21일까지 유효한 여권(여권 번호 00HZ04417)을 소지하고, 스포츠와 문화적인 목적에 따라 유럽과 아시아인의 우정과 역사적인 유대 및 두 대륙의 문화와 문명의 이해를 촉진하기 위해 실크로드를 걸어서 횡단하고 있음을 증명합니다. 본 대사관은 베르나르 올리비에 씨의 여행 계획을 전적으로 신뢰합니다.

이러한 이유로, 주중국 프랑스 대사관은 모든 관계 당국과 자유 인민 군대가 올리비에 씨에게 도움과 지원을 제공할 것과 중국 영토나, 신장 웨이우얼 자치구의 토루가르트와 투루판 오아시스 사이의 옛 실크로드를 여행할 때 수월히 통행할 수 있도록 협조를 부탁합니다.

프랑스 대사관은 올리비에 씨의 여행이 성공하는 데 도움을 주실 모든 분들에게 미리 감사하는 바입니다.

법으로 정해진 자격을 증명함.

주중국 프랑스 대사
피에르 모렐

쇠이유(SEUIL)

2000년 베르나르 올리비에가 창설한 쇠이유 협회는 비행청소년이 '대장정'을 끝내고 균형을 찾을 수 있도록 돕고 있다. 아이들은 둘씩 짝을 이루어 동행자와 함께 떠나, 넉 달간 말이 통하지 않는 외국을 여행한다. 두 사람은 배낭을 메고 유럽의 산책로나 작은 도로를 따라서 2,500킬로미터를 걷는다. 의무 사항은 단 한 가지, 녹음된 형태의 음악을 가져가서는 안 된다. 텐트를 치고, 장을 보고, 요리를 한다. 그리고 걷는다.

학부모, 판사, 교육자 등과 완벽한 조화를 이루며 걷는 여행은 열여섯에서 열여덟 살 사이의 비행청소년들에게 감옥의 대안이 될 수 있다.

협회 운영비는 회비 이외에도, 『나는 걷는다』의 인세로 충당한다.

자세한 문의가 필요한 경우, 쇠이유 협회의 연락처는 다음과 같다.

주소 : 31, rue Planchat 75020 Paris
전화 : 33-1-44-27-09-88
팩스 : 33-1-40-46-01-97
이메일 : assoseuil@wanadoo.fr
홈페이지 : http://www.assoseuil.org

떠나든 머물든 삶은 계속된다

이 책의 저자 베르나르 올리비에는, 30여 년 동안 프랑스의 유력 신문과 잡지사에서 정치와 경제 그리고 사회부를 섭렵한 퇴직 기자다. 가난과 건강 때문에 학업을 중단해야 했던 그는 여러 직업을 전전하면서 세상과 사람들에 대한 이해의 폭을 넓혀갔으며, '몸'과 '정신'이 함께하는 여행을 이미 시작하고 있었다. 은퇴할 나이가 되어 기자 생활을 청산한 올리비에는, 다른 동료들처럼 'TV와 소파'가 있는 안락한 여가를 누리는 대신 그가 오래전부터 꿈꾸어온 원대하고 황당하기까지 한 계획을 실행에 옮기기 시작한다. 그것은 놀랍게도 터키의 이스탄불에서 중국의 시안까지 1만 2천 킬로미터에 이르는 실크로드를 걸어서 여행하는 일이었다.

걷는 일 자체가 그에게 생소했던 것은 아니었다. 크고 작은 수차례의 도보여행도 있었고, 기자로서 세계 여러 나라를 발로 뛰어다니기도 했었기 때문이다. 또한 '쇠이유(Seuil, 문턱)'라는 단체를 설립하여, 비행청소년들을 대상으로 '걷기'를 통해 사회복귀를 유도하는 프로그램을 운영하고 있기도 했다. 그러나 실크로드를 걷는 일은, 그에게도 커다란 도전이 아닐 수 없었다. 낯선 언어와 문화 그리고 미지의 사람들, 무엇보다 육체적인 고통과 정신적인 외로움……. 올리비에가 다른 길보다도 실크로드에 매혹된 이유는, 그 길이 지닌 전설적인 역사와 의미 때문이었다. 700여 년 전 마르코 폴로가 서양에 동양의 존재를 알린 이후, 두 세계 간에 무역과 문화의 통로가 되었던 그 길, 대상들이 낙타를 끌고 행군했던 그 신비로운 미지의 길이 '도보 순례자' 올리비에를 사로잡은 건 필연적인 일이었을지도 모른다. 그러나 그는 애초부터 자신의 여행에 어떤 거창한 의미를 부여하지 않았다. 삶 자체를 부단한 '떠남'과 행군의 연속으로 인식하는 그에게, 걷는 일은 곧 자기 자신과 직면하고 스스로를 발견하는 탐색의 과정이었기 때문이다.

　　사람들이 그에게 수도 없이 질문했던, 그리고 그 자신도 걷는 동안 늘 자문했던 질문, "왜 걷는가?"에 대한 대답은, 사실 이 책 어디에나 있고 또한 아무 곳에도 없다. 작가들이 흔히 존재에 대한 비유로 사용하는 '길 찾기'라는 표현을, 그는 몸으로 실천하고 있는 셈이다. 주위의 만류를 뒤로하고 여행을 떠나기에 앞서, 그의 원칙은 단호했다. 어떤 일이 있어도 '걸어서' 갈 것, 서두르지 말고 '느리게' 갈 것. 또한 이 책의 성격에 대한 원칙도 세워놓고 있었다. 낯선 곳의 사람들과 경치와 풍습들을 요란스럽고 화려하게 소개하는 일반적인 기행문이 아닌, 오직 자신의 여정과 느낌들만을 사진 한 장없이 꼼꼼하게 담아낼 것. 그의 여행이 달팽이의 지루한 움직임을 연상시키는 것은 바로 그러한 이유들 때문이다.

그러나 그 달팽이는 힘들게 이동하는 동안 넓은 세상을 발견하고, 많은 생각과 고민과 깨달음을 거친다. 그리고 그 결과물이 총 4년 동안의 여행을 기록한 세 권의 책이다. 1권은 터키를 횡단해서 이란 국경에 이르기까지의 여정을, 2권은 이란에서 우즈베키스탄의 사마르칸트까지를, 그리고 3권은 마침내 중국의 시안에 도착하기까지의 장도長途를 담고 있다.

그에게 있어서 실크로드는 마르코 폴로의 시대에 그랬던 것처럼 더 이상 미지의 길이 아니었지만, 직접적인 체험을 통한 느낌과 발견은 언제나 새로울 수밖에 없다. 이렇듯 '느림'과 고행을 고집스럽게 감수하는 올리비에의 '발로 쓰는 실크로드 기행'은, 모든 게 초고속으로 편하게 이루어지는 시대에 신선한 충격임과 동시에 일상으로부터 벗어나 '새로운 길'을 꿈꾸도록 이끄는 조용한 초대라고 할 수 있을 것이다.

번역하면서 가장 어려웠던 부분은 중앙아시아의 작은 도시와 마을들에 대한 정확한 지명을 찾아서 옮기는 일이었다. 혹 있을지도 모르는 표기상의 오류들에 대해, 독자들의 너그러운 이해를 구한다. 저자의 발걸음만큼이나 더디기만 했던 번역 작업을 기다려주고 또 다듬어준 효형출판의 송영만 사장님과 편집부 여러분들께 진심으로 감사한다. 무엇보다, 흔쾌히 한국어판 서문을 써주고 역자의 이런저런 질문에 친절하게 응해준 저자 베르나르 올리비에 씨에게, 이 책이 작은 보답이 될 수 있기를 바란다. 아울러 언젠가 그가 한반도를 '걸어서' 여행할 계획을 세운다면, 동행을 허락해줄 것도…….

임수현, 고정아

실크로드 정보

카자흐스탄공화국

키르기스스탄공화국

신장웨이우얼자치구

간쑤성

산서성

카자흐스탄공화국

영어식 Republic of Kazakhstan, 카자흐식 Qazaqstan Respublikasy

지리 개요

중앙아시아에서 가장 큰 나라로, 동쪽은 중국, 남쪽은 키르기스스탄과 우즈베키스탄, 서쪽은 카스피해와 투르크메니스탄 일부 지역, 북쪽은 러시아와 이웃한다. 수도는 누르술탄이고 면적은 272만 5천 제곱킬로미터다. 인구는 1,920만 5,038명(2021년)이다.

자연환경

카자흐스탄은 중앙에 있는 카라쿰 사막의 아랄 지역을 포함해 서쪽과 남서쪽으로 카스피해가 접하는 광대한 고원이며, 키르기스스탄과 중국이 맞닿아 있는 남동부에는 높은 산들이 솟아 있다. 저지대가 전체 면적의 3분의 1 이상을 차지하며 구릉이 많은 평원과 고원이 절반에 가깝고 나머지는 산지다.

카자흐스탄 동부에 있는 이르티시 강과 여러 주요 강들이 북서쪽으로 흘러 시베리아에 이르지만 서부의 우랄 강은 카스피해로, 남부의 시르다리야 강은 아랄해로 가까스로 흘러든다.

기후

계절 변화가 뚜렷한 대륙성기후로서, 겨울은 춥고 여름은 덥다. 연평균 강수량이 북부가 약 250밀리미터, 남부 산악지대가 450밀리미터에 이르지만 사막은 비가 훨씬 적게 내린다. 스텝과 사막이 대부분의 지역에 걸쳐 있으며, 사막에는 쑥과 위성류나무가 자란다. 삼림은 거의 찾아볼 수 없다. 영양과 큰사슴을 비롯한 수많은 포유동물이 서식하며 산악지대에서는 여우, 곰, 흰표범이 발견된다. 산족제비와 검은담비는 판매용으로 중시된다.

민족과 언어

카자흐스탄이라는 명칭은 중앙아시아의 스텝 지대에 살며 아시아 몽골인종에 속하는 '카자흐족'에서 유래하였다. 19, 20세기에는 수많은 러시아인들이 이주해 왔다. 전체 인구 구성을 보면 카자흐인이 60퍼센트 이상, 러시아인이 20퍼센트 정도를 구성하고 있다. 그 밖에 우크라이나인과 독일인, 폴란드인, 타타르족 등이 있다. 카자흐어가 공식 국어지만, 러시아어도 공용어로 사용되고 있다.

경제와 정치

카자흐족은 소련에 속해 있을 당시 전통적인 유목 생활을 포기하게끔 억압받아 대부분 정착해 농사를 짓고 가축을 길렀다. 소련으로부터의 독립 직후에는 인플레이션 등의 경제난을 겪다가 2000년대 이후 풍부한 석유와 천연자원, 친서방·친러 정책으로 경제가 발달했다.

카자흐스탄 북부는 토양이 매우 비옥해 밀과 여러 곡물이 집중적으로 재배된다. 북부의 주요 농산물은 밀이지만 남부에서는 과일, 채소, 멜론, 사탕무, 쌀, 포도 등이 관개수로를 이용해 재배된다. 주요 가축은 양이며, 그 다음이 소다. 제2차 세계대전 중 전쟁을 피해 소련 서부의 공장 시설들을 카자흐스탄으로 옮겼기 때문에 제조업이 크게 발달했다. 현대식 공장들은 주철, 압연강, 시멘트, 화학비료, 섬유와 여러 가지 식료품을 생산한다.

1991년 독립 이후, 이름을 바꾼 공산당이 자유선거에서 승리했다. 1995년에 채택된 헌법에 따라 국가수반은 직접선거를 통해 선출되는 대통령이며, 임기는 5년이다. 대통령은 총리가 이끄는 내각과 함께 통치하며, 각료를 임명한다. 상원과 하원(마질리스)으로 구성된 양원제 의회 의원의 임기는 6년이다.

문화

역사적으로 유명한 문필가로는 10세기경 철학, 과학, 수학에 관해 수많은 저술을 남긴 작가 아부 나스르 알파라비와 19세기경 카자흐어가 문어로 발전하는 데 큰 역할을 한 아바이 이브라김 쿠난바예프가 있다. 서사적인 민요시와 서정시를 낭송하는 전통이 여전히 남아 있다. 많은 예술·연극 학교가 있으며 알마티에는 국립미술관이 있다.

역사

카자흐스탄의 여러 지역들은 수 세기를 거치는 동안 몽골 제국을 비롯해 다양한 중앙아시아 제국들의 일부분을 이루었다. 많은 우즈베크인이 몽골의 보호하에 지금의 카자흐스탄으로 이주했는데, 이들이 '방랑자' 또는 '독립자'의 뜻을 가진 카자흐인으로 알려지게 되었다. 그들은 정착하여 농사를 짓던 선조와는 달리 유목민으로 생활했다.

1917년 카자흐인들은 러시아 군주의 몰락을 몰고 온 내전에 참여했으나 주요 역할을 담당하지는 못했고, 1919년에서 1920년 사이에는 '붉은 군대'에 점령당했다. 1927년 소련 정부는 카자흐 유목민이 국영집단농장에 정착하도록 강요하기 시작했으며, 동시에 많은 러시아인과 그 밖의 슬라브인도 이 지역에 정착하도록 전제적인 정책을 계속했다. 1991년 소련이 해체되면서 카자흐스탄은 여러 중앙아시아 공화국들과 함께 독립했다.

누르술탄 나자르바예프 대통령은 1999년 1월 10일 선거에서 재임
되어 임기를 7년 더 연장하게 되었다. 그는 약 80퍼센트의 지지를
얻어 다른 후보 세 명을 압도했다. 이 선거에서 나자르바예프의
강력한 경쟁자로 여겨졌던 아케잔 카제겔딘 전 총리는 절차상 문
제가 있다며 후보 등록이 거부되었다. 이 일로 나자르바예프는 국
제사회에서 비난을 받았고, 그 결과 선거법이 개정되었다. 개정된
법령은 10월 10일 치러진 의회 선거의 공정성을 높였고, 선거 결
과 적어도 4개 정당이 새로 의회에 진출하였다.

7월 새 정보매체법안이 격론 끝에 채택되었다. 의회는 카자흐어
사용을 촉진하기 위한 정책으로 모든 방송프로그램의 절반을 카
자흐어로 제작해야 한다는 조항을 채택했다. 방송사들은 국민 대
다수가 출신 민족과 별개로 러시아어 방송을 선호한다는 여론조
사 결과를 제시하며 이를 비난했다.

카자흐스탄, 키르기스스탄, 우즈베키스탄, 타지키스탄 간에 결성
된 경제연합은 2월 카자흐스탄이 연합 내 여타 국가에서 수입하
는 몇몇 품목에 대해 200퍼센트 관세를 부과하기로 결정하면서
위기를 맞았다. 이 수입관세 부과 조치는 카자흐스탄이 4월 초
국가 산업경쟁력을 높이기 위해 통화를 평가절하한 다음 철회되
었다.

키르기스스탄공화국

영어식 Kyrgyz Republic, 키르기스식 Kyrgyz Respublikasy

지리 개요

중앙아시아에 위치해 북쪽과 북서쪽으로는 카자흐스탄, 남서쪽으로는 우즈베키스탄, 남쪽으로는 타지키스탄과 접해 있다. 남동쪽으로 톈산 산맥의 일부를 이루는 콕샬타우 산맥이 중국과 국경을 이루고 있다. 수도는 비슈케크다. 면적은 19만 9,900제곱킬로미터, 인구는 672만 8,270명(2021년)이다.

자연환경과 기후

키르기스스탄은 산지가 많은 것이 특징이다. 중국과의 국경 지역에 있는 빅토리 봉과 카자흐스탄과의 국경 부근에 있는 한텡그리 봉은 방대한 톈산 산계에서도 가장 높은 봉우리들이다. 산맥의 꼭대기는 만년빙과 만년설로 덮여 있다. 여러 지류들이 급류를 이루며 산맥으로부터 폭포처럼 떨어져 흐른다. 남서부의 페르가나 계곡과 북부의 추(Chu)강 계곡에 대부분의 인구가 집중되어 있다.

비교적 지대가 낮은 곳에는 뜨거운 사막풍이 불며, 고지대에는 한랭한 사막이 있다. 이 두 지대 사이에는 경사진 점이지대가 있으며, 그중 서쪽 및 북쪽 경사면은 비교적 습하다. 아주 높은 고지대를 제외하고는 고산성 초원이다. 저지대의 계곡들과 북쪽으로 향한 산기슭에는 삼림이 울창하며, 갈색곰·멧돼지·스라소니·삼림이리·어민족제비류·산양류·사슴·흰표범 등이 서식하고 있다.

민족과 언어

고대에 최초의 키르기스족이 톈산 지역에 정착했는데 그들은 중앙아시아 최대 규모의 유목민 집단 가운데 하나로 성장했다. 그러나 키르기스스탄에 소비에트 세력이 진출하고 개발되면서 유목생활은 거의 사라졌다. 키르기스인은 대부분 농업지역으로 이주했으며 소수만이 공업에 종사한다.

인구의 3분의 2가 여전히 농촌지역에 거주한다. 키르기스족이 인구의 70퍼센트, 우즈베크족 15퍼센트, 러시아인이 5퍼센트 정도를 차지하고 있다. 그 밖에 소수민족으로 1941년 러시아 서부에서 추방당한 우크라이나인, 독일인 등이 있다. 키르기스어와 러시아어를 공식언어로 사용하며 국민의 80퍼센트가 이슬람교, 15퍼센트 정도가 러시아 정교를 믿는다.

역사

키르기스인의 기원은 불확실하다. 민족지학자들은 키르기스인의 조상이 12세기에 몽골족이 세운 서요西遼의 진출과 함께 이 지역에 들어온 것으로 추정한다. 카자흐스탄 및 다른 이웃 국가들처럼 키르기스스탄도 러시아 침략 이전에는 대개 유목생활을 했으며, 민족주의 운동을 억압할 목적으로 러시아인들이 대거 이주하기도 했다. 1924년 자치주가 되었고, 1936년에 키르기스 소비에트 사회주의 공화국으로 선포되었다. 소련이 해체되는 과정 중 1991년 8월 31일 독립을 선언하고 키르기스스탄으로 명명했다.

경제와 정치

한때는 완전한 농업국가였으나, 20세기 말부터 안티모니 및 수은 광석과 같은 비철금속 생산이 활발하다. 석탄 채굴은 지금도 활발하며, 산악지대에서는 금, 주석, 납, 아연 및 그 밖의 다른 금속이 발견되었다. 기계류, 수력전기, 식품 등을 생산하며 직물, 의류, 신발류의 제조와 같은 경공업도 이루어진다. 공업화로 농업의 기계화를 촉진했으며, 농업은 가축, 특히 양 사육과 곡물, 감자, 목화, 사탕무, 담배, 양귀비 등의 재배가 주다. 산악지대에서는 경주마 사육과 돼지, 토끼 사육 및 양봉, 내륙에서는 사냥과 어업이 이루어진다.

키르기스스탄은 초대 대통령이 꾸준히 연임한 카자흐스탄, 우즈베키스탄과 달리 세 차례 민주화 운동을 거치며 5명의 대통령을 교체하였다. 초대 대통령인 아스카르 아카예프가 2005년까지 대통령으로 재임하였는데, 극심한 경제난과 계속되는 부정부패에 분노한 키르기스 국민은 정권교체를 요구하며 거리로 나섰고, 이를 튤립혁명이라 부른다. 이후 두 차례의 민주화 운동이 추가로 일어났다. 2020년 키르기스 민족은 총선 부정투표에 분노해 총선 무효화와 대통령 하야를 주장했고, 2021년 1월부터 사드르 누르고조예비치 자파로프 대통령이 새로 부임해 집권 중이다.

키르기스스탄은 중앙아시아에서 유일한 의원내각제 국가였으나 대통령이 국방권과 외교권을 행사할 수 있어 이원집정부제의 성격이 강하였다. 2021년 대통령 권한 강화의 필요성을 느껴 대통령제로의 전환을 시도하였고, 국민투표 결과 6년 단임제 대통령제로 전환을 이루어냈다.

문화

키르기스스탄의 문화는 풍부한 구전문학의 전통에 영향을 받고 있다. 민속 유산들은 음유시인들을 통해 전해 내려오는데 이들은 매우 독립적인 키르기스인들을 표현한 장편 서사시 〈마나스〉와 같은 시들을 주로 암송한다. 신문·잡지·방송 등은 키르기스어와 러시아어로 제공되며, 검열을 받지 않는다. 대표적인 작가로는 키르기스인인 칭기스 아이트마토프가 꼽힌다.

음악은 류트처럼 뜯어서 소리를 내는 세 줄로 된 현악기 코뮤즈의 합주곡이 대표적이다. 키르기스 교향악단이 있으며, 활발한 활동을 벌이고 있는 민속무용 단체도 있다. 극장에서는 키르기스어와 러시아어로 연극을 공연하며, 1942년 키르기스 영화제작소가 세워져 뉴스 영화, 과학 영화, 극영화 등이 활발하게 제작되었다.

신장웨이우얼자치구 新疆維吾爾自治區

Xinjiang Uygur Autonomous Region

지리 개요

중국의 북서부에 있는 자치구. 산맥과 사막으로 이루어진 매우 넓은 지역으로 북동쪽은 몽골, 북서쪽은 카자흐스탄과 키르기스스탄, 남서쪽은 아프가니스탄 및 인도 북부의 잠무카슈미르 지역, 남동쪽은 시장西藏 자치구, 동쪽은 칭하이성靑海省, 간쑤성과 접하고 있다. 면적은 166만 제곱킬로미터이고, 인구는 2,585만 2,300명 (2020년)이다. 주도는 우루무치다.

자연환경과 기후

중국에서 가장 넓은 행정단위인 신장웨이우얼자치구는, 바위가 많고 외따로 떨어진 산맥과 광활한 사막 분지로 이루어진 지역이다. 지형상 북부고원, 준가얼準爾 분지, 톈산 산맥, 타림塔里木 분지, 쿤룬崑崙 산맥 등 다섯 지역으로 나눌 수 있다.

북부 고원은 몽골과의 국경을 따라 반원형으로 뻗어 있다. 준가얼 분지는 남쪽과 북쪽이 산맥으로 에워싸여 있으며 동쪽과 서쪽은 트여 있다. 자치구의 거의 4분의 1을 차지하는 톈산 산맥은 경사면을 따라 내려오는 긴 빙하가 수없이 많으며, 만년설로 덮여 있다. 타림 분지는 3면이 산맥으로 둘러싸여 있으며, 중앙부의 타클라마칸 사막과 고립된 오아시스로 이루어져 있다. '타클라마칸'이란 위구르어로 '들어가면 나올 수 없는'이란 뜻으로, 넓이가 37만 제곱킬로미터에 달하는 완전한 불모지대다. 해발 7,300미터에 이르는 쿤룬 산맥은 자치구 중앙부에 통과하기 매우 어려운 장벽을 형성하고 있다. 이 자치구는 바다로부터 멀리 떨어져 있고 높은 산맥에 의해 폐쇄되어 있다. 기후는 건조한 대륙성기후이며 강수량도 아주 적다.

민족과 언어

신장웨이우얼자치구에는 열세 개의 상이한 민족 집단이 살고 있다. 그 가운데 가장 많은 수를 차지하고 있는 것은 위구르족과 한족이다. 그 밖에 몽골족, 할하몽골족, 이슬람교도인 후이족, 카자흐족, 우즈베크족, 퉁구스어를 쓰는 만주족, 시보족錫伯族, 타즈히크족, 타타르족, 러시아인, 타후르족이 있다. 주민들은 준가얼 분지와 타림 분지에 고루 퍼져 산다. 제3의 소수민족인 카자흐족은 준가얼 초원지대에 거주하는 유목민이다. 위구르족과 후이족은 이슬람교도들이며, 몽골족은 불교를 신봉한다.

북부와 남부는 생활방식에서도 차이가 난다. 북부에서는 주민의

약 40퍼센트가 농사를 짓는 반면, 남부에서는 대략 비슷한 수의 주민이 목축업에 종사한다. 우루무치, 커라마이克拉瑪依, 이닝伊寧, 카스喀什가 4대 도시다.

역사

신장 남부는 한나라 때 중국의 지배를 받았다. 그 후 이 지역 출신의 위구르족 통치자가 지배하기도 했으나 13세기에 몽골족의 지도자 칭기즈 칸에게 정복당했다. 청淸나라 때 다시 중국의 지배를 받게 되어 1884년 중국 성의 하나가 되었다. 그러나 지리적으로 멀리 떨어져 있어 현지의 반독립적인 군벌의 지배를 받았다. 1949년부터 중국 공산당의 통치를 받았으며, 1955년 신장웨이우얼자치구가 되었다. 1997년 2월 대규모 폭동이 일어났고, 오늘날까지 중국으로부터의 독립을 추구하고 있다.

산업

신장웨이우얼 지역은 기후가 건조하기 때문에 토지경작을 거의 전적으로 관개에 의존한다. 주요 작물로는 겨울밀, 옥수수, 벼, 수수, 기장을 들 수 있다. 또한 이 지역은 중국의 주요 과일생산지역으로, 하미의 달콤한 참외, 투루판의 씨 없는 포도, 이리伊犁의 사과가 유명하다. 가축으로는 양과 말이 중요하다. 광물자원으로는 납, 아연, 구리, 몰리브덴, 텅스텐이 매장되어 있다. 타림 분지 및 우루무치, 커라마이 사이에는 생산량이 많은 유전이 있다. 중공업으로는 우루무치에 철강 제작소와 시멘트 공장이 있으며, 카스에 농기구 공장이 있다. 농산물 가공공장도 원료 생산지 부근에 세워졌다. 신장은 도로 사정이 좋은 곳이다. 간쑤성에서 우루무치에 이르는 지역을 가로지르는 철도가 있으며, 투루판-쿠얼러를 잇는 남부 지선도 있다. 항공노선은 우루무치에 집중되어 있다.

간쑤성甘肅省

Gansusheng

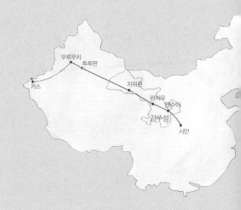

지리 개요

행정상으로 중국 서북부에 있는 성. 지리적으로는 중국 중심부까지 이른다. 북으로는 몽골, 남으로는 칭하이 성과 쓰촨성四川省, 동으로는 닝샤후이족자치구寧夏回族自治區, 산시성, 네이멍구자치구內蒙古自治區, 서쪽으로는 신장웨이우얼자치구 등과 경계를 이루고 있다. 성도는 황허 남쪽 기슭에 있는 란저우다. 면적은 42만 5,900제곱킬로미터이고, 인구는 2,501만 명(2021년)이다.

자연환경과 기후

고원지대는 간쑤의 두드러진 자연환경이다. 간쑤 회랑지대라 불리는 구역은 란저우 북서쪽에 있으며, 그 길이가 192킬로미터에 달한다. 이곳의 비교적 평평한 부분으로 흐르고 있는 내륙수로와 헤이허黑河를 포함한 빙하천은 사막으로 스며든다. 도로와 수로를 따라 버드나무와 포플러가 심어져 있다. 간쑤 동쪽은 중국에서 지진이 자주 일어나는 지역이다. 1920년 간쑤 동부에서 대지진이 발생했다. 파괴적으로 진행된 이 지진은 대규모 산사태를 불러일으켰는데 사상자가 24만 6천 여 명에 이르는 것으로 집계되었고 많은 도시와 마을들이 파괴되었다.

대륙성기후를 띄어 여름과 겨울 사이에 심한 온도차를 보인다. 강우량은 매우 적으며 불규칙적이고 예측하기 힘들다. 지진뿐만 아니라 가뭄과 기근 역시 자주 일어난다.

민족

인구는 주로 란저우 분지, 관개가 가능한 남부 및 중앙 지역의 비옥한 곡저평야谷低平野, 류판 산맥六盤山脈의 건조한 계단식 지형에 집중되어 있다. 몽골족, 후이족, 티베트족이 일부 살고 있으나 대부분은 한족이다. 소수민족 대부분은 중국어를 제2언어로 사용한다.

2012년부터 간쑤성 도시와 농촌 균형 개발을 위한 계획을 마련해 지역을 발전시키려는 움직임이 일어나고 있다. 간쑤성을 교통 중심지, 문화 개방, 실크로드 주요 경제 벨트로 하는 발전을 도모해 2020년까지 2,660만 명, 2030년까지 2,830만 명의 인구를 달성하는 것을 목표로 삼고 있다. 간쑤에는 인종·관습·문화 등이 다양하게 혼합되어 이슬람교 사원, 티베트 불교 사원, 전통 불교 사원 등이 곳곳에 산재해 있다.

역사

간쑤의 좁은 회랑지대는 여러 세기 동안 황허 이북과 중국 서부를 잇는 통로로 이용되어왔다. 간쑤는 진제국 때 중국 영토의 일부가 되었다. 이 지역은 교통량이 많은 회랑지대로 마르코 폴로의 중국 입국 관문으로 유명하다. 간쑤라는 이름은 간저우甘州와 쑤저우肅州라는 지명에서 따온 것으로 이 두 지역은 원元나라 때 하나로 합쳐졌고, 1644년 이후 청나라의 지배를 받았었다.

산업

밀은 이 지역에서 가장 많이 경작되는 작물이며 그밖에 보리, 기장, 콩, 고구마 등이 주요 곡물이다. 그러나 생산량은 전체 인구에 비해 충분치 못하다. 면, 양모, 담배 등의 환금작물도 재배하고 있다. 란저우와 그 근교는 배, 복숭아, 살구, 대추야자, 사과, 야자, 수박 등의 과일 산지로 잘 알려져 있다. 광물자원도 매우 풍부하여 석유, 석탄, 철광석 등이 생산된다. 1950년대 이후에 비로소 간쑤와 다른 지역을 잇는 철로, 항로가 개설되었다.

산시성陝西省

Shanxisheng

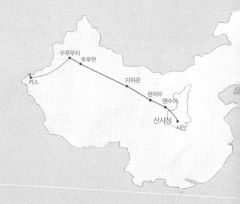

지리 개요

중국 중서부에 있는 성. 면적은 15만 6,700제곱킬로미터, 인구는 3,729만 2,000명(2019년)이다. 성도는 시안이며, 황허 중류 유역에 있다. 시안 부근은 주周·진·한나라 때부터 수隋·당제국에 걸쳐 수도가 자리 잡았던 곳이며, 당시에 중국의 문화·정치·경제의 중심지로서 번영하였다. 주변의 웨이허 평원渭河平原에는 베이징 원인과 함께 란텐 원인의 유적과 시안 반포半坡 유적 등 원시고대 이래 당대까지의 유적이 많다.

자연환경과 기후

친링秦嶺 산맥이 성의 남부를 동서로 달리며, 그 남쪽은 양쯔揚子 강 수계의 한수이漢水 강의 유역이고, 그 북쪽은 황허 유역에 속한다. 친링에서 성 남단의 다바大巴 산지까지는 친바秦巴 산지로 불리는데, 두 산지 사이에 한수이에 연하여 비옥한 한중漢中·안캉安康

의 양대 분지가 있다.

황허는 본성과 산시성陝西省 사이를 깊은 협곡을 만들며 남쪽으로 흐른다. 이 지역에서 흘러나오는 우딩허無定河, 옌허延河, 뤄허洛河, 웨이허가 합류하여 황허를 이루며, 황허의 흙탕물은 이들 지류에서 유입한 대량의 진흙이 원인이다. 현재 물과 흙의 유출을 방지하기 위하여 수토보전 공사가 넓은 지역에서 진행되고 있다.

기후는 1월 평균기온은 영하로 떨어지며, 7월 평균기온 섭씨 25도까지 올라간다. 친링 이남은 온난·습윤하나 북쪽으로 갈수록 한랭·건조하다. 연평균 강수량은 350~700밀리미터로 적은 편이지만 비가 내릴 때는 대개 집중호우의 형태를 띠어 수해·한발 등을 초래하고, 북쪽에서는 모래바람의 피해도 많다.

산업

웨이허 평원이 농업의 중심지이지만 한중 분지에서도 많이 이루어지고 있다. 최근에는 북쪽에서도 농지 조성이 많이 이루어져 농업 발전을 이루고 있다. 주요 농산물로는 밀, 옥수수, 수수 등이 있고, 상품 작물로는 목화, 콩이 있다. 산베이에서는 양, 염소의 사육이 활발하다. 친링 산기슭에는 과수원이 많으며, 남쪽에는 쌀, 차 외에 동유桐油, 칠漆, 한약재 등 임산물이 많다.

광물자원은 석탄, 석유, 철, 사금, 소금 등이 풍부한데, 소금은 옌츠鹽池에서 채취한다. 석탄은 징허涇河, 뤄허 하류 유역에 띠처럼 좁고 긴 탄층이 있고 퉁촨銅川 강이 그 중심이며, 석유는 옌창延長에

서 산출한다. 최근에 와서 시안, 셴양, 바오지 등의 공업화가 현저
하여 철강, 기계, 전기, 방직, 플라스틱 화학, 시멘트 등 각종 공장
이 들어서고 있다.

교통으로는 룽하이 철도가 성의 중앙을 횡단하며, 바오지에서 쓰
촨성을 지나는 바오청 철도와 셴양-통촨 간 지선도 있다. 시안에
는 전국 각지에 대한 항공로도 열려 있다. 성내 교통은 버스 교통
을 주로 하며 시안, 한중, 옌안이 그 중심이다. 성도인 시안 외에
셴양, 바오지, 통촨, 옌안의 네 도시가 있다.

옮긴이 **고정아**

1969년에 서울에서 태어났다. 서강대학교와 동 대학원에서 불어불문학을, 한국외국어
대학교 통번역대학원에서 한국어 - 프랑스어 통역을 공부했다.
옮긴 책으로『나는 걷는다 2, 3』『베르나르 올리비에의 실크로드 여행 스케치』『에코
토이, 지구를 인터뷰하다』『네페르티티』『붓다』『80일간의 세계 일주』등이 있다.

나는 걷는다
이스탄불에서 시안까지 느림, 비움, 침묵의 1099일
03 스텝에 부는 바람

1판 1쇄 발행 | 2003년 12월 20일
2판 1쇄 발행 | 2022년 4월 30일

지은이 베르나르 올리비에
옮긴이 고정아

펴낸이 송영만
디자인 자문 최웅림

펴낸곳 효형출판
출판등록 1994년 9월 16일 제406-2003-031호
주소 10881 경기도 파주시 회동길 125-11(파주출판도시)
전자우편 editor@hyohyung.co.kr
홈페이지 www.hyohyung.co.kr
전화 031 955 7600

ⓒ베르나르 올리비에 2003, 2022
ISBN 978-89-5872-193-2 04860
       978-89-5872-194-9 04860 (세트)

값 16,000원